DAVID COPPERFIELD

CHARLES DICKENS

David Copperfield

Traduit de l'anglais
par Pierre Lorain

TOME 2

CHAPITRE PREMIER

Une perte plus grave

Je n'eus pas de peine à céder aux prières de Peggotty, qui me demanda de rester à Yarmouth jusqu'à ce que les restes du pauvre voiturier eussent fait, pour la dernière fois, le voyage de Blunderstone. Elle avait acheté depuis longtemps, sur ses économies, un petit coin de terre dans notre vieux cimetière, près du tombeau de « sa chérie », comme elle appelait toujours ma mère, et c'était là que devait reposer le corps de son mari.

Quand j'y pense à présent, je sens que je ne pouvais pas être plus heureux que je l'étais véritablement alors de tenir compagnie à Peggotty, et de faire pour elle le peu que je pouvais faire. Mais je crains bien d'avoir éprouvé une satisfaction plus grande encore, satisfaction personnelle et professionnelle, à examiner le testament de M. Barkis et à en apprécier le contenu.

Je revendique l'honneur d'avoir suggéré l'idée que le testament devait se trouver dans le coffre. Après quelques recherches, on l'y découvrit, en effet, au fond d'un sac à picotin, en compagnie d'un peu de foin, d'une vieille montre d'or avec une chaîne et des breloques, que M. Barkis avait portée le jour de son mariage, et qu'on n'avait jamais vue ni avant ni après; puis d'un bourre-pipe en argent, figurant une jambe; plus d'un citron en carton, rempli de petites tasses et de petites soucoupes, que M. Barkis avait, je suppose, acheté quand j'étais enfant, pour m'en faire présent, sans avoir

le courage de s'en défaire ensuite; enfin, nous trouvâmes quatre-vingt sept pièces d'or en guinées et en
demi-guinées, cent dix livres sterling en billets de
banque tout neufs, des actions sur la banque d'Angleterre, un vieux fer à cheval, un mauvais shilling, un
morceau de camphre et une coquille d'huître. Comme
ce dernier objet avait été évidemment frotté, et que la
nacre de l'intérieur déployait les couleurs du prisme, je
serais assez porté à croire que M. Barkis s'était fait une
idée confuse qu'on pouvait y trouver des perles, mais
sans avoir pu jamais en venir à ses fins.

Depuis bien des années, M. Barkis avait toujours
porté ce coffre avec lui dans tous ses voyages, et, pour
mieux tromper l'espion, s'était imaginé d'écrire avec le
plus grand soin sur le couvercle, en caractères devenus
presque illisibles à la longue, l'adresse de « M. Blackboy, bureau restant, jusqu'à ce qu'il soit réclamé. »

Je reconnus bientôt qu'il n'avait pas perdu ses peines
en économisant depuis tant d'années. Sa fortune, en
argent, n'allait pas loin de trois mille livres sterling. Il
léguait là-dessus l'usufruit du tiers à M. Peggotty, sa vie
durant; à sa mort, le capital devait être distribué par
portions égales entre Peggotty, la petite Émilie et moi, à
icelui, icelle ou iceux d'entre nous qui serait survivant.
Il laissait à Peggotty tout ce qu'il possédait du reste, la
nommant sa légataire universelle, seule et unique exé-
cutrice de ses dernières volontés exprimées par testament.

Je vous assure que j'étais déjà fier comme un procureur quand je lus tout ce testament avec la plus
grande cérémonie, expliquant son contenu à toutes les
parties intéressées; je commençai à croire que la Cour
avait plus d'importance que je ne l'avais supposé. J'examinai le testament avec la plus profonde attention, je
déclarai qu'il était parfaitement en règle sur tous les
points, je fis une ou deux marques au crayon à la
marge, tout étonné d'en savoir si long.

Je passai la semaine qui précéda l'enterrement, à

faire cet examen un peu abstrait, à dresser le compte de
toute la fortune qui venait d'échoir à Peggotty, à mettre
en ordre toutes ses affaires, en un mot, à devenir son
conseil et son oracle en toutes choses, à notre commune
satisfaction. Je ne revis pas Émilie dans l'intervalle,
mais on me dit qu'elle devait se marier sans bruit
quinze jours après.

Je ne suivis pas le convoi en costume, s'il m'est permis de m'exprimer ainsi. Je veux dire que je n'avais pas
revêtu un manteau noir et un long crêpe, fait pour servir d'épouvantail aux oiseaux, mais je me rendis, à pied,
de bonne heure à Blunderstone, et je me trouvais dans
le cimetière quand le cercueil arriva, suivi seulement de
Peggotty et de son frère. Le monsieur fou regardait de
ma petite fenêtre ; l'enfant de M. Chillip remuait sa
grosse tête et tournait ses yeux ronds pour contempler
le pasteur par-dessus l'épaule de sa bonne ; M. Omer
soufflait sur le second plan ; il n'y avait point d'autres
assistants, et tout se passa tranquillement. Nous nous
promenâmes dans le cimetière pendant une heure environ quand tout fut fini, et nous cueillîmes quelques
bourgeons à peine épanouis sur l'arbre qui ombrageait
le tombeau de ma mère.

Ici la crainte me gagne ; un nuage sombre plane au-
dessus de la ville que j'aperçois dans le lointain, en dirigeant de ce côté ma course solitaire. J'ai peur d'en
approcher, comment pourrai-je supporter le souvenir
de ce qui nous arriva pendant cette nuit mémorable, de
ce que je vais essayer de rappeler, si je puis surmonter
mon trouble ?

Mais ce n'est pas de le raconter qui empirera le mal ;
que gagnerais-je à arrêter ici ma plume, qui tremble
dans ma main ? Ce qui est fait est fait, rien ne peut le
défaire, rien ne peut y changer la moindre chose.

Ma vieille bonne devait venir à Londres avec moi, le
lendemain, pour les affaires du testament. La petite
Émilie avait passé la journée chez M. Omer ; nous
devions nous retrouver tous le soir dans le vieux

bateau ; Ham devait ramener Émilie à l'heure ordinaire ;
je devais revenir à pied en me promenant. Le frère et la
sœur devaient faire leur voyage de retour comme ils
étaient venus, et nous attendre le soir au coin du feu.

Je les quittai à la barrière, où un Straps imaginaire
s'était reposé avec le havre-sac de Roderick Random, au
temps jadis ; et, au lieu de revenir tout droit, je fis quelques pas sur la route de Lowestoft ; puis je revins en
arrière, et je pris le chemin de Yarmouth. Je m'arrêtai
pour dîner à un petit café décent, situé à une demi-
heure à peu près du gué dont j'ai déjà parlé ; le jour
s'écoula, et j'atteignis le gué à la brune. Il pleuvait beaucoup, le vent était fort, mais la lune apparaissait de
temps en temps à travers les nuages, et il ne faisait pas
tout à fait noir.

Je fus bientôt en vue de la maison de M. Peggotty, et
je distinguai la lumière qui brillait à la fenêtre. Me voilà
donc piétinant dans le sable humide, avant d'arriver à la
porte : enfin j'y suis et j'entre.

Tout présentait l'aspect le plus confortable. M. Peggotty fumait sa pipe du soir, et les préparatifs du souper
allaient leur train : le feu brûlait gaiement : les cendres
étaient relevées : la caisse sur laquelle s'asseyait la petite
Émilie l'attendait dans le coin accoutumé. Peggotty
était assise à la place qu'elle occupait jadis, et, sans son
costume de veuve, on aurait pu croire qu'elle ne l'avait
jamais quittée. Elle avait déjà repris l'usage de la boîte à
ouvrage, sur le couvercle de laquelle on voyait représen-
tée la cathédrale de Saint-Paul : le mètre roulé dans une
chaumière, et le morceau de cire étaient là à leur poste
comme au premier jour. Mistress Gummidge grognait
un peu dans son coin comme à l'ordinaire, ce qui ajoutait à l'illusion.

« Vous êtes le premier, monsieur David, dit M. Peggotty d'un air radieux. Ne gardez pas cet habit, s'il est
mouillé, monsieur.

— Merci, monsieur Peggotty, lui dis-je, en lui donnant mon paletot pour le suspendre ; l'habit est parfaitement sec.

— C'est vrai, dit M. Peggotty en tâtant mes épaules ;
sec comme un copeau. Asseyez-vous, monsieur ; je n'ai
pas besoin de vous dire que vous êtes le bienvenu, mais
c'est égal, vous êtes le bienvenu tout de même, je le dis
de tout mon cœur.

— Merci, monsieur Peggotty, je le sais bien. Et vous,
Peggotty, comment allez-vous, ma vieille, lui dis-je en
l'embrassant.

— Ah ! ah ! dit M. Peggotty en riant et en s'asseyant
près de nous, pendant qu'il se frottait les mains, comme
un homme qui n'est pas fâché de trouver une distraction honnête à ses chagrins récents, et avec toute la
franche cordialité qui lui était habituelle ; c'est ce que je
lui dis toujours, il n'y a pas une femme au monde, monsieur, qui doive avoir l'esprit plus en repos qu'elle ! Elle
a accompli son devoir envers le défunt, et il le savait
bien, le défunt, car il a fait aussi son devoir avec elle,
comme elle a fait son devoir avec lui, et... et tout ça s'est
bien passé. »

Mistress Gummidge poussa un gémissement.

« Allons, mère Gummidge, du courage ! dit M. Peggotty. Mais il secoua la tête en nous regardant de côté,
pour nous faire entendre que les derniers événements
étaient bien de nature à lui rappeler le vieux. Ne vous
laissez pas abattre ! du courage ! un petit effort, et vous
verrez que ça ira tout naturellement beaucoup mieux
après.

— Jamais pour moi, Daniel, repartit mistress Gummidge ; la seule chose qui puisse me venir tout naturellement, c'est de rester isolée et désolée.

— Non, non, dit M. Peggotty d'un ton consolant.

— Si, si, Daniel, dit mistress Gummidge ; je ne suis
pas faite pour vivre avec des gens qui font des héritages.
J'ai eu trop de malheurs, je ferai bien de vous débarrasser de moi.

— Et comment pourrais-je dépenser mon argent
sans vous ? dit M. Peggotty d'un ton de sérieuse remon-
trance. Qu'est-ce que vous dites donc ? est-ce que je n'ai
pas besoin de vous maintenant plus que jamais ?

— C'est cela, je le savais bien qu'on n'avait pas besoin de moi auparavant, s'écria mistress Gummidge avec l'accent le plus lamentable ; et maintenant on ne se gêne pas pour me le dire. Comment pouvais-je me flatter qu'on eût besoin de moi, une pauvre femme isolée et désolée, et qui ne fait que vous porter malheur ! »

M. Peggotty avait l'air de s'en vouloir beaucoup à lui-même d'avoir dit quelque chose qui pût prendre un sens si cruel, mais Peggotty l'empêcha de répondre, en le tirant par la manche et en hochant la tête. Après avoir regardé un moment mistress Gummidge avec une profonde anxiété, il reporta ses yeux sur la vieille horloge, se leva, moucha la chandelle, et la plaça sur la fenêtre.

« Là ! dit M. Peggotty d'un ton satisfait ; voilà ce que c'est, mistress Gummidge ! » Mistress Gummidge poussa un petit gémissement. « Nous voilà éclairés comme à l'ordinaire ! Vous vous demandez ce que je fais là, monsieur. Eh bien ! c'est pour notre petite Émilie. Voyez-vous, il ne fait pas clair sur le chemin, et ce n'est pas gai quand il fait noir ; aussi, quand je suis à la maison vers l'heure de son retour, je mets la lumière à la fenêtre, et cela sert à deux choses. D'abord, dit M. Peggotty en se penchant vers moi tout joyeux ; elle se dit : « Voilà la maison », qu'elle se dit ; et aussi : « Mon oncle est là », qu'elle se dit, car si je n'y suis pas, il n'y a pas de lumière non plus.

— Que vous êtes enfant ! dit Peggotty, qui lui en savait bien bon gré tout de même.

— Eh bien ! dit M. Peggotty en se tenant les jambes un peu écartées, et en promenant dessus ses mains, de l'air de la plus profonde satisfaction, tout en regardant alternativement le feu et nous ; je n'en sais trop rien. Pas au physique, vous voyez bien.

— Pas exactement, dit Peggotty.

— Non, dit M. Peggotty en riant, pas au physique ; mais en y réfléchissant bien, voyez-vous... je m'en moque pas mal. Je vais vous dire : quand je regarde autour de moi dans cette jolie petite maison de notre

Émilie... je veux bien que la crique me croque, dit
M. Peggotty avec un élan d'enthousiasme (voilà! je ne
peux pas en dire davantage), s'il ne me semble pas que
les plus petits objets soient, pour ainsi dire, une partie
d'elle-même; je les prends, puis je les pose, et je les
touche aussi délicatement que si je touchais notre Émilie. C'est la même chose pour ses petits chapeaux et ses
petites affaires. Je ne pourrais pas voir brusquer quelque chose qui lui appartiendrait pour tout au monde.
Voilà comme je suis enfant, si vous voulez, sous la
forme d'un gros hérisson de mer! » dit M. Peggotty en
quittant son air sérieux, pour partir d'un éclat de rire
retentissant.

Peggotty rit avec moi, seulement un peu moins haut.

« Je suppose que cela vient, voyez-vous, dit M. Peggotty d'un air radieux, en se frottant toujours les
jambes, de ce que j'ai tant joué avec elle, en faisant semblant d'être des Turcs et des Français, et des requins, et
toutes sortes d'étrangers, oui-da, et même des lions et
des baleines et je ne sais quoi, quand elle n'était pas
plus haute que mon genou. C'est comme ça que c'est
venu, vous savez. Vous voyez bien cette chandelle,
n'est-ce pas? dit M. Peggotty qui riait en la montrant, eh
bien! je suis bien sûr que quand elle sera mariée et partie, je mettrai cette chandelle-là tout comme à présent.
Je suis bien sûr que, quand je serai ici le soir (et où
irais-je vivre, je vous le demande, quelque fortune qui
m'arrive?), quand elle ne sera pas ici, ou que je ne serai
pas là-bas, je mettrai la chandelle à la fenêtre, et que je
resterai près du feu à faire semblant de l'attendre
comme je l'attends maintenant. Voilà comme je suis un
enfant, dit M. Peggotty avec un nouvel éclat de rire,
sous la forme d'un hérisson de mer! Voyez-vous, dans
ce moment-ci, quand je vois briller la chandelle, je me
dis : « Elle la voit; voilà Émilie qui vient! » Voilà
comme je suis un enfant, sous la forme d'un hérisson de
mer! Je ne me trompe pas après tout, dit M. Peggotty,
en s'arrêtant au milieu de son éclat de rire, et en frap-

pant des mains, car la voilà ! » Mais non ; c'était Ham
tout seul. Il fallait que la pluie eût bien augmenté
depuis que j'étais rentré, car il portait un grand chapeau
de toile cirée, abaissé sur ses yeux.

« Où est Émilie ? dit M. Peggotty. »

Ham fit un signe de tête comme pour indiquer qu'elle
était à la porte. M. Peggotty ôta la chandelle de la
fenêtre, la moucha, la remit sur la table, et se mit à
arranger le feu, pendant que Ham, qui n'avait pas
bougé, me dit :

« Monsieur David, voulez-vous venir dehors une
minute, pour voir ce qu'Émilie et moi nous avons à
vous montrer. »

Nous sortîmes. Quand je passai près de lui auprès de
la porte, je vis avec autant d'étonnement que d'effroi
qu'il était d'une pâleur mortelle. Il me poussa précipitamment dehors, et referma la porte sur nous, sur nous
deux seulement.

« Ham, qu'y a-t-il donc !

— Monsieur David !... » Oh ! pauvre cœur brisé,
comme il pleurait amèrement !

J'étais paralysé à la vue d'une telle douleur. Je ne
savais plus que penser ou craindre : je ne savais que le
regarder.

« Ham, mon pauvre garçon, mon ami ! Au nom du
ciel, dites-moi ce qui est arrivé !

— Ma bien-aimée, monsieur David, mon orgueil et
mon espérance, elle pour qui j'aurais voulu donner ma
vie, pour qui je la donnerais encore, elle est partie !

— Partie ?

— Émilie s'est enfuie : et comment ? vous pouvez en
juger, monsieur David, en me voyant demander à Dieu,
Dieu de bonté et de miséricorde, de la faire mourir, elle
que j'aime par-dessus tout, plutôt que de la laisser se
déshonorer et se perdre ! »

Le souvenir du regard qu'il jeta vers le ciel chargé de
nuages, du tremblement de ses mains jointes, de
l'angoisse qu'exprimait toute sa personne, reste encore

à l'heure qu'il est uni dans mon esprit avec celui de la plage déserte, théâtre de ce drame cruel dont il est le seul personnage, et qui n'a d'autre témoin que la nuit.

« Vous êtes un savant, dit-il précipitamment. Vous savez ce qu'il y a de mieux à faire. Comment m'y prendre pour annoncer cela à son oncle, monsieur David ? »

Je vis la porte s'ébranler, et je fis instinctivement un mouvement pour tenir le loquet à l'extérieur, afin de gagner un moment de répit. Il était trop tard. M. Peggotty sortit la tête, et je n'oublierai jamais le changement qui se fit dans ses traits en nous voyant, quand je vivrais cinq cents ans.

Je me rappelle un gémissement et un grand cri ; les femmes l'entourent, nous sommes tous debout dans la chambre, moi, tenant à la main un papier que Ham venait de me donner, M. Peggotty avec son gilet entr'ouvert, les cheveux en désordre, le visage et les lèvres très pâles ; le sang ruisselle sur sa poitrine, sans doute il avait jailli de sa bouche ; lui, il me regarde fixement.

« Lisez, monsieur, dit-il d'une voix basse et tremblante, lentement, s'il vous plaît, que je tâche de comprendre. »

Au milieu d'un silence de mort, je lus une lettre effacée par les larmes ; elle disait :

« Quand vous recevrez ceci, vous qui m'aimez infiniment plus que je ne l'ai jamais mérité, même quand mon cœur était innocent, je serai bien loin. »

« Je serai bien loin, répéta-t-il lentement. Arrêtez. Émilie sera bien loin : Après ?

« Quand je quitterai ma chère demeure,... ma chère demeure... oh oui ! ma chère demeure... demain matin. »

La lettre était datée de la veille au soir.

« Ce sera pour ne plus jamais revenir, à moins qu'il ne

me ramène après avoir fait de moi une dame. Vous
trouverez cette lettre le soir de mon départ, bien des
heures après, au moment où vous deviez me revoir. Oh!
si vous saviez combien mon cœur est déchiré! Si vous-
même, vous surtout avec qui j'ai tant de torts, et qui ne
pourrez jamais me pardonner, si vous saviez seulement
ce que je souffre! Mais je suis trop coupable pour vous
parler de moi! Oh! oui, consolez-vous par la pensée que
je suis bien coupable. Oh! par pitié, dites à mon oncle,
que je ne l'ai jamais aimé la moitié autant qu'à présent.
Oh! ne vous souvenez pas de toutes les bontés et de
l'affection que vous avez tous eues pour moi; ne vous
rappelez pas que nous devions nous marier, tâchez plutôt de vous persuader que je suis morte quand j'étais
toute petite, et qu'on m'a enterrée quelque part. Que le
ciel dont je ne suis plus digne d'invoquer la pitié pour
moi-même ait pitié de mon oncle! Dites-lui que je ne l'ai
jamais aimé la moitié autant qu'à ce moment! Conso-
lez-le. Aimez quelque honnête fille qui soit pour mon
oncle ce que j'étais autrefois, qui soit digne de vous, qui
vous soit fidèle; c'est bien assez de ma honte pour vous
désespérer. Que Dieu vous bénisse tous! Je le prierai
souvent pour vous tous, à genoux. Si l'on ne me ramène
pas dame, et que je ne puisse plus prier pour moi-
même, je prierai pour vous tous. Mes dernières tendresses pour mon oncle! Mes dernières larmes et mes
derniers remercîments pour mon oncle! »

C'était tout.

Il resta longtemps à me regarder encore, quand j'eus
fini. Enfin, je m'aventurai à lui prendre la main et à le
conjurer, de mon mieux, d'essayer de recouvrer quelque
empire sur lui-même. « Merci, monsieur, merci! »
répondait-il, mais sans bouger.

Ham lui parla : et M. Peggotty n'était pas insensible à
sa douleur, car il lui serra la main de toutes ses forces,
mais c'était tout : il restait dans la même attitude, et
pèrsonne n'osait le déranger.

Enfin, lentement, il détourna les yeux de dessus mon

visage, comme s'il sortait d'une vision, et il les promena autour de la chambre, puis il dit à voix basse :

« Qui est-ce ? je veux savoir son nom. »

Ham me regarda. Je me sentis aussitôt frappé d'un coup qui me fit reculer.

« Vous soupçonnez quelqu'un, dit M. Peggotty, qui est-ce ?

— Monsieur David ! dit Ham d'un ton suppliant, sortez un moment, et laissez-moi lui dire ce que j'ai à lui dire. Vous, il ne faut pas que vous l'entendiez, monsieur. »

Je sentis de nouveau le même coup ; je me laissai tomber sur une chaise, j'essayai d'articuler une réponse, mais ma langue était glacée et mes yeux troubles.

« Je veux savoir son nom ! répéta-t-il.

— Depuis quelque temps, balbutia Ham, il y a un domestique qui est venu quelquefois rôder par ici. Il y a aussi un monsieur : ils s'entendaient ensemble. »

M. Peggotty restait toujours immobile, mais il regardait Ham.

« Le domestique, continua Ham, a été vu hier soir avec... avec notre pauvre fille. Il était caché dans le voisinage depuis huit jours au moins. On croyait qu'il était parti, mais il était caché seulement. Ne restez pas ici, monsieur David, ne restez pas ! »

Je sentis Peggotty passer son bras autour de mon cou pour m'entraîner, mais je n'aurais pu bouger quand la maison aurait pu me tomber sur les épaules.

« On a vu une voiture inconnue avec des chevaux de poste, ce matin presque avant le jour, sur la route de Norwich, reprit Ham. Le domestique y alla, il revint, il retourna. Quand il y retourna, Émilie était avec lui. L'autre était dans la voiture. C'est lui !

— Au nom de Dieu, dit M. Peggotty en reculant et en étendant la main pour repousser une pensée qu'il craignait de s'avouer à lui-même, ne me dites pas que son nom est Steerforth !

— Monsieur David, s'écria Ham d'une voix brisée, ce

n'est pas votre faute... et je suis bien loin de vous en accuser, mais... son nom est Steerforth, et c'est un grand misérable! »

M. Peggotty ne poussa pas un cri, ne versa pas une larme, ne fit pas un mouvement, mais bientôt il eut l'air de se réveiller tout d'un coup, et se mit à décrocher son gros manteau qui était suspendu dans un coin.

« Aidez-moi un peu. Je suis tout brisé, et je ne puis en venir à bout, dit-il avec impatience. Aidez-moi donc! Bien! ajouta-t-il, quand on lui eut donné un coup de main. Maintenant passez-moi mon chapeau! »

Ham lui demanda où il allait.

« Je vais chercher ma nièce. Je vais chercher mon Émilie. Je vais d'abord couler à fond ce bateau-là où je l'aurais noyé, *oui*, vrai comme je suis en vie, si j'avais pu me douter de ce qu'il méditait. Quand il était assis en face de moi, dit-il d'un air égaré en étendant le poing fermé, quand il était assis en face de moi, que la foudre m'écrase, si je ne l'aurais pas noyé, et si je n'aurais pas cru bien faire! Je vais chercher ma nièce.

— Où? s'écria Ham, en se plaçant devant la porte.

— N'importe où! Je vais chercher ma nièce à travers le monde. Je vais trouver ma pauvre nièce dans sa honte, et la ramener avec moi. Qu'on ne m'arrête pas! Je vous dis que je vais chercher ma nièce.

— Non, non, cria mistress Gummidge qui vint se placer entre eux, dans un accès de douleur! non, non, Daniel! pas dans l'état où vous êtes! Vous irez la chercher bientôt, mon pauvre Daniel, et ce sera trop juste, mais pas maintenant! Asseyez-vous et pardonnez-moi de vous avoir si souvent tourmenté, Daniel... (qu'est-ce que c'est que *mes* chagrins auprès de celui-ci?) et parlons du temps où elle est devenue orpheline et Ham orphelin, quand j'étais une pauvre veuve, et que vous m'aviez recueillie. Cela calmera votre pauvre cœur, Daniel, dit-elle, en appuyant sa tête sur l'épaule de M. Peggotty, et vous supporterez mieux votre douleur, car vous connaissez la promesse, Daniel : « Ce que vous aurez fait à l'un des plus petits de mes frères, vous me l'aurez fait à moi-même », et cela ne peut manquer d'être accompli sous ce toit qui nous a servi d'abri depuis tant, tant d'années ! »

Il était devenu maintenant presque insensible en apparence, et quand je l'entendis pleurer, au lieu de me mettre à genoux comme j'en avais l'envie, pour lui demander pardon de la douleur que je leur avais causée, et pour maudire Steerforth, je fis mieux : je donnais à mon cœur oppressé le même soulagement et je pleurai avec eux.

CHAPITRE II

Commencement d'un long voyage

Je suppose que ce qui m'est naturel est naturel à beaucoup d'autres, c'est pourquoi je ne crains pas de dire que je n'ai jamais plus aimé Steerforth qu'au moment même où les liens qui nous unissaient furent rompus. Dans l'amère angoisse que me causa la découverte de son crime, je me rappelai plus nettement toutes ses brillantes qualités, j'appréciai plus vivement tout ce qu'il avait de bon, je rendis plus complètement justice à toutes les facultés qui auraient pu faire de lui un homme d'une noble nature et d'une grande distinction, que je ne l'avais jamais fait dans toute l'ardeur de mon dévouement passé ; il m'était impossible de ne pas sentir profondément la part involontaire que j'avais eue dans la souillure qu'il avait laissée dans une famille honnête, et cependant, je crois que, si je m'étais trouvé alors face à face avec lui, je n'aurais pas eu la force de lui adresser un seul reproche. Je l'aurais encore tant aimé, quoique mes yeux fussent dessillés ; j'aurais conservé un souvenir si tendre de mon affection pour lui, que j'aurais été, je le crains, faible comme un enfant qui ne sait que pleurer et oublier ; mais, par exemple, il n'y avait plus à penser désormais à une réconciliation entre nous. C'est une pensée que je n'eus jamais. Je sentais, comme il l'avait senti lui-même, que tout était fini de lui à moi. Je n'ai jamais su quel souvenir il avait conservé de moi ; peut-être n'était-ce qu'un de ces souvenirs légers qu'il est facile d'écarter, mais moi, je me souvenais de lui comme d'un ami bien-aimé que j'avais perdu par la mort.

Oui, Steerforth, depuis que vous avez disparu de la scène de ce pauvre récit, je ne dis pas que ma douleur ne portera pas involontairement témoignage contre vous devant le trône du jugement dernier, mais n'ayez pas peur que ma colère ou mes reproches accusateurs vous y poursuivent d'eux-mêmes.

La nouvelle de ce qui venait d'arriver se répandit bientôt dans la ville, et en passant dans les rues, le lendemain matin, j'entendais les habitants en parler devant leurs portes. Il y avait beaucoup de gens qui se montraient sévères pour elle ; d'autres l'étaient plutôt pour lui, mais il n'y avait qu'une voix sur le compte de son père adoptif et de son fiancé. Tout le monde, dans tous les rangs, témoignait pour leur douleur un respect plein d'égards et de délicatesse. Les marins se tinrent à l'écart quand ils les virent tous deux marcher lentement sur la plage de grand matin, et formèrent des groupes où l'on ne parlait d'eux que pour les plaindre.

Je les trouvai sur la plage près de la mer. Il m'eût été facile de voir qu'ils n'avaient pas fermé l'œil, quand même Peggotty ne m'aurait pas dit que le grand jour les avait surpris assis encore là où je les avais laissés la veille. Ils avaient l'air accablé, et il me sembla que cette seule nuit avait courbé la tête de M. Peggotty plus que toutes les années pendant lesquelles je l'avais connu. Mais ils étaient tous deux graves et calmes comme la mer elle-même, qui se déroulait à nos yeux sans une seule vague sous un ciel sombre, quoique des gonflements soudains montrassent bien qu'elle respirait dans son repos, et qu'une bande de lumière qui l'illuminait à l'horizon fît deviner par derrière la présence du soleil, invisible encore sous les nuages.

« Nous avons longuement parlé, monsieur, me dit Peggotty après que nous eûmes fait, tous les trois, quelques tours sur le sable au milieu d'un silence général, de ce que nous devions et de ce que nous ne devions pas faire. Mais nous sommes fixés maintenant. »

Je jetai, par hasard, un regard sur Ham. En ce moment il regardait la lueur qui éclairait la mer dans le lointain, et, quoique son visage ne fût pas animé par la colère et que je ne pusse y lire, autant qu'il m'en souvient, qu'une expression de désolution sombre, il me vint dans l'esprit la terrible pensée que s'il rencontrait jamais Steerforth, il le tuerait.

« Mon devoir ici est accompli, monsieur, dit Peggotty. Je vais chercher ma... » Il s'arrêta, puis il reprit d'une voix plus ferme : « Je vais la chercher. C'est mon devoir à tout jamais. »

Il secoua la tête quand je lui demandai où il la chercherait, et me demanda si je partais pour Londres le lendemain. Je lui dis que, si je n'étais pas parti le jour même, c'était de peur de manquer l'occasion de lui rendre quelque service, mais que j'étais prêt à partir quand il voudrait.

« Je partirai avec vous demain, monsieur, dit-il, si cela vous convient. »

Nous fîmes de nouveau quelques pas en silence.

« Ham continuera à travailler ici, reprit-il au bout d'un moment, et il ira vivre chez ma sœur. Le vieux bateau...

— Est-ce que vous abandonnerez le vieux bateau, M. Peggotty ? demandai-je doucement.

— Ma place n'est plus là, M. David, répondit-il, et si jamais un bateau a fait naufrage depuis le temps où les ténèbres étaient sur la surface de l'abîme, c'est celui-là. Mais, non, monsieur; non, je ne veux pas qu'il soit abandonné, bien loin de là. »

Nous marchâmes encore en silence, puis il reprit :

« Ce que je désire, monsieur, c'est qu'il soit toujours, nuit et jour, hiver comme été, tel qu'elle l'a toujours connu, depuis la première fois qu'elle l'a vu. Si jamais ses pas errants se dirigeaient de ce côté, je ne voudrais pas que son ancienne demeure semblât la repousser ; je voudrais qu'elle l'invitât, au contraire, à s'approcher peut-être de la vieille fenêtre, comme un revenant, pour regarder, à travers le vent et la pluie, son petit coin près du feu. Alors, M. David, peut-être qu'en voyant là mistress Gummidge toute seule, elle prendrait courage et s'y glisserait en tremblant ; peut-être se laisserait-elle coucher dans son ancien petit lit et reposerait-elle sa tête fatiguée, là où elle s'endormait jadis si gaiement. »

Je ne pus lui répondre, malgré tous mes efforts.

« Tous les soirs, continua M. Peggotty, à la tombée de la nuit, la chandelle sera placée comme à l'ordinaire à la fenêtre, afin que, s'il lui arrivait un jour de la voir, elle croie aussi l'entendre l'appeler doucement : « Reviens, mon enfant, reviens ! » Si jamais on frappe à la porte de votre tante, le soir, Ham, surtout si on frappe doucement, n'allez pas ouvrir vous-même. Que ce soit elle, et non pas vous, qui voie d'abord ma pauvre enfant ! »

Il fit quelques pas et marcha devant nous un moment. Durant cet intervalle, je jetai encore les yeux sur Ham et voyant la même expression sur son visage, avec son regard toujours fixé sur la lueur lointaine, je lui touchai le bras.

Je l'appelai deux fois par son nom, comme si j'eusse voulu réveiller un homme endormi, sans qu'il fît seulement attention à moi. Quand je lui demandai enfin à quoi il pensait, il me répondit :

« A ce que j'ai devant moi, M. David, et par-delà.

— A la vie qui s'ouvre devant vous, vous voulez dire ? »

Il m'avait vaguement montré la mer.

« Oui, M. David. Je ne sais pas bien ce que c'est, mais il me semble... que c'est tout là-bas que viendra la fin. »

Et il me regardait comme un homme qui se réveille, mais avec le même air résolu.

« La fin de quoi ? demandai-je en sentant renaître mes craintes.

— Je ne sais pas, dit-il d'un air pensif. Je me rappelais que c'est ici que tout a commencé et... naturellement je pensais que c'est ici que tout doit finir. Mais n'en parlons plus, M. David, ajouta-t-il en répondant, je pense, à mon regard, n'ayez pas peur : c'est que, voyez-vous, je suis si barbouillé, il me semble que je ne sais pas... », et, en effet, il ne savait pas où il en était et son esprit était dans la plus grande confusion.

M. Peggotty s'arrêta pour nous laisser le temps de le rejoindre, et nous en restâmes là ; mais le souvenir de mes premières craintes me revint plus d'une fois, jusqu'au jour où l'inexorable fin arriva au temps marqué.

Nous nous étions insensiblement rapprochés du vieux bateau. Nous entrâmes : mistress Gummidge, au lieu de se lamenter dans son coin accoutumé, était tout occupée de préparer le déjeuner. Elle prit le chapeau de M. Peggotty, et lui approcha une chaise en lui parlant avec tant de douceur et de bon sens que je ne la reconnaissais plus.

« Allons, Daniel, mon brave homme, disait-elle, il faut manger et boire pour conserver vos forces, sans cela vous ne pourriez rien faire. Allons, un petit effort de courage, mon brave homme, et si je vous gêne avec mon caquet, vous n'avez qu'à le dire, Daniel, et ce sera fini. »

Quand elle nous eut tous servis, elle se retira près de la fenêtre, pour s'occuper activement de réparer des chemises et d'autres hardes appartenant à M. Peggotty, qu'elle pliait ensuite avec soin pour les emballer dans un vieux sac de toile cirée, comme ceux que portent les matelots. Pendant ce temps, elle continuait à parler toujours aussi doucement.

« En tout temps et en toutes saisons, vous savez,

Daniel, disait mistress Gummidge, je serai toujours ici,
et tout restera comme vous le désirez. Je ne suis pas
bien savante, mais je vous écrirai de temps en temps
quand vous serez parti, et j'enverrai mes lettres à
M. David. Peut-être que vous m'écrirez aussi quelquefois, Daniel, pour me dire comment vous vous trouvez à
voyager tout seul dans vos tristes recherches.

— J'ai peur que vous ne vous trouviez bien isolée, dit
M. Peggotty.

— Non, non, Daniel, répliqua-t-elle; il n'y a pas de
danger, ne vous inquiétez pas de moi, j'aurai bien assez
à faire de tenir les êtres en ordres (mistress Gummidge
voulait parler de la maison) pour votre retour, de tenir
les êtres en ordre pour ceux qui pourraient revenir,
Daniel. Quand il fera beau, je m'assoirai à la porte
comme j'en avais l'habitude. Si quelqu'un venait, il
pourrait voir de loin la vieille veuve, la fidèle gardienne
du logis. »

Quel changement chez mistress Gummidge, et en si
peu de temps! C'était une autre personne. Elle était si
dévouée, elle comprenait si vite ce qu'il était bon de dire
et ce qu'il valait mieux taire, elle pensait si peu à elle-
même et elle était si occupée du chagrin de ceux qui
l'entouraient, que je la regardais faire avec une sorte de
vénération. Que d'ouvrage elle fit ce jour-là! Il y avait
sur la plage une quantité d'objets qu'il fallait renfermer
sous le hangar, comme des voiles, des filets, des rames,
des cordages, des vergues, des pots pour les homards,
des sacs de sable pour le lest et bien d'autres choses, et
quoique le secours ne manquât pas et qu'il n'y eût pas
sur la plage une paire de mains qui ne fût disposée à
travailler de toutes ses forces pour M. Peggotty, trop
heureuse de se faire plaisir en lui rendant service, elle
persista, pendant toute la journée, à traîner des far-
deaux infiniment au-dessus de ses forces, et à courir de
çà et de là pour faire une foule de choses inutiles. Point
de ses lamentations ordinaires sur ses malheurs qu'elle
semblait avoir complètement oubliés. Elle affecta tout

le jour une sérénité tranquille, malgré sa vive et bonne
sympathie, et ce n'était pas ce qu'il y avait de moins
étonnant dans le changement qui s'était opéré en elle.
De mauvaise humeur, il n'en était pas question. Je ne
remarquai même pas que sa voix tremblât une fois, ou
qu'une larme tombât de ses yeux pendant tout le jour;
seulement, le soir, à la tombée de la nuit, quand elle
resta seule avec M. Peggotty, et qu'il s'était endormi
définitivement, elle fondit en larmes et elle essaya en
vain de réprimer ses sanglots. Alors, me menant près de
la porte :

« Que Dieu vous bénisse, M. David! me dit-elle, et
soyez toujours un ami pour lui, le pauvre cher
homme! »

Puis elle courut hors de la maison pour se laver les
yeux, avant d'aller se rasseoir près de lui, pour qu'il la
trouvât tranquillement à l'ouvrage en se réveillant. En
un mot, lorsque je les quittai, le soir, elle était l'appui et
le soutien de M. Peggotty dans son affliction, et je ne
pouvais me lasser de méditer sur la leçon que mistress
Gummidge m'avait donnée et sur le nouveau côté du
cœur humain qu'elle venait de me faire voir.

Il était environ neuf heures et demie, lorsqu'en me
promenant tristement par la ville, je m'arrêtai à la porte
de M. Omer. Sa fille me dit que son père avait été si
affligé de ce qui était arrivé, qu'il en avait été tout le
jour morne et abattu, et qu'il s'était même couché sans
fumer sa pipe.

« C'est une fille perfide, un mauvais cœur, dit mistress Joram; elle n'a jamais valu rien de bon, non,
jamais!

— Ne dites pas cela, répliquai-je, vous ne le pensez
pas.

— Si, je le pense! dit mistress Joram avec colère.

— Non, non », lui dis-je.

Mistress Joram hocha la tête en essayant de prendre
un air dur et sévère, mais elle ne put triompher de son
émotion et se mit à pleurer. J'étais jeune, il est vrai,

mais cette sympathie me donna très bonne opinion d'elle, et il me sembla qu'en sa qualité de femme et de mère irréprochable, cela lui allait très bien.

« Que deviendra-t-elle ? disait Minnie en sanglotant. Où ira-t-elle ? que deviendra-t-elle ? Oh ! comment a-t-elle pu être si cruelle envers elle-même et envers lui ? »

Je me rappelais le temps où Minnie était une jeune et jolie fille, et j'étais bien aise de voir qu'elle s'en souvenait aussi avec tant d'émotion.

« Ma petite Minnie vient seulement de s'endormir, dit mistress Joram. Même en dormant, elle appelle Émilie. Toute la journée, ma petite Minnie l'a demandée en pleurant, et elle voulait toujours savoir si Émilie était méchante. Que voulez-vous que je lui dise, quand le dernier soir qu'Émilie a passé ici, elle a détaché un ruban de son cou et qu'elle a mis sa tête sur l'oreiller, à côté de la petite, jusqu'à ce qu'elle dormît profondément. Le ruban est à l'heure qu'il est autour du cou de ma petite Minnie. Peut-être cela ne devrait-il pas être, mais que voulez-vous que je fasse ? Émilie est bien mauvaise, mais elles s'aimaient tant ! Et puis, cette enfant n'a pas de connaissance. »

Mistress Joram était si triste que son mari sortit de sa chambre pour venir la consoler. Je les laissai ensemble, et je repris le chemin de la maison de Peggotty, plus mélancolique, s'il était possible, que je ne l'avais encore été.

Cette bonne créature (je veux parler de Peggotty), sans songer à sa fatigue, à ses inquiétudes récentes, à tant de nuits sans sommeil, était restée chez son frère pour ne plus le quitter qu'au moment du départ. Il n'y avait dans la maison avec moi qu'une vieille femme, chargée du soin du ménage depuis quelques semaines, lorsque Peggotty ne pouvait pas s'en occuper. Comme je n'avais aucun besoin de ses services, je l'envoyai se coucher à sa grande satisfaction, et je m'assis devant le feu de la cuisine pour réfléchir un peu à tout ce qui venait de se passer.

Je confondais les derniers événements avec la mort de M. Barkis, et je voyais la mer qui se retirait dans le lointain; je me rappelais le regard étrange que Cham avait jeté sur l'horizon, quand je fus tiré de mes rêveries par un coup frappé dehors. Il y avait un marteau à la porte, mais ce n'était pas un coup de marteau : c'était une main qui avait frappé, tout en bas, comme si c'était un enfant qui voulût se faire ouvrir.

Je mis plus d'empressement à courir à la porte que si c'était le coup de marteau d'un valet de pied chez un personnage de distinction; j'ouvris, et je ne vis d'abord, à mon grand étonnement, qu'un immense parapluie qui semblait marcher tout seul. Mais je découvris bientôt sous son ombre miss Mowcher.

Je n'aurais pas été disposé à recevoir avec beaucoup de bienveillance cette petite créature, si, au moment où elle détourna son parapluie qu'elle ne pouvait venir à bout de fermer malgré les plus grands efforts, j'avais retrouvé sur sa figure cette expression « folichonne » qui m'avait fait une si grande impression lors de notre première et dernière entrevue. Mais, lorsqu'elle tourna son visage vers le mien, elle avait un air si pénétré, et quand je la débarrassai de son parapluie (dont le volume eût été incommode, même pour *le Géant irlandais*), elle tendit ses petites mains avec une expression de douleur si vive, que je me sentis quelque sympathie pour elle.

« Miss Mowcher! lui dis-je après avoir regardé à droite et à gauche dans la rue déserte sans savoir ce que j'y cherchais, comment vous trouvez-vous ici? Qu'est-ce que vous avez? »

Elle me fit signe avec son petit bras de fermer son parapluie, et passant précipitamment à côté de moi, elle entra dans la cuisine. Je fermai la porte; je la suivis, le parapluie à la main, et je la trouvai assise sur un coin du garde-cendres, tout près des chenets et des deux barres de fer destinées à recevoir les assiettes, à l'ombre du coquemard, se balançant en avant et en arrière, et pressant ses genoux avec ses mains comme quelqu'un qui souffre.

Un peu inquiet de recevoir cette visite inopportune, et de me trouver seul spectateur de ces étranges gesticulations, je m'écriai de nouveau : « Miss Mowcher, qu'est-ce que vous avez ? Êtes-vous malade ?

— Mon cher enfant, répliqua miss Mowcher en pressant ses deux mains sur son cœur, je suis malade là, très malade ; quand je pense à ce qui est arrivé, et que j'aurais pu le savoir, l'empêcher peut-être, si je n'avais pas été folle et étourdie comme je le suis ! »

Et son grand chapeau, si mal approprié à sa taille de naine, se balançait en avant et en arrière, suivant les mouvements de son petit corps, faisant danser à l'unisson derrière elle, sur la muraille, l'ombre d'un chapeau de géant.

« Je suis étonné, commençai-je à dire, de vous voir si sérieusement troublée... » Mais elle m'interrompit.

« Oui, dit-elle, c'est toujours comme ça. Tous les jeunes gens inconsidérés qui ont eu le bonheur d'arriver à leur pleine croissance, ça s'étonne toujours de trouver quelques sentiments chez une petite créature comme moi. Je ne suis pour eux qu'un jouet dont ils s'amusent, pour le jeter de côté quand ils en sont las ; ça s'imagine que je n'ai pas plus de sensibilité qu'un cheval de bois ou un soldat de plomb. Oui, oui, c'est comme ça, et ce n'est pas d'aujourd'hui.

— Je ne peux parler que pour moi, lui dis-je, mais je vous assure que je ne suis pas comme cela. Peut-être n'aurais-je pas dû me montrer étonné de vous voir dans cet état, puisque je vous connais à peine. Excusez-moi : je vous ai dit cela sans intention.

— Que voulez-vous que je fasse ? répliqua la petite femme en se tenant debout et en levant les bras pour se faire voir. Voyez : mon père était tout comme moi, mon frère est de même, ma sœur aussi. Je travaille pour mon frère et ma sœur depuis bien des années... sans relâche, monsieur Copperfield, tout le jour. Il faut vivre. Je ne fais de mal à personne. S'il y a des gens assez cruels pour me tourner légèrement en plaisanterie, que voulez-vous que je fasse? Il faut bien que je fasse comme eux; et voilà comme j'en suis venue à me moquer de moi-même, de mes rieurs et de toutes choses. Je vous le demande, à qui la faute? Ce n'est pas la mienne, toujours! »

Non, non, je voyais bien que ce n'était pas la faute de miss Mowcher.

« Si j'avais laissé voir à votre perfide ami que, pour être naine, je n'en avais pas moins un cœur comme une autre, continua-t-elle en secouant la tête d'un air de reproche, croyez-vous qu'il m'eût jamais montré le moindre intérêt? Si la petite Mowcher (qui ne s'est pourtant pas faite elle-même, monsieur) s'était adressée à lui ou à quelqu'un de ses semblables au nom de ses malheurs, croyez-vous que l'on eût seulement écouté sa petite voix? La petite Mowcher n'en avait pas moins besoin de vivre, quand elle eût été la plus sotte et la plus grognon des naines, mais elle n'y eût pas réussi, oh! non. Elle se serait essoufflée à demander une tartine de pain et de beurre, qu'on l'aurait bien laissée là mourir de faim, car enfin elle ne peut pourtant pas se nourrir de l'air du temps! »

Miss Mowcher s'assit de nouveau sur le garde-cendres, tira son mouchoir et s'essuya les yeux.

« Allez! vous devez plutôt me féliciter, si vous avez le cœur bon, comme je le crois, dit-elle, d'avoir eu le courage, dans ce que je suis, de supporter tout cela gaiement. Je me félicite moi-même, en tout cas, de pouvoir faire mon petit bonhomme de chemin dans le monde sans rien devoir à personne, sans avoir à rendre autre chose pour le pain qu'on me jette en passant, par sottise ou par vanité, que quelques folies en échange. Si je ne passe pas ma vie à me lamenter de tout ce qui me manque, c'est tant mieux pour moi, et cela ne fait de tort à personne. S'il faut que je serve de jouet à vous autres géants, au moins traitez votre jouet doucement. »

Miss Mowcher remit son mouchoir dans sa poche, et poursuivit en me regardant fixement:

« Je vous ai vu dans la rue tout à l'heure. Vous comprenez qu'il m'est impossible de marcher aussi vite que vous : j'ai les jambes trop petites et l'haleine trop courte, et je n'ai pas pu vous rejoindre ; mais je devinais où vous alliez et je vous ai suivi. Je suis déjà venue ici aujourd'hui, mais la bonne femme n'était pas chez elle.

— Est-ce que vous la connaissez ? demandai-je.

— J'ai entendu parler d'elle, répliqua-t-elle, chez Omer et Joram. J'étais chez eux ce matin à sept heures. Vous souvenez-vous de ce que Steerforth me dit de cette malheureuse fille le jour où je vous ai vus tous les deux à l'hôtel ? »

Le grand chapeau sur la tête de miss Mowcher, et le chapeau plus grand encore qui se dessinait sur la muraille, recommencèrent à se dandiner quand elle me fit cette question.

Je lui répondis que je me rappelais très bien ce qu'elle voulait dire, et que j'y avais pensé plusieurs fois dans la journée.

« Que le père du mensonge le confonde ! dit la petite personne en élevant le doigt entre ses yeux étincelants et moi, et qu'il confonde dix fois plus encore ce misérable domestique ! Mais je croyais que c'était vous qui aviez pour elle une passion de vieille date.

— Moi ? répétai-je.

— Enfant que vous êtes ! Au nom de la mauvaise fortune la plus aveugle, s'écria miss Mowcher, en se tordant les mains avec impatience et en s'agitant de long en large sur le garde-cendres, pourquoi aussi faisiez-vous tant son éloge, en rougissant et d'un air si troublé ? »

Je ne pouvais me dissimuler qu'elle disait vrai, quoiqu'elle eût mal interprété mon émotion.

« Comment pouvais-je le savoir ? dit miss Mowcher en tirant de nouveau son mouchoir et en frappant du pied chaque fois qu'elle s'essuyait les yeux des deux mains. Je voyais bien qu'il vous tourmentait et vous cajolait tour à tour ; et, pendant ce temps-là, vous étiez

comme de la cire molle entre ses mains ; je le voyais
bien aussi. Il n'y avait pas une minute que j'avais quitté
la chambre quand son domestique me dit que le jeune
innocent (c'est ainsi qu'il vous appelait, et vous, vous
pouvez bien l'appeler le vieux coquin tant que vous voudrez, sans lui faire tort) avait jeté son dévolu sur elle, et
qu'elle avait aussi la tête perdue d'amour pour vous ;
mais que son maître était décidé à ce que cela n'eût pas
de mauvaises suites, plus par affection pour vous que
par pitié pour elle, et que c'était dans ce but qu'ils
étaient à Yarmouth. Comment ne pas le croire ? J'avais
vu Steerforth vous câliner et vous flatter en faisant
l'éloge de cette jeune fille. C'était vous qui aviez parlé
d'elle le premier. Vous aviez avoué qu'il y avait longtemps que vous l'aviez appréciée. Vous aviez chaud et
froid, vous rougissiez et vous pâlissiez quand je vous
parlais d'elle. Que vouliez-vous que je pusse croire, si ce
n'est que vous étiez un petit libertin en herbe, à qui il ne
manquait plus que l'expérience, et qu'avec les mains
dans lesquelles vous étiez tombé, l'expérience ne vous
manquerait pas longtemps, s'ils ne se chargeaient pas
de vous diriger pour votre bien, puisque telle était leur
fantaisie ? Oh ! oh ! oh ! c'est qu'ils avaient peur que je ne
découvrisse la vérité, s'écria miss Mowcher en descendant du garde-feu pour trotter en long et en large dans
la cuisine, en levant au ciel ses deux petits bras d'un air
de désespoir ; ils savaient que je suis assez fine, car j'en
ai bien besoin pour me tirer d'affaire dans le monde, et
ils se sont réunis pour me tromper : ils m'ont fait
remettre à cette malheureuse fille une lettre, l'origine, je
le crains bien, de ses accointances avec Littimer qui
était resté ici tout exprès pour elle. »

Je restai confondu à la révélation de tant de perfidie,
et je regardai miss Mowcher qui se promenait toujours
dans la cuisine ; quand elle fut hors d'haleine, elle se
rassit sur le garde-feu et, s'essuyant le visage avec son
mouchoir, elle secoua la tête sans faire d'autre mouvement et sans rompre le silence.

« Mes tournées de province m'ont amenée avant-hier soir à Norwich, monsieur Copperfield, ajouta-t-elle enfin. Ce que j'ai su là par hasard du secret qui avait enveloppé leur arrivée et leur départ, car je fus bien étonnée d'apprendre que vous n'étiez pas de la partie, m'a fait soupçonner quelque chose. J'ai pris hier au soir la diligence de Londres au moment où elle traversait Norwich, et je suis arrivée ici ce matin, trop tard, hélas ! trop tard ! »

La pauvre petite Mowcher avait un tel frisson, à force de pleurer et de se désespérer, qu'elle se retourna sur le garde-feu pour réchauffer ses pauvres petits pieds mouillés au milieu des cendres, et resta là comme une grande poupée, les yeux tournés vers l'âtre. J'étais assis sur une chaise de l'autre côté de la cheminée, plongé dans mes tristes réflexions et regardant tantôt le feu, tantôt mon étrange compagne.

« Il faut que je m'en aille, dit-elle enfin en se levant. Il est tard ; vous ne vous méfiez pas de moi, n'est-ce pas ? »

En rencontrant son regard perçant, plus perçant que jamais, quand elle me fit cette question, je ne pus répondre à ce brusque appel un « non » bien franc.

« Allons, dit-elle, en acceptant la main que je lui offrais pour l'aider à passer par-dessus le garde-cendres et en me regardant d'un air suppliant, vous savez bien que vous ne vous méfieriez pas de moi, si j'étais une femme de taille ordinaire. »

Je sentis qu'il y avait beaucoup de vérité là-dedans, et j'étais un peu honteux de moi-même.

« Vous êtes jeune, dit-elle. Écoutez un mot d'avis, même d'une petite créature de trois pieds de haut. Tâchez, mon bon ami, de ne pas confondre les infirmités physiques avec les infirmités morales, à moins que vous n'ayez quelque bonne raison pour cela. »

Quand elle fut délivrée du garde-cendres, et moi de mes soupçons, je lui dis que je ne doutais pas qu'elle ne m'eût fidèlement expliqué ses sentiments, et que nous n'eussions été, l'un et l'autre, deux instruments aveugles dans des mains perfides. Elle me remercia en ajoutant que j'étais un bon garçon.

« Maintenant, faites attention ! dit-elle en se retournant, au moment d'arriver à la porte, et en me regardant, le doigt levé, d'un air malin. J'ai quelques raisons de supposer, d'après ce que j'ai entendu dire (car j'ai toujours l'oreille au guet, il faut bien que j'use des facultés que je possède) qu'ils sont partis pour le continent. Mais s'ils reviennent jamais, si l'un d'eux seulement revient de mon vivant, j'ai plus de chances qu'un autre, moi qui suis toujours par voie et par chemins, d'en être informée. Tout ce que je saurai, vous le saurez ; si je puis jamais être utile, n'importe comment, à cette pauvre fille qu'ils viennent de séduire, je m'y emploierai fidèlement, s'il plaît à Dieu ! Et quant à Littimer, mieux vaudrait pour lui avoir un dogue à ses trousses que la petite Mowcher ! »

Je ne pus m'empêcher d'ajouter foi intérieurement à cette promesse, quand je vis le regard qui l'accompagnait.

« Je ne vous demande que d'avoir en moi la confiance que vous auriez en une femme d'une taille ordinaire, ni plus ni moins, dit la petite créature en prenant ma main d'un air suppliant. Si vous me revoyez jamais différente en apparence de ce que je suis maintenant avec vous ; si je reprends l'humeur folâtre que vous m'avez vue la première fois, faites attention à la compagnie avec laquelle je me trouve. Rappelez-vous que je suis une pauvre petite créature sans secours et sans défense. Figurez-vous miss Mowcher rentrée chez elle le soir, avec son frère tout comme elle, et sa sœur, comme elle aussi, quand elle a fini sa journée ; peut-être alors serez-vous plus indulgent pour moi, et ne vous étonnerez-vous plus de mon chagrin et de mon trouble. Bonsoir ! »

Je touchai la main de miss Mowcher avec des sentiments d'estime bien différents de ceux qu'elle m'avait inspirés jusqu'alors, et je lui tins la porte pour la laisser sortir. Ce n'était pas une petite affaire que d'ouvrir le grand parapluie et de le placer en équilibre dans sa main ; j'y réussis pourtant, et je le vis descendre la rue à travers la pluie sans que rien indiquât qu'il y eût personne dessous, excepté quand une gouttière trop pleine se déchargeait sur lui au passage et le faisait pencher de côté, car alors ou découvrait miss Mowcher en péril, qui faisait de violents efforts pour le redresser.

Après avoir fait une ou deux sorties pour aller à sa rescousse, mais sans grands résultats, car, quelques pas plus loin, le parapluie recommençait toujours à sautiller devant moi comme un gros oiseau avant que je pusse le rejoindre, je rentrai me coucher, et je dormis jusqu'au matin.

M. Peggotty et ma vieille bonne vinrent me trouver de bonne heure, et nous nous rendîmes au bureau de la diligence, où mistress Gummidge nous attendait avec Ham pour nous dire adieu.

« Monsieur David, me dit Ham tout bas, en me prenant à part, pendant que Peggotty arrimait son sac au milieu du bagage : sa vie est complètement brisée, il ne sait pas où il va, il ne sait pas ce qui l'attend, il commence un voyage qui va le mener de çà et de là, jusqu'à la fin de sa vie, vous pouvez compter là-dessus, s'il ne trouve pas ce qu'il cherche. Je sais que vous serez un ami pour lui, monsieur David !

— Vous pouvez en être assuré, lui dis-je en pressant affectueusement sa main.

— Merci, monsieur, merci bien. Encore un mot. Je gagne bien ma vie, vous savez, monsieur David, et je ne saurais maintenant à quoi dépenser ce que je gagne, je n'ai plus besoin que de quoi vivre. Si vous pouviez le dépenser pour lui, monsieur, je travaillerais de meilleur cœur. Quoique, quant à ça, monsieur, continua-t-il d'un ton ferme et doux, soyez bien sûr que je n'en travaillerai pas moins comme un homme, et que je m'en acquitterai de mon mieux. »

Je lui dis que j'en étais bien convaincu, et je ne lui cachai même pas mon espérance qu'un temps viendrait où il renoncerait à la vie solitaire à laquelle, en ce moment, il pouvait se croire naturellement condamné pour toujours.

« Non, monsieur, dit-il en secouant la tête : tout cela est passé pour moi. Jamais personne ne remplira la place qui est vide. Mais n'oubliez pas qu'il y aura toujours ici de l'argent de côté, monsieur. »

Je lui promis de m'en souvenir, tout en lui rappelant que M. Peggotty avait déjà un revenu modeste, il est vrai, mais assuré, grâce au legs de son beau-frère. Nous prîmes alors congé l'un de l'autre. Je ne peux pas le quitter, même ici, sans me rappeler son courage simple et touchant dans un si grand chagrin.

Quant à mistress Gummidge, s'il me fallait décrire toutes les courses qu'elle fit le long de la rue à côté de la diligence, sans voir autre chose, à travers les larmes qu'elle essayait de contenir, que M. Peggotty assis sur l'impériale, ce qui faisait qu'elle se heurtait contre tous les gens qui marchaient dans une direction opposée, je serais obligé de me lancer dans une entreprise bien difficile. J'aime donc mieux la laisser assise sur les marches de la porte d'un boulanger, essoufflée et hors d'haleine, avec un chapeau qui n'avait plus du tout de forme, et l'un de ses souliers qui l'attendait sur le trottoir à une distance considérable.

En arrivant au terme de notre voyage, notre première occupation fut de chercher pour Peggotty un petit logement où son frère pût avoir un lit; nous eûmes le bonheur d'en trouver un, très propre et peu dispendieux, au-dessus d'une boutique de marchand de chandelles, et séparé par deux rues seulement de mon appartement. Quand nous eûmes retenu ce domicile, j'achetai de la viande froide chez un restaurateur et j'emmenai mes compagnons de voyage prendre le thé chez moi, au risque, je regrette de le dire, de ne pas obtenir l'approbation de mistress Crupp, bien au contraire. Cependant, je dois mentionner ici, pour bien faire connaître les qualités contradictoires de cette estimable dame, qu'elle fut très choquée de voir Peggotty retrousser sa robe de veuve, dix minutes après son arrivée chez moi, pour se mettre à épousseter ma chambre à coucher. Mistress Crupp regardait cette usurpation de sa charge comme une liberté, et elle ne permettait jamais, dit-elle, qu'on prît des libertés avec elle.

M. Peggotty m'avait communiqué en route un projet auquel je m'attendais bien. Il avait l'intention de voir d'abord mistress Steerforth. Comme je me sentais obligé de l'aider dans cette entreprise, et de servir de médiateur entre eux, dans le but de ménager le plus possible la sensibilité de la mère, je lui écrivis le soir même. Je lui expliquai le plus doucement que je pus le mal qu'on avait fait à M. Peggotty, le droit que j'avais pour ma part de me plaindre de ce malheureux événement. Je lui disais que c'était un homme d'une classe inférieure, mais du caractère le plus doux et le plus élevé, et que j'osais espérer qu'elle ne refuserait pas de le voir dans le malheur qui l'accablait. Je lui demandais de nous recevoir à deux heures de l'après-midi, et j'envoyai moi-même la lettre par la première diligence du matin.

A l'heure dite, nous étions devant la porte... la porte de cette maison où j'avais été si heureux quelques jours auparavant, où j'avais donné si librement toute ma confiance et tout mon cœur, cette porte qui m'était désormais fermée maintenant, et que je ne regardais plus que comme une ruine désolée.

Point de Littimer. C'était la jeune fille qui l'avait remplacé à ma grande satisfaction, lors de notre dernière visite, qui vint nous répondre et qui nous conduisit au salon. Mistress Steerforth s'y trouvait. Rosa Dartle, au moment où nous entrâmes, quitta le siège qu'elle occupait dans un autre coin de la chambre, et vint se placer debout derrière le fauteuil de mistress Steerforth.

Je vis à l'instant sur le visage de la mère qu'elle avait appris de lui-même ce qu'il avait fait. Elle était très pâle,

et ses traits portaient la trace d'une émotion trop profonde pour être seulement attribuée à ma lettre, surtout
avec les doutes que lui eût laissés sa tendresse. Je lui
trouvai en ce moment plus de ressemblance que jamais
avec son fils, et je vis, plutôt avec mon cœur qu'avec
mes yeux, que mon compagnon n'en était pas frappé
moins que moi.

Elle se tenait droite sur son fauteuil, d'un air majestueux, imperturbable, impassible, qu'il semblait que
rien au monde ne fût capable de troubler. Elle regarda
fièrement M. Peggotty quand il vint se placer devant
elle, et lui ne la regardait pas d'un œil moins assuré. Les
yeux pénétrants de Rosa Dartle nous embrassaient tous.
Pendant un moment le silence fut complet.

Elle fit signe à M. Peggotty de s'asseoir.

« Il ne me semblerait pas naturel, madame, dit-il à
voix basse, de m'asseoir dans cette maison ; j'aime
mieux me tenir debout. »

Nouveau silence, qu'elle rompit encore en disant :

« Je sais ce qui vous amène ici ; je le regrette profondément. Que voulez-vous de moi ? que me demandez-
vous de faire ? »

Il mit son chapeau sous son bras, et cherchant dans
son sein la lettre de sa nièce, la tira, la déplia et la lui
donna.

« Lisez ceci, s'il vous plaît, madame. C'est de la main
de ma nièce ! »

Elle lut, du même air impassible et grave ; je ne pus
saisir sur ses traits aucune trace d'émotion, puis elle
rendit la lettre.

« A moins qu'il ne me ramène après avoir fait de moi
une dame », dit M. Peggotty, en suivant les mots du
doigt : Je viens savoir, madame, s'il tiendra sa promesse ?

— Non, répliqua-t-elle.

— Pourquoi non ? dit M. Peggotty ?

— C'est impossible. Il se déshonorerait. Vous ne pouvez pas ignorer qu'elle est trop au-dessous de lui.

— Élevez-la jusqu'à vous ! dit M. Peggotty.

— Elle est ignorante et sans éducation.

— Peut-être oui, peut-être non, dit M. Peggotty. Je ne le crois pas, madame, mais je ne suis pas juge de ces choses-là. Enseignez-lui ce qu'elle ne sait pas !

— Puisque vous m'obligez à parler plus catégorique- ment ; ce que je ne fais qu'avec beaucoup de regret, sa famille est trop humble pour qu'une chose pareille soit possible, quand même il n'y aurait pas d'autres obs- tacles.

— Écoutez-moi, madame, dit-il lentement et avec calme : Vous savez ce que c'est que d'aimer son enfant ; moi aussi. Elle serait cent fois mon enfant que je ne pourrais pas l'aimer davantage. Mais vous ne savez pas ce que c'est que de perdre son enfant ; moi je le sais. Toutes les richesses du monde, si elles étaient à moi, ne me coûteraient rien pour la racheter. Arrachez-la à ce déshonneur, et je vous donne ma parole que vous n'aurez pas à craindre l'opprobre de notre alliance. Pas un de ceux qui l'ont élevée, pas un de ceux qui ont vécu avec elle, et qui l'ont regardée comme leur trésor depuis tant d'années, ne verra plus jamais son joli visage. Nous renoncerons à elle, nous nous contenterons d'y penser, comme si elle était bien loin, sous un autre ciel ; nous nous contenterons de la confier à son mari, à ses petits enfants, peut-être, et d'attendre, pour la revoir, le temps où nous serons tous égaux devant Dieu ! »

La simple éloquence de son discours ne fut pas abso- lument sans effet. Mistress Steerforth conserva ses manières hautaines, mais son ton s'adoucit un peu en lui répondant :

« Je ne justifie rien. Je n'accuse personne, mais je suis fâchée d'être obligée de répéter que c'est impraticable. Un mariage pareil détruirait sans retour tout l'avenir de mon fils. Cela ne se peut pas, et cela ne se fera pas : rien n'est plus certain. Si y a quelque autre compensation...

— Je regarde un visage qui me rappelle par sa res- semblance celui que j'ai vu en face de moi, interrompit

M. Peggotty, avec un regard ferme mais étincelant, dans ma maison, au coin de mon feu, dans mon bateau, partout, avec un sourire amical, au moment où il méditait une trahison si noire, que j'en deviens à moitié fou quand j'y pense. Si le visage qui ressemble à celui-là ne devient pas rouge comme le feu à l'idée de m'offrir de l'argent pour me payer la perte et la ruine de mon enfant, il ne vaut pas mieux que l'autre ; peut-être vaut-il moins encore, puisque c'est celui d'une dame. »

Elle changea alors en un instant : elle rougit de colère, et dit avec hauteur, en serrant les bras de son fauteuil :

« Et vous, quelle compensation pouvez-vous m'offrir pour l'abîme que vous avez ouvert entre mon fils et moi ? Qu'est-ce que votre affection en comparaison de la mienne ? Qu'est-ce que votre séparation au prix de la nôtre ? »

Miss Dartle la toucha doucement et pencha la tête pour lui parler tout bas, mais elle ne voulut pas l'écouter.

« Non, Rosa, pas un mot ! Que cet homme m'entende jusqu'au bout ! Mon fils, qui a été le but unique de ma vie, à qui toutes mes pensées ont été consacrées, à qui je n'ai pas refusé un désir depuis son enfance, avec lequel j'ai vécu d'une seule existence depuis sa naissance, s'amouracher en un instant d'une misérable fille, et m'abandonner ! Me récompenser de ma confiance par une déception systématique pour l'amour d'elle, et me quitter pour elle ! Sacrifier à cette odieuse fantaisie les droits de sa mère à son respect, son affection, son obéissance, sa gratitude, des droits que chaque jour et chaque heure de sa vie avaient dû lui rendre sacrés ! N'est-ce pas là aussi un tort irréparable ? »

Rosa Dartle essaya de nouveau de la calmer, mais ce fut en vain.

« Je vous le répète, Rosa, pas un mot ! S'il est capable de risquer tout sur un coup de dé pour le caprice le plus frivole, je puis le faire aussi pour un motif plus digne de

moi. Qu'il aille où il voudra avec les ressources que mon
amour lui a fournies ! Croit-il me réduire par une
longue absence ? Il connaît bien peu sa mère s'il compte
là-dessus. Qu'il renonce à l'instant à cette fantaisie, et il
sera le bienvenu. S'il n'y renonce pas à l'instant, il ne
m'approchera jamais, vivante ou mourante, tant que je
pourrai lever la main pour m'y opposer, jusqu'à ce que,
débarrassé d'elle pour toujours, il vienne humblement
implorer mon pardon. Voilà mon droit ! Voilà la séparation qu'il a mise entre nous ! Et n'est-ce pas là un tort
irréparable ? » dit-elle en regardant son visiteur du
même air hautain qu'elle avait pris tout d'abord.

En entendant, en voyant la mère, pendant qu'elle prononçait ces paroles, il me semblait voir et entendre son
fils y répondre par un défi. Je retrouvais en elle tout ce
que j'avais vu en lui d'obstination et d'entêtement. Tout
ce que je savais par moi même de l'énergie mal dirigée
de Steerforth me faisait mieux comprendre le caractère
de sa mère ; je voyais clairement que leur âme, dans sa
violence sauvage, était à l'unisson.

Elle me dit alors tout haut, en reprenant la froideur
de ses manières, qu'il était inutile d'en entendre ou d'en
dire davantage, et qu'elle désirait mettre un terme à
cette entrevue. Elle se levait d'un air de dignité pour
quitter la chambre, quand M. Peggotty déclara que
c'était inutile.

« Ne craignez pas que je sois pour vous un embarras,
madame : je n'ai plus rien à vous dire, reprit-il en faisant un pas vers la porte. Je suis venu ici sans espérance
et je n'emporte aucun espoir. J'ai fait ce que je croyais
devoir faire, mais je n'attendais rien de ma visite. Cette
maison maudite a fait trop de mal à moi et aux miens
pour que je pusse raisonnablement en espérer quelque
chose. »

Là-dessus nous partîmes, en la laissant debout à côté
de son fauteuil, comme si elle posait pour un portrait de
noble attitude avec un beau visage.

Nous avions à traverser, pour sortir, une galerie vitrée

qui servait de vestibule ; une vigne en treille la couvrait tout entière de ses feuilles ; il faisait beau et les portes qui donnaient dans le jardin étaient ouvertes. Rosa Dartle entra par là, sans bruit, au moment où nous passions, et s'adressant à moi :

« Vous avez eu une belle idée, dit-elle, d'amener cet homme ! »

Je n'aurais pas cru qu'on pût concentrer, même sur ce visage, une expression de rage et de mépris comme celle qui obscurcissait ses traits et qui jaillissait de ses yeux noirs. La cicatrice du marteau était, comme toujours dans de pareils accès de colère, fortement accusée. Le tremblement nerveux que j'y avais déjà remarqué l'agitait encore, et elle y porta la main pour le contenir, en voyant que je la regardais.

« Vous avez bien choisi votre homme pour l'amener ici et lui servir de champion, n'est-ce pas ? Quel ami fidèle !

— Miss Dartle, répliquai-je, vous n'êtes certainement pas assez injuste pour que ce soit moi que vous condamniez en ce moment ?

— Pourquoi venez-vous jeter la division entre ces deux créatures insensées, répliqua-t-elle ; ne voyez-vous pas qu'ils sont fous tous les deux d'entêtement et d'orgueil ?

— Est-ce ma faute ? repartis-je.

— C'est votre faute ! répliqua-t-elle. Pourquoi amenez-vous cet homme ici ?

— C'est un homme auquel on a fait bien du mal, miss Dartle, répondis-je ; vous ne le savez peut-être pas.

— Je sais que James Steerforth, dit-elle en pressant la main sur son sein comme pour empêcher d'éclater l'orage qui y régnait, a un cœur perfide et corrompu ; je sais que c'est un traître. Mais qu'ai-je besoin de m'inquiéter de savoir ce qui regarde cet homme et sa misérable nièce ?

— Miss Dartle, répliquai-je, vous envenimez la plaie : elle n'est déjà que trop profonde. Je vous répète seulement, en vous quittant, que vous lui faites grand tort.

— Je ne lui fais aucun tort, répliqua-t-elle : ce sont autant de misérables sans honneur, et, pour elle, je voudrais qu'on lui donnât le fouet. »

M. Peggotty passa sans dire un mot et sortit.

« Oh ! c'est honteux, miss Dartle, c'est honteux, lui dis-je avec indignation. Comment pouvez-vous avoir le cœur de fouler aux pieds un homme accablé par une affliction si peu méritée ?

— Je voudrais les fouler tous aux pieds, répliqua-t-elle. Je voudrais voir sa maison détruite de fond en comble ; je voudrais qu'on marquât la nièce au visage avec un fer rouge, qu'on la couvrît de haillons, et qu'on la jetât dans la rue pour y mourir de faim. Si j'avais le pouvoir de la juger, voilà ce que je lui ferais faire : non, non, voilà ce que je lui ferais moi-même ! Je la déteste ! Si je pouvais lui reprocher en face sa situation infâme, j'irais au bout du monde pour cela. Si je pouvais la poursuivre jusqu'au tombeau, je le ferais. S'il y avait à l'heure de sa mort un mot qui pût la consoler, et qu'il n'y eût que moi qui le sût, je mourrais plutôt que de le lui dire. »

Toute la véhémence de ces paroles ne peut donner qu'une idée très imparfaite de la passion qui la possédait tout entière et qui éclatait dans toute sa personne, quoiqu'elle eût baissé la voix au lieu de l'élever. Nulle description ne pourrait rendre le souvenir que j'ai conservé d'elle, dans cette ivresse de fureur. J'ai vu la colère sous bien des formes, je ne l'ai jamais vue sous celle-là.

Quand je rejoignis M. Peggotty, il descendait la colline lentement et d'un air pensif. Il me dit, dès que je l'eus atteint, qu'ayant maintenant le cœur net de ce qu'il avait voulu faire à Londres, il avait l'intention de partir le soir même pour ses voyages. Je lui demandai où il comptait aller ? Il me répondit seulement :

« Je vais chercher ma nièce, monsieur. »

Nous arrivâmes au petit logement au-dessus du magasin de chandelles, et là je trouvai l'occasion de répéter à Peggotty ce qu'il m'avait dit. Elle m'apprit à son tour qu'il lui avait tenu le même langage, le matin. Elle ne savait pas plus que moi où il allait, mais elle pensait qu'il avait quelque projet en tête.

Je ne voulus pas le quitter en pareille circonstance, et nous dînâmes tous les trois avec un pâté de filet de bœuf, l'un des plats merveilleux qui faisaient honneur au talent de Peggotty, et dont le parfum incomparable était encore relevé, je me le rappelle à merveille, par une odeur composée de thé, de café, de beurre, de lard, de fromage, de pain frais, de bois à brûler, de chandelles et de sauce aux champignons qui montait sans cesse de la boutique. Après le dîner, nous nous assîmes pendant une heure à peu près, à côté de la fenêtre, sans dire grand-chose; puis M. Peggotty se leva, prit son sac de toile cirée et son gourdin, et les posa sur la table.

Il accepta, en avance de son legs, une petite somme que sa sœur lui remit sur l'argent comptant qu'elle avait entre les mains, à peine de quoi vivre un mois, à ce qu'il me semblait. Il promit de m'écrire s'il venait à savoir quelque chose, puis il passa la courroie de son sac sur son épaule, prit son chapeau et son bâton, et nous dit à tous les deux : « Au revoir ! »

« Que Dieu vous bénisse, ma chère vieille, dit-il en embrassant Peggotty, et vous aussi, monsieur David, ajouta-t-il en me donnant une poignée de main. Je vais la chercher par le monde. Si elle revenait pendant que je serai parti (mais, hélas! ce n'est pas probable), ou si je la ramenais, mon intention serait d'aller vivre avec elle là où elle ne trouverait personne qui pût lui adresser un reproche; s'il m'arrivait malheur, rappelez-vous que les dernières paroles que j'ai dites pour elles sont : « Je laisse à ma chère fille mon affection inébranlable, et je lui pardonne ! »

Il dit cela d'un ton solennel, la tête nue ; puis, remettant son chapeau, il descendit et s'éloigna. Nous le suivîmes jusqu'à la porte. La soirée était chaude, il faisait beaucoup de poussière, le soleil couchant jetait des flots

de lumière sur la chaussée, et le bruit constant des pas
s'était un moment assoupi dans la grande rue à laquelle
aboutissait notre petite ruelle. Il tourna tout seul le coin
de cette ruelle sombre, entra dans l'éclat du jour et disparut.

Rarement je voyais revenir cette heure de la soirée,
rarement il m'arrivait de me réveiller la nuit et de regarder la lune ou les étoiles, ou de voir tomber la pluie et
d'entendre siffler le vent, sans penser au pauvre pèlerin
qui s'en allait tout seul par les chemins, et sans me rappeler ces mots :

« Je vais la chercher par le monde. S'il m'arrivait malheur, rappelez-vous que les dernières paroles que j'ai
dites pour elle étaient : « Je laisse à ma chère fille mon
affection inébranlable, et je lui pardonne. »

CHAPITRE III

Bonheur

Durant tout ce temps-là, j'avais continué d'aimer
Dora plus que jamais. Son souvenir me servait de
refuge dans mes contrariétés et mes chagrins, il me
consolait même de la perte de mon ami. Plus j'avais
compassion de moi-même et plus j'avais pitié des
autres, plus je cherchais des consolations dans l'image
de Dora. Plus le monde me semblait rempli de déceptions et de peines, plus l'étoile de Dora s'élevait pure et
brillante au-dessus du monde. Je ne crois pas que
j'eusse une idée bien nette de la patrie où Dora avait vu
le jour, ni de la place élevée qu'elle occupait par sa
nature dans l'échelle des archanges et des séraphins;
mais je sais bien que j'aurais repoussé avec indignation
et mépris la pensée qu'elle pût être simplement une
créature humaine comme toutes les autres demoiselles.

Si je puis m'exprimer ainsi, j'étais absorbé dans Dora.

Non seulement j'étais amoureux d'elle à en perdre la tête, mais c'était un amour qui pénétrait tout mon être. On aurait pu tirer de moi, ceci est une figure, assez d'amour pour y noyer un homme, et il en serait encore resté assez en moi et tout autour de moi pour inonder mon existence tout entière.

La première chose que je fis pour mon propre compte en revenant, fut d'aller pendant la nuit me promener à Norwood, où, selon les termes d'une respectable énigme qu'on me donnait à deviner dans mon enfance, « je fis le tour de la maison, sans jamais toucher la maison » : Je crois que cet incompréhensible logogriphe s'appliquait à la lune. Quoi qu'il en soit, moi, l'esclave lunatique de Dora, je tournai autour de la maison et du jardin pendant deux heures, regardant à travers des fentes dans les palissades, arrivant par des effets surhumains à passer le menton au-dessus des clous rouillés qui en garnissaient le sommet, envoyant des baisers aux lumières qui paraissaient aux fenêtres, faisant à la nuit des supplications romantiques pour qu'elle prît en main la défense de ma Dora... je ne sais pas trop contre quoi, contre le feu, je suppose ; peut-être contre les souris, dont elle avait grand'peur.

Mon amour me préoccupait tellement, et il me semblait si naturel de tout confier à Peggotty, lorsque je la retrouvai près de moi dans la soirée avec tous ses anciens instruments de couture, occupée à passer en revue ma garde-robe, qu'après de nombreuses circonlocutions, je lui communiquai mon grand secret. Peggotty y prit un vif intérêt ; mais je ne pouvais réussir à lui faire considérer la question du même point de vue que moi. Elle avait des préventions audacieuses en ma faveur, et ne pouvait comprendre d'où venaient mes doutes et mon abattement. « La jeune personne devait se trouver bien heureuse d'avoir un pareil adorateur, disait-elle, et quant à son papa, qu'est-ce que ce monsieur pouvait demander de plus, je vous prie ? »

Je remarquai pourtant que la robe de procureur et la

cravate empesée de M. Spenlow imposaient un peu à
Peggotty, et lui inspiraient quelque respect pour
l'homme dans lequel je voyais tous les jours davantage
une créature éthérée, et qui me semblait rayonner dans
un reflet de lumière pendant qu'il siégeait à la Cour, au
milieu de ses dossiers, comme un phare destiné à éclairer un océan de papiers. Je me souviens aussi que c'était
une chose qui me passait, pendant que je siégeais parmi
ces messieurs de la Cour, de penser que tous ces vieux
juges et ces docteurs ne se soucieraient seulement pas
de Dora s'ils la connaissaient, qu'ils ne deviendraient
pas du tout fous de joie si on leur proposait d'épouser
Dora : que Dora pourrait, en chantant, en jouant de
cette guitare magique, me pousser jusqu'aux limites de
la folie, sans détourner d'un pas de son chemin un seul
de tous ces êtres glacés !

Je les méprisais tous sans exception. Tous ces vieux
jardiniers gelés des plates-bandes du cœur m'inspiraient une répulsion personnelle. Le tribunal n'était
pour moi qu'un bredouilleur insensé. La haute Cour me
semblait aussi dépourvue de poésie et de sentiment que
la basse-cour d'un poulailler.

J'avais pris en main, avec un certain orgueil, le
maniement des affaires de Peggotty, j'avais prouvé
l'identité du testament, j'avais tout réglé avec le bureau
des legs, je l'avais même menée à la Banque ; enfin, tout
était en bon train. Nous apportions quelque variété
dans nos affaires légales, en allant voir des figures de
cire dans Fleet-Street (j'espère qu'elles sont fondues,
depuis vingt ans que je ne les ai vues), en visitant l'exposition de miss Linwood, qui reste dans mes souvenirs
comme un mausolée au crochet, favorable aux examens
de conscience et au repentir ; enfin, en parcourant la
tour de Londres, et en montant jusqu'au haut du dôme
de Saint-Paul. Ces curiosités procurèrent à Peggotty le
peu de plaisir dont elle pût jouir dans les circonstances
présentes ; pourtant il faut dire que Saint-Paul, grâce à
son attachement pour sa boîte à ouvrage, lui parut

digne de rivaliser avec la peinture du couvercle, quoique la comparaison, sous quelques rapports, fût plutôt à l'avantage de ce petit chef-d'œuvre : c'était du moins l'avis de Peggotty.

Ses affaires, qui étaient ce que nous appelions à la Cour des affaires de formalités ordinaires, genre d'affaires, par parenthèse, très facile et très lucratif, étant finies, je la conduisis un matin à l'étude pour régler son compte. M. Spenlow était sorti un moment, à ce que m'apprit le vieux Tiffey, il était allé conduire un monsieur qui venait prêter serment pour une dispense de bans ; mais comme je savais qu'il allait revenir tout de suite ; attendu que notre bureau était tout près de celui du vicaire général, je dis à Peggotty d'attendre.

Nous jouions un peu, à la Cour, le rôle d'entrepreneurs de pompes funèbres, lorsqu'il s'agissait d'examiner un testament, et nous avions habituellement pour règle de nous composer un air plus ou moins sentimental quand nous avions affaire à des clients en deuil. Par le même principe, autrement appliqué, nous étions toujours gais et joyeux quand il s'agissait de clients qui allaient se marier. Je prévins donc Peggotty qu'elle allait trouver M. Spenlow assez bien remis du coup que lui avait porté le décès de M. Barkis, et le fait est que lorsqu'il entra, on aurait cru voir entrer le fiancé.

Mais ni Peggotty ni moi nous ne nous amusâmes à la regarder, quand nous le vîmes accompagné de M. Murdstone. Ce personnage était très peu changé. Ses cheveux étaient aussi épais et aussi noirs qu'autrefois, et son regard n'inspirait pas plus de confiance que par le passé.

« Ah ! Copperfield, dit M. Spenlow, vous connaissez monsieur, je crois ? »

Je saluai froidement M. Murdstone. Peggotty se borna à faire voir qu'elle le reconnaissait. Il fut d'abord un peu déconcerté de nous trouver tous les deux ensemble, mais il prit promptement son parti et s'approcha de moi.

« J'espère, dit-il, que vous allez bien ?

— Cela ne peut guère vous intéresser, lui dis-je. Mais, si vous tenez à le savoir, oui. »

Nous nous regardâmes un moment, puis il s'adressa à Peggotty.

« Et vous, dit-il, je suis fâché de savoir que vous ayez perdu votre mari.

— Ce n'est pas le premier chagrin que j'aie eu dans ma vie, monsieur Murdstone, répliqua Peggotty en tremblant de la tête aux pieds. Seulement, j'ose espérer qu'il n'y a personne à en accuser cette fois, personne qui ait à se le reprocher.

— Ah ! dit-il, c'est une grande consolation, vous avez accompli votre devoir ?

— Je n'ai troublé la vie de personne, dit Peggotty. Grâce à Dieu ! Non, monsieur Murdstone, je n'ai pas fait mourir de peur et de chagrin une pauvre petite créature pleine de bonté et de douceur. »

Il la regarda d'un air sombre, d'un air de remords, je crois, pendant un moment, puis il dit en se retournant de mon côté, mais en regardant mes pieds au lieu de regarder mon visage.

« Il n'est pas probable que nous nous rencontrions de longtemps, ce qui doit être un sujet de satisfaction pour tous deux, sans doute, car des rencontres comme celle-ci ne peuvent jamais être agréables. Je ne m'attends pas à ce que vous, qui vous êtes toujours révolté contre mon autorité légitime, quand je l'employais pour vous corriger et vous mener à bien, vous puissiez maintenant me témoigner quelque bonne volonté. Il y a entre nous une antipathie...

— Invétérée, lui dis-je en l'interrompant. Il sourit et me décocha le regard le plus méchant que pussent darder ses yeux noirs.

— Oui, vous étiez encore au berceau, qu'elle couvait déjà dans votre sein, dit-il : elle a assez empoisonné la vie de votre pauvre mère, vous avez raison. J'espère pourtant que vous vous conduirez mieux ; j'espère que vous vous corrigerez. »

Ainsi finit notre dialogue à voix basse, dans un coin de la première pièce. Il entra après cela dans le cabinet de M. Spenlow, en disant tout haut, de sa voix la plus douce :

« Les hommes de votre profession, monsieur Spenlow, sont accoutumés aux discussions de famille, et ils savent combien elles sont toujours amères et compliquées. » Là-dessus il paya sa dispense, la reçut de M. Spenlow soigneusement pliée, et après une poignée de main et des vœux polis du procureur pour son bonheur et celui de sa future épouse, il quitta le bureau.

J'aurais peut-être eu plus de peine à garder le silence après ses derniers mots, si je n'avais pas été uniquement occupé de tâcher de persuader à Peggotty (qui n'était en colère qu'à cause de moi, la brave femme !) que nous n'étions pas en un lieu propre aux récriminations et que je la conjurais de se contenir. Elle était dans un tel état d'exaspération, que je fus enchanté d'en être quitte pour un de ses tendres embrassements. Je le devais sans doute à cette scène qui venait de réveiller en elle le souvenir de nos anciennes injures, et je soutins de mon mieux l'accolade en présence de M. Spenlow et de tous les clercs.

M. Spenlow n'avait pas l'air de savoir quel était le lien qui existait entre M. Murdstone et moi et j'en étais bien aise, car je ne pouvais supporter de le reconnaître moi-même, me souvenant comme je le faisais de l'histoire de ma pauvre mère. M. Spenlow semblait croire, s'il croyait quelque chose, qu'il s'agissait d'une différence d'opinion politique : que ma tante était à la tête du parti de l'État dans notre famille, et qu'il y avait un parti de l'opposition commandé par quelque autre personne : du moins ce fut la conclusion que je tirai de ce qu'il disait, pendant que nous attendions le compte de Peggotty que rédigeait M. Tiffey.

« Miss Trotwood, me dit-il, est très ferme, et n'est pas disposée à céder à l'opposition, je crois. J'admire beaucoup son caractère, et je vous félicite, Copperfield, d'être du bon côté. Les querelles de famille sont fort à regretter, mais elles sont très communes, et la grande affaire est d'être du bon côté. »

Voulant dire par là, je suppose, du côté de l'argent.

« Il fait là, à ce que je puis croire, un assez bon mariage, dit M. Spenlow. »

Je lui expliquai que je n'en savais rien du tout.

« Vraiment ? dit-il. D'après les quelques mots que M. Murdstone a laissé échapper, comme cela arrive ordinairement en pareil cas, et d'après ce que miss Murdstone m'a laissé entendre de son côté, il me semble que c'est un assez bon mariage.

— Voulez-vous dire qu'il y a de l'argent, monsieur, demandai-je.

— Oui, dit M. Spenlow, il paraît qu'il y a de l'argent, et de la beauté aussi, dit-on.

— Vraiment ? sa nouvelle femme est-elle jeune ?

— Elle vient d'atteindre sa majorité, dit M. Spenlow. Il y a si peu de temps que je pense bien qu'ils n'attendaient que ça.

— Dieu ait pitié d'elle ! dit Peggotty si brusquement et d'un ton si pénétré que nous en fûmes tous un peu troublés, jusqu'au moment où Tiffey arriva avec le compte. »

Il apparut bientôt et tendit le papier à M. Spenlow pour qu'il le vérifiât. M. Spenlow rentra son menton dans sa cravate, puis le frottant doucement, il relut tous les articles d'un bout à l'autre, de l'air d'un homme qui voudrait bien en rabattre quelque chose, mais que voulez-vous, c'était la faute de ce diable de M. Jorkins : puis il le remit à Tiffey avec un petit soupir.

« Oui, dit-il, c'est en règle, parfaitement en règle. J'aurais été très heureux de réduire les dépenses à nos déboursés purs et simples, mais vous savez que c'est une des nécessités pénibles de ma vie d'affaires que de n'avoir pas la liberté de consulter mes propres désirs. J'ai un associé, M. Jorkins. »

Comme il parlait ainsi avec une douce mélancolie qui

équivalait presque à avoir fait nos affaires gratis, je le remerciai au nom de Peggotty et je remis les billets de banque à Tiffey. Peggotty retourna ensuite chez elle, et M. Spenlow et moi, nous nous rendîmes à la Cour, où se présentait une affaire de divorce au nom d'une petite loi très ingénieuse, qu'on a abolie depuis, je crois, mais grâce à laquelle j'ai vu annuler plusieurs mariages ; et dont voici quel était le mérite. Le mari, dont le nom était Thomas Benjamin, avait pris une autorisation pour la publication des bans sous le nom de Thomas seulement, supprimant le Benjamin pour le cas où il ne trouverait pas la situation aussi agréable qu'il l'espérait. Or, ne trouvant pas la situation très agréable, ou peut-être un peu las de sa femme, le pauvre homme, il se présentait alors devant la Cour par l'entremise d'un ami, après un an ou deux de mariage, et déclarait que son nom était Thomas Benjamin, et que par conséquent il n'était pas marié du tout. Ce que la Cour confirma à sa grande satisfaction.

Je dois dire que j'avais quelques doutes sur la justice absolue de cette procédure, et que le boisseau de froment qui raccommode toutes les anomalies, au dire de M. Spenlow, ne put les dissiper tout à fait. Mais M. Spenlow discuta la question avec moi : « Voyez le monde, disait-il, il y a du bien et du mal ; voyez la législation ecclésiastique, il y a du bien et du mal ; mais tout cela fait partie d'un système. Très bien. Voilà ! »

Je n'eus pas le courage de suggérer au père de Dora que peut-être il ne nous serait pas impossible de faire quelques changements heureux même dans le monde, si on se levait de bonne heure, et si on se retroussait les manches pour se mettre vaillamment à la besogne, mais j'avouai qu'il me semblait qu'on pourrait apporter quelques changements heureux dans la Cour. M. Spenlow me répondit qu'il m'engageait fortement à bannir de mon esprit cette idée qui n'était pas digne de mon caractère élevé, mais qu'il serait bien aise d'apprendre de quelles améliorations je croyais le système de la Cour susceptible ?

Le mariage de notre homme était rompu : c'était une affaire finie, nous étions hors de Cour et nous passions près du bureau des Prérogatives ; prenant donc la partie de l'institution qui se trouvait le plus près de nous, je lui soumis la question de savoir si le bureau des Prérogatives n'était pas une institution singulièrement administrée. M. Spenlow me demanda sous quel rapport. Je répliquai avec tout le respect que je devais à son expérience (mais j'en ai peur, surtout avec le respect que j'avais pour le père de Dora) qu'il était peut-être un peu absurde que les archives de cette Cour qui contenaient tous les testaments originaux de tous les gens qui avaient disposé depuis trois siècles de quelque propriété sise dans l'immense district de Canterbury se trouvassent placées dans un bâtiment qui n'avait pas été construit dans ce but, qui avait été loué par les archivistes sous leur responsabilité privée, qui n'était pas sûr, qui n'était même pas à l'abri du feu et qui regorgeait tellement des documents importants qu'il contenait, qu'il n'était du bas en haut qu'une preuve des sordides spéculations des archivistes qui recevaient des sommes énormes pour l'enregistrement de tous ces testaments, et qui se bornaient à les fourrer où ils pouvaient, sans autre but que de s'en débarrasser au meilleur marché possible. J'ajoutai qu'il était peut-être un peu déraisonnable que les archivistes qui percevaient des profits montant par an à huit ou neuf mille livres sterling sans parler des revenus des suppléants et des greffiers, ne fussent pas obligés de dépenser une partie de cet argent pour se procurer un endroit un peu sûr où l'on pût déposer ces documents précieux que tout le monde, dans toutes les classes de la société, était obligé bon gré mal gré de leur confier.

Je dis qu'il était peut-être un peu injuste, que tous les grands emplois de cette administration fussent de magnifiques sinécures, pendant que les malheureux employés qui travaillaient sans relâche dans cette pièce sombre et froide là-haut, étaient les plus mal payés et les moins considérés des hommes dans la ville de Londres, pour prix des services importants qu'ils rendaient. N'était-il pas aussi un peu inconvenant que l'archiviste en chef, dont le devoir était de procurer au public, qui encombrait sans cesse les bureaux de l'administration, des locaux convenables, fût, en vertu de cet emploi en possession d'une énorme sinécure, ce qui ne l'empêchait pas d'occuper en même temps un poste dans l'église, d'y posséder plusieurs bénéfices, d'être chanoine d'une cathédrale et ainsi de suite, tandis que le public supportait des ennuis infinis, dont nous avions un échantillon tous les matins quand les affaires abondaient dans les bureaux. Enfin il me semblait que cette administration du bureau des Prérogatives du district de Canterbury était une machine tellement vermoulue, et une absurdité tellement dangereuse que, si on ne l'avait pas fourrée dans un coin du cimetière Saint-Paul, que peu de gens connaissent, toute cette organisation aurait été bouleversée de fond en comble depuis longtemps.

M. Spenlow sourit, en voyant comme je prenais feu malgré ma réserve sur cette question, puis il discuta avec moi ce point comme tous les autres. Qu'était-ce après tout ? me dit-il, une simple question d'opinion. Si le public trouvait que les testaments étaient en sûreté et admettait que l'administration ne pouvait mieux remplir ses devoirs, qui est-ce qui en souffrait ? Personne. A qui cela profitait-il ? A tous ceux qui possédaient les sinécures. Très bien. Les avantages l'emportaient donc sur les inconvénients ; ce n'était peut-être pas une organisation parfaite ; il n'y a rien de parfait dans ce monde ; mais, par exemple, ce dont il ne pouvait pas entendre parler à aucun prix, c'était qu'on mît la hache quelque part. Sous l'administration des prérogatives, le pays s'était couvert de gloire. Portez la hache dans l'administration des prérogatives, et le pays cessera de se couvrir de gloire. Il regardait comme le trait distinctif d'un esprit sensé et élevé de prendre les choses comme il les trouvait, et il n'avait aucun doute sur la question de savoir si l'organisation actuelle des Prérogatives durerait aussi longtemps que nous. Je me rendis à son opinion, quoique j'eusse pour mon compte beaucoup de doutes encore là-dessus. Il s'est pourtant trouvé qu'il avait raison, car non seulement le bureau des Prérogatives existe toujours, mais il a résisté à un grand rapport présenté d'assez mauvaise grâce au Parlement, il y a dix-huit ans, où toutes mes objections étaient développées en détail, et à une époque où l'on annonçait qu'il serait impossible d'entasser les testaments du district de Canterbury dans le local actuel pendant plus de deux ans et demi à partir de ce moment-là. Je ne sais ce qu'on en a fait depuis, je ne sais si on en a perdu beaucoup ou si l'on en vend de temps en temps à l'épicier. Je suis bien aise, dans tous les cas, que le mien n'y soit pas, et j'espère qu'il ne s'y trouvera pas de sitôt.

Si j'ai rapporté tout au long notre conversation dans ce bienheureux chapitre, on ne me dira pas que ce n'était point là sa place naturelle. Nous causions en nous promenant en long et en large, M. Spenlow et moi, avant de passer à des sujets plus généraux. Enfin il me dit que le jour de naissance de Dora tombait dans huit jours, et qu'il serait bien aise que je vinsse me joindre à eux pour un pique-nique qui devait avoir lieu à cette occasion. Je perdis la raison à l'instant même, et le lendemain ma folie s'augmenta encore, lorsque je reçus un petit billet avec une bordure découpée, portant ces mots : « Recommandé aux bons soins de papa. Pour rappeler à M. Copperfield le pique-nique. » Je passai les jours qui me séparaient de ce grand événement dans un état voisin de l'idiotisme.

Je crois que je commis toutes les absurdités possibles comme préparation à ce jour fortuné. Je rougis de penser à la cravate que j'achetai ; quant à mes bottes, elles étaient dignes de figurer dans une collection d'instruments de torture. Je me procurai et j'expédiai, la veille au soir, par l'omnibus de Norwood, un petit panier de provisions qui équivalait presque, selon moi, à une déclaration. Il contenait entre autres choses des dragées à pétards, enveloppées dans les devises les plus tendres qu'on pût trouver chez le confiseur. A six heures du matin, j'étais au marché de Covent-Garden, pour acheter un bouquet à Dora. A dix heures je montai à cheval, ayant loué un joli coursier gris pour cette occasion, et je fis au trot le chemin de Norwood, avec le bouquet dans mon chapeau pour le tenir frais.

Je suppose que, lorsque je vis Dora dans le jardin, et que je fis semblant de ne pas la voir, passant près de la maison en ayant l'air de la chercher avec soin, je fus coupable de deux petites folies que d'autres jeunes messieurs auraient pu commettre dans ma situation, tant elles me parurent naturelles. Mais lorsque j'eus trouvé la maison, lorsque je fus descendu à la porte, lorsque j'eus traversé la pelouse avec ces cruelles bottes pour rejoindre Dora qui était assise sur un banc à l'ombre d'un lilas, quel spectacle elle offrait par cette belle matinée, au milieu des papillons, avec son chapeau blanc et sa robe bleu de ciel !

Elle avait auprès d'elle une jeune personne, comparativement d'un âge avancé ; elle devait avoir vingt ans, je crois. Elle s'appelait miss Mills, et Dora lui donnait le nom de Julia. C'était l'amie intime de Dora ; heureuse miss Mills !

Jip était là, et Jip s'entêtait à aboyer après moi. Quand j'offris mon bouquet, Jip grinça les dents de jalousie. Il avait bien raison, oh oui ! S'il avait la moindre idée de l'ardeur avec laquelle j'adorais sa maîtresse, il avait bien raison !

« Oh ! merci, monsieur Copperfield ! Quelles belles fleurs ! dit Dora. »

J'avais eu l'intention de lui dire que je les avais trouvées charmantes aussi avant de les voir auprès *d'elle*, et j'étudiais depuis une lieue la meilleure tournure à donner à cette phrase, mais je ne pus en venir à bout : elle était trop séduisante. Je perdis toute présence d'esprit et

toute faculté de parole, quand je la vis porter son bouquet aux jolies fossettes de son menton, et je tombai
dans un état d'extase. Je suis encore étonné de ne lui
avoir pas dit plutôt : « Tuez-moi, miss Mills, par pitié,
tuez-moi. Je veux mourir ici ! »

Alors Dora tendit mes fleurs à Jip pour les sentir.
Alors Jip se mit à grogner et ne voulut pas sentir les
fleurs. Alors Dora les rapprocha de son museau comme
pour l'y obliger. Alors Jip prit un brin de géranium
entre ses dents et le houspilla comme s'il y flairait une
bande de chats imaginaires. Alors Dora le battit en faisant la moue et en disant : « Mes pauvres fleurs ! mes
belles fleurs ! » d'un ton aussi sympathique, à ce qu'il
me sembla, que si c'était moi que Jip avait mordu. Je
l'aurais bien voulu !

« Vous serez certainement enchanté d'apprendre,
monsieur Copperfield, dit Dora, que cette ennuyeuse
miss Murdstone n'est pas ici. Elle est allée au mariage
de son frère, et elle restera absente trois semaines au
moins. N'est-ce pas charmant ? »

Je lui dis qu'assurément elle devait en être charmée,
et que tout ce qui la charmait me charmait. Mais
miss Mills souriait en nous écoutant d'un air de raison
supérieure et de bienveillance compatissante.

« C'est la personne la plus désagréable que je
connaisse, dit Dora : vous ne pouvez pas vous imaginer
combien elle est grognon et de mauvaise humeur.

— Oh ! que si, je le peux, ma chère ! dit Julia.

— C'est vrai, *vous*, cela peut-être, chérie, répondit
Dora en prenant la main de Julia dans la sienne. Pardonnez-moi de ne pas vous avoir exceptée tout de suite,
ma chère. »

Je conclus de là que miss Mills avait souffert des
vicissitudes de la vie, et que c'était à cela qu'on pouvait
peut-être attribuer ces manières pleines de gravité
bénigne qui m'avaient déjà frappé. J'appris, dans le courant de la journée, que je ne m'étais pas trompé :
miss Mills avait eu le malheur de mal placer ses affec-

tions, et l'on disait qu'elle s'était retirée du monde pour
son compte après cette terrible expérience des choses
humaines, mais qu'elle prenait toujours un intérêt
modéré aux espérances et aux affections des jeunes
gens qui n'avaient pas encore eu de mécomptes.

Sur ce, M. Spenlow sortit de la maison, et Dora alla
au-devant de lui, en disant :

« Voyez, papa, les belles fleurs ! »

Et miss Mills sourit d'un air pensif comme pour dire :
« Pauvres fleurs d'un jour, jouissez de votre existence
passagère sous le brillant soleil du matin de la vie ! »

Et nous quittâmes tous la pelouse pour monter dans
la voiture qu'on venait d'atteler.

Je ne ferai jamais une promenade pareille ; je n'en ai
jamais fait depuis. Ils étaient tous les trois dans le phaéton. Leur panier de provisions, le mien et la boîte de la
guitare y étaient aussi. Le phaéton était décovuert, et je
suivais la voiture : Dora était sur le devant, en face de
moi. Elle avait mon bouquet près d'elle sur le coussin,
et elle ne permettait pas à Jip de se coucher de ce
côté-là, de peur qu'il n'écrasât les fleurs. Elle les prenait
de temps en temps à la main pour en respirer le parfum ; alors nos yeux se rencontraient souvent, et, je me
demande comment je n'ai pas sauté par-dessus la tête
de mon joli coursier gris pour aller tomber dans la voiture.

Il y avait de la poussière, je crois, beaucoup de poussière même. J'ai un vague souvenir que M. Spenlow me
conseilla de ne pas caracoler dans le tourbillon que faisait le phaéton, mais je ne la sentais pas. Je voyais Dora
à travers un nuage d'amour et de beauté ; mais je ne
voyais pas autre chose. Il se levait parfois et me demandait ce que je pensais du paysage. Je répondais que
c'était un pays charmant, et c'est probable, mais je ne
voyais que Dora. Le soleil portait Dora dans ses rayons,
les oiseaux gazouillaient les louanges de Dora. Le vent
du midi soufflait le nom de Dora. Toutes les fleurs sau-
vages des haies jusqu'au dernier bouton, c'étaient

autant de Dora. Ma consolation était que miss Mills me comprenait. Miss Mills seule pouvait entrer complète-ment dans tous mes sentiments.

Je ne sais combien de temps dura la course, et je ne sais pas encore, à l'heure qu'il est, où nous allâmes. Peut-être était-ce près de Guilford. Peut-être quelque magicien des *Mille et une Nuits* avait-il créé ce lieu pour un seul jour, et a-t-il tout détruit après notre départ. C'était toujours une pelouse de gazon vert et fin, sur une colline. Il y avait de grands arbres, de la bruyère, et aussi loin que pouvait s'étendre le regard, un riche pay-sage.

Je fus contrarié de trouver là des gens qui nous atten-daient et ma jalousie des femmes mêmes ne connut plus de bornes. Mais quant aux êtres de mon sexe, sur-tout quant à un imposteur plus âgé que moi de trois ou quatre ans, et porteur de favoris roux qui le rendaient d'une outrecuidance intolérable ; c'étaient mes ennemis mortels.

Tout le monde ouvrit les paniers, et on se mit à l'œuvre pour préparer le dîner. Favoris-roux dit qu'il savait faire la salade (ce que je ne crois pas), et s'imposa ainsi à l'attention publique. Quelques-unes des jeunes personnes se mirent à laver les laitues et à les couper sous sa direction. Dora était du nombre. Je sentis que le destin m'avait donné cet homme pour rival, et que l'un de nous devait succomber.

Favoris-roux fit sa salade, je me demande comment on put en manger ; pour moi, rien au monde n'eût pu me décider à y toucher ! Puis il se nomma de son chef, l'intrigant qu'il était, échanson universel, et construisit un cellier pour abriter le vin dans le creux d'un arbre. Voilà-t-il pas quelque chose de bien ingénieux ! Au bout d'un moment, je le vis avec les trois quarts d'un homard sur son assiette, assis, et mangeant aux pieds de Dora !

Je n'ai plus qu'une idée indistincte de ce qui arriva, après que ce spectacle nouveau se fut présenté à ma vue. J'étais très gai, je ne dis pas non, mais c'était une gaieté fausse. Je me consacrai à une jeune personne en rose, avec des petits yeux, et je lui fis une cour désespérée. Elle reçut mes attentions avec faveur, mais je ne puis dire si c'était complètement à cause de moi, ou parce qu'elle avait des vues ultérieures sur Favoris-roux. On but à la santé de Dora. J'affectai d'interrompre ma conversation pour boire aussi, puis je la repris aussitôt. Je rencontrai les yeux de Dora en la saluant, et il me sembla qu'elle me regardait d'un air suppliant. Mais ce regard m'arrivait par-dessus la tête de Favoris-roux, et je fus inflexible.

La jeune personne en rose avait une mère en vert qui nous sépara, je crois, dans un but politique. Du reste, il y eut un dérangement général pendant qu'on enlevait les restes du dîner, et j'en profitai pour m'enfoncer seul au milieu des arbres, animé par un mélange de colère et de remords. Je me demandais si je feindrais quelque indisposition pour m'enfuir... n'importe où... sur mon joli coursier gris, quand je rencontrai Dora et miss Mills.

« Monsieur Copperfield, dit miss Mills, vous êtes triste !

— Je vous demande bien pardon, je ne suis pas triste du tout.

— Et vous, Dora, dit miss Mills, vous êtes triste ?

— Oh ! mon Dieu, non, pas le moins du monde.

— Monsieur Copperfield, et vous, Dora, dit miss Mills d'un air presque vénérable, en voilà assez. Ne permettez pas à un malentendu insignifiant de flétrir ces fleurs printanières qui, une fois fanées, ne peuvent plus refleurir. Je parle, continua miss Mills, par mon expérience du passé, d'un passé irrévocable. Les sources jaillissantes qui étincellent au soleil ne doivent pas être fermées par pur caprice ; l'oasis du Sahara ne doit pas être supprimée à la légère. »

Je ne savais pas ce que je faisais, car j'avais la tête tout en feu, mais je pris la petite main de Dora, je la baisai et elle me laissa faire. Je baisai la main de miss Mills, et il me sembla que nous montions ensemble tout droit au septième ciel.

Nous n'en redescendîmes pas. Nous y restâmes toute la soirée, errant çà et là parmi les arbres, le petit bras tremblant de Dora reposant sur le mien, et Dieu sait que, quoique ce fût une folie, notre sort eût été bien heureux si nous avions pu devenir immortels tout d'un coup avec cette folie dans le cœur, pour errer éternellement ainsi au milieu des arbres de cet Eden.

Trop tôt, hélas! nous entendîmes les autres qui riaient et qui causaient, puis on appela Dora. Alors nous reparûmes, et on pria Dora de chanter. Favoris-roux voulait prendre la boîte de la guitare dans la voiture, mais Dora lui dit que je savais seul où elle était. Favoris-roux fut donc défait en un instant, et c'est moi qui trouvai la boîte, moi qui l'ouvris, moi qui sortis la guitare, moi qui m'assis près d'elle, moi qui gardai son mouchoir et ses gants, et moi qui m'enivrai du son de sa douce voix pendant qu'elle chantait pour celui qui l'aimait. Les autres pouvaient applaudir si cela leur convenait, mais ils n'avaient rien à faire avec sa romance.

J'étais fou de joie. Je craignais d'être trop heureux pour que tout cela fût vrai; je craignais de me réveiller tout à l'heure à Buckingham-Street, d'entendre mistress Crupp heurter les tasses en préparant le déjeuner. Mais non, c'était bien Dora qui chantait, puis d'autres chantèrent ensuite; miss Mills chanta elle-même une complainte sur les échos assoupis des cavernes de la Mémoire, comme si elle avait cent ans, et le soir vint, et on prit le thé en faisant bouillir l'eau au bivouac de notre petite bohème, et j'étais aussi heureux que jamais.

Je fus encore plus heureux que jamais quand on se sépara, et que tout le monde, le pauvre Favoris-roux y compris, reprit son chemin, dans chaque direction, pendant que je partais avec elle au milieu du calme de la soirée, des lueurs mourantes, et des doux parfums qui s'élevaient autour de nous. M. Spenlow était un peu assoupi, grâce au vin de Champagne ; béni soit le sol qui en a porté le raisin ! béni soit le raisin qui en a fait le vin ! béni soit le soleil qui l'a mûri ! béni soit le marchand qui l'a frelaté ! Et comme il dormait profondément dans un coin de la voiture, je marchais à côté et je parlais à Dora. Elle admirait mon cheval et le caressait (oh ! quelle jolie petite main à voir sur le poitrail d'un cheval !) ; et son châle qui ne voulait pas se tenir droit ! j'étais obligé de l'arranger de temps en temps, et je crois que Jip lui-même commençait à s'apercevoir de ce qui se passait, et à comprendre qu'il fallait prendre son parti de faire sa paix avec moi.

Cette pénétrante miss Mills, cette charmante recluse qui avait usé l'existence, ce petit patriarche de vingt ans à peine qui en avait fini avec le monde, et qui n'aurait pas voulu, pour tout au monde, réveiller les échos assoupis des cavernes de la Mémoire, comme elle fut bonne pour moi !

« Monsieur Copperfield, me dit-elle, venez de ce côté de la voiture pour un moment, si vous avez un moment à me donner. J'ai besoin de vous parler. »

Me voilà, sur mon joli coursier gris, me penchant pour écouter miss Mills, la main sur la portière.

« Dora va venir me voir. Elle revient avec moi chez mon père après-demain. S'il vous convenait de venir chez nous, je suis sûre que papa serait très heureux de vous recevoir. »

Que pouvais-je faire de mieux que d'appeler tout bas des bénédictions sans nombre sur la tête de miss Mills, et surtout de confier l'adresse de miss Mills, au recoin le plus sûr de ma mémoire ! Que pouvais-je faire de mieux que de dire à miss Mills, avec des paroles brûlantes et des regards reconnaissants, combien je la remerciais de ses bons offices, et quel prix infini j'attachais à son amitié !

Alors miss Mills me congédia avec bénignité : « Retourner vers Dora », et j'y retournai ; et Dora se pencha hors de la voiture pour causer avec moi, et nous causâmes tout le reste du chemin, et je fis serrer la roue de si près à mon coursier gris qu'il eut la jambe droite toute écorchée, même que son propriétaire me déclara le lendemain que je lui devais soixante-cinq shillings, pour cette avarie, ce que j'acquittai sans marchander, trouvant que je payais bien bon marché une si grande joie. Pendant ce temps, miss Mills regardait la lune en récitant tout bas des vers, et en se rappelant, je suppose, le temps éloigné où la terre et elle n'avaient pas encore fait un divorce complet.

Norwood était beaucoup trop près, et nous y arrivâmes beaucoup trop tôt. M. Spenlow reprit ses sens, un moment avant d'atteindre sa maison et me dit : « Vous allez entrer pour vous reposer, Copperfield. » J'y consentis et on apporta des sandwiches, du vin et de l'eau. Dans cette chambre éclairée, Dora me paraissait si charmante en rougissant, que je ne pouvais m'arracher à sa présence, et que je restais là à la regarder fixement comme dans un rêve, quand les ronflements de M. Spenlow vinrent m'apprendre qu'il était temps de tirer ma révérence. Je partis donc, et tout le long du chemin je sentais encore la petite main de Dora posée sur la mienne ; je me rappelais mille et mille fois chaque incident et chaque mot, puis je me trouvai enfin dans mon lit, aussi enivré de joie que le plus fou des jeunes écervelés à qui l'amour ait jamais tourné la tête.

En me réveillant, le lendemain matin, j'étais décidé à déclarer ma passion à Dora, pour connaître mon sort. Mon bonheur ou mon malheur, voilà maintenant toute la question. Je n'en connaissais plus d'autre au monde, et Dora seule pouvait y répondre. Je passai trois jours à me désespérer, à me mettre à la torture, inventant les explications les moins encourageantes qu'on pouvait donner à tout ce qui s'était passé entre Dora et moi. Enfin, paré à grands frais pour la circonstance, je partis pour me rendre chez miss Mills, avec une déclaration sur les lèvres.

Il est inutile de dire maintenant combien de fois je

montai la rue pour la redescendre ensuite, combien de fois je fis le tour de la place, en sentant très vivement que j'étais bien mieux que la lune le mot de la vieille énigme, avant de me décider à gravir les marches de la maison, et à frapper à la porte. Quand j'eus enfin frappé, en attendant qu'on m'ouvrît, j'eus un moment l'idée de demander, si ce n'était pas là que demeurait M. Blackboy (par imitation de ce pauvre Barkis), de faire mes excuses et de m'enfuir. Cependant je ne lâchai pas pied.

M. Mills n'était pas chez lui. Je m'y attendais. Qu'est-ce qu'on avait besoin de lui? Miss Mills était chez elle, il ne m'en fallait pas davantage.

On me fit entrer dans une pièce au premier, où je trouvai miss Mills et Dora; Jip y était aussi. Miss Mills copiait de la musique (je me souviens que c'était une romance nouvelle intitulée : *le De profundis de l'amour*), et Dora peignait des fleurs. Jugez de mes sentiments quand je reconnus mes fleurs, le bouquet du marché de Covent-Garden ! Je ne puis pas dire que la ressemblance fût frappante, ni que j'eusse jamais vu des fleurs de cette nature. Mais je reconnus l'intention de la composition, au papier qui enveloppait le bouquet et qui était, lui, très exactement copié.

Miss Mills fut ravie de me voir; elle regrettait infiniment que son papa fût sorti, quoiqu'il me semblât que nous supportions tous son absence avec magnanimité. Miss Mills soutint la conversation pendant un moment, puis passant sa plume sur le *De profundis de l'amour*, elle se leva et quitta la chambre.

Je commençais à croire que je remettrais la chose au lendemain.

« J'espère que votre pauvre cheval n'était pas trop fatigué quand vous êtes rentré l'autre soir, me dit Dora en levant ses beaux yeux, c'était une longue course pour lui. »

Je commençais à croire que ce serait pour le soir même.

« C'était une longue course pour lui, sans doute, répondis-je, car le pauvre animal n'avait rien pour le soutenir pendant le voyage.

— Est-ce qu'on ne lui avait pas donné à manger ? pauvre bête ! » demanda Dora.

Je commençais à croire que je remettrais la chose au lendemain.

« Pardon, pardon, on avait pris soin de lui. Je veux dire qu'il ne jouissait pas autant que moi de l'ineffable bonheur d'être près de vous. »

Dora baissa la tête sur son dossier, et dit au bout d'un moment (j'étais resté assis tout ce temps-là dans un état de fièvre brûlante, je sentais que mes jambes étaient roides comme de bâtons) :

« Vous n'aviez pas l'air de sentir ce bonheur bien vivement pendant une partie de la journée. »

Je vis que le sort en était jeté, et qu'il fallait en finir sur l'heure même.

« Vous n'aviez pas l'air de tenir le moins du monde à ce bonheur, dit Dora avec un petit mouvement de sourcils et en secouant la tête, pendant que vous étiez assis auprès de miss Kitt. »

Je dois remarquer que miss Kitt était la jeune personne en rose, aux petits yeux.

« Du reste, je ne sais pas pourquoi vous y auriez tenu, dit Dora, ou pourquoi vous dites que c'était un bonheur. Mais vous ne pensez probablement pas tout ce que vous dites. Et vous êtes certainement bien libre de faire ce qu'il vous convient. Jip, vilain garçon, venez ici ! »

Je ne sais pas ce que je fis. Mais tout fut dit en un moment. Je coupai le passage à Jip ; je pris Dora dans mes bras. J'étais plein d'éloquence. Je ne cherchais pas mes mots. Je lui dis combien je l'aimais. Je lui dis que je mourrais sans elle. Je lui dis que je l'idolâtrais. Jip aboyait comme un furieux tout le temps.

Quand Dora baissa la tête et se mit à pleurer en tremblant, mon éloquence ne connut plus de bornes. Je lui dis qu'elle n'avait qu'à dire un mot, et que j'étais prêt à mourir pour elle. Je ne voulais à aucun prix de la vie sans l'amour de Dora. Je ne pouvais ni ne voulais la supporter. Je l'aimais depuis le premier jour, et j'avais pensé à elle à chaque minute du jour et de la nuit. Dans le moment même où je parlais, je l'aimais à la folie. Je l'aimerais toujours à la folie. Il y avait eu avant moi des amants, il y en aurait encore après moi, mais jamais amant n'avait pu, ne pouvait, ne pourrait, ne voudrait, ne devrait aimer comme j'aimais Dora. Plus je déraisonnais, plus Jip aboyait. Lui et moi, chacun à notre manière, c'était à qui se montrerait le plus fou des deux. Puis, petit à petit, ne voilà-t-il pas que nous étions assis, Dora et moi, sur le canapé, tout tranquillement, et Jip était couché sur les genoux de sa maîtresse, et me regardait paisiblement. Mon esprit était délivré de son fardeau. J'étais parfaitement heureux; Dora et moi, nous étions engagés l'un à l'autre.

Je suppose que nous avions quelque idée que cela devait finir par le mariage. Je le pense, parce que Dora déclara que nous ne nous marierions pas sans le consentement de son papa. Mais dans notre joie enfantine, je crois que nous ne regardions ni en avant ni en arrière; le présent, dans son ignorance innocente, nous suffisait. Nous devions garder notre engagement secret, mais l'idée ne me vint seulement pas alors qu'il y eût dans ce procédé quelque chose qui ne fût pas parfaitement honnête.

Miss Mills était plus pensive que de coutume, quand Dora, qui était allée la chercher, la ramena; je suppose que c'était parce que ce qui venait de se passer réveilla les échos assoupis des cavernes de la Mémoire. Toutefois elle nous donna sa bénédiction, nous promit une amitié éternelle, et nous parla en général comme il convenait à une Voix sortant du Cloître prophétique.

Que d'enfantillages! quel temps de folies, d'illusions et de bonheur!

Quand je pris la mesure du doigt de Dora pour lui faire faire une bague composée de ne *m'oubliez pas*, et que le bijoutier auquel je donnai mes ordres, devinant de quoi il s'agissait, se mit à rire en inscrivant ma commande, et me demanda ce qui lui convint pour ce joli petit bijou orné de pierres bleues qui se lit tellement encore dans mon souvenir avec la main de Dora, qu'hier encore en voyant une bague pareille au doigt de ma fille, je sentis mon cœur tressaillir un moment d'une douleur passagère ;

Quand je me promenai, gonflé de mon secret, plein de ma propre importance, et qu'il me sembla que l'honneur d'aimer Dora et d'être aimé d'elle m'élevait autant au-dessus de ceux qui n'étaient pas admis à cette félicité et qui se traînaient sur la terre que si j'avais volé dans les airs ;

Quand nous nous donnâmes des rendez-vous dans le jardin de la place, et que nous causions dans le pavillon poudreux où nous étions si heureux que j'aime, à l'heure qu'il est, les moineaux de Londres pour cette seule raison, et que je vois les couleurs de l'arc-en-ciel sur leur plumage enfumé ;

Quand nous eûmes notre première grande querelle, huit jours après nos fiançailles, et que Dora me renvoya la bague renfermée dans un petit billet plié en triangle, en employant cette terrible expression : « Notre amour a commencé par la folie, il finit par le désespoir ! » et qu'à la lecture de ces cruelles paroles, je m'arrachai les cheveux en disant que tout était fini ;

Quand, à l'ombre de la nuit, je volai chez miss Mills, et que je la vis en cachette dans une arrière-cuisine où il y avait une machine à lessive, et que je la suppliai de s'interposer entre nous et de nous sauver de notre folie ;

Quand miss Mills consentit à se charger de cette commission et revint avec Dora, en nous exhortant, du haut de la chaire de sa jeunesse brisée, à nous faire des concessions mutuelles et à éviter le désert du Sahara ;

Quand nous nous mîmes à pleurer, et que nous nous réconciliâmes pour jouir de nouveau d'un bonheur si vif dans cette arrière-cuisine avec la machine à lessive, qui ne nous en paraissait pas moins le temple même de l'amour, et que nous arrangeâmes un système de correspondance qui devait passer par les mains de miss Mills, et qui supposait une lettre par jour pour le moins de chaque côté :

Que d'enfantillages ! quel temps de bonheur, d'illusion et de folies ! De toutes les époques de ma vie que le temps tient dans sa main, il n'y en a pas une seule dont le souvenir ramène sur mes lèvres autant de sourires et dans mon cœur autant de tendresse.

CHAPITRE IV

Ma tante me cause un grand étonnement

J'écrivis à Agnès dès que nous fûmes engagés, Dora et moi. Je lui écrivis une longue lettre dans laquelle j'essayai de lui faire comprendre combien j'étais heureux, et combien Dora était charmante. Je conjurai Agnès de ne pas regarder ceci comme une passion frivole qui pourrait céder la place à une autre, ou qui eût la moindre ressemblance avec les fantaisies d'enfance sur lesquelles elle avait coutume de me plaisanter. Je l'assurai que mon attachement était un abîme d'une profondeur insondable, et j'exprimai ma conviction qu'on n'en avait jamais vu de pareil.

Je ne sais comment cela se fit, mais en écrivant à Agnès par une belle soirée, près de ma fenêtre ouverte, avec le souvenir présent à ma pensée de ses yeux calmes et limpides et de sa douce figure, je sentis une influence si sereine calmer l'agitation fiévreuse dans laquelle je vivais depuis quelque temps et qui s'était mêlée à mon bonheur même, que je me pris à pleurer. Je me rappelle que j'appuyai ma tête sur ma main quand la lettre fut à moitié écrite, et que je me laissai aller à rêver et à penser qu'Agnès était naturellement l'un des éléments

nécessaires de mon foyer domestique. Il me semblait
que, dans la retraite de cette maison que sa présence me
rendait presque sacrée, nous serions, Dora et moi, plus
heureux que partout ailleurs. Il me semblait que dans
l'amour, dans la joie, dans le chagrin, l'espérance ou le
désappointement, dans toutes ses émotions, mon cœur
se tournait naturellement vers elle comme vers son
refuge et sa meilleure amie.

Je ne lui parlai pas de Steerforth. Je lui dis seulement
qu'il y avait eu de grands chagrins à Yarmouth, par
suite de la perte d'Émilie, et que j'en avais doublement
souffert à cause des circonstances qui l'avaient
accompagnée. Je m'en rapportais à sa pénétration pour
deviner la vérité, et je savais qu'elle ne me parlerait
jamais de lui la première.

Je reçus par le retour du courrier une réponse à cette
lettre. En la lisant, il me semblait l'entendre parler elle-
même, je croyais que sa douce voix retentissait à mes
oreilles. Que puis-je dire de plus ?

Pendant mes fréquentes absences du logis, Traddles y
était venu deux ou trois fois. Il avait trouvé Peggotty :
elle n'avait pas manqué de lui apprendre (comme à tous
ceux qui voulaient bien l'écouter) qu'elle était mon
ancienne bonne, et il avait eu la bonté de rester un
moment pour parler de moi avec elle. Du moins, c'est ce
que m'avait dit Peggotty. Mais je crains bien que la
conversation n'eût été tout entière de son côté et d'une
longueur démesurée, car il était très difficile d'arrêter
cette brave femme, que Dieu bénisse ! quand elle était
une fois lancée sur mon sujet.

Ceci me rappelle non seulement que j'étais à attendre
Tradles un certain jour fixé par lui, mais aussi que mistress Crupp avait renoncé à toutes les particularités
dépendantes de son office (le salaire excepté), jusqu'à ce
que Peggotty cessât de se présenter chez moi. Mistress
Crupp, après s'être permis plusieurs conversations sur
le compte de Peggotty, à haute et intelligible voix, au
bas des marches de l'escalier, avec quelque esprit fami-

lier qui lui apparaissait sans doute (car à l'œil nu, elle était parfaitement seule dans ces moments de monologue), prit le parti de m'adresser une lettre, dans laquelle elle me développait là-dessus ses idées. Elle commençait par une déclaration d'une application universelle, et qui se répétait dans tous les événements de sa vie, à savoir qu'elle aussi elle était mère : puis elle en venait à me dire qu'elle avait vu de meilleurs jours, mais qu'à toutes les époques de son existence, elle avait eu une antipathie instinctive pour les espions, les indiscrets et les rapporteurs. Elle ne citait pas de noms, disait-elle, c'était à moi à voir à qui s'adressaient ces titres, mais elle avait toujours conçu le plus profond mépris pour les espions, les indiscrets et les rapporteurs, particulièrement quand ces défauts se trouvaient chez une personne qui *portait le deuil de veuve* (ceci était souligné). S'il convenait à un monsieur d'être victime d'espions, d'indiscrets et de rapporteurs (toujours sans citer de noms), il en était bien le maître. Il avait le droit de faire ce qui lui convenait, mais elle, mistress Crupp, tout ce qu'elle demandait, c'était de ne pas être mise en contact avec de semblables personnes. C'est pourquoi elle désirait être dispensée de tout service pour l'appartement du second, jusqu'à ce que les choses eussent repris leur ancien cours, ce qui était fort à souhaiter. Elle ajoutait qu'on trouverait son petit livre tous les samedis matins sur la table du déjeuner, et qu'elle en demandait le règlement immédiat, dans le but charitable d'épargner de l'embarras et des difficultés à toutes les parties intéressées.

Après cela, mistress Crupp se borna à dresser des embûches sur l'escalier, particulièrement avec des cruches, pour essayer si Peggotty ne voudrait pas bien s'y casser le cou. Je trouvais cet état de siège un peu fatigant, mais j'avais trop grand'peur de mistress Crupp pour trouver moyen de sortir de là.

« Mon cher Copperfield, s'écria Traddles en apparaissant ponctuellement à ma porte en dépit de tous ces obstacles, comment vous portez-vous ?

— Mon cher Traddles, lui dis-je, je suis ravi de vous voir enfin, et je suis bien fâché de n'avoir pas été chez moi les autres fois ; mais j'ai été si occupé...

— Oui, oui, je sais, dit Traddles, c'est tout naturel. La vôtre demeure à Londres, je pense ?

— De qui parlez-vous ?

— Elle... pardonnez-moi... miss D... vous savez bien, dit Traddles en rougissant par excès de délicatesse, elle demeure à Londres, n'est-ce pas ?

— Oh ! oui, près de Londres.

— La mienne... vous vous souvenez peut-être, dit Traddles d'un air grave, demeure en Devonshire... ils sont dix enfants... aussi je ne suis pas si occupé que vous sous ce rapport.

— Je me demande, répondis-je, comment vous pouvez supporter de la voir si rarement.

— Ah ! dit Traddles d'un air pensif, je me le demande aussi. Je suppose, Copperfield, que c'est parce qu'il n'y a pas moyen de faire autrement !

— Je devine bien que c'est là la raison, répliquai-je en souriant et en rougissant un peu, mais cela vient aussi de ce que vous avez beaucoup de courage et de patience, Traddles.

— Croyez-vous ? dit Traddles en ayant l'air de réfléchir. Est-ce que je vous fais cet effet-là, Copperfield ? Je ne croyais pas. Mais c'est une si excellente fille qu'il est bien possible qu'elle m'ait communiqué quelque chose de ces vertus qu'elle possède. Maintenant que vous me le faites remarquer, Copperfield, cela ne m'étonnerait pas du tout. Je vous assure qu'elle passe sa vie à s'oublier elle-même pour penser aux neuf autres.

— Est-elle l'aînée ? demandai-je.

— Oh ! non, certes, dit Traddles, l'aînée est une beauté. »

Je suppose qu'il s'aperçut que je ne pouvais m'empêcher de sourire de la stupidité de sa réponse, et il reprit de son air naïf en souriant aussi :

« Cela ne veut pas dire, bien entendu, que ma Sophie... C'est un joli nom, n'est-ce pas, Copperfield ?

— Très joli, dis-je.

— Cela ne veut pas dire que ma Sophie ne soit pas charmante aussi à mes yeux, et qu'elle ne fît pas à tout le monde l'effet d'être une des meilleures filles qu'on puisse voir; mais quand je dis que l'aînée est une beauté, je veux dire qu'elle est vraiment... Il fit le geste d'amasser des nuages autour de lui de ses deux mains..., magnifique, je vous assure, dit Traddles avec énergie.

— Vraiment?

— Oh! je vous assure, dit Traddles, tout à fait hors ligne. Et, voyez-vous, comme elle est faite pour briller dans le monde et pour s'y faire admirer, quoiqu'elle n'en ait guère l'occasion à cause de leur peu de fortune, elle est quelquefois un peu irritable, un peu exigeante. Heureusement que Sophie la met de bonne humeur!

— Sophie est-elle la plus jeune? demandai-je.

— Oh! non certes, dit Traddles en se caressant le menton. Les deux plus jeunes ont neuf et dix ans. Sophie les élève.

— Est-elle la cadette, par hasard? me hasardai-je à demander.

— Non, dit Traddles, Sarah est la seconde; Sarah a quelque chose à l'épine dorsale; pauvre fille! les médecins disent que cela se passera, mais, en attendant, il faut qu'elle reste étendue pendant un an sur le dos. Sophie la soigne, Sophie est la quatrième.

— La mère vit-elle encore? demandai-je.

— Oh! oui, dit Traddles, elle est de ce monde. C'est vraiment une femme supérieure, mais l'humidité du pays ne lui convient pas, et... le fait est qu'elle a perdu l'usage de ses membres.

— Quel malheur!

— C'est bien triste, n'est-ce pas? repartit Traddles. Mais au point de vue des affaires du ménage, c'est moins incommode qu'on ne pourrait croire, parce que Sophie prend sa place. Elle sert de mère à sa mère tout autant qu'aux neuf autres. »

J'éprouvais la plus vive admiration pour les vertus de

cette jeune personne, et, dans le but honnête de faire de mon mieux pour empêcher qu'on n'abusât de la bonne volonté de Traddles au détriment de leur avenir commun, je demandai comment se portait M. Micawber.

« Il va très bien, merci, Copperfield, dit Traddles, je ne demeure pas chez lui pour le moment.

— Non ?

— Non. A dire le vrai, répondit Traddles, en parlant tout bas, il a pris le nom de Mortimer, à cause de ses embarras temporaires ; il ne sort plus que le soir avec des lunettes. Il y a une saisie chez nous pour le loyer. Mistress Micawber était dans un état si affreux que je n'ai vraiment pu m'empêcher de donner ma signature pour le second billet dont nous avions parlé ici. Vous pouvez vous imaginer quelle joie j'ai ressentie, Copperfield, quand j'ai vu que cela terminait tout et que mistress Micawber reprenait sa gaieté.

— Hum ! fis-je.

— Du reste, son bonheur n'a pas été de longue durée, reprit Traddles, car malheureusement, au bout de huit jours, il y a eu une nouvelle saisie. Là-dessus, nous nous sommes dispersés. Je loge depuis ce temps-là dans un appartement meublé, et les Mortimer se tiennent dans la retraite la plus absolue. J'espère que vous ne me trouverez pas égoïste, Copperfield, si je ne puis m'empêcher de regretter que le marchand de meubles se soit emparé de ma petite table ronde à dessus de marbre, et du pot à fleur et de l'étagère de Sophie !

— Quelle cruauté ! m'écriai-je avec indignation.

— Cela m'a paru... un peu dur, dit Traddles avec sa grimace ordinaire lorsqu'il employait cette expression. Du reste, je ne dis pas cela pour en faire le reproche à personne, mais voici pourquoi : le fait est, Copperfield, que je n'ai pu racheter ces objets au moment de la saisie, d'abord parce que le marchand de meubles, qui pensait que j'y tenais, en demandait un prix fabuleux, ensuite parce que... je n'avais plus d'argent. Mais depuis lors j'ai tenu l'œil sur la boutique, dit Traddles paraissant jouir avec délices de ce mystère ; c'est en haut de Tottenham-Court-Road, et enfin, aujourd'hui, je les ai vus à l'étalage. J'ai seulement regardé en passant de l'autre côté de la rue, parce que si le marchand m'aperçoit, voyez-vous, il en demandera un prix !... Mais j'ai pensé que, puisque j'avais l'argent, vous ne verriez pas avec déplaisir que votre brave bonne vînt avec moi à la boutique ; je lui montrerais les objets du coin de la rue, et elle pourrait me les acheter au meilleur marché possible, comme si c'était pour elle. »

La joie avec laquelle Traddles me développa son plan et le plaisir qu'il éprouvait à se trouver si rusé, restent dans mon esprit comme l'un de mes souvenirs les plus nets.

Je lui dis que ma vieille bonne serait enchantée de lui rendre ce petit service, et que nous pourrions entrer tous les trois en campagne, mais à une seule condition. Cette condition était qu'il prendrait une résolution solennelle de ne plus rien prêter à M. Micawber, pas plus son nom qu'autre chose.

« Mon cher Copperfield, me dit Traddles, c'est chose faite ; non seulement parce que je commence à sentir que j'ai été un peu vite, mais aussi parce que c'est une véritable injustice que je me reproche envers Sophie. Je me suis donné ma parole à cet effet, et il n'y a plus rien à craindre, mais je vous la donne aussi de tout mon cœur. J'ai payé ce malheureux billet. Je ne doute pas que M. Micawber ne l'eût payé lui-même s'il l'avait pu, mais il ne le pouvait pas. Je dois vous dire une chose qui me plaît beaucoup chez M. Micawber, Copperfield, c'est par rapport au second billet qui n'est pas encore échu. Il ne me dit plus qu'il y a pourvu, mais qu'il y pourvoira. Vraiment, je trouve que le procédé est très honnête et très délicat. »

J'avais quelque répugnance à ébranler la confiance de mon brave ami, et je fis un signe d'assentiment. Après un moment de conversation, nous fîmes le chemin de la boutique du marchand de chandelles pour enrôler Peg-

gotty dans notre conjuration, Traddles ayant refusé de
passer la soirée avec moi, d'abord parce qu'il éprouvait
la plus vive inquiétude que ses propriétés ne fussent
achetées par quelque autre amateur avant qu'il eût le
temps de faire des offres, et ensuite parce que c'était la
soirée qu'il consacrait toujours à écrire à la plus excellente fille du monde.

Je n'oublierai jamais les regards qu'il jetait du coin de
la rue vers Tottenham-Court-Road, pendant que Peggotty marchandait ces objets si précieux, ni son agitation quand elle revint lentement vers nous, après avoir
inutilement offert son prix, jusqu'à ce qu'elle fut rappe-
lée par le marchand et qu'elle retourna sur ses pas. En
fin de compte, elle racheta la propriété de Traddles
pour un prix assez modéré; il était transporté de joie.

« Je vous suis vraiment bien obligé, dit Traddles en
apprenant qu'on devait envoyer le tout chez lui le soir
même. Si j'osais, je vous demanderais encore une
faveur: j'espère que vous ne trouverez pas mon désir
trop absurde, Copperfield!

— Certainement non, répondis-je d'avance.

— Alors, dit Traddles en s'adressant à Peggotty, si
vous aviez la bonté de vous procurer le pot à fleurs tout
de suite, il me semble que j'aimerais à l'emporter moi-
même, parce qu'il est à Sophie, Copperfield. »

Peggotty alla chercher le pot à fleurs de très bon
cœur; il l'accabla de remercîments, et nous le vîmes
remonter Tottenham-Court-Road avec le pot à fleurs
serré tendrement dans ses bras, d'un air de jubilation
que je n'ai jamais vu à personne.

Nous reprîmes ensuite le chemin de chez moi.
Comme les magasins possédaient pour Peggotty des
charmes que je ne leur ai jamais vu exercer sur personne au même degré, je marchais lentement, en
m'amusant à la voir regarder les étalages, et en l'attendant toutes les fois qu'il lui convenait de s'y arrêter.
Nous fûmes donc assez longtemps avant d'arriver aux
Adelphi.

En montant l'escalier, je lui fis remarquer que les embûches de mistress Crupp avaient soudainement disparu, et qu'en outre on distinguait des traces récentes de pas. Nous fûmes tous deux fort surpris, en montant toujours, de voir ouverte la première porte que j'avais fermée en sortant, et d'entendre des voix chez moi.

Nous nous regardâmes avec étonnement sans savoir que penser, et nous entrâmes dans le salon. Quelle fut ma surprise d'y trouver les gens du monde que j'attendais le moins, ma tante et M. Dick! Ma tante était assise sur une quantité de malles, la cage de ses oiseaux devant elle, et son chat sur ses genoux, comme un Robinson Crusoé féminin, buvant une tasse de thé! M. Dick s'appuyait d'un air pensif sur un grand cerf-volant pareil à ceux que nous avions souvent enlevés ensemble, et il était entouré d'une autre cargaison de caisses!

« Ma chère tante! m'écriai-je; quel plaisir inattendu! »

Nous nous embrassâmes tendrement; je donnai une cordiale poignée de main à M. Dick, et mistress Crupp, qui était occupée à faire le thé et à nous prodiguer ses attentions, dit vivement qu'elle savait bien d'avance quelle serait la joie de M. Copperfield en voyant ses chers parents.

« Allons, allons! dit ma tante à Peggotty qui frémissait en sa terrible présence, comment vous portez-vous?

— Vous vous souvenez de ma tante, Peggotty? lui dis-je.

— Au nom du ciel, mon garçon! s'écria ma tante, ne donnez plus à cette femme ce nom sauvage! Puisqu'en se mariant elle s'en est débarrassée, et c'est ce qu'elle avait de mieux à faire, pourquoi ne pas lui accorder au moins les avantages de ce changement? Comment vous appelez-vous maintenant, P.? dit ma tante en usant de ce compromis abréviatif pour éviter le nom qui lui déplaisait tant.

— Barkis, madame, dit Peggotty en faisant la révérence.

— Allons, voilà qui est plus humain, dit ma tante : ce nom-là n'a pas comme l'autre de ces airs païens qu'il faut réparer par le baptême d'un missionnaire; comment vous portez-vous, Barkis? J'espère que vous allez bien? »

Encouragée par ces gracieuses paroles et par l'empressement de ma tante à lui tendre la main, Barkis s'avança pour la prendre avec une révérence de remercîment.

« Nous avons vieilli depuis ce temps-là, voyez-vous, dit ma tante. Nous ne nous sommes jamais vues qu'une seule fois, vous savez. La belle besogne que nous avons faite ce jour-là! Trot, mon enfant, donnez-moi une seconde tasse de thé! »

Je versai à ma tante le breuvage qu'elle me demandait, toujours aussi droite et aussi roide que de coutume, et je m'aventurai à lui faire remarquer qu'on était mal assis sur une malle.

« Laissez-moi vous approcher le canapé ou le fauteuil, ma tante, lui dis-je; vous êtes bien mal là.

— Merci, Trot, répliqua-t-elle; j'aime mieux être assise sur ma propriété. » Là-dessus ma tante regarda mistress Crupp en face et lui dit : « Vous n'avez pas besoin de vous donner la peine d'attendre, madame.

— Voulez-vous que je remette un peu de thé dans la théière, madame? dit mistress Crupp.

— Non, merci, madame, répliqua ma tante.

— Voulez-vous me permettre d'aller chercher encore un peu de beurre, madame? ou bien puis-je vous offrir un œuf frais, ou voulez-vous que je fasse griller un morceau de lard? Ne puis-je rien faire de plus pour votre chère tante, monsieur Copperfield?

— Rien du tout, madame, répliqua ma tante; je me tirerai très bien d'affaire toute seule, je vous remercie. »

Mistress Crupp, qui souriait sans cesse pour figurer une grande douceur de caractère, et qui tenait toujours sa tête de côté pour donner l'idée d'une grande faiblesse de constitution, et qui se frottait à tout moment les

mains pour manifester son désir d'être utile à tous ceux
qui le méritaient, finit par sortir de la chambre, la tête
de côté en se frottant les mains et en souriant.

« Dick, reprit ma tante, vous savez ce que je vous ai
dit des courtisans et des adorateurs de la fortune ? »

M. Dick répondit affirmativement, mais d'un air un
peu effaré, et comme s'il avait oublié ce qu'il devait se
rappeler si bien.

« Eh bien ! mistress Crupp est du nombre, dit ma
tante. Barkis, voulez-vous me faire le plaisir de vous
occuper du thé, et de m'en donner une autre tasse ; je ne
me souciais pas de l'avoir de la main de cette intrigante. »

Je connaissais assez ma tante pour savoir qu'elle avait
quelque chose d'important à m'apprendre, et que son
arrivée en disait plus long qu'un étranger n'eût pu le
supposer. Je remarquai que ses regards étaient
constamment attachés sur moi, lorsqu'elle me croyait
occupé d'autre chose, et qu'elle était dans un état
d'indécision et d'agitation intérieures mal dissimulées
par le calme et la roideur qu'elle conservait extérieurement. Je commençai à me demander si j'avais fait quelque chose qui pût l'offenser, et ma conscience me dit
tout bas que je ne lui avais pas encore parlé de Dora. Ne
serait-ce pas cela, par hasard ?

Comme je savais bien qu'elle ne parlerait que lorsque
cela lui conviendrait, je m'assis à côté d'elle, et je me
mis à parler avec les oiseaux et à jouer avec le chat,
comme si j'étais bien à mon aise ; mais je n'étais pas à
mon aise du tout, et mon inquiétude augmenta en
voyant que M. Dick, appuyé sur le grand cerf-volant,
derrière ma tante, saisissait toutes les occasions où l'on
ne faisait pas attention à nous, pour me faire des signes
de tête mystérieux, en me montrant ma tante.

« Trot, me dit-elle enfin, quand elle eut fini son thé, et
qu'après s'être essuyé les lèvres, elle eut soigneusement
arrangé les plis de sa robe ; ... vous n'avez pas besoin de
vous en aller, Barkis !... Trot, avez-vous acquis plus de
confiance en vous-même ?

— Je l'espère, ma tante.

— Mais en êtes-vous bien sûr?

— Je le crois, ma tante.

— Alors, mon cher enfant, me dit-elle en me regardant fixement, savez-vous pourquoi je tiens tant à rester assise ce soir sur mes bagages? »

Je secouai la tête comme un homme qui jette sa langue aux chiens.

« Parce que c'est tout ce qui me reste, dit ma tante; parce que je suis ruinée, mon enfant! »

Si la maison était tombée dans la rivière avec nous dedans, je crois que le coup n'eût pas été, pour moi, plus violent.

« Dick le sait, dit ma tante en me posant tranquillement la main sur l'épaule; je suis ruinée, mon cher Trot. Tout ce qui me reste dans le monde est ici, excepté ma petite maison, que j'ai laissé à Jeannette le soin de louer. Barkis, il faudrait un lit à ce monsieur, pour la nuit. Afin d'éviter la dépense, peut-être pourriez-vous arranger ici quelque chose pour moi, n'importe quoi. C'est pour cette nuit seulement; nous parlerons de ceci plus au long. »

Je fus tiré de mon étonnement et du chagrin que j'éprouvais pour elle... pour elle, j'en suis certain, en la voyant tomber dans mes bras, s'écriant qu'elle n'en était fâchée qu'à cause de moi; mais une minute lui suffit pour dompter son émotion, et elle me dit d'un air plutôt triomphant qu'abattu :

« Il faut supporter bravement les revers, sans nous laisser effrayer, mon enfant; il faut soutenir son rôle jusqu'au bout il faut braver le malheur jusqu'à la fin, Trot. »

CHAPITRE V

Abattement

Dès que j'eus retrouvé ma présence d'esprit, qui m'avait complètement abandonné au premier moment, sous le coup accablant que m'avaient porté les nouvelles de ma tante, je proposai à M. Dick de venir chez le marchand de chandelles, et de prendre possession du lit que M. Peggotty avait récemment laissé vacant. Le magasin de chandelles se trouvait dans le marché d'Hungerford, qui ne ressemblait guère alors à ce qu'il est maintenant, et il y avait devant la porte un portique bas, composé de colonnes de bois, qui ne ressemblait pas mal à celui qu'on voyait jadis sur le devant de la maison du petit bonhomme avec sa petite bonne femme, dans les anciens baromètres. Ce chef-d'œuvre d'architecture plut infiniment à M. Dick, et l'honneur d'habiter au-dessus de la colonnade l'eût consolé, je crois, de beaucoup de désagréments; mais comme il n'y avait réellement d'autre objection au logement que je lui proposais, que la variété des parfums dont j'ai déjà parlé, et peut-être aussi le défaut d'espace dans la chambre, il fut charmé de son établissement. Mistress Crupp lui avait déclaré, d'un air indigné, qu'il n'y avait pas seulement la place de faire danser un chat, mais comme me disait très justement M. Dick, en s'asseyant sur le pied du lit et en caressant une de ses jambes : « Vous savez bien, Trotwood, que je n'ai aucun besoin de faire danser un chat; je ne fais jamais danser de chat; par conséquent, qu'est-ce que cela me fait, à moi ? »

J'essayai de découvrir si M. Dick avait quelque connaissance des causes de ce grand et soudain changement dans l'état des affaires de ma tante; comme j'aurais pu m'y attendre, il n'en savait rien du tout. Tout ce qu'il pouvait dire, c'est que ma tante l'avait ainsi apostrophé l'avant-veille : « Voyons, Dick, êtes-vous vraiment aussi philosophe que je le crois ? » Oui, avait-il

répondu, je m'en flatte. Là-dessus, ma tante lui avait
dit : « Dick, je suis ruinée. » Alors, il s'était écrié : « Oh !
vraiment ! » Puis ma tante lui avait donné de grands
éloges, ce qui lui avait fait beaucoup de plaisir. Et ils
étaient venus me retrouver, en mangeant des sandwiches et en buvant du porter en route.

M. Dick avait l'air tellement radieux sur le pied de son
lit, en caressant sa jambe, et en me disant tout cela, les
yeux grands ouverts et avec un sourire de surprise, que
je regrette de dire que je m'impatientai, et que je me
laissai aller à lui expliquer qu'il ne savait peut-être pas
que le mot de ruine entraînait à sa suite la détresse, le
besoin, la faim ; mais je fus bientôt cruellement puni de
ma dureté, en voyant son teint devenir pâle, son visage
s'allonger tout à coup, et des larmes couler sur ses
joues, pendant qu'il jetait sur moi un regard empreint
d'un tel désespoir, qu'il eût adouci un cœur infiniment
plus dur que le mien. J'eus beaucoup plus de peine à le
remonter que je n'en avais eu à l'abattre, et je compris
bientôt ce que j'aurais dû deviner dès le premier
moment, à savoir que, s'il avait montré d'abord tant de
confiance, c'est qu'il avait une foi inébranlable dans la
sagesse merveilleuse de ma tante, et dans les ressources
infinies de mes facultés intellectuelles ; car je crois qu'il
me regardait comme capable de lutter victorieusement
contre toutes les infortunes qui n'entraînaient pas la
mort.

« Que pouvons-nous faire, Trotwood ? dit M. Dick. Il
y a le mémoire...

— Certainement, il y a le mémoire, dis-je ; mais pour
le moment, la seule chose que nous ayons à faire,
M. Dick, est d'avoir l'air serein, et de ne pas laisser voir
à ma tante combien nous sommes préoccupés de ses
affaires. »

Il convint de cette vérité, de l'air le plus convaincu, et
me supplia, dans le cas où je le verrais s'écarter d'un pas
de la bonne voie, de l'y ramener par un de ces moyens
ingénieux que j'avais toujours sous la main. Mais je

regrette de dire que la peur que je lui avais faite était apparemment trop forte pour qu'il pût la cacher. Pendant toute la soirée, il regardait sans cesse ma tante avec une expression de la plus pénible inquiétude, comme s'il s'attendait à la voir maigrir du coup sur place. Quand il s'en apercevait, il faisait tous ses efforts pour ne pas bouger la tête, mais il avait beau la tenir immobile et rouler les yeux comme une pagode en plâtre, cela n'arrangeait pas du tout les choses. Je le vis regarder, pendant le souper, le petit pain qui était sur la table, comme s'il ne restait plus que cela, entre nous et la famine. Lorsque ma tante insista pour qu'il mangeât comme à l'ordinaire, je m'aperçus qu'il mettait dans sa poche des morceaux de pain et de fromage, sans doute pour se ménager, dans ces épargnes, le moyen de nous rendre à l'existence quand nous serions exténués par la faim.

Ma tante, au contraire, était d'un calme qui pouvait nous servir de leçon à tous, à moi tout le premier. Elle était très aimable pour Peggotty, excepté quand je lui donnais ce nom par mégarde, et elle avait l'air de se trouver parfaitement à son aise, malgré sa répugnance bien connue pour Londres. Elle devait prendre ma chambre, et moi coucher dans le salon pour lui servir de garde du corps. Elle insistait beaucoup sur l'avantage d'être si près de la rivière, en cas d'incendie, et je crois qu'elle trouvait véritablement quelque satisfaction dans cette circonstance rassurante.

« Non, Trot, non, mon enfant, dit ma tante quand elle me vit faire quelques préparatifs pour composer son breuvage du soir.

— Vous ne voulez rien, ma tante ?

— Pas de vin, mon enfant, de l'ale.

— Mais j'ai du vin, ma tante, et c'est toujours du vin que vous employez.

— Gardez votre vin pour le cas où il y aurait quelqu'un de malade, me dit-elle ; il ne faut pas le gaspiller, Trot. Donnez-moi de l'ale, une demi-bouteille. »

Je crus que M. Dick allait s'évanouir. Ma tante étant
très décidée dans son refus, je sortis pour aller chercher
l'ale moi-même ; comme il se faisait tard, Peggotty et
M. Dick saisirent cette occasion pour prendre ensemble
le chemin du magasin de chandelles. Je quittai le
pauvre homme au coin de la rue, et il s'éloigna, son
grand cerf-volant sur le dos, portant dans ses traits la
véritable image de la misère humaine.

A mon retour, je trouvai ma tante occupée à se promener de long en large dans la chambre, en plissant
avec ses doigts les garnitures de son bonnet de nuit. Je
fis chauffer l'ale, et griller le pain d'après les principes
adoptés. Quand le breuvage fut prêt, ma tante se trouva
prête aussi, son bonnet de nuit sur la tête, et la jupe de
sa robe relevée sur ses genoux.

« Mon cher, me dit-elle, après avoir avalé une cuille-
rée de liquide ; c'est infiniment meilleur que le vin, et
beaucoup moins bilieux. »

Je suppose que je n'avais pas l'air bien convaincu, car
elle ajouta :

« Ta... ta... ta... mon garçon, s'il ne nous arrive rien de
pis que de boire de l'ale, nous n'aurons pas à nous
plaindre.

— Je vous assure, ma tante, lui dis-je, que s'il ne
s'agissait que de moi, je serais loin de dire le contraire.

— Eh bien ! alors, pourquoi n'est-ce pas votre avis ?

— Parce que vous et moi, ce n'est pas la même chose,
repartis-je.

— Allons donc, Trot, quelle folie ! » répliqua-t-elle.

Ma tante continua avec une satisfaction tranquille,
qui ne laissait percer aucune affectation, je vous assure,
à boire son ale chaude, par petites cuillerées, en y trempant ses rôties.

« Trot, dit-elle, je n'aime pas beaucoup les nouveaux
visages, en général ; mais votre Barkis ne me déplaît
pas, savez-vous ?

— On m'aurait donné deux mille francs, ma tante,
qu'on ne m'aurait pas fait tant de plaisir ; je suis heureux de vous voir l'apprécier.

— C'est un monde bien extraordinaire que celui où nous vivons, reprit ma tante en se frottant le nez; je ne puis m'expliquer où cette femme est allée chercher un nom pareil. Je vous demande un peu, s'il n'était pas cent fois plus facile de naître une Jakson, ou une Robertson, ou n'importe quoi du même genre.

— Peut-être est-elle de votre avis, ma tante; mais enfin ce n'est pas sa faute.

— Je pense que non, repartit ma tante, un peu contrariée d'être obligée d'en convenir; mais ce n'en est pas moins désespérant. Enfin, à présent elle s'appelle Barkis, c'est une consolation. Barkis vous aime de tout son cœur, Trot.

— Il n'y a rien au monde qu'elle ne fût prête à faire pour m'en donner la preuve.

— Rien, c'est vrai, je le crois, dit ma tante, croiriez-vous que la pauvre folle était là, tout à l'heure, à me demander, à mains jointes, d'accepter une partie de son argent, parce qu'elle en a trop? Voyez un peu l'idiote! »

Des larmes de plaisir coulaient des yeux de ma tante presque dans son ale.

— Je n'ai jamais vu personne de si ridicule, ajouta-t-elle. J'ai deviné dès le premier moment, quand elle était auprès de votre pauvre petite mère, chère enfant! que ce devait être la plus ridicule créature qu'on puisse voir; mais il y a du bon chez elle. »

Ma tante fit semblant de rire, et profita de cette occasion pour porter la main à ses yeux; puis elle reprit sa rôtie et son discours tout ensemble :

« Ah! miséricorde! dit ma tante en soupirant; je sais tous ce qui s'est passé, Trot. J'ai eu une grande conversation avec Barkis pendant que vous étiez sorti avec Dick. Je sais tout ce qui s'est passé. Pour mon compte, je ne comprends pas ce que ces misérables filles ont dans la tête; je me demande comment elles ne vont pas plutôt se la casser contre... contre une cheminée! dit ma tante, en regardant la mienne, qui lui suggéra probablement cette idée.

— Pauvre Émilie! dis-je.

— Oh! ne l'appelez pas pauvre Émilie, dit ma tante; elle aurait dû penser à cela avant de causer tant de chagrins. Embrassez-moi, Trot; je suis fâché de ce que vous faites, si jeune, la triste expérience de la vie. »

Au moment où je me penchais vers elle, elle posa son verre sur mes genoux, pour me retenir, et me dit:

« Oh! Trot! Trot! vous vous figurez donc que vous êtes amoureux, n'est-ce pas?

— Comment! je me figure, ma tante! m'écriai-je en rougissant. Je l'adore de toute mon âme.

— Dora? vraiment! répliqua ma tante. Et je suis sûre que vous trouvez cette petite créature très séduisante?

— Ma chère tante, répliquai-je, personne ne peut se faire une idée de ce qu'elle est.

— Ah! et elle n'est pas trop niaise? dit ma tante.

— Niaise, ma tante! »

Je crois sérieusement qu'il ne m'était jamais entré dans la tête de demander si elle l'était, ou non. Cette supposition m'offensa naturellement, mais j'en fus pourtant frappé comme d'une idée toute nouvelle.

« Comme cela, ce n'est pas une petite étourdie, dit ma tante.

— Une petite étourdie, ma tante! Je me bornai à répéter cette question hardie avec le même sentiment que j'avais répété la précédente.

— C'est bien! c'est bien! dit ma tante. Je voulais seulement le savoir; je ne dis pas de mal d'elle. Pauvres enfants! ainsi vous vous croyez faits l'un pour l'autre, et vous vous voyez déjà traversant une vie pleine de douceurs et de confitures, comme les deux petites figures de sucre qui décorent le gâteau de la mariée, à un dîner de noces, n'est-ce pas, Trot. »

Elle parlait avec tant de bonté, d'un air si doux, presque plaisant, que j'en fus tout à fait touché.

« Je sais bien que nous sommes jeunes et sans expérience, ma tante, répondis-je; et je ne doute pas qu'il nous arrive de dire et de penser des choses qui ne sont peut-être pas très raisonnables ; mais je suis certain que nous nous aimons véritablement. Si je croyais que Dora pût en aimer un autre, ou cesser de m'aimer, ou que je pusse jamais aimer une autre femme, ou cesser de l'aimer moi-même, je ne sais ce que je deviendrais... je deviendrais fou, je crois.

— Ah ! Trot ! dit ma tante en secouant la tête, et en souriant tristement, aveugle, aveugle, aveugle ! — Il y a quelqu'un que je connais, Trot, reprit ma tante après un moment de silence, qui, malgré la douceur de son caractère, possède une vivacité d'affection qui me rappelle sa pauvre mère. Ce quelqu'un-là doit rechercher un appui fidèle et sûr qui puisse le soutenir et l'aider : un caractère sérieux, sincère, constant.

— Si vous connaissiez la constance et la sincérité de Dora, ma tante ! m'écriai-je.

— Oh ! Trot, dit-elle encore, aveugle, aveugle ! et sans savoir pourquoi, il me sembla vaguement que je perdais à l'instant quelque chose, quelque promesse de bonheur qui se dérobait à mes yeux derrière un nuage.

— Pourtant, dit ma tante, je n'ai pas envie de désespérer ni de rendre malheureux ces deux enfants : ainsi, quoique ce soit une passion de petit garçon et de petite fille, et que ces passions-là très souvent... faites-bien attention, je ne dis pas toujours, mais très souvent n'aboutissent à rien, cependant nous n'en plaisanterons pas : nous en parlerons sérieusement, et nous espérons que cela finira bien, un de ces jours. Nous avons tout le temps devant nous. »

Ce n'était pas là une perspective très consolante pour un amant passionné, mais j'étais enchanté pourtant d'avoir ma tante dans ma confidence. Me rappelant en même temps qu'elle devait être fatiguée, je la remerciai tendrement de cette preuve de son affection et de toutes ses bontés pour moi, puis après un tendre bonsoir, ma tante et son bonnet de nuit allèrent prendre possession de ma chambre à coucher.

Comme j'étais malheureux ce soir-là dans mon lit !

Comme mes pensées en revenaient toujours à l'effet que produirait ma pauvreté sur M. Spenlow, car je n'étais plus ce que je croyais être quand j'avais demandé la main de Dora, et puis je me disais qu'en honneur je devais apprendre à Dora ma situation dans le monde, et lui rendre sa parole si elle voulait la reprendre; je me demandais comment j'allais faire pour vivre pendant tout le temps que je devais passer chez M. Spenlow, sans rien gagner; je me demandais comment je pourrais soutenir ma tante, et je me creusais la tête sans rien trouver de satisfaisant; puis je me disais que j'allais bientôt ne plus avoir d'argent dans ma poche, qu'il faudrait porter des habits râpés, renoncer aux jolis coursiers gris, aux petits présents que j'avais tant de plaisir à offrir à Dora, enfin à me montrer sous un jour agréable! Je savais que c'était de l'égoïsme, que c'était une chose indigne, de penser toujours à mes propres malheurs, et je me le reprochais amèrement; mais j'aimais trop Dora pour pouvoir faire autrement. Je savais bien que j'étais un misérable de ne pas penser infiniment plus à ma tante qu'à moi-même; mais pour le moment mon égoïsme et Dora étaient inséparables, et je ne pouvais mettre Dora de côté pour l'amour d'aucune autre créature humaine. Ah! que je fus malheureux, cette nuit-là!

Quant à mon sommeil, il fut agité par mille rêves pénibles sur ma pauvreté, mais il me semblait que je rêvais sans avoir accompli la cérémonie préalable de m'endormir. Tantôt je me voyais en haillons voulant obliger Dora à aller vendre des allumettes chimiques, à un sou le paquet; tantôt je me trouvais dans l'étude, revêtu de ma chemise de nuit et d'une paire de bottes, et M. Spenlow me faisait des reproches sur la légèreté du costume dans lequel je me présentais à ses clients; puis je mangeais avidement les miettes qui tombaient du biscuit que le vieux Tiffey mangeait régulièrement tous les jours au moment où l'horloge de Saint-Paul sonnait une heure; ensuite je faisais une foule d'efforts inutiles pour l'autorisation officielle nécessaire à mon mariage avec Dora, sans avoir, pour la payer, autre chose à offrir en échange qu'un des gants d'Uriah Heep que la Cour tout entière refusait, d'un accord unanime ; enfin, ne sachant trop où j'en étais, je me retournais sans cesse, ballotté comme un vaisseau en détresse, dans un océan de draps et de couvertures.

Ma tante ne dormait pas non plus : je l'entendais qui se promenait en long et en large. Deux ou trois fois pendant la nuit, elle apparut dans ma chambre comme une âme en peine, revêtue d'un long peignoir de flanelle qui lui donnait l'air d'avoir six pieds, et elle s'approcha du canapé sur lequel j'étais couché. La première fois, je bondis avec effroi, à la nouvelle qu'elle avait tout lieu de croire, d'après la lueur qui apparaissait dans le ciel, que l'abbaye de Westminster était en feu. Elle voulait savoir si les flammes ne pouvaient pas arriver jusqu'à Buckingham-Street dans le cas où le vent changerait. Lorsqu'elle reparut plus tard, je ne bougeai pas, mais elle s'assit près de moi en disant tout bas : « Pauvre garçon ! » et je me sentis plus malheureux encore en voyant combien elle pensait peu à elle-même pour s'occuper de moi, tandis que moi, j'étais absorbé comme un égoïste, dans mes propres soucis.

J'avais quelque peine à croire qu'une nuit qui me semblait si longue pût être courte pour personne. Aussi je me mis à penser à un bal imaginaire où les invités passaient la nuit à danser : puis tout cela devint un rêve, et j'entendais les musiciens qui jouaient toujours le même air, pendant que je voyais Dora danser toujours le même pas sans faire la moindre attention à moi. L'homme qui avait joué de la harpe toute la nuit essayait en vain de recouvrir son instrument avec un bonnet de coton d'une taille ordinaire, au moment où je me réveillai, ou plutôt au moment où je renonçai à essayer de m'endormir, en voyant le soleil briller enfin à ma fenêtre.

Il y avait alors au bas d'une des rues attenant au

Strand d'anciens bains romains (ils y sont peut-être encore) où j'avais l'habitude d'aller me plonger dans l'eau froide. Je m'habillai le plus doucement qu'il me fut possible, et, laissant à Peggotty le soin de s'occuper de ma tante, j'allai me précipiter dans l'eau la tête la première, puis je pris le chemin de Hampstead. J'espérais que ce traitement énergique me rafraîchirait un peu l'esprit, et je crois réellement que j'en éprouvai quelque bien, car je ne tardai pas à décider que la première chose à faire était de voir si je ne pouvais pas faire résilier mon traité avec M. Spenlow et recouvrer la somme convenue. Je déjeunai à Hampstead, puis je repris le chemin de la Cour, à travers les routes encore humides de rosée, au milieu du doux parfum des fleurs qui croissaient dans les jardins environnants ou qui passaient dans des paniers sur la tête des jardiniers, ne songeant à rien autre chose qu'à tenter ce premier effort, pour faire face au changement survenu dans notre position.

J'arrivai pourtant de si bonne heure à l'étude que j'eus le temps de me promener une heure dans les cours, avant que le vieux Tiffey, qui était toujours le premier à son poste, apparût enfin avec sa clef. Alors je m'assis dans mon coin, à l'ombre, à regarder le reflet du soleil sur les tuyaux de cheminée d'en face, et à penser à Dora, quand M. Spenlow entra frais et dispos.

« Comment allez-vous, Copperfield ! me dit-il. Quelle belle matinée !

— Charmante matinée, monsieur ! repartis-je. Pourrais-je vous dire un mot avant que vous vous rendiez à la Cour ?

— Certainement, dit-il, venez dans mon cabinet. »

Je le suivis dans son cabinet, où il commença par mettre sa robe, et se regarder dans un petit miroir accroché derrière la porte d'une armoire.

« Je suis fâché d'avoir à vous apprendre, lui dis-je, que j'ai reçu de mauvaises nouvelles de ma tante !

— Vraiment ! dit-il, j'en suis bien fâché ; ce n'est pas une attaque de paralysie, j'espère ?

— Il ne s'agit pas de sa santé, monsieur, répliquai-je. Elle a fait de grandes pertes, ou plutôt il ne lui reste presque plus rien.

— Vous m'é... ton... nez, Copperfield ! » s'écria M. Spenlow.

Je secouai la tête.

« Sa situation est tellement changée, monsieur, que je voulais vous demander s'il ne serait pas possible... en sacrifiant une partie de la somme payée pour mon admission ici, bien entendu (je n'avais point médité cette offre généreuse, mais je l'improvisai en voyant l'expression d'effroi qui se peignait sur sa physionomie)... s'il ne serait pas possible d'annuler les arrangements que nous avions pris ensemble. »

Personne ne peut s'imaginer tout ce qu'il m'en coûtait de faire cette proposition. C'était demander comme une grâce qu'on me déportât loin de Dora.

« Annuler nos arrangements, Copperfield ! annuler ! »

J'expliquai avec une certaine fermeté que j'étais aux expédients, que je ne savais comment subsister, si je n'y pourvoyais pas moi-même, que je ne craignais rien pour l'avenir, et j'appuyai là-dessus pour prouver que je serais un jour un gendre fort à rechercher, mais que, pour le moment, j'en étais réduit à me tirer d'affaire tout seul.

« Je suis bien fâché de ce que vous me dites là, Copperfield, répondit M. Spenlow ; extrêmement fâché. Ce n'est pas l'habitude d'annuler une convention pour des raisons semblables. Ce n'est pas ainsi qu'on procède en affaires. Ce serait un très mauvais précédent... Pourtant.

— Vous êtes bien bon, monsieur, murmurai-je, dans l'attente d'une concession.

— Pas du tout, ne vous y trompez pas, continua M. Spenlow ; j'allais vous dire que, si j'avais les mains libres, si je n'avais pas un associé, M. Jorkins !... »

Mes espérances s'écroulèrent à l'instant : je fis pourtant encore un effort.

« Croyez-vous, monsieur, que si je m'adressais à M. Jorkins... ? »

M. Spenlow secoua la tête d'un air découragé. « Le ciel me préserve, Copperfield, dit-il, d'être injuste envers personne, surtout envers M. Jorkins. Mais je connais mon associé, Copperfield. M. Jorkins n'est pas homme à accueillir une proposition si insolite. M. Jorkins ne connaît que les traditions reçues : il ne déroge point aux usages. Vous le connaissez ! »

Je ne le connaissais pas du tout. Je savais seulement que M. Jorkins avait été autrefois l'unique patron de céans, et qu'à présent il vivait seul dans une maison tout près de Montagu-Square, qui avait terriblement besoin d'un coup de badigeon; qu'il arrivait au bureau très tard, et partait de très bonne heure; qu'on n'avait jamais l'air de le consulter sur quoi que ce fût; qu'il avait un petit cabinet sombre pour lui tout seul au premier; qu'on n'y faisait jamais d'affaires, et qu'il y avait sur son bureau un vieux cahier de papier buvard, jauni par l'âge, mais sans une tâche d'encre, et qui avait la réputation d'être là depuis vingt ans.

« Auriez-vous quelque objection à ce que je parlasse de mon affaire à M. Jorkins ? demandai-je.

— Pas le moins du monde, dit M. Spenlow. Mais j'ai quelque expérience de Jorkins, Copperfield. Je voudrais qu'il en fût autrement, car je serais heureux de faire ce que vous désirez. Je n'ai pas la moindre objection à ce que vous en parliez à M. Jorkins, Copperfield, si vous croyez que ce soit la peine. »

Profitant de sa permission qu'il accompagna d'une bonne poignée de main, je restai dans mon coin, à penser à Dora, et à regarder le soleil qui quittait les tuyaux des cheminées pour éclairer le mur de la maison en face, jusqu'à l'arrivée de M. Jorkins. Je montai alors chez lui : et vous n'avez jamais vu un homme plus étonné de recevoir une visite.

« Entrez, monsieur Copperfield, dit M. Jorkins, entrez donc. »

J'entrai, je m'assis, et je lui exposai ma situation, à peu près comme je l'avais fait à M. Spenlow. M. Jorkins n'était pas, à beaucoup près, aussi terrible qu'on eût pu s'y attendre. C'était un gros homme de soixante ans, à l'air doux et bénin, qui prenait une telle quantité de tabac qu'on disait parmi nous que ce stimulant était sa principale nourriture, vu qu'il ne lui restait plus guère de place après, dans tout son corps, pour absorber d'autres articles de subsistance.

« Vous en avez parlé à M. Spenlow, je suppose ? dit M. Jorkins, après m'avoir écouté jusqu'au bout avec quelque impatience.

— Oui, monsieur, c'est lui qui m'a objecté votre nom.

— Il vous a dit que je ferais des objections ? » demanda M. Jorkins.

Je fus obligé d'admettre que M. Spenlow avait regardé la chose comme très vraisemblable.

« Je suis bien fâché, monsieur Copperfield, dit M. Jorkins très embarrassé, mais je ne puis rien faire pour vous. Le fait est... Mais j'ai un rendez-vous à la Banque, si vous voulez bien m'excuser. »

Là-dessus il se leva précipitamment et allait quitter la chambre quand je m'enhardis jusqu'à lui dire que je craignais bien alors qu'il n'y eût pas moyen d'arranger l'affaire.

« Non, dit Jorkins en s'arrêtant à la porte pour hocher la tête, non, non, j'ai des objections, vous savez bien, continua-t-il en parlant très vite, puis il sortit, vous comprenez, monsieur Copperfield, dit-il, en rentrant d'un air agité, que si M. Spenlow a des objections...

— Personnellement, il n'en a pas, monsieur.

— Oh ! personnellement, répéta M. Jorkins d'un air d'impatience ; je vous assure qu'il y a des objections, monsieur Copperfield, insurmontables : ce que vous désirez est impossible... j'ai vraiment un rendez-vous à la Banque. » Là-dessus il se sauva en courant, et, d'après ce que j'ai su, il se passa trois jours avant qu'il reparût à l'étude.

J'étais décidé à remuer ciel et terre, s'il le fallait.
J'attendis donc le retour de M. Spenlow, pour lui
raconter mon entrevue avec son associé, en lui laissant
entendre que je n'étais pas sans espérances qu'il fût possible d'adoucir l'inflexible Jorkins, s'il voulait bien
entreprendre cette tâche.

« Copperfield, repartit M. Spenlow avec un sourire
fin, vous ne connaissez pas mon associé M. Jorkins
depuis aussi longtemps que moi. Rien n'est plus loin de
mon esprit que la pensée de supposer M. Jorkins
capable d'aucun artifice, mais M. Jorkins a une manière
de poser ses objections qui trompe souvent les gens.
Non, Copperfield ! ajouta-t-il en secouant la tête, il n'y a,
croyez-moi, aucun moyen d'ébranler M. Jorkins. »

Je commençai à ne pas trop savoir lequel des deux, de
M. Spenlow ou de M. Jorkins, était réellement l'associé
d'où venaient les difficultés, mais je voyais très clairement qu'il y avait quelque part chez l'un ou l'autre un
endurcissement invincible et qu'il ne fallait plus
compter le moins du monde sur le remboursement des
mille livres sterling de ma tante. Je quittai donc l'étude
dans un état de découragement que je ne me rappelle
pas sans remords, car je sais que c'était l'égoïsme
(l'égoïsme à nous deux Dora) qui en faisait le fond, et je
m'en retournai chez nous !

Je travaillais à familiariser mon esprit avec ce qui
pourrait arriver de pis, et je tâchais de me représenter
les arrangements qu'il faudrait prendre, si l'avenir se
présentait à nous sous les couleurs les plus sombres,
quand un fiacre qui me suivait s'arrêta juste à côté de
moi et me fit lever les yeux. On me tendait une main
blanche par la portière, et j'aperçus le sourire de ce
visage que je n'avais jamais vu sans éprouver un sentiment de repos et de bonheur, depuis le jour où je l'avais
contemplé sur le vieil escalier de chêne à large rampe,
et que j'avais associé dans mon esprit sa beauté sereine
avec le doux coloris des vitraux d'église.

« Agnès ! m'écriai-je avec joie. Oh ! ma chère Agnès,

quel plaisir de vous voir; vous plutôt que tout autre créature humaine!

— Vraiment? dit-elle du ton le plus cordial. J'ai si grand besoin de causer avec vous! lui dis-je. J'ai le cœur soulagé, rien qu'en vous regardant! Si j'avais eu la baguette d'un magicien, vous êtes la première personne que j'aurais souhaité de voir!

— Allons donc! repartit Agnès.

— Ah! Dora d'abord, peut-être, avouai-je en rougissant.

— Dora d'abord, bien certainement, j'espère, dit Agnès en riant.

— Mais vous, la seconde, lui dis-je; où donc allez-vous?»

Elle allait chez moi pour voir ma tante. Il faisait très beau, et elle fut bien aise de sortir du fiacre, qui avait l'odeur d'une écurie conservée sous cloche; je ne le sentais que trop, ayant passé la tête par la portière pour causer tout ce temps-là avec Agnès. Je renvoyai le cocher, elle prit mon bras et nous partîmes ensemble. Elle me faisait l'effet de l'espérance en personne; en un moment je ne me sentis plus le même, ayant Agnès à mes côtés.

Ma tante lui avait écrit un de ces étranges et comiques petits billets qui n'étaient pas beaucoup plus longs qu'un billet de banque : elle poussait rarement plus loin sa verve épistolaire. C'était pour lui annoncer qu'elle avait eu des malheurs, à la suite desquels elle quittait définitivement Douvres, mais qu'elle en avait très bien pris son parti et qu'elle se portait trop bien pour que personne s'inquiétât d'elle. Là-dessus Agnès était venue à Londres pour voir ma tante, qu'elle aimait et qui l'aimait beaucoup depuis de longues années, c'est-à-dire depuis le moment où je m'étais établi chez M. Wickfield. Elle n'était pas seule, me dit-elle. Son papa était avec elle et... Uriah Heep.

« Ils sont associés maintenant? lui dis-je : que le ciel le confonde!

— Oui, dit Agnès. Ils avaient quelques affaires ici, et j'ai saisi cette occasion pour venir aussi à Londres. Il ne faut pas que vous croyiez que c'est de ma part une visite tout à fait amicale et désintéressée, Trotwood, car... j'ai peur d'avoir des préjugés bien injustes..., mais je n'aime pas à laisser papa aller seul avec lui.

— Exerce-t-il toujours la même influence sur M. Wickfield, Agnès ? »

Agnès secoua tristement la tête.

« Tout est tellement changé chez nous, dit-elle, que vous ne reconnaîtriez plus notre chère vieille maison. Ils demeurent avec nous, maintenant.

— Qui donc ? demandai-je.

— M. Heep et sa mère. Il occupe votre ancienne chambre, dit Agnès en me regardant.

— Je voudrais être chargé de lui fournir ses rêves, répliquai-je, il n'y coucherait pas longtemps.

— J'ai gardé mon ancienne petite chambre, dit Agnès, celle où j'apprenais mes leçons. Comme le temps passe ! vous souvenez-vous ? La petite pièce lambrissée qui donne dans le salon.

— Si je me souviens, Agnès ? C'est là que je vous ai vue pour la première fois ; vous étiez debout à cette porte, votre petit panier de clefs au côté.

— Précisément, dit Agnès en souriant ; je suis bien aise que vous en ayez gardé un si bon souvenir ; comme nous étions heureux alors !

— Oh ! oui ! Je garde cette petite pièce pour moi, mais je ne puis pas toujours laisser là mistress Heep, vous savez ? Ce qui fait, dit Agnès avec calme, que je me sens quelquefois obligée de lui tenir compagnie quand j'aimerais mieux être seule. Mais je n'ai pas d'autre sujet de plainte contre elle. Si elle me fatigue quelquefois par ses éloges de son fils, quoi de plus naturel chez une mère ? C'est un très bon fils ! »

Je regardai Agnès pendant qu'elle me parlait ainsi, sans découvrir dans ses traits aucun soupçon des intentions d'Uriah. Ses beaux yeux, si doux et si assurés en même temps, soutenaient mon regard avec leur franchise accoutumée, et sans aucune altération visible sur son visage.

« Le plus grand inconvénient de leur présence chez nous, dit Agnès, c'est que je ne puis pas être aussi souvent avec papa que je le voudrais, car Uriah Heep est constamment entre nous. Je ne puis donc pas veiller sur lui, si ce n'est pas une expression un peu hardie, d'aussi près que je le désirerais. Mais, si on emploie envers lui la fraude ou la trahison, j'espère que mon affection fidèle finira toujours par en triompher. J'espère que la véritable affection d'une fille vigilante et dévouée est plus forte, au bout du compte, que tous les dangers du monde. »

Ce sourire lumineux que je n'ai jamais vu sur aucun autre visage disparut alors du sien, au moment où j'en admirais la douceur et où je me rappelais le bonheur que j'avais autrefois à le voir, et elle me demanda avec un changement marqué de physionomie, quand nous approchâmes de la rue que j'habitais, si je savais comment les revers de fortune de ma tante lui étaient arrivés. Sur ma réponse négative, Agnès devint pensive, et il me sembla que je sentais trembler le bras qui reposait sur le mien.

Nous trouvâmes ma tante toute seule et un peu agitée. Il s'était élevé entre elle et mistress Crupp une discussion sur une question abstraite (la convenance de la résidence du beau sexe dans un appartement de garçon), et ma tante, sans s'inquiéter des spasmes de mistress Crupp, avait coupé court à la dispute en déclarant à cette dame qu'elle sentait l'eau-de-vie, qu'elle me volait et qu'elle eût à sortir à l'instant. Mistress Crupp, regardant ces deux expressions comme injurieuses, avait annoncé son intention d'en appeler au « Jurique anglais », voulant parler, à ce qu'on pouvait croire, du boulevard de nos libertés nationales.

Cependant ma tante ayant eu le temps de se remettre, pendant que Peggotty était sortie pour montrer à

M. Dick les gardes à cheval, et, de plus, enchantée de
voir Agnès, ne pensait plus à sa querelle que pour tirer
une certaine vanité de la manière dont elle en était sortie à son honneur; aussi nous reçut-elle de la meilleure
humeur possible. Quand Agnès eut posé son chapeau
sur la table et se fut assise près d'elle, je ne pus m'empêcher de me dire, en regardant son front radieux et ses
yeux sereins, qu'elle me semblait là à sa place; qu'elle y
devrait toujours être; que ma tante avait en elle, malgré
sa jeunesse et son peu d'expérience, une confiance
entière. Ah! elle avait bien raison de compter pour sa
force sur sa simple affection, dévouée et fidèle.

Nous nous mîmes à causer des affaires de ma tante, à
laquelle je dis la démarche inutile que j'avais faite le
matin même.

« Ce n'était pas judicieux, Trot, mais l'intention était
bonne. Vous êtes un brave enfant, je crois que je devrais
dire plutôt à présent un brave jeune homme, et je suis
fière de vous, mon ami. Il n'y a rien à dire, jusqu'à
présent. Maintenant, Trot et Agnès, regardons en face la
situation de Betsy Trotwood, et voyons où elle en est. »

Je vis Agnès pâlir, en regardant attentivement ma
tante. Ma tante ne regardait pas moins attentivement
Agnès, tout en caressant son chat.

« Betsy Trotwood, dit ma tante, qui avait toujours
gardé pour elle ses affaires d'argent, je ne parle pas de
votre sœur, Trot, mais de moi, avait une certaine fortune. Peu importe ce qu'elle avait, c'était assez pour
vivre : un peu plus même, car elle avait fait quelques
économies, qu'elle ajoutait au capital. Betsy plaça sa
fortune en rentes pendant quelque temps, puis, sur
l'avis de son homme d'affaires, elle le plaça sur hypo-
thèque. Cela allait très bien, le revenu était considérable, mais on purgea les hypothèques et on remboursa
Betsy. Ne trouvez-vous pas, quand je parle de Betsy,
qu'on croirait entendre raconter l'histoire d'un vaisseau
de guerre? Si bien donc que Betsy, obligée de chercher
un autre placement, se figura qu'elle était plus habile

cette fois que son homme d'affaires, qui n'était plus si avisé que par le passé... Je parle de votre père, Agnès, et elle se mit dans la tête de gérer sa petite fortune toute seule. Elle mena donc, comme on dit, ses cochons bien loin au marché, dit ma tante, et elle n'en fut pas la bonne marchande. D'abord elle fit des pertes dans les mines, puis dans des pêcheries particulières où il s'agissait d'aller chercher dans la mer les trésors perdus ou quelque autre folie de ce genre, continua-t-elle, par manière d'explication, en se frottant le nez, puis elle perdit encore dans les mines, et, à la fin des fins, elle perdit dans une banque. Je ne sais ce que valaient les actions de cette banque, pendant un temps, dit ma tante, cent pour cent au moins, je crois ; mais la banque était à l'autre bout du monde, et s'est évanouie dans l'espace, à ce que je crois ; en tout cas, elle a fait faillite et ne payera jamais un sou ; or tous les sous de Betsy étaient là, et les voilà finis. Ce qu'il y a de mieux à faire, c'est de n'en plus parler ! »

Ma tante termina ce récit sommaire et philosophique en regardant avec un certain air de triomphe Agnès, qui reprenait peu à peu ses couleurs.

« Est-ce là toute l'histoire, chère miss Trotwood ? dit Agnès.

— J'espère que c'est bien suffisant, ma chère, dit ma tante. S'il y avait eu plus d'argent à perdre, ce ne serait pas tout peut-être. Betsy aurait trouvé moyen d'envoyer cet argent-là rejoindre le reste, et de faire un nouveau chapitre à cette histoire, je n'en doute pas. Mais il n'y avait plus d'argent, et l'histoire finit là. »

Agnès avait écouté d'abord sans respirer. Elle pâlissait et rougissait encore, mais elle avait le cœur plus léger. Je croyais savoir pourquoi. Elle avait craint, sans doute, que son malheureux père ne fût pour quelque chose dans ce revers de fortune. Ma tante prit sa main entre les siennes et se mit à rire.

« Est-ce tout ? répéta ma tante ; mais oui, vraiment, c'est tout, à moins qu'on n'ajoute comme à la fin d'un

conte : « Et depuis ce temps-là, elle vécut toujours heureuse. » Peut-être dira-t-on cela de Betsy un de ces
jours. Maintenant, Agnès, vous avez une bonne tête :
vous aussi, sous quelques rapports, Trot, quoique je ne
puisse pas vous faire toujours ce compliment. » Là-
dessus ma tante secoua la tête avec l'énergie qui lui était
propre. « Que faut-il faire ? Ma maison pourra rapporter l'un dans l'autre soixante-dix livres sterling par an.
Je crois que nous pouvons compter là-dessus d'une
manière positive. Eh bien ! c'est tout ce que nous
avons », dit ma tante, qui était, révérence gardée,
comme certains chevaux qu'on voit s'arrêter tout court,
au moment où ils ont l'air de prendre le mors aux dents.

« De plus, dit-elle, après un moment de silence, il y a
Dick. Il a mille livres sterling par an, mais il va sans dire
qu'il faut que ce soit réservé pour sa dépense personnelle. J'aimerais mieux le renvoyer, quoique je sache
bien que je suis la seule personne qui l'apprécie, plutôt
que de le garder, à la condition de ne pas dépenser son
argent pour lui jusqu'au dernier sou. Comment ferons-
nous, Trot et moi, pour nous tirer d'affaires avec nos
ressources ? Qu'en dites-vous, Agnès ?

— Je dis, ma tante, devançant la réponse d'Agnès,
qu'il faut que je fasse quelque chose.

— Vous enrôler comme soldat, n'est-ce pas ? repartit
ma tante alarmée, ou entrer dans la marine ? Je ne veux
pas entendre parler de cela. Vous serez procureur. Je ne
veux pas de tête cassée dans la famille, avec votre permission, monsieur. »

J'allais expliquer que je ne tenais pas à introduire le
premier dans la famille ce procédé simplifié de se tirer
d'affaire, quand Agnès me demanda si j'avais un long
bail pour mon appartement.

« Vous touchez au cœur de la question, ma chère, dit
ma tante ; nous avons l'appartement sur les bras pour
six mois, à moins qu'on ne pût le sous-louer, ce que je
ne crois pas. Le dernier occupant est mort ici, et il
mourrait bien cinq locataires sur six, rien que de

demeurer sous le même toit que cette femme en nankin, avec son jupon de flanelle. J'ai un peu d'argent comptant, et je crois, comme vous, que ce qu'il y a de mieux à faire est de finir le terme ici, en louant tout près une chambre à coucher pour Dick. »

Je crus de mon devoir de dire un mot des ennuis que ma tante aurait à souffrir, en vivant dans un état constant de guerre et d'embuscades avec mistress Crupp; mais elle répondit à cette objection d'une manière sommaire et péremptoire, en déclarant qu'au premier signal d'hostilité elle était prête à faire à mistress Crupp une peur dont elle garderait un tremblement jusqu'à la fin de ses jours.

« Je pensais, Trotwood, dit Agnès en hésitant, que si vous aviez du temps...

— J'ai beaucoup de temps à moi, Agnès. Je suis toujours libre après quatre ou cinq heures, et j'ai du loisir le matin de bonne heure. De manière ou d'autre, dis-je, en sentant que je rougissais un peu au souvenir des heures que j'avais passées à flâner dans la ville ou sur la route de Norwood, j'ai du temps plus qu'il ne m'en faut.

— Je pense que vous n'auriez pas de goût, dit Agnès en s'approchant de moi, et en me parlant à voix basse, d'un accent si doux et si consolant que je l'entends encore, pour un emploi de secrétaire?

— Pas de goût, ma chère Agnès, et pourquoi?

— C'est que, reprit Agnès, le docteur Strong a mis à exécution son projet de se retirer; il est venu s'établir à Londres, et je sais qu'il a demandé à papa s'il ne pourrait pas lui recommander un secrétaire. Ne pensez-vous pas qu'il lui serait plus agréable d'avoir auprès de lui son élève favori plutôt que tout autre?

— Ma chère Agnès, m'écriai-je, que serais-je sans vous? Vous êtes toujours mon bon ange. Je vous l'ai déjà dit. Je ne pense jamais à vous que comme à mon bon ange. »

Agnès me répondit en riant gaiement qu'un bon ange (elle voulait parler de Dora) me suffisait bien, que je n'avais pas besoin d'en avoir davantage ; et elle me rappela que le docteur avait coutume de travailler dans son cabinet de grand matin et pendant la soirée, et que probablement les heures dont je pouvais disposer lui conviendraient à merveille. Si j'étais heureux de penser que j'allais gagner moi-même mon pain, je ne l'étais pas moins de l'idée que je travaillerais avec mon ancien maître ; et, suivant à l'instant l'avis d'Agnès, je m'assis pour écrire au docteur une lettre où je lui exprimais mon désir, en lui demandant la permission de me présenter chez lui le lendemain, à dix heures du matin. J'adressai mon épître à Highgate, car il demeurait dans ce lieu si plein de souvenirs pour moi, et j'allai la mettre moi-même à la poste sans perdre une minute.

Partout où passait Agnès, on trouvait derrière elle quelque trace précieuse du bien qu'elle faisait sans bruit en passant. Quand je revins, la cage des oiseaux de ma tante était suspendue exactement comme elle l'avait été si longtemps à la fenêtre de son salon ; mon fauteuil, placé comme l'était le fauteuil infiniment meilleur de ma tante, près de la croisée ouverte ; et l'écran vert qu'elle avait apporté était déjà attaché au haut de la fenêtre. Je n'avais pas besoin de demander qui est-ce qui avait fait tout cela. Rien qu'à voir comme les choses avaient l'air de s'être faites toutes seules, il n'y avait qu'Agnès qui pût avoir pris ce soin. Quelle autre qu'elle aurait songé à prendre mes livres mal arrangés sur ma table, pour les disposer dans l'ordre où je les plaçais autrefois, du temps de mes études ? Quand j'aurais cru Agnès à cent lieues, je l'aurais reconnue tout de suite : je n'avais pas besoin de la voir occupée à tout remettre en place, souriant du désordre qui s'était introduit chez moi.

Ma tante mit beaucoup de bonne grâce à parler favorablement de la Tamise, qui faisait véritablement un bel effet aux rayons du soleil, quoique cela ne valût pas la mer qu'elle voyait à Douvres ; mais elle gardait une rancune inexorable à la fumée de Londres qui poivrait tout,

disait-elle. Heureusement il se fit une prompte révolu-
tion à cet égard, grâce au soin minutieux avec lequel
Peggotty faisait la chasse à ce poivre malencontreux
dans tous les coins de mon appartement. Seulement je
ne pouvais m'empêcher, en la regardant, de me dire que
Peggotty elle-même faisait beaucoup de bruit et peu de
besogne, en comparaison d'Agnès, qui faisait tant de
choses sans le moindre bruit. J'en étais là quand on
frappa à la porte.

« Je pense que c'est papa, dit Agnès en devenant pâle,
il m'a promis de venir. »

J'ouvris la porte, et je vis entrer non seulement
M. Wickfield mais Uriah Heep. Il y avait déjà quelque
temps que je n'avais vu M. Wickfield. Je m'attendais
déjà à le trouver très changé, d'après ce qu'Agnès
m'avait dit, mais je fus douloureusement surpris en le
voyant.

Ce n'était pas tant parce qu'il était bien vieilli,
quoique toujours vêtu avec la même propreté scrupu-
leuse; ce n'était pas non plus parce qu'il avait un teint
échauffé, qui donnait mauvaise idée de sa santé; ce
n'était pas parce que ses mains étaient agitées d'un
mouvement nerveux, j'en savais mieux la cause que personne, pour l'avoir vue opérer pendant plusieurs
années; ce n'est pas qu'il eût perdu la grâce de ses
manières ni la beauté de ses traits, toujours la même;
mais ce qui me frappa, c'est qu'avec tous ces témoignages évidents de distinction naturelle, il pût subir la
domination impudente de cette personnification de la
bassesse, Uriah Heep. Le renversement des deux
natures dans leurs relations respectives, de puissance
de la part d'Uriah, et de dépendance du côté de
M. Wickfield, offrait le spectacle le plus pénible qu'on
pût imaginer. J'aurais vu un singe conduire un homme
en laisse, que je n'aurais pas été plus humilié pour
l'homme.

Il n'en avait que trop conscience lui-même. Quand il
entra, il s'arrêta la tête basse comme s'il le sentait bien.

Ce fut l'affaire d'un moment, car Agnès lui dit très doucement : « Papa, voilà miss Trotwood et Trotwood que
vous n'avez pas vus depuis longtemps », et alors il
s'approcha, tendit la main à ma tante d'un air embarrassé, et serra les miennes plus cordialement. Pendant
cet instant de trouble rapide, je vis un sourire de mali-
gnité sur les lèvres d'Uriah. Agnès le vit aussi, je crois,
car elle fit un mouvement en arrière, comme pour
s'éloigner de lui.

Quant à ma tante, le vit-elle, ne le vit-elle pas ? j'aurais
défié toute la science des physionomistes de le deviner
sans sa permission. Je ne crois pas qu'il y ait jamais eu
personne doué d'une figure plus impénétrable qu'elle,
lorsqu'elle voulait. Sa figure ne parlait pas plus qu'un
mur de ses secrètes pensées, jusqu'au moment où elle
rompit le silence avec le ton brusque qui lui était ordinaire :

« Eh bien ! Wickfield, dit ma tante, et il la regarda
pour la première fois. J'ai raconté à votre fille le bel
usage que j'ai fait de mon argent, parce que je ne pouvais plus vous le confier depuis que vous vous étiez un
peu rouillé en affaires. Nous nous sommes donc consul-
tées avec elle, et, tout considéré, nous nous tirerons de
là. Agnès, à elle seule, vaut les deux associés, à mon
avis.

— S'il m'est permis de faire une humble remarque,
dit Uriah Heep en se tortillant, je suis parfaitement
d'accord avec miss Betsy Trotwood, et je serais trop
heureux d'avoir aussi miss Agnès pour associée.

— Contentez-vous d'être associé vous-même, repartit
ma tante ; il me semble que cela doit vous suffire. Comment vous portez-vous, monsieur ? »

En réponse à cette question, qui lui était adressée du
ton le plus sec, M. Heep secouant d'un air embarrassé le
sac de papiers qu'il portait, répliqua qu'il se portait
bien, et remercia ma tante en lui disant qu'il espérait
qu'elle se portait bien aussi.

« Et vous, Copperfield... je devrais dire monsieur

Copperfield, continua Uriah, j'espère que vous allez bien. Je suis heureux de vous voir, monsieur Copperfield, même dans les circonstances actuelles : et en effet les circonstances actuelles avaient l'air d'être assez de son goût. Elles ne sont pas tout ce que vos amis pourraient désirer pour vous, monsieur Copperfield ; mais ce n'est pas l'argent qui fait l'homme, c'est... je ne suis vraiment pas en état de l'expliquer avec mes faibles moyens, dit Uriah faisant un geste de basse complaisance ; mais ce n'est pas l'argent !... »

Là-dessus il me donna une poignée de main, non pas d'après le système ordinaire, mais en se tenant à quelques pas, comme s'il en avait peur, et en soulevant ma main ou la baissant tour à tour comme la poignée d'une pompe.

« Que dites-vous de notre santé, Copperfield... pardon, je devrais dire monsieur Copperfield ? reprit Uriah ; M. Wickfield n'a-t-il pas bonne mine, monsieur ? Les années passent inaperçues chez nous, monsieur Copperfield ; si ce n'est qu'elles élèvent les humbles, c'est-à-dire ma mère et moi, et qu'elles développent, ajouta-t-il en se ravisant, la beauté et les grâces, particulièrement chez miss Agnès. »

Il se tortilla après ce compliment d'une façon si intolérable que ma tante qui le regardait en face perdit complètement patience.

« Que le diable l'emporte ! dit-elle brusquement. Qu'est-ce qu'il a donc ? Pas de mouvements galvaniques, monsieur !

— Je vous demande pardon, miss Trotwood, dit Uriah ; je sais bien que vous êtes nerveuse.

— Laissez-nous tranquilles, reprit ma tante qui n'était rien moins qu'apaisée par cette impertinence : je vous prie de vous taire. Sachez que je ne suis pas nerveuse du tout. Si vous êtes une anguille, monsieur, à la bonne heure ! mais si vous êtes un homme, maîtrisez un peu vos mouvements, monsieur ! Vive Dieu ! continuat-elle dans un élan d'indignation, je n'ai pas envie qu'on me fasse perdre la tête à se tortiller comme un serpent ou comme un tire-bouchon! »

M. Heep, comme on peut le penser, fut un peu troublé par cette explosion, qui recevait une nouvelle force de l'air indigné dont ma tante recula sa chaise en secouant la tête, comme si elle allait se jeter sur lui pour le mordre. Mais il me dit à part d'une voix douce :

« Je sais bien, monsieur Copperfield, que miss Trotwood, avec toutes ses excellentes qualités, est très-vive; j'ai eu le plaisir de la connaître avant vous, du temps que j'étais encore pauvre petit clerc, et il est naturel qu'elle ne soit pas adoucie par les circonstances actuelles. Je m'étonne au contraire que ce ne soit pas encore pis. J'étais venu ici vous dire que, si nous pouvions vous être bons à quelque chose, ma mère et moi, ou Wickfield-et-Heep, nous en serions ravis. Je ne m'avance pas trop, je suppose? dit-il avec un affreux sourire à son associé.

— Uriah Heep, dit M. Wickfield d'une voix forcée et monotone, est très actif en affaires, Trotwood. Ce qu'il dit, je l'approuve pleinement. Vous savez que je vous porte intérêt de longue date; mais, indépendamment de cela, ce qu'il dit, je l'approuve pleinement.

— Oh! quelle récompense! dit Uriah en relevant l'une de ses jambes, au risque de s'attirer une nouvelle incartade de la part de ma tante, que je suis heureux de cette confiance absolue! Mais j'espère, il est vrai, que je réussis un peu à le soulager du poids des affaires, monsieur Copperfield.

— Uriah Heep est un grand soulagement pour moi, dit M. Wickfield de la même voix sourde et triste; c'est un grand poids de moins pour moi, Trotwood, que de l'avoir pour associé. »

Je savais que c'était ce vilain renard rouge qui lui faisait dire tout cela, pour justifier ce qu'il m'avait dit lui-même, le soir où il avait empoisonné mon repos. Je vis le même sourire faux et sinistre errer sur ses traits, pendant qu'il me regardait avec attention.

« Vous ne nous quittez pas, papa ? dit Agnès d'un ton suppliant. Ne voulez-vous pas revenir à pied avec Trotwood et moi ? »

Je crois qu'il aurait regardé Uriah avant de répondre, si ce digne personnage ne l'avait pas prévenu.

« J'ai un rendez-vous d'affaires, dit Uriah, sans quoi j'aurais été heureux de rester avec mes amis. Mais je laisse mon associé pour représenter la maison. Miss Agnès, votre très humble serviteur ! Je vous souhaite le bonsoir, monsieur Copperfield, et je présente mes humbles respects à miss Betsy Trotwood. »

Il nous quitta là-dessus, en nous envoyant des baisers de sa grande main de squelette, avec un sourire de satyre.

Nous restâmes encore une heure ou deux à causer du bon vieux temps et de Canterbury. M. Wickfield, laissé seul avec Agnès, reprit bientôt quelque gaieté, quoique toujours en proie à un abattement dont il ne pouvait s'affranchir. Il finit pourtant par s'animer et prit plaisir à nous entendre rappeler les petits événements de notre vie passée, dont il se souvenait très bien. Il nous dit qu'il se croyait encore à ses bons jours, en se retrouvant seul avec Agnès et moi, et qu'il voudrait bien qu'il n'y eût rien de changé. Je suis sûr qu'en voyant le visage serein de sa fille et en sentant la main qu'elle posait sur son bras, il en éprouvait un bien infini.

Ma tante, qui avait été presque tout le temps occupée avec Peggotty dans la chambre voisine, ne voulut pas nous accompagner à leur logement, mais elle insista pour que j'y allasse et j'obéis. Nous dînâmes ensemble. Après le dîner, Agnès s'assit auprès de lui comme autrefois, et lui versa du vin. Il prit ce qu'elle lui donnait, pas davantage, comme un enfant ; et nous restâmes tous les trois assis près de la fenêtre tant qu'il fit jour. Quand la nuit vint, il s'étendit sur un canapé ; Agnès arrangea les coussins et resta penchée sur lui un moment. Quand elle revint près de la fenêtre, il ne faisait pas assez obscur encore pour que je ne visse pas briller des larmes dans ses yeux.

Je demande au ciel de ne jamais oublier l'amour constant et fidèle de ma chère Agnès à cette époque de ma vie, car, si je l'oubliais, ce serait signe que je serais bien près de ma fin, et c'est le moment où je voudrais me souvenir d'elle plus que jamais. Elle remplit mon cœur de tant de bonnes résolutions, elle fortifia si bien ma faiblesse, elle sut diriger si bien par son exemple, je ne sais comment, car elle était trop douce et trop modeste pour me donner beaucoup de conseils, l'ardeur sans but de mes vagues projets, que si j'ai fait quelque chose de bien, si je n'ai pas fait quelque chose de mal, je crois en conscience que c'est à elle que je le dois.

Et comme elle me parla de Dora, pendant que nous étions assis près de la fenêtre! comme elle écouta mes éloges, en y ajoutant les siens! comme elle jeta sur la petite fée qui m'avait ensorcelé des rayons de sa pure lumière, qui la faisaient paraître encore plus innocente et plus précieuse à mes yeux! Agnès, sœur de mon adolescence, si j'avais su alors ce que j'ai su plus tard!

Il y avait un mendiant dans la rue quand je descendis, et, au moment où je me retournais du côté de la fenêtre, en pensant au regard calme et pur de ma jeune amie, à ses yeux angéliques, il me fit tressaillir en murmurant, comme un écho du matin :

« Aveugle! aveugle! aveugle! »

CHAPITRE VI

Enthousiasme

Je commençai la journée du lendemain en allant me plonger encore dans l'eau des bains romains, puis je pris le chemin de Highgate. J'étais sorti de mon abattement; je n'avais plus peur des habits râpés, et je ne soupirais plus après les jolis coursiers gris. Toute ma manière de considérer nos malheurs était changée. Ce

que j'avais à faire, c'était de prouver à ma tante que ses
bontés passées n'avaient pas été prodiguées à un être
ingrat et insensible. Ce que j'avais à faire, c'était de profiter maintenant de l'apprentissage pénible de mon
enfance et de me mettre à l'œuvre avec courage et résolution. Ce que j'avais à faire, c'était de prendre résolû-
ment la hache du bûcheron à la main pour m'ouvrir un
chemin à travers la forêt des difficultés où je me trouvais égaré, en abattant devant moi les arbres enchantés
qui me séparaient encore de Dora : et je marchais à
grands pas comme si c'était un moyen d'arriver plus tôt
à mon but.

Quand je me retrouvai sur cette route de Highgate
qui m'était si familière, et que je suivais aujourd'hui
dans des dispositions si différentes de mes anciennes
idées de plaisir, il me sembla qu'un changement
complet venait de s'opérer dans ma vie ; mais je n'étais
pas découragé. De nouvelles espérances, un nouveau
but, m'étaient apparus en même temps que ma vie nouvelle. Le travail était grand, mais la récompense était
sans prix. C'était Dora qui était la récompense, et il fallait bien conquérir Dora.

J'étais dans de tels transports de courage que je
regrettais que mon habit ne fût pas déjà un peu râpé ; il
me tardait de commencer à abattre des arbres dans la
forêt des difficultés, et cela avec assez de peine, pour
prouver ma vigueur. J'avais bonne envie de demander à
un vieux bonhomme qui cassait des pierres sur la route
avec des lunettes de fil de fer, de me prêter un moment
son marteau et de me permettre de commencer ainsi à
m'ouvrir un chemin dans le granit pour arriver jusqu'à
Dora. Je m'agitais si bien, j'étais si complètement hors
d'haleine, et j'avais si chaud, qu'il me semblait que
j'avais gagné je ne sais combien d'argent. J'étais dans
cet état, quand j'entrai dans une petite maison qui était
à louer, et je l'examinai scrupuleusement, sentant qu'il
était nécessaire de devenir un homme pratique. C'était
précisément tout ce qu'il nous fallait pour Dora et moi ;

il y avait un petit jardin devant la maison pour que Jip
pût y courir à son aise et aboyer contre les marchands à
travers les palissades. Je sortis de là plus échauffé que
jamais, et je repris d'un pas si précipité la route de
Highgate que j'y arrivai une heure trop tôt; au reste,
quand je n'aurais pas été si fort en avance, j'aurais toujours été obligé de me promener un peu pour me rafraîchir, avant d'être tant soit peu présentable. Mon premier soin, après quelques préparatifs pour me calmer,
fut de découvrir la demeure du docteur. Ce n'était pas
du côté de Highgate où demeurait mistress Steerforth,
mais tout à fait à l'autre bout de la petite ville. Quand je
me fus assuré de ce fait, je revins, par un attrait auquel
je ne pus résister, à une petite ruelle qui passait près de
la maison de mistress Steerforth, et je regardai par-
dessus le mur du jardin. Les fenêtres de la chambre de
Steerforth étaient fermées. Les portes de la serre étaient
ouvertes et Rosa Dartle, nu-tête, marchait en long et en
large, d'un pas brusque et précipité, dans une allée
sablée qui longeait la pelouse. Elle me fit l'effet d'une
bête fauve qui fait toujours le même chemin, jusqu'au
bout de la chaîne qu'elle traîne sur son sentier battu, en
se rongeant le cœur.

Je quittai doucement mon poste d'observation, fuyant
ce voisinage et regrettant de l'avoir seulement appro-
ché, puis je me promenai jusqu'à dix heures loin de là.
L'église, surmontée d'un clocher élancé qui se voit
maintenant du sommet de la colline, n'était pas là, à
cette époque, pour m'indiquer l'heure. Il y avait à la
place une vieille maison en briques rouges qui servait
d'école, une belle maison, ma foi! on devait avoir du
plaisir à y aller à l'école, autant qu'il m'en souvient.

En approchant de la demeure du docteur, joli cottage
un peu ancien, et où il avait dû dépenser de l'argent, à
en juger par les réparations et les embellissements qui
semblaient encore tout frais, je l'aperçus qui se promenait dans le jardin avec ses guêtres et tout le reste,
comme s'il n'avait jamais cessé de se promener depuis

le temps où j'étais son écolier. Il était entouré aussi de
ses anciens compagnons, car il ne manquait pas de
grands arbres dans le voisinage, et je vis sur le gazon
deux ou trois corbeaux qui le regardaient comme s'ils
avaient reçu des lettres de leurs camarades de Canterbury sur son compte, et qu'ils le surveillassent de près
en conséquence.

Je savais bien que ce serait peine perdue de chercher
à attirer son attention à cette distance; je pris donc la
liberté d'ouvrir la barrière et d'aller à sa rencontre, afin
de me trouver en face de lui, au moment où il viendrait
à se retourner. Quand il se retourna en effet, et qu'il
s'approcha de moi, il me regarda d'un air pensif pendant un moment, évidemment sans me voir, puis sa
physionomie bienveillante exprima la plus grande satisfaction, et il me prit les deux mains :

« Comment, mon cher Copperfield, mais vous voilà
un homme ! Vous vous portez bien ? Je suis ravi de vous
voir. Mais comme vous avez gagné, mon cher Copperfield ! Vous voilà vraiment... Est-il possible ? »

Je lui demandai de ses nouvelles, et de celles de mistress Strong.

« Très bien ! dit le docteur, Annie va très bien; elle
sera enchantée de vous voir. Vous avez toujours été son
favori. Elle me le disait encore hier au soir, quand je lui
ai montré votre lettre. Et... oui, certainement... vous
vous rappelez M. Jack Maldon, Copperfield ?

— Parfaitement, monsieur.

— Je me doutais bien, dit le docteur, que vous ne
l'aviez pas oublié; lui aussi va assez bien.

— Est-il de retour, monsieur ? demandai-je.

— Des Indes ? dit le docteur, oui. M. Jack Maldon n'a
pas pu supporter le climat, mon ami. Mistress Markleham... vous vous rappelez mistress Markleham ?

— Si je me rappelle le Vieux-Troupier ! tout comme
si c'était hier.

— Eh bien ! mistress Markleham était très inquiète
de lui, la pauvre femme : aussi nous l'avons fait revenir,

et nous lui avons acheté une petite place qui lui convient beaucoup mieux. »

Je connaissais assez M. Jack Maldon pour soupçonner, d'après cela, que c'était une place où il ne devait pas y avoir beaucoup d'ouvrage, et qui était bien payée. Le docteur continua, en appuyant toujours la main sur mon épaule et en me regardant d'un air encourageant :

« Maintenant, mon cher Copperfield, causons de votre proposition. Elle me fait grand plaisir et me convient parfaitement ; mais croyez-vous que vous ne pourriez rien faire de mieux ? Vous avez eu de grands succès chez nous, vous savez ; vous avez des facultés qui peuvent vous mener loin. Les fondements sont bons : on y peut élever n'importe quel édifice ; ne serait-ce pas grand dommage de consacrer le printemps de votre vie à une occupation comme celle que je puis vous offrir ? »

Je repris une nouvelle ardeur, et je pressai le docteur avec de nombreuses fleurs de rhétorique, je le crains, de céder à ma demande, en lui rappelant que j'avais déjà, d'ailleurs, une profession.

« Oui, oui, dit le docteur, c'est vrai ; certainement cela fait une différence, puisque vous avez une profession et que vous étudiez pour y réussir. Mais, mon cher ami, qu'est-ce que c'est que soixante-dix livres sterling par an ?

— Cela double notre revenu, docteur Strong !

— Vraiment ! dit le docteur. Qui aurait cru cela ! Ce n'est pas que je veuille dire que le traitement sera strictement réduit à soixante-dix livres sterling, parce que j'ai toujours eu l'intention de faire, en outre, un présent à celui de mes jeunes amis que j'occuperais de cette manière. Certainement, dit le docteur en se promenant toujours de long en large, la main sur mon épaule, j'ai toujours fait entrer en ligne de compte un présent annuel.

— Mon cher maître, lui dis-je simplement, et sans phrases cette fois, j'ai contracté envers vous des obligations que je ne pourrai jamais reconnaître.

— Non, non, dit le docteur, pardonnez-moi! vous vous trompez.

— Si vous voulez accepter mes services pendant le temps que j'ai de libre, c'est-à-dire le matin et le soir, et que vous croyiez que cela vaille soixante-dix livres sterling par an, vous me ferez un plaisir que je ne saurais exprimer.

— Vraiment! dit le docteur d'un air naïf. Que si peu de chose puisse faire tant de plaisir! vraiment! vraiment! Mais promettez-moi que le jour où vous trouverez quelque chose de mieux vous le prendrez, n'est-ce pas? Vous m'en donnez votre parole? dit le docteur du ton avec lequel il en appelait autrefois à notre honneur, en classe, quand nous étions petits garçons.

— Je vous en donne ma parole, monsieur, répliquai-je aussi comme nous répondions en classe autrefois.

— En ce cas, c'est une affaire faite, dit le docteur en me frappant sur l'épaule et en continuant de s'y appuyer pendant notre promenade.

— Et je serais encore vingt fois plus heureux de penser, lui dis-je avec une petite flatterie innocente, j'espère..., si vous m'occupez au Dictionnaire. »

Le docteur s'arrêta, me frappa de nouveau sur l'épaule en souriant, et s'écria d'un air de triomphe ravissant à voir, comme si j'étais un puits de sagacité humaine.

« Vous l'avez deviné, mon cher ami. C'est le Dictionnaire. »

Comment aurait-il pu être question d'autre chose? Ses poches en étaient pleines comme sa tête. Le Dictionnaire lui sortait par tous les pores. Il me dit que depuis qu'il avait renoncé à sa pension, son travail avançait de la manière la plus rapide, et que rien ne lui convenait mieux que les heures de travail que je lui proposais, attendu qu'il avait l'habitude de se promener dans le milieu du jour en méditant à son aise. Ses papiers étaient un peu en désordre pour le moment,

grâce à M. Jack Maldon qui lui avait offert dernièrement ses services comme secrétaire, et qui n'avait pas
l'habitude de cette occupation ; mais nous aurions bientôt remis tout cela en état, et nous marcherions ronde-
ment. Je trouvai plus tard, quand nous fûmes tout de
bon à l'œuvre, que les efforts de M. Jack Maldon me
donnaient plus de peine que je ne m'y étais attendu, vu
qu'il ne s'était pas borné à faire de nombreuses
méprises, mais qu'il avait dessiné tant de soldats et de
têtes de femmes sur les manuscrits du docteur, que je
me trouvais parfois plongé dans un dédale inextricable.

Le docteur était enchanté de la perspective de m'avoir
pour collaborateur de son fameux ouvrage, et il fut
convenu que nous commencerions dès le lendemain à
sept heures. Nous devions travailler deux heures tous
les matins et deux ou trois heures tous les soirs, excepté
le samedi qui serait un jour de congé pour moi. Je
devais naturellement me reposer aussi le dimanche, la
besogne n'était donc pas bien pénible.

Nos arrangements faits ainsi, à notre mutuelle satisfaction, le docteur m'emmena dans la maison pour me
présenter à mistress Strong que je trouvai dans le nouveau cabinet de son mari, occupée à épousseter ses
livres, liberté qu'il ne permettait qu'à elle de prendre
avec ces précieux favoris.

Ils avaient retardé leur déjeuner pour moi, et nous
nous mîmes à table ensemble. Nous venions à peine d'y
prendre place quand je devinai, d'après la figure de mistress Strong, qu'il allait venir quelqu'un, avant même
d'entendre aucun bruit qui annonçât l'approche d'un
visiteur. Un monsieur à cheval arriva à la grille, fit
entrer son cheval par la bride, dans la petite cour,
comme s'il était chez lui, l'attacha à un anneau sous la
remise vide, et entra dans la salle à manger, son fouet à
la main. C'était M. Jack Maldon, et je trouvai que
M. Jack Maldon n'avait rien gagné à son voyage aux
Indes. Il est vrai de dire que j'étais d'une humeur vertueuse et farouche contre tous les jeunes gens qui

n'abattaient pas des arbres dans la forêt des difficultés, de sorte qu'il faut faire la part de ces impressions peu bienveillantes.

« Monsieur Jack, dit le docteur, je vous présente Copperfield ! »

M. Jack Maldon me donna une poignée de main, un peu froidement à ce qu'il me sembla, et d'un air de protection languissante qui me choqua fort en secret. Du reste, son air de langueur était curieux à voir, excepté pourtant quand il parlait à sa cousine Annie.

« Avez-vous déjeuné, monsieur Jack ? dit le docteur.

— Je ne déjeune presque jamais, monsieur, répliqua-t-il en laissant aller sa tête sur le dossier de son fauteuil. Cela m'ennuie.

— Y a-t-il des nouvelles aujourd'hui ? demanda le docteur.

— Rien du tout, monsieur, repartit M. Maldon. Quelques histoires de gens qui meurent de faim en Écosse, et qui sont assez mécontents. Mais il y a toujours de ces gens qui meurent de faim et qui ne sont jamais contents. »

Le docteur lui dit d'un air grave et pour changer de conversation :

« Alors il n'y a pas de nouvelles du tout ? Eh bien ! pas de nouvelles, bonnes nouvelles, comme on dit.

— Il y a une grande histoire dans les journaux à propos d'un meurtre, monsieur, reprit M. Maldon, mais il y a tous les jours des gens assassinés, et je ne l'ai pas lu. »

On ne regardait pas dans ce temps-là une indifférence affectée pour toutes les actions et les passions de l'humanité comme une aussi grande preuve d'élégance qu'on l'a fait plus tard. J'ai vu, depuis, ces maximes-là très à la mode. Je les ai vu pratiquer avec un tel succès que j'ai rencontré de beaux messieurs et de belles dames, qui, pour l'intérêt qu'ils prenaient au genre humain, auraient aussi bien fait de naître chenilles. Peut-être l'impression que me fit alors M. Maldon ne fut-elle si vive que parce qu'elle m'était nouvelle, mais je sais que cela ne contribua pas à le rehausser dans mon estime, ni dans ma confiance.

« Je venais savoir si Annie voulait aller ce soir à l'Opéra, dit M. Maldon en se tournant vers elle. C'est la dernière représentation de la saison qui en vaille la peine, et il y a une cantatrice qu'elle ne peut pas se dispenser d'entendre. C'est une femme qui chante d'une manière ravissante, sans compter qu'elle est d'une laideur délicieuse. »

Là-dessus il retomba dans sa langueur.

Le docteur, toujours enchanté de ce qui pouvait être agréable à sa jeune femme, se tourna vers elle et lui dit :

« Il faut y aller, Annie, il faut y aller.

— Non, je vous en prie, dit-elle au docteur. J'aime mieux rester à la maison. J'aime beaucoup mieux rester à la maison. »

Et sans regarder son cousin, elle m'adressa la parole, me demanda des nouvelles d'Agnès, s'informa si elle ne viendrait pas la voir ; s'il n'était pas probable qu'elle vînt dans la journée ; le tout d'un air si troublé que je me demandais comment il se faisait que le docteur lui-même, occupé pour le moment à étaler du beurre sur son pain grillé, ne voyait pas une chose qui sautait aux yeux.

Mais il ne voyait rien. Il lui dit en riant qu'elle était jeune, et qu'il fallait qu'elle s'amusât, au lieu de s'ennuyer avec un vieux bonhomme comme lui. D'ailleurs, disait-il, il comptait sur elle pour lui chanter tous les airs de la nouvelle cantatrice, et comment s'en tirerait-elle si elle n'allait pas l'entendre ? Le docteur persista donc à arranger la soirée pour elle. M. Jack Maldon devait revenir dîner à Highgate. Ceci conclu, il retourna à sa sinécure, je suppose, mais en tout cas il s'en alla à cheval, sans se presser.

J'étais curieux, le lendemain matin, de savoir si elle était allée à l'Opéra. Elle n'y avait pas été, elle avait envoyé à Londres pour se dégager auprès de son cousin, et, dans la journée, elle avait fait visite à Agnès. Elle avait persuadé au docteur de l'accompagner, et ils étaient revenus à pied à travers champs, à ce qu'il me raconta lui-même, par une soirée magnifique. Je me dis à part moi qu'elle n'aurait peut-être pas manqué le spectacle, si Agnès n'avait pas été à Londres ; Agnès était bien capable d'exercer aussi sur elle une heureuse influence !

On ne pouvait pas dire qu'elle eût l'air très enchanté, mais enfin elle paraissait satisfaite, ou sa physionomie était donc bien trompeuse. Je la regardais souvent, car elle était assise près de la fenêtre pendant que nous étions à l'ouvrage, et elle préparait notre déjeuner que nous mangions tous en travaillant. Quand je partis à neuf heures, elle était à genoux aux pieds du docteur, pour lui mettre ses souliers et ses guêtres. Les feuilles de quelques plantes grimpantes qui croissaient près de la fenêtre jetaient de l'ombre sur son visage, et je pensai tout le long du chemin, en me rendant à la Cour, à cette soirée où je l'avais vue regarder son mari pendant qu'il lisait.

J'avais donc maintenant fort affaire : j'étais sur pied à cinq heures du matin, et je ne rentrais qu'à neuf ou dix heures du soir. Mais j'avais un plaisir infini à me trouver à la tête de tant de besogne, et je ne marchais jamais lentement ; il me semblait que plus je me fatiguais, plus je faisais d'efforts pour mériter Dora. Elle ne m'avait pas encore vu dans cette nouvelle phase de mon caractère, parce qu'elle devait venir chez miss Mills prochainement ; j'avais retardé jusqu'à ce moment tout ce que j'avais à lui apprendre, me bornant à lui dire dans mes lettres, qui passaient toutes secrètement par les mains de miss Mills, que j'avais beaucoup de choses à lui conter. En attendant, j'avais fort réduit ma consommation de graisse d'ours ; j'avais absolument renoncé au savon parfumé et à l'eau de lavande, et j'avais vendu avec une perte énorme, trois gilets que je regardais comme trop élégants pour une vie aussi austère que la mienne.

Je n'étais pas encore satisfait : je brûlais de faire plus encore, et j'allai voir Traddles qui demeurait pour le moment sur le derrière d'une maison de Castle-Street-Holborn. J'emmenai avec moi M. Dick, qui m'avait déjà accompagné deux fois à Highgate et qui avait repris ses habitudes d'intimité avec le docteur.

J'emmenai M. Dick parce qu'il était si sensible aux revers de fortune de ma tante, et si profondément convaincu qu'il n'y avait pas d'esclave ou de forçat à la chaîne qui travaillât autant que moi, qu'il en perdait à la fois l'appétit et sa belle humeur, dans son désespoir de ne pouvoir rien y faire. Bien entendu qu'il se sentait plus incapable que jamais d'achever son mémoire, et plus il y travaillait, plus cette malheureuse tête du roi Charles venait l'importuner de ses fréquentes incursions. Craignant successivement que son état ne vînt à s'aggraver si nous ne réussissions pas, par quelque tromperie innocente, à lui faire accroire qu'il nous était très utile, ou si nous ne trouvions pas, ce qui aurait encore mieux valu, un moyen de l'occuper véritablement, je pris le parti de demander à Traddles s'il ne pourrait pas nous y aider. Avant d'aller le voir je lui avais écrit un long récit de tout ce qui était arrivé, et j'avais reçu de lui en réponse une excellente lettre où il m'exprimait toute sa sympathie et toute son amitié pour moi.

Nous le trouvâmes plongé dans son travail, avec son encrier et ses papiers, devant le petit guéridon et le pot à fleurs qui étaient dans un coin de sa chambrette pour rafraîchir ses yeux et son courage. Il nous fit l'accueil le plus cordial, et, en moins de rien, Dick et lui furent une paire d'amis. M. Dick déclara même qu'il était sûr de l'avoir déjà vu, et nous répondîmes tous les deux que c'était bien possible.

La première question que j'avais posée à Traddles était celle-ci : j'avais entendu dire que plusieurs hommes, distingués plus tard dans diverses carrières, avaient commencé par rendre compte des débats du parlement. Traddles m'avait parlé des journaux comme de l'une de ses espérances ; partant de ces deux données, j'avais témoigné à Traddles dans ma lettre que je désirais savoir comment je pourrais arriver à rendre compte des discussions des chambres. Traddles me répondit alors, que, d'après ses informations, la condition mécanique, nécessaire pour cette occupation, excepté peut-être dans des cas fort rares, pour garantir l'exactitude du compte rendu, c'est-à-dire la connaissance complète de l'art mystérieux de la sténographie, offrait à elle seule, à peu près les mêmes difficultés que s'il s'agissait d'apprendre six langues, et qu'avec beaucoup de persévérance, on ne pouvait pas espérer d'y réussir en moins de plusieurs années. Traddles pensait naturellement que cela tranchait la question, mais je ne voyais là que quelques grands arbres de plus à abattre pour arriver jusqu'à Dora, et je pris à l'instant le parti de m'ouvrir un chemin à travers ce fourré, la hache à la main.

« Je vous remercie beaucoup, mon cher Traddles, lui dis-je, je vais commencer demain. »

Traddles me regarda d'un air étonné, ce qui était naturel, car il ne savait pas encore à quel degré d'enthousiasme j'étais arrivé.

« J'achèterai un livre qui traite à fond de cet art, lui dis-je, j'y travaillerai à la Cour, où je n'ai pas moitié assez d'ouvrage et je sténographierai les plaidoyers pour m'exercer. Traddles, mon ami, j'en viendrai à bout.

— Maintenant, dit Traddles en ouvrant les yeux de toute sa force, je n'avais pas l'idée que vous fussiez doué de tant de décision, Copperfield ! »

Je ne sais comment il eût pu en avoir l'idée, car c'était encore un problème pour moi. Je changeai la conversation et je mis M. Dick sur le tapis.

« Voyez-vous, dit M. Dick d'un air convaincu, je voudrais pouvoir être bon à quelque chose, monsieur Traddles : à battre du tambour, par exemple, ou à souffler dans quelque chose ! »

Pauvre homme! au fond du cœur, je crois bien qu'il eût préféré en effet une occupation de ce genre. Mais Traddles, qui n'eût pas souri pour tout au monde, répliqua gravement :

« Mais vous avez une belle main, monsieur ; c'est vous qui me l'avez dit, Copperfield.

— Très belle », répliquai-je. Et le fait est que la netteté de son écriture était admirable.

« Ne pensez-vous pas, dit Traddles, que vous pourriez copier des actes, monsieur, si je vous en procurais ? »

M. Dick me regarda d'un air de doute. « Qu'en dites-vous, Trotwood ? »

Je secouai la tête. M. Dick secoua la sienne et soupira.

« Expliquez-lui ce qui se passe pour le mémoire », dit M. Dick.

J'expliquai à Traddles qu'il était très difficile d'empêcher le roi Charles Ier de faire des excursions dans les manuscrits de M. Dick, qui, pendant ce temps-là, suçait son pouce en regardant Traddles de l'air le plus respectueux et le plus sérieux.

« Mais vous savez que les actes dont je parle sont rédigés et terminés, dit Traddles après un moment de réflexion. M. Dick n'aurait rien à y faire. Cela ne serait-il pas différent, Copperfield ? En tout cas, il me semble qu'on pourrait en essayer. »

Nous conçûmes là-dessus de nouvelles espérances, après un moment de conférence secrète entre Traddles et moi, pendant lequel M. Dick nous regardait avec inquiétude de son siège. Bref, nous digérâmes un plan en vertu duquel il se mit à l'ouvrage le lendemain avec le plus grand succès.

Nous plaçâmes sur une table près de la fenêtre, à Buckingham-Street, l'ouvrage que Traddles s'était procuré ; il fallait faire je ne sais plus combien de copies d'un document quelconque relatif à un droit de passage. Sur une autre table on étendit le dernier projet en train du grand mémoire. Nous donnâmes pour instructions à M. Dick de copier exactement ce qu'il avait devant lui sans se détourner le moins du monde de l'original, et, s'il éprouvait le besoin de faire la plus légère allusion au roi Charles Ier, il devait voler à l'instant vers le mémoire. Nous l'exhortâmes à suivre avec résolution ce plan de conduite, et nous laissâmes ma tante pour le surveiller. Elle nous raconta plus tard, qu'au premier moment, il était comme un timbalier entre ses deux tambours, et qu'il partageait sans cesse son attention entre les deux tables, mais, qu'ayant trouvé ensuite que cela le troublait et le fatiguait, il avait fini par se mettre tout simplement à copier le papier qu'il avait sous les yeux, remettant le mémoire à une autre fois. En un mot, quoique nous eussions grand soin qu'il ne travaillât pas plus que de raison, et quoiqu'il ne se fût pas mis à l'œuvre au commencement de la semaine, il avait gagné le samedi suivant dix shillings, neuf pence, et je n'oublierai de ma vie ses courses dans toutes les boutiques des environs pour changer ce trésor en pièces de six pence, qu'il apporta ensuite à ma tante sur un plateau où il les avait arrangées en cœur ; ses yeux étaient remplis de larmes de joie et d'orgueil. Depuis le moment où il fut occupé d'une manière utile, il ressemblait à un homme qui se sent sous l'influence d'un charme propice, et s'il y eut au monde ce soir-là une heureuse créature, c'était l'être reconnaissant qui regardait ma tante comme la femme la plus remarquable, et moi comme le jeune homme le plus extraordinaire qu'il y eût sur la terre.

« Il n'y a pas de danger qu'elle meure de faim maintenant, Trotwood, me dit M. Dick en me donnant une poignée de main dans un coin ; je me charge de suffire à ses besoins, monsieur », et il agitait en l'air ses dix doigts triomphants comme si ç'eût été autant de banques à sa disposition.

Je ne sais pas quel était le plus content de Traddles ou de moi. « Vraiment, me dit-il tout d'un coup, en sortant une lettre de sa poche, cela m'a complétement fait oublier M. Micawber. »

La lettre m'était adressée (M. Micawber ne perdait jamais une occasion d'écrire une lettre), et portait : « Confiée aux bons soins de T. Traddles, esq., du Temple. »

     « Mon cher Copperfield,

     « Vous ne serez peut-être pas très étonné d'apprendre que j'ai rencontré une bonne chance, car, si vous vous le rappelez, je vous avais prévenu, il y a quelque temps, que j'attendais incessamment quelque événement de ce genre.

     « Je vais m'établir dans une ville de province de notre île fortunée. La société de cette cité peut être décrite comme un heureux mélange des éléments agricoles et ecclésiastiques, et j'y aurai des rapports directs avec l'une des professions savantes. Mistress Micawber et notre progéniture m'accompagneront. Nos cendres se trouveront probablement déposées un jour dans le cimetière dépendant d'un vénérable sanctuaire, qui a porté la réputation du lieu dont je parle, de la Chine au Pérou, si je puis m'exprimer ainsi.

     « En disant adieu à la moderne Babylone où nous avons supporté bien des vicissitudes avec quelque courage, mistress Micawber et moi ne nous dissimulons pas que nous quittons peut-être pour bien des années, peut-être pour toujours, une personne qui se rattache par des souvenirs puissants à l'autel de nos dieux domestiques. Si, à la veille de notre départ, vous voulez bien accompagner notre ami commun, M. Thomas Traddles, à notre résidence présente, pour échanger les vœux ordinaires en pareil cas, vous ferez le plus grand honneur

       « à

         « un

            « homme

              « qui

                 « vous

                    « sera

                       « toujours fidèle,

                         « Wilkins MICAWBER. »

Je fus bien aise de voir que M. Micawber avait enfin
secoué son cilice et véritablement rencontré une bonne
chance. J'appris de Traddles que l'invitation était justement pour ce soir même, et, avant qu'elle fût plus
avancée, j'esprimai mon intention d'y faire honneur :
nous prîmes donc ensemble le chemin de l'appartement que M. Micawber occupait sous le nom de
M. Mortimer, et qui était situé en haut de Gray's-Inn-
Road.

Les ressources du mobilier loué à M. Micawber
étaient si limitées, que nous trouvâmes les jumeaux, qui
avaient alors quelque chose comme huit ou neuf ans,
endormis sur un lit-armoire dans le salon, où
M. Micawber nous attendait avec un pot-à-l'eau rempli
du fameux breuvage qu'il excellait à faire. J'eus le plaisir, dans cette occasion, de renouveler connaissance
avec maître Micawber, jeune garçon de douze ou treize
ans qui promettait beaucoup, s'il n'avait pas été sujet
déjà à cette agitation convulsive dans tous les membres
qui n'est pas un phénomène sans exemple chez les
jeunes gens de son âge. Je revis aussi sa sœur,
miss Micawber, en qui « sa mère ressuscitait sa jeunesse passée, comme le phénix », à ce que nous apprit
M. Micawber.

« Mon cher Copperfield, me dit-il, M. Traddles et
vous, vous nous trouvez sur le point d'émigrer ; vous
excuserez les petites incommodités qui résultent de la
situation. »

En jetant un coup d'œil autour de moi, avant de faire
une réponse convenable, je vis que les effets de la
famille étaient déjà emballés, et que leur volume n'avait
rien d'effrayant. Je fis mes compliments à mistress
Micawber sur le changement qui allait avoir lieu dans
sa position.

« Mon cher monsieur Copperfield, me dit mistress
Micawber, je sais tout l'intérêt que vous voulez bien
prendre à nos affaires. Ma famille peut regarder cet

éloignement comme un exil, si cela lui convient, mais je suis femme et mère, et je n'abandonnerai jamais M. Micawber. »

Traddles, au cœur duquel les yeux de mistress Micawber faisaient appel, donna son assentiment d'un ton pénétré.

« C'est au moins, continua-t-elle, ma manière de considérer l'engagement que j'ai contracté, mon cher monsieur Copperfield, et vous aussi, monsieur Traddles, le jour où j'ai prononcé ces mots irrévocables : « Moi, Emma, je prends pour mari Wilkins. » J'ai lu d'un bout à l'autre l'office du mariage, à la chandelle, la veille de ce grand acte, et j'en ai tiré la conclusion que je n'abandonnerais jamais M. Micawber. Aussi, poursuivit-elle, je peux me tromper dans ma manière d'interpréter le sens de cette pieuse cérémonie, mais je ne l'abandonnerai pas.

— Ma chère, dit M. Micawber avec un peu d'impatience, qui vous a jamais parlé de cela ?

— Je sais, mon cher monsieur Copperfield, reprit mistress Micawber, que c'est maintenant au milieu des étrangers que je dois planter ma tente ; je sais que les divers membres de ma famille, auxquels M. Micawber a écrit dans les termes les plus polis pour leur annoncer ce fait, n'ont pas seulement répondu à sa communication. A vrai dire, c'est peut-être superstition de ma part, mais je crois M. Micawber prédestiné à ne jamais recevoir de réponse à la grande majorité des lettres qu'il écrit. Je suppose, d'après le silence de ma famille, qu'elle a des objections à la résolution que j'ai prise, mais je ne me laisserais pas détourner de la voie du devoir, même par papa et maman, s'ils vivaient encore, monsieur Copperfield. »

J'exprimai l'opinion que c'était là ce qui s'appelait marcher dans le droit chemin.

« On me dira que c'est s'immoler, dit mistress Micawber, que d'aller m'enfermer dans une ville presque ecclésiastique. Mais certes, monsieur Copperfield, pourquoi ne m'immolerais-je pas, quand je vois un homme doué des facultés que possède M. Micawber consommer un sacrifice bien plus grand encore?

— Oh! vous allez vivre dans une ville ecclésiastique? » demandai-je.

M. Micawber, qui venait de nous servir à la ronde avec son pot-à-l'eau, répliqua :

« A Canterbury. Le fait est, mon cher Copperfield, que j'ai pris des arrangements en vertu desquels je suis lié par un contrat à notre ami Heep, pour l'aider et le servir en qualité de... clerc de confiance. »

Je regardai avec étonnement M. Micawber, qui jouissait grandement de ma surprise.

« Je dois vous dire, reprit-il d'un air officiel, que les habitudes pratiques et les prudents avis de mistress Micawber ont puissamment contribué à ce résultat. Le gant dont mistress Micawber vous avait parlé naguère a été jeté à la société sous la forme d'une annonce, et notre ami Heep l'a relevé; de là une reconnaissance mutuelle. Je veux parler avec tout le respect possible de mon ami Heep, qui est un homme d'une finesse remarquable. Mon ami Heep, continua M. Micawber, n'a pas fixé le salaire régulier à une somme très considérable, mais il m'a rendu de grands services pour me délivrer des embarras pécuniaires qui pesaient sur moi, comptant d'avance sur mes services, et il a raison : je mets mon honneur à lui rendre des services sérieux. L'intelligence et l'adresse que je puis posséder, dit M. Micawber d'un air de modestie orgueilleuse et de son ancien ton d'élégance, seront consacrées tout entières au service de mon ami Heep. J'ai déjà quelque connaissance du droit, comme ayant eu à soutenir pour mon compte plusieurs procès civils, et je vais m'occuper immédiatement d'étudier les commentaires de l'un des plus éminents et des plus remarquables juristes anglais; il est inutile, je crois, d'ajouter que je parle de M. le juge de paix Blackstone. »

Ces observations furent souvent interrompues par

des représentations de mistress Micawber à maître Micawber, son fils, sur ce qu'il était assis sur ses talons, ou qu'il tenait sa tête à deux mains comme s'il avait peur de la perdre, ou bien qu'il donnait des coups de pieds à Traddles sous la table; d'autres fois il posait ses pieds l'un sur l'autre, ou étendait ses jambes à des distances contre nature; ou bien il se couchait de côté sur la table, trempant ses cheveux dans les verres; enfin il manifestait l'agitation qui régnait dans tous ses membres par une foule de mouvements incompatibles avec les intérêts généraux de la société, prenant d'ailleurs en mauvaise part les remarques que sa mère lui faisait à ce propos. Pendant tout ce temps, j'étais à me demander ce que signifiait la révélation de M. Micawber, dont je n'étais pas encore bien remis jusqu'à ce qu'enfin mistress Micawber reprit le fil de son discours et réclama toute mon attention.

« Ce que je demande à M. Micawber d'éviter surtout, dit-elle, c'est en se sacrifiant à cette branche secondaire du droit, de s'interdire les moyens de s'élever un jour jusqu'au faîte. Je suis convaincue que M. Micawber, en se livrant à une profession qui donnera libre carrière à la fertilité de ses ressources et à sa facilité d'élocution, ne peut manquer de se distinguer. Voyons, monsieur Traddles, s'il s'agissait, par exemple, de devenir un jour juge ou même chancelier, ajouta-t-elle d'un air profond, ne se placerait-on pas en dehors de ces postes importants en commençant par un emploi comme celui que M. Micawber vient d'accepter?

— Ma chère, dit M. Micawber tout en regardant aussi Traddles d'un air interrogateur, nous avons devant nous tout le temps de réfléchir à ces questions-là.

— Non, Micawber! répliqua-t-elle. Votre tort, dans la vie, est toujours de ne pas regarder assez loin devant vous. Vous êtes obligé, ne fût-ce que par sentiment de justice envers votre famille, si ce n'est envers vous-même, d'embrasser d'un regard les points les plus éloignés de l'horizon auxquels peuvent vous porter vos facultés. »

M. Micawber toussa et but son punch de l'air le plus satisfait en regardant toujours Traddles, comme s'il attendait son opinion.

« Voyez-vous, la vraie situation, mistress Micawber, dit Traddles en lui dévoilant doucement la vérité, je veux dire le fait dans toute sa nudité la plus prosaïque...

— Précisément, mon cher monsieur Traddles, dit mistress Micawber, je désire être aussi prosaïque et aussi littérale que possible dans une affaire de cette importance.

— C'est que, dit Traddles, cette branche de la carrière, quand même M. Micawber serait avoué dans toutes les règles...

— Précisément, repartit mistress Micawber... Wilkins, vous louchez, et après cela vous ne pourrez plus regarder droit.

— Cette partie de la carrière n'a rien à faire avec la magistrature. Les avocats seuls peuvent prétendre à ces postes importants, et M. Micawber ne peut pas être avocat sans avoir fait cinq ans d'études dans l'une des écoles de droit.

— Vous ai-je bien compris ? dit mistress Micawber de son air le plus capable et le plus affable. Vous dites, mon cher monsieur Traddles, qu'à l'expiration de ce terme, M. Micawber pourrait alors occuper la situation de juge ou de chancelier ?

— A la rigueur, il le *pourrait*, repartit Traddles en appuyant sur le dernier mot.

— Merci, dit mistress Micawber, c'est tout ce que je voulais savoir. Si telle est la situation, et si M. Micawber ne renonce à aucun privilège en se chargeant de semblables devoirs, mes inquiétudes cessent. Vous me direz que je parle là comme une femme, dit mistress Micawber, mais j'ai toujours cru que M. Micawber possédait ce que papa appelait l'esprit judiciaire, et j'espère qu'il entre maintenant dans une carrière où ses facultés

pourront se développer et l'élever à un poste important. »

Je ne doute pas que M. Micawber ne se vît déjà, avec
les yeux de son esprit judiciaire, assis sur le sac de laine.
Il passa la main d'un air de complaisance sur sa tête
chauve, et dit avec une résignation orgueilleuse :

« N'anticipons pas sur les décrets de la fortune, ma
chère. Si je suis destiné à porter perruque, je suis prêt,
extérieurement du moins, ajouta-t-il en faisant allusion
à sa calvitie, à recevoir cette distinction. Je ne regrette
pas mes cheveux, et qui sait si je ne les ai pas perdus
dans un but déterminé. Mon intention, mon cher Copperfield, est d'élever mon fils pour l'Église ; j'avoue que
c'est surtout pour lui que je serais bien aise d'arriver
aux grandeurs.

— Pour l'Église ? demandai-je machinalement, car je
ne pensais toujours qu'à Uriah Heep.

— Oui, dit M. Micawber. Il a une belle voix de tête, et
il commencera dans les chœurs. Notre résidence à Canterbury et les relations que nous y possédons déjà, nous
permettront sans doute de profiter des vacances qui
pourront se présenter parmi les chanteurs de la cathédrale. »

En regardant de nouveau maître Micawber, je trouvai
qu'il avait une certaine expression de figure qui semblait plutôt indiquer que sa voix partait de derrière ses
sourcils, ce qui me fut bientôt démontré quand je lui
entendis chanter (on lui avait donné le choix, de chanter ou d'aller se coucher) *le Pivert au bec perçant*. Après
de nombreux compliments sur l'exécution de ce morceau, on retomba dans la conversation générale, et
comme j'étais trop préoccupé de mes intentions déses-
pérées pour taire le changement survenu dans ma situation, je racontai le tout à M. et mistress Micawber. Je ne
puis dire combien ils furent enchantés tous les deux
d'apprendre les embarras de ma tante, et comme cela
redoubla leur cordialité et l'aisance de leurs manières.

Quand nous fûmes presque arrivés au fond du pot à

l'eau, je m'adressai à Traddles et je lui rappelai que nous ne pouvions nous séparer sans souhaiter à nos amis une bonne santé et beaucoup de bonheur et de succès dans leur nouvelle carrière. Je priai M. Micawber de remplir les verres, et je portai leur santé avec toutes les formes requises : je serrai la main de M. Micawber à travers la table, et j'embrassai mistress Micawber en commémoration de cette grande occasion. Traddles m'imita pour le premier point, mais ne se crut pas assez intime dans la maison pour me suivre plus loin.

« Mon cher Copperfield, me dit M. Micawber en se levant, les pouces dans les poches de son gilet, compagnon de ma jeunesse, si cette expression m'est permise, et vous, mon estimable ami Traddles, si je puis vous appeler ainsi, permettez-moi, au nom de mistress Micawber, au mien et au nom de notre progéniture, de vous remercier de vos bons souhaits dans les termes les plus chaleureux et les plus spontanés. On peut s'attendre à ce qu'à la veille d'une émigration qui ouvre devant nous une existence toute nouvelle (M. Micawber parlait toujours comme s'il allait s'établir à deux cents lieues de Londres), je tienne à adresser quelques mots d'adieu à deux amis comme ceux que je vois devant moi. Mais j'ai dit là-dessus tout ce que j'avais à dire. Quelque situation dans la société que je puisse atteindre en suivant la profession savante dont je vais devenir un membre indigne, j'essayerai de ne point démériter et de faire honneur à mistress Micawber. Sous le poids d'embarras pécuniaires temporaires, qui venaient d'engagements contractés dans l'intention d'y répondre immédiatement, mais dont je n'ai pu me libérer par suite de circonstances diverses, je me suis vu dans la nécessité de revêtir un costume qui répugne à mes instincts naturels, je veux dire des lunettes, et de prendre possession d'un surnom sur lequel je ne pouvais établir aucune prétention légitime. Tout ce que j'ai à dire sur ce point, c'est que le nuage a disparu du sombre horizon,

et que le Dieu du jour règne de nouveau sur le sommet
des montagnes. Lundi, à quatre heures, à l'arrivée de la
diligence à Canterbury, mon pied foulera ses bruyères
natales, et mon nom sera... Micawber! »

M. Micawber reprit son siège après ces observations
et but de suite deux verres de punch de l'air le plus
grave ; puis il ajouta d'un ton solennel :

« Il me reste encore quelque chose à faire avant de
nous séparer, il me reste un acte de justice à accomplir.
Mon ami, M. Thomas Traddles, a, dans deux occasions
différentes, apposé sa signature, si je puis employer
cette expression vulgaire, à des billets négociés pour
mon usage. Dans la première occasion, M. Thomas
Traddles a été... je dois dire qu'il a été pris au trébuchet.
L'échéance du second billet n'est pas encore arrivée. Le
premier effet montait (ici M. Micawber examina soigneusement des papiers), montait, je crois, à vingt-trois
livres sterling, quatre shillings, neuf pence et demi ; le
second, d'après mes notes sur cet article, était de dix-
huit livres, six shillings, deux pence. Ces deux sommes
font ensemble un total de quarante une livres, dix shillings, onze pence et demi, si mes calculs sont exacts.
Mon ami Copperfield veut-il me faire le plaisir de véri-
fier l'addition ? »

Je le fis et je trouvai le compte exact.

« Ce serait un fardeau insupportable pour moi, dit
M. Micawber, que de quitter cette métropole et mon
ami M. Thomas Traddles, sans m'acquitter de la partie
pécuniaire de mes obligations envers lui. J'ai donc préparé, et je tiens, en ce moment, à la main un document
qui répondra à mes désirs sur ce point. Je demande à
mon ami M. Thomas Traddles la permission de lui
remettre mon billet pour la somme de quarante une
livres, dix shillings onze pence et demi, et, cela fait, je
rentre avec bonheur en possession de toute ma dignité
morale, car je sens que je puis marcher la tête levée
devant les hommes mes semblables ! »

Après avoir débité cette préface avec une vive émotion, M. Micawber remit son billet entre les mains de Traddles, et l'assura de ses bons souhaits pour toutes les circonstances de sa vie. Je suis persuadé que non-seulement cette transaction faisait à M. Micawber le même effet que s'il avait payé l'argent, mais que Traddles lui-même ne se rendit bien compte de la différence que lorsqu'il eut eu le temps d'y penser.

Fortifié par cet acte de vertu, M. Micawber marchait la tête si haute devant les hommes ses semblables que sa poitrine semblait s'être élargie de moitié quand il nous éclaira pour descendre l'escalier. Nous nous séparâmes très cordialement, et quand j'eus accompagné Traddles jusqu'à sa porte, en retournant tout seul chez moi, entre autres pensées étranges et contradictoires qui me vinrent à l'esprit, je me dis que probablement c'était à quelque souvenir de compassion pour mon enfance abandonnée que je devais que M. Micawber, avec toute ses excentricités, ne m'eût jamais demandé d'argent. Je n'aurais certainement pas eu assez de courage moral pour lui en refuser, et je ne doute pas, soit dit à sa louange, qu'il le sût aussi bien que moi.

CHAPITRE VII

Un peu d'eau froide jetée sur mon feu

Ma nouvelle vie durait depuis huit jours déjà, et j'étais plus que jamais pénétré de ces terribles résolutions pratiques que je regardais comme impérieusement exigées par la circonstance. Je continuais à marcher extrêmement vite, dans une vague, idée que je faisais mon chemin. Je m'appliquais à dépenser ma force, tant que je pouvais, dans l'ardeur avec laquelle j'accomplissais tout ce que j'entreprenais. J'étais enfin une véritable victime de moi-même; j'en vins jusqu'à me demander si je ne ferais pas bien de me borner à manger des légumes, dans l'idée vague qu'en devenant un animal herbivore, ce serait un sacrifice que j'offrirais sur l'autel de Dora.

Jusqu'alors ma petite Dora ignorait absolument mes efforts désespérés et ne savait que ce que mes lettres avaient pu confusément lui laisser entrevoir. Mais le samedi arriva, et c'est ce soir-là qu'elle devait rendre visite à miss Mills, chez laquelle je devais moi-même aller prendre le thé, quand M. Mills se serait rendu à son cercle pour jouer au whist, événement dont je devais être averti par l'apparition d'une cage d'oiseau à la fenêtre du milieu du salon.

Nous étions alors complètement établis à Buckingham-Street, et M. Dick continuait ses copies avec une joie sans égale. Ma tante avait remporté une victoire signalée sur mistress Crupp en la soldant, en jetant par la fenêtre la première cruche qu'elle avait trouvée en embuscade sur l'escalier, et en protégeant de sa personne l'arrivée et le départ d'une femme de ménage qu'elle avait prise au dehors. Ces mesures de vigueur avaient fait une telle impression sur mistress Crupp, qu'elle s'était retirée dans sa cuisine, convaincue que ma tante était atteinte de la rage. Ma tante, à qui l'opinion de mistress Crupp comme celle du monde entier était parfaitement indifférente, n'était pas fâchée d'ailleurs d'encourager cette idée, et mistress Crupp, naguère si hardie, perdit bientôt si visiblement tout courage que, pour éviter de rencontrer ma tante sur l'escalier, elle tâchait d'éclipser sa volumineuse personne derrière les portes ou de se cacher dans des coins obscurs, laissant toutefois paraître, sans s'en douter, un ou deux lés de jupon de flanelle. Ma tante trouvait une telle satisfaction à l'effrayer que je crois qu'elle s'amusait à monter et à descendre tout exprès, son chapeau posé effrontément sur le sommet de sa tête, toutes les fois qu'elle pouvait espérer de trouver mistress Crupp sur son chemin.

Ma tante, avec ses habitudes d'ordre et son esprit inventif, introduisit tant d'améliorations dans nos arrangements intérieurs qu'on aurait dit que nous avions fait un héritage au lieu d'avoir perdu notre argent. Entre autres choses, elle convertit l'office en un cabinet de toilette à mon usage, et m'acheta un bois de lit qui faisait l'effet d'une bibliothèque dans le jour, autant qu'un bois de lit peut ressembler à une bibliothèque. J'étais l'objet de toute sa sollicitude, et ma pauvre mère elle-même n'eût pu m'aimer davantage, ni se donner plus de peine pour me rendre heureux.

Peggotty avait regardé comme une haute faveur le privilège de se faire accepter pour participer à tous ces travaux, et, quoiqu'elle conservât à l'égard de ma tante un peu de son ancienne terreur, elle avait reçu d'elle, dans les derniers temps, de si grandes preuves de confiance et d'estime, qu'elles étaient les meilleures amies du monde. Mais le temps était venu, pour Peggotty (je parle du samedi où je devais prendre le thé chez miss Mills), de retourner chez elle pour aller remplir auprès de Ham les devoirs de sa mission.

« Ainsi donc, adieu, Barkis! dit ma tante; soignez-vous bien. Je n'aurais jamais cru que je dusse éprouver tant de regrets à vous voir partir! »

Je conduisis Peggotty au bureau de la diligence et je la mis en voiture. Elle pleura en partant et confia son frère à mon amitié comme Ham l'avait déjà fait. Nous n'avions pas entendu parler de lui depuis qu'il était parti par cette belle soirée.

« Et maintenant, mon cher David, dit Peggotty, si pendant votre stage vous aviez besoin d'argent pour vos dépenses, ou si, votre temps expiré, mon cher enfant, il vous fallait quelque chose pour vous établir, dans l'un ou l'autre cas, ou dans l'un et l'autre, qui est-ce qui aurait autant de droit à vous le prêter que la pauvre vieille bonne de ma pauvre chérie? »

Je n'étais pas possédé d'une passion d'indépendance tellement sauvage que je ne voulusse pas au moins reconnaître ses offres généreuses, en l'assurant que, si j'empruntais jamais de l'argent à personne, ce serait à elle que je voudrais m'adresser et je crois, qu'à moins de lui faire à l'instant même l'emprunt d'une grosse somme, je ne pouvais pas lui faire plus de plaisir qu'en lui donnant cette assurance.

« Et puis, mon cher, dit Peggotty tout bas, dites à votre joli petit ange que j'aurais bien voulu la voir, ne fût-ce qu'une minute ; dites-lui aussi qu'avant son mariage avec mon garçon, je viendrai vous arranger votre maison comme il faut, si vous le permettez. »

Je lui promis que personne autre n'y toucherait qu'elle, et elle en fut si charmée qu'elle était, en partant, à la joie de son cœur.

Je me fatiguai le plus possible ce jour-là à la Cour par une multitude de moyens pour trouver le temps moins long, et le soir, à l'heure dite, je me rendis dans la rue qu'habitait M. Mills. C'était un homme terrible pour s'endormir toujours après son dîner ; il n'était pas encore sorti, et la cage n'était pas à la fenêtre.

Il me fit attendre si longtemps que je me mis à souhaiter, par forme de consolation, que les joueurs de whist, qui faisaient sa partie, le missent à l'amende pour lui apprendre à venir si tard. Enfin, il sortit, et je vis ma petite Dora suspendre elle-même la cage et faire un pas sur le balcon pour voir si j'étais là, puis, quand elle m'aperçut, elle rentra en courant pendant que Jip restait dehors pour aboyer de toutes ses forces contre un énorme chien de boucher qui était dans la rue et qui l'aurait avalé comme une pilule.

Dora vint à la porte du salon pour me recevoir ; Jip arriva aussi en se roulant et en grognant, dans l'idée que j'étais un brigand, et nous entrâmes tous les trois dans la chambre d'un air très tendre et très heureux. Mais je jetai bientôt le désespoir au milieu de notre joie (hélas ! c'était sans le vouloir, mais j'étais si plein de mon sujet !) en demandant à Dora, sans la moindre préface, si elle pourrait se décider à aimer un mendiant.

Ma chère petite Dora ! jugez de son épouvante ! La seule idée que ce mot éveillât dans son esprit, c'était celle d'un visage ridé, surmonté d'un bonnet de coton, avec accompagnement de béquilles, d'une jambe de bois ou d'un chien tenant une sébille dans la gueule; aussi me regarda-t-elle tout effarée avec un air d'étonnement le plus drôle du monde.

« Comment pouvez-vous me faire cette folle question? dit-elle en faisant la moue; aimer un mendiant!

— Dora, ma bien-aimée, lui dis-je, je suis un mendiant!

— Comment pouvez-vous être assez fou, me répliqua-t-elle en me donnant une tape sur la main, pour venir nous faire de pareils contes! Je vais vous faire mordre par Jip. »

Ses manières enfantines me plaisaient plus que tout au monde, mais il fallait absolument m'expliquer, et je répétai d'un ton solennel :

« Dora, ma vie, mon amour, votre David est ruiné!

— Je vous assure que je vais vous faire mordre par Jip si vous continuez vos folies », reprit Dora en secouant ses boucles de cheveux.

Mais j'avais l'air si grave que Dora cessa de secouer ses boucles, posa sa petite main tremblante sur mon épaule, me regarda d'abord d'un air de trouble et d'épouvante, puis se mit à pleurer. C'était terrible. Je tombai à genoux à côté du canapé, la caressant et la conjurant de ne pas me déchirer le cœur; mais pendant un moment ma pauvre petite Dora ne savait que répéter :

« O mon Dieu! mon Dieu! J'ai peur, j'ai peur! Où est Julia Mills? Menez-moi à Julia Mills et allez-vous-en, je vous en prie! »

Je ne savais pas plus moi-même où j'en étais.

Enfin, à force de prières et de protestations, je décidai Dora à me regarder. Elle avait l'air terrifié, mais je la ramenai peu à peu par mes caresses à me regarder tendrement, et elle appuya sa bonne petite joue contre la mienne. Alors je lui dis, en la tenant dans mes bras, que je l'aimais de tout mon cœur, mais que je me croyais

obligé en conscience de lui offrir de rompre notre engagement puisque j'étais devenu pauvre ; que je ne pourrais jamais m'en consoler, ni supporter l'idée de la
perdre ; que je ne craignais pas la pauvreté si elle ne la
craignait pas non plus ; que mon cœur et mes bras pui-
seraient de la force dans mon amour pour elle ; que je
travaillais déjà avec un courage que les amants seuls
peuvent connaître ; que j'avais commencé à entrer dans
la vie pratique et à songer à l'avenir ; qu'une croûte de
pain gagnée à la sueur de notre front était plus doux au
cœur qu'un festin dû à un héritage ; et beaucoup
d'autres belles choses comme celles-là, débitées avec
une éloquence passionnée qui m'étonna moi-même,
quoique je me fusse préparé à ce moment-là nuit et jour
depuis l'instant où ma tante m'avait surpris par son
arrivée imprévue.

« Votre cœur est-il toujours à moi, Dora, ma chère ?
lui dis-je avec transport, car je savais qu'il m'appartenait toujours en la sentant se presser contre moi.

— Oh oui, s'écria Dora, tout à vous, mais ne soyez
pas si effrayant ! »

Moi effrayant ! Pauvre Dora !

« Ne me parlez pas de devenir pauvre et de travailler
comme un nègre, me dit-elle en se serrant contre moi,
je vous en prie, je vous en prie !

— Mon amour, dis-je, une croûte de pain... gagnée à
la sueur...

— Oui, oui, mais je ne veux plus entendre parler de
croûtes de pain, et il faut à Jip tous les jours sa côtelette
de mouton à midi, sans quoi il mourra ! »

J'étais sous le charme séduisant de ses manières
enfantines. Je lui expliquai tendrement que Jip aurait sa
côtelette de mouton avec toute la régularité accoutumée. Je lui dépeignis notre vie modeste, indépendante,
grâce à mon travail ; je lui parlai de la petite maison que
j'avais vue à Highgate, avec la chambre au premier pour
ma tante.

« Suis-je encore bien effrayant, Dora ? lui dis-je avec
tendresse.

— Oh non, non! s'écria Dora. Mais j'espère que votre tante restera souvent dans sa chambre, et puis aussi que ce n'est pas une vieille grognon. »

S'il m'eût été possible d'aimer Dora davantage, à coup sûr je l'eusse fait alors. Mais pourtant je sentais qu'elle n'était pas bonne à grand'chose dans le cas présent. Ma nouvelle ardeur se refroidissait en voyant qu'il était si difficile de la lui communiquer. Je fis un nouvel effort. Quand elle fut tout à fait remise et qu'elle eut pris Jip sur ses genoux pour rouler ses oreilles autour de ses doigts, je repris ma gravité :

« Ma bien-aimée, puis-je vous dire un mot?

— Oh! je vous en prie, ne parlons pas de la vie pratique, me dit-elle d'un ton caressant : si vous saviez comme cela me fait peur!

— Mais, ma chérie, il n'y a pas de quoi vous effrayer dans tout ceci. Je voudrais vous faire envisager la chose autrement. Je voudrais, au contraire, que cela vous inspirât du nerf et du courage.

— Oh! mais c'est précisément ce qui me fait peur, cria Dora.

— Non, ma chérie. Avec de la persévérance et de la force de caractère, on supporte des choses bien plus pénibles.

— Mais je n'ai pas de force du tout, dit Dora en secouant ses boucles. N'est-ce pas Jip? Oh! voyons! embrassez Jip et soyez aimable! »

Il était impossible de refuser d'embrasser Jip quand elle me le tendait exprès, en arrondissant elle-même, pour l'embrasser aussi, sa jolie petite bouche rose, tout en dirigeant l'opération qui devait s'accomplir avec une précision mathématique sur le milieu du nez de son bichon. Je fis exactement ce qu'elle voulait, puis je réclamai la récompense de mon obéissance; et Dora réussit pendant assez longtemps à tenir ma gravité en échec.

« Mais, Dora, ma chérie, lui dis-je en reprenant mon air solennel, j'ai encore quelque chose à vous dire! »

Le juge de la Cour des prérogatives lui-même en serait tombé amoureux rien que de la voir joindre ses petites mains qu'elle tendait vers moi en me suppliant de ne plus lui faire peur.

« Mais je ne veux pas vous faire peur, mon amour, répétais-je ; seulement, Dora, ma bien-aimée, si vous vouliez quelquefois penser, sans découragement, bien loin de là ; mais si vous vouliez quelquefois penser, pour vous encourager au contraire, que vous êtes fiancée à un homme pauvre...

— Non, non, je vous en prie ! criait Dora. C'est trop effrayant !

— Mais pas du tout, ma chère petite, lui dis-je gaiement ; si vous vouliez seulement y penser quelquefois, et vous occuper de temps en temps des affaires du ménage de votre papa, pour tâcher de prendre quelque habitude... des comptes, par exemple... »

Ma pauvre Dora accueillit cette idée par un petit cri qui ressemblait à un sanglot.

« ... Cela vous serait bien utile un jour, continuai-je. Et si vous vouliez me promettre de lire... un petit livre de cuisine que je vous enverrai, comme ce serait excellent pour vous et pour moi ! Car notre chemin dans la vie est rude et raboteux pour le moment, ma Dora, lui dis-je en m'échauffant, et c'est à nous à l'aplanir. Nous avons à lutter pour arriver. Il nous faut du courage. Nous avons bien des obstacles à affronter : et il faut les affronter sans crainte, les écraser sous nos pieds. »

J'allais toujours, le poing fermé et l'air résolu, mais il était bien inutile d'aller plus loin, j'en avais dit bien assez. J'avais réussi... à lui faire peur une fois de plus ! Oh ! où était Julia Mills ! « Oh ! menez-moi à Julia Mills, et allez-vous-en, s'il vous plaît ! » En un mot, j'étais à moitié fou et je parcourais le salon dans tous les sens.

Je croyais l'avoir tuée cette fois. Je lui jetai de l'eau à la figure. Je tombai à genoux. Je m'arrachai les cheveux. Je m'accusai d'être une bête brute sans remords et sans pitié. Je lui demandai pardon. Je la suppliai d'ouvrir les yeux. Je ravageai la boîte à ouvrage de miss Mills pour y trouver un flacon, et dans mon désespoir je pris un étui d'ivoire à la place et je versai toutes les aiguilles sur Dora. Je montrai le poing à Jip qui était aussi éperdu que moi. Je me livrai à toutes les extravagances imaginables, et il y avait longtemps que j'avais perdu la tête quand miss Mills entra dans la chambre.

« Qu'y a-t-il! que vous a-t-on fait? s'écria miss Mills en venant au secours de son amie. »

Je répondis : « C'est moi, miss Mills, c'est moi qui suis le coupable! Oui, vous voyez le criminel! » et un tas de choses dans le même genre; puis, détournant ma tête, pour la dérober à la lumière, je la cachai contre le coussin du canapé.

Miss Mills crut d'abord que c'était une querelle, et que nous étions égarés dans le désert du Sahara, mais elle ne fut pas longtemps dans cette incertitude, car ma chère petite Dora s'écria en l'embrassant que j'étais un pauvre manœuvre; puis elle se mit à pleurer pour mon compte en me demandant si je voulais lui permettre de me donner tout son argent à garder, et finit par se jeter dans les bras de miss Mills en sanglotant comme si son pauvre petit cœur allait se briser.

Heureusement miss Mills semblait née pour être notre bénédiction. Elle s'assura par quelques mots de la situation, consola Dora, lui persuada peu à peu que je n'étais pas un manœuvre. D'après ma manière de raconter les choses, je crois que Dora avait supposé que j'étais devenu terrassier, et que je passais et repassais toute la journée sur une planche avec une brouette. Miss Mills, mieux informée, finit par rétablir la paix entre nous. Quand tout fut rentré dans l'ordre, Dora monta pour baigner ses yeux dans de l'eau de rose, et miss Mills demanda le thé. Dans l'intervalle, je déclarai à cette demoiselle qu'elle serait toujours mon amie, et que mon cœur cesserait de battre avant d'oublier sa sympathie.

Je lui développai alors le plan que j'avais essayé avec

si peu de succès de faire comprendre à Dora. Miss Mills me répliqua d'après des principes généraux que la chaumière du contentement valait mieux que le palais de la froide splendeur, et que l'amour suffisait à tout.

Je dis à miss Mills que c'était bien vrai, et que personne ne pouvait le savoir mieux que moi, qui aimais Dora comme jamais mortel n'avait aimé avant moi. Mais sur la mélancolique observation de miss Mills qu'il serait heureux pour certains cœurs qu'ils n'eussent pas aimé autant que moi, je lui demandai par amendement la permission de restreindre ma remarque au sexe masculin seulement.

Je posai ensuite à miss Mills la question de savoir s'il n'y avait pas en effet quelque avantage pratique dans la proposition que j'avais voulu faire touchant les comptes, la tenue du ménage et les livres de cuisine?

Après un moment de réflexion, voici ce que miss Mills me répondit:

« Monsieur Copperfield, je veux être franche avec vous. Les souffrances et les épreuves morales suppléent aux années chez de certaines natures, et je vais vous parler aussi franchement que si nous étions à confesse. Non, votre proposition ne convient pas à notre Dora. Notre chère Dora est l'enfant gâté de la nature. C'est une créature de lumière, de gaieté et de joie. Je ne puis pas vous dissimuler que, si cela se pouvait, ce serait très bien sans doute, mais... » Et miss Mills secoua la tête.

Cette demi-concession de miss Mills m'encouragea à lui demander si, dans le cas où il se présenterait une occasion d'attirer l'attention de Dora sur les conditions de ce genre nécessaires à la vie pratique, elle serait assez bonne pour en profiter? Miss Mills y consentit si volontiers que je lui demandai encore si elle ne voudrait pas bien se charger du livre de cuisine, et me rendre le service éminent de le faire accepter à Dora sans lui causer trop d'effroi. Miss Mills voulut bien se charger de la commission, mais on voyait bien qu'elle n'en attendait pas grand'chose.

Dora reparut, et elle était si séduisante que je me demandai si véritablement il était permis de l'occuper de détails si vulgaires. Et puis elle m'aimait tant, elle était si séduisante, surtout quand elle faisait tenir Jip debout pour demander sa rôtie, et qu'elle faisait semblant de lui brûler le nez avec la théière parce qu'il refusait de lui obéir, que je me regardais comme un monstre qui serait venu épouvanter de sa vue subite la fée dans son bosquet quand je songeais à l'effroi que je lui avais causé et aux pleurs que je lui avais fait répandre.

Après le thé, Dora prit sa guitare et chanta ses vieilles chansons françaises sur l'impossibilité absolue de cesser de danser sous aucun prétexte, tra la la, tra la la, et je sentis plus que jamais que j'étais un monstre.

Il n'y eut qu'un nuage sur notre joie; un moment avant de me retirer, miss Mills fit par hasard une allusion au lendemain matin, et j'eus le malheur de dire que j'étais obligé de travailler et que je me levais maintenant à cinq heures du matin. Je ne sais si Dora en conçut l'idée que j'étais veilleur dans quelque établissement particulier, mais cette nouvelle fit une grande impression sur son esprit, et elle cessa de jouer du piano et de chanter.

Elle y pensait encore quand je lui dis adieu, et elle me dit, de son petit air câlin, comme si elle parlait à sa poupée, à ce qu'il me semblait :

« Voyons, méchant, ne vous levez pas à cinq heures ! Cela n'a pas de bon sens !

— J'ai à travailler, ma chérie.

— Eh bien ! ne travaillez pas, dit Dora. Pourquoi faire ? »

Il était impossible de dire autrement qu'en riant à ce joli petit visage étonné qu'il faut bien travailler pour vivre.

« Oh ! que c'est ridicule ! s'écria Dora.

— Et comment vivrions-nous sans cela, Dora ?

— Comment ? n'importe comment ! » dit Dora.

Elle avait l'air convaincu qu'elle venait de trancher la question, et elle me donna un baiser triomphant qui venait si naturellement de son cœur innocent que je n'aurais pas voulu pour tout l'or du monde discuter avec elle sa réponse.

Car je l'aimais, et je continuai de l'aimer de toute mon âme, de toute ma force. Mais tout en travaillant beaucoup, tout en battant le fer pendant qu'il était chaud, cela n'empêchait pas que parfois le soir, quand je me trouvais en face de ma tante, je réfléchissais à l'effroi que j'avais causé à Dora ce jour-là, et je me demandais comment je ferais pour percer au travers de la forêt des difficultés, une guitare à la main, et à force d'y rêver il me semblait que mes cheveux en devenaient tout blancs.

CHAPITRE VIII

Dissolution de société

Je m'empressai de mettre immédiatement à exécution le plan que j'avais formé relativement aux débats du Parlement. C'était un des fers de ma forge qu'il fallait battre tandis qu'il était chaud, et je me mis à l'œuvre avec une persévérance, qu'il doit m'être permis d'admirer. J'achetai un traité célèbre sur l'art de la sténographie (il me coûta bien dix bons shillings), et je me plongeai dans un océan de difficultés, qui, au bout de quelques semaines, m'avaient rendu presque fou. Tous les changements que pouvait apporter un de ces petits accents, qui, placés d'une façon signifiaient telle chose, et telle autre dans une autre position; tous ces caprices merveilleux figurés par des cercles indéchiffrables; les conséquences énormes d'une figure grosse comme une patte de mouche, les terribles effets d'une courbe mal placée ne me troublaient pas seulement pendant mes

heures d'étude, elles me poursuivaient même pendant
mes heures de sommeil. Quand je fus enfin venu à bout
de m'orienter tant bien que mal, à tâtons, au milieu de
ce labyrinthe, et de posséder à peu près l'alphabet qui, à
lui seul, était tout un temple d'hiéroglyphes égyptiens,
je fus assailli après cela par une procession d'horreurs
nouvelles, appelées des caractères arbitraires. Jamais je
n'ai vu de caractères aussi despotiques : par exemple ils
voulaient absolument qu'une ligne plus fine qu'une toile
d'araignée signifiât *attente*, et qu'une espèce de chandelle romaine se traduisît par *désavantageux*. A mesure
que je parvenais à me fourrer dans la tête ce misérable
grimoire, je m'apercevais que je ne savais plus du tout
mon commencement. Je le réapprenais donc, et alors
j'oubliais le reste; si je cherchais à le retrouver, c'était
aux dépens de quelque autre bribe du système qui
m'échappait. En un mot c'était navrant, c'est-à-dire,
cela m'aurait paru navrant, si Dora n'avait été là pour
me rendre du courage : Dora, ancre fidèle de ma barque
agitée par la tempête! Chaque progrès dans le système
me semblait un chêne noueux à jeter à bas dans la forêt
des difficultés, et je me mettais à les abattre l'un après
l'autre avec un tel redoublement d'énergie, qu'au bout
de trois ou quatre mois je me crus en état de tenter une
épreuve sur un de nos braillards de la Chambre des
communes. Jamais je n'oublierai comment, pour mon
début, mon braillard s'était déjà rassis avant que j'eusse
seulement commencé, et laissa mon crayon imbécile se
trémousser sur le papier, comme s'il avait des convul-
sions!

Cela ne pouvait pas aller : c'était bien évident, j'avais
visé trop haut, il fallait en rabattre. Je recourus à
Traddles pour quelques conseils; il me proposa de me
dicter des discours, tout doucement, en s'arrêtant de
temps en temps pour me faciliter la chose. J'acceptai
son offre avec la plus vive reconnaissance, et, tous les
soirs, pendant bien longtemps, nous eûmes dans Buckingham-Street, une sorte de parlement privé, lorsque
j'étais revenu de chez le docteur.

Je voudrais bien voir quelque part un parlement de
cette espèce. Ma tante et M. Dick représentaient le gou-
vernement ou l'opposition (suivant les circonstances),
et Traddles, à l'aide de l'*Orateur* d'Enfielfi ou d'un
volume des *Débats parlementaires*, les accablait des plus
foudroyantes invectives. Debout, à côté de la table, une
main sur le volume pour ne pas perdre sa page, et le
bras droit levé au-devant de sa tête, Traddles représen-
tant alternativement M. Pitt, M. Fox, M. Sheridan,
M. Burke, lord Castlereagh, le vicomte Sidmouth, ou
M. Canning, se livrait à la plus violente colère; il
accusait ma tante et M. Dick d'immoralité et de corruption; et moi, assis non loin de lui, mon cahier de notes à
la main, j'essoufflais ma plume à le suivre dans ses
déclamations. L'inconstance et la légèreté de Traddles
ne sauraient être surpassées par aucune politique au
monde. En huit jours il avait embrassé toutes les opinions les plus différentes, il avait arboré vingt drapeaux.
Ma tante, immobile comme un chancelier de
l'Échiquier, lançait parfois une interruption : « Très
bien », ou « Non! » ou : « Oh! » quand le texte semblait
l'exiger, et M. Dick (véritable type du gentilhomme cam-
pagnard) lui servait immédiatement d'écho. Mais
M. Dick fut accusé durant sa carrière parlementaire de
choses si odieuses, et on lui en montra dans l'avenir de
si redoutables conséquences qu'il finit par en être
effrayé. Je crois même qu'il finit par se persuader qu'il
fallait qu'il eût décidément commis quelque chose qui
devait amener la ruine de la constitution de la Grande-
Bretagne et la décadence inévitable du pays.

Bien souvent nous continuions nos débats jusqu'à ce
que la pendule sonnât minuit et que les bougies fussent
brûlées jusqu'au bout. Le résultat de tant de travaux fut
que je finis par suivre assez bien Traddles; il ne manquait plus qu'une chose à mon triomphe, c'était de
reconnaître après ce que signifiaient mes notes. Mais je
n'en avais pas la moindre idée. Une fois qu'elles étaient
écrites, loin de pouvoir en rétablir le sens, c'était

comme si j'avais copié les inscriptions chinoises qu'on trouve sur les caisses de thé, ou les lettres d'or qu'on peut lire sur toutes les grandes fioles rouges et vertes qui ornent la boutique des apothicaires.

Je n'avais autre chose à faire que de me remettre courageusement à l'œuvre. C'était bien dur, mais je recommençai, en dépit de mon ennui, à parcourir de nouveau laborieusement et méthodiquement tout le chemin que j'avais déjà fait, marchant à pas de tortue, m'arrêtant pour examiner minutieusement la plus petite marque, et faisant des efforts désespérés pour déchiffrer ces caractères perfides, partout où je les rencontrais. J'étais très exact à mon bureau, très exact aussi chez le docteur, enfin je travaillais comme un vrai cheval de fiacre.

Un jour que je me rendais à la Chambre des communes, comme à l'ordinaire, je trouvai sur le seuil de la porte M. Spenlow, l'air très grave et se parlant à lui-même. Comme il se plaignait souvent de maux de tête, et qu'il avait le cou très court avec des cols de chemise trop empesés, j'eus d'abord l'idée qu'il avait le cerveau un peu pris, mais je fus bientôt rassuré sur ce point.

Au lieu de me rendre mon « Bonjour, monsieur », avec son affabilité accoutumée, il me regarda d'un air hautain et cérémonieux, et m'engagea froidement à le suivre dans un certain café, qui, dans ce temps-là, donnait sur les *Doctors'-Commons*, dans la petite arcade près du cimetière de Saint-Paul. Je lui obéis, l'esprit tout troublé ; je me sentais couvert d'une sueur éruptive, comme si toutes mes appréhensions allaient aboutir à la peau. Il marchait devant moi, le passage étant fort étroit, et la façon dont il portait la tête ne me présageait rien de bon : je me doutai qu'il avait découvert mes sentiments pour ma chère petite Dora.

Si je ne l'avais pas deviné en le suivant pour nous rendre au café dont j'ai parlé, je n'aurais pu me méprendre longtemps sur le fait dont il s'agissait, lorsqu'après être monté dans une pièce au premier

étage, j'y trouvai miss Murdstone appuyée sur une sorte
de buffet où étaient rangés divers carafons contenant
des citrons et deux de ces boîtes extraordinaires toutes
pleines de coins et de recoins, où jadis on piquait les
couteaux et les fourchettes, mais qui, heureusement
pour l'humanité, sont à présent entièrement passées de
mode.

Miss Murdstone me tendit ses ongles glacés, et se rassit de l'air le plus austère. M. Spenlow ferma la porte,
me fit signe de prendre une chaise, et se plaça debout
sur le tapis devant la cheminée.

« Ayez la bonté, miss Murdstone, dit M. Spenlow, de
montrer à M. Copperfield ce que contient votre sac. »

Je crois vraiment que c'était identiquement le même
ridicule à fermoir d'acier que je lui avais vu dans mon
enfance. Les lèvres aussi serrées que le fermoir pouvait
l'être, miss Murdstone poussa le ressort, entr'ouvrit un
peu la bouche du même coup, tira de son sac ma dernière lettre à Dora, toute pleine des expressions de la
plus tendre affection.

« Je crois que c'est votre écriture, monsieur Copperfield ? dit M. Spenlow. »

J'avais le front brûlant, et la voix qui résonna à mes
oreilles ne ressemblait guère à la mienne lorsque je
répondis :

« Oui, monsieur.

— Si je ne me trompe, dit M. Spenlow, tandis que
miss Murdstone tirait de son sac un paquet de lettres,
attaché avec un charmant petit ruban bleu, ces lettres
sont aussi de votre écriture, monsieur Copperfield ? »

Je pris le paquet avec un sentiment de désolation ; et,
en voyant d'un coup d'œil au haut des pages : « Ma
bien-aimée Dora, mon ange chéri, ma chère petite », je
rougis profondément et j'inclinai la tête.

« Non, merci, me dit froidement M. Spenlow, comme
je lui tendais machinalement le paquet de lettres, je ne
veux pas vous en priver. Miss Murdstone, soyez assez
bonne pour continuer. »

Cette aimable créature, après avoir un moment réfléchi, les yeux baissés sur le papier, raconta ce qui suit, avec l'onction la plus glaciale :

« Je dois avouer que, depuis quelque temps déjà, j'avais mes soupçons sur miss Spenlow en ce qui concerne David Copperfield. J'avais l'œil sur miss Spenlow et sur David Copperfield la première fois qu'ils se virent, et l'impression que j'en conçus alors ne fut pas agréable. La dépravation du cœur humain est telle...

— Vous me rendrez service, madame, fit remarquer M. Spenlow, en vous bornant à raconter les faits. »

Miss Murdstone baissa les yeux, hocha la tête comme pour protester contre cette interruption inconvenante, puis reprit d'un air de dignité offensée :

« Alors, si je dois me borner à raconter les faits, je les dirai aussi brièvement que possible, puisque c'est là tout ce qu'on demande. Je disais donc, monsieur, que, depuis quelque temps déjà, j'avais mes soupçons sur miss Spenlow et sur David Copperfield. J'ai souvent essayé, mais en vain, d'en trouver des preuves décisives. C'est ce qui m'a empêché d'en faire confidence au père de miss Spenlow (et elle le regarda d'un air sévère) : je savais combien, en pareil cas, on est peu disposé à croire avec bienveillance ceux qui remplissent en cela fidèlement leur devoir. »

M. Spenlow semblait anéanti par la noble sévérité du ton de miss Murdstone ; il fit de la main un geste de conciliation.

« Lors de mon retour à Norwood, après m'être absentée à l'occasion du mariage de mon frère, poursuivit miss Murdstone d'un ton dédaigneux, je crus m'apercevoir que la conduite de miss Spenlow, également de retour d'une visite chez son amie miss Mills, que sa conduite, dis-je, donnait plus de fondement à mes soupçons ; je la surveillai donc de plus près. »

Ma pauvre, ma chère petite Dora, qu'elle était loin de se douter que ces yeux de dragon étaient fixés sur elle !

« Cependant, reprit miss Murdstone, c'est hier au soir

seulement que j'en ai acquis la preuve positive. J'étais d'avis que miss Spenlow recevait trop de lettres de son amie miss Mills, mais miss Mills était son amie, du plein consentement de son père (encore un coup d'œil bien amer à M. Spenlow), je n'avais donc rien à dire. Puisqu'il ne m'est pas permis de faire allusion à la dépravation naturelle du cœur humain, il faut du moins qu'on me permette de parler d'une confiance mal placée.

— A la bonne heure, murmura M. Spenlow, en forme d'apologie.

— Hier au soir, reprit miss Murdstone, nous venions de prendre le thé, lorsque je remarquai que le petit chien courait, bondissait, grognait dans le salon, en mordillant quelque chose. Je dis à miss Spenlow : « Dora, qu'est-ce que c'est que ce papier que votre chien tient dans sa gueule ? » Miss Spenlow tâta immédiatement sa ceinture, poussa un cri et courut vers le chien. Je l'arrêtai en lui disant : « Dora, mon amour, permettez !... »

— Oh ! Jip, misérable épagneul, c'est donc toi qui es l'auteur de tant d'infortunes !

— Miss Spenlow essaya, dit miss Murdstone, de me corrompre à force de baisers, de nécessaires à ouvrage, de petits bijoux, de présents de toutes sortes : je passe rapidement là-dessus. Le petit chien courut se réfugier sous le canapé, et j'eus beaucoup de peine à l'en faire sortir avec l'aide des pincettes. Une fois tiré de là-dessous, la lettre était toujours dans sa gueule ; et quand j'essayai de la lui arracher, au risque de me faire mordre, il tenait le papier si bien serré entre ses dents que tout ce que je pouvais faire c'était d'enlever le chien en l'air à la suite de ce précieux document. J'ai pourtant fini par m'en emparer. Après l'avoir lu, j'ai dit à miss Spenlow qu'elle devait avoir en sa possession d'autres lettres de même nature, et j'ai enfin obtenu d'elle le paquet qui est maintenant entre les mains de David Copperfield. »

Elle se tut, et, après avoir fermé son sac, elle ferma la bouche, de l'air d'une personne résolue à se laisser briser plutôt que de ployer.

« Vous venez d'entendre miss Murdstone, dit M. Spenlow, en se tournant vers moi. Je désire savoir, monsieur Copperfield, si vous avez quelque chose à répondre. »

Le peu de dignité dont j'aurais pu essayer de me parer était malheureusement fort compromis par le tableau qui venait sans cesse se présenter à mon esprit ; je voyais celle que j'adorais, ma charmante petite Dora, pleurant et sanglotant toute la nuit ; je me la représentais seule, effrayée, malheureuse, ou bien je songeais qu'elle avait supplié, mais en vain, cette mégère au cœur de rocher de lui pardonner ; qu'elle lui avait offert des baisers, des nécessaires à ouvrage, des bijoux, le tout en pure perte ; enfin, qu'elle était au désespoir, et tout cela pour moi ; je tremblais donc d'émotion et de chagrin, bien que je fisse tout mon possible pour le cacher.

« Je n'ai rien à dire, monsieur, repris-je, si ce n'est que je suis le seul à blâmer... Dora...

— Miss Spenlow, je vous prie, repartit son père avec majesté...

— A été entraînée par moi, continuai-je, sans répéter après M. Spenlow ce nom froid et cérémonieux, à me promettre de vous cacher notre affection, et je le regrette amèrement.

— Vous avez eu le plus grand tort, monsieur, me dit M. Spenlow, en se promenant de long en large sur le tapis et en gesticulant avec tout son corps, au lieu de remuer seulement la tête, à cause de la roideur combinée de sa cravate et de son épine dorsale. Vous avez commis une action frauduleuse et immorale, monsieur Copperfield. Quand je reçois chez moi un *gentleman*, qu'il ait dix-neuf, ou vingt-neuf, ou quatre-vingt-dix ans, je le reçois avec pleine confiance. S'il abuse de ma confiance, il commet une action malhonnête, monsieur Copperfield !

— Je ne le vois que trop maintenant, monsieur, vous pouvez en être sûr, repris-je, mais je ne le croyais pas auparavant. En vérité, monsieur Spenlow, dans toute la sincérité de mon cœur, je ne le croyais pas auparavant, j'aime tellement miss Spenlow...

— Allons donc! quelle sottise! dit M. Spenlow en rougissant. Ne venez pas me dire en face que vous aimez ma fille, monsieur Copperfield!

— Mais, monsieur, comment pourrais-je défendre ma conduite si cela n'était pas? répondis-je du ton le plus humble.

— Et comment pouvez-vous défendre votre conduite, si cela est, monsieur? dit M. Spenlow en s'arrêtant tout court sur le tapis. Avez-vous réfléchi à votre âge et à l'âge de ma fille, monsieur Copperfield? Savez-vous ce que vous avez fait en venant détruire la confiance qui devait exister entre ma fille et moi? Avez-vous songé au rang que ma fille occupe dans le monde, aux projets que j'ai pu former pour son avenir, aux intentions que je puis exprimer en sa faveur dans mon testament? Avez-vous songé à tout cela, monsieur Copperfield?

— Bien peu, monsieur, j'en ai peur, répondis-je d'un ton humble et triste, mais je vous prie de croire que je n'ai point méconnu ma propre position dans le monde. Quand je vous en ai parlé, nous étions déjà engagés l'un à l'autre.

— Je vous prie de ne pas prononcer ce mot devant moi, monsieur Copperfield!» et, au milieu de mon désespoir, je ne pus m'empêcher de remarquer qu'il ressemblait tout à fait à Polichinelle par la manière dont il frappait tour à tour ses mains l'une contre l'autre avec la plus grande énergie.

L'immobile miss Murdstone fit entendre un rire sec et dédaigneux.

« Lorsque je vous ai expliqué le changement qui était survenu dans ma situation, monsieur, repris-je voulant changer le mot qui l'avait choqué, il y avait déjà, par ma faute, un secret entre miss Spenlow et moi. Depuis que

ma position a changé, j'ai lutté, j'ai fait tout mon possible pour l'améliorer : je suis sûr d'y parvenir un jour.
Voulez-vous me donner du temps ? Nous sommes si
jeunes, elle et moi, monsieur...

— Vous avez raison, dit M. Spenlow en hochant plusieurs fois la tête et en fronçant le sourcil, vous êtes tous
deux très jeunes. Tout cela c'est des bêtises ; il faut que
ça finisse ! Prenez ces lettres et jetez-les au feu. Rendez-
moi les lettres de miss Spenlow, que je les jette au feu
de mon côté. Et bien que nous devions, à l'avenir, nous
borner à nous rencontrer ici ou à la Cour, il sera
convenu que nous ne parlerons pas du passé. Voyons,
monsieur Copperfield, vous ne manquez pas de raison,
et vous voyez bien que c'est là la seule chose raisonnable à faire. »

Non, je ne pouvais pas être de cet avis. Je le regrettais
beaucoup, mais il y avait une considération qui
l'emportait sur la raison. L'amour passe avant tout, et
j'aimais Dora à la folie, et Dora m'aimait. Je ne le dis
pas tout à fait dans ces termes ; mais je le fis
comprendre, et j'y étais bien résolu. Je ne m'inquiétais
guère de savoir si je jouais en cela un rôle ridicule, mais
je sais que j'étais bien résolu.

« Très bien, monsieur Copperfield, dit M. Spenlow,
j'userai de mon influence auprès de ma fille. »

Miss Murdstone fit entendre un son expressif, une
longue aspiration qui n'était ni un soupir ni un gémissement, mais qui tenait des deux, comme pour faire sentir
à M. Spenlow que c'était par là qu'il aurait dû commencer.

« J'userai de mon influence auprès de ma fille, dit
M. Spenlow, enhardi par cette approbation. Refusez-
vous de prendre ces lettres, monsieur Copperfield ? »

J'avais posé le paquet sur la table.

Oui, je le refusai. J'espérais qu'il voudrait bien
m'excuser, mais il m'était impossible de recevoir ces
lettres de la main de miss Murdstone.

« Ni des miennes ? dit M. Spenlow.

— Pas davantage, répondis-je avec le plus profond respect.

— A merveille ! » dit M. Spenlow.

Il y eut un moment de silence. Je ne savais si je devais rester ou m'en aller. A la fin, je me dirigeai tranquillement vers la porte, avec l'intention de lui dire que je croyais répondre à ses sentiments en me retirant. Il m'arrêta pour me dire d'un air sérieux et presque dévot, en enfonçant ses mains dans les poches de son paletot, et c'était bien tout au plus s'il pouvait les y faire entrer :

« Vous savez probablement, monsieur Copperfield, que je ne suis pas absolument dépourvu des biens de ce monde, et que ma fille est ma plus chère et ma plus proche parente ? »

Je lui répondis avec précipitation que j'espérais que, si un amour passionné m'avait fait commettre une erreur, il ne me supposait pas pour cela une âme avide et mercenaire.

« Ce n'est pas de cela que je parle, dit M. Spenlow. Il vaudrait mieux pour vous et pour nous tous, monsieur Copperfield, que vous fussiez un peu plus mercenaire, je veux dire que vous fussiez plus prudent, et moins facile à entraîner à ces folies de jeunesse ; mais, je vous le répète, à un tout autre point de vue, vous savez probablement que j'ai quelque fortune à laisser à ma fille ? »

Je répondis que je le supposais bien.

« Et vous ne pouvez pas croire qu'en présence des exemples qu'on voit ici tous les jours, dans cette Cour, de l'étrange négligence des hommes pour les arrangements testamentaires, car c'est peut-être le cas où l'on rencontre les plus étranges révélations de la légèreté humaine, vous ne pouvez pas croire que moi je n'aie pas fait mes dispositions ? »

J'inclinai la tête en signe d'assentiment.

« Je ne souffrirai pas, dit M. Spenlow en se balançant alternativement sur la pointe des pieds ou sur les talons, tandis qu'il hochait lentement la tête comme pour don-

ner plus de poids à ses pieuses observations, je ne souffrirai pas que les dispositions que j'ai cru devoir
prendre pour mon enfant soient en rien modifiées par
une folie de jeunesse ; car c'est une vraie folie ; tran-
chons le mot, une sottise. Dans quelque temps, tout cela
ne pèsera pas plus qu'une plume. Mais il serait possible,
il se pourrait... que, si cette sottise n'était pas complètement abandonnée, je me visse obligé, dans un moment
d'anxiété, à prendre mes précautions pour annuler les
conséquences de quelque mariage imprudent. J'espère,
monsieur Copperfield, que vous ne me forcerez pas à
rouvrir, même pour un quart d'heure, cette page close
dans le livre de la vie, et à déranger, même pour un
quart d'heure, de graves affaires réglées depuis longtemps déjà. »

Il y avait dans toute sa manière une sérénité, une
tranquillité, un calme qui me touchaient profondément.
Il était si paisible et si résigné, après avoir mis ordre à
ses affaires, et réglé ses dispositions dernières comme
un papier de musique, qu'on voyait bien qu'il ne pouvait
y penser lui-même sans attendrissement. Je crois même
en vérité avoir vu monter du fond de sa sensibilité, à
cette pensée, quelques larmes involontaires dans ses
yeux.

Mais qu'y faire ? je ne pouvais pas manquer à Dora et
à mon propre cœur. Il me dit qu'il me donnait huit
jours pour réfléchir. Pouvais-je répondre que je ne voulais pas y réfléchir pendant huit jours ? Mais aussi ne
devais-je pas croire que toutes les semaines du monde
ne changeraient rien à la violence de mon amour ?

« Vous ferez bien d'en causer avec miss Trotwood, ou
avec quelque autre personne qui connaisse la vie ; me dit
M. Spenlow en redressant sa cravate. Prenez une
semaine, monsieur Copperfield. »

Je me soumis et je me retirai, tout en donnant à ma
physionomie l'expression d'un abattement désespéré
qui ne pouvait changer en rien mon inébranlable
constance. Les sourcils de miss Murdstone m'accompa-

gnèrent jusqu'à la porte ; je dis ses sourcils plutôt que
ses yeux, parce qu'ils tenaient beaucoup plus de place
dans son visage. Elle avait exactement la même figure
que jadis, lorsque, dans notre petit salon, à Blunderstone, je récitais mes leçons en sa présence. Avec un peu
de bonne volonté, j'aurais pu croire par souvenir que le
poids qui oppressait mon cœur, c'était encore cet abominable alphabet d'autrefois avec ses vignettes ovales,
que je comparais dans mon enfance à des verres de
lunettes.

Quand j'arrivai à mon bureau, je me cachai le visage
dans mes mains, et là, devant mon pupitre, assis dans
mon coin, sans apercevoir ni le vieux Tiffey ni mes
autres camarades ; je me mis à réfléchir au tremblement
de terre qui venait d'avoir lieu sous mes pieds ; et, dans
l'amertume de mon âme, je maudissais Jip, et j'étais si
inquiet de Dora que je me demande encore comment je
ne pris pas mon chapeau pour me diriger comme un
fou vers Norwood. L'idée qu'on la tourmentait, qu'on la
faisait pleurer, et que je n'étais pas là pour la consoler,
m'était devenue tellement odieuse que je me mis à
écrire une lettre insensée à M. Spenlow, où je le conjurais de ne pas faire peser sur elle les conséquences de
ma cruelle destinée. Je le suppliais d'épargner cette
douce nature, de ne pas briser une fleur si fragile. Bref,
si j'ai bonne mémoire, je lui parlais comme si, au lieu
d'être le père de Dora, il avait été un ogre ou un croque-
mitaine. Je la cachetai et je la posai sur son pupitre
avant son retour. Quand il rentra, je le vis, par la porte
de son cabinet, qui était entre bâillée, prendre ma lettre
et l'ouvrir.

Il ne m'en parla pas dans la matinée ; mais le soir,
avant de partir, il m'appela et me dit que je n'avais pas
besoin de m'inquiéter du bonheur de sa fille. Il lui avait
dit simplement que c'était une bêtise, et il ne comptait
plus lui en reparler. Il se croyait un père indulgent (et il
avait raison) : je n'avais donc nul besoin de m'inquiéter
à ce sujet.

« Vous pourriez m'obliger, par votre folie ou votre obstination, monsieur Copperfield, ajouta-t-il, à éloigner pendant quelque temps ma fille de moi ; mais j'ai de vous une meilleure opinion. J'espère que dans quelques jours vous serez plus raisonnable. Quant à miss Murdstone, car j'avais parlé d'elle dans ma lettre, je respecte la vigilance de cette dame, et je lui en suis reconnaissant ; mais je lui ai expressément recommandé d'éviter ce sujet. La seule chose que je désire, monsieur Copperfield, c'est qu'il n'en soit plus question. Tout ce que vous avez à faire, c'est de l'oublier. »

Tout ce que j'avais à faire ! tout ! Dans un billet que j'écrivis à miss Mills, je relevai ce mot avec amertume. Tout ce que j'avais à faire, disais-je avec une sombre dérision, c'était d'oublier Dora ! C'était là tout ! ne semblait-il pas que ce ne fût rien ! Je suppliai miss Mills de me permettre de la voir ce soir-là même. Si miss Mills ne pouvait y consentir, je lui demandais de me recevoir en cachette dans la pièce de derrière, où on faisait la lessive. Je lui déclarai que ma raison chancelait sur sa base et qu'elle seule pouvait la remettre dans son assiette. Je finissais, dans mon égarement, par me dire à elle pour la vie, avec ma signature au bout ; et en relisant ma lettre avant de la confier à un commissionnaire, je ne pus pas m'empêcher moi-même de lui trouver beaucoup de rapport avec le style de M. Micawber.

Je l'envoyai pourtant. Le soir, je me dirigeai vers la rue de miss Mills, et je l'arpentai dans tous les sens jusqu'à ce que sa servante vint m'avertir, à la dérobée, de la suivre par un chemin détourné. J'ai eu depuis des raisons de croire qu'il n'y avait aucun motif de m'empêcher d'entrer par la grande porte, ni même d'être reçu dans le salon, si ce n'est que miss Mills aimait tout ce qui avait un air de mystère.

Une fois dans l'arrière-cuisine, je m'abandonnai à tout mon désespoir. Si j'étais venu là dans l'intention de me rendre ridicule, je suis bien sûr d'y avoir réussi. Miss Mills avait reçu de Dora un billet écrit à la hâte, où

elle lui disait que tout était découvert. Elle ajoutait :
« Oh! venez me trouver, Julie, je vous en supplie! »
Mais miss Mills n'avait pas encore été la voir, dans la
crainte que sa visite ne fût pas du goût des autorités
supérieures; nous étions tous comme des voyageurs
égarés dans le désert du Sahara.

Miss Mills avait une prodigieuse volubilité, et elle s'y
complaisait. Je ne pouvais m'empêcher de sentir, tandis
qu'elle mêlait ses larmes aux miennes, que nos afflic-
tions étaient pour elle une bonne occasion. Elle les
choyait, je peux le dire, pour s'en faire du bien. Elle me
faisait remarquer « qu'un abîme immense venait de
s'ouvrir entre Dora et moi, et que l'amour pouvait seul
le combler avec son arc-en-ciel. L'amour était fait pour
souffrir dans ce bas monde : cela avait toujours été, et
cela serait toujours. N'importe, reprenait-elle. Les
cœurs ne se laissent pas enchaîner longtemps par ces
toiles d'araignée : ils sauront bien les rompre, et l'amour
sera vengé. »

Tout cela n'était pas très consolant, mais miss Mills
ne voulait pas encourager des espérances mensongères.
Elle me renvoya bien plus malheureux que je n'étais en
arrivant, ce qui ne m'empêcha pas de lui dire (et ce qu'il
y a de plus fort, c'est que je le pensais) que je lui avais
une profonde reconnaissance et que je voyais bien
qu'elle était véritablement notre amie. Il fut résolu que
le lendemain matin elle irait trouver Dora, et qu'elle
inventerait quelque moyen de l'assurer, soit par un mot,
soit par un regard, de toute mon affection et de mon
désespoir. Nous nous séparâmes accablés de douleur;
comme miss Mills devait être satisfaite!

En arrivant chez ma tante, je lui confiai tout ; et, en
dépit de ce qu'elle put me dire, je me couchai au désespoir. Je me levai au désespoir, et je sortis au désespoir.
C'était le samedi matin, je me rendis immédiatement à
mon bureau. Je fus surpris, en y arrivant, de voir les
garçons de caisse devant la porte et causant entre eux;
quelques passants regardaient les fenêtres qui étaient

toutes fermées. Je pressai le pas, et, surpris de ce que je voyais, j'entrai en toute hâte.

Les employés étaient à leur poste, mais personne ne travaillait. Le vieux Tiffey était assis, peut-être pour la première fois de sa vie, sur la chaise d'un de ses collègues, et il n'avait pas même accroché son chapeau.

« Quel affreux malheur, monsieur Copperfield! me dit-il, au moment où j'entrais.

— Quoi donc? m'écriai-je. Qu'est-ce qu'il y a?

— Vous ne savez donc pas? cria Tiffey, et tout le monde m'entoura.

— Non! dis-je en les regardant tous l'un après l'autre.

— M. Spenlow, dit Tiffey.

— Eh bien?

— Il est mort! »

Je crus que la terre me croulait sous les pieds; je chancelai, un des commis me soutint dans ses bras. On me fit asseoir, on dénoua ma cravate, on me donna un verre d'eau. Je n'ai aucune idée du temps que tout cela dura.

« Mort? répétai-je.

— Il a dîné en ville hier, et il conduisait lui-même son phaéton, dit Tiffey. Il avait renvoyé son groom par la diligence, comme il faisait quelquefois, vous savez...

— Eh bien!

— Le phaéton est arrivé vide. Les chevaux se sont arrêtés à la porte de l'écurie. Le palefrenier est accouru avec une lanterne. Il n'y avait personne dans la voiture.

— Est-ce que les chevaux s'étaient emportés?

— Ils n'avaient pas chaud, dit Tiffey en mettant ses lunettes, pas plus chaud, dit-on, qu'à l'ordinaire quand ils rentrent. Les guides étaient brisées, mais elles avaient évidemment traîné par terre. Toute la maison a été aussitôt sur pied; trois domestiques ont parcouru la route qu'ils avaient suivie. On l'a retrouvé à un mille de la maison.

— A plus d'un mille, monsieur Tiffey, insinua un jeune employé.

— Croyez-vous? Vous avez peut-être raison, dit Tif-fey, à plus d'un mille, pas loin de l'église : il était étendu, le visage contre terre; une partie de son corps reposait sur la grande route, une autre sur la contre-allée. Per-sonne ne sait s'il a eu une attaque qui l'a fait tomber de voiture, ou s'il en est descendu, parce qu'il se sentait indisposé; on ne sait même pas s'il était tout à fait mort quand on l'a retrouvé : ce qu'il y a de sûr, c'est qu'il était parfaitement insensible. Peut-être respirait-il encore; mais il n'a pas prononcé une seule parole. On s'est pro-curé des médecins aussitôt qu'on a pu, mais tout a été inutile. »

Comment dépeindre ma situation d'esprit à cette nouvelle! Tout le monde comprend assez mon trouble, en apprenant un tel événement, et si subit, dont la vic-time était précisément l'homme avec lequel je venais d'avoir une discussion. Ce vide soudain qu'il laissait dans sa chambre encore occupée la veille, où sa chaise et sa table avaient l'air de l'attendre : ces lignes tracées par lui de sa main et laissées sur son bureau comme les dernières traces du spectre disparu : l'impossibilité de le séparer dans notre pensée du lieu où nous étions, au point que, quand la porte s'ouvrait, on s'attendait à le voir entrer; le silence morne et le désœuvrement de ses bureaux, l'insatiable avidité de nos gens à en parler et celle des gens du dehors qui ne faisaient qu'entrer et sortir toute la journée pour se gorger de quelques détails nouveaux : quel spectacle navrant! Mais ce que je ne saurais décrire, c'est comment, dans les replis cachés de mon cœur, je ressentais une secrète jalousie de la mort même; comment je lui reprochais de me refouler au second plan dans les pensées de Dora; com-ment l'humeur injuste et tyrannique qui me possédait me rendait envieux même de son chagrin; comment je souffrais de la pensée que d'autres pourraient la conso-ler, qu'elle pleurerait loin de moi; enfin comment j'étais dominé par un désir avare et égoïste de la séparer du monde entier, à mon profit, pour être, moi seul, tout pour elle, dans ce moment si mal choisi pour ne songer qu'à moi.

Dans le trouble de cette situation d'esprit (j'espère que je ne suis pas le seul à l'avoir ressentie, et que d'autres pourront le comprendre), je me rendis le soir même à Norwood : j'appris par un domestique que miss Mills était arrivée; je lui écrivis une lettre dont je fis mettre l'adresse par ma tante. Je déplorais de tout mon cœur la mort si inattendue de M. Spenlow, et en écrivant je versai des larmes. Je la suppliais de dire à Dora, si elle était en état de l'entendre, qu'il m'avait traité avec une bonté et une bienveillance infinies, et n'avait prononcé le nom de sa fille qu'avec la plus grande tendresse, sans l'ombre d'un reproche. Je sais bien que c'était encore pur égoïsme de ma part. C'était un moyen de faire parvenir mon nom jusqu'à elle; mais je cherchais à me faire accroire que c'était un acte de justice envers sa mémoire. Et peut-être l'ai-je cru.

Ma tante reçut le lendemain quelques lignes en réponse; l'adresse était pour elle; mais la lettre était pour moi. Dora était accablée de douleur, et quand son amie lui avait demandé s'il fallait m'envoyer ses tendresses, elle s'était écriée en pleurant, car elle pleurait sans interruption : « Oh! mon cher papa, mon pauvre papa! » Mais elle n'avait pas dit non, ce qui me fit le plus grand plaisir.

M. Jorkins vint au bureau quelques jours après : il était resté à Norwood depuis l'événement. Tiffey et lui restèrent enfermés ensemble quelque temps, puis Tiffey ouvrit la porte, et me fit signe d'entrer.

« Oh! dit M. Jorkins, monsieur Copperfield, nous allons, monsieur Tiffey et moi, examiner le pupitre, les tiroirs et tous les papiers du défunt, pour mettre les scellés sur ses papiers personnels, et chercher son testament. Nous n'en trouvons de trace nulle part. Soyez assez bon pour nous aider. »

J'étais, depuis l'événement, dans des transes mortelles pour savoir dans quelle situation se trouverait ma Dora,

quel serait son tuteur, etc., etc., et la proposition de
M. Jorkins me donnait l'occasion de dissiper mes
doutes. Nous nous mîmes tout de suite à l'œuvre ;
M. Jorkins ouvrait les pupitres et les tiroirs, et nous en
sortions tous les papiers. Nous placions d'un côté tous
ceux du bureau, de l'autre tous ceux qui étaient personnels au défunt, et ils n'étaient pas nombreux. Tout se
passait avec la plus grande gravité ; et quand nous trouvions un cachet ou un portecrayon, ou une bague, ou
les autres menus objets à son usage personnel, nous
baissions instinctivement la voix.

Nous avions déjà scellé plusieurs paquets, et nous
continuions au milieu du silence et de la poussière,
quand M. Jorkins me dit en se servant exactement des
termes dans lesquels son associé, M. Spenlow, nous
avait jadis parlé de lui :

« M. Spenlow n'était pas homme à se laisser facilement détourner des traditions et des sentiers battus.
Vous le connaissiez. Eh bien ! je suis porté à croire qu'il
n'avait pas fait de testament.

— Oh, je suis sûr du contraire ! » dis-je.

Tous deux s'arrêtèrent pour me regarder.

« Le jour où je l'ai vu pour la dernière fois, repris-je, il
m'a dit qu'il avait fait un testament, et qu'il avait depuis
longtemps mis ordre à ses affaires. »

M. Jorkins et le vieux Tiffey secouèrent la tête d'un
commun accord.

« Cela ne promet rien de bon, dit Tiffey.

— Rien de bon du tout, dit M. Jorkins.

— Vous ne doutez pourtant pas ? repartis-je.

— Mon bon monsieur Copperfield, me dit Tiffey, et il
posa la main sur mon bras, tout en fermant les yeux et
en secouant la tête ; si vous aviez été aussi longtemps
que moi dans cette étude, vous sauriez qu'il n'y a point
de sujet sur lequel les hommes soient aussi impré-
voyants, et pour lequel on doive moins les croire sur
parole.

— Mais, en vérité, ce sont ses propres expressions !
répliquai-je avec instance.

— Voilà qui est décisif, reprit Tiffey. Mon opinion alors, c'est... qu'il n'y a pas de testament. »

Cela me parut d'abord la chose du monde la plus bizarre, mais le fait est qu'il n'y avait pas de testament. Les papiers ne fournissaient pas le moindre indice qu'il eût voulu jamais en faire un ; on ne trouva ni le moindre projet, ni le moindre mémorandum qui annonçât qu'il en eût jamais eu l'intention. Ce qui m'étonna presque autant, c'est que ses affaires étaient dans le plus grand désordre. On ne pouvait se rendre compte ni de ce qu'il devait, ni de ce qu'il avait payé, ni de ce qu'il possédait. Il était très probable que, depuis des années, il ne s'en faisait pas lui-même la moindre idée. Peu à peu on découvrit que, poussé par le désir de briller parmi les procureurs des *Doctors'-Commons*, il avait dépensé plus que le revenu de son étude qui ne s'élevait pas bien haut, et qu'il avait fait une brèche importante à ses ressources personnelles qui probablement n'avaient jamais été bien considérables. On fit une vente de tout le mobilier de Norwood : on sous-loua la maison, et Tiffey me dit, sans savoir tout l'intérêt que je prenais à la chose, qu'une fois les dettes du défunt payées, et déduction faite de la part de ses associés dans l'étude, il ne donnerait pas de tout le reste mille livres sterling. Je n'appris tout cela qu'au bout de six semaines. J'avais été à la torture pendant tout ce temps-là, et j'étais sur le point de mettre un terme à mes jours, chaque fois que miss Mills m'apprenait que ma pauvre petite Dora ne répondait, lorsqu'on parlait de moi, qu'en s'écriant : « Oh, mon pauvre papa ! Oh, mon cher papa ! » Elle me dit aussi que Dora n'avait d'autres parents que deux tantes, sœurs de M. Spenlow, qui n'étaient pas mariées, et qui vivaient à Putney. Depuis longues années elles n'avaient que de rares communications avec leur frère. Ils n'avaient pourtant jamais eu rien ensemble ; mais M. Spenlow les ayant invitées seulement à prendre le thé, le jour du baptême de Dora, au lieu de les inviter au dîner, comme elles avaient la prétention d'en être, elles lui avaient répondu par écrit, que, « dans l'intérêt des deux parties, elles croyaient devoir rester chez elles ». Depuis ce jour leur frère et elles avaient vécu chacun de leur côté.

Ces deux dames sortirent pourtant de leur retraite, pour venir proposer à Dora d'aller demeurer avec elles à Putney. Dora se suspendit à leur cou, en pleurant et en souriant. « Oh oui, mes bonnes tantes ; je vous en prie, emmenez-moi à Putney, avec Julia Mills et Jip ! » Elles s'en retournèrent donc ensemble, peu de temps après l'enterrement.

Je ne sais comment je trouvai le temps d'aller rôder du côté de Putney, mais le fait est que, d'une manière ou de l'autre, je me faufilai très souvent dans le voisinage. Miss Mills, pour mieux remplir tous les devoirs de l'amitié, tenait un journal de ce qui se passait chaque jour ; souvent elle venait me trouver, dans la campagne, pour me le lire, ou me le prêter, quand elle n'avait pas le temps de me le lire. Avec quel bonheur je parcourais les divers articles de ce registre consciencieux, dont voici un échantillon !

« Lundi. — Ma chère Dora est toujours très abattue. — Violent mal de tête. — J'appelle son attention sur la beauté du poil de Jip. D. caresse J. — Associations d'idées qui ouvrent les écluses de la douleur. — Torrent de larmes. (Les larmes ne sont-elles pas la rosée du cœur ? J.M.)

« Mardi. — Dora faible et agitée. — Belle dans sa pâleur. (Même remarque à faire pour la lune. J.M.) D.J.M. et J. sortent en voiture. J. met le nez hors de la portière, il aboie violemment contre un balayeur. — Un léger sourire paraît sur les lèvres de D. — (Voilà bien les faibles anneaux dont se compose la chaîne de la vie ! J.M.)

« Mercredi. — D. gaie en comparaison des jours précédents. — Je lui ai chanté une mélodie touchante, *Les cloches du soir*, qui ne l'ont point calmée, bien au contraire. — D. émue au dernier point. — Je l'ai trouvée plus tard qui pleurait dans sa chambre; je lui ai cité des vers où je la comparais à une jeune gazelle. — Résultat médiocre. — Fait allusion à l'image de la patience sur un tombeau. (Question. Pourquoi sur un tombeau? J.M.)

« Jeudi. — D. mieux certainement. — Meilleure nuit. — Légère teinte rosée sur les joues. — Je me suis décidée à prononcer le nom de D.C. — Ce nom est encore insinué avec précaution, pendant la promenade. — D. immédiatement bouleversée. « Oh! chère, chère Julia! Oh! j'ai été un enfant désobéissant! » — Je l'apaise par mes caresses. — Je fais un tableau idéal de D.C. aux portes du tombeau. — D. de nouveau bouleversée. « Oh! que faire? que faire? Emmenez-moi quelque part! » — Grande alarme! — Évanouissement de D. — Verre d'eau apporté d'un café. (Ressemblance poétique. Une enseigne bigarrée sur la porte du café. La vie humaine aussi est bigarrée. Hélas! J.M.)

« Vendredi. — Jour plein d'événements. — Un homme se présente à la cuisine, porteur d'un sac bleu : il demande les brodequins qu'une dame a laissés pour qu'on les raccommode. La cuisinière répond qu'elle n'a pas reçu d'ordres. L'homme insiste. La cuisinière se retire pour demander ce qu'il en est; elle laisse l'homme seul avec Jip. Au retour de la cuisinière, l'homme insiste encore, puis il se retire. J. a disparu; D. est au désespoir. On fait avertir la police. L'homme a un gros nez, et les jambes en cerceau, comme les arches d'un pont. On cherche dans toutes les directions. Pas de J. — D. pleure amèrement; elle est inconsolable. — Nouvelle allusion à une jeune gazelle, à propos, mais sans effet. — Vers le soir, un jeune garçon inconnu se présente. On le fait entrer au salon. Il a un gros nez, mais pas les jambes en cerceau. Il demande une guinée, pour un chien qu'il a trouvé. Il refuse de s'expliquer plus clairement. D. lui donne la guinée; il emmène la cuisinière dans une petite maison, où elle trouve J. attaché au pied de la table. — Joie de D. qui danse tout autour de J. pendant qu'il mange son souper. — Enhardie par cet heureux changement, je parle de D.C. quand nous sommes au premier étage. D. se remet à sangloter. « Oh, non, non. C'est si mal de penser à autre chose qu'à mon papa ! » Elle embrasse J. et s'endort en pleurant. (D.C. ne doit-il pas se confier aux vastes ailes du temps ? J.M.) »

Miss Mills et son journal étaient alors ma seule consolation. Je n'avais d'autre ressource dans mon chagrin, que de la voir, elle qui venait de quitter Dora, de retrouver la lettre initiale du nom de Dora, à chaque ligne de ces pages pleines de sympathies, et d'augmenter encore par là ma douleur. Il me semblait que jusqu'alors j'avais vécu dans un château de cartes qui venait de s'écrouler, nous laissant miss Mills et moi au milieu des ruines ! Il me semblait qu'un affreux magicien avait entouré la divinité de mon cœur d'un cercle magique, que les ailes du temps, ces ailes qui transportent si loin tant de créatures humaines, pourraient seules m'aider à franchir.

CHAPITRE IX

Wickfield-et-Heep

Ma tante commençant, je suppose, à s'inquiéter sérieusement de mon abattement prolongé, imagina de m'envoyer à Douvres, sous prétexte de voir si tout se passait bien dans son cottage qu'elle avait loué, et dans le but de renouveler le bail avec le locataire actuel. Jeannette était entrée au service de mistress Strong, où je la voyais tous les jours. Elle avait été indécise en quittant Douvres, si elle confirmerait ou renierait une bonne fois ce renoncement dédaigneux au sexe masculin, qui faisait le fond de son éducation. Il s'agissait pour elle d'épouser un pilote. Mais, ma foi ! elle ne voulut pas s'y risquer, moins, pour l'honneur du principe en

lui-même, je suppose, que parce que le pilote n'était pas
de son goût.

Bien qu'il m'en coûtât de quitter miss Mills, j'entrai
assez volontiers dans les intentions de ma tante; cela
me permettait de passer quelques heures paisibles
auprès d'Agnès. Je consultai le bon docteur pour savoir
si je pouvais faire une absence de trois jours; il me
conseilla de la prolonger un peu, mais j'avais le cœur
trop à l'ouvrage pour prendre un si long congé. Enfin je
me décidai à partir.

Quant à mon bureau des Doctors'-Commons, je
n'avais pas grande raison de m'inquiéter de ce que je
pouvais y avoir à faire. A vrai dire, nous n'étions pas en
odeur de sainteté parmi les procureurs de première
volée, et nous étions même tombés dans une position
équivoque. Les affaires n'avaient pas été brillantes du
temps de M. Jorkins, avant M. Spenlow, et bien qu'elles
eussent été plus animées depuis que cet associé avait
renouvelé, par une infusion de jeune sang, la vieille rou-
tine de l'étude, et qu'il lui eût donné quelque éclat par le
train qu'il menait, cependant elle ne reposait pas sur
des bases assez solides, pour que la mort soudaine de
son principal directeur ne vînt pas l'ébranler. Les
affaires diminuèrent sensiblement. M. Jorkins, en dépit
de la réputation qu'on lui faisait chez nous, était un
homme faible et incapable, et sa réputation au dehors
n'était pas de nature à relever son crédit. J'étais placé
auprès de lui, depuis la mort de M. Spenlow, et chaque
fois que je lui voyais prendre sa prise de tabac, et laisser
là son travail, je regrettais plus que jamais les mille
livres sterling de ma tante.

Ce n'était pas encore là le plus grand mal. Il y avait
dans les *Doctors'Commons* une quantité d'oisifs et de
coulissiers qui, sans être procureurs eux-mêmes,
s'emparaient d'une partie des affaires, pour les faire
exécuter ensuite par de véritables procureurs disposés à
prêter leurs noms en échange d'une part dans la curée.
Comme il nous fallait des affaires à tout prix, nous nous

associâmes à cette noble corporation de procureurs
marrons, et nous cherchâmes à attirer chez nous les
oisifs et les coulissiers. Ce que nous demandions surtout, parce que cela nous rapportait plus que le reste,
c'étaient les autorisations de mariage ou les actes pro-
batoires pour valider un testament ; mais chacun voulait les avoir, et la concurrence était si grande, qu'on
mettait en planton, à l'entrée de toutes les avenues qui
conduisaient aux *Commons*, des forbans et des cor-
saires chargés d'amener à leurs bureaux respectifs
toutes les personnes en deuil ou tous les jeunes gens qui
avaient l'air embarrassés de leur personne. Ces instructions étaient si fidèlement exécutées, qu'il m'arriva par
deux fois, avant que je fusse bien connu, d'être enlevé
moi-même pour l'étude de notre rival le plus redoutable. Les intérêts contraires de ces recruteurs d'un
nouveau genre étant de nature à mettre en jeu leur sensibilité, cela finissait souvent par des combats corps à
corps, et notre principal agent, qui avait commencé par
le commerce des vins en détail, avant de passer au bro-
cantage judiciaire, donna même à la Cour le scandaleux
spectacle, pendant quelques jours, d'un œil au beurre
noir. Ces vertueux personnages ne se faisaient pas le
moindre scrupule quand ils offraient la main, pour descendre de sa voiture, à quelque vieille dame en noir, de
tuer sur le coup le procureur qu'elle demandait, repré-
sentant leur patron comme le légitime successeur du
défunt, et de lui amener en triomphe la vieille dame,
souvent encore très émue de la triste nouvelle qu'elle
venait d'apprendre. C'est ainsi qu'on m'amena à moi-
même bien des prisonniers. Quant aux autorisations de
mariage, la concurrence était si formidable, qu'un
pauvre monsieur timide, qui venait dans ce but de notre
côté, n'avait rien de mieux à faire que de s'abandonner
au premier agent qui venait à le happer, s'il ne voulait
pas devenir le théâtre de la guerre et la proie du vain-
queur. Un de nos commis, employé à cette spécialité, ne
quittait jamais son chapeau quand il était assis, afin

d'être toujours prêt à s'élancer sur les victimes qui se montraient à l'horizon. Ce système de persécution est encore en vigueur, à ce que je crois. La dernière fois que je me rendis aux *Commons*, un homme très poli, revêtu d'un tablier blanc, me sauta dessus tout à coup murmurant à mon oreille les mots sacramentels : « Une autorisation de mariage ? » et ce fut à grand'peine que je l'empêchai de m'emporter à bras jusque dans une étude de procureur.

Mais après cette digression passons à Douvres.

Je trouvai tout dans un état très satisfaisant, et je pus flatter les passions de ma tante en lui racontant que son locataire avait hérité de ses antipathies et faisait aux ânes une guerre acharnée. Je passai une nuit à Douvres pour terminer quelques petites affaires, puis je me rendis le lendemain matin de bonne heure à Canterbury. Nous étions en hiver : le temps frais et le vent piquant ranimèrent un peu mes esprits.

J'errai lentement au milieu des rues antiques de Canterbury avec un plaisir tranquille, qui me soulagea le cœur. J'y revoyais les enseignes, les noms, les figures que j'avais connus jadis. Il me semblait qu'il y avait si longtemps que j'avais été en pension dans cette ville, que je n'aurais pu comprendre qu'elle eût subi si peu de changements, si je n'avais songé que j'avais bien peu changé moi-même. Ce qui est étrange, c'est que l'influence douce et paisible qu'exerçait sur moi la pensée d'Agnès, semblait se répandre sur le lieu même qu'elle habitait. Je trouvais à toutes choses un air de sérénité, une apparence calme et pensive aux tours de la vénérable cathédrale comme aux vieux corbeaux dont les cris lugubres semblaient donner à ces bâtiments antiques quelque chose de plus solitaire que n'aurait pu le faire un silence absolu ; aux portes en ruines, jadis décorées de statues, aujourd'hui renversées et réduites en poussière avec les pèlerins respectueux qui leur rendaient hommage, comme aux niches silencieuses où le lierre centenaire rampait jusqu'au toit le long des

murailles pendantes aux vieilles maisons, comme au
paysage champêtre ; au verger comme au jardin : tout
semblait porter en soi, comme Agnès, l'esprit de calme
innocent, baume souverain d'une âme agitée.

Arrivé à la porte de M. Wickfield, je trouvai
M. Micawber qui faisait courir sa plume avec la plus
grande activité dans la petite pièce du rez-de-chaussée,
où se tenait autrefois Uriah Heep. Il était *tout de noir
habillé*, et sa massive personne remplissait complètement le petit bureau où il travaillait.

M. Micawber parut à la fois charmé et un peu embarrassé de me voir. Il voulait me mener immédiatement
chez Uriah, mais je m'y refusai.

« Je connais cette maison de vieille date, lui dis-je, je
saurai bien trouver mon chemin. Eh bien ! qu'est-ce que
vous dites du droit, M. Micawber ?

— Mon cher Copperfield, me répondit-il, pour un
homme doué d'une imagination transcendante, les
études de droit ont un très mauvais côté : elles le noient
dans les détails. Même dans notre correspondance
d'affaires, dit M. Micawber en jetant les yeux sur des
lettres qu'il écrivait, l'esprit n'est pas libre de prendre un
essor d'expression sublime qui puisse le satisfaire. Malgré ça, c'est un grand travail ! un grand travail ! »

Il me dit ensuite qu'il était devenu locataire de la
vieille maison d'Uriah Heep, et que mistress Micawber
serait ravi de me recevoir encore une fois sous son toit.

« C'est une humble demeure, dit M. Micawber, pour
me servir d'une expression favorite de mon ami Heep ;
mais, peut-être nous servira-t-elle de marchepied pour
nous élever à des agencements domiciliaires plus ambi-
tieux. »

Je lui demandai s'il était satisfait de la façon dont le
traitait son ami Heep. Il commença par s'assurer si la
porte était bien fermée, puis il me répondit à voix
basse :

« Mon cher Copperfield, quand on est sous le coup
d'embarras pécuniaires, on est, vis-à-vis de la plupart

des gens, dans une position très fâcheuse, et ce qui n'améliore pas cette situation, c'est lorsque ces embarras pécuniaires vous obligent à demander vos émoluments avant leur échéance légale. Tout ce que je puis vous dire, c'est que mon ami Heep a répondu à des appels auxquels je ne veux pas faire plus ample allusion, d'une façon qui fait également honneur et à sa tête et à son cœur.

— Je ne le supposais pas si prodigue de son argent! remarquai-je.

— Pardonnez-moi! dit M. Micawber d'un air contraint, j'en parle par expérience.

— Je suis charmé que l'expérience vous ait si bien réussi, répondis-je.

— Vous êtes bien bon, mon cher Copperfield, dit M. Micawber, et il se mit à fredonner un air.

— Voyez-vous souvent M. Wickfield? demandai-je pour changer de sujet.

— Pas très souvent, dit M. Micawber d'un air méprisant; M. Wickfield est à coup sûr rempli des meilleures intentions, mais... mais... Bref, il n'est plus bon à rien.

— J'ai peur que son associé ne fasse tout ce qu'il faut pour cela.

— Mon cher Copperfield! reprit M. Micawber après plusieurs évolutions qu'il exécutait sur son escabeau d'un air embarrassé. Permettez-moi de vous faire une observation. Je suis ici sur un pied d'intimité: j'occupe un poste de confiance; mes fonctions ne sauraient me permettre de discuter certains sujets, pas même avec mistress Micawber (elle qui a été si longtemps la compagne des vicissitudes de ma vie, et qui est une femme d'une lucidité d'intelligence remarquable). Je prendrai donc la liberté de vous faire observer que, dans nos rapports amicaux qui ne seront jamais troublés, j'espère, je désire faire deux parts. D'un côté, dit M. Micawber en traçant une ligne sur son pupitre, nous placerons tout ce que peut atteindre l'intelligence humaine, avec une seule petite exception; de l'autre, se trouvera cette seule exception, c'est-à-dire les affaires de MM. Wickfield-et-Heep et tout ce qui y a trait. J'ai la confiance que je n'offense pas le compagnon de ma jeunesse, en faisant à son jugement éclairé et discret une semblable proposition. »

Je voyais bien que M. Micawber avait changé d'allures ; il semblait que ses nouveaux devoirs lui imposassent une gêne pénible, mais cependant je n'avais pas le droit de me sentir offensé. Il en parut soulagé et me tendit la main.

« Je suis enchanté de miss Wickfield, Copperfield, je vous le jure, dit M. Micawber. C'est une charmante jeune personne, pleine de charmes, de grâce et de vertu. Sur mon honneur, dit M. Micawber en faisant le salut le plus galant, comme pour envoyer un baiser, je rends hommage à miss Wickfield ! Hum !

— J'en suis charmé, lui dis-je.

— Si vous ne nous aviez pas assuré, mon cher Copperfield, le jour où nous avons eu le plaisir de passer la matinée avec vous, que le *D* était votre lettre de prédilection, j'aurais été convaincu que c'était l'*A* que vous préfériez. »

Il y a des moments, tout le monde a passé par là, où ce que nous disons, ce que nous faisons, nous croyons l'avoir déjà dit, l'avoir déjà fait à une époque éloignée, il y a bien, bien longtemps ; où nous nous rappelons que nous avons été, il y a des siècles, entourés des mêmes personnes, des mêmes objets, des mêmes incidents ; où nous savons parfaitement d'avance ce qu'on va nous dire après, comme si nous nous en souvenions tout à coup ! Jamais je n'avais éprouvé plus vivement ce sentiment mystérieux, qu'avant d'entendre ces paroles de la bouche de M. Micawber.

Je le quittai bientôt en le priant de transmettre tous mes souvenirs à sa famille. Il reprit sa place et sa plume, se frotta le front comme pour se remettre à son travail ; je voyais bien qu'il y avait dans ses nouvelles fonctions quelque chose qui nous empêcherait d'être désormais aussi intimes que par le passé.

Il n'y avait personne dans le vieux salon, mais mistress Heep y avait laissé des traces de son passage. J'ouvris la porte de la chambre d'Agnès : elle était assise près du feu et écrivait devant son vieux pupitre en bois sculpté.

Elle leva la tête pour voir qui venait d'entrer. Quel plaisir pour moi d'observer l'air joyeux que prit à ma vue ce visage réfléchi, et d'être reçu avec tant de bonté et d'affection !

« Ah ! lui dis-je, Agnès, quand nous fûmes assis à côté l'un de l'autre, vous m'avez bien manqué depuis quelque temps !

— Vraiment ? répondit-elle. Il n'y a pourtant pas longtemps que vous nous avez quittés ! »

Je secouai la tête.

« Je ne sais pas comment cela se fait, Agnès ; mais il me manque évidemment quelque faculté que je voudrais avoir. Vous m'aviez si bien habitué à vous laisser penser pour moi dans le bon vieux temps ; je venais si naturellement m'inspirer de vos conseils et chercher votre aide, que je crains vraiment d'avoir perdu l'usage d'une faculté dont je n'avais pas besoin près de vous.

— Mais qu'est-ce donc ? dit gaiement Agnès.

— Je ne sais pas quel nom lui donner, répondis-je, je crois que je suis sérieux et persévérant !

— J'en suis sûre, dit Agnès.

— Et patient, Agnès ? repris-je avec un peu d'hésitation.

— Oui, dit Agnès en riant, assez patient !

— Et cependant, dis-je, je suis quelquefois si malheureux et si agité, je suis si irrésolu et si incapable de prendre un parti, qu'évidemment il me manque, comment donc dire ?... qu'il me manque un point d'appui !

— Soit, dit Agnès.

— Tenez ! repris-je, vous n'avez qu'à voir vous-même. Vous venez à Londres, je me laisse guider par vous ; aussitôt je trouve un but et une direction. Ce but m'échappe, je viens ici, et en un instant je suis un autre homme. Les circonstances qui m'affligeaient n'ont pas changé, depuis que je suis entré dans cette chambre; mais, dans ce court espace de temps, j'ai subi une influence qui me transforme, qui me rend meilleur! Qu'est-ce donc, Agnès, quel est votre secret? »

Elle avait la tête penchée, les yeux fixés vers le feu.

« C'est toujours ma vieille histoire », lui dis-je. Ne riez pas si je vous dis que c'est maintenant pour les grandes choses, comme c'était jadis pour les petites. Mes chagrins d'autrefois aient des enfantillages, aujourd'hui ils sont sérieux; mais toutes les fois que j'ai quitté ma sœur adoptive...

Agnès leva la tête : quel céleste visage! et me tendit sa main, que je baisai.

« Toutes les fois, Agnès, que vous n'avez pas été près de moi pour me conseiller et me donner, au début, votre approbation, je me suis égaré, je me suis engagé dans une foule de difficultés. Quand je suis venu vous retrouver, à la fin (comme je fais toujours), j'ai retrouvé en même temps la paix et le bonheur. Aujourd'hui encore, me voilà revenu au logis, pauvre voyageur fatigué, et vous ne vous figurez pas la douceur du repos que je goûte déjà près de vous. »

Je sentais si profondément ce que je disais, et j'étais si véritablement ému, que la voix me manqua; je cachai ma tête dans mes mains, et je me mis à pleurer. Je n'écris ici que l'exacte vérité! Je ne songeais ni aux contradictions ni aux inconséquences qui se trouvaient dans mon cœur, comme dans celui de la plupart des hommes; je ne me disais pas que j'aurais pu faire tout autrement et mieux que je n'avais fait jusque-là, ni que j'avais eu grand tort de fermer volontairement l'oreille au cri de ma conscience : non, tout ce que je savais, c'est que j'étais de bonne foi, quand je lui disais avec tant de ferveur que près d'elle je retrouvais le repos et la paix.

Elle calma bientôt cet élan de sensibilité, par l'expression de sa douce et fraternelle affection, par ses yeux rayonnants, par sa voix pleine de tendresse; et, avec ce

calme charmant qui m'avait toujours fait regarder sa
demeure comme un lieu béni, elle releva mon courage
et m'amena naturellement à lui raconter tout ce qui
s'était passé depuis notre dernière entrevue.

« Et je n'ai rien de plus à vous dire, Agnès, ajoutai-je,
quand ma confidence fut terminée, si ce n'est que,
maintenant, je compte entièrement sur vous.

— Mais ce n'est pas sur moi qu'il faut compter, Trotwood, reprit Agnès, avec un doux sourire ; c'est sur une
autre.

— Sur Dora ? dis-je.

— Assurément.

— Mais, Agnès, je ne vous ai pas dit, répondis-je avec
un peu d'embarras, qu'il est difficile, je ne dirai pas de
compter sur Dora, car elle est la droiture et la fermeté
mêmes ; mais enfin qu'il est difficile, je ne sais comment
m'exprimer, Agnès... Elle est timide, elle se trouble et
s'effarouche aisément. Quelque temps avant la mort de
son père, j'ai cru devoir lui parler... Mais si vous avez la
patience de m'écouter, je vous raconterai tout. »

En conséquence, je racontai à Agnès ce que j'avais dit
à Dora de ma pauvreté, du livre de cuisine, du livre des
comptes, etc., etc., etc.

« Oh ! Trotwood ! reprit-elle avec un sourire, vous êtes
bien toujours le même. Vous aviez raison de vouloir
chercher à vous tirer d'affaire en ce monde : mais fallait-il y aller si brusquement avec une jeune fille timide,
aimante et sans expérience ! Pauvre Dora ! »

Jamais voix humaine ne put parler avec plus de bonté
et de douceur que la sienne, en me faisant cette
réponse. Il me semblait que je la voyais prendre avec
amour Dora dans ses bras, pour l'embrasser tendrement ; il me semblait qu'elle me reprochait tacitement,
par sa généreuse protection, de m'être trop hâté de
troubler ce petit cœur ; il me semblait que je voyais
Dora, avec toute sa grâce naïve, caresser Agnès, la
remercier, et en appeler doucement à sa justice pour
s'en faire une auxiliaire contre moi, sans cesser de
m'aimer de toute la force de son innocence enfantine.

Comme j'étais reconnaissant envers Agnès, comme je l'admirais! Je les voyais toutes deux, dans une ravissante perspective, intimement unies, plus charmantes encore, par cette union, l'une et l'autre.

« Que dois-je faire maintenant, Agnès? lui demandai-je, après avoir contemplé le feu. Que me conseillez-vous de faire?

— Je crois, dit Agnès, que la marche honorable à suivre, c'est d'écrire à ces deux dames. Ne croyez-vous pas qu'il serait indigne de vous de faire des cachotteries?

— Certainement, puisque vous le croyez, lui dis-je.

— Je suis mauvais juge en ces matières, répondit Agnès avec une modeste hésitation; mais il me semble... en un mot je trouve que ce ne serait pas vous montrer digne de vous même, que de recourir à des moyens clandestins.

— Vous avez trop bonne opinion de moi, Agnès, j'en ai peur!

— Ce ne serait pas digne de votre franchise habituelle, répliqua-t-elle. J'écrirais à ces deux dames; je leur raconterais aussi simplement et aussi ouvertement que possible, tout ce qui s'est passé, et je leur demanderais la permission de venir quelquefois chez elles. Comme vous êtes jeune, et que vous n'avez pas encore de position dans le monde, je crois que vous feriez bien de dire que vous vous soumettez volontiers à toutes les conditions qu'elles voudront vous imposer. Je les conjurerais de ne pas repousser ma demande, sans en avoir fait part à Dora, et de la discuter avec elle, quand cela leur paraîtrait convenable. Je ne serais pas trop ardent, dit Agnès doucement, ni trop exigeant; j'aurais foi en ma fidélité, en ma persévérance, et en Dora!

— Mais si Dora allait s'effaroucher, Agnès, quand on lui parlera de cela; si elle allait se mettre encore à pleurer, sans vouloir rien dire de moi!

— Est-ce vraisemblable? demanda Agnès, avec le plus affectueux intérêt.

— Ma foi, je n'en jurerais pas ! elle prend peur et s'effarouche comme un petit oiseau. Et si les miss Spenlow ne trouvent pas convenable qu'on s'adresse à elles (les vieilles filles sont parfois si bizarres)...

— Je ne crois pas, Trotwood, dit Agnès, en levant doucement les yeux vers moi ; qu'il faille se préoccuper beaucoup de cela. Il vaut mieux, selon moi, se demander simplement s'il est bien de le faire, et, si c'est bien, ne pas hésiter. »

Je n'hésitai pas plus longtemps. Je me sentais le cœur plus léger, quoique très pénétré de l'immense importance de ma tâche, et je me promis d'employer toute mon après-midi à composer ma lettre. Agnès m'abandonna son pupitre, pour composer mon brouillon : Mais je commençai d'abord par descendre voir M. Wickfield et Uriah Heep.

Je trouvai Uriah installé dans un nouveau cabinet, qui exhalait une odeur de plâtre encore frais, et qu'on avait construit dans le jardin. Jamais mine plus basse ne figura au milieu d'une masse pareille de livres et de papiers. Il me reçut avec sa servilité accoutumée, faisant semblant de ne pas avoir su, de M. Micawber, mon arrivée, ce dont je me permis de douter. Il me conduisit dans le cabinet de M. Wickfield, ou plutôt dans l'ombre de son ancien cabinet, car on l'avait dépouillé d'une foule de commodités au profit du nouvel associé. M. Wickfield et moi nous échangeâmes nos salutations mutuelles tandis qu'Uriah se tenait debout devant le feu, se frottant le menton de sa main osseuse.

« Vous allez demeurer chez nous, Trotwood, tout le temps que vous comptez passer à Canterbury ? dit M. Wickfield, non sans jeter à Uriah un regard qui semblait demander son approbation.

— Avez-vous de la place pour moi ? lui dis-je.

— Je suis prêt, maître Copperfield, je devrais dire monsieur, mais c'est un mot de camaraderie qui me vient naturellement à la bouche, dit Uriah ; je suis prêt à vous rendre votre ancienne chambre, si cela peut vous être agréable.

— Non, non, dit M. Wickfield, pourquoi vous déranger? il y a une autre chambre; il y a une autre chambre.

— Oh! mais, reprit Uriah, en faisant une assez laide grimace, je serais véritablement enchanté! »

Pour en finir, je déclarai que j'accepterais l'autre chambre, ou que j'irais loger ailleurs; on se décida donc pour l'autre chambre, puis je pris congé des associés, et je remontai.

J'espérais ne trouver en haut d'autre compagnie qu'Agnès, mais mistress Heep avait demandé la permission de venir s'établir près du feu, elle et son tricot, sous prétexte que la chambre d'Agnès était mieux exposée. Dans le salon, ou dans la salle à manger, elle souffrait cruellement de ses rhumatismes. Je l'aurais bien volontiers, et sans le moindre remords, exposée à toute la furie du vent sur le clocher de la cathédrale, mais il fallait faire de nécessité vertu, et je lui dis bonjour d'un ton amical.

« Je vous remercie bien humblement, monsieur, dit mistress Heep, quand je lui eus demandé des nouvelles de sa santé; je vais tout doucement. Il n'y a pas de quoi se vanter. Si je pouvais voir mon Uriah bien casé, je ne demanderais plus rien, je vous assure! Comment avez-vous trouvé mon petit Uriah, monsieur? »

Je l'avais trouvé tout aussi affreux qu'à l'ordinaire; je répondis qu'il ne m'avait pas paru changé.

« Ah! vous ne le trouvez pas changé? dit mistress Heep; je vous demande humblement la permission de ne pas être de votre avis. Vous ne le trouvez pas maigre?

— Pas plus qu'à l'ordinaire, répondis-je.

— Vraiment! dit mistress Heep; c'est que vous ne le voyez pas avec l'œil d'une mère. »

L'œil d'une mère me parut être un mauvais œil pour le reste de l'espèce humaine, quand elle le dirigea sur moi, quelque tendre qu'il pût être pour lui, et je crois qu'elle et son fils s'appartenaient exclusivement l'un à l'autre. L'œil de mistress Heep passa de moi à Agnès.

« Et vous, miss Wickfield, ne trouvez-vous pas qu'il est bien changé ? demanda mistress Heep.

— Non, dit Agnès, tout en continuant tranquillement à travailler. Vous vous inquiétez trop ; il est très bien ! »

Mistress Heep renifla de toute sa force, et se remit à tricoter.

Elle ne quitta un seul instant ni nous, ni son tricot. J'étais arrivé vers midi, et nous avions encore bien des heures devant nous avant celle du dîner ; mais elle ne bougeait pas, ses aiguilles se remuaient avec la monotonie d'un sablier qui se vide. Elle était assise à un coin de la cheminée : j'étais établi au pupitre en face du foyer : Agnès était de l'autre côté, pas loin de moi. Toutes les fois que je levais les yeux, tandis que je composais lentement mon épître, je voyais devant moi le pensif visage d'Agnès, qui m'inspirait du courage, par sa douce et angélique expression ; mais je sentais en même temps le mauvais œil qui me regardait, pour se diriger de là sur Agnès, et revenir ensuite à moi, pour retomber furtivement sur son tricot. Je ne suis pas assez versé dans l'art du tricot, pour pouvoir dire ce qu'elle fabriquait, mais, assise là, près du feu, faisant mouvoir ses longues aiguilles, mistress Heep ressemblait à une mauvaise fée, momentanément retenue dans ses mauvais desseins par l'ange assis en face d'elle, mais toute prête à profiter d'un bon moment pour enlacer sa proie dans ses odieux filets.

Pendant le dîner, elle continua à nous surveiller avec le même regard. Après le dîner, son fils prit sa place, et une fois que nous fûmes seuls, au dessert, M. Wickfield, lui et moi, il se mit à m'observer, du coin de l'œil, tout en se livrant aux plus odieuses contorsions. Dans le salon, nous retrouvâmes la mère, fidèle à son tricot et à sa surveillance. Tant qu'Agnès chanta et fit de la musique, la mère était installée à côté du piano. Une fois, elle demanda à Agnès de chanter une ballade, que son Ury aimait à la folie (pendant ce temps-là, ledit Ury bâillait dans son fauteuil) ; puis elle le regardait, et racontait à Agnès qu'il était dans l'enthousiasme. Elle n'ouvrait presque jamais la bouche sans prononcer le nom de son fils. Il devint évident pour moi, que c'était une consigne qu'on lui avait donnée.

Cela dura jusqu'à l'heure de se coucher. Je me sentais si mal à l'aise, à force d'avoir vu la mère et le fils obscurcir cette demeure de leur atroce présence, comme deux grandes chauves-souris planant sur la maison, que j'aurais encore mieux aimé rester debout toute la nuit, avec le tricot et le reste, que d'aller me coucher. Je fermai à peine les yeux. Le lendemain, nouvelle répétition du tricot et de la surveillance, qui dura tout le jour.

Je ne pus trouver dix minutes pour parler à Agnès : c'est à peine si j'eus le temps de lui montrer ma lettre. Je lui proposai de sortir avec moi, mais mistress Heep répéta tant de fois qu'elle était très souffrante, qu'Agnès eut la charité de rester pour lui tenir compagnie. Vers le soir, je sortis seul, pour réfléchir à ce que je devais faire, embarrassé de savoir s'il m'était permis de taire plus longtemps à Agnès ce qu'Uriah Heep m'avait dit à Londres ; car cela commençait à m'inquiéter extrêmement.

Je n'étais pas encore sorti de la ville, du côté de la route de Ramsgate, où il faisait bon se promener, quand je m'entendis appeler, dans l'obscurité, par quelqu'un qui venait derrière moi. Il était impossible de se méprendre à cette redingote râpée, à cette démarche dégingandée ; je m'arrêtai pour attendre Uriah Heep.

« Eh bien ? dis-je.

— Comme vous marchez vite ! dit-il ; j'ai les jambes assez longues, mais vous les avez joliment exercées !

— Où allez-vous ?

— Je viens avec vous, maître Copperfield, si vous voulez permettre à un ancien camarade de vous accompagner. » Et en disant cela, avec un mouvement saccadé, qui pouvait être pris pour une courbette ou pour une moquerie, il se mit à marcher à côté de moi.

« Uriah ! lui dis-je aussi poliment que je pus, après un moment de silence.

— Maître Copperfield ! me répondit Uriah.

— A vous dire vrai (n'en soyez pas choqué), je suis sorti seul, parce que j'étais un peu fatigué d'avoir été si longtemps en compagnie. »

Il me regarda de travers, et me dit avec une horrible grimace :

« C'est de ma mère que vous voulez parler ?

— Mais oui.

— Ah ! dame ! vous savez, nous sommes si humbles, reprit-il ; et connaissant, comme nous le faisons, notre humble condition, nous sommes obligés de veiller à ce que ceux qui ne sont pas humbles comme nous, ne nous marchent pas sur le pied. En amour, tous les stratagèmes sont de bonne guerre, monsieur. »

Et se frottant doucement le menton de ses deux grandes mains, il fit entendre un petit grognement. Je n'avais jamais vu une créature humaine qui ressemblât autant à un mauvais babouin.

« C'est que, voyez-vous, dit-il, tout en continuant de se caresser ainsi le visage et en hochant la tête, vous êtes un bien dangereux rival, maître Copperfield, et vous l'avez toujours été, convenez-en !

— Quoi ! c'est à cause de moi que vous montez la garde autour de miss Wickfield, et que vous lui ôtez toute liberté dans sa propre maison ? lui dis-je.

— Oh ! maître Copperfield ! voilà des paroles bien dures, répliqua-t-il.

— Vous pouvez prendre mes paroles comme bon vous semble ; mais vous savez aussi bien que moi ce que je veux vous dire, Uriah.

— Oh non ! il faut que vous me l'expliquiez, dit-il ; je ne vous comprends pas.

— Supposez-vous, lui dis-je, en m'efforçant, à cause d'Agnès, de rester calme ; supposez-vous que miss Wickfield soit pour moi autre chose qu'une sœur tendrement aimée ?

— Ma foi ! Copperfield, je ne suis pas forcé de répondre à cette question. Peut-être que oui, peut-être que non. »

Je n'ai jamais rien vu de comparable à l'ignoble expression de ce visage, à ces yeux chauves, sans l'ombre d'un cil.

« Alors venez ! lui dis-je ; pour l'amour de miss Wickfield...

— Mon Agnès ! s'écria-t-il, avec un tortillement anguleux plus que dégoûtant. Soyez assez bon pour l'appeler Agnès, maître Copperfield !

— Pour l'amour d'Agnès Wickfield... que Dieu bénisse !

— Je vous remercie de ce souhait, maître Copperfield !

— Je vais vous dire ce que, dans tout autre circonstance, j'aurais autant songé à dire à... Jacques Retch.

— A qui, monsieur ? dit Uriah, tendant le cou, et abritant son oreille de sa main, pour mieux entendre.

— Au bourreau, repris-je ; c'est-à-dire à la dernière personne à qui l'on dût penser... Et pourtant il faut être franc, c'était le visage d'Uriah qui m'avait suggéré naturellement cette allusion. Je suis fiancé à une autre personne. J'espère que cela vous satisfait ?

— Parole d'honneur ? » dit Uriah.

J'allais répéter ma déclaration avec une certaine indignation, quand il s'empara de ma main, et la pressa fortement.

« Oh, maître Copperfield ! dit-il ; si vous aviez seulement daigné me témoigner cette confiance, quand je vous ai révélé l'état de mon âme, le jour où je vous ai tant dérangé en venant coucher dans votre salon, jamais je n'aurais songé à douter de vous. Puisqu'il en est ainsi, je m'en vais renvoyer immédiatement ma mère ; trop heureux de vous donner cette marque de confiance. Vous excuserez, j'espère, des précautions inspirées par l'affection. Quel dommage, maître Copperfield, que vous n'ayez pas daigné me rendre confidence pour confidence ! je vous en ai pourtant offert bien des occasions, mais vous n'avez jamais eu pour

moi toute la bienveillance que j'aurais souhaitée. Oh
non ! bien sûr, vous ne m'avez jamais aimé, comme je
vous aimais ! »

Et, tout en disant cela, il me serrait la main entre ses
doigts humides et visqueux. En vain, je m'efforçai de
me dégager. Il passa mon bras sous la manche de son
paletot chocolat, et je fus ainsi forcé de l'accompagner.

« Revenons-nous à la maison ? dit Uriah, en reprenant le chemin de la ville. » La lune commençait à éclairer les fenêtres de ses rayons argentés.

« Avant de quitter ce sujet, lui dis-je après un assez
long silence, il faut que vous sachiez bien, qu'à mes
yeux, Agnès Wickfield est aussi élevée au-dessus de
vous et aussi loin de *toutes* vos prétentions, que la lune
qui nous éclaire !

— Elle est si paisible, n'est-ce pas ? dit Uriah ; mais
avouez, maître Copperfield, que vous ne m'avez jamais
aimé comme je vous aimais. Vous me trouviez trop
humble, j'en suis sûr.

— Je n'aime pas qu'on fasse tant profession d'humilité, pas plus que d'autre chose, répondis-je.

— Là ! dit Uriah, le visage plus pâle et plus terne
encore que de coutume ; j'en étais sûr. Mais vous ne
savez pas, maître Copperfield, à quel point l'humilité
convient à une personne dans ma situation. Mon père
et moi nous avons été élevés dans une école de charité ;
ma mère a été aussi élevée dans un établissement de
même nature. Du matin au soir, on nous enseignait à
être humbles, et pas grand'chose avec. Nous devions
être humbles envers celui-ci, et humbles envers celui-là ;
ici, il fallait ôter notre casquette ; là, il fallait faire la
révérence, ne jamais oublier notre situation, et toujours
nous abaisser devant nos supérieurs ; Dieu sait combien
nous en avions de supérieurs ! Si mon père a gagné la
médaille de moniteur, c'est à force d'humilité ; et moi de
même. Si mon père est devenu sacristain, c'est à force
d'humilité. Il avait la réputation, parmi les gens bien
élevés, de savoir si bien se tenir à sa place, qu'on était

décidé à le pousser. « Soyez humble, Uriah, disait mon père, et vous ferez votre chemin. » C'est ce qu'on nous a rabâché, à vous comme à moi, à l'école ; et c'est ce qui réussit le mieux. « Soyez humble, disait-il, et vous parviendrez. » Et réellement, ça n'a pas trop mal tourné.

Pour la première fois, j'apprenais que ce détestable semblant d'humilité était héréditaire dans la famille Heep : j'avais vu la récolte, mais je n'avais jamais pensé aux semailles.

« Je n'étais pas plus grand que ça, dit Uriah, que j'appris à apprécier l'humilité et à en faire mon profit. Je mangeais mon humble chausson de pommes de bon appétit. Je n'ai pas voulu pousser trop loin mes humbles études, et je me suis dit : « Tiens bon ! » Vous m'avez offert de m'enseigner le latin, mais pas si bête ! Mon père me disait toujours : « Les gens aiment à vous dominer, courbez la tête et laissez faire. » En ce moment, par exemple, je suis bien humble, maître Copperfield, mais ça n'empêche pas que j'ai déjà acquis quelque pouvoir ! »

Tout ce qu'il me disait là, je lisais bien sur son visage, au clair de la lune, que c'était tout bonnement pour me faire comprendre qu'il était décidé à se servir de ce pouvoir-là. Je n'avais jamais mis en doute sa bassesse, sa ruse et sa malice ; mais je commençais seulement alors à comprendre tout ce que la longue contrainte de sa jeunesse avait amassé dans cette âme vile et basse de vengeance impitoyable.

Ce qu'il y eut de plus satisfaisant dans ce récit dégoûtant qu'il venait de me faire, c'est qu'il me lâcha le bras pour pouvoir encore se prendre le menton à deux mains. Une fois séparé de lui, j'étais décidé à garder cette position. Nous marchâmes à une certaine distance l'un de l'autre, n'échangeant que quelques mots.

Je ne sais ce qui l'avait mis en gaieté, si c'était la communication que je lui avais faite, ou le récit qu'il m'avait prodigué de son passé ; mais il était beaucoup plus en train que de coutume. A dîner, il parla beaucoup ; il demanda à sa mère (qu'il avait relevée de faction à notre retour de la promenade) s'il n'était pas bien temps qu'il se mariât; et une fois il jeta sur Agnès un tel regard que j'aurais donné tout au monde pour qu'il me fût permis de l'assommer.

Lorsque nous restâmes seuls après le dîner, M. Wickfield, lui et moi, Uriah se lança plus encore. Il n'avait bu que très peu de vin : ce n'était donc pas là ce qui pouvait l'exciter; il fallait que ce fût l'ivresse de son triomphe insolent, et le désir d'en faire parade en ma présence.

La veille, j'avais remarqué qu'il cherchait à faire boire M. Wickfield; et, sur un regard que m'avait lancé Agnès en quittant la chambre, j'avais proposé, au bout de cinq minutes, que nous allassions rejoindre miss Wickfield au salon. J'étais sur le point d'en faire autant, mais Uriah me devança.

« Nous voyons rarement notre visiteur d'aujourd'hui, dit-il en s'adressant à M. Wickfield assis à l'autre bout de la table (quel contraste dans les deux pendants!), et si vous n'y aviez pas d'objection, nous pourrions vider un ou deux verres de vin à sa santé. Monsieur Copperfield, je bois à votre santé et à votre prospérité! »

Je fus obligé de toucher, pour la forme, la main qu'il me tendait à travers la table, puis je pris, avec une émotion bien différente, la main de sa pauvre victime.

« Allons, mon brave associé, dit Uriah, permettez-moi de vous donner l'exemple, en buvant encore à la santé de quelque ami de Copperfield! »

Je passe rapidement sur les divers toasts proposés par M. Wickfield, à ma tante, à M. Dick, à la Cour des Doctors'-Commons, à Uriah. A chaque santé il vidait deux fois son verre, tout en sentant sa faiblesse et en luttant vainement contre cette misérable passion : pauvre homme! comme il souffrait de la conduite d'Uriah, et pourtant comme il cherchait à se le concilier. Heep triomphait et se tordait de plaisir, il faisait trophée du vaincu, dont il étalait la honte à mes yeux. J'en avais le cœur serré; maintenant encore, ma main répugne à l'écrire.

« Allons, mon brave associé, dit enfin Uriah; à mon
tour à vous en proposer une; mais je demande humblement qu'on nous donne de grands verres : buvons à la
plus divine de son sexe. »

Le père d'Agnès avait à la main son verre vide. Il le
posa, fixa les yeux sur le portrait de sa fille, porta la
main à son front, puis retomba dans son fauteuil.

« Je ne suis qu'un bien humble personnage pour vous
proposer sa santé, reprit Uriah; mais je l'admire, ou
plutôt je l'adore! »

Quelle angoisse que celle de ce père qui pressait
convulsivement sa tête grise dans ses deux mains pour y
comprimer une souffrance intérieure plus cruelle à voir
mille fois que toutes les douleurs physiques qu'il pût
jamais endurer!

« Agnès, dit Uriah sans faire attention à l'état de
M. Wickfield ou sans vouloir paraître le comprendre,
Agnès Wickfield est, je puis le dire, la plus divine des
femmes. Tenez, on peut parler librement, entre amis, eh
bien! on peut être fier d'être son père, mais être son
mari... »

Dieu m'épargne d'entendre jamais un cri comme
celui que poussa M. Wickfield en se relevant tout à
coup.

« Qu'est-ce qu'il a donc? dit Uriah qui devint pâle
comme la mort. Ah çà! ce n'est pas un accès de folie,
j'espère, monsieur Wickfield? J'ai tout autant de droit
qu'un autre à dire, ce me semble, qu'un jour votre Agnès
sera mon Agnès! J'y ai même plus de droit que personne. »

Je jetai mes bras autour de M. Wickfield, je le conjurai, au nom de tout ce que je pus imaginer, de se calmer, mais surtout au nom de son affection pour Agnès.
Il était hors de lui, il s'arrachait les cheveux, il se frappait le front, il essayait de me repousser loin de lui, sans
répondre un seul mot, sans voir qui que ce fût, sans
savoir, hélas! dans son désespoir aveugle, ce qu'il voulait, le visage fixe et bouleversé. Quel spectacle
effrayant!

Je le conjurai, dans ma douleur, de ne pas s'abandonner à cette angoisse et de vouloir bien m'écouter. Je le suppliai de songer à Agnès ; à Agnès et à moi ; de se rappeler comment Agnès et moi nous avions grandi ensemble, elle que j'aimais et que je respectais, elle qui était son orgueil et sa joie. Je m'efforçai de remettre sa fille devant ses yeux ; je lui reprochai même de ne pas avoir assez de fermeté pour lui épargner la connaissance d'une pareille scène. Je ne sais si mes paroles eurent quelque effet, ou si la violence de sa passion finit par s'user d'elle-même ; mais peu à peu il se calma, il commença à me regarder, d'abord avec égarement, puis avec une lueur de raison. Enfin il me dit : « Je le sais, Trotwood ! ma fille chérie et vous... je le sais ! Mais lui, regardez-le ! »

Il me montrait Uriah, pâle et tremblant dans un coin. Évidemment le drôle avait fait une école : il s'était attendu à tout autre chose.

« Regardez mon bourreau, reprit M. Wickfield. Voilà l'homme qui m'a fait perdre, petit à petit, mon nom, ma réputation, ma paix, le bonheur de mon foyer domestique.

— Dites plutôt que c'est moi qui vous ai conservé votre nom, votre réputation, votre paix et le bonheur de votre foyer, dit Uriah en cherchant d'un air maussade, boudeur et déconfit, à raccommoder les choses. Ne vous fâchez pas, monsieur Wickfield : si j'ai été un peu plus loin que vous ne vous y attendiez, je peux bien reculer un peu, je pense ! Après tout, où est donc le mal ?

— Je savais que chacun avait son but dans la vie, dit M. Wickfield, et je croyais me l'être attaché par des motifs d'intérêt. Mais, voyez !... oh ! voyez ce que c'est que cet homme-là !

— Vous ferez bien de le faire taire, Copperfield, si vous pouvez, s'écria Uriah en tournant vers moi ses mains osseuses. Il va dire, faites-y bien attention, il va dire des choses qu'il sera fâché d'avoir dites après, et que vous serez fâché vous-même d'avoir entendues !

— Je dirai tout! s'écria M. Wickfield d'un air désespéré. Puisque je suis à votre merci, pourquoi ne me
mettrais-je pas à la merci du monde entier?

— Prenez garde, vous dis-je, reprit Uriah en continuant de s'adresser à moi; si vous ne le faites pas taire,
c'est que vous n'êtes pas son ami. Vous demandez pourquoi vous ne vous mettriez pas à la merci du monde
entier, monsieur Wickfield? parce que vous avez une
fille. Vous et moi nous savons ce que nous savons,
n'est-ce pas? Ne réveillons pas le chat qui dort! Ce n'est
pas moi qui en aurais l'imprudence; vous voyez bien
que je suis aussi humble que faire se peut. Je vous dis
que si j'ai été trop loin, j'en suis fâché. Que voulez-vous
de plus, monsieur?

— Oh! Trotwood, Trotwood! s'écria M. Wickfield en
se tordant les mains. Je suis tombé bien bas depuis que
je vous ai vu pour la première fois dans cette maison!
J'étais déjà sur cette fatale pente, mais, hélas! que de
chemin, quel triste chemin j'ai parcouru depuis! C'est
ma faiblesse qui m'a perdu. Ah! si j'avais eu la force de
moins me rappeler ou de moins oublier! Le souvenir
douloureux de la perte que j'avais faite en perdant la
mère de mon enfant est devenu une maladie: mon
amour pour mon enfant, poussé jusqu'à l'oubli de tout
le reste, m'a porté le dernier coup. Une fois atteint de ce
mal incurable, j'ai infecté à mon tour tout ce que j'ai
touché. J'ai causé le malheur de tout ce que j'aime si
tendrement: vous savez si je l'aime! J'ai cru possible
d'aimer une créature au monde à l'exclusion de toutes
les autres; j'ai cru possible d'en pleurer une qui avait
quitté le monde, sans pleurer avec ceux qui pleurent.
Voilà comme j'ai gâté ma vie. Je me suis dévoré le cœur
dans une lâche tristesse, et il se venge en me dévorant à
son tour. J'ai été égoïste dans ma douleur, égoïste dans
mon amour, égoïste dans le soin avec lequel je me suis
fait ma part de la douleur et de l'affection communes.
Et maintenant, je ne suis plus qu'une ruine; voyez, oh!
voyez ma misère! Fuyez-moi! haïssez-moi! »

Il tomba sur une chaise et se mit à sangloter. Il n'était plus soutenu par l'exaltation de son chagrin. Uriah sortit de son coin.

« Je ne sais pas tout ce que j'ai pu faire dans ma folie, dit M. Wickfield en étendant les mains comme pour me conjurer de ne pas le condamner encore ; mais il le sait, lui qui s'est toujours tenu à mon côté pour me souffler ce que je devais faire. Vous voyez le boulet qu'il m'a mis au pied ; vous le trouvez installé dans ma maison, vous le trouvez fourré dans toutes mes affaires. Vous l'avez entendu, il n'y a qu'un moment ! Que pourrais-je vous dire de plus ?

— Vous n'avez pas besoin de rien dire de plus, vous auriez même mieux fait de ne rien dire du tout, repartit Uriah d'un air à la fois arrogant et servile. Vous ne vous seriez pas mis dans ce bel état si vous n'aviez pas tant bu ; vous vous en repentirez demain, monsieur. Si j'en ai dit moi-même un peu plus que je ne voulais peut-être, le beau malheur ! Vous voyez bien que je n'y ai pas mis d'obstination. »

La porte s'ouvrit, Agnès entra doucement, pâle comme une morte ; elle passa son bras autour du cou de son père, et lui dit avec fermeté :

« Papa, vous n'êtes pas bien, venez avec moi ! »

Il laissa tomber sa tête sur l'épaule de sa fille, comme accablé de honte, et ils sortirent ensemble. Les yeux d'Agnès rencontrèrent les miens : je vis qu'elle savait ce qui s'était passé.

« Je ne croyais pas qu'il prît la chose de travers comme cela, maître Copperfield, dit Uriah, mais ce n'est rien. Demain nous serons raccommodés. C'est pour son bien. Je désire humblement son bien. »

Je ne lui répondis pas un mot, et je montai dans la tranquille petite chambre où Agnès était venue si souvent s'asseoir près de moi pendant que je travaillais : J'y restai assez tard, sans que personne vînt m'y tenir compagnie. Je pris un livre et j'essayai de lire ; j'entendis les horloges sonner minuit, et je lisais encore sans

savoir ce que je lisais, quand Agnès me toucha doucement l'épaule.

« Vous partez de bonne heure demain, Trotwood, je
viens vous dire adieu. »

Elle avait pleuré, mais son visage était redevenu beau
et calme.

« Que Dieu vous bénisse ! dit-elle en me tendant la
main.

— Ma chère Agnès, répondis-je, je vois que vous ne
voulez pas que je vous *en* parle ce soir ; mais n'y a-t-il
rien à faire ?

— Se confier en Dieu ! reprit-elle.

— Ne puis-je rien faire... moi qui viens vous ennuyer
de mes pauvres chagrins ?

— Vous en rendez les miens moins amers, répondit-
elle, mon cher Trotwood !

— Ma chère Agnès, c'est une grande présomption de
ma part que de prétendre à vous donner un conseil, moi
qui ai si peu de ce que vous possédez à un si haut degré,
de bonté, de courage, de noblesse ; mais vous savez
combien je vous aime et tout ce que je vous dois. Agnès,
vous ne vous sacrifierez jamais à un devoir mal
compris ? »

Elle recula d'un pas et quitta ma main. Jamais je ne
l'avais vue si agitée.

« Dites-moi que vous n'avez pas une telle pensée,
chère Agnès. Vous qui êtes pour moi plus qu'une sœur,
pensez à ce que valent un cœur comme le vôtre, un
amour comme le vôtre. »

Ah ! que de fois depuis j'ai revu en pensée cette douce
figure et ce regard d'un instant, ce regard où il n'y avait
ni étonnement, ni reproche, ni regret ! Que de fois
depuis j'ai revu le charmant sourire avec lequel elle me
dit qu'elle était tranquille sur elle-même, qu'il ne fallait
donc pas craindre pour elle ; puis elle m'appela son frère
et disparut !

Il faisait encore nuit le lendemain matin quand je
montai sur la diligence à la porte de l'auberge. Nous
allions partir et le jour commençait à poindre, lorsqu'au

moment où ma pensée se reportait vers Agnès, j'aperçus la tête d'Uriah qui grimpait à côté de moi.

« Copperfield, me dit-il à voix basse tout en s'accrochant à la voiture, j'ai pensé que vous seriez bien aise d'apprendre, avant votre départ, que tout était arrangé. J'ai déjà été dans sa chambre, et je vous l'ai rendu doux comme un agneau. Voyez-vous, j'ai beau être humble, je lui suis utile; et quand il n'est pas en ribote, il comprend ses intérêts! Quel homme aimable, après tout, n'est-ce pas, maître Copperfield? »

Je pris sur moi de lui dire que j'étais bien aise qu'il eût fait ses excuses.

« Oh! certainement, dit Uriah; quand on est humble, vous savez, qu'est-ce que ça fait de demander excuse? C'est si facile. A propos, je suppose, maître Copperfield, ajouta-t-il avec une légère contorsion, qu'il vous est arrivé quelquefois de cueillir une poire avant qu'elle fût mûre?

— C'est assez probable, répondis-je.

— C'est ce que j'ai fait hier soir, dit Uriah; mais la poire mûrira! Il n'y a qu'à y veiller. Je puis attendre. »

Et tout en m'accablant d'adieux, il descendit au moment où le conducteur montait sur son siège. Autant que je puis croire, il mangeait sans doute quelque chose pour éviter de humer le froid du matin; du moins, à voir le mouvement de sa bouche, on aurait dit que la poire était déjà mûre et qu'il la savourait en faisant claquer ses lèvres.

CHAPITRE X

Triste voyage à l'aventure

Nous eûmes ce soir-là à Buckingham-Street une conversation très sérieuse sur les événements domestiques que j'ai racontés en détail, dans le dernier chapitre. Ma tante y prenait le plus grand intérêt, et, pendant plus de deux heures, elle arpenta la chambre, les bras croisés. Toutes les fois qu'elle avait quelque sujet particulier de déconvenue, elle accomplissait une prouesse pédestre de ce genre, et l'on pouvait toujours mesurer l'étendue de cette déconvenue à la durée de sa promenade. Ce jour-là, elle était tellement émue qu'elle jugea à propos d'ouvrir la porte de sa chambre à coucher, pour se donner du champ, parcourant les deux pièces d'un bout à l'autre, et tandis qu'avec M. Dick, nous étions paisiblement assis près du feu, elle passait et repassait à côté de nous, toujours en ligne droite, avec la régularité d'un balancier de pendule.

M. Dick nous quitta bientôt pour aller se coucher ; je me mis à écrire une lettre aux deux vieilles tantes de Dora. Ma tante, à moi, fatiguée de tant d'exercice, finit par venir s'asseoir près du feu, sa robe relevée comme de coutume. Mais au lieu de poser son verre sur son genou, comme elle faisait souvent, elle le plaça négligemment sur la cheminée, et le coude gauche appuyé sur le bras droit, tandis que son menton reposait sur sa main gauche, elle me regardait d'un air pensif. Toutes les fois que je levais les yeux, j'étais sûr de rencontrer les siens.

« Je vous aime de tout mon cœur, Trotwood, me répétait-elle, mais je suis agacée et triste. »

J'étais trop occupée de ce que j'écrivais, pour avoir remarqué, avant qu'elle se fût retirée pour se coucher, qu'elle avait laissé ce soir-là sur la cheminée, sans y toucher, ce qu'elle appelait sa potion pour la nuit. Quand elle fut rentrée dans sa chambre, j'allai frapper à sa porte pour lui faire part de cette découverte ; elle vint m'ouvrir et me dit avec plus de tendresse encore que de coutume :

« Merci, Trot, mais je n'ai pas le courage de la boire ce soir. » Puis elle secoua la tête et rentra chez elle.

Le lendemain matin, elle lut ma lettre aux deux vieilles dames, et l'approuva. Je la mis à la poste ; il ne me restait plus rien à faire que d'attendre la réponse, aussi patiemment que je pourrais. Il y avait déjà près d'une semaine que j'attendais, quand je quittai un soir la maison du docteur pour revenir chez moi.

Il avait fait très froid dans la journée, avec un vent de nord-est qui vous coupait la figure. Mais le vent avait molli dans la soirée, et la neige avait commencé à tomber par gros flocons; elle couvrait déjà partout le sol : on n'entendait ni le bruit des roues, ni le pas des piétons; on eût dit que les rues étaient rembourrées de plume.

Le chemin le plus court pour rentrer chez moi (ce fut naturellement celui que je pris ce soir-là) me menait par la ruelle Saint-Martin. Dans ce temps-là, l'église qui a donné son nom à cette ruelle étroite n'était pas dégagée comme aujourd'hui; il n'y avait seulement pas d'espace ouvert devant le porche, et la ruelle faisait un coude pour aboutir au Strand. En passant devant les marches de l'église, je rencontrai au coin une femme. Elle me regarda, traversa la rue, et disparut. Je reconnus ce visage-là, je l'avais vu quelque part, sans pouvoir dire où. Il se liait dans ma pensée avec quelque chose qui m'allait droit au cœur. Mais, comme au moment où je la rencontrai, je pensais à autre chose, ce ne fut pour moi qu'une idée confuse.

Sur les marches de l'église, un homme venait de déposer un paquet au milieu de la neige; il se baissa pour arranger quelque chose : je le vis en même temps que cette femme. J'étais à peine remis de ma surprise, quand il se releva et se dirigea vers moi. Je me trouvai vis-à-vis de M. Peggotty.

Alors je me rappelai qui était cette femme. C'était Marthe, celle à qui Émilie avait remis de l'argent un soir dans la cuisine, Marthe Endell, à côté de laquelle M. Peggotty n'aurait jamais voulu voir sa nièce chérie, pour tous les trésors que l'océan recelait dans son sein. Ham me l'avait dit bien des fois.

Nous nous serrâmes affectueusement la main. Nous ne pouvions parler ni l'un ni l'autre.

« Monsieur Davy ! dit-il en pressant ma main entre les siennes, cela me fait du bien de vous revoir. Bonne rencontre, monsieur, bonne rencontre !

— Oui, certainement, mon vieil ami, lui dis-je.

— J'avais eu l'idée de vous aller trouver ce soir, monsieur, dit-il ; mais sachant que votre tante vivait avec vous, car j'ai été de ce côté-là, sur la route de Yarmouth, j'ai craint qu'il ne fût trop tard. Je comptais vous voir demain matin, monsieur, avant de repartir. Oui, monsieur, répétait-il, en secouant patiemment la tête, je repars demain.

— Et où allez-vous ? lui demandai-je.

— Ah ! répliqua-t-il en faisant tomber la neige qui couvrait ses longs cheveux, je m'en vais faire encore un voyage. »

Dans ce temps-là il y avait une allée qui conduisait de l'église Saint-Martin à la cour de la Croix-d'Or, cette auberge qui était si étroitement liée dans mon esprit au malheur de mon pauvre ami. Je lui montrai la grille ; je pris son bras et nous entrâmes. Deux ou trois des salles de l'auberge donnaient sur la cour ; nous vîmes du feu dans l'une de ces pièces, et je l'y menai.

Quand on nous eut apporté de la lumière, je remarquai que ses cheveux étaient longs et en désordre. Son visage était brûlé par le soleil. Les rides de son front étaient plus profondes, comme s'il avait péniblement erré sous les climats les plus divers ; mais il avait toujours l'air très robuste, et si décidé à accomplir son dessein qu'il comptait pour rien la fatigue. Il secoua la neige de ses vêtements et de son chapeau, s'essuya le visage qui en était couvert, puis s'asseyant en face de moi près d'une table, le dos tourné à la porte d'entrée, il me tendit sa main ridée et serra cordialement la mienne.

« Je vais vous dire, maître Davy, où j'ai été, et ce que j'ai appris. J'ai été loin, et je n'ai pas appris grand'chose, mais je vais vous le dire ! »

Je sonnai pour demander à boire. Il ne voulut rien

prendre que de l'ale, et, tandis qu'on la faisait chauffer, il paraissait réfléchir. Il y avait dans toute sa personne une gravité profonde et imposante que je n'osais pas troubler.

« Quand elle était enfant, me dit-il en relevant la tête lorsque nous fûmes seuls, elle me parlait souvent de la mer ; du pays où la mer était couleur d'azur, et où elle étincelait au soleil. Je pensais, dans ce temps-là, que c'était parce que son père était noyé, qu'elle y songeait tant. Peut-être croyait-elle ou espérait-elle, me disais-je, qu'il avait été entraîné vers ces rives, où les fleurs sont toujours épanouies, et le soleil toujours brillant.

— Je crois bien que c'était plutôt une fantaisie d'enfant, répondis-je.

— Quand elle a été... perdue, dit M. Peggotty, j'étais sûr qu'il l'emmènerait dans ces pays-là. Je me doutais qu'il lui en aurait conté merveille pour se faire écouter d'elle, surtout en lui disant qu'il en ferait une dame par là-bas. Quand nous sommes allés voir sa mère, j'ai bien vu tout de suite que j'avais raison. J'ai donc été en France, et j'ai débarqué là comme si je tombais des nues. »

En ce moment, je vis la porte s'entr'ouvrir, et la neige tomber dans la chambre. La porte s'ouvrit un peu plus ; il y avait une main qui la tenait doucement entr'ouverte.

« Là, reprit M. Peggotty, j'ai trouvé un monsieur, un Anglais qui avait de l'autorité, et je lui ai dit que j'allais chercher ma nièce. Il m'a procuré les papiers dont j'avais besoin pour circuler, je ne sais pas bien comment on les appelle : il voulait même me donner de l'argent, mais heureusement je n'en avais pas besoin. Je le remerciai de tout mon cœur pour son obligeance. « J'ai déjà écrit des lettres pour vous recommander à votre arrivée, me dit-il, et je parlerai de vous à des personnes qui prennent le même chemin. Cela fait que, quand vous voyagerez tout seul, loin d'ici, vous vous trouverez en pays de connaissance. » Je lui exprimai de mon mieux ma gratitude, et je me remis en route à travers la France.

— Tout seul, et à pied ? lui dis-je.

— En grande partie à pied, répondit-il, et quelquefois dans des charrettes qui se rendaient au marché, quelquefois dans des voitures qui s'en retournaient à vide. Je faisais bien des milles à pied dans une journée, souvent avec des soldats ou d'autres pauvres diables qui allaient revoir leurs amis. Nous ne pouvions pas nous parler ; mais, c'est égal, nous nous tenions toujours compagnie tout le long de la route, dans la poussière du chemin. »

Comment, en effet, cette voix si bonne et si affectueuse ne lui aurait-elle pas fait trouver des amis partout ?

— Quand j'arrivais dans une ville, continua-t-il, je me rendais à l'auberge, et j'attendais dans la cour qu'il passât quelqu'un qui sût l'anglais (ce n'était pas rare). Alors je leur racontais que je voyageais pour chercher ma nièce, et je me faisais dire quelle espèce de voyageurs il y avait dans la maison puis j'attendais pour voir si elle ne serait pas parmi ceux qui entraient ou qui sortaient. Quand je voyais qu'Émilie n'y était pas, je repartais. Petit à petit, en arrivant dans de nouveaux villages, je m'apercevais qu'on leur avait parlé de moi. Les paysans me priaient d'entrer chez eux, ils me faisaient manger et boire, et me donnaient la couchée. J'ai vu plus d'une femme, maître David, qui avait une fille de l'âge d'Émilie, venir m'attendre à la sortie du village, au pied de la croix de notre Sauveur, pour me faire toute sorte d'amitiés. Il y en avait dont les filles étaient mortes. Dieu seul sait comme ces mères-là étaient bonnes pour moi. »

C'était Marthe qui était à la porte. Je voyais distinctement à présent son visage hagard, avide de nous entendre. Tout ce que je craignais, c'était qu'il ne tournât la tête, et qu'il ne l'aperçût.

« Et bien souvent, dit M. Peggotty, elles mettaient leurs enfants, surtout leurs petites filles, sur mes genoux ; et bien souvent vous auriez pu me voir assis devant leurs portes, le soir, presque comme si c'étaient les enfants de mon Émilie. Oh! ma chère petite Émilie! »

Il se mit à sangloter dans un soudain accès de désespoir. Je passai en tremblant ma main sur la sienne, dont il cherchait à se couvrir le visage.

« Merci, monsieur, me dit-il, ne faites pas attention. »

Au bout d'un moment, il se découvrit les yeux, et continua son récit.

« Souvent, le matin, elles m'accompagnaient un petit bout de chemin, et quand nous nous séparions, et que je leur disais dans ma langue : « Je vous remercie bien! Dieu vous bénisse! » elles avaient toujours l'air de me comprendre, et me répondaient d'un air affable. A la fin, je suis arrivé au bord de la mer. Ce n'était pas difficile, pour un marin comme moi, de gagner son passage jusqu'en Italie. Quand j'ai été arrivé là, j'ai erré comme j'avais fait auparavant. Tout le monde était bon pour moi, et j'aurais peut-être voyagé de ville en ville, ou traversé la campagne, si je n'avais pas entendu dire qu'on l'avait vue dans les montagnes de la Suisse. Quelqu'un qui connaissait son domestique, à *lui*, les avait vus là tous les trois; on me dit même comment ils voyageaient, et où ils étaient. J'ai marché jour et nuit, maître David, pour aller trouver ces montagnes. Plus j'avançais, plus les montagnes semblaient s'éloigner de moi. Mais je les ai atteintes et je les ai franchies. Quand je suis arrivé près du lieu dont on m'avait parlé, j'ai commencé à me dire dans mon cœur : « Qu'est-ce que je vais faire quand je la reverrai? »

Le visage qui était resté à nous écouter, insensible à la rigueur de la nuit, se baissa, et je vis cette femme, à genoux devant la porte et les mains jointes, comme pour me prier, me supplier de ne pas la renvoyer.

« Je n'ai jamais douté d'elle, dit M. Peggotty, non, pas une minute. Si j'avais seulement pu lui faire voir ma figure, lui faire entendre ma voix, représenter à sa pensée la maison d'où elle avait fui, lui rappeler son enfance, je savais bien que, lors même qu'elle serait devenue une princesse du sang royal, elle tomberait à mes genoux. Je le savais bien. Que de fois, dans mon sommeil, je l'ai entendue crier : « Mon oncle ! » et l'ai vue tomber comme morte à mes pieds ! Que de fois, dans mon sommeil, je l'ai relevée en lui disant tout doucement : « Émilie, ma chère, je viens pour vous pardonner et vous emmener avec moi ! »

Il s'arrêta, secoua la tête, puis reprit avec un soupir :
« *Lui*, il n'était plus rien pour moi, Émilie était tout. J'achetai une robe de paysanne pour elle ; je savais bien qu'une fois que je l'aurais retrouvée, elle viendrait avec moi le long de ces routes rocailleuses ; qu'elle irait où je voudrais, et qu'elle ne me quitterait plus jamais, non jamais. Tout ce que je voulais maintenant, c'était de lui faire passer cette robe, et fouler aux pieds celle qu'elle portait ; c'était de la prendre comme autrefois dans mes bras, et puis de retourner vers notre demeure, en nous arrêtant parfois sur la route, pour laisser reposer ses pieds malades, et son cœur, plus malade encore ! Mais *lui*, je crois que je ne l'aurais seulement pas regardé. A quoi bon ? Mais tout cela ne devait pas être, maître David, non pas encore ! J'arrivai trop tard, ils étaient partis. Je ne pus pas même savoir où ils allaient. Les uns disaient par ici, les autres par là. J'ai voyagé par ici et par là, mais je n'ai pas trouvé Émilie, et alors je suis revenu.

— Y a-t-il longtemps ? demandai-je.

— Peu de jours seulement. J'aperçus dans le lointain mon vieux bateau, et la lumière qui brillait dans la cabine, et en m'approchant je vis la fidèle mistress Gummidge, assise toute seule au coin du feu. Je lui criai : « N'ayez pas peur, c'est Daniel ! » et j'entrai. Je n'aurais jamais cru qu'il pût m'arriver d'être si étonné de me retrouver dans ce vieux bateau ! »

Il tira soigneusement d'une poche de son gilet un petit paquet de papiers qui contenait deux ou trois lettres et les posa sur la table.

« Cette première lettre est venue, dit-il, en la triant

parmi les autres, quand il n'y avait pas huit jours que j'étais parti. Il y avait dedans, à mon nom, un billet de banque de cinquante livres sterling ; on l'avait déposée une nuit sous la porte. Elle avait cherché à déguiser son écriture, mais c'était bien impossible avec moi. »

Il replia lentement et avec soin le billet de banque, et le plaça sur la table.

« Cette autre lettre, adressée à mistress Gummidge, est arrivée il y a deux ou trois mois. » Après l'avoir contemplée un moment, il me la passa, ajoutant à voix basse : « Soyez assez bon pour la lire, monsieur. »

Je lus ce qui suit :

« Oh ! que penserez-vous quand vous verrez cette écriture, et que vous saurez que c'est ma main coupable qui trace ces lignes. Mais essayez, essayez, non par amour pour moi, mais par amour pour mon oncle, essayez d'adoucir un moment votre cœur envers moi ! Essayez, je vous en prie, d'avoir pitié d'une pauvre infortunée ; écrivez-moi sur un petit morceau de papier pour me dire s'il se porte bien, et ce qu'il a dit de moi avant que vous ayez renoncé à prononcer mon nom entre vous. Dites-moi, si le soir, vers l'heure où je rentrais autrefois, il a encore l'air de penser à celle qu'il aimait tant. Oh ! mon cœur se brise quand je pense à tout cela ! Je tombe à vos genoux, je vous supplie de ne pas être aussi sévère pour moi que je le mérite... Je sais bien que je le mérite, mais soyez bonne et compatissante, écrivez-moi un mot, et envoyez-le moi. Ne m'appelez plus « ma petite », ne me donnez plus le nom que j'ai déshonoré ; mais ayez pitié de mon angoisse, et soyez assez miséricordieuse pour me parler un peu de mon oncle, puisque jamais, jamais dans ce monde, je ne le reverrai de mes yeux.

« Chère mistress Gummidge, si vous n'avez pas pitié de moi, vous en avez le droit, je le sais, oh ! alors, demandez à celui avec lequel je suis le plus coupable, à celui dont je devais être la femme, s'il faut repousser ma prière. S'il est assez généreux pour vous conseiller le contraire (et je crois qu'il le fera, il est si bon et si indulgent !), alors, mais alors seulement, dites-lui que, quand j'entends la nuit souffler la brise, il me semble qu'elle vient de passer près de lui et de mon oncle, et qu'elle remonte à Dieu pour lui reporter le mal qu'ils ont dit de moi.

Dites-lui que si je mourais demain (oh! comme je voudrais mourir, si je me sentais préparée!) mes dernières paroles seraient pour le bénir lui et mon oncle, et ma dernière prière pour son bonheur! »

Il y avait aussi de l'argent dans cette lettre : cinq livres sterling. M. Peggotty l'avait laissée intacte comme l'autre, et il replia de même le billet. Il y avait aussi des instructions détaillées sur la manière de lui faire parvenir une réponse ; on voyait bien que plusieurs personnes s'en étaient mêlées pour mieux dissimuler l'endroit où elle était cachée ; cependant il paraissait assez probable qu'elle avait écrit du lieu même où on avait dit à M. Peggotty qu'on l'avait vue.

« Et quelle réponse a-t-on faite ?

— Mistress Gummidge n'est pas forte sur l'écriture, reprit-il, et Ham a bien voulu se charger de répondre pour elle. On lui a écrit que j'étais parti pour la chercher, et ce que j'avais dit en m'en allant.

— Est-ce encore une lettre que vous tenez là ?

— Non, c'est de l'argent, monsieur, dit M. Peggotty en le dépliant à demi : dix livres sterling, comme vous voyez ; et il y a écrit en dedans de l'enveloppe « de la part d'une amie véritable ». Mais la première lettre avait été mise sous la porte, et celle-ci est venue par la poste, avant-hier. Je vais aller chercher Émilie dans la ville dont cette lettre porte le timbre. »

Il me le montra. C'était une ville sur les bords du Rhin. Il avait trouvé à Yarmouth quelques marchands étrangers qui connaissaient ce pays-là ; on lui en avait dessiné une espèce de carte, pour mieux lui faire comprendre la chose. Il la posa entre nous sur la table, et me montra son chemin d'une main, tout en appuyant son menton sur l'autre.

Je lui demandai comment allait Ham. Il secoua la tête :

« Il travaille d'arrache-pied, me dit-il : son nom est dans toute la contrée connu et respecté autant qu'un nom peut l'être en ce monde. Chacun est prêt à lui venir en aide, vous comprenez, il est si bon avec tout le monde! On ne l'a jamais entendu se plaindre. Mais ma sœur croit, entre nous, qu'il a reçu là un rude coup.

— Pauvre garçon; je le crois facilement.

— Maître David, reprit M. Peggotty à voix basse, et d'un ton solennel, Ham ne tient plus à la vie. Toutes les fois qu'il faut un homme pour affronter quelque péril en mer, il est là; toutes les fois qu'il y a un poste dangereux à remplir, le voilà parti de l'avant. Et pourtant, il est doux comme un enfant; il n'y a pas un enfant dans tout Yarmouth qui ne le connaisse. »

Il réunit ses lettres d'un air pensif, les replia doucement, et replaça le petit paquet dans sa poche. On ne voyait plus personne à la porte. La neige continuait de tomber; mais voilà tout.

« Eh bien! me dit-il, en regardant son sac, puisque je vous ai vu ce soir, maître David, et cela m'a fait du bien, je partirai de bonne heure demain matin. Vous avez vu ce que j'ai là, et il mettait sa main sur le petit paquet; tout ce qui m'inquiète, c'est la pensée qu'il pourrait m'arriver quelque malheur avant d'avoir rendu cet argent. Si je venais à mourir, et que cet argent fût perdu ou volé, et qu'il pût croire que je l'ai gardé, je crois vraiment que l'autre monde ne pourrait pas me retenir; oui, vraiment, je crois que je reviendrais! »

Il se leva, je me levai aussi, et nous nous serrâmes de nouveau la main.

« Je ferais dix mille milles, dit-il, je marcherais jusqu'au jour où je tomberais mort de fatigue, pour pouvoir lui jeter cet argent à la figure. Que je puisse seulement faire cela et retrouver mon Émilie, et je serai content. Si je ne la retrouve pas, peut-être un jour apprendra-t-elle que son oncle, qui l'aimait tant, n'a cessé de la chercher que quand il a cessé de vivre; et, si je la connais bien, il n'en faudra pas davantage pour la ramener alors au bercail! »

Quand nous sortîmes, la nuit était froide et sombre, et je vis fuir devant nous cette apparition mystérieuse.

Je retins M. Peggotty encore un moment, jusqu'à ce qu'elle eut disparu.

Il me dit qu'il allait passer la nuit dans une auberge, sur la route de Douvres, où il trouverait une bonne chambre. Je l'accompagnai jusqu'au pont de Westminster, puis nous nous séparâmes. Il me semblait que tout dans la nature gardait un silence religieux, par respect pour ce pieux pèlerin qui reprenait lentement sa course solitaire à travers la neige.

Je retournai dans la cour de l'auberge, je cherchai des yeux celle dont le visage m'avait fait une si profonde impression ; elle n'y était plus. La neige avait effacé la trace de nos pas, on ne voyait plus que ceux que je venais d'y imprimer ; encore la neige était si forte qu'ils commençaient à disparaître, le temps seulement de tourner la tête pour les regarder par derrière.

CHAPITRE XI

Les tantes de Dora

A la fin, je reçus une réponse des deux vieilles dames. Elles présentaient leurs compliments à M. Copperfield et l'informaient qu'elles avaient lu sa lettre avec la plus sérieuse attention, « dans l'intérêt des deux parties ». Cette expression me parut assez alarmante, non seulement parce qu'elles s'en étaient déjà servies autrefois dans leur discussion avec leur frère, mais aussi parce que j'avais remarqué que les phrases de convention sont comme ces bouquets de feu d'artifice dont on ne peut prévoir, au départ, la variété de formes et de couleurs qui les diversifient, sans le moindre égard pour leur forme originelle. Ces demoiselles ajoutaient qu'elles ne croyaient pas convenable d'exprimer, « par lettre », leur opinion sur le sujet dont les avait entretenues M. Copperfield ; mais que si M. Copperfield voulait leur faire l'honneur d'une visite, à un jour désigné, elles seraient heureuses d'en converser avec lui ; M. Copperfield pouvait, s'il le jugeait à propos, se faire accompagner d'une personne de confiance.

M. Copperfield répondit immédiatement à cette lettre qu'il présentait à mesdemoiselles Spenlow ses compliments respectueux, qu'il aurait l'honneur de leur rendre visite au jour désigné, et qu'il serait accompagné, comme elles avaient bien voulu le lui permettre, de son ami M. Thomas Traddles, du Temple. Une fois cette lettre expédiée, M. Copperfield tomba dans un état d'agitation nerveuse qui dura jusqu'au jour fixé.

Ce qui augmentait beaucoup mon inquiétude, c'était de ne pouvoir, dans une crise aussi importante, avoir recours aux inestimables services de miss Mills. Mais M. Mills qui semblait prendre à tâche de me contrarier (du moins je le croyais, ce qui revenait au même). M. Mills, dis-je, venait de prendre un parti extrême, en se mettant dans la tête de partir pour les Indes. Je vous demande un peu ce qu'il voulait aller faire aux Indes, si ce n'était pour me vexer ? Vous me direz à cela qu'il n'avait rien à faire dans aucune autre partie du monde, et que celle-là l'intéressait particulièrement, puisque tout son commerce se faisait avec l'Inde. Je ne sais trop quel pouvait être ce commerce (j'avais, sur ce sujet, des notions assez vagues de châles lamés d'or et de dents d'éléphants) ; il avait été à Calcutta dans sa jeunesse, et il voulait retourner s'y établir, en qualité d'associé résident. Mais tout cela m'était bien égal : il n'en était pas moins vrai qu'il allait partir, qu'il emmenait Julia, et que Julia était en voyage pour dire adieu à sa famille ; leur maison était affichée à vendre ou à louer ; leur mobilier (la machine à lessive comme le reste) devait se vendre sur estimation. Voilà donc encore un tremblement de terre sous mes pieds, avant que je fusse encore bien remis du premier.

J'hésitais fort sur la question de savoir comment je devais m'habiller pour le jour solennel : j'étais partagé

entre le désir de paraître à mon avantage, et la crainte
que quelque apprêt dans ma toilette ne vînt altérer ma
réputation d'homme sérieux aux yeux des demoiselles
Spenlow. J'essayai un heureux *mezzo termine* dont ma
tante approuva l'idée, et, pour assurer le succès de notre
entreprise, M. Dick, selon les usages matrimoniaux du
pays, jeta son soulier en l'air derrière Traddles et moi,
comme nous descendions l'escalier.

Malgré toute mon estime pour les bonnes qualités de
Traddles, et malgré toute l'affection que je lui portais, je
ne pouvais m'empêcher, dans une occasion aussi délicate, de souhaiter qu'il n'eût pas pris l'habitude de se
coiffer en brosse, comme il faisait toujours : ses cheveux, dressés en l'air sur sa tête, lui donnaient un air
effaré, je pourrais même dire une mine de balai de crin
dont mes appréhensions superstitieuses ne me faisaient
augurer rien de bon.

Je pris la liberté de le lui dire en chemin et de lui insinuer que, s'il pouvait seulement les aplatir un peu...

« Mon cher Copperfield, dit Traddles en ôtant son
chapeau, et en lissant ses cheveux dans tous les sens,
rien ne saurait m'être plus agréable, mais ils ne veulent
pas.

— Ils ne veulent pas se tenir lisses ?

— Non, dit Traddles. Rien ne peut les y décider.
J'aurais beau porter sur ma tête un poids de cinquante
livres d'ici à Putney, que mes cheveux se redresseraient
aussitôt derechef, dès que le poids aurait disparu. Vous
ne pouvez vous faire une idée de leur entêtement, Copperfield. Je suis comme un porc épic en colère. »

J'avoue que je fus un peu désappointé, tout en lui
sachant gré de sa bonhomie. Je lui dis que j'adorais son
bon caractère, et que certainement il fallait que tout
l'entêtement qu'on peut avoir dans sa personne eût
passé dans ses cheveux, car pour lui, il ne lui en restait
pas trace.

« Oh ! reprit Traddles, en riant, ce n'est pas
d'aujourd'hui que j'ai à me plaindre de ces malheureux

cheveux. La femme de mon oncle ne pouvait pas les
souffrir. Elle disait que ça l'exaspérait. Et cela m'a beaucoup nui, aussi, dans les commencements, quand je
suis devenu amoureux de Sophie. Oh! mais beaucoup!

— Vos cheveux lui déplaisaient?

— Pas à elle, reprit Traddles, mais, sa sœur aînée, la
beauté de la famille, ne pouvait se lasser d'en rire, à ce
qu'il paraît. Le fait est que toutes ses sœurs en font des
gorges chaudes.

— C'est agréable!

— Oh! oui, reprit Traddles avec une innocence ado-
rable, cela nous amuse tous. Elles prétendent que
Sophie a une mèche de mes cheveux dans son pupitre,
et que, pour les tenir aplatis, elle est obligée de les
enfermer dans un livre à fermoir. Nous en rions bien,
allez!

— A propos, mon cher Traddles, votre expérience
pourra m'être utile. Quand vous avez été fiancé à la
jeune personne dont vous venez de me parler, avez-vous
eu à faire à la famille une proposition en forme? Par
exemple, avez-vous eu à accomplir la cérémonie par
laquelle nous allons passer aujourd'hui? ajoutai-je
d'une voix émue.

— Voyez-vous, Copperfield, dit Traddles, et son
visage devint plus sérieux, c'est une affaire qui m'a
donné bien du tourment. Vous comprenez, Sophie est si
utile dans sa famille qu'on ne pouvait pas supporter
l'idée qu'elle pût jamais se marier. Ils avaient même
décidé, entre eux, qu'elle ne se marierait jamais, et on
l'appelait d'avance la vieille fille. Aussi, quand j'en ai dit
un mot à mistress Crewler, avec toutes les précautions
imaginables...

— C'est la mère?

— Oui; son père est le révérend Horace Crewler.
Quand j'ai dit un mot à mistress Crewler, en dépit de
toutes mes précautions oratoires, elle a poussé un
grand cri, et s'est évanouie. Il m'a fallu attendre des
mois entiers avant de pouvoir aborder le même sujet.

— Mais à la fin, pourtant, vous y êtes revenu?

— C'est le révérend Horace, dit Traddles; l'excellent homme! exemplaire dans tous ses rapports; il lui a représenté que, comme chrétienne, elle devait se soumettre à ce sacrifice, d'autant plus que ce n'en était peut-être pas un, et se garder de tout sentiment contraire à la charité à mon égard. Quant à moi, Copperfield, je vous en donne ma parole d'honneur, je me faisais horreur : je me regardais comme un vautour qui venait de fondre sur cette estimable famille.

— Les sœurs ont pris votre parti, Traddles, j'espère?

— Mais je ne peux pas dire ça. Quand mistress Crewler fut un peu réconciliée avec cette idée, nous eûmes à l'annoncer à Sarah. Vous vous rappelez ce que je vous ai dit de Sarah? c'est celle qui a quelque chose dans l'épine dorsale!

— Oh! parfaitement.

— Elle s'est mise à croiser les mains avec angoisse, en me regardant d'un air désolé; puis elle a fermé les yeux, elle est devenue toute verte; son corps était roide comme un bâton, et pendant deux jours elle n'a pu prendre que de l'eau panée, par cuillerées à café.

— C'est donc une fille insupportable, Traddles?

— Je vous demande pardon, Copperfield. C'est une personne charmante, mais elle a tant de sensibilité! Le fait est qu'elles sont toutes comme ça. Sophie m'a dit ensuite que rien ne pourrait jamais me donner une idée des reproches qu'elle s'était adressées à elle-même, tandis qu'elle soignait Sarah. Je suis sûr qu'elle en a dû bien souffrir, Copperfield; j'en juge par moi, car j'étais là comme un vrai criminel. Quand Sarah a été guérie, il a fallu l'annoncer aux huit autres, et sur chacune d'elles l'effet a été des plus attendrissants. Les deux petites que Sophie élève commencent seulement maintenant à ne pas me détester.

— Mais enfin, ils sont tous maintenant réconciliés avec cette idée, j'espère?

— Oui... oui, à tout prendre, je crois qu'ils se sont

résignés, dit Traddles d'un ton de doute. A vrai dire, nous évitons d'en parler : ce qui les console beaucoup, c'est l'incertitude de mon avenir et la médiocrité de ma situation. Mais, si jamais nous nous marions, il y aura une scène déplorable. Cela ressemblera bien plus à un enterrement qu'à une noce, et ils m'en voudront tous à la mort de la leur ravir. »

Son visage avait une expression de candeur à la fois sérieuse et comique, dont le souvenir me frappe peut-être plus encore à présent que sur le moment, car j'étais alors dans un tel état d'anxiété et de tremblement pour moi-même, que j'étais tout à fait incapable de fixer mon attention sur quoi que ce fût. A mesure que nous approchions de la maison des demoiselles Spenlow, je me sentais si peu rassuré sur mes dehors personnels et sur ma présence d'esprit, que Traddles me proposa, pour me remettre, de boire quelque chose de légèrement excitant, comme un verre d'ale. Il me conduisit à un café voisin, puis, au sortir de là, je me dirigeai d'un pas tremblant vers la porte de ces demoiselles.

J'eus comme une vague sensation que nous étions arrivés, quand je vis une servante nous ouvrir la porte. Il me sembla que j'entrais en chancelant dans un vestibule où il y avait un baromètre, et qui donnait sur un tout petit salon au rez-de-chaussée. Le salon ouvrait sur un joli petit jardin. Puis, je crois que je m'assis sur un canapé, que Traddles ôta son chapeau, et que ses cheveux, en se redressant, lui donnèrent l'air d'une de ces petites figures d'épouvantail à ressort qui sortent d'une boîte quand on lève le couvercle. Je crois avoir entendu une vieille pendule rococo qui ornait la cheminée faire tic tac, et que j'essayai de mettre celui de mon cœur à l'unisson; mais bah! il battait trop fort. Je crois que je cherchai des yeux quelque chose qui me rappelât Dora, et que je ne vis rien. Je crois aussi que j'entendis Jip aboyer dans le lointain et que quelqu'un étouffa aussitôt ses cris. Enfin, je manquai de pousser du coup Traddles dans la cheminée, en faisant la révérence, avec une

extrême confusion, à deux vieilles petites dames habillées en noir, qui ressemblaient à deux diminutifs ratatinés de feu M. Spenlow.

« Asseyez-vous, je vous prie, dit l'une des deux petites
dames. »

Quand j'eus cessé de faire tomber Traddles et que
j'eus trouvé un autre siège qu'un chat sur lequel je
m'étais premièrement installé, je recouvrai suffisamment mes sens pour m'apercevoir que M. Spenlow
devait évidemment être le plus jeune de la famille ; il
devait y avoir six ou huit ans de différence entre les
deux sœurs. La plus jeune paraissait chargée de diriger
la conférence, d'autant qu'elle tenait ma lettre à la main
(ma pauvre lettre ! je la reconnaissais bien, et pourtant
je tremblais de la reconnaître), et qu'elle la consultait de
temps en temps avec son lorgnon. Les deux sœurs
étaient habillées de même, mais la plus jeune avait
pourtant dans sa personne je ne sais quoi d'un peu plus
juvénile ; et aussi dans sa toilette quelque dentelle de
plus à son col ou à sa chemisette, peut-être une broche
ou un bracelet, ou quelque chose comme cela qui lui
donnait un air plus lutin. Toutes deux étaient roides,
calmes et compassées. La sœur qui ne tenait pas ma
lettre avait les bras croisés sur la poitrine, comme une
idole.

« M. Copperfield, je pense ? dit la sœur qui tenait ma
lettre, en s'adressant à Traddles. »

Quel effroyable début ! Traddles, obligé d'expliquer
que c'était moi qui étais M. Copperfield, et moi réduit à
réclamer ma personnalité ! et elles forcées à leur tour de
se défaire d'une opinion préconçue que Traddles était
M. Copperfield. Jugez comme c'était agréable ! et par-
dessus le marché nous entendions très distinctement
deux petits aboiements de Jip, puis sa voix fut encore
étouffée.

« Monsieur Copperfield ! » dit la sœur qui tenait la
lettre.

Je fis je ne sais quoi, je saluai probablement, puis je

prêtai l'oreille la plus attentive à ce que me dit l'autre sœur.

« Ma sœur Savinia étant plus versée que moi dans de pareilles matières va vous dire ce que nous croyons qu'il y ait de mieux à faire dans l'intérêt des deux parties. »

Je découvris plus tard que miss Savinia faisait autorité pour les affaires de cœur, parce qu'il avait existé jadis un certain M. Pidger, qui jouait au whist, et qui avait été, à ce qu'on croyait, amoureux d'elle. Mon opinion personnelle, c'est que la supposition était entièrement gratuite et que Pidger était parfaitement innocent d'un tel sentiment ; ce qu'il y a de sûr, c'est que je n'ai jamais entendu dire qu'il en eût donné la moindre atteinte. Mais enfin, miss Savinia et miss Clarissa croyaient comme un article de foi qu'il aurait déclaré sa passion s'il n'avait été emporté, à la fleur de l'âge (il avait environ soixante ans), par l'abus des liqueurs fortes, corrigé ensuite mal à propos par l'abus des eaux de Bath, comme antidote. Elles avaient même un secret soupçon qu'il était mort d'un amour rentré, celui qu'il portait à Savinia. Je dois dire que le portrait qu'elles avaient conservé de lui présentait un nez cramoisi qui ne paraissait pas avoir autrement souffert de cet amour dissimulé.

« Nous ne voulons pas, dit miss Savinia, remonter dans le passé jusqu'à l'origine de la chose. La mort de notre pauvre frère Francis a effacé tout cela.

— Nous n'avions pas, dit miss Clarissa, de fréquents rapports avec notre frère Francis ; mais il n'y avait point de division ni de désunion positive entre nous. Francis est resté de son côté, nous du nôtre. Nous avons trouvé que c'était ce qu'il y avait de mieux à faire dans l'intérêt des deux parties, et c'était vrai. »

Les deux sœurs se penchaient également en avant pour parler, puis elles secouaient la tête et se redressaient quand elles avaient fini. Miss Clarissa ne remuait jamais les bras. Elle jouait quelquefois du piano dessus avec ses doigts, des menuets et des marches, je suppose, mais ses bras n'en restaient pas moins immobiles.

« La position de notre nièce, du moins sa position supposée, est bien changée depuis la mort de notre frère Francis. Nous devons donc croire, dit miss Savinia, que l'avis de notre frère sur la position de sa fille n'a plus la même importance. Nous n'avons pas de raison de douter, M. Copperfield, que vous ne possédiez une excellente réputation et un caractère honorable, ni que vous ayez de l'attachement pour notre nièce, ou du moins que vous ne croyiez fermement avoir de l'attachement pour elle. »

Je répondis, comme je n'avais garde en aucun cas d'en laisser échapper l'occasion, que jamais personne n'avait aimé quelqu'un comme j'aimais Dora. Traddles me prêta main-forte par un murmure confirmatif.

Miss Savinia allait faire quelque remarque quand miss Clarissa, qui semblait poursuivie sans cesse du besoin de faire allusion à son frère Francis, reprit la parole.

« Si la mère de Dora, dit-elle, nous avait dit, le jour où elle épousa notre frère Francis, qu'il n'y avait pas de place pour nous à sa table, cela aurait mieux valu dans l'intérêt des deux parties.

— Ma sœur Clarissa, dit miss Savinia, peut-être vaudrait-il mieux laisser cela de côté.

— Ma sœur Savinia, dit miss Clarissa, cela a rapport au sujet. Je ne me permettrai pas de me mêler de la branche du sujet qui vous regarde. Vous seule êtes compétente pour en parler. Mais, quant à cette autre branche du sujet, je me réserve ma voix et mon opinion. Il aurait mieux valu, dans l'intérêt des deux parties, que la mère de Dora nous exprimât clairement ses intentions le jour où elle a épousé notre frère Francis. Nous aurions su à quoi nous en tenir. Nous lui aurions dit : « Ne prenez pas la peine de nous inviter jamais », et tout malentendu aurait été évité. »

Quand miss Clarissa eut fini de secouer la tête, miss Savinia reprit la parole, tout en consultant ma lettre à travers son lorgnon. Les deux sœurs avaient de

petits yeux ronds et brillants qui ressemblaient à des
yeux d'oiseau. En général, elles avaient beaucoup de
rapport avec de petits oiseaux, et il y avait dans leur ton
bref, prompt et brusque, comme aussi dans le soin pro-
pret avec lequel elles rajustaient leur toilette, quelque
chose qui rappelait la nature et les mœurs des canaris.

Miss Savinia reprit donc la parole.

« Vous nous demandez, monsieur Copperfield, à ma
sœur Clarissa et à moi, l'autorisation de venir nous visiter, comme fiancé de notre nièce?

— S'il a convenu à notre frère Francis, dit miss Clarissa qui éclata de nouveau (si tant est qu'on puisse dire
éclater en parlant d'une interruption faite d'un air si
calme), s'il lui a plu de s'entourer de l'atmosphère des
Doctors'-Commons, avions-nous le droit ou le désir de
nous y opposer? Non, certainement. Nous n'avons
jamais cherché à nous imposer à personne. Mais pourquoi ne pas le dire? mon frère Francis et sa femme
étaient bien maîtres de choisir leur société, comme ma
sœur Clarissa et moi de choisir la nôtre. Nous sommes
assez grandes pour ne pas nous en laisser manquer, je
suppose! »

Comme cette apostrophe semblait s'adresser à
Traddles et à moi, nous nous crûmes obligés d'y faire
quelque réponse. Traddles parla trop bas, on ne put
l'entendre; moi, je dis, à ce que je crois, que cela faisait
le plus grand honneur à tout le monde. Je ne sais pas du
tout ce que je voulais dire par là.

« Ma sœur Savinia, dit miss Clarissa maintenant
qu'elle venait de se soulager le cœur, continuez. »

Miss Savinia continua :

« Monsieur Copperfield, ma sœur Clarissa et moi
nous avons mûrement réfléchi au sujet de votre lettre;
et, avant d'y réfléchir, nous avons commencé par la
montrer à notre nièce et par la discuter avec elle. Nous
ne doutons pas que vous ne croyiez l'aimer beaucoup.

— Si je crois l'aimer, madame! oh!... »

J'allais entrer en extase; mais miss Clarissa me lança

un tel regard (exactement celui d'un petit serin), comme pour me prier de ne pas interrompre l'oracle, que je me tus en demandant pardon.

« L'affection, dit miss Savinia en regardant sa sœur comme pour lui demander de l'appuyer de son assentiment, et miss Clarissa n'y manquait pas à la fin de chaque phrase par un petit hochement de tête *ad hoc*, l'affection solide, le respect, le dévouement ont de la peine à s'exprimer. Leur voix est faible. Modeste et réservé, l'amour se cache, il attend, il attend toujours. C'est comme un fruit qui attend sa maturité. Souvent la vie se passe, et il reste encore à mûrir à l'ombre. »

Naturellement, je ne compris pas alors que c'était une allusion aux souffrances présumées du malheureux Pidger ; je vis seulement, à la gravité avec laquelle miss Clarissa remuait la tête, qu'il y avait un grand sens dans ces paroles.

« Les inclinations légères (car je ne saurais les comparer avec les sentiments solides dont je parle), continua miss Savinia, les inclinations légères des petits jeunes gens ne sont auprès de cela que ce que la poussière est au roc. Il est si difficile de savoir si elles ont un fondement solide, que ma sœur Clarissa et moi nous ne savions que faire, en vérité, monsieur Copperfield, et vous monsieur...

— Traddles, dit mon ami en voyant qu'on le regardait.

— Je vous demande pardon, monsieur Traddles du Temple, je crois ? dit miss Clarissa en lorgnant encore la lettre.

— Précisément », dit Traddles, et il devint rouge comme un coq.

« Je n'avais encore reçu aucun encouragement positif, mais il me semblait remarquer que les deux petites sœurs, et surtout miss Savinia, se complaisaient dans cette nouvelle question d'intérêt domestique ; qu'elles cherchaient à en tirer tout le parti possible, à la faire durer le plus possible, et cela me donnait bon espoir. Je croyais voir que miss Savinia serait ravie d'avoir à gouverner deux jeunes amants, comme Dora et moi, et que miss Clarissa serait presque aussi contente de la voir nous gouverner, en se donnant de temps à autre le plaisir de disserter sur la branche de la question qu'elle s'était réservée pour sa part. Cela me donna le courage de déclarer avec la plus grande chaleur que j'aimais Dora plus que je ne pouvais le dire, ou qu'on ne pouvait le croire ; que tous mes amis savaient combien je l'aimais ; que ma tante, Agnès, Traddles, tous ceux qui me connaissaient, savaient combien mon amour pour elle m'avait rendu sérieux. J'appelai Traddles en témoignage. Traddles prit feu comme s'il se plongeait à corps perdu dans un débat parlementaire, et vint noblement à mon aide ; évidemment, ses paroles simples, sensées et pratiques produisirent une impression favorable.

« J'ai, s'il m'est permis de le dire, une certaine expérience en cette matière, dit Traddles ; je suis fiancé à une jeune personne qui est l'aînée de dix enfants, en Devonshire, et même pour le moment je ne vois aucune probabilité que nous puissions nous marier.

— Vous pourrez donc confirmer ce que j'ai dit, M. Traddles, repartit miss Savinia, à laquelle il inspirait évidemment un intérêt tout nouveau, sur l'affection modeste et réservée qui sait attendre, et toujours attendre.

— Entièrement », madame, dit Traddles.

Miss Clarissa regarda miss Savinia en lui faisant un signe de tête plein de gravité. Miss Savinia regarda miss Clarissa d'un air sentimental et poussa un léger soupir.

« Ma sœur Savinia, dit miss Clarissa, prenez mon flacon. »

Miss Savinia se réconforta au moyen des sels de sa sœur, puis elle continua d'une voix plus faible, tandis que Traddles et moi nous la regardions avec sollicitude.

« Nous avons eu de grands doutes, ma sœur et moi, monsieur Traddles, sur la marche qu'il convenait de

suivre quant à l'attachement, ou du moins quant à
l'attachement supposé de deux petits jeunes gens
comme votre ami M. Copperfield et notre nièce.

— L'enfant de notre frère Francis, fit remarquer
miss Clarissa. Si la femme de notre frère Francis avait,
de son vivant, jugé convenable (bien qu'elle eût certainement le droit d'agir différemment) d'inviter la
famille à dîner chez elle, nous connaîtrions mieux
aujourd'hui l'enfant de notre frère Francis. Ma sœur
Savinia, continuez. »

Miss Savinia retourna ma lettre, pour en remettre
l'adresse sous ses yeux, puis elle parcourut avec son lorgnon quelques notes bien alignées qu'elle y avait inscrites.

« Il nous semble prudent, monsieur Traddles, dit-elle,
de juger par nous-mêmes de la profondeur de tels sentiments. Pour le moment nous n'en savons rien, et nous
ne pouvons savoir ce qu'il en est réellement; tout ce que
nous croyons donc pouvoir faire, c'est d'autoriser
M. Copperfield à nous venir voir.

— Je n'oublierai jamais votre bonté, mademoiselle,
m'écriai-je, le cœur soulagé d'un grand poids.

— Mais, pour le moment, reprit miss Savinia, nous
désirons, monsieur Traddles, que ces visites s'adressent
à nous. Nous ne voulons sanctionner aucun engagement positif entre M. Copperfield et notre nièce, avant
que nous ayons eu l'occasion...

— Avant que *vous* ayez eu l'occasion, ma sœur Savinia, dit miss Clarissa.

— Je le veux bien, répondit miss Savinia, avec un
soupir, avant que j'aie eu l'occasion d'en juger.

— Copperfield, dit Traddles en se tournant vers moi,
vous sentez, j'en suis sûr, qu'on ne saurait rien dire de
plus raisonnable ni de plus sensé.

— Non, certainement, m'écriai-je, et j'y suis on ne
peut plus sensible.

— Dans l'état actuel des choses, dit miss Savinia, qui
eut de nouveau recours à ses notes, et une fois qu'il est

établi sur quel pied nous autorisons les visites de M. Copperfield, nous lui demandons de nous donner sa parole d'honneur qu'il n'aura avec notre nièce aucune communication, de quelque espèce que ce soit, sans que nous en soyons prévenues ; et qu'il ne formera, par rapport à notre nièce, aucun projet, sans nous le soumettre préalablement...

— Sans vous le soumettre, ma sœur Savinia, interrompit miss Clarissa.

— Je le veux bien, Clarissa, répondit miss Savinia d'un ton résigné, à moi personnellement... et sans qu'il ait obtenu notre approbation. Nous en faisons une condition expresse et absolue qui ne devra être enfreinte sous aucun prétexte. Nous avions prié M. Copperfield de se faire accompagner aujourd'hui d'une personne de confiance (et elle se tourna vers Traddles qui salua), afin qu'il ne pût y avoir ni doute ni malentendu sur ce point. M. Copperfield, si vous ou M. Traddles vous avez le moindre scrupule à nous faire cette promesse, je vous prie de prendre du temps pour y réfléchir. »

Je m'écriai, dans mon enthousiasme, que je n'avais pas besoin d'y réfléchir un seul instant de plus. Je jurai solennellement, et, du ton le plus passionné, j'appelai Traddles à me servir de témoin ; je me déclarai d'avance le plus atroce et le plus pervers des hommes si jamais je manquais le moins du monde à cette promesse.

« Attendez, dit miss Savinia en levant la main : avant d'avoir le plaisir de vous recevoir, messieurs, nous avions résolu de vous laisser seuls un quart d'heure, pour vous donner le temps de réfléchir à ce sujet. Permettez-nous de nous retirer. »

En vain je répétai que je n'avais pas besoin d'y réfléchir ; elles persistèrent à se retirer pour un quart d'heure. Les deux petits oiseaux s'en allèrent en sautillant avec dignité, et nous restâmes seuls : moi, transporté dans des régions délicieuses, et Traddles occupé à m'accabler de ses félicitations. Au bout du quart d'heure, ni plus ni moins, elles reparurent, toujours avec la même dignité! A leur sortie le froissement de leurs robes avait fait un léger bruissement comme si elles étaient composées de feuilles d'automne; quand elles revinrent, le même frémissement se fit encore entendre.

Je promis de nouveau d'observer fidèlement la prescription.

« Ma sœur Clarissa, dit miss Savinia, le reste vous regarde. »

Miss Clarissa cessa, pour la première fois, de laisser ses bras croisés, prit ses notes et les regarda.

« Nous serons heureux, dit miss Clarissa, de recevoir M. Copperfield à dîner tous les dimanches, si cela lui convient. Nous dînons à trois heures. »

Je saluai.

« Dans le courant de la semaine, dit miss Clarissa, nous serons charmées que M. Copperfield vienne prendre le thé avec nous. Nous prenons le thé à six heures et demie. »

Je saluai de nouveau.

« Deux fois par semaine, dit miss Clarissa, mais pas plus souvent. »

Je saluai de nouveau.

« Miss Trotwood, dont M. Copperfield fait mention dans sa lettre, dit miss Clarissa, viendra peut-être nous voir. Quand les visites sont utiles, dans l'intérêt des deux parties, nous sommes charmées de recevoir des visites et de les rendre. Mais quand il vaut mieux, dans l'intérêt des deux parties, qu'on ne se fasse point de visites (comme cela nous est arrivé avec mon frère Francis et sa famille) alors c'est tout à fait différent. »

J'assurai que ma tante serait heureuse et fière de faire leur connaissance, et pourtant je dois dire que je n'étais pas bien certain qu'elles dussent toujours s'entendre parfaitement. Toutes les conditions étant donc arrêtées, j'exprimai mes remercîments avec chaleur, et prenant la main, d'abord de miss Clarissa, puis de miss Savinia, je les portai successivement à mes lèvres.

Miss Savinia se leva alors, et priant M. Traddles de nous attendre un instant, elle me demanda de la suivre. J'obéis en tremblant; elle me conduisit dans une anti-chambre. Là je trouvai ma bien-aimée Dora, la tête appuyée contre le mur, et Jip enfermé dans le réchaud pour les assiettes, la tête enveloppée d'une serviette.

Oh! qu'elle était belle dans sa robe de deuil! Comme elle pleura d'abord, et comme j'eus de la peine à la faire sortir de son coin! Et comme nous fûmes heureux tous deux quand elle finit par s'y décider! Quelle joie de tirer Jip du réchaud, de lui rendre la lumière du jour, et de nous trouver tous trois réunis!

« Ma chère Dora! A moi maintenant pour toujours.

— Oh laissez-moi, dit-elle d'un ton suppliant, je vous en prie!

— N'êtes-vous pas à moi pour toujours, Dora?

— Oui, certainement, cria Dora, mais j'ai si peur!

— Peur, ma chérie!

— Oh oui, je ne l'aime pas, dit Dora. Que ne s'en va-t-il?

— Mais qui, mon trésor?

— Votre ami, dit Dora. Est-ce que ça le regarde? Il faut être bien stupide.

— Mon amour! (Jamais je n'ai rien vu de plus sédui-sant que ses manières enfantines.) C'est le meilleur gar-çon!

— Mais qu'avons-nous besoin de bon garçon? dit-elle avec une petite moue.

— Ma chérie, repris-je, vous le connaîtrez bientôt et vous l'aimerez beaucoup. Ma tante aussi va venir vous voir, et je suis sûr que vous l'aimerez aussi de tout votre cœur.

— Oh non, ne l'amenez pas, dit Dora en m'embras-sant d'un petit air épouvanté, et en joignant les mains. Non. Je sais bien que c'est une mauvaise petite vieille. Ne l'amenez pas ici mon bon petit Dody. » (C'était une corruption de David qu'elle employait par amitié.)

Les remontrances n'auraient servi à rien; je me mis à

rire, à la contempler avec amour, avec bonheur : elle me
montra comme Jip savait bien se tenir dans un coin sur
ses jambes de derrière, et il est vrai de dire qu'en effet il
y restait bien le temps que dure un éclair et retombait
aussitôt. Enfin, je ne sais combien de temps j'aurais pu
rester ainsi, sans penser le moins du monde à Traddles,
si miss Savinia n'était pas venue me chercher.
Miss Savinia aimait beaucoup Dora (elle me dit que
Dora était tout son portrait du temps qu'elle était jeune.
Dieu ! comme elle avait dû changer !) et elle la traitait
comme un joujou. Je voulus persuader à Dora de venir
voir Traddles ; mais, sur cette proposition, elle courut
s'enfermer dans sa chambre ; j'allai donc sans elle retrouver Traddles, et nous sortîmes ensemble.

« Rien ne saurait être plus satisfaisant, dit Traddles,
et ces deux vieilles dames sont très aimables. Je ne
serais pas du tout surpris que vous fussiez marié plusieurs années avant moi, Copperfield.

— Votre Sophie joue-t-elle de quelque instrument,
Traddles ? demandai-je, dans l'orgueil de mon cœur.

— Elle sait assez bien jouer du piano pour l'enseigner à ses petites sœurs, dit Traddles.

— Est-ce qu'elle chante ?

— Elle chante quelquefois des ballades pour amuser
les autres, quand elles ne sont pas en train, dit Traddles,
mais elle n'exécute rien de bien savant.

— Elle ne chante pas en s'accompagnant de la guitare ?

— Oh ciel ! non ! »

— Est-ce qu'elle peint ?

— Non, pas du tout », dit Traddles.

Je promis à Traddles qu'il entendrait chanter, je lui
montrerais de ses peintures de fleurs. Il me dit qu'il en
serait enchanté, et nous rentrâmes bras dessus bras dessous, le plus gaiement du monde. Je l'encourageai à me
parler de Sophie ; il le fit avec une tendre confiance en
elle qui me toucha fort. Je la comparais à Dora dans
mon cœur, avec une grande satisfaction d'amour-

propre ; mais, c'est égal, je reconnaissais bien volontiers en moi-même que ça ferait évidemment une excellente femme pour Traddles.

Naturellement ma tante fut immédiatement instruite de l'heureux résultat de notre conférence, et je la mis au courant de tous les détails. Elle était heureuse de me voir si heureux, et elle me promit d'aller très prochainement voir les tantes de Dora. Mais, ce soir-là, elle arpenta si longtemps le salon, pendant que j'écrivais à Agnès, que je commençais à croire qu'elle avait l'intention de continuer jusqu'au lendemain matin.

Ma lettre à Agnès était pleine d'affection et de reconnaissance, elle lui détaillait tous les bons effets des conseils qu'elle m'avait donnés. Elle m'écrivit par le retour du courrier. Sa lettre à elle était pleine de confiance, de raison et de bonne humeur, et à dater de ce jour, elle montra toujours la même gaieté.

J'avais plus de besogne que jamais. Putney était loin de Highgate où je me rendais tous les jours, et pourtant je voulais y aller le plus souvent possible. Comme il n'y avait pas moyen que je pusse me rendre chez Dora à l'heure du thé, j'obtins, par capitulation, de miss Savinia, la permission de venir tous les samedis dans l'après-midi, sans que cela fît tort au dimanche. J'avais donc deux beaux jours à la fin de chaque semaine, et les autres se passaient tout doucement dans l'attente de ceux-là.

Je fus extrêmement soulagé de voir que ma tante et les tantes de Dora s'accommodèrent les unes des autres, à tout prendre, beaucoup mieux que je ne l'avais espéré. Ma tante fit sa visite quatre ou cinq jours après la conférence, et deux ou trois jours après, les tantes de Dora lui rendirent sa visite, dans toutes les règles, en grande cérémonie. Ces visites se renouvelèrent, mais d'une manière plus amicale, de trois en trois semaines. Je sais bien que ma tante troublait toutes les idées des tantes de Dora, par son dédain pour les fiacres, dont elle n'usait guère, préférant de beaucoup venir à pied jusqu'à Putney, et qu'on trouvait qu'elle avait bien peu d'égards pour les préjugés de la civilisation, en arrivant à des heures indues, tout de suite après le déjeuner, ou un quart d'heure avant le thé, ou bien en mettant son chapeau de la façon la plus bizarre, sous prétexte que cela lui était commode. Mais les tantes de Dora s'habituèrent bientôt à regarder ma tante comme une personne excentrique et tant soit peu masculine, mais d'une grande intelligence ; et, quoique ma tante exprimât parfois, sur certaines convenances sociales, des opinions hérétiques qui étourdissaient les tantes de Dora, cependant elle m'aimait trop pour ne pas sacrifier à l'harmonie générale quelques-unes de ses singularités.

Le seul membre de notre petit cercle qui refusât positivement de s'adapter aux circonstances, ce fut Jip. Il ne voyait jamais ma tante sans aller se fourrer sous une chaise en grinçant des dents, et en grognant constamment ; de temps à autre il faisait entendre un hurlement lamentable, comme si elle lui portait sur les nerfs. On essaya de tout, on le caressa, on le gronda, on le battit, on l'amena à Buckingham-Street (où il s'élança immédiatement sur les deux chats, à la grande terreur des spectateurs) ; mais jamais on ne put l'amener à supporter la société de ma tante. Parfois il semblait croire qu'il avait fini par se raisonner et vaincre son antipathie ; il faisait même l'aimable un moment, mais bientôt il retroussait son petit nez, et hurlait si fort qu'il fallait bien vite le fourrer dans le réchaud aux assiettes pour qu'il ne pût rien voir. A la fin, Dora prit le parti de l'envelopper tout prêt dans une serviette, pour le mettre dans le réchaud dès qu'on annonçait l'arrivée de ma tante.

Il y avait une chose qui m'inquiétait beaucoup, même au milieu de cette douce vie, c'était que Dora semblait passer, aux yeux de tout le monde, pour un charmant joujou. Ma tante, avec laquelle elle s'était peu à peu familiarisée, l'appelait sa petite fleur ; et miss Savinia passait son temps à la soigner, à refaire ses boucles, à lui préparer de jolies toilettes : on la traitait comme un enfant gâté. Ce que miss Savinia faisait, sa sœur naturellement le faisait aussi de son côté. Cela me paraissait singulier; mais tout le monde avait, jusqu'à un certain point, l'air de traiter Dora, à peu près comme Dora traitait Jip.

Je me décidai à lui en parler, et un jour que nous étions seuls ensemble (car miss Savinia nous avait, au bout de peu de temps, permis de sortir seuls), je lui dis que je voudrais bien qu'elle pût leur persuader de la traiter autrement.

« Parce que, voyez-vous, ma chérie! vous n'êtes pas un enfant.

— Allons! dit Dora; est-ce que vous allez devenir grognon, à présent?

— Grognon? mon amour!

— Je trouve qu'ils sont tous très bons pour moi, dit Dora, et je suis très heureuse.

— A la bonne heure; mais, ma chère petite, vous n'en seriez pas moins heureuse, quand on vous traiterait en personne raisonnable. »

Dora me lança un regard de reproche. Quel charmant petit regard! et elle se mit à sangloter, en disant que, « puisque je ne l'aimais pas, elle ne savait pas pourquoi j'avais tant désiré d'être son fiancé? et que, puisque je ne pouvais pas la souffrir, je ferais mieux de m'en aller. »

Que pouvais-je faire, que d'embrasser ces beaux yeux pleins de larmes, et de lui répéter que je l'adorais?

« Et moi qui vous aime tant, dit Dora; vous ne devriez pas être si cruel pour moi, David!

— Cruel? mon amour! comme si je pouvais être cruel pour vous!

— Alors ne me grondez pas, dit Dora avec cette petite moue qui faisait de sa bouche un bouton de rose, et je serai très sage. »

Je fus ravi un instant après de l'entendre me demander d'elle-même, si je voulais lui donner le livre de cuisine dont je lui avais parlé une fois, et lui montrer à tenir des comptes comme je le lui avais promis. A la visite suivante, je lui apportai le volume, bien relié, pour qu'il eût l'air moins sec et plus engageant; et tout en nous promenant dans les champs, je lui montrai un vieux livre de comptes à ma tante, et je lui donnai un petit carnet, un joli portecrayon et une boîte de mine de plomb pour qu'elle pût s'exercer au ménage.

Mais le livre de cuisine fit mal à la tête à Dora, et les chiffres la firent pleurer. Ils ne voulaient pas s'additionner, disait-elle; aussi se mit-elle à les effacer tous, et à dessiner à la place sur son carnet des petits bouquets, ou bien le portrait de Jip et le mien.

J'essayai ensuite de lui donner verbalement quelques conseils sur les affaires du ménage, dans nos promenades du samedi. Quelquefois, par exemple, quand nous passions devant la boutique d'un boucher, je lui disais :

« Voyons, ma petite, si nous étions mariés, et que vous eussiez à acheter une épaule de mouton pour notre dîner, sauriez-vous l'acheter? »

Le joli petit visage de Dora s'allongeait, et elle avançait ses lèvres, comme si elle voulait fermer les miennes par un de ses baisers.

« Sauriez-vous l'acheter, ma petite? » répétais-je alors d'un air inflexible.

Dora réfléchissait un moment, puis elle répondait d'un air de triomphe :

« Mais le boucher saurait bien me la vendre; est-ce que ça ne suffit pas? Oh! David que vous êtes niais! »

Une autre fois, je demandai à Dora, en regardant le livre de cuisine, ce qu'elle ferait si nous étions mariés, et que je lui demandasse de me faire manger une bonne étuvée à l'irlandaise. Elle me répondit qu'elle dirait à sa cuisinière : « Faites-moi une étuvée. » Puis elle battit des mains en riant si gaiement qu'elle me parut plus charmante que jamais.

En conséquence, le livre de cuisine ne servit guère

qu'à mettre dans le coin, pour faire tenir dessus tout droit maître Jip. Mais Dora fut tellement contente le jour où elle parvint à l'y faire rester, avec le portecrayon entre les dents, que je ne regrettai pas de l'avoir acheté.

Nous en revînmes à la guitare, aux bouquets de fleurs, aux chansons sur le plaisir de danser toujours, tra la la ! et toute la semaine se passait en réjouissances. De temps en temps j'aurais voulu pouvoir insinuer à miss Savinia qu'elle traitait un peu trop ma chère Dora comme un jouet, et puis je finissais par m'avouer quelquefois, que moi aussi je cédais à l'entraînement général, et que je la traitais comme un jouet aussi bien que les autres ; quelquefois, mais pas souvent.

CHAPITRE XII

Une noirceur

Je sais qu'il ne m'appartient pas de raconter, bien que ce manuscrit ne soit destiné qu'à moi seul, avec quelle ardeur je m'appliquai à faire des progrès dans tous les menus détails de cette malheureuse sténographie, pour répondre à l'attente de Dora et à la confiance de ses tantes. J'ajouterai seulement, à ce que j'ai dit déjà de ma persévérance à cette époque et de la patiente énergie qui commençait alors à devenir le fond de mon caractère, que c'est à ces qualités surtout que j'ai dû plus tard le bonheur de réussir. J'ai eu beaucoup de bonheur dans les affaires de cette vie ; bien des gens ont travaillé plus que moi, sans avoir autant de succès ; mais je n'aurais jamais pu faire ce que j'ai fait sans les habitudes de ponctualité, d'ordre et de diligence que je commençai à contracter, et surtout sans la faculté que j'acquis alors de concentrer toutes mes attentions sur un seul objet à la fois, sans m'inquiéter de celui qui allait lui succéder peut-être à l'instant même. Dieu sait

que je n'écris pas cela pour me vanter! Il faudrait être
véritablement un saint pour n'avoir pas à regretter, en
repassant toute sa vie comme je le fais ici, page par
page, bien des talents négligés, bien des occasions favorables perdues, bien des erreurs et bien des fautes. Il est
probable que j'ai mal usé, comme un autre, de tous les
dons que j'avais reçus. Ce que je veux dire simplement,
c'est que, depuis ce temps-là, tout ce que j'ai eu à faire
dans ce monde, j'ai essayé de le bien faire; que je me
suis dévoué entièrement à ce que j'ai entrepris, et que
dans les petites comme dans les grandes choses, j'ai
toujours sérieusement marché à mon but. Je ne crois
pas qu'il soit possible, même à ceux qui ont de grandes
familles, de réussir s'ils n'unissent pas à leur talent
naturel des qualités simples, solides, laborieuses, et surtout une légitime confiance dans le succès : il n'y a rien
de tel en ce monde que de vouloir. Des talents rares, ou
des occasions favorables, forment pour ainsi dire les
deux montants de l'échelle où il faut grimper, mais,
avant tout, que les barreaux soient d'un bois dur et
résistant; rien ne saurait remplacer, pour réussir, une
volonté sérieuse et sincère. Au lieu de toucher à quelque
chose du bout du doigt, je m'y donnais corps et âme, et,
quelle que fût mon œuvre, je n'ai jamais affecté de la
déprécier. Voilà des règles dont je me suis trouvé bien.

Je ne veux pas répéter ici combien je dois à Agnès de
reconnaissance dans la pratique de ces préceptes. Mon
récit m'entraîne vers elle comme ma reconnaissance et
mon amour.

Elle vint faire chez le docteur une visite de quinze
jours. M. Wickfield était un vieil ami de cet excellent
homme qui désirait le voir pour tâcher de lui faire du
bien. Agnès lui avait parlé de son père à sa dernière
visite à Londres, et ce voyage était le résultat de leur
conversation. Elle accompagna M. Wickfield. Je ne fus
pas surpris d'apprendre qu'elle avait promis à mistress
Heep de lui trouver un logement dans le voisinage; ses
rhumatismes exigeaient, disait-elle, un changement

d'air, et elle serait charmée de se trouver en si bonne compagnie. Je ne fus pas surpris non plus de voir le lendemain Uriah arriver, comme un bon fils qu'il était, pour installer sa respectable mère.

« Voyez-vous, maître Copperfield, dit-il en m'imposant sa société tandis que je me promenais dans le jardin du docteur, quand on aime, on est jaloux, ou tout au moins on désire pouvoir veiller sur l'objet aimé.

— De qui donc êtes-vous jaloux, maintenant ? lui dis-je.

— Grâce à vous, maître Copperfield, reprit-il, de personne en particulier pour le moment, pas d'un homme, au moins !

— Seriez-vous par hasard jaloux d'une femme ? »

Il me lança un regard de côté avec ses sinistres yeux rouges et se mit à rire.

« Réellement, maître Copperfield, dit-il... je devrais dire monsieur Copperfield, mais vous me pardonnerez cette habitude invétérée ; vous êtes si adroit, vrai, vous me débouchez comme avec un tire-bouchon ! Eh bien ! je n'hésite pas à vous le dire, et il posa sur moi sa main gluante et poissée, je n'ai jamais été l'enfant chéri des dames, je n'ai jamais beaucoup plu à mistress Strong. »

Ses yeux devenaient verts, tandis qu'il me regardait avec une ruse infernale.

« Que voulez-vous dire ? lui demandai-je.

— Mais bien que je sois procureur, maître Copperfield, reprit-il avec un petit rire sec, je veux dire, pour le moment, exactement ce que je dis.

— Et que veut dire votre regard ? continuai-je avec calme.

— Mon regard ? Mais Copperfield, vous devenez bien exigeant. Que veut dire mon regard ?

— Oui, dis-je, votre regard ? »

Il parut enchanté, et rit d'aussi bon cœur qu'il savait rire. Après s'être gratté le menton, il reprit lentement et les yeux baissés :

« Quand je n'étais qu'un humble commis, elle m'a

toujours méprisé. Elle voulait toujours attirer mon
Agnès chez elle, et elle avait bien de l'amitié pour vous,
maître Copperfield. Mais moi, j'étais trop au-dessous
d'elle pour qu'elle me remarquât.

— Eh bien! dis-je, quand cela serait?

— Et au-dessous de *lui* aussi, poursuivit Uriah très
distinctement et d'un ton de réflexion, tout en continuant à se gratter le menton.

— Vous devriez connaître assez le docteur, dis-je,
pour savoir qu'avec son esprit distrait il ne songeait pas
à vous quand vous n'étiez pas sous ses yeux. »

Il me regarda de nouveau de côté, allongea son
maigre visage pour pouvoir se gratter plus commodément, et me répondit :

« Oh! je ne parle pas du docteur; oh! certes non;
pauvre homme! Je parle de M. Maldon. »

Mon cœur se serra; tous mes doutes, toutes mes
appréhensions sur ce sujet, toute la paix et tout le bonheur du docteur, tout ce mélange d'innocence et
d'imprudence dont je n'avais pu pénétrer le mystère,
tout cela, je vis en un moment que c'était à la merci de
ce misérable grimacier.

« Jamais il n'entrait dans le bureau sans me dire de
m'en aller et me pousser dehors, dit Uriah; ne voilà-t-il
pas un beau monsieur! Moi j'étais doux et humble
comme je le suis toujours. Mais, c'est égal, je n'aimais
pas ça dans ce temps-là, pas plus que je ne l'aime
aujourd'hui. »

Il cessa de se gratter le menton et se mit à sucer ses
joues de manière qu'elles devaient se toucher à l'intérieur, toujours en me jetant le même regard oblique et
faux.

« C'est ce que vous appelez une jolie femme,
continua-t-il quand sa figure eut repris peu à peu sa
forme naturelle; et je comprends qu'elle ne voie pas
d'un très bon œil un homme comme moi. Elle aurait
bientôt, j'en suis sûr, donné à mon Agnès le désir de
viser plus haut; mais si je ne suis pas un godelureau à

plaire aux dames, maître Copperfield, cela n'empêche
pas qu'on ait des yeux pour voir. Nous autres, avec
notre humilité, en général, nous avons des yeux, et nous
nous en servons ! »

J'essayai de prendre un air libre et dégagé, mais je
voyais bien, à sa figure, que je ne lui donnais pas le
change sur mes inquiétudes.

« Je ne veux pas me laisser battre, Copperfield,
continua-t-il tout en fronçant, avec un air diabolique,
l'endroit où auraient dû se trouver ses sourcils roux, s'il
avait eu des sourcils, et je ferai ce que je pourrai pour
mettre un terme à cette liaison. Je ne l'approuve pas. Je
ne crains pas de vous avouer que je ne suis pas, de ma
nature, un mari commode, et que je veux éloigner les
intrus. Je n'ai pas envie de m'exposer à ce qu'on vienne
comploter contre moi.

— C'est vous qui complotez toujours, et vous vous
figurez que tout le monde fait comme vous, lui dis-je.

— C'est possible, maître Copperfield, répondit-il ;
mais j'ai un but, comme disait toujours mon associé, et
je ferai des pieds et des mains pour y parvenir. J'ai beau
être humble, je ne veux pas me laisser faire. Je n'ai pas
envie qu'on vienne en mon chemin. Tenez, réellement,
il faudra que je leur fasse tourner les talons, maître
Copperfield.

— Je ne vous comprends pas, dis-je.

— Vraiment ! répondit-il avec un de ses soubresauts
habituels. Cela m'étonne, maître Copperfield, vous qui
avez tant d'esprit. Je tâcherai d'être plus clair une autre
fois. Tiens ! n'est-ce pas M. Maldon que je vois là-bas à
cheval ? Il va sonner à la grille, je crois !

— Il en a l'air », répondis-je aussi négligemment que
je pus.

Uriah s'arrêta tout court, mit ses mains entre ses
genoux, et se courba en deux, à force de rire ; c'était un
rire parfaitement silencieux : on n'entendait rien. J'étais
tellement indigné de son odieuse conduite, et surtout de
ses derniers propos, que je lui tournai le dos sans plus

de cérémonie, le laissant là, courbé en deux, rire à son aise dans le jardin, où il avait l'air d'un épouvantail pour les moineaux.

Ce ne fut pas ce soir-là, mais deux jours après, un samedi, je me le rappelle bien, que je menai Agnès voir Dora. J'avais arrangé d'avance la visite avec miss Savinia, et on avait invité Agnès à prendre le thé.

J'étais également fier et inquiet, fier de ma chère petite fiancée, inquiet de savoir si elle plairait à Agnès. Tout le long de la route de Putney (Agnès était dans l'omnibus et moi sur l'impériale) je cherchais à me représenter Dora sous un de ces charmants aspects que je lui connaissais si bien; tantôt je me disais que je voudrais la trouver exactement comme elle était tel jour; puis je me disais que j'aimerais peut-être mieux la voir comme tel autre; je m'en donnais la fièvre.

En tout cas, j'étais sûr qu'elle serait très jolie; mais il arriva que jamais elle ne m'avait paru si charmante. Elle n'était pas dans le salon quand je présentai Agnès à ses deux petites tantes; elle s'était sauvée par timidité. Mais maintenant, je savais où il fallait aller la chercher, et je la retrouvai qui se bouchait les oreilles, la tête appuyée contre le même mur que le premier jour.

D'abord elle me dit qu'elle ne voulait pas venir, puis elle me demanda de lui accorder cinq minutes à ma montre. Puis enfin elle passa son bras dans le mien; son gentil petit minois était couvert d'une modeste rougeur; jamais elle n'avait été si jolie; mais, quand nous entrâmes dans le salon, elle devint toute pâle, ce qui la rendait dix fois plus jolie encore.

Dora avait peur d'Agnès. Elle m'avait dit qu'elle savait bien qu'Agnès « avait trop d'esprit. » Mais quand elle la vit qui la regardait de ses yeux à la fois si sérieux et si gais, si pensifs et si bons, elle poussa un petit cri de joyeuse surprise, se jeta dans les bras d'Agnès, et posa doucement sa joue innocente contre la sienne.

Jamais je n'avais été si heureux, jamais je n'avais été si content que quand je les vis s'asseoir tout près l'une de l'autre. Quel plaisir de voir ma petite chérie regarder si simplement les yeux si affectueux d'Agnès! Quelle joie de voir la tendresse avec laquelle Agnès la couvait de son regard incomparable.

Miss Savinia et miss Clarissa partageaient ma joie à leur manière; jamais vous n'avez vu un thé si gai. C'était miss Clarissa qui y présidait; moi je coupais et je faisais circuler le pudding glacé au raisin de Corinthe : les deux petites sœurs aimaient, comme les oiseaux, à en becqueter les grains et le sucre; miss Savinia nous regardait d'un air de bienveillante protection, comme si notre amour et notre bonheur étaient son ouvrage; nous étions tous parfaitement contents de nous et des autres.

La douce sérénité d'Agnès leur avait gagné le cœur à toutes. Elle semblait être venue compléter notre heureux petit cercle. Avec quel tranquille intérêt elle s'occupait de tout ce qui intéressait Dora! avec quelle gaieté elle avait su se faire bien venir tout de suite de Jip! avec quelle aimable enjouement elle plaisantait Dora, qui n'osait pas venir s'asseoir à côté de moi! avec quelle grâce modeste et simple elle arrachait à Dora enchantée une foule de petites confidences qui la faisaient rougir jusque dans le blanc des yeux!

« Je suis si contente que vous m'aimiez, dit Dora quand nous eûmes fini de prendre le thé! Je n'en étais pas sûre, et maintenant que Julia Mills est partie, j'ai encore plus besoin qu'on m'aime. »

Je me rappelle que j'ai oublié d'annoncer ce fait important. Miss Mills s'était embarquée, et nous avions été, Dora et moi, lui rendre visite à bord du bâtiment en rade à Gravesend; on nous avait donné, pour le goûter, du gingembre confit, du guava, et toute sorte d'autres friandises de ce genre; nous avions laissé miss Mills en larmes, assise sur un pliant à bord. Elle avait sous le bras un gros registre où elle se proposait de consigner jour par jour, et de soigneusement renfermer sous clef, les réflexions que lui inspirerait le spectacle de l'océan.

Agnès dit qu'elle avait bien peur que je n'eusse fait d'elle un portrait peu agréable, mais Dora l'assura aussitôt du contraire.

« Oh! non, dit-elle en secouant ses jolies petites boucles, au contraire, il ne tarissait pas en louanges sur votre compte. Il fait même tant de cas de votre opinion, que je la redoutais presque pour moi.

— Ma bonne opinion ne peut rien ajouter à son affection pour certaines personnes, dit Agnès en souriant : il n'en a que faire.

— Oh! mais, dites-le-moi tout de même, reprit Dora de sa voix la plus caressante, si cela se peut. »

Nous nous divertîmes fort de ce que Dora tenait tant à ce qu'on l'aimât.

Là-dessus, pour se venger, elle me dit des sottises, déclarant qu'elle ne m'aimait pas du tout; et, dans tous ces heureux enfantillages, la soirée nous sembla bien courte. L'omnibus allait passer, il fallait partir. J'étais tout seul devant le feu. Dora entra tout doucement pour m'embrasser avant mon départ, selon sa coutume.

« N'est-ce pas, Dody, que si j'avais eu une pareille amie depuis bien longtemps, me dit-elle avec ses yeux pétillants et sa petite main occupée après les boutons de mon habit, n'est-ce pas que j'aurais peut-être plus d'esprit que je n'en ai?

— Mon amour! lui dis-je; quelle folie!

— Croyez-vous que ce soit une folie? reprit Dora sans me regarder. En êtes-vous bien sûr?

— Mais parfaitement sûr!

— J'ai oublié, dit Dora tout en continuant à tourner et retourner mon bouton, quel est votre degré de parenté avec Agnès, méchant?

— Elle n'est pas ma parente, répondis-je, mais nous avons été élevés ensemble, comme frère et sœur.

— Je me demande comment vous avez jamais pu devenir amoureux de moi, dit Dora, en s'attaquant à un autre bouton de mon habit.

— Peut-être parce qu'il n'était pas possible de vous voir sans vous aimer, Dora.

— Mais si vous ne m'aviez jamais vue ? dit Dora, en passant à un autre bouton.

— Mais si nous n'étions nés ni l'un ni l'autre, lui répondis-je gaiement. »

Je me demandais à quoi elle pensait, tandis que j'admirais en silence la douce petite main qui passait en revue successivement tous les boutons de mon habit, les boucles ondoyantes qui tombaient sur mon épaule, ou les longs cils qui abritaient ses yeux baissés. A la fin elle les leva vers moi, se dressa sur la pointe des pieds pour me donner, d'un air plus pensif que de coutume, son précieux petit baiser une fois, deux fois, trois fois ; puis elle sortit de la chambre.

Tout le monde rentra cinq minutes après : Dora avait repris sa gaieté habituelle. Elle était décidée à faire exécuter à Jip tous ses exercices avant l'arrivée de l'omnibus. Cela fut si long (non pas par la variété des évolutions, mais par la mauvaise volonté de Jip) que la voiture était devant la porte avant qu'on en eût vu seulement la moitié. Agnès et Dora se séparèrent à la hâte, mais fort tendrement ; il fut convenu que Dora écrirait à Agnès (à condition qu'elle ne trouverait pas ses lettres trop niaises) et qu'Agnès lui répondrait. Il y eut de nouveaux adieux à la porte de l'omnibus, qui se répétèrent quand Dora, en dépit des remontrances de miss Savinia, courut encore une fois à la portière de la voiture, pour rappeler à Agnès sa promesse, et pour faire voltiger devant moi ses charmantes petites boucles.

L'omnibus devait nous déposer près de Covent-Garden, et là nous avions à prendre une autre voiture pour arriver à Highgate. J'attendais impatiemment le moment où je me trouverais seul avec Agnès, pour savoir ce qu'elle me dirait de Dora. Ah ! quel éloge elle m'en fit ! Avec quelle tendresse et quelle bonté elle me félicita d'avoir gagné le cœur de cette charmante petite créature, qui avait déployé devant elle toute sa grâce innocente ! Avec quel sérieux elle me rappela, sans en avoir l'air, la responsabilité qui pesait sur moi !

Jamais, non jamais, je n'avais aimé Dora si profondément ni si sincèrement que ce jour-là. Lorsque nous fûmes descendus de voiture, et que nous fûmes entrés dans le tranquille sentier qui conduisait à la maison du docteur, je dis à Agnès que c'était à elle que je devais ce bonheur.

« Quand vous étiez assise près d'elle, lui dis-je, vous aviez l'air d'être *son* ange gardien, comme vous êtes le mien, Agnès.

— Un pauvre ange, reprit-elle, mais fidèle. »

La douceur de sa voix m'alla au cœur ; je repris tout naturellement :

« Vous semblez avoir retrouvé toute cette sérénité qui n'appartient qu'à vous, Agnès ; cela me fait espérer que vous êtes plus heureuse dans votre intérieur.

— Je suis plus heureuse dans mon propre cœur, dit-elle ; il est tranquille et joyeux. »

Je regardai ce beau visage à la lueur des étoiles : il me parut plus noble encore.

« Il n'y a rien de changé chez nous, dit Agnès, après un moment de silence.

— Je ne voudrais pas faire une nouvelle allusion... je ne voudrais pas vous tourmenter, Agnès, mais je ne puis m'empêcher de vous demander... vous savez bien ce dont nous avons parlé la dernière fois que je vous ai vue ?

— Non, il n'y a rien de nouveau, répondit-elle.

— J'ai tant pensé à tout cela !

— Pensez-y moins. Rappelez-vous que j'ai confiance dans l'affection simple et fidèle : ne craignez rien pour moi, Trotwood, ajouta-t-elle au bout d'un moment ; je ne ferai jamais ce que vous craignez de me voir faire. »

Je ne l'avais jamais craint dans les moments de tranquille réflexion, et pourtant ce fut pour moi un soulagement inexprimable que d'en recevoir l'assurance de cette bouche candide et sincère. Je le lui dis avec vivacité.

« Et quand cette visite sera finie, lui dis-je, car nous

ne sommes pas sûrs de nous retrouver seuls une autre fois ; serez-vous bien longtemps sans revenir à Londres, ma chère Agnès ?

— Probablement, répondit-elle. Je crois qu'il vaut mieux, pour mon père que nous restions chez nous. Nous ne nous verrons donc pas souvent d'ici à quelque temps, mais j'écrirai à Dora, et j'aurai par elle de vos nouvelles. »

Nous arrivions dans la cour de la petite maison du docteur. Il commençait à être tard. On voyait briller une lumière à la fenêtre de la chambre de mistress Strong, Agnès me la montra et me dit bonsoir.

« Ne soyez pas troublé, me dit-elle en me donnant la main ; par la pensée de nos chagrins et de nos soucis. Rien ne peut me rendre plus heureuse que votre bonheur. Si jamais vous pouvez me venir en aide, soyez sûr que je vous le demanderai. Que Dieu continue de vous bénir ! »

Son sourire était si tendre, sa voix était si gaie qu'il me semblait encore voir et entendre auprès d'elle ma petite Dora. Je restai un moment sous le portique, les yeux fixés sur les étoiles, le cœur plein d'amour et de reconnaissance, puis je rentrai lentement. J'avais loué une chambre tout près, et j'allais passer la grille, lorsque, en tournant par hasard la tête, je vis de la lumière dans le cabinet du docteur. Il me vint à l'esprit que peut-être il avait travaillé au Dictionnaire sans mon aide. Je voulus m'en assurer, et, en tout cas, lui dire bonsoir, pendant qu'il était encore au milieu de ses livres ; traversant donc doucement le vestibule, j'entrai dans son cabinet.

La première personne que je vis à la faible lueur de la lampe, ce fut Uriah. J'en fus surpris. Il était debout près de la table du docteur, avec une de ses mains de squelette étendue sur sa bouche. Le docteur était assis dans son fauteuil, et tenait sa tête cachée dans ses mains. M. Wickfield, l'air cruellement troublé et affligé, se penchait en avant, osant à peine toucher le bras de son ami.

Un instant, je crus que le docteur était malade. Je fis un pas vers lui avec empressement, mais je rencontrai le regard d'Uriah; alors je compris de quoi il s'agissait. Je voulais me retirer, mais le docteur fit un geste pour me retenir : je restai.

« En tout cas, dit Uriah, se tordant d'une façon horrible, nous ferons aussi bien de fermer la porte : il n'y a pas besoin d'aller crier ça par-dessus les toits. »

En même temps, il s'avança vers la porte sur la pointe du pied, et la ferma soigneusement. Il revint ensuite reprendre la même position. Il y avait dans sa voix et dans toutes ses manières un zèle et une compassion hypocrites qui m'étaient plus intolérables que l'impudence la plus hardie.

« J'ai cru de mon devoir, maître Copperfield, dit Uriah, de faire connaître au docteur Strong ce dont nous avons déjà causé, vous et moi, vous savez, le jour où vous ne m'avez pas parfaitement compris? »

Je lui lançai un regard sans dire un seul mot, et je m'approchai de mon bon vieux maître pour lui murmurer quelques paroles de consolation et d'encouragement. Il posa sa main sur mon épaule, comme il avait coutume de le faire quand je n'étais qu'un tout petit garçon, mais il ne releva pas sa tête blanchie.

« Comme vous ne m'avez pas compris, maître Copperfield, reprit Uriah du même ton officieux, je prendrai la liberté de dire humblement ici, où nous sommes entre amis, que j'ai appelé l'attention du docteur Strong sur la conduite de mistress Strong. C'est bien malgré moi, je vous assure, Copperfield, que je me trouve mêlé à quelque chose de si désagréable; mais le fait est qu'on se trouve toujours mêlé à ce qu'on voudrait éviter. Voilà ce que je voulais dire, monsieur, le jour où vous ne m'avez pas compris. »

Je ne sais comment je résistai au désir de le prendre au collet et de l'étrangler.

« Je ne me suis probablement pas bien expliqué, ni vous non plus, continua-t-il. Naturellement, nous n'avions pas grande envie de nous étendre sur un pareil sujet. Cependant, j'ai enfin pris mon parti de parler clairement, et j'ai dit au docteur Strong que... Ne parliez-vous pas, monsieur ? »

Ceci s'adressait au docteur, qui avait fait entendre un gémissement. Nul cœur n'aurait pu s'empêcher d'en être touché ! excepté pourtant celui d'Uriah.

« Je disais au docteur Strong, reprit-il, que tout le monde pouvait s'apercevoir qu'il y avait trop d'intimité entre M. Meldon et sa charmante cousine. Réellement le temps est venu (puisque nous nous trouvons mêlés à des choses qui ne devraient pas être) où le docteur Strong doit apprendre que cela était clair comme le jour pour tout le monde, dès avant le départ de M. Meldon pour les Indes ; que M. Meldon n'est pas revenu pour autre chose, et que ce n'est pas pour autre chose qu'il est toujours ici. Quand vous êtes entré, monsieur, je priais mon associé, et il se tourna vers M. Wickfield, de bien vouloir dire en son âme et conscience, au docteur Strong, s'il n'avait pas été depuis longtemps du même avis. M. Wickfield, voulez-vous être assez bon pour nous le dire ? Oui, ou non, monsieur ? Allons, mon associé !

— Pour l'amour de Dieu, mon cher ami, dit M. Wickfield en posant de nouveau sa main d'un air indécis sur le bras du docteur, n'attachez pas trop d'importance à des soupçons que j'ai pu former.

— Ah ! cria Uriah, en secouant la tête, quelle triste confirmation de mes paroles, n'est-ce pas ? lui ! un si ancien ami ! Mais, Copperfield, je n'étais encore qu'un petit commis dans ses bureaux, que je le voyais déjà, non pas une fois, mais vingt fois, tout troublé (et il avait bien raison en sa qualité de père, ce n'est pas moi qui l'en blâmerai) à la pensée que miss Agnès se trouvait mêlée avec des choses qui ne doivent pas être.

— Mon cher Strong, dit M. Wickfield d'une voix tremblante, mon bon ami, je n'ai pas besoin de vous dire que j'ai toujours eu le défaut de chercher chez tout le monde un mobile dominant, et de juger toutes les actions des hommes par ce principe étroit. C'est peut-être bien ce qui m'a trompé encore dans cette circonstance, en me donnant des doutes téméraires.

— Vous avez eu des doutes, Wickfield, dit le docteur, sans relever la tête, vous avez eu des doutes ?

— Parlez, mon associé, dit Uriah.

— J'en ai eu certainement quelquefois, dit M. Wickfield, mais... que Dieu me pardonne, je croyais que vous en aviez aussi.

— Non, non, non ! répondit le docteur du ton le plus pathétique.

— J'avais cru, dit M. Wickfield, que, lorsque vous aviez désiré envoyer Meldon à l'étranger, c'était dans le but d'amener une séparation désirable.

— Non, non, non ! répondit le docteur, c'était pour faire plaisir à Annie, que j'ai cherché à caser le compagnon de son enfance. Rien de plus.

— Je l'ai bien vu après, dit M. Wickfield, et je n'en pouvais douter, mais je croyais... rappelez-vous, je vous prie, que j'ai toujours eu le malheur de tout juger à un point de vue trop étroit... je croyais que, dans un cas où il y avait une telle différence d'âge...

— C'est comme cela qu'il faut envisager la chose, n'est-ce pas, maître Copperfield ? fit observer Uriah, avec une hypocrite et insolente pitié.

— Il ne me semblait pas impossible qu'une personne si jeune et si charmante, pût, malgré tout son respect pour vous, avoir cédé, en vous épousant, à des considérations purement mondaines. Je ne songeais pas à une foule d'autres raisons et de sentiments qui pouvaient l'avoir décidée. Pour l'amour du ciel, n'oubliez pas cela !

— Quelle charité d'interprétation ! dit Uriah, en secouant la tête.

— Comme je ne la considérais qu'à mon point de vue, dit M. Wickfield, au nom de tout ce qui vous est cher, mon vieil ami, je vous supplie de bien y réfléchir par vous-même ; je suis forcé de vous avouer, car je ne puis m'en empêcher...

— Non, c'est impossible, monsieur Wickfield, dit Uriah, une fois que vous en êtes venu là.

— Je suis forcé d'avouer, dit M. Wickfield, en regardant son associé d'un air piteux et désolé, que j'ai eu des doutes sur elle, que j'ai cru qu'elle manquait à ses devoirs envers vous ; et que, s'il faut tout vous dire, j'ai été parfois inquiet de la pensée qu'Agnès était assez liée avec elle pour voir ce que je voyais, ou du moins ce que croyait voir mon esprit prévenu. Je ne l'ai jamais dit à personne. Je me serais bien gardé d'en donner l'idée à personne. Et, quelque terrible que cela puisse être pour vous à entendre, dit M. Wickfield, vaincu par son émotion, si vous saviez quel mal cela me fait de vous le dire, vous auriez pitié de moi ! »

Le docteur, avec sa parfaite bonté, lui tendit la main. M. Wickfield la tint un moment dans les siennes, et resta la tête baissée tristement.

« Ce qu'il y a de bien sûr, dit Uriah qui, pendant tout ce temps-là, se tortillait en silence comme une anguille, c'est que c'est pour tout le monde un sujet fort pénible. Mais, puisque nous avons été aussi loin, je prendrai la liberté de faire observer que Copperfield s'en était également aperçu. »

Je me tournai vers lui, et je lui demandai comment il osait me mettre en jeu.

« Oh ! c'est très bien à vous, Copperfield, reprit Uriah, et nous savons tous combien vous êtes bon et aimable ; mais vous savez que l'autre soir, quand je vous en ai parlé, vous avez compris tout de suite ce que je voulais dire. Vous le savez, Copperfield, ne le niez pas ! Je sais bien que, si vous le niez, c'est dans d'excellentes intentions ; mais ne le niez pas, Copperfield ! »

Je vis s'arrêter un moment sur moi le doux regard du bon vieux docteur, et je sentis qu'il ne pourrait lire que trop clairement sur mon visage l'aveu de mes soupçons et de mes doutes. Il était inutile de dire le contraire ; je n'y pouvais rien : je ne pouvais pas me contredire moi-même.

Tout le monde s'était tu ; le docteur se leva et traversa deux ou trois fois la chambre, puis il se rapprocha de l'endroit où était son fauteuil, et s'appuya sur le dossier ; enfin, essuyant de temps en temps ses larmes, il nous dit avec une droiture simple qui lui faisait, selon moi, beaucoup plus d'honneur que s'il avait cherché à cacher son émotion :

« J'ai eu de grands torts. Je crois sincèrement que j'ai eu de grands torts. J'ai exposé une personne qui tient la première place dans mon cœur, à des difficultés et à des soupçons dont, sans moi, elle n'aurait jamais été l'objet. »

Uriah Heep fit entendre une sorte de reniflement : Je suppose que c'était pour exprimer sa sympathie.

« Jamais, sans moi, dit le docteur, mon Annie n'aurait été exposée à de tels soupçons. Je suis vieux, messieurs, vous le savez ; je sens, ce soir, que je n'ai plus guère de liens qui me rattachent à la vie. Mais, je réponds sur ma vie, oui, sur ma vie, de la fidélité et de l'honneur de la chère femme qui a été le sujet de cette conversation ! »

Je ne crois pas qu'on eût pu trouver ni parmi les plus nobles chevaliers, ni parmi les plus beaux types inventés jamais par l'imagination des peintures, un vieillard capable de parler avec une dignité plus émouvante que ce bon vieux docteur.

« Mais, continua-t-il, si j'ai pu me faire illusion auparavant là-dessus, je ne puis me dissimuler maintenant, en y réfléchissant, que c'est moi qui ai eu le tort de faire tomber cette jeune femme dans les dangers d'un mariage imprudent et funeste. Je n'ai pas l'habitude de remarquer ce qui se passe, et je suis forcé de croire que les observations de diverses personnes, d'âge et de position différentes, qui, toutes, ont cru voir la même chose, valent naturellement mieux que mon aveugle confiance. »

J'avais souvent admiré, je l'ai déjà dit, la bienveillance de ses manières envers sa jeune femme, mais, à mes yeux, rien ne pouvait être plus touchant que la tendresse respectueuse avec laquelle il parlait d'elle dans cette occasion, et la noble assurance avec laquelle il rejetait loin de lui le plus léger doute sur sa fidélité.

« J'ai épousé cette jeune femme, dit le docteur, quand elle était encore presque enfant. Je l'ai prise avant que son caractère fût seulement formé. Les progrès qu'elle avait pu faire, j'avais eu le bonheur d'y contribuer. Je connaissais beaucoup son père ; je la connaissais beaucoup elle-même. Je lui avais enseigné tout ce que j'avais pu, par amour pour ses belles et grandes qualités. Si je lui ai fait du mal, comme je le crains, en abusant, sans le vouloir, de sa reconnaissance et de son affection, je lui en demande pardon du fond du cœur ! »

Il traversa la chambre, puis revint à la même place ; sa main serrait son fauteuil en tremblant : sa voix vibrait d'une émotion contenue.

« Je me considérais comme propre à lui servir de refuge contre les dangers et les vicissitudes de la vie ; je me figurais que, malgré l'inégalité de nos âges, elle pourrait vivre tranquille et heureuse auprès de moi. Mais, ne croyez pas que j'aie jamais perdu de vue qu'un jour viendrait où je la laisserais libre, encore belle et jeune ; j'espérais seulement qu'alors je la laisserais aussi avec un jugement plus mûr pour la diriger dans son choix. Oui, messieurs, voilà la vérité, sur mon honneur ! »

Son honnête visage s'animait et rajeunissait sous l'inspiration de tant de noblesse et de générosité. Il y avait dans chacune de ses paroles, une force et une grandeur que la hauteur de ces sentiments pouvait seule leur donner.

« Ma vie avec elle a été bien heureuse. Jusqu'à ce soir, j'ai constamment béni le jour où j'ai commis envers elle, à mon insu, une si grande injustice. »

Sa voix tremblait toujours de plus en plus ; il s'arrêta un moment, puis reprit :

« Une fois sorti de ce beau rêve (de manière ou d'autre j'ai beaucoup rêvé dans ma vie), je comprends qu'il est naturel qu'elle songe avec un peu de regret à son ancien ami, à son camarade d'enfance. Il n'est que trop vrai, j'en ai peur, qu'elle pense à lui avec un peu d'innocent regret, qu'elle songe parfois à ce qui aurait pu être, si je ne m'étais pas trouvé là. Durant cette heure si douloureuse que je viens de passer avec vous, je me suis rappelé et j'ai compris bien des choses auxquelles je n'avais pas fait attention auparavant. Mais, messieurs, souvenez-vous que pas un mot, pas un souffle de doute ne doit souiller le nom de cette jeune femme. »

Un instant son regard s'enflamma, sa voix s'affermit, puis il se tut de nouveau. Ensuite, il reprit :

« Il ne me reste plus qu'à supporter avec autant de soumission que je pourrai, le sentiment du malheur dont je suis cause. C'est à elle de m'adresser des reproches ; ce n'est pas à moi à lui en faire. Mon devoir, à cette heure, ce sera de la protéger contre tout jugement téméraire, jugement cruel dont mes amis eux-mêmes n'ont pas été à l'abri. Plus nous vivrons loin du monde, et plus ce devoir me sera facile. Et quand viendra le jour (que le Seigneur ne tarde pas trop, dans sa grande miséricorde !), où ma mort la délivrera de toute contrainte, je fermerai mes yeux après avoir encore contemplé son cher visage, avec une confiance et un amour sans bornes, et je la laisserai, sans tristesse alors, libre de vivre plus heureuse et plus satisfaite ! »

Mes larmes m'empêchaient de le voir ; tant de bonté, de simplicité et de force m'avaient ému jusqu'au fond du cœur. Il se dirigeait vers la porte, quand il ajouta :

« Messieurs, je vous ai montré tout mon cœur. Je suis sûr que vous le respecterez. Ce que nous avons dit ce soir ne doit jamais se répéter. Wickfield, mon vieil ami, donnez-moi le bras pour remonter. »

M. Wickfield s'empressa d'accourir vers lui. Ils sortirent lentement sans échanger une seule parole, Uriah les suivait des yeux.

« Eh bien ! maître Copperfield ! dit-il en se tournant vers moi d'un air bénin. La chose n'a pas tourné tout à fait comme on aurait pu s'y attendre, car ce vieux savant, quel excellent homme! il est aveugle comme une chauve-souris; mais, c'est égal, voilà une famille à laquelle j'ai fait tourner les talons. »

Je n'avais besoin que d'entendre le son de sa voix pour entrer dans un tel accès de rage que je n'en ai jamais eu de pareil ni avant, ni après.

« Misérable! lui dis-je, pourquoi prétendez-vous me mêler à vos perfides intrigues? Comment avez-vous osé, tout à l'heure, en appeler à mon témoignage, vil menteur, comme si nous avions discuté ensemble la question? »

Nous étions en face l'un de l'autre. Je lisais clairement sur son visage son secret triomphe : je ne savais que trop qu'il m'avait forcé à l'entendre uniquement pour me désespérer, et qu'il m'avait exprès attiré dans un piège. C'en était trop : sa joue flasque était à ma portée; je lui donnai un tel soufflet que mes doigts en frissonnèrent, comme si je venais de les mettre dans le feu.

Il saisit la main qui l'avait frappé, et nous restâmes longtemps à nous regarder en silence, assez longtemps pour que les traces blanches que mes doigts avaient imprimées sur sa joue fussent remplacées par des marques d'un rouge violet.

« Copperfield, dit-il enfin, d'une voix étouffée, avez-vous perdu l'esprit?

— Laissez-moi, lui dis-je, en arrachant ma main de la sienne, laissez-moi, chien que vous êtes, je ne vous connais plus.

— Vraiment! dit-il, en posant sa main sur sa joue endolorie, vous aurez beau faire; vous ne pourrez peut-être pas vous empêcher de me connaître. Savez-vous que vous êtes un ingrat?

— Je vous ai assez souvent laissé voir, dis-je, que je vous méprise. Je viens de vous le prouver plus clairement que jamais. Pourquoi craindrais-je encore, en vous traitant comme vous le méritez, de vous pousser à nuire à tous ceux qui vous entourent? ne leur faites-vous pas déjà tout le mal que vous pouvez leur faire? »

Il comprit parfaitement cette allusion aux motifs qui jusque-là m'avaient forcé à une certaine modération dans mes rapports avec lui. Je crois que je ne me serais laissé aller ni à lui parler ainsi, ni à le châtier de ma propre main, si je n'avais reçu, ce soir-là, d'Agnès, l'assurance qu'elle ne serait jamais à lui. Mais peu importe!

Il y eut encore un long silence. Tandis qu'il me regardait, ses yeux semblaient prendre les nuances les plus hideuses qui puissent enlaidir des yeux.

« Copperfield, dit-il en cessant d'appuyer la main sur sa joue, vous m'avez toujours été opposé. Je sais que chez M. Wickfield, vous étiez toujours contre moi.

— Vous pouvez croire ce que bon vous semble, lui dis-je avec colère. Si ce n'est pas vrai, vous n'en êtes encore que plus coupable.

— Et pourtant, je vous ai toujours aimé, Copperfield, reprit-il. »

Je ne daignai pas lui répondre, et je prenais mon chapeau pour sortir de la chambre, quand il vint se planter entre moi et la porte.

« Copperfield, dit-il, pour se disputer, il faut être deux. Je ne veux pas être un de ces deux-là.

— Allez au diable!

— Ne dites pas ça! répondit-il, vous en seriez fâché plus tard. Comment pouvez-vous me donner sur vous tout l'avantage, en montrant à mon égard un si mauvais caractère? Mais je vous pardonne!

— Vous me pardonnez! répétai-je avec dédain.

— Oui, et vous ne pouvez pas m'en empêcher, répondit Uriah. Quand on pense que vous venez m'attaquer, moi qui ai toujours été pour vous un ami véritable! Mais, pour se disputer, il faut être deux, et je ne veux pas être un de ces deux-là. Je veux être votre ami, en dépit de vous. Maintenant, vous connaissez mes sentiments, et ce que vous avez à en attendre. »

Nous étions forcés de baisser la voix pour ne pas troubler la maison à cette heure avancée, et jusque-là, plus sa voix était humble, plus la mienne était ardente, et cette nécessité de me contenir n'était guère propre à me rendre de meilleure humeur; pourtant ma passion commençait à se calmer. Je lui dis tout simplement que j'attendrais de lui ce que j'en avais toujours attendu, et que jamais il ne m'avait trompé. Puis j'ouvris la porte par-dessus lui, comme s'il eût été une grosse noix que je voulusse écraser contre le mur, et je quittai la maison. Mais il allait aussi coucher dehors dans l'appartement de sa mère, et je n'avais pas fait cent pas, que je l'entendis marcher derrière moi.

« Vous savez bien, Copperfield, me dit-il, en se penchant vers moi, car je ne retournais pas même la tête, vous savez bien que vous vous mettez dans une mauvaise situation. »

Je sentais que c'était vrai, et cela ne faisait que m'irriter davantage.

« Vous ne pouvez pas faire que ce soit là une action qui vous fasse honneur, et vous ne pouvez pas m'empêcher de vous pardonner. Je ne compte pas en parler à ma mère, ni à personne au monde. Je suis décidé à vous pardonner, mais je m'étonne que vous ayez levé la main contre quelqu'un que vous connaissiez si humble. »

Je me sentais presque aussi méprisable que lui. Il me connaissait mieux que je ne me connaissais moi-même. S'il s'était plaint amèrement, ou qu'il eût cherché à m'exaspérer, cela m'aurait un peu soulagé et justifié à mes propres yeux; mais il me faisait brûler à petit feu, et je fus sur le gril plus de la moitié de la nuit.

Le lendemain quand je sortis, la cloche sonnait pour appeler à l'église; il se promenait en long et en large avec sa mère. Il me parla comme s'il ne s'était rien passé, et je fus bien obligé de lui répondre. Je l'avais frappé assez fort, je crois, pour lui donner une rage de dents. En tout cas, il avait le visage enveloppé d'un mouchoir de soie noire, avec son chapeau perché sur le tout : ce n'était pas fait pour l'embellir. J'appris, le lundi matin, qu'il était allé à Londres se faire arracher une dent. J'espère bien que c'était une grosse dent.

Le docteur nous avait fait dire qu'il n'était pas bien, et resta seul, pendant une grande partie du temps que dura encore notre séjour. Agnès et son père étaient partis depuis une huitaine, quand nous reprîmes notre travail accoutumé. La veille du jour où nous nous remîmes à l'œuvre, le docteur me donna lui-même un billet qui n'était pas cacheté, et qui m'était adressé : il m'y suppliait, dans les termes les plus affectueux, de ne jamais faire allusion au sujet de la conversation qui avait eu lieu entre nous quelques jours auparavant. Je l'avais confié à ma tante, mais je n'en avais rien dit à personne autre. C'était une question que je ne pouvais pas discuter avec Agnès ; et elle n'avait certainement pas le plus léger soupçon de ce qui s'était passé.

Mistress Strong ne s'en doutait pas non plus, j'en suis convaincu. Plusieurs semaines s'écoulèrent avant que je visse en elle le moindre changement. Cela vint lentement, comme un nuage, quand il n'y a pas de vent. D'abord, elle sembla s'étonner de la tendre compassion avec laquelle le docteur lui parlait, et du désir qu'il lui exprimait qu'elle fît venir sa mère auprès d'elle, pour rompre un peu la monotonie de sa vie. Souvent, quand nous étions au travail et qu'elle était assise près de nous, je la voyais s'arrêter pour regarder son mari, avec une expression d'étonnement et d'inquiétude. Puis, je la voyais quelquefois se lever et sortir de la chambre, les yeux pleins de larmes. Peu à peu, une ombre de tristesse vint planer sur son beau visage, et cette tristesse augmentait chaque jour. Mistress Markleham était installée chez le docteur, mais elle parlait tant qu'elle n'avait le temps de rien voir.

A mesure qu'Annie changeait ainsi, elle qui jadis était comme un rayon de soleil dans la maison du docteur, le docteur devenait plus vieux d'apparence, et plus grave ; mais la douceur de son caractère, la tranquille bonté de ses manières, et sa bienveillante sollicitude pour elle, avaient encore augmenté, si c'était possible. Je le vis encore une fois, le matin de l'anniversaire de sa femme, s'approcher de la fenêtre où elle était assise pendant que nous travaillions (c'était jadis son habitude, mais maintenant elle ne prenait cette place que d'un air timide et incertain qui me fendait le cœur); il prit la tête d'Annie entre ses mains, l'embrassa, et s'éloigna rapidement, pour lui cacher son émotion. Je la vis rester immobile, comme une statue, à l'endroit où il l'avait laissée; puis elle baissa la tête, joignit les mains, et se mit à pleurer avec angoisse.

Quelques jours après, il me sembla qu'elle désirait me parler, dans les moments où nous nous trouvions seuls, mais elle ne me dit jamais un mot. Le docteur inventait toujours quelque nouveau divertissement pour l'éloigner de chez elle, et sa mère qui aimait beaucoup à s'amuser, ou plutôt qui n'aimait que cela, s'y associait de grand cœur, et ne tarissait pas en éloges de son gendre. Quant à Annie, elle se laissait conduire où on voulait la mener, d'un air triste et abattu; mais elle semblait ne prendre plaisir à rien.

Je ne savais que penser. Ma tante n'était pas plus habile, et je suis sûr que cette incertitude lui a fait faire plus de trente lieues dans sa chambre. Ce qu'il y avait de plus bizarre, c'est que la seule personne qui semblât apporter un peu de véritable soulagement au milieu de tout ce chagrin intérieur et mystérieux, c'était M. Dick.

Il m'aurait été tout à fait impossible, et peut-être à lui-même, d'expliquer ce qu'il pensait de tout cela, ou les observations qu'il avait pu faire. Mais, comme je l'ai déjà rapporté en racontant ma vie de pension, sa vénération pour le docteur était sans bornes; et il y a, dans une véritable affection, même de la part de quelque pauvre petit animal, un instinct sublime et délicat, qui laisse bien loin derrière elle l'intelligence la plus élevée. M. Dick avait ce qu'on pourrait appeler l'esprit du cœur, et c'est avec cela qu'il entrevoyait quelque rayon de la vérité.

Il avait repris l'habitude, dans ses heures de loisir, d'arpenter le petit jardin avec le docteur, comme jadis il

arpentait avec lui la grande allée du jardin de Canterbury. Mais les choses ne furent pas plutôt dans cet état,
qu'il consacra toutes ses heures de loisir (qu'il allongeait exprès en se levant de meilleure heure) à ces
excursions. Autrefois il n'était jamais aussi heureux que
quand le docteur lui lisait son merveilleux ouvrage, le
Dictionnaire ; maintenant il était positivement malheureux tant que le docteur n'avait pas tiré le Dictionnaire
de sa poche pour reprendre sa lecture. Lorsque nous
étions occupés, le docteur et moi, il avait pris l'habitude
de se promener avec mistress Strong, de l'aider à soigner ses fleurs de prédilection ou à nettoyer ses plates-
bandes. Ils ne se disaient pas, j'en suis sûr, plus de
douze paroles par heure, mais son paisible intérêt et
son affectueux regard trouvaient toujours un écho tout
prêt dans leurs deux cœurs ; chacun d'eux savait que
l'autre aimait M. Dick, et que lui, il les aimait aussi tous
deux ; c'est comme cela qu'il devint ce que nul autre ne
pouvait être..., un lien entre eux.

Quand je pense à lui et que je le vois, avec sa figure
intelligente, mais impénétrable, marchant en long et en
large à côté du docteur, ravi de tous les mots incompré-
hensibles du Dictionnaire, portant pour Annie
d'immenses arrosoirs, ou bien, à quatre pattes avec des
gants fabuleux, pour nettoyer avec une patience d'ange
de petites plantes microscopiques ; faisant comprendre
délicatement à mistress Strong, dans chacune de ses
actions, le désir de lui être agréable, avec une sagesse
que nul philosophe n'aurait su égaler ; faisant jaillir de
chaque petit trou de son arrosoir, sa sympathie, sa fidélité et son affection ; quand je me dis que, dans ces
moments-là, son âme, tout entière au muet chagrin de
ses amis, ne s'égara plus dans ses anciennes folies, et
qu'il n'introduisit pas une fois dans le jardin l'infortuné
roi Charles ; qu'il ne broncha pas un moment dans sa
bonne volonté reconnaissante ; que jamais il n'oublia
qu'il y avait là quelque malentendu qu'il fallait réparer,
je me sens presque confus d'avoir pu croire qu'il n'avait

pas toujours son bon sens, surtout en songeant au bel usage que j'ai fait de ma raison, moi qui me flatte de ne pas l'avoir perdue.

« Personne que moi ne sait ce que vaut cet homme, Trot ! me disait fièrement ma tante, quand nous en causions. Dick se distinguera quelque jour ! »

Il faut qu'avant de finir ce chapitre je passe à un autre sujet. Tandis que le docteur avait encore ses hôtes chez lui, je remarquai que le facteur apportait tous les matins deux ou trois lettres à Uriah Heep, qui était resté à Highgate aussi longtemps que les autres, vu que c'était le moment des vacances, l'adresse était toujours de l'écriture officielle de M. Micawber, il avait adopté la ronde pour les affaires. J'avais conclu avec plaisir, de ces légers indices, que M. Micawber allait bien ; je fus donc très surpris de recevoir un jour la lettre suivante de son aimable femme :

« Canterbury, lundi soir.

« Vous serez certainement bien étonné, mon cher M. Copperfield, de recevoir cette lettre. Peut-être le serez-vous encore plus du contenu, et peut-être plus encore de la demande de secret absolu que je vous adresse. Mais, en ma double qualité d'épouse et de mère, j'ai besoin d'épancher mon cœur, et comme je ne veux pas consulter ma famille (déjà peu favorable à M. Micawber), je ne connais personne à qui je puisse m'adresser avec plus de confiance qu'à mon ami et ancien locataire.

« Vous savez peut-être, mon cher monsieur Copperfield, qu'il y a toujours eu une parfaite confiance entre moi et M. Micawber (que je n'abandonnerai jamais). Je ne dis pas que M. Micawber n'a pas parfois signé un billet sans me consulter, ou ne m'a pas induit en erreur sur l'époque de l'échéance. C'est possible, mais en général M. Micawber n'a rien eu de caché pour le giron de son affection (c'est sa femme dont je parle), il a toujours, à l'heure de notre repos, récapitulé devant elle les événements de sa journée.

« Vous pouvez vous représenter, mon cher monsieur Copperfield, toute l'amertume de mon cœur, quand je vous apprendrai que M. Micawber est entièrement changé. Il fait le réservé. Il fait le discret. Sa vie est un mystère pour la compagne de ses joies et de ses chagrins (c'est encore de sa femme que je parle), et je puis vous dire que je ne sais pas plus ce qu'il fait tout le jour dans son bureau, que je ne suis au courant de l'existence de cet homme miraculeux, dont on raconte aux petits enfants qu'il vivait de lécher les murs. Encore sait-on bien que ceci n'est qu'une fable populaire, tandis que ce que je vous raconte de M. Micawber n'est malheureusement que trop vrai.

« Mais ce n'est pas tout : M. Micawber est morose; il est sévère; il vit éloigné de notre fils aîné, de notre fille; il ne parle plus avec orgueil de ses jumeaux; il jette même un regard glacial sur l'innocent étranger qui est venu dernièrement s'ajouter à notre cercle de famille. Je n'obtiens de lui qu'avec la plus grande difficulté les ressources pécuniaires qui me sont indispensables pour subvenir à des dépenses bien réduites, je vous assure; il me menace sans cesse d'aller se faire planteur (c'est son expression), et il refuse avec barbarie de me donner la moindre raison d'une conduite qui me navre.

« C'est bien dur à supporter; mon cœur se brise. Si vous voulez me donner quelques avis, vous ajouterez une obligation de plus à toutes celles que je vous ai déjà. Vous connaissez mes faibles ressources : dites-moi comment je puis les employer dans une situation si équivoque. Mes enfants me chargent de mille tendresses; le petit étranger qui a le bonheur, hélas! d'ignorer encore toutes choses, vous sourit, et moi, mon cher M. Copperfield, je suis

« Votre amie bien affligée,

« EMMA MICAWBER. »

Je ne me sentais pas le droit de donner à une femme aussi pleine d'expérience que mistress Micawber d'autre conseil que celui de chercher à regagner la confiance de M. Micawber à force de patience et de bonté (et j'étais bien sûr qu'elle n'y manquerait pas), mais cette lettre ne m'en donnait pas moins à penser.

CHAPITRE XIII

Encore un regard en arrière

Permettez-moi, encore une fois, de m'arrêter sur un moment si mémorable de ma vie. Laissez-moi me ranger pour voir défiler devant moi dans une procession fantastique l'ombre de ce que je fus, escorté par les fantômes des jours qui ne sont plus.

Les semaines, les mois, les saisons s'écoulent. Elles ne m'apparaissent guère que comme un jour d'été et une soirée d'hiver. Tantôt la prairie que je foule aux pieds avec Dora est tout en fleurs, c'est un tapis parsemé d'or; et tantôt nous sommes sur une bruyère aride ensevelie sous des monticules de neige. Tantôt la rivière qui coule le long de notre promenade du dimanche étincelle aux rayons du soleil d'été, tantôt elle s'agite sous le souffle du vent d'hiver et s'épaissit au contact des blocs de glace qui viennent envahir son cours. Elle bondit, elle se précipite, elle s'élance vers la mer plus vite que ne saurait le faire aucune autre rivière au monde.

Il n'y a rien de changé dans la maison des deux vieilles petites dames. La pendule fait tic tac sur la cheminée, le baromètre est suspendu dans le vestibule. La pendule ni le baromètre ne vont jamais bien, mais la foi nous sauve.

J'ai atteint ma majorité! J'ai vingt et un ans. Mais c'est là une sorte de dignité qui peut être le partage de tout le monde; voyons plutôt ce que j'ai fait par moi-même.

J'ai apprivoisé cet art sauvage qu'on appelle la sténo-

graphie : j'en tire un revenu très respectable. J'ai acquis
une grande réputation dans cette spécialité, et je suis au
nombre des douze sténographes qui recueillent les
débats du parlement pour un journal du matin. Tous les
soirs je prends note de prédictions qui ne s'accompli-
ront jamais ; de professions de foi auxquelles on n'est
jamais fidèle ; d'explications qui n'ont pas d'autre but
que de mystifier le bon public. Je n'y vois plus que du
feu. La Grande-Bretagne, cette malheureuse vierge
qu'on met à toute sauce, je la vois toujours devant moi
comme une volaille à la broche, bien plumée et bien
troussée, traversée de part en part avec des plumes de
fer et ficelée bel et bien avec une faveur rouge. Je suis
assez au courant des mystères de la coulisse pour
apprécier à sa valeur la vie politique : aussi je suis à cet
égard un incrédule fini ; jamais on ne me convertira là-
dessus.

Mon cher ami Traddles s'est essayé au même travail,
mais ce n'est pas son affaire. Il prend son échec de la
meilleure humeur du monde, et me rappelle qu'il a toujours eu la tête dure. Les éditeurs de mon journal
l'emploient parfois à recueillir des faits, qu'ils donnent
ensuite à des metteurs en œuvre plus habiles. Il entre au
barreau, et, à force de patience et de travail, il parvient
à réunir cent livres sterling, pour offrir à un procureur
dont il fréquente l'étude. On a consommé bien du vin de
Porto pour son jour de bienvenue, et je crois que les étu-
diants du Temple ont dû bien se régaler à ses dépens, ce
jour-là.

J'ai fait une autre tentative : j'ai tâté avec crainte et
tremblement du métier d'auteur. J'ai envoyé mon premier essai à une revue, qui l'a publié. Depuis lors, j'ai
pris courage, et j'ai publié quelques autres petits travaux ; ils commencent à me rapporter quelque chose.
En tout, mes affaires marchent bien, et quand je
compte mon revenu sur les doigts de ma main gauche,
je passe le troisième doigt et je m'arrête à la seconde
jointure du quatrième : trois cent cinquante livres sterling, ce n'est, ma foi, pas une plaisanterie.

Nous avons quitté Buckingham-Street pour nous établir dans une jolie petite maison, tout près de celle que j'admirais tant jadis. Ma tante a bien vendu sa maison de Douvres, mais elle ne compte pourtant pas rester avec nous, elle veut aller s'installer dans un cottage du voisinage, plus modeste que le nôtre. Qu'est-ce que tout cela veut dire? s'agirait-il de mon mariage? Oui-da!

Oui! je vais épouser Dora! miss Savinia et miss Clarissa ont donné leur consentement, et si jamais vous avez vu des petits serins se trémousser, ce sont elles. Miss Savinia s'est chargée de la surintendance du trousseau de ma chère petite; elle passe son temps à couper la ficelle d'une foule de paquets enveloppés de papier gris, et à se disputer avec quelque jeune Calicot de l'air le plus respectable, qui porte un gros paquet avec son mètre sous le bras. Il y a dans la maison une couturière dont le sein est toujours transpercé d'une aiguille enfilée, piquée à sa robe; elle mange et couche dans la maison, et je crois, en vérité, qu'elle garde son dé pour dîner, pour boire, pour dormir. Elles font de ma petite Dora un vrai mannequin. On est toujours à l'appeler pour venir essayer quelque chose. Nous ne pouvons pas être ensemble cinq minutes, le soir, sans que quelque femme importune vienne taper à la porte.

« Miss Dora, pourriez-vous monter un moment? »

Miss Clarissa et ma tante parcourent tous les magasins de Londres pour nous mener ensuite voir quelques articles mobiliers après elles. Elles feraient bien mieux de les choisir elles-mêmes, sans nous obliger, Dora et moi, à aller les inspecter en cérémonie, car en allant examiner des casseroles ou un garde-feu, Dora aperçoit un petit pavillon chinois pour Jip, avec des petites clochettes en haut, et l'achète de préférence. Jip est très long à s'habituer à sa nouvelle résidence, il ne peut pas entrer dans sa niche ou en sortir sans que les petites clochettes se mettent en branle, ce qui lui fait une peur horrible.

Peggotty arrive pour se rendre utile, et elle se met

aussitôt à l'œuvre. Son département, c'est le nettoyage à perpétuité ; elle frotte tout ce qu'on peut frotter, jusqu'à ce qu'elle le voie reluire, bon gré, mal gré, comme son front luisant. Et de temps à autre, je vois son frère errer seul le soir à travers les rues sombres, où il s'arrête pour regarder toutes les femmes qui passent. Je ne lui parle jamais à cette heure-là : je ne sais que trop, quand je le rencontre grave et solitaire, ce qu'il cherche et ce qu'il redoute de trouver.

Pourquoi Traddles a-t-il l'air si important ce matin en venant me trouver aux *Doctors' Commons*, où je vais encore parfois, quand j'ai le temps ? C'est que mes rêves d'autrefois vont se réaliser, je vais prendre une licence de mariage.

Jamais si petit document n'a représenté tant de choses ; et Traddles le contemple sur mon pupitre avec une admiration mêlées d'épouvante. Voilà bien ces noms enlacés selon l'usage des vieux temps, comme leurs deux cœurs, David Copperfield et Dora Spenlow avec un trait d'union ; voilà, dans le coin, l'institution paternelle du timbre qui ne dédaigne pas de jeter un regard sur notre hymen, elle s'intéresse avec tant de bonté à toutes les cérémonies de la vie humaine ! voilà l'archevêque de Canterbury qui nous donne sa bénédiction imprimée, à aussi bas prix que possible.

Et cependant, c'est un rêve pour moi, un rêve agité, heureux, rapide. Je ne puis croire que ce soit vrai : pourtant il me semble que tous ceux que je rencontre dans la rue doivent s'apercevoir que je vais me marier après-demain. Le délégué de l'archevêque me reconnaît quand je vais pour prêter serment, et me traite avec autant de familiarité que s'il y avait entre nous quelque lien de franc-maçonnerie. Traddles n'est nullement nécessaire, mais il m'accompagne partout, comme mon ombre.

« J'espère, mon cher ami, dis-je à Traddles, que la prochaine fois vous viendrez ici pour votre compte, et que ce sera bientôt.

— Merci de vos bons souhaits, mon cher Copperfield, répond-il, je l'espère aussi. C'est toujours une satisfaction de savoir qu'elle m'attendra tant que cela sera nécessaire et que c'est bien la meilleure fille du monde.

— A quelle heure allez-vous l'attendre à la voiture ce soir ?

— A sept heures, dit Traddles, en regardant à sa vieille montre d'argent, cette montre dont jadis, à la pension, il avait enlevé une roue pour en faire un petit moulin. Miss Wickfield arrive à peu près à la même heure, n'est-ce pas ?

— Un peu plus tard, à huit heures et demie.

— Je vous assure, mon cher ami, me dit Traddles, que je suis presque aussi content que si j'allais me marier moi-même. Et puis, je ne sais comment vous remercier de la bonté que vous avez mise à associer personnellement Sophie à ce joyeux événement, en l'invitant à venir servir de demoiselle d'honneur avec miss Wickfield. J'en suis bien touché. »

Je l'écoute et je lui serre la main ; nous causons, nous nous promenons, et nous dînons. Mais je ne crois pas un mot de tout cela ; je sais bien que c'est un rêve.

Sophie arrive chez les tantes de Dora, à l'heure convenue. Elle a une figure charmante ; elle n'est pas positivement belle, mais extrêmement agréable ; je n'ai jamais vu personne de plus naturel, de plus franc, de plus attachant. Traddles nous la présente avec orgueil ; et, pendant dix minutes, il se frotte les mains devant la pendule, tous ses cheveux hérissés et brosse sur sa tête de loup, tandis que je le félicite de son choix.

Agnès est aussi arrivée de Canterbury, et nous revoyons parmi nous ce beau et doux visage. Agnès a un grand goût pour Traddles ; c'est un plaisir de les voir se retrouver et d'observer comme Traddles est fier de faire faire sa connaissance à la meilleure fille du monde.

C'est égal, je ne crois pas un mot de tout cela. Toujours ce rêve ! Nous passons une soirée charmante, nous

sommes heureux, ravis ; il ne me manque que d'y croire.
Je ne sais plus où j'en suis. Je ne peux contenir ma joie.
Je me sens dans une sorte de rêvasserie nébuleuse,
comme si je m'étais levé de très grand matin il y a
quinze jours, et que je ne me fusse pas recouché depuis.
Je ne puis pas me rappeler s'il y a bien longtemps que
c'était hier. Il me semble que voilà des mois que je suis
à faire le tour du monde, avec une licence de mariage
dans ma poche.

Le lendemain, quand nous allons, tous en corps, voir
la maison, notre maison, la maison de Dora et la
mienne, je ne m'en considère nullement comme le propriétaire. Il me semble que j'y suis par la permission de
quelqu'un. Je m'attends à voir le maître, le véritable
possesseur, paraître tout à l'heure, pour me dire qu'il est
bien aise de me voir chez lui. Une si belle petite maison !
Tout y est si gai et si neuf ! Les fleurs du tapis ont l'air
de s'épanouir et le feuillage du papier est comme s'il
venait de pousser sur les branches. Voilà des rideaux de
mousseline blanche et des meubles de perse rose ! Voilà
le chapeau de jardin de Dora, déjà accroché le long du
mur ! Elle en avait un tout pareil quand je l'ai vue pour
la première fois ! La guitare se carre déjà à sa place dans
son coin, et tout le monde va se cogner, au risque de se
jeter par terre, contre la pagode de Jip, qui est beaucoup
trop grande pour notre établissement.

Encore une heureuse soirée, un rêve de plus, comme
tout le reste ; je me glisse comme de coutume dans la
salle à manger avant de partir. Dora n'y est pas. Je suppose qu'elle est encore à essayer quelque chose.
Miss Savinia met la tête à la porte et m'annonce d'un air
de mystère que ce ne sera pas long. C'est pourtant très
long ; mais j'entends enfin le frôlement d'une robe à la
porte ; on tape.

Je dis : « Entrez ! » On tape encore. Je vais ouvrir la
porte, étonné qu'on n'entre pas, et là j'aperçois deux
yeux très brillants et une petite figure rougissante : c'est
Dora. Miss Savinia lui a mis sa robe de noce, son cha-

peau, etc., etc., pour me la faire voir en toilette de
mariée. Je serre ma petite femme sur mon cœur, et
miss Savinia pousse un cri parce que je la chiffonne, et
Dora rit et pleure tout à la fois de me voir si content :
mais je crois à tout cela moins que jamais.

« Trouvez-vous cela joli, mon cher Dody? me dit
Dora.

— Joli! je le crois bien que je le trouve joli!

— Et êtes-vous bien sûr de m'aimer beaucoup? » dit
Dora.

Cette question fait courir de tels dangers au chapeau
que miss Savinia pousse un autre petit cri, et m'avertit
que Dora est là seulement pour que je la regarde, mais
que, sous aucun prétexte, il ne faut y toucher. Dora
reste donc devant moi, charmante et confuse, tandis
que je l'admire; puis elle ôte son chapeau (comme elle a
l'air gentil sans ce chapeau) et elle se sauve en l'emportant; puis elle revient dans sa robe de tous les jours, et
elle demande à Jip si j'ai une belle petite femme, et s'il
pardonne à sa maîtresse de se marier; et, pour la dernière fois de sa vie de jeune fille, elle se met à genoux
pour le faire tenir debout sur le livre de cuisine.

Je vais me coucher, plus incrédule que jamais, dans
une petite chambre que j'ai là tout près; et le lendemain
matin je me lève de très bonne heure pour aller à Highgate, chercher ma tante.

Jamais je n'avais vu ma tante dans une pareille tenue.
Elle a une robe de soie gris perle, avec un chapeau bleu;
elle est superbe. C'est Jeannette qui l'a habillée, et elle
reste là à me regarder. Peggotty est prête à partir pour
l'église, et compte voir la cérémonie du haut des tribunes. M. Dick, qui doit servir de père à Dora, et me la
« donner pour femme » au pied de l'autel, s'est fait fri-
ser. Traddles, qui est venu me trouver à la barrière,
m'éblouit par le plus éclatant mélange de couleur de
chair et de bleu de ciel; M. Dick et lui me font l'effet
d'avoir des gants de la tête aux pieds.

Sans doute je vois ainsi les choses, parce que je sais

que c'est toujours comme cela ; mais ce n'en est pas moins un rêve, et tout ce que je vois n'a rien de réel. Et pourtant, pendant que nous nous dirigeons vers l'église en calèche découverte, ce mariage féerique est assez réel pour me remplir d'une sorte de compassion pour les infortunés qui ne se marient pas comme moi et qui sont là à balayer le devant de leurs boutiques, ou qui se rendent à leurs travaux accoutumés.

Ma tante tient, tout le long du chemin, ma main dans la sienne. Quand nous nous arrêtons à une petite distance de l'église, pour faire descendre Peggotty qui est venue sur le siège, elle m'embrasse bien fort.

« Que Dieu vous bénisse, Trot ! Je n'aimerais pas davantage mon propre fils. Je pense bien à votre mère, la pauvre petite, ce matin.

— Et moi aussi : et à tout ce que je vous dois, ma chère tante.

— Bah, bah ! » dit ma tante ; et, dans son excès d'affection, elle tend la main à Traddles, qui la tend à M. Dick, qui me la tend, et je la tends à Traddles ; enfin nous voilà à la porte de l'église.

L'église est bien calme certainement, mais il faudrait, pour me calmer, une machine à forte pression ; je suis trop ému pour cela.

Tout le reste me semble un rêve plus ou moins incohérent.

Je rêve bien sûr que les voilà qui entrent avec Dora ; que l'ouvreuse des bancs nous aligne devant l'autel comme un vieux sergent ; je rêve que je me demande pourquoi ce genre de femme-là est toujours si maussade. La bonne humeur serait-elle donc d'une si dangereuse contagion pour le sentiment religieux qu'il soit nécessaire de placer ces vases de fiel et de vinaigre sur la route du paradis.

Je rêve que le pasteur et son clerc font leur entrée, que quelques bateliers et quelques autres personnes viennent flâner par là, que j'ai derrière moi un vieux marin qui parfume toute l'église d'une forte odeur de rhum; que l'on commence d'une voix grave à lire le service, et que nous sommes tous recueillis.

Que miss Savinia, qui joue le rôle de demoiselle d'honneur supplémentaire, est la première qui se mette à pleurer, rendant hommage par ses sanglots, autant que je puis croire, à la mémoire de Pidger; que miss Clarissa lui met sous le nez son flacon; qu'Agnès prend soin de Dora; que ma tante fait tout ce qu'elle peut pour se donner un air inflexible, tandis que des larmes coulent le long de ses joues; que ma petite Dora tremble de toutes ses forces, et qu'on l'entend murmurer faiblement ses réponses.

Que nous nous agenouillons à côté l'un de l'autre : que Dora tremble un peu moins, mais qu'elle ne lâche pas la main d'Agnès; que le service continue sérieux et tranquille; que, lorsqu'il est fini, nous nous regardons à travers nos larmes et nos sourires; que, dans la sacristie, ma chère petite femme sanglote, en appelant son papa, son pauvre papa!

Que bientôt elle se remet, et que nous signons sur le grand livre chacun notre tour; que je vais chercher Peggotty dans les tribunes pour qu'elle vienne signer aussi, et qu'elle m'embrasse dans un coin, en me disant qu'elle a vu marier ma pauvre mère; que tout est fini et que nous nous en allons.

Que je sors de l'église joyeux et fier, en donnant le bras à ma charmante petite femme; que j'entrevois, à travers un nuage, des visages amis, et la chaire, et les tombeaux, et les bancs, et l'orgue, et les vitraux de l'église, et qu'à tout cela vient se mêler le souvenir de l'église où j'allais avec ma mère, quand j'étais enfant; ah! qu'il y a longtemps!

Que j'entends dire tout bas aux curieux, en nous voyant passer : « Ah! le jeune et beau petit couple! quelle jolie petite mariée! » Que nous sommes tous gais et expansifs, tandis que nous retournons à Putney; que Sophie nous raconte comme quoi elle a manqué de se trouver mal, quand on a demandé à Traddles la licence que je lui avais confiée; elle était convaincue qu'il se la serait laissé voler dans sa poche s'il ne l'avait pas perdue avant; qu'Agnès rit de tout son cœur, et que Dora l'aime tant qu'elle ne veut pas se séparer d'elle, et lui tient toujours la main.

Qu'il y a un grand déjeuner avec une foule de bonnes et de jolies choses, dont je mange, sans me douter le moins du monde du goût qu'elles peuvent avoir (c'est naturel, quand on rêve); que je ne mange et ne bois, pour ainsi dire, qu'amour et mariage; car je ne crois pas plus à la solidité des comestibles qu'à la réalité du reste.

Que je fais un discours dans le genre des rêves, sans avoir la moindre idée de ce que je veux dire : je suis même convaincu que je n'ai rien dit du tout que nous sommes tout simplement et tout naturellement aussi heureux qu'on peut l'être, en rêve, bien entendu; que Jip mange de notre gâteau de noces, ce qui plus tard ne lui réussit pas merveilleusement.

Que les chevaux de poste sont prêts; que Dora va changer de robe; que ma tante et miss Clarissa restent avec nous; que nous nous promenons dans le jardin; que ma tante a fait, à déjeuner, un vrai petit discours sur les tantes de Dora; qu'elle est ravie, et même un peu fière de ce tour de force.

Que Dora est toute prête, que miss Savinia voltige partout autour d'elle, regrettant de perdre le charmant jouet qui lui a donné, depuis quelque temps, une occupation si agréable; qu'à sa grande surprise, Dora découvre à chaque instant qu'elle a oublié une quantité de petites choses, et que tout le monde court de tout côté pour aller les lui chercher.

Qu'on entoure Dora, qu'elle commence à dire adieu; qu'elles ont toutes l'air d'une corbeille de fleurs, avec leurs rubans si frais et leurs couleurs si gaies; qu'on étouffe à moitié ma chère petite femme, au milieu de toutes ces fleurs embrassantes et qu'elle vient se jeter dans mes bras jaloux, riant et pleurant tout à la fois.

Que je veux emporter Jip (qui doit nous accompa-

gner) et que Dora dit que non : parce que c'est elle qui le
portera; sans cela, il croira qu'elle ne l'aime plus, à
présent qu'elle est mariée, ce qui lui brisera le cœur;
que nous sortons, bras dessus bras dessous; que Dora
s'arrête et se retourne pour dire : « Si j'ai jamais été
maussade ou ingrate pour vous, ne vous le rappelez pas,
je vous en prie! » et qu'elle fond en larmes.

Qu'elle agite sa petite main, et que, pour la vingtième
fois, nous allons partir; qu'elle s'arrête encore, se
retourne encore, court encore vers Agnès, car c'est à elle
qu'elle veut donner ses derniers baisers, adresser ses
derniers adieux.

Enfin nous voilà en voiture, à côté l'un de l'autre.
Nous voilà partis. Je sors de mon rêve; j'y crois maintenant. Oui, c'est bien là ma chère, chère petite femme
qui est à côté de moi, elle que j'aime tant!

« Êtes-vous heureux, maintenant, méchant garçon?
me dit Dora. Et êtes-vous bien sûr de ne pas vous repentir? »

Je me suis rangé pour voir défiler devant moi les fantômes de ces jours qui ne sont plus. Maintenant qu'ils
sont disparus je reprends le voyage de ma vie!

CHAPITRE XIV

Notre ménage

Ce ne fut pas sans étonnement qu'une fois la lune de
miel écoulée, et les demoiselles d'honneur rentrées au
logis, nous nous retrouvâmes seuls dans notre petite
maison, Dora et moi; désormais destitués pour ainsi
dire du charmant et délicieux emploi qui consiste à
faire ce qu'on appelle sa cour.

Je trouvais si extraordinaire d'avoir toujours Dora
près de moi; il me semblait si étrange de ne pas avoir à
sortir pour aller la voir; de ne plus avoir à me tour-

menter l'esprit à son sujet; de ne plus avoir à lui écrire, de ne plus me creuser la tête pour chercher quelque occasion d'être seul avec elle! Parfois le soir, quand je quittais un moment mon travail, et que je la voyais assise en face de moi, je m'appuyais sur le dossier de ma chaise et je me mettais à penser que c'était pourtant bien drôle que nous fussions là, seuls ensemble, comme si c'était la chose du monde la plus naturelle que personne n'eût plus à se mêler de nos affaires; que tout le roman de nos fiançailles fût bien loin derrière nous, que nous n'eussions plus qu'à nous plaire mutuellement, qu'à nous plaire toute la vie.

Quand il y avait à la Chambre des communes un débat qui me retenait tard, il me semblait si étrange, en reprenant le chemin du logis, de songer que Dora m'y attendait! Je trouvais si merveilleux de la voir s'asseoir doucement près de moi pour me tenir compagnie, tandis que je prenais mon souper! Et de savoir qu'elle mettait des papillotes! Bien mieux que ça, de les lui voir mettre tous les soirs. N'était-ce pas bien extraordinaire?

Je crois que deux tout petits oiseaux en auraient su autant sur la tenue d'un ménage, que nous en savions, ma chère petite Dora et moi. Nous avions une servante, et, comme de raison, c'était elle qui tenait notre ménage. Je suis encore intérieurement convaincu que ce devait être une fille de mistress Crupp déguisée. Comme elle nous rendait la vie dure, Marie-Jeanne!

Son nom était Parangon. Lorsque nous la prîmes à notre service, on nous assura que ce nom n'exprimait que bien faiblement ses qualités : c'était le parangon de toutes les vertus. Elle avait un certificat écrit, grand comme une affiche; à en croire ce document, elle savait faire tout au monde, et bien d'autres choses encore. C'était une femme dans la force de l'âge, d'une physionomie rébarbative, et sujette à une sorte de rougeole perpétuelle, surtout sur les bras, qui la mettait en combustion. Elle avait un cousin dans les gardes, avec de si longues jambes qu'il avait l'air d'être l'ombre de quelque autre personne, vue au soleil, après midi. Sa veste était beaucoup trop petite pour lui, comme il était beaucoup trop grand pour notre maison; il la faisait paraître dix fois plus petite qu'elle n'était réellement. En outre, les murs n'étaient pas épais, et toutes les fois qu'il passait la soirée chez nous, nous en étions avertis par une sorte de grognement continu que nous entendions dans la cuisine.

On nous avait garanti que notre trésor était sobre et honnête. Je suis donc disposé à croire qu'elle avait une attaque de nerfs, le jour où je la trouvai couchée sous la marmite, et que c'était le boueur qui avait mis de la négligence à ne pas nous rendre les cuillers à thé qui nous manquaient.

Mais elle nous faisait une peur terrible. Nous sentions notre inexpérience, et nous étions hors d'état de nous tirer d'affaire : je dirais que nous étions à sa merci, si le mot merci ne rappelait pas l'indulgence, et c'était une femme sans pitié. C'est elle qui fut la cause de la première castille que j'eus avec Dora.

« Ma chère amie, lui dis-je un jour, croyez-vous que Marie-Jeanne connaisse l'heure ?

— Pourquoi, David ? demanda Dora, en levant innocemment la tête.

— Mon amour, parce qu'il est cinq heures, et que nous devions dîner à quatre. »

Dora regarda la pendule d'un petit air inquiet, et insinua qu'elle croyait bien que la pendule avançait.

« Au contraire, mon amour, lui dis-je en regardant à ma montre, elle retarde de quelques minutes. »

Ma petite femme vint s'asseoir sur mes genoux, pour essayer de me câliner, et me fit une ligne au crayon sur le milieu du nez; c'était charmant, mais cela ne me donnait pas à dîner.

« Ne croyez-vous pas, ma chère, que vous feriez bien d'en parler à Marie-Jeanne ?

— Oh, non, je vous en prie, David ! Je ne pourrais jamais, dit Dora.

— Pourquoi donc, mon amour ? lui demandai-je doucement.

— Oh, parce que je ne suis qu'une petite sotte, dit Dora, et qu'elle le sait bien ! »

Cette opinion de Marie-Jeanne me paraissait si incompatible avec la nécessité, selon moi, de la gronder que je fronçai le sourcil.

« Oh ! la vilaine ride sur le front ! méchant que vous êtes ! » dit Dora, et toujours assise sur mon genou, elle marqua ces odieuses rides avec son crayon, qu'elle portait à ses lèvres roses pour le faire mieux marquer ; puis elle faisait semblant de travailler sérieusement sur mon front, d'un air si comique, que j'en riais en dépit de tous mes efforts.

« A la bonne heure, voilà un bon garçon ! dit Dora ; vous êtes bien plus joli quand vous riez.

— Mais, mon amour...

— Oh non, non ! je vous en prie ! cria Dora en m'embrassant. Ne faites pas la Barble-Bleue, ne prenez pas cet air sérieux !

— Mais, ma chère petite femme, lui dis-je, il faut pourtant être sérieux quelquefois. Venez vous asseoir sur cette chaise tout près de moi ! Donnez-moi ce crayon ! Là ! Et parlons un peu raison. Vous savez, ma chérie (quelle bonne petite main à tenir dans la mienne ! et quel précieux anneau à voir au doigt de ma nouvelle mariée !), vous savez, ma chérie, qu'il n'est pas très agréable d'être obligé de s'en aller sans avoir dîné. Voyons, qu'en pensez-vous ?

— Non, répondit faiblement Dora.

— Mon amour, comme vous tremblez !

— Parce que je *sais* que vous allez me gronder, s'écria Dora, d'un ton lamentable.

— Mon amour, je vais seulement tâcher de vous parler raison.

— Oh ! mais c'est bien pis que de gronder ! s'écria Dora, au désespoir. Je ne me suis pas mariée pour qu'on me parle raison. Si vous voulez raisonner avec une pauvre petite chose comme moi, vous auriez dû m'en prévenir, méchant que vous êtes ! »

J'essayai de calmer Dora, mais elle se cachait le visage et elle secouait de temps en temps ses boucles, en disant : « Oh ! méchant ! méchant que vous êtes ! » Je ne savais plus que faire : je me mis à marcher dans la chambre, puis je me rapprochai d'elle.

« Dora, ma chérie !

— Non, je ne suis pas votre chérie. Vous êtes certainement fâché de m'avoir épousée, sans cela vous ne voudriez pas me parler raison ! »

Ce reproche me parut d'une telle inconséquence, que cela me donna le courage de lui dire :

« Allons, ma Dora, ne soyez pas si enfant, vous dites là des choses qui n'ont pas de bon sens. Vous vous rappelez certainement qu'hier j'ai été obligé de sortir avant la fin du dîner et que la veille, le veau m'a fait mal, parce qu'il n'était pas cuit et que j'ai été obligé de l'avaler en courant ; aujourd'hui je ne dîne pas du tout, et je n'ose pas dire combien de temps nous avons attendu le déjeuner ; et encore l'eau ne bouillait seulement pas pour le thé. Je ne veux pas vous faire de reproches, ma chère petite, mais tout ça n'est pas très agréable.

— Oh, méchant, méchant que vous êtes, comment pouvez-vous me dire que je suis une femme désagréable !

— Ma chère Dora, vous savez bien que je n'ai jamais dit ça !

— Vous avez dit que tout ça n'était pas très agréable.

— J'ai dit que la manière dont on tenait notre ménage n'était pas agréable.

— C'est exactement la même chose ! » cria Dora. Et évidemment elle le croyait, car elle pleurait amèrement.

Je fis de nouveau quelques pas dans la chambre, plein d'amour pour ma jolie petite femme, et tout prêt à me casser la tête contre les murs, tant je sentais de remords. Je me rassis, et je lui dis :

« Je ne vous accuse pas, Dora. Nous avons tous deux

beaucoup à apprendre. Je voudrais seulement vous prouver qu'il faut véritablement, il le faut (j'étais décidé à ne point céder sur ce point), vous habituer à surveiller Marie-Jeanne, et aussi un peu à agir par vous-même dans votre intérêt comme dans le mien.

— Je suis vraiment étonnée de votre ingratitude, dit Dora, en sanglotant. Vous savez bien que l'autre jour vous aviez dit que vous voudriez bien avoir un petit morceau de poisson et que j'ai été moi-même, bien loin, en commander pour vous faire une surprise.

— C'était très gentil à vous, ma chérie, et j'en ai été si reconnaissant que je me suis bien gardé de vous dire que vous aviez eu tort d'acheter un saumon, parce que c'est beaucoup trop gros pour deux personnes : et qu'il avait coûté une livre six shillings, ce qui était trop cher pour nous.

— Vous l'avez trouvé très bon, dit Dora, en pleurant toujours, et vous étiez si content que vous m'avez appelée votre petite chatte.

— Et je vous appellerai encore de même, bien des fois mon amour », répondis-je.

Mais j'avais blessé ce tendre petit cœur, et il n'y avait pas moyen de la consoler. Elle pleurait si fort, elle avait le cœur si gros, qu'il me semblait que je lui avais dit je ne sais quoi d'horrible qui avait dû lui faire de la peine. J'étais obligé de partir bien vite : je ne revins que très tard, et pendant toute la nuit, je me sentis accablé de remords. J'avais la conscience bourrelée comme un assassin ; j'étais poursuivi par le sentiment vague d'un crime énorme dont j'étais coupable.

Il était plus de deux heures du matin. Quand je rentrai, je trouvai chez moi ma tante qui m'attendait.

« Est-ce qu'il y a quelque chose, ma tante, lui dis-je, avec inquiétude.

— Non, Trot, répondit-elle. Asseyez-vous, asseyez-vous. Seulement petite Fleur était un peu triste, et je suis restée pour lui tenir compagnie, voilà tout. »

J'appuyai ma tête sur ma main, et demeurai les yeux

fixés sur le feu ; je me sentais plus triste et plus abattu que je ne l'aurais cru possible, sitôt, presque au moment où venaient de s'accomplir mes plus doux rêves. Je rencontrai enfin les yeux de ma tante fixés sur moi. Elle avait l'air inquiet, mais son visage devint bientôt serein.

« Je vous assure, ma tante, lui dis-je, que j'ai été malheureux toute la nuit, de penser que Dora avait du chagrin. Mais je n'avais d'autre intention que de lui parler doucement et tendrement de nos petites affaires. »

Ma tante fit un signe de tête encourageant.

« Il faut y mettre de la patience, Trot, dit-elle.

— Certainement. Dieu sait que je ne veux pas être déraisonnable, ma chère tante.

— Non, non, dit ma tante, mais petite Fleur est très délicate, il faut que le vent souffle doucement sur elle. »

Je remerciai, au fond du cœur, ma bonne tante de sa tendresse pour ma femme, et je suis sûr qu'elle s'en aperçut bien.

« Ne croyez-vous pas, ma tante, lui dis-je après avoir de nouveau contemplé le feu, que vous puissiez de temps en temps donner quelques conseils à Dora. Cela nous serait bien utile.

— Trot, reprit ma tante, avec émotion, Non ! Ne me demandez jamais cela ! »

Elle parlait d'un ton si sérieux que je levai les yeux avec surprise.

« Voyez-vous, mon enfant, me dit ma tante, quand je regarde en arrière dans ma vie passée, je me dis qu'il y a maintenant dans leur tombe des personnes avec lesquelles j'aurais mieux fait de vivre en bons termes. Si j'ai jugé sévèrement les erreurs d'autrui en fait de mariage, c'est peut-être parce que j'avais de tristes raisons d'en juger sévèrement pour mon propre compte. N'en parlons plus. J'ai été pendant bien des années une vieille femme grognon et insupportable. Je le suis encore. Je le serai toujours. Mais nous nous sommes fait mutuellement du bien, Trot ; du moins vous m'en avez fait, mon ami, et il ne faut pas que maintenant la division vienne se mettre entre nous.

— La division entre *nous* ! m'écria-je.

— Mon enfant, mon enfant, dit ma tante, en lissant sa robe avec sa main, il n'y a pas besoin d'être prophète pour prévoir combien cela serait facile, ou combien je pourrais rendre notre petite Fleur malheureuse, si je me mêlais de votre ménage ; je veux que ce cher bijou m'aime et qu'elle soit gaie comme un papillon. Rappelez-vous votre mère et son second mariage ; et ne me faites jamais une proposition qui me rappelle pour elle et pour moi de trop cruels souvenirs. »

Je compris tout de suite que ma tante avait raison, et je ne compris pas moins toute l'étendue de ses scrupules généreux pour ma chère petite femme.

« Vous en êtes au début, Trot, continua-t-elle, et Paris ne s'est pas fait en un jour, ni même en un an. Vous avez fait votre choix en toute liberté vous-même (et ici je crus voir un nuage se répandre un moment sur sa figure). Vous avez même choisi une charmante petite créature qui vous aime beaucoup. Ce sera votre devoir, et ce sera aussi votre bonheur, je n'en doute pas, car je ne veux pas avoir l'air de vous faire un sermon, ce sera votre devoir, comme aussi votre bonheur, de l'apprécier, telle que vous l'avez choisie, pour les qualités qu'elle a, et non pour les qualités qu'elle n'a pas. Tâchez de développer celles qui lui manquent. Et si vous ne réussissez pas, mon enfant (ici ma tante se frotta le nez), il faudra vous accoutumer à vous en passer. Mais rappelez-vous, mon ami, que votre avenir est une affaire à régler entre vous deux. Personne ne peut vous aider ; c'est à vous à faire comme pour vous. C'est là le mariage, Trot, et que Dieu vous bénisse l'un et l'autre, car vous êtes un peu comme deux babies perdus au milieu des bois ! »

Ma tante me dit tout cela d'un ton enjoué, et finit par un baiser pour ratifier la bénédiction.

« Maintenant, dit-elle, allumez-moi une petite lanterne, et conduisez-moi jusqu'à ma petite niche par le sentier du jardin car nos deux maisons communi-

quaient par là. Présentez à petite Fleur toutes les tendresses de Betsy Trotwood, et, quoi qu'il arrive, Trot, ne
vous mettez plus dans la tête de faire de Betsy un épouvantail, car je l'ai vue assez souvent dans la glace, pour
pouvoir vous dire qu'elle est déjà naturellement bien
assez maussade et assez rechignée comme cela. »

Là-dessus ma tante noua un mouchoir autour de sa
tête selon sa coutume, et je l'escortai jusque chez elle.
Quand elle s'arrêta dans son jardin, pour éclairer mes
pas au retour avec sa petite lanterne, je vis bien qu'elle
me regardait de nouveau d'un air soucieux, mais je n'y
fis pas grande attention, j'étais trop occupé à réfléchir
sur ce qu'elle m'avait dit, trop pénétré, pour la première
fois, de la pensée que nous avions à faire nous-mêmes
notre avenir à nous deux, Dora et moi, et que personne
ne pourrait nous venir en aide.

Dora descendit tout doucement en pantoufles, pour
me retrouver maintenant que j'étais seul ; elle se mit à
pleurer sur mon épaule, et me dit que j'avais été bien
dur, et qu'elle avait été aussi bien méchante ; je lui en
dis, je crois, à peu près autant de mon côté, et cela fut
fini ; nous décidâmes que cette petite dispute serait la
dernière, et que nous n'en aurions plus jamais, quand
nous devrions vivre cent ans.

Quelle épreuve que les domestiques ! C'est encore là
l'origine de la première querelle que nous eûmes après.
Le cousin de Marie-Jeanne déserta, et vint se cacher
chez nous dans le trou au charbon ; il en fut retiré, à
notre grand étonnement, par un piquet de ses camarades qui l'emmenèrent les fers aux mains ; notre jardin
en fut couvert de honte. Cela me donna le courage de
me débarrasser de Marie-Jeanne, qui prit si doucement,
si doucement son renvoi que j'en fus surpris : mais
bientôt je découvris où avaient passé nos cuillers ; et de
plus on me révéla qu'elle avait l'habitude d'emprunter,
sous mon nom, de petites sommes à nos fournisseurs.
Elle fut remplacée momentanément par mistress Kidgerbury, vieille bonne femme de Kentishtown qui allait

faire des ménages au dehors, mais qui était trop faible
pour en venir à bout ; puis nous trouvâmes un autre trésor, d'un caractère charmant ; mais malheureusement
ce trésor-là ne faisait pas autre chose que de dégringo-
ler du haut en bas de l'escalier avec le plateau dans les
mains, ou de faire le plongeon par terre dans le salon
avec le service à thé, comme on pique une tête dans un
bain. Les ravages commis par cette infortunée nous
obligèrent à la renvoyer ; elle fut suivie, avec de nombreux intermèdes de mistress Kidgerbury, d'une série
d'êtres incapables. A la fin nous tombâmes sur une
jeune fille de très bonne mine qui se rendit à la foire de
Greenwich, avec le chapeau de Dora. Ensuite je ne me
rappelle plus qu'une foule d'échecs successifs.

Nous semblions destinés à être attrapés par tout le
monde. Dès que nous paraissions dans une boutique,
on nous offrait des marchandises avariées. Si nous
achetions un homard, il était plein d'eau. Notre viande
était coriace, et nos pains n'avaient que de la mie. Dans
le but d'étudier le principe de la cuisson d'un rosbif
pour qu'il soit rôti à point, j'eus moi-même recours au
livre de cuisine, et j'y appris qu'il fallait accorder un
quart d'heure de broche par livre de viande, plus un
quart d'heure en sus pour le tout. Mais il fallait que
nous fussions victimes d'une bizarre fatalité, car jamais
nous ne pouvions attraper le juste milieu entre de la
viande saignante ou de la viande calcinée.

J'étais bien convaincu que tous ces désastres nous
coûtaient beaucoup plus cher que si nous avions
accompli une série de triomphes. En étudiant nos
comptes, je m'apercevais que nous avions dépensé du
beurre de quoi bitumer le rez-de-chaussée de notre maison. Quelle consommation ! Je ne sais si c'est que les
contributions indirectes de cette année-là avaient fait
renchérir le poivre, mais, au train dont nous y allions, il
fallut, pour entretenir nos poivrières, que bien des
familles fussent obligées de s'en passer, pour nous céder
leur part. Et ce qu'il y avait de plus merveilleux dans

tout cela, c'est que nous n'avions jamais rien dans la maison.

Il nous arriva aussi plusieurs fois que la blanchisseuse mit notre linge en gage, et vint dans un état d'ivresse pénitente implorer notre pardon ; mais je suppose que cela a dû arriver à tout le monde. Nous eûmes encore à subir un feu de cheminée, la pompe de la paroisse et le faux serment du bedeau qui nous mit en frais ; mais ce sont encore là des malheurs ordinaires. Ce qui nous était personnel, c'était notre guignon en fait de domestiques ; l'une d'entre elles avait une passion pour les liqueurs fortes, qui augmentait singulièrement notre compte de *porter* et de spiritueux au café qui nous les fournissait. Nous trouvions sur les mémoires des articles inexplicables, comme « un quart de litre de rhum (Mistress C.) », et « un demi-quart de genièvre (Mistress C.) », et « un verre de rhum et d'eau-de-vie de lavande (Mistress C.) » ; la parenthèse s'appliquait toujours à Dora, qui passait, à ce que nous apprîmes ensuite, pour avoir absorbé tous ces liquides.

L'un de nos premiers exploits, ce fut de donner à dîner à Traddles. Je le rencontrai un matin, et je l'engageai à venir nous trouver dans la soirée. Il y consentit volontiers, et j'écrivis un mot à Dora, pour lui dire que j'amènerais notre ami. Il faisait beau, et en chemin nous causâmes tout le temps de mon bonheur. Traddles en était plein, et il me disait que, le jour où il saurait que Sophie l'attendait le soir dans une petite maison comme la nôtre, rien ne manquerait à son bonheur.

Je ne pouvais souhaiter d'avoir une plus charmante petite femme que celle qui s'assit ce soir-là en face de moi ; mais ce que j'aurais bien pu désirer, c'est que la chambre fût un peu moins petite. Je ne sais pas comment cela se faisait, mais nous avions beau n'être que deux, nous n'avions jamais de place, et pourtant la chambre était assez grande pour que notre mobilier pût s'y perdre. Je soupçonne que c'était parce que rien n'avait de place marquée, excepté la pagode de Jip qui

encombrait toujours la voie publique. Ce soir-là,
Traddles était si bien enfermé entre la pagode, la boîte à
guitare, le chevalet de Dora et mon bureau, que je craignais toujours qu'il n'eût pas assez de place pour se servir de son couteau et de sa fourchette ; mais il protestait
avec sa bonne humeur habituelle, et me répétait : « J'ai
beaucoup de place, Copperfield ! beaucoup de place, je
vous assure ! »

Il y avait une autre chose que j'aurais voulu empêcher ; j'aurais voulu qu'on n'encourageât pas la présence
de Jip sur la nappe pendant le dîner. Je commençais à
trouver peu convenable qu'il y vînt jamais, quand même
il n'aurait pas eu la mauvaise habitude de fourrer la
patte dans le sel ou dans le beurre. Cette fois-là, je ne
sais pas si c'est qu'il se croyait spécialement chargé de
donner la chasse à Traddles, mais il ne cessait d'aboyer
après lui et de sauter sur son assiette mettant à ces
diverses manœuvres une telle obstination, qu'il accapa-
rait à lui seul toute la conversation.

Mais je savais combien ma chère Dora avait le cœur
tendre à l'endroit de son favori ; aussi je ne fis aucune
objection : je ne me permis même pas une allusion aux
assiettes dont Jip faisait carnage sur le parquet, ni au
défaut de symétrie dans l'arrangement des salières qui
étaient toutes groupées par trois ou quatre, va comme
je te pousse ; je ne voulus pas non plus faire observer
que Traddles était absolument bloqué par des plats de
légumes égarés et par les carafes. Seulement je ne pouvais m'empêcher de me demander en moi-même, tout
en contemplant le gigot à l'eau que j'allais découper,
comment il se faisait que nos gigots avaient toujours
des formes si extraordinaires, comme si notre boucher
n'achetait que des moutons contrefaits ; mais je gardai
pour moi mes réflexions.

« Mon amour, dis-je à Dora, qu'avez-vous dans ce
plat ? »

Je ne pouvais comprendre pourquoi Dora me faisait
depuis un moment de gentilles petites grimaces,
comme si elle voulait m'embrasser.

« Des huîtres, mon ami, dit-elle timidement.

— Est-ce de votre invention? dis-je d'un ton ravi.

— Oui, David, dit Dora.

— Quelle bonne idée! m'écriai-je en posant le grand couteau et la fourchette pour découper notre gigot. Il n'y a rien que Traddles aime autant.

— Oui, oui, David, dit Dora; j'en ai acheté un beau petit baril tout entier, et l'homme m'a dit qu'elles étaient très bonnes. Mais j'ai... j'ai peur qu'elles n'aient quelque chose d'extraordinaire. » Ici Dora secoua la tête et des larmes brillèrent dans ses yeux.

« Elles ne sont ouvertes qu'à moitié, lui dis-je; ôtez l'écaille du dessus, ma chérie.

— Mais elle ne veut pas s'en aller, dit Dora qui essayait de toutes ses forces, de l'air le plus infortuné.

— Savez-vous, Copperfield? dit Traddles en examinant gaiement le plat, je crois que c'est parce que... ces huîtres sont parfaites... mais je crois que c'est parce que... parce qu'on ne les a jamais ouvertes. »

En effet, on ne les avait jamais ouvertes; et nous n'avions pas de couteaux pour les huîtres; d'ailleurs nous n'aurions pas su nous en servir; nous regardâmes donc les huîtres, et nous mangeâmes le mouton : du moins nous mangeâmes tout ce qui était cuit, en l'assaisonnant avec des câpres. Si je le lui avais permis, je crois que Traddles, passant à l'état sauvage, se serait volontiers fait cannibale, et nourri de viande presque crue, pour exprimer combien il était satisfait du repas; mais j'étais décidé à ne pas lui permettre de s'immoler ainsi sur l'autel de l'amitié, et nous eûmes au lieu de cela un morceau de lard; fort heureusement il y avait du lard froid dans le garde-manger.

Ma pauvre petite femme était tellement désolée à la pensée que je serais contrarié, et sa joie fut si vive quand elle vit qu'il n'en était rien, que j'oubliai bien vite mon ennui d'un moment. La soirée se passa à merveille; Dora était assise près de moi, son bras appuyé sur mon fauteuil, tandis que Traddles et moi nous discutions sur la qualité de mon vin, et à chaque instant elle se penchait vers mon oreille pour me remercier de n'avoir pas été grognon et méchant. Ensuite elle nous fit du thé, et j'étais si ravi de la voir à l'œuvre, comme si elle faisait la dînette de sa poupée, que je ne fis pas le difficile sur la qualité douteuse du breuvage. Ensuite, Traddles et moi, nous jouâmes un moment aux cartes, tandis que Dora chantait en s'accompagnant sur la guitare, et il me semblait que notre mariage n'était qu'un beau rêve et que j'en étais encore à la première soirée où j'avais prêté l'oreille à sa douce voix.

Quand Traddles fut parti, je l'accompagnai jusqu'à la porte, puis je rentrai dans le salon; ma femme vint mettre sa chaise tout près de la mienne.

« Je suis si fâchée! dit-elle. Voulez-vous m'enseigner un peu à faire quelque chose, David?

— Mais d'abord il faudrait que j'apprisse moi-même, Dora, lui dis-je. Je n'en sais pas plus long que vous, ma petite.

— Oh! mais vous, vous pouvez apprendre, reprit-elle, vous avez tant d'esprit!

— Quelle folie, ma petite chatte!

— J'aurais dû, reprit-elle après un long silence, j'aurais dû aller m'établir à la campagne, et passer un an avec Agnès! »

Ses mains jointes étaient placées sur mon épaule, elle y reposait sa tête, et me regardait doucement de ses grands yeux bleus.

« Pourquoi donc? demandai-je.

— Je crois qu'elle m'aurait fait du bien, et qu'avec *elle* j'aurais pu apprendre bien des choses.

— Tout vient en son temps, mon amour. Depuis de longues années, vous savez, Agnès a eu à prendre soin de son père; même dans le temps où ce n'était encore qu'une toute petite fille, c'était déjà l'Agnès que vous connaissez.

— Voulez-vous m'appeler comme je vais vous le demander? demanda Dora sans bouger.

— Comment donc? lui dis-je en souriant.

— C'est un nom stupide, dit-elle en secouant ses boucles, mais c'est égal, appelez-moi votre *femme-enfant*. »

Je demandai en riant à ma femme-enfant pourquoi elle voulait que je l'appelasse ainsi. Elle me répondit sans bouger, seulement mon bras passé autour de sa taille rapprochait encore de moi ses beaux yeux bleus :

« Mais, êtes-vous nigaud ! Je ne vous demande pas de me donner ce nom-là, au lieu de m'appeler Dora. Je vous prie seulement, quand vous songez à moi, de vous dire que je suis votre femme-enfant. Quand vous avez envie de vous fâcher contre moi, vous n'avez qu'à vous dire : "Bah ! c'est ma femme-enfant." Quand je vous mettrai la tête à l'envers, dites-vous encore : "Ne savais-je pas bien depuis longtemps que ça ne ferait jamais qu'une petite femme-enfant !" Quand je ne serai pas pour vous tout ce que je voudrais être, et ce que je ne serai peut-être jamais, dites-vous toujours : "Cela n'empêche pas que cette petite sotte de femme-enfant m'aime tout de même", car c'est la vérité, David, je vous aime bien. »

Je ne lui avais pas répondu sérieusement ; l'idée ne m'était pas venue jusque-là qu'elle parlât sérieusement elle-même. Mais elle fut si heureuse de ce que je lui répondis, que ses yeux n'étaient pas encore secs qu'elle riait déjà. Et bientôt je vis ma femme-enfant assise par terre, à côté de la pagode chinoise, faisant sonner toutes les petites cloches les unes après les autres, pour punir Jip de sa mauvaise conduite, et Jip restait nonchalamment étendu sur le seuil de sa niche, la regardant du coin de l'œil comme pour lui dire : « Faites, faites, vous ne parviendrez pas à me faire bouger de là avec toutes vos taquineries : je suis trop paresseux, je ne me dérange pas pour si peu. »

Cet appel de Dora fit sur moi une profonde impression. Je me reporte à ce temps lointain ; je me représente cette douce créature que j'aimais tant ; je la

conjure de sortir encore une fois des ombres du passé,
et de tourner vers moi son charmant visage, et je puis
assurer que son petit discours résonnait sans cesse dans
mon cœur. Je n'en ai peut-être pas tiré le meilleur parti
possible, j'étais jeune et sans expérience; mais jamais
son innocente prière n'est venue frapper en vain mon
oreille.

Dora me dit, quelques jours après, qu'elle allait devenir une excellente femme de ménage. En conséquence,
elle sortit du tiroir son ardoise, tailla son crayon, acheta
un immense livre de comptes, rattacha soigneusement
toutes les feuilles du livre de cuisine que Jip avait
déchirées, et fit un effort désespéré « pour être sage »,
comme elle disait. Mais les chiffres avaient toujours le
même défaut : ils ne voulaient pas se laisser additionner. Quand elle avait accompli deux ou trois colonnes
de son livre de comptes, et ce n'était pas sans peine, Jip
venait se promener sur la page et barbouiller tout avec
sa queue; et puis, elle imbibait d'encre son joli doigt
jusqu'à l'os : c'est ce qu'il y avait de plus clair dans
l'affaire.

Quelquefois le soir, quand j'étais rentré et à l'ouvrage
(car j'écrivais beaucoup et je commençais à me faire un
nom comme auteur), je posais ma plume et j'observais
ma femme-enfant qui tâchait « d'être sage ». D'abord
elle posait sur la table son immense livre de comptes, et
poussait un profond soupir; puis elle l'ouvrait à
l'endroit effacé par Jip la veille au soir, et appelait Jip
pour lui montrer les traces de son crime : c'était le
signal d'une diversion en faveur de Jip, et on lui mettait
de l'encre sur le bout du nez, comme châtiment.
Ensuite elle disait à Jip de se coucher sur la table, « tout
de suite, comme un lion », c'était un de ses tours de
force, bien qu'à mes yeux l'analogie ne fût pas frappante. S'il était de bonne humeur, Jip obéissait. Alors
elle prenait une plume et commençait à écrire, mais il y
avait un cheveu dans sa plume; elle en prenait donc une
autre et commençait à écrire; mais celle-là faisait des

pâtés; alors elle en prenait une troisième et recommençait à écrire, en se disant à voix basse : « Oh! mais, celle-là grince, elle va déranger David! » Bref, elle finissait par y renoncer et par reporter le livre de comptes à sa place, après avoir fait mine de le jeter à la tête du lion.

Une autre fois, quand elle se sentait d'humeur plus grave, elle prenait son ardoise et un petit panier plein de notes et d'autres documents qui ressemblaient plus à des papillotes qu'à tout autre chose, et elle essayait d'en tirer un résultat quelconque. Elle les comparait très sérieusement, elle posait sur l'ardoise des chiffres qu'elle effaçait, elle comptait dans tous les sens les doigts de sa main gauche, après quoi elle avait l'air si vexé, si découragé et si malheureux, que j'avais du chagrin de voir s'assombrir, pour me satisfaire, ce charmant petit visage; alors je m'approchais d'elle tout doucement, et je lui disais :

« Qu'est-ce que vous avez, Dora? »

Elle me regardait d'un air désolé et répondait : « Ce sont ces vilains comptes qui ne veulent pas aller comme il faut; j'en ai la migraine : ils s'obstinent à ne pas faire ce que je veux! »

Alors je lui disais : « Essayons un peu ensemble; je vais vous montrer, ma Dora. »

Puis je commençais une démonstration pratique; Dora m'écoutait pendant cinq minutes avec la plus profonde attention, après quoi elle commençait à se sentir horriblement fatiguée, et cherchait à s'égayer en roulant mes cheveux autour de ses doigts, ou en rabattant le col de ma chemise pour voir si cela m'allait bien. Quand je voulais un peu réprimer son enjouement et que je continuais mes raisonnements, elle avait l'air si désolé et si effarouché, que je me rappelais tout à coup comme un reproche, en la voyant si triste, sa gaieté naturelle le jour où je l'avais vue pour la première fois : je laissais tomber le crayon en me répétant que c'était une femme-enfant, et je la priais de prendre sa guitare.

J'avais beaucoup à travailler et de nombreux soucis, mais je gardais tout cela pour moi. Je suis loin de croire maintenant que j'aie eu raison d'agir ainsi, mais je le faisais par tendresse pour ma femme-enfant. J'examine mon cœur, et c'est sans la moindre réserve que je confie à ces pages mes plus secrètes pensées. Je sentais bien qu'il me manquait quelque chose, mais cela n'allait pas jusqu'à altérer le bonheur de ma vie. Quand je me promenais seul par un beau soleil, et que je songeais aux jours d'été où la terre entière semblait remplie de ma jeune passion, je sentais que mes rêves ne s'étaient pas parfaitement réalisés, mais je croyais que ce n'était qu'une ombre adoucie de la douce gloire du passé. Parfois, je me disais bien que j'aurais préféré trouver chez ma femme un conseiller plus sûr, plus de raison, de fermeté et de caractère ; j'aurais désiré qu'elle pût me soutenir et m'aider, qu'elle possédât le pouvoir de combler les lacunes que je sentais en moi, mais je me disais aussi qu'un tel bonheur n'était pas de ce monde, et qu'il ne devait pas, ne pouvait pas exister.

J'étais encore, pour l'âge, un jeune garçon plutôt qu'un mari. Je n'avais connu, pour me former par leur salutaire influence, d'autres chagrins que ceux qu'on a pu lire dans ce récit. Si je me trompais, et cela m'arrivait peut-être bien souvent, c'étaient mon amour et mon peu d'expérience qui m'égaraient. Je dis l'exacte vérité. A quoi me servirait maintenant la dissimulation ?

C'était donc sur moi que retombaient toutes les difficultés et les soucis de notre vie ; elle n'en prenait pas sa part. Notre ménage était à peu près dans le même gâchis qu'au début ; seulement je m'y étais habitué, et j'avais au moins le plaisir de voir que Dora n'avait presque jamais de chagrin. Elle avait retrouvé toute sa gaieté folâtre ; elle m'aimait de tout son cœur et s'amusait comme autrefois, c'est-à-dire comme un enfant.

Quand les débats des Chambres avaient été assommants (je ne parle que de leur longueur, et non de leur qualité, car sous ce dernier rapport, ils n'étaient jamais autrement), et que je rentrais tard, Dora ne voulait jamais s'endormir avant que je fusse rentré, et descendait toujours pour me recevoir. Quand je n'avais pas à m'occuper du travail qui m'avait coûté tant de labeur sténographique, et que je pouvais écrire pour mon propre compte, elle venait s'asseoir tranquillement près de moi, si tard que ce pût être, et elle était tellement silencieuse que souvent je la croyais endormie. Mais en général, quand je levais la tête, je voyais ses yeux bleus fixés sur moi avec l'attention tranquille dont j'ai déjà parlé.

« Ce pauvre garçon! doit-il être fatigué! dit-elle un soir, au moment où je fermais mon pupitre.

— Cette pauvre petite fille! doit-elle être fatiguée! répondis-je. Ce serait à moi à vous dire cela, Dora. Une autre fois, vous irez vous coucher, mon amour; il est beaucoup trop tard pour vous.

— Oh! non! ne m'envoyez pas coucher, dit Dora d'un ton suppliant. Je vous en prie, ne faites pas ça!

— Dora! »

A mon grand étonnement, elle pleurait sur mon épaule.

« Vous n'êtes donc pas bien, ma petite; vous n'êtes pas heureuse?

— Si, je suis très bien, et très heureuse, dit Dora. Mais promettez-moi que vous me laisserez rester près de vous pour vous voir écrire.

— Voyez un peu la belle vue pour ces jolis yeux, et à minuit encore! répondis-je.

— Vrai? est-ce que vous les trouvez jolis? reprit Dora en riant; je suis si contente qu'ils soient jolis!

— Petite glorieuse! » lui dis-je.

Mais non, ce n'était pas de la vanité, c'était une joie naïve de se sentir admirée par moi. Je le savais bien avant qu'elle me le dît.

« Si vous les trouvez jolis, dites-moi que vous me permettrez toujours de vous regarder écrire! dit Dora; les trouvez-vous jolis?

— Très jolis!

— Alors laissez-moi vous regarder écrire.

— J'ai peur que cela ne les embellisse pas, Dora.

— Mais si certainement! parce que voyez-vous, monsieur le savant, cela vous empêchera de m'oublier, pendant que vous êtes plongé dans vos méditations silencieuses. Est-ce que vous serez fâché si je vous dis quelque chose de bien niais, plus niais encore qu'à l'ordinaire?

— Voyons donc cette merveille?

— Laissez-moi vous donner vos plumes à mesure que vous en aurez besoin, me dit Dora. J'ai envie d'avoir quelque chose à faire pour vous pendant ces longues heures où vous êtes si occupé. Voulez-vous que je les prenne pour vous les donner? »

Le souvenir de sa joie charmante quand je lui dis oui me fait venir les larmes aux yeux. Lorsque je me remis à écrire le lendemain, elle était établie près de moi avec un gros paquet de plumes; cela se renouvela régulièrement chaque fois. Le plaisir qu'elle avait à s'associer ainsi à mon travail, et son ravissement chaque fois que j'avais besoin d'une plume, ce qui m'arrivait sans cesse, me donnèrent l'idée de lui donner une satisfaction plus grande encore. Je faisais semblant, de temps à autre, d'avoir besoin d'elle pour me copier une ou deux pages de mon manuscrit. Alors elle était dans toute sa gloire. Il fallait la voir se préparer pour cette grande entreprise, mettre son tablier, emprunter des chiffons à la cuisine pour essuyer sa plume, et le temps qu'elle y mettait, et le nombre de fois qu'elle en lisait des passages à Jip, comme s'il pouvait comprendre; puis enfin elle signait sa page comme si l'œuvre fût restée incomplète sans le nom du copiste, et me l'apportait, toute joyeuse d'avoir achevé son devoir, en me jetant les bras autour du cou. Souvenir charmant pour moi, quand les autres n'y verraient que des enfantillages!

Peu de temps après, elle prit possession des clefs, qu'elle promenait par toute la maison dans un petit panier attaché à sa ceinture. En général, les armoires auxquelles elles appartenaient n'étaient pas fermées, et les clefs finirent par ne plus servir qu'à amuser Jip, mais Dora était contente, et cela me suffisait. Elle était convaincue que cette mesure devait produire le meilleur effet, et nous étions joyeux comme deux enfants qui font tenir ménage à leur poupée pour de rire.

C'est ainsi que se passait notre vie ; Dora témoignait presque autant de tendresse à ma tante qu'à moi, et lui parlait souvent du temps où elle la regardait comme « une vieille grognon ». Jamais ma tante n'avait pris autant de peine pour personne. Elle faisait la cour à Jip, qui n'y répondait nullement ; elle écoutait tous les jours Dora jouer de la guitare, elle qui n'aimait pas la musique ; elle ne parlait jamais mal de notre série d'*Incapables*, et pourtant la tentation devait être bien grande pour elle ; elle faisait à pied des courses énormes pour rapporter à Dora toutes sortes de petites choses dont elle avait envie, et chaque fois qu'elle nous arrivait par le jardin et que Dora n'était pas en bas, on l'entendait dire, au bas de l'escalier, d'une voix qui retentissait joyeusement par toute la maison :

« Mais où est donc Petite-Fleur ? »

CHAPITRE XV

M. Dick justifie la prédiction de ma tante

Il y avait déjà quelque temps que j'avais quitté le docteur. Nous vivions dans son voisinage, je le voyais souvent, et deux ou trois fois nous avions été dîner ou prendre le thé chez lui. Le Vieux-Troupier était établi à demeure chez lui. Elle était toujours la même, avec les mêmes papillons immortels voltigeant toujours au-dessus de son bonnet.

Semblable à bien d'autres mères que j'ai connues

durant ma vie, mistress Markleham tenait beaucoup plus à s'amuser que sa fille. Elle avait besoin de se divertir, et comme un rusé vieux troupier qu'elle était, elle voulait faire croire, en consultant ses propres inspirations, qu'elle s'immolait à son enfant. Cette excellente mère était donc toute disposée à favoriser le désir du docteur, qui voulait qu'Annie s'amusât, et elle exprimait tout haut son approbation de la sagacité de son gendre.

Je ne doute pas qu'elle ne fît saigner la plaie du cœur du docteur sans le savoir, sans y mettre autre chose qu'un certain degré d'égoïsme et de frivolité qu'on rencontre parfois chez des personnes d'un âge mûr; elle le confirmait, je crois, dans la pensée qu'il en imposait à la jeunesse de sa femme, et qu'il n'y avait point entre eux de sympathie naturelle, à force de le féliciter de chercher à adoucir à Annie le fardeau de la vie.

« Mon cher ami, lui disait-elle un jour en ma présence, vous savez bien, sans doute, que c'est un peu triste pour Annie d'être toujours enfermée ici. »

Le docteur fit un bienveillant signe de tête.

« Quand elle aura l'âge de sa mère, dit mistress Markleham en agitant son éventail, ce sera une autre affaire. Vous pourriez *me* mettre dans un cachot, pourvu que j'eusse bonne compagnie et que je pusse faire mon rubber, jamais je ne demanderais à sortir. Mais je ne suis pas Annie, vous savez, et Annie n'est pas sa mère.

— Certainement, certainement, dit le docteur.

— Vous êtes le meilleur homme du monde. Non, je vous demande bien pardon, continua-t-elle en voyant le docteur faire un geste négatif, il faut que je le dise devant vous, comme je le dis toujours derrière votre dos, vous êtes le meilleur homme du monde; mais naturellement, vous ne pouvez pas, n'est-il pas vrai, avoir les mêmes goûts et les mêmes soins qu'Annie?

— Non! dit le docteur d'une voix attristée.

— Non, c'est tout naturel, reprit le Vieux-Troupier. Voyez, par exemple, votre Dictionnaire! Quelle chose utile qu'un dictionnaire ! quelle chose indispensable ! le sens des mots ! Sans le docteur Johnson, ou des gens comme ça, qui sait si, à l'heure qu'il est, nous ne donnerions pas à un fer à repasser le nom d'un manche à balai. Mais nous ne pouvons demander à Annie de s'intéresser à un dictionnaire, quand il n'est pas même fini, n'est-il pas vrai ? »

Le docteur secoua la tête.

« Et voilà pourquoi j'approuve tant vos attentions délicates, dit mistress Markleham, en lui donnant sur l'épaule un petit coup d'éventail. Cela prouve que vous n'êtes pas comme tant de vieillards qui voudraient trouver de vieilles têtes sur de jeunes épaules. Vous avez étudié le caractère d'Annie et vous le comprenez. C'est ce que je trouve en vous de charmant. »

Le docteur Strong semblait, en dépit de son calme et de sa patience habituelle, ne supporter qu'avec peine tous ces compliments.

« Aussi, mon cher docteur, continua le Vieux-Troupier en lui donnant plusieurs petites tapes d'amitié, vous pouvez disposer de moi en tout temps. Sachez que je suis entièrement à votre service. Je suis prête à aller avec Annie au spectacle, aux concerts, à l'exposition, partout enfin ; et vous verrez que je ne me plaindrai seulement pas de la fatigue ; le devoir, mon cher docteur, le devoir avant tout ! »

Elle tenait parole. Elle était de ces gens qui peuvent supporter une quantité de plaisirs, sans que jamais leur persévérance soit à bout. Jamais elle ne lisait le journal (et elle le lisait tous les jours pendant deux heures dans un bon fauteuil, à travers son lorgnon), sans y découvrir quelque chose à voir qui amuserait certainement Annie. En vain Annie protestait qu'elle était lasse de tout cela, sa mère lui répondait invariablement :

« Ma chère Annie, je vous croyais plus raisonnable, et je dois vous dire, mon amour, que c'est bien mal reconnaître la bonté du docteur Strong. »

Ce reproche lui était généralement adressé en pré-

sence du docteur, et il me semblait que c'était là princi-
palement ce qui décidait Annie à céder. Elle se résignait
presque toujours à aller partout où l'emmenait le Vieux-
Troupier.

Il arrivait bien rarement que M. Maldon les accompa-
gnât. Quelquefois elles engageaient ma tante et Dora à
se joindre à elles ; d'autres fois c'était Dora toute seule.
Jadis j'aurais hésité à la laisser aller, mais, en réfléchissant à ce qui s'était passé le soir dans le cabinet du
docteur, je n'avais plus la même défiance. Je croyais
que le docteur avait raison, et je n'avais pas plus de
soupçons que lui.

Quelquefois ma tante se grattait le nez, quand nous
étions seuls, en me disant qu'elle n'y comprenait rien,
qu'elle voudrait les voir plus heureux, et qu'elle ne
croyait pas du tout que notre militaire amie (c'est ainsi
qu'elle appelait toujours le Vieux-Troupier) contribuât à
raccommoder les choses. Elle me disait encore que le
premier acte du retour au bon sens de notre militaire
amie, ce devrait être d'arracher tous ses papillons et
d'en faire cadeau à quelque ramoneur pour se déguiser
un jour de mascarade.

Mais c'était surtout sur M. Dick qu'elle comptait. Évidemment, cet homme avait une idée, disait-elle, et s'il
pouvait seulement la serrer de près quelque jour, dans
un coin de son cerveau, ce qui était pour lui la grande
difficulté, il se distinguerait de quelque façon extraordinaire.

Ignorant qu'il était de cette prédiction, M. Dick restait
toujours dans la même position vis-à-vis du docteur et
de mistress Strong. Il semblait n'avancer ni reculer
d'une semelle, immobile sur sa base comme un édifice
solide, et j'avoue qu'en effet j'aurais été aussi étonné de
lui voir faire un pas que de voir marcher une maison.

Mais un soir, quelques mois après notre mariage,
M. Dick entr'ouvrit la porte de notre salon ; j'étais seul à
travailler (Dora et ma tante étant allées prendre le thé
chez les deux petits serins), et il me dit avec une toux
significative :

« Cela vous dérangerait, j'en ai peur, de causer un moment avec moi, Trotwood?

— Mais non, certainement, monsieur Dick; donnez-vous la peine d'entrer.

— Trotwood, me dit-il en appuyant son doigt sur son nez, après m'avoir donné une poignée de main, avant de m'asseoir je voudrais vous faire une observation. Vous connaissez votre tante?

— Un peu, répondis-je.

— C'est la femme du monde la plus remarquable, monsieur! »

Et après m'avoir fait cette communication qu'il lança comme un boulet de canon, M. Dick s'assit d'un air plus grave que de coutume et me regarda.

« Maintenant, mon enfant, ajouta-t-il, je vais vous faire une question.

— Vous pouvez m'en faire autant qu'il vous plaira.

— Que pensez-vous de moi, monsieur? me demanda-t-il en se croisant les bras.

— Que vous êtes mon bon et vieil ami.

— Merci, Trotwood, répondit M. Dick en riant et en me serrant la main avec une gaieté expansive. Mais ce n'est pas là ce que je veux dire, mon enfant, continua-t-il d'un ton plus grave : que pensez-vous de moi sous ce point de vue? » Et il se touchait le front.

Je ne savais comment répondre, mais il vint à mon aide.

« Que j'ai l'esprit faible, n'est-ce pas?

— Mais... lui dis-je d'un ton indécis, peut-être un peu.

— Précisément! cria M. Dick, qui semblait enchanté de ma réponse. C'est que, voyez-vous, monsieur Trotwood, quand ils ont retiré un peu du désordre qui était dans la tête de... vous savez bien qui... pour le mettre vous savez bien où, il y a eu... » Ici M. Dick fit faire à ses mains le moulinet plusieurs fois en les tournant autour l'une de l'autre, puis il les frappa l'une contre l'autre et recommença l'exercice du moulinet, pour exprimer une grande confusion. « Voilà ce qu'on m'a fait! Voilà! »

Je lui fis un signe d'approbation qu'il me rendit.

« En un mot, mon enfant, dit M. Dick, baissant tout d'un coup la voix, je suis un peu simple. »

J'allais nier le fait, mais il m'arrêta.

« Si, si! Elle prétend que non. Elle ne veut pas entendre parler, mais cela est. Je le sais. Si je ne l'avais pas eue pour amie, monsieur, il y a bien des années qu'on m'aurait enfermé et que je mènerais la plus triste vie. Mais je le lui rendrai bien, n'ayez pas peur! Jamais je ne dépense ce que je gagne à faire des copies. Je le mets dans une tirelire. J'ai fait mon testament; je lui laisse tout! Elle sera riche, elle aura une noble existence. »

M. Dick tira son mouchoir et s'essuya les yeux. Mais il le replia soigneusement, le lissa entre ses deux mains, le mit dans sa poche, et parut du même coup faire disparaître ma tante.

« Vous êtes instruit, Trotwood, dit M. Dick. Vous êtes très instruit. Vous savez combien le docteur est savant; vous savez l'honneur qu'il m'a toujours fait. La science ne l'a pas rendu fier. Il est humble, humble, plein de condescendance même pour le pauvre Dick, qui a l'esprit borné et qui ne sait rien. J'ai fait monter son nom sur un petit bout de papier le long de la corde du cerf-volant, il est arrivé jusqu'au ciel, parmi les alouettes. Le cerf-volant a été charmé de le recevoir, monsieur, et le ciel en est devenu plus brillant. »

Je l'enchantai en lui disant avec effusion que le docteur méritait tout notre respect et toute notre estime.

« Et sa belle femme est une étoile, dit M. Dick, une brillante étoile; je l'ai vue dans tout son éclat, monsieur. Mais (il rapprocha sa chaise et posa sa main sur mon genou) il y a des nuages, monsieur, il y a des nuages. »

Je répondis à la sollicitude qu'exprimait sa physionomie en donnant à la mienne la même expression et en secouant la tête.

« Quels nuages? dit monsieur Dick. »

Il me regardait d'un air si inquiet et il paraissait si

désireux de savoir ce que c'était que ces nuages, que je
pris la peine de lui répondre lentement et distinctement, comme si j'avais voulu expliquer quelque chose à
un enfant :

« Il y a entre eux quelque malheureux sujet de division, répondis-je, quelque triste cause de désunion.
C'est un secret. Peut-être est-ce une suite inévitable de
la différence d'âge qui existe entre eux. Peut-être cela
tient à la chose du monde la plus insignifiante. »

M. Dick accompagnait chacune de mes phrases d'un
signe d'attention ; il s'arrêta quand j'eus fini, et resta à
réfléchir, les yeux fixés sur moi et la main sur mon
genou.

« Le docteur n'est pas fâché contre elle, Trotwood ?
dit-il au bout d'un moment.

— Non. Il l'aime tendrement.

— Alors, je sais ce que c'est, mon enfant, dit
M. Dick. »

Dans un accès de joie soudaine, il me tapa sur le
genou et se renversa dans sa chaise, les sourcils relevés
tout en haut de son front ; je le crus tout à fait fou. Mais
il reprit bientôt sa gravité, et, se penchant en avant, il
me dit, après avoir tiré son mouchoir d'un air respectueux, comme s'il lui représentait réellement ma tante :

« C'est la femme du monde la plus extraordinaire,
Trotwood. Pourquoi n'a-t-elle rien fait pour remettre
l'ordre dans cette maison ?

— C'est un sujet trop délicat et trop difficile pour
qu'elle puisse s'en mêler, répondis-je.

— Et vous qui êtes si instruit, dit M. Dick en me touchant du bout du doigt, pourquoi n'avez-vous rien fait ?

— Par la même raison, répondis-je encore.

— Alors j'y suis, mon enfant », repartit M. Dick. Et il
se redressa devant moi d'un air encore plus triomphant,
en hochant la tête et en se frappant la poitrine à coups
redoublés ; on aurait dit qu'il avait juré de s'arracher
l'âme du corps.

« Un pauvre homme légèrement timbré, dit M. Dick,

un idiot, un esprit faible, c'est de moi que je parle, vous
savez, peut faire ce que ne peuvent tenter les gens les
plus distingués du monde. Je les raccommoderai, mon
enfant ; j'essayerai, moi ; ils ne m'en voudront pas. Ils ne
me trouveront pas indiscret. Ils se moquent bien de ce
que je puis dire, moi ; quand j'aurais tort, je ne suis que
Dick. Qui est-ce qui fait attention à Dick ? Dick, ce n'est
personne. Peuh ! » Et il souffla, par mépris de son chétif
individu, comme s'il jetait une paille au vent.

Heureusement il avançait dans ses explications, car
nous entendions la voiture s'arrêter à la porte du jardin.
Dora et ma tante allaient rentrer.

« Pas un mot, mon enfant ! continua-t-il à voix basse ;
laissez retomber tout cela sur Dick, sur ce benêt de
Dick... ce fou de Dick ! Voilà déjà quelque temps, monsieur, que j'y pensais ; j'y suis maintenant. Après ce que
vous m'avez dit, je le tiens, j'en suis sûr. Tout va bien ! »

M. Dick ne prononça plus un mot sur ce sujet ; mais
pendant une demi-heure il me fit des signes télégra-
phiques, dont ma tante ne savait que penser, pour
m'enjoindre de garder le plus profond secret.

A ma grande surprise, je n'entendis plus parler de
rien pendant trois semaines, et pourtant je prenais un
véritable intérêt au résultat de ses efforts ; j'entrevoyais
une lueur étrange de bon sens dans la conclusion à
laquelle il était arrivé : quant à son bon cœur, je n'en
avais jamais douté. Mais je finis par croire que, mobile
et changeant comme il était, il avait oublié ou laissé là
son projet.

Un soir que Dora n'avait pas envie de sortir, nous
nous dirigeâmes, ma tante et moi, jusqu'à la petite maison du docteur. C'était en automne, il n'y avait pas de
débats du Parlement pour me gâter la fraîche brise du
soir, et l'odeur des feuilles sèches me rappelait celles
que je foulais jadis aux pieds dans notre petit jardin de
Blunderstone ; le vent, en gémissant, semblait m'apporter encore une vague tristesse, comme autrefois.

Il commençait à faire nuit quand nous arrivâmes

chez le docteur. Mistress Strong sortait du jardin, où M. Dick errait encore, tout en aidant le jardinier à planter quelques piquets. Le docteur avait une visite dans son cabinet, mais mistress Strong nous dit qu'il serait bientôt libre, et nous pria de l'attendre. Nous la suivîmes dans le salon, et nous nous assîmes dans l'obscurité, près de la fenêtre. Nous ne faisions point de cérémonie entre nous; nous vivions librement ensemble, comme de vieux amis et de bons voisins.

Nous n'étions là que depuis un moment, quand mistress Markleham, qui était toujours à faire des embarras à propos de tout, entra brusquement, son journal à la main, en disant d'une voix entrecoupée : « Bon Dieu, Annie, que ne me disiez-vous qu'il y avait quelqu'un dans le cabinet ?

— Mais, ma chère maman, reprit-elle tranquillement, je ne pouvais pas deviner que vous eussiez envie de le savoir.

— Envie de le savoir ! dit mistress Markleham en se laissant tomber sur le canapé. Jamais je n'ai été aussi émue.

— Vous êtes donc entrée dans le cabinet, maman ? demanda Annie.

— Si je suis entrée dans le cabinet ! ma chère, reprit-elle avec une nouvelle énergie. Oui, certainement ! Et je suis tombée sur cet excellent homme : jugez de mon émotion, mademoiselle Trotwood, et vous aussi, monsieur David, juste au moment où il faisait son testament. »

Sa fille tourna vivement la tête.

« Juste au moment, ma chère Annie, où il faisait son testament, l'acte de ses volontés dernières, répéta mistress Markleham, en étendant le journal sur ses genoux comme une nappe. Quelle prévoyance et quelle affection ! Il faut que je vous raconte comment ça se passait ! Vraiment oui, il le faut, quand ce ne serait que pour rendre justice à ce mignon, car c'est un vrai mignon que le docteur ! Peut-être savez-vous, miss Trotwood, que dans cette maison on a l'habitude de n'allumer les bougies que lorsqu'on s'est littéralement crevé les yeux à lire son journal ; et aussi que ce n'est que dans le cabinet qu'on trouve un siège où l'on puisse lire, ce que j'appelle à son aise. C'est donc pour cela que je me rendais dans le cabinet, où j'avais aperçu de la lumière. J'ouvre la porte. Auprès de ce cher docteur je vois deux messieurs, vêtus de noir, évidemment des jurisconsultes ; tous trois debout devant la table ; le cher docteur avait la plume à la main. « C'est simplement pour exprimer, dit le docteur... Annie, mon amour, écoutez bien... C'est simplement pour exprimer toute la confiance que j'ai en mistress Strong que je lui laisse toute ma fortune, sans condition. » Un des messieurs répète : « Toute votre fortune, sans condition. » Sur quoi, émue comme vous pensez que peut l'être une mère en pareille circonstance, je m'écrie : « Grands dieux ! je vous demande bien pardon ! » Je trébuche sur le seuil de la porte et j'accours par le petit corridor sur lequel donne l'office.

Mistress Strong ouvrit la fenêtre et sortit sur le balcon, où elle se tint appuyée contre la balustrade.

« Mais n'est-ce pas un spectacle qui fait du bien, miss Trotwood, et vous, monsieur David, dit mistress Markleham, de voir un homme de l'âge du docteur Strong avoir la force d'âme nécessaire pour faire pareille chose ? Cela prouve combien j'avais raison. Lorsque le docteur Strong me fit une visite des plus flatteuses et me demanda la main d'Annie, je dis à ma fille : « Je ne doute pas, mon enfant, que le docteur Strong ne vous assure dans l'avenir bien plus encore qu'il ne promet de faire aujourd'hui. »

Ici on entendit sonner, et les visiteurs sortirent du cabinet du docteur.

« Voilà qui est fini probablement, dit le Vieux-Troupier après avoir prêté l'oreille ; le cher homme a signé, cacheté, remis le testament, et il a l'esprit en repos ; il en a bien le droit. Quel homme ! Annie, mon amour, je vais lire mon journal dans le cabinet, car je ne sais pas me passer des nouvelles du jour. Miss Trotwood, et vous, monsieur David, venez voir le docteur, je vous prie. »

J'aperçus M. Dick debout dans l'ombre, fermant son canif, lorsque nous suivîmes mistress Markleham dans le cabinet, et ma tante qui se grattait violemment le nez, comme pour faire un peu diversion à sa fureur contre notre militaire amie; mais ce que je ne saurais dire, je l'ai oublié sans doute, c'est qui est-ce qui entra le premier dans le cabinet, ou comment mistress Markleham se trouva en un moment installée dans son fauteuil. Je ne saurais dire non plus comment il se fit que nous nous trouvâmes, ma tante et moi, près de la porte; peut-être ses yeux furent-ils plus prompts que les miens et me retint-elle exprès, je n'en sais rien. Mais ce que je sais bien, c'est que nous vîmes le docteur avant qu'il nous eut aperçus; il était au milieu des gros livres qu'il aimait tant, la tête tranquillement appuyée sur sa main. Au même instant, nous vîmes entrer mistress Strong, pâle et tremblante. M. Dick la soutenait. Il posa la main sur le bras du docteur qui releva la tête d'un air distrait. Alors Annie tomba à genoux à ses pieds, et les mains jointes, d'un air suppliant, elle fixa sur lui un regard que je n'ai jamais oublié. A ce spectacle, mistress Markleham laissa tomber son journal, avec une expression d'étonnement tel qu'on aurait pu prendre sa figure pour la mettre à la proue, en tête de quelque navire nommé *la Surprise*.

Mais quant à la douceur que montra le docteur dans son étonnement, quant à la dignité de sa femme dans son attitude suppliante, à l'émotion touchante de M. Dick, au sérieux dont ma tante se répétait à elle-même : « Cet homme-là, fou ! » car elle triomphait en ce moment de la position misérable dont elle l'avait tiré, je vois, j'entends tout cela bien plus que je ne me le rappelle au moment même où je le raconte.

« Docteur ! dit M. Dick, qu'est-ce que c'est donc que ça ? Regardez à vos pieds !

— Annie ! cria le docteur, relevez-vous, ma femme chérie.

— Non! dit-elle. Je vous supplie tous de ne pas quitter la chambre. O mon mari, mon père, rompons enfin ce long silence. Sachons enfin l'un et l'autre ce qu'il peut y avoir entre nous! »

Mistress Markleham avait retrouvé la parole, et, pleine d'orgueil pour sa famille et d'indignation maternelle, elle s'écriait :

« Annie, levez-vous à l'instant, et ne faites pas honte à tous vos amis en vous humiliant ainsi, si vous ne voulez pas que je devienne folle à l'instant.

— Maman, répondit Annie, veuillez ne pas m'interrompre, c'est à mon mari que je m'adresse; je ne vois que lui ici : il est tout pour moi.

— C'est-à-dire, s'écria mistress Markleham, que je ne suis rien! Il faut que cette enfant ait perdu la tête! Soyez assez bons pour me procurer un verre d'eau! »

J'étais trop occupé du docteur et de sa femme pour obéir à cette prière, et comme personne n'y fit la moindre attention, mistress Markleham fut forcée de continuer à soupirer, à s'éventer et à ouvrir de grands yeux.

« Annie! dit le docteur en la prenant doucement dans ses bras, ma bien-aimée! S'il est survenu dans notre vie un changement inévitable, vous n'en êtes pas coupable. C'est ma faute, à moi seul. Mon affection, mon admiration, mon respect pour vous n'ont pas changé. Je désire vous rendre heureuse. Je vous aime et je vous estime. Levez-vous, Annie, je vous en prie! »

Mais elle ne se releva pas. Elle le regarda un moment, puis, se serrant encore plus contre lui, elle posa son bras sur les genoux de son mari, et y appuyant sa tête, elle dit :

« Si j'ai ici un ami qui puisse dire un mot à ce sujet, pour mon mari ou pour moi; si j'ai ici un ami qui puisse faire entendre un soupçon que mon cœur m'a parfois murmuré; si j'ai ici un ami qui respecte mon mari ou qui m'aime; si cet ami sait quelque chose qui puisse nous venir en aide, je le conjure de parler. »

Il y eut un profond silence. Après quelques instants d'une pénible hésitation, je me décidai enfin :

« Mistress Strong, dis-je, je sais quelque chose que le docteur Strong m'avait ordonné de taire ; j'ai gardé le silence jusqu'à ce jour. Mais je crois que le moment est venu où ce serait une fausse délicatesse que de continuer à le cacher ; votre appel me relève de ma promesse. »

Elle tourna les yeux vers moi, et je vis que j'avais raison. Je n'aurais pu résister à ce regard suppliant, lors même que ma confiance n'aurait pas été si inébranlable.

« Notre paix à venir, dit-elle, est peut-être entre vos mains. J'ai la certitude que vous ne tairez rien ; je sais d'avance que ni vous, ni personne au monde ne pourrez jamais rien dire qui nuise au noble cœur de mon mari. Quoi que vous ayez à dire qui me touche, parlez hardiment. Je parlerai tout à l'heure à mon tour devant lui, comme plus tard devant Dieu ? »

Je ne demandai pas au docteur son autorisation, et je me mis à raconter ce qui s'était passé un soir dans cette même chambre, en me permettant seulement d'adoucir un peu les grossières expressions d'Uriah Heep. Impossible de peindre les yeux effarés de mistress Markleham durant tout mon récit, ni les interjections aiguës qu'elle faisait entendre.

Quand j'eus fini, Annie resta encore un moment silencieuse, la tête baissée comme je l'ai dépeinte, puis elle prit la main du docteur, qui n'avait pas changé d'attitude depuis que nous étions entrés dans la chambre, la pressa contre son cœur et la baisa. M. Dick la releva doucement, et elle resta immobile, appuyée sur lui, les yeux fixés sur son mari.

« Je vais mettre à nu devant vous, dit-elle d'une voix modeste, soumise et tendre, tout ce qui a rempli mon cœur depuis mon mariage. Je ne saurais vivre en paix, maintenant que je sais tout, s'il restait la moindre obscurité sur ce point.

— Non, Annie, dit le docteur doucement, je n'ai jamais douté de vous, mon enfant. Ce n'est pas nécessaire, ma chérie, ce n'est vraiment pas nécessaire.

— Il est nécessaire, répondit-elle, que j'ouvre mon cœur devant vous qui êtes la vérité et la générosité mêmes, devant vous que j'ai aimé et respecté toujours davantage depuis que je vous ai connu, Dieu m'en est témoin !

— Réellement, dit mistress Markleham, si j'ai le moindre bon sens...

— (Mais vous n'en avez pas l'ombre, vieille folle ! murmura ma tante avec indignation.)

— ... Il doit m'être permis de dire qu'il est inutile d'entrer dans tous ces détails.

— Mon mari peut seul en être juge, dit Annie, sans cesser un instant de regarder le docteur, et il veut bien m'entendre. Maman, si je dis quelque chose qui vous fasse de la peine, pardonnez-le-moi. J'ai bien souffert moi-même, souvent et longtemps.

— Sur ma parole ! marmotta mistress Markleham.

— Quand j'étais très jeune, dit Annie, une petite, petite fille, mes premières notions sur toute chose m'ont été données par un ami et un maître bien patient. L'ami de mon père qui était mort, m'a toujours été cher. Je ne me souviens pas d'avoir rien appris que son souvenir n'y soit mêlé. C'est lui qui a mis dans mon âme ses premiers trésors, il les avait gravés de son sceau ; enseignés par d'autres, j'en aurais reçu, je crois, une moins salutaire influence.

— Elle compte sa mère absolument pour rien ! s'écria mistress Markleham.

— Non, maman, dit Annie ; mais lui, je le mets à sa place. Il le faut. A mesure que je grandissais, il restait toujours le même pour moi. J'étais fière de son intérêt, je lui étais profondément, sincèrement attachée. Je le regardais comme un père, comme un guide dont les éloges m'étaient plus précieux que tout autre éloge au monde, comme quelqu'un auquel je me serais fiée, lors même que j'aurais douté du monde entier. Vous savez, maman, combien j'étais jeune et inexpérimentée, quand tout d'un coup vous me l'avez présenté comme mon mari.

— J'ai déjà dit ça plus de cinquante fois à tous ceux qui sont ici, dit mistress Markleham.

— (Alors, pour l'amour de Dieu, taisez-vous, et qu'il n'en soit plus question, murmura ma tante.)

— C'était pour moi un si grand changement, une si grande perte, à ce qu'il me semblait, dit Annie toujours du même ton, que d'abord je fus agitée et malheureuse. Je n'étais encore qu'une petite fille, et je crois que je fus un peu attristée de songer au changement subit qu'allait faire mon mariage dans la nature des sentiments que je lui avais portés jusqu'alors. Mais puisque rien ne pouvait plus désormais le laisser tel à mes yeux que je l'avais toujours connu, quand je n'étais que son écolière, je me sentis fière de ce qu'il me jugeait digne de lui : je l'épousai.

— Dans l'église Saint-Alphage, à Canterbury, fit remarquer mistress Markleham.

— (Que le diable emporte cette femme ! dit ma tante ; elle ne veut donc pas rester tranquille ?)

— Je ne songeai pas un moment, continua Annie en rougissant, aux biens de ce monde que mon mari possédait. Mon jeune cœur ne s'occupait pas d'un pareil souci. Maman, pardonnez-moi si je dis que c'est vous qui me fîtes la première entrevoir la pensée qu'il y avait des gens dans le monde qui pourraient être assez injustes envers lui et envers moi pour se permettre ce cruel soupçon.

— Moi ? cria mistress Markleham.

— (Ah ! certainement, que c'est vous, remarqua ma tante ; et cette fois, vous aurez beau jouer de l'éventail, vous ne pouvez pas le nier, ma militaire amie !)

— Ce fut le premier malheur de ma nouvelle vie, dit Annie. Ce fut la première source de tous mes chagrins. Ils ont été si nombreux depuis quelque temps, que je ne saurais les compter, mais non pas, ô mon généreux ami, non pas pour la raison que vous supposez ; car il n'y a pas dans mon cœur une pensée, un souvenir, une espérance qui ne se rattachent à vous ! »

Elle leva les yeux au ciel, et, les mains jointes, elle ressemblait, dans sa noble beauté, à un esprit bienheureux. Le docteur, à partir de ce moment, la contempla fixement en silence, et les yeux d'Annie soutinrent fixement ses regards.

« Je ne reproche pas à maman de vous avoir jamais rien demandé pour elle-même. Ses intentions ont toujours été irréprochables, je le sais, mais je ne puis dire tout ce que j'ai souffert lorsque j'ai vu les appels indirects qu'on vous faisait en mon nom, le trafic qu'on a fait de mon nom près de vous, lorsque j'ai été témoin de votre générosité, et du chagrin qu'en ressentait M. Wickfield, qui avait tant de sollicitude pour vos légitimes intérêts. Comment vous dire ce que j'éprouvai la première fois que je me suis vue exposée à l'odieux soupçon de vous avoir vendu mon amour, à vous, l'homme du monde que j'estimais le plus ! Tout cela m'a accablée sous le poids d'une honte imméritée dont je vous infligeais votre part. Oh ! non, personne ne peut savoir tout ce que j'ai souffert : maman pas plus qu'une autre. Songez à ce que c'est que d'avoir toujours sur le cœur cette crainte et cette angoisse, et de savoir pourtant, dans mon âme et conscience, que le jour de mon mariage n'avait fait que couronner l'amour et l'honneur de ma vie.

— Et voilà ce qu'on gagne, cria mistress Markleham en pleurs, à se dévouer pour ses enfants ! Je voudrais être turque !

— (Ah ! plût à Dieu, et que vous fussiez restée dans votre pays natal ! dit ma tante.)

— C'est à ce moment que maman s'est tant occupée de mon cousin Maldon. J'avais eu, dit-elle à voix basse, mais sans la moindre hésitation, de l'amitié pour lui. Nous étions, dans notre enfance, des petits amoureux.

Si les circonstances n'en avaient pas ordonné autrement, j'aurais peut-être fini par me persuader que je l'aimais réellement ; je l'aurais peut-être épousé pour mon malheur. Il n'y a pas de mariage plus mal assorti que celui où il y a si peu de rapports d'idées et de caractère. »

Je réfléchissais sur ces paroles, tout en continuant d'écouter attentivement, comme si elles avaient un intérêt particulier, ou quelque application secrète que je ne pouvais deviner encore : « Il n'y a pas de mariage plus mal assorti que celui où il y a si peu de rapports d'idées et de caractère. »

« Nous n'avons rien de commun, dit Annie ; il y a longtemps que je m'en suis aperçue. Quand même je n'aurais pas d'autres raisons d'aimer avec reconnaissance mon mari, moi qui en ai tant, je le remercierais de toute mon âme pour m'avoir sauvé du premier mouvement d'un cœur indiscipliné qui allait s'égarer. »

Elle se tenait immobile devant le docteur, sa voix vibrait d'une émotion qui me fit tressaillir, tout en restant parfaitement calme et ferme comme auparavant.

« Lorsqu'il sollicitait des marques de votre munificence, que vous lui dispensiez si généreusement, à cause de moi, je souffrais de l'apparence mercenaire qu'on donnait à ma tendresse ; je trouvais qu'il eût été, pour lui, plus honorable de faire tout seul son chemin ; je me disais que, si j'avais été à sa place, rien ne m'aurait coûté pour essayer d'y réussir. Mais enfin je lui pardonnais encore, jusqu'au soir où il nous dit adieu avant de partir pour l'Inde. C'est ce soir-là que j'eus la preuve que c'était un ingrat et un perfide ; je m'aperçus aussi que M. Wickfield m'observait avec méfiance, et, pour la première fois, j'entrevis le cruel soupçon qui était venu assombrir ma vie.

— Un soupçon, Agnès ! dit le docteur ; non, non, non !

— Il n'existait pas dans votre cœur, mon mari, je le sais ! répondit-elle. Et quand je vins, ce soir-là, vous trouver, pour verser à vos pieds cette coupe de tristesse et de honte, pour vous dire qu'il s'était trouvé sous votre toit, un homme de mon sang, que vous aviez comblé pour l'amour de moi, et que cet homme avait osé me dire des choses qu'il n'aurait jamais dû me faire entendre, lors même que j'aurais été ce qu'il croyait, une faible et mercenaire créature, mon cœur s'est soulevé à la pensée de souiller vos oreilles d'une telle infamie ; mes lèvres se sont refusées à vous la faire entendre alors, comme depuis. »

Mistress Markleham se renversa dans son fauteuil avec un sourd gémissement, et se cacha derrière son éventail.

« Je n'ai jamais échangé un mot avec lui, depuis ce jour, qu'en votre présence, et seulement quand cela était nécessaire pour éviter une explication. Des années se sont passées depuis qu'il a su de moi quelle était ici sa situation. Le soin que vous mettiez à le faire avancer, la joie avec laquelle vous m'annonciez que vous aviez réussi, toute votre bonté à son égard, n'étaient pour moi qu'un redoublement de douleur, mon secret n'en devenait que plus pesant. »

Elle se laissa tomber doucement aux pieds du docteur, bien qu'il s'efforçât de l'en empêcher ; et les yeux pleins de larmes, elle lui dit encore :

« Ne me parlez pas ! laissez-moi encore vous dire quelque chose ! Que j'aie eu tort ou raison, si j'avais à recommencer, je crois que je le ferais. Vous ne pouvez pas comprendre ce que c'était que de vous aimer, et de savoir que d'anciens souvenirs pouvaient faire croire le contraire ; de savoir qu'on avait pu me supposer perfide, et d'être entourée d'apparences qui confirmaient un pareil soupçon. J'étais très jeune, et je n'avais personne pour me conseiller ; entre maman et moi, il y a toujours eu un abîme pour ce qui avait rapport à vous. Si je me suis repliée sur moi-même, si j'ai caché l'outrage que j'avais subi, c'est parce que je vous honorais de toute mon âme, parce que je souhaitais ardemment que vous pussiez m'honorer aussi.

— Annie, mon noble cœur! dit le docteur; mon enfant chérie!

— Un mot! encore un mot! Je me disais souvent que vous auriez pu épouser une femme qui ne vous aurait pas causé tant de peine et de soucis, une femme qui aurait mieux tenu sa place à votre foyer; je me disais que j'aurais mieux fait de rester votre élève, presque votre enfant; je me disais que je n'étais pas à la hauteur de votre sagesse, de votre science : c'était tout cela qui me faisait garder le silence; mais c'était parce que je vous honorais de toute mon âme, parce que j'espérais qu'un jour vous pourriez m'honorer aussi.

— Ce jour est venu depuis longtemps, Annie, dit le docteur; et il ne finira jamais.

— Encore un mot! J'avais résolu de porter seule mon fardeau, de ne jamais révéler à personne l'indignité de celui pour qui vous étiez si bon. Plus qu'un mot, ô le meilleur des amis! J'ai appris aujourd'hui la cause du changement que j'avais remarqué en vous, et dont j'ai tant souffert; tantôt, je l'attribuais à mes anciennes craintes, tantôt, j'étais sur le point de comprendre la vérité; enfin, un hasard m'a révélé, ce soir, toute l'étendue de votre confiance en moi, lors même que vous étiez dans l'erreur sur mon compte. Je n'espère pas que tout mon amour, ni tout mon respect puissent jamais me rendre digne de cette confiance inestimable; mais je puis au moins lever les yeux sur le noble visage de celui que j'ai vénéré comme un père, aimé comme un mari, respecté depuis les jours de mon enfance comme un ami, et déclarer solennellement que, jamais dans mes pensées les plus passagères, je ne vous ai fait tort, que je n'ai jamais varié dans l'amour et la fidélité que je vous dois! »

Elle avait jeté ses bras autour du cou du docteur : la tête du vieillard reposait sur celle de sa femme, ses cheveux gris se mêlaient aux tresses brunes d'Annie.

« Gardez-moi, pressée contre votre cœur, mon mari! ne me repoussez jamais loin de vous! ne songez pas, ne dites pas qu'il y a trop de distance entre nous; mes imperfections seules nous séparent, je le sais mieux tous les jours et je vous en aime toujours davantage. Oh! recueillez-moi sur votre cœur, mon mari, car mon amour est bâti sur le roc, et il durera éternellement. »

Il y eut un long silence. Ma tante se leva gravement, s'approcha lentement de M. Dick, et l'embrassa sur les deux joues. Cela fut fort heureux pour lui, car il allait se compromettre; je voyais le moment où, dans l'excès de sa joie, en face de cette scène, il allait certainement se tenir sur une jambe et sauter à cloche-pied.

« Vous êtes un homme très remarquable, Dick, lui dit ma tante d'un ton d'approbation très décidé; et n'ayez pas l'air de me dire jamais le contraire, je le sais mieux que vous ! »

Puis, ma tante le saisit par sa manche, me fit un signe, et nous nous glissâmes doucement, tous trois, hors de la chambre.

« Voilà qui calmera notre militaire amie, dit ma tante; cela va me procurer une bonne nuit, quand je n'aurais pas, d'ailleurs, d'autres sujets de satisfaction.

— Elle était bouleversée, j'en ai peur, dit M. Dick, d'un ton de grande commisération.

— Comment! avez-vous jamais vu un crocodile bouleversé? demanda ma tante.

— Je ne crois pas avoir jamais vu de crocodile du tout, reprit doucement M. Dick.

— Il n'y aurait jamais eu la moindre chose sans cette vieille folle, dit ma tante d'un ton pénétré. Si les mères pouvaient seulement laisser leurs filles tranquilles, quand elles sont une fois mariées, au lieu de faire tant de tapage de leur tendresse prétendue! Il semble que le seul secours qu'elles puissent rendre aux malheureuses jeunes femmes qu'elles ont mises au monde (Dieu sait si les infortunées avaient jamais témoigné le désir d'y venir!), ce soit de les en faire repartir le plus vite possible, à force de tourments! Mais à quoi pensez-vous donc, Trot? »

Je pensais à tout ce que je venais d'entendre. Quelques-unes des phrases dont on s'était servi me revenaient sans cesse à l'esprit : « Il n'y a pas de mariage plus mal assorti, que celui où il y a si peu de rapports d'idées et de caractère... Le premier mouvement d'un cœur indiscipliné !... Mon amour est bâti sur le roc. » Mais j'arrivais chez moi ; les feuilles séchées craquaient sous mes pieds, et le vent d'automne sifflait.

CHAPITRE XVI

Des nouvelles

J'étais marié depuis un an environ, si j'en crois ma mémoire, assez mal sûre pour les dates, lorsqu'un soir que je revenais seul au logis, en songeant au livre que j'écrivais (car mon succès avait suivi le progrès de mon application, et je travaillais alors à mon premier roman), je passai devant la maison de mistress Steerforth. Cela m'était arrivé déjà plusieurs fois durant ma résidence dans le voisinage, quoique en général je préférasse de beaucoup prendre un autre chemin. Mais, comme cela m'obligeait à faire un long détour, je finissais par passer assez souvent par là.

Je n'avais jamais fait autre chose que de jeter sur cette maison un rapide coup d'œil : elle avait l'air sombre et triste ; les grands appartements ne donnaient pas sur la route, et les fenêtres étroites, vieilles et massives, qui n'étaient jamais bien gaies à voir, semblaient surtout lugubres lorsqu'elles étaient fermées, avec tous les stores baissés. Il y avait une allée couverte à travers une petite cour pavée, aboutissant à une porte d'entrée qui ne servait jamais, avec une fenêtre cintrée, celle de l'escalier, en harmonie avec le reste, et, quoique ce fût la seule qui ne fût pas ombragée au-dedans par un store, elle ne laissait pas d'avoir l'air aussi triste et aussi abandonné que les autres. Je ne me souviens pas d'avoir jamais vu une lumière dans la maison. Si j'avais passé par là, comme tant d'autres, avec un cœur indifférent, j'aurais probablement supposé que le propriétaire de cette résidence y était mort sans laisser d'enfants. Si j'avais eu le bonheur de ne rien savoir qui m'intéressât à cet endroit, et que je l'eusse vu toujours le même dans son immobilité, mon imagination aurait probablement bâti à ce sujet les plus ingénieuses suppositions.

Malgré tout, je cherchais à y penser le moins possible. Mais mon esprit ne pouvait passer devant comme mon corps sans s'y arrêter, et je ne pouvais me soustraire aux pensées qui venaient m'assaillir en foule. Ce soir là, en particulier, tout en poursuivant mon chemin, j'évoquais sans le vouloir les ombres de mes souvenirs d'enfance, des rêves plus récents, des espérances vagues, des chagrins trop réels et trop profonds ; il y avait dans mon âme un mélange de réalité et d'imagination qui, se confondant avec le plan du sujet dont je venais d'occuper mon esprit, donnait à mes idées un tour singulièrement romanesque. Je méditais donc tristement en marchant, quand une voix tout près de moi me fit soudainement tressaillir.

De plus, c'était une voix de femme, et je reconnus bientôt la petite servante de mistress Steerforth, celle qui jadis portait un bonnet à rubans bleus. Elle les avait ôtés, probablement pour mieux s'accommoder à l'apparence lamentable de la maison, et n'avait plus qu'un ou deux nœuds désolés d'un brun modeste.

« Voulez-vous avoir la bonté, monsieur, de venir parler à miss Dartle ?

— Miss Dartle me fait-elle demander ?

— Non, monsieur, pas ce soir, mais c'est tout de même. Miss Dartle vous a vu passer il y a un jour ou deux, et elle m'a dit de m'asseoir sur l'escalier pour travailler, et de vous prier de venir lui parler, la première fois que je vous verrais passer. »

Je la suivis, et je lui demandai, en chemin, comment

allait mistress Steerforth; elle me répondit qu'elle était toujours souffrante, et sortait peu de sa chambre.

Lorsque nous arrivâmes à la maison, on me conduisit dans le jardin, où se trouvait miss Dartle. Je m'avançai seul vers elle. Elle était assise sur un banc, au bout d'une espèce de terrasse, d'où l'on apercevait Londres. La soirée était sombre, une lueur rougeâtre éclairait seule l'horizon, et la grande ville qu'on entrevoyait dans le lointain, à l'aide de cette clarté sinistre, me semblait une compagnie appropriée au souvenir de cette femme ardente et fière.

Elle me vit approcher, et se leva pour me recevoir. Je la trouvai plus pâle et plus maigre encore qu'à notre dernière entrevue; ses yeux étaient plus étincelants, sa cicatrice plus visible.

Nous nous saluâmes froidement. La dernière fois que je l'avais vue, nous nous étions quittés après une scène assez violente, et il y avait, dans toute sa personne, un air de dédain qu'elle ne se donnait pas la peine de dissimuler.

« On me dit que vous désirez me parler, miss Dartle, lui dis-je, en me tenant d'abord près d'elle, la main appuyée sur le dossier du banc.

— Oui, dit-elle. Faites-moi le plaisir de me dire si on a retrouvé cette fille ?

— Non.

— Et pourtant elle s'est sauvée ? »

Je voyais ses lèvres minces se contracter en me parlant, comme si elle mourait d'envie d'accabler Émilie de reproches.

« Sauvée ? répétai-je.

— Oui ! elle l'a laissé ! dit-elle en riant; si on ne l'a pas retrouvée maintenant, peut-être qu'on ne la retrouvera jamais. Elle est peut-être morte ! »

Jamais je n'ai vu, sur aucun autre visage, une pareille expression de cruauté triomphante.

« La mort serait peut-être le plus grand bonheur que pût lui souhaiter une femme, lui dis-je; je suis bien aise de voir que le temps vous ait rendue si indulgente, miss Dartle. »

Elle ne daigna pas me répondre, et se tourna vers moi avec un sourire méprisant.

« Les amis de cette excellente et vertueuse personne sont vos amis ; vous êtes leur champion, et vous défendez leurs droits. Voulez-vous que je vous dise tout ce qu'on sait d'elle ?

— Oui », répondis-je.

Elle se leva avec un sourire méchant, et s'avança vers une haie de houx qui était tout près, et qui séparait la pelouse du potager, puis elle se mit à crier : « Venez ici ! » comme si elle appelait quelque animal immonde.

« J'espère que vous ne vous permettrez aucun acte de vengeance ou de représailles en ce lieu, monsieur Copperfield ? » dit-elle en me regardant toujours avec la même expression.

Je m'inclinai sans comprendre ce qu'elle voulait dire, et elle répéta une seconde fois : « Venez ici ! » Alors je vis apparaître le respectable M. Littimer, qui, toujours aussi respectable, me fit un profond salut, et se plaça derrière elle. Miss Dartle s'étendit sur le banc, et me regarda d'un air de triomphe et de malice, dans lequel il y avait pourtant, chose bizarre, quelque grâce féminine, quelque attrait singulier ; elle avait l'air de ces cruelles princesses qu'on ne trouve que dans les contes de fées.

« Et maintenant, lui dit-elle d'un ton impérieux, sans même le regarder, et en passant sa main sur sa cicatrice, peut-être, en cet instant, avec plus de plaisir que de peine ; dites à M. Copperfield tout ce que vous savez sur la fuite.

— M. James et moi, madame...

— Ne vous adressez pas à moi, dit-elle en fronçant le sourcil.

— M. James et moi, monsieur...

— Ni à moi, je vous prie, dis-je. »

M. Littimer, sans paraître le moins du monde déconcerté, s'inclina légèrement, comme pour faire entendre que tout ce qui nous plairait lui était également agréable, et il reprit :

« M. James et moi, nous avons voyagé avec cette jeune femme depuis le jour où elle a quitté Yarmouth, sous la protection de M. James. Nous avons été dans une multitude d'endroits, et nous avons vu beaucoup de pays ; nous avons été en France, en Suisse, en Italie, enfin presque partout. »

Il fixait ses yeux sur le dossier du banc, comme si c'était à lui qu'il fût réduit à s'adresser, et y promenait doucement ses doigts, comme s'il jouait sur un piano muet.

« M. James s'était beaucoup attaché à cette jeune personne, et pendant longtemps il a mené une vie plus régulière que depuis que j'étais à son service. La jeune femme avait fait de grands progrès, elle parlait les langues des pays où nous nous étions établis. Ce n'était plus du tout la petite paysanne d'autrefois. J'ai remarqué qu'on l'admirait beaucoup partout où nous allions. »

Miss Dartle porta la main à son côté. Je le vis jeter un regard sur elle, et sourire à demi.

« On l'admirait vraiment beaucoup ; peut-être son costume, peut-être l'effet du soleil et du grand air sur son teint, peut-être les soins dont elle était l'objet ; que ce fût ceci ou cela, le fait est que sa personne avait un charme qui attirait l'attention générale. »

Il s'arrêta un moment. Les yeux de miss Dartle erraient, sans repos, d'un point de l'horizon à l'autre ; elle se mordait convulsivement les lèvres.

M. Littimer joignit les mains, se plaça en équilibre sur une seule jambe, et les yeux baissés, il avança sa respectable tête ; puis il continua :

« La jeune femme vécut ainsi pendant quelque temps, avec un peu d'abattement par intervalles, jusqu'à ce qu'enfin, elle commença à fatiguer M. James de ses gémissements et de ses scènes répétées. Cela n'allait plus si bien ; M. James commençait à se déranger comme autrefois. Plus il se dérangeait, plus elle devenait triste, et je peux bien dire que je n'étais pas à mon aise entre eux deux. Cependant ils se raccommodèrent bien des fois, et cela, véritablement, a duré plus longtemps qu'on n'aurait pu s'y attendre. »

Miss Dartle ramena sur moi ses regards avec la même expression victorieuse. M. Littimer toussa une ou deux fois pour s'éclaircir la voix, changea de jambe, et reprit :

« A la fin, après beaucoup de reproches et de larmes de la jeune femme, M. James partit un matin (nous occupions une villa dans le voisinage de Naples, parce qu'elle aimait beaucoup la mer), et sous prétexte de faire une longue absence, il me chargea de lui annoncer que, dans l'intérêt de tout le monde, il était... Ici M. Littimer toussa de nouveau,... il était parti. Mais M. James, je dois le dire, s'était conduit de la façon la plus honorable ; car il proposait à la jeune femme de lui faire épouser un homme très respectable, qui était tout prêt à passer l'éponge sur le passé, et qui valait bien tous ceux auxquels elle aurait pu prétendre par une voie régulière, car elle était d'une famille très vulgaire. »

Il changea de nouveau de jambe, et passa sa langue sur ses lèvres. J'étais convaincu que c'était de lui que ce scélérat voulait parler, et je voyais que miss Dartle partageait mon opinion.

« J'étais également chargé de cette communication ; je ne demandais pas mieux que de faire tout au monde pour tirer M. James d'embarras, et pour rétablir la bonne entente entre lui et une excellente mère, qu'il a fait tant souffrir ; voilà pourquoi je me suis chargé de cette commission. La violence de la jeune femme, lorsqu'elle apprit son départ, dépassa tout ce qu'on pouvait attendre ; elle était folle, et si on n'avait pas employé la force, elle se serait poignardée ou jetée dans la mer, ou bien elle se serait cassé la tête contre les murs. »

Miss Dartle se renversait sur son banc, avec une expression de joie, comme si elle eût voulu mieux savourer les termes dont se servait ce misérable.

« Mais c'est lorsque j'en vins au second point, dit
M. Littimer avec une certaine gêne, que la jeune femme
se montra sous son véritable jour. On devait croire
qu'elle aurait au moins senti toute la généreuse bonté
de l'intention ; mais jamais je n'ai vu une pareille fureur.
Sa conduite dépassa tout ce qu'on peut en dire. Une
bûche, un caillou, auraient montré plus de reconnaissance, plus de cœur, plus de patience, plus de raison. Si
je n'avais pas été sur mes gardes, je suis convaincu
qu'elle aurait attenté à ma vie.

— Je l'en estime davantage », dis-je avec indignation.

M. Littimer pencha la tête comme pour dire : « Vraiment, monsieur ! vous êtes si jeune ! » Puis il reprit son
récit.

« En un mot, on fut obligé pendant quelque temps de
ne pas lui laisser sous la main tous les objets avec lesquels elle aurait pu se faire mal, ou faire mal aux autres,
et de la tenir enfermée. Mais, malgré tout, elle sortit une
nuit, brisa les volets d'une croisée que j'avais moi-même
fermée avec des clous, se laissa glisser le long d'une
vigne, et jamais, que je sache, on n'a plus entendu
reparler d'elle.

— Elle est peut-être morte ! dit miss Dartle avec un
sourire, comme si elle eût voulu pousser du pied le
cadavre de la malheureuse fille.

— Elle s'est peut-être noyée, mademoiselle, reprit
M. Littimer, trop heureux de pouvoir s'adresser à
quelqu'un. C'est très possible. Ou bien, elle a peut-être
reçu quelque assistance des bateliers ou de leurs
femmes. Elle aimait beaucoup la mauvaise compagnie,
miss Dartle, et elle allait s'asseoir près de leurs bateaux,
sur la plage, pour causer avec eux. Je l'ai vue faire ça
des jours entiers, quand M. James était absent. Et un
jour M. James a été très mécontent d'apprendre qu'elle
avait dit aux enfants, qu'elle aussi était la fille d'un bate-
lier, et que jadis, dans son pays, elle courait comme eux
sur la plage. »

Oh, Émilie ! pauvre fille ! Quel tableau se présenta à

mon imagination! Je la voyais assise sur le lointain
rivage, au milieu d'enfants qui lui rappelaient les jours
de son innocence, écoutant ces petites voix qui lui parlaient d'amour maternel, des pures et douces joies
qu'elle aurait connues, si elle était devenue la femme
d'un honnête matelot; ou bien prêtant l'oreille à la voix
solennelle de l'Océan, qui murmure éternellement:
« Plus jamais! »

« Quand il a été évident qu'il n'y avait plus rien à
faire, miss Dartle...

— Ne vous ai-je pas dit de ne pas me parler? répondit-elle avec une dureté méprisante.

— C'est que vous m'aviez parlé, mademoiselle,
répondit-il. Je vous demande pardon; je sais bien que
mon devoir est d'obéir.

— En ce cas, faites votre devoir, répondit-elle. Finis-
sez votre histoire, et allez-vous-en.

— Quand il a été évident, dit-il du ton le plus respectable, et en faisant un profond salut, qu'on ne la retrouvait nulle part, j'allai rejoindre M. James à l'endroit où il
avait été convenu que je devais lui écrire, et je l'informai
de ce qui s'était passé. Il y eut une discussion entre
nous, et je crus me devoir à moi-même de le quitter. Je
pouvais supporter, et j'avais supporté bien des choses,
mais M. James avait poussé l'insulte jusqu'à me frapper: c'était trop fort. Sachant donc le malheureux dis-
sentiment qui existait entre sa mère et lui, et l'angoisse
où elle devait être, je pris la liberté de revenir en Angleterre, pour lui conter...

— Ne l'écoutez pas; je l'ai payé pour cela, me dit
miss Dartle.

— Précisément, madame... pour lui conter ce que je
savais. Je ne crois pas, dit M. Littimer, après un
moment de réflexion, avoir autre chose à dire. Je suis
maintenant sans emploi, et je serais heureux de trouver
quelque part une situation respectable. »

Miss Dartle me regarda, comme pour me demander
si je n'avais pas quelque question à faire. Il m'en était
venu une à l'esprit, et je répondis:

« Je voudrais demander à... cet individu (il me fut impossible de prononcer un mot plus poli), si on n'a pas intercepté une lettre écrite à cette malheureuse fille par ses parents, ou s'il suppose qu'elle l'ait reçue. »

Il resta calme et silencieux, les yeux fixés sur le sol, et le bout des doigts de sa main gauche délicatement arc-boutés sur le bout des doigts de sa main droite.

Miss Dartle tourna vers lui la tête d'un air de dédain.

« Je vous demande pardon, mademoiselle ; mais, malgré toute ma soumission pour vous, je connais ma position, bien que je ne sois qu'un domestique. M. Copperfield et vous, mademoiselle, ce n'est pas la même chose. Si M. Copperfield désire savoir quelque chose de moi, je prends la liberté de lui rappeler que, s'il veut une réponse, il peut m'adresser à moi-même ses questions. J'ai ma position à garder. »

Je fis un violent effort sur mon mépris, et, me tournant vers lui, je lui dis :

« Vous avez entendu ma question. Mettez, si vous voulez, que c'est à vous qu'elle s'adresse. Que me répondrez-vous ?

— Monsieur, reprit-il en joignant et en écartant alternativement le bout de ses doigts, je ne peux pas répondre à la légère. Trahir la confiance de M. James vis-à-vis de sa mère, ou vis-à-vis de vous, c'est bien différent. Il n'était pas probable, je crois, que M. James voulût encourager une correspondance propre à redoubler l'abattement ou les reproches de mademoiselle ; mais, monsieur, je désire ne pas aller plus loin.

— Est-ce tout ? » me demanda miss Dartle.

Je répondis que je n'avais rien de plus à ajouter.

« Seulement, repris-je en le voyant s'éloigner, je comprends le rôle qu'a joué ce misérable dans toute cette coupable affaire, et je vais le faire savoir à celui qui a servi de père à Émilie depuis son enfance. Si j'ai un conseil à donner à ce drôle, c'est de ne pas trop se montrer en public. »

Il s'était arrêté en m'entendant parler, pour m'écouter avec son calme habituel.

« Merci, monsieur, mais permettez-moi de vous dire, monsieur, qu'il n'y a dans ce pays ni esclaves ni maîtres d'esclaves, et que personne ici n'a le droit de se faire justice lui-même ; quand on s'avise de le faire, je crois qu'on n'en est pas le bon marchand. C'est pour vous dire, monsieur, que j'irai où bon me semblera. »

Il me salua poliment, en fit autant à miss Dartle, et sortit par le sentier qu'il avait pris en venant. Miss Dartle et moi nous nous regardâmes un moment sans mot dire ; elle paraissait dans la même disposition d'esprit que lorsqu'elle avait fait paraître cet homme devant moi.

« Il dit de plus, remarqua-t-elle en serrant lentement les lèvres, que son maître voyage sur les côtes d'Espagne, et qu'il continuera probablement longtemps ses excursions maritimes. Mais cela ne vous intéresse pas. Il y a entre ces deux natures orgueilleuses, entre cette mère et ce fils, un abîme plus profond que jamais, et qui ne saurait se combler, car ils sont de la même race ; le temps ne fait que les rendre plus obstinés et plus impérieux. Mais cela ne vous intéresse pas davantage. Voici ce que je voulais vous dire. Ce démon, dont vous faites un ange ; cette basse créature qu'il a tirée de la boue, et elle tournait vers moi ses yeux noirs pleins de passion, elle vit peut-être encore. Ces viles créatures-là, ça a la vie dure. Si elle n'est pas morte, vous tiendrez certainement à retrouver cette perle précieuse pour l'enchâsser dans un écrin. Nous le désirons aussi, pour qu'il ne puisse jamais redevenir sa proie. Ainsi donc nous avons le même intérêt, et voilà pourquoi, moi qui voudrais lui faire tout le mal auquel peut être sensible une si méprisable créature, je vous ai prié de venir entendre ce que vous avez entendu. »

Je vis, au changement de son expression, que quelqu'un s'avançait derrière moi. C'était mistress Steerforth qui me tendit la main plus froidement que de coutume, et d'un air plus solennel encore qu'autrefois ; mais pourtant je m'aperçus, non sans émotion, qu'elle ne pouvait oublier ma vieille amitié pour son fils. Elle était très changée. Sa noble taille s'était courbée, de profondes rides sillonnaient son beau visage, et ses cheveux étaient presque blancs, mais elle était encore belle, et je retrouvais en elle les yeux étincelants et l'air imposant qui jadis faisaient l'admiration de mes rêves enfantins, à la pension.

« Monsieur Copperfield sait-il tout, Rosa?

— Oui.

— Il a vu Littimer?

— Oui ; et je lui ai dit pourquoi vous en aviez exprimé le désir.

— Vous êtes une bonne fille. J'ai eu, depuis que je ne vous ai vu, quelques rapports avec votre ancien ami, monsieur, dit-elle en s'adressant à moi ; mais il n'est pas encore revenu au sentiment de son devoir envers moi. Je n'ai d'autre objet en ceci que celui que Rosa vous a fait connaître. Si l'on peut en même temps consoler les peines du brave homme que vous m'avez amené, car je ne lui en veux pas, et c'est déjà beau de ma part, et sauver mon fils du danger de retomber dans les pièges de cette intrigante, à la bonne heure ! »

Elle se redressa et s'assit en regardant droit devant elle, bien loin, bien loin.

« Madame, lui dis-je d'un ton respectueux, je comprends. Je vous assure que je n'ai nulle envie de vous attribuer d'autres motifs ; mais je dois vous dire, moi qui ai connu depuis mon enfance cette malheureuse famille, que vous vous méprenez. Si vous vous imaginez que cette pauvre fille, indignement traitée, n'a pas été cruellement trompée, et qu'elle n'aimerait pas mille fois mieux mourir que d'accepter aujourd'hui un verre d'eau de la main de votre fils, vous faites là une terrible méprise.

— Chut, Rosa ! chut ! dit mistress Steerforth, qui vit que sa compagne allait répliquer : c'est inutile, n'en parlons plus. On me dit, monsieur, que vous êtes marié ? »

Je répondis qu'en effet je m'étais marié l'année précédente.

« Et que vous réussissez ? je vis si loin du monde que
je ne sais que peu de chose ; mais j'entends dire que
vous commencez à devenir célèbre.

— J'ai eu beaucoup de bonheur, dis-je, et mon nom a
déjà quelque réputation.

— Vous n'avez pas de mère ? dit-elle d'une voix plus
douce.

— Non.

— C'est dommage, reprit-elle, elle aurait été fière de
vous. Adieu. »

Je pris la main qu'elle me tendit avec une dignité
mêlée de roideur ; elle était aussi calme de visage que si
son âme avait été en repos. Son orgueil était assez fort
pour imposer silence aux battements mêmes de son
cœur, et pour abaisser sur sa face le voile d'insensibilité
menteuse à travers lequel elle regardait, du siège où elle
était assise, tout droit devant elle, bien loin, bien loin.

En m'éloignant d'elles, le long de la terrasse, je ne pus
m'empêcher de me retourner pour voir ces deux
femmes dont les yeux restaient fixés sur l'horizon toujours plus sombre autour d'elles. Çà et là, on voyait
scintiller quelques lueurs dans la lointaine cité, une
clarté rougeâtre éclairait encore l'orient de ses reflets ;
mais il s'élevait dans la vallée un brouillard qui se
répandait comme la mer au milieu des ténèbres, pour
envelopper dans ses replis ces deux statues vivantes que
je venais de quitter. Je ne pus y songer sans épouvante,
car lorsque je les revis, une mer en furie s'était véritablement soulevée sous leurs pieds.

En réfléchissant à ce que je venais d'entendre, je crus
devoir en faire part à M. Peggotty. Le lendemain soir
j'allai à Londres pour le voir. Il errait sans cesse d'une
ville à l'autre, toujours uniquement préoccupé de la
même idée ; mais il restait à Londres plus qu'ailleurs.
Que de fois je l'ai vu au milieu des ombres de la nuit traverser les rues, pour découvrir parmi les rares ombres
qui avaient l'air de chercher fortune à ces heures
indues, ce qu'il redoutait de trouver !

Il avait loué une chambre au-dessus de la petite boutique du marchand de chandelles de Hungerford Market, dont j'ai déjà eu occasion de parler. C'était de là qu'il était parti la première fois, lorsqu'il entreprit son pieux pèlerinage. J'allai l'y chercher. On me dit qu'il n'était pas encore sorti, et que je le trouverais dans sa chambre.

Il était assis près d'une fenêtre où il cultivait quelques fleurs. La chambre était propre et bien rangée. Je vis en un clin d'œil que tout était prêt pour *la* recevoir, et qu'il ne sortait jamais sans se dire que peut-être il la ramènerait là le soir. Il ne m'avait pas entendu frapper à la porte, et il ne leva les yeux que quand je posai la main sur son épaule.

« Maître Davy! merci, monsieur; merci mille fois de votre visite! Asseyez-vous. Soyez le bienvenu, monsieur.

— Monsieur Peggotty, lui dis-je en prenant la chaise qu'il m'offrait, je ne voudrais pas vous donner trop d'espoir, mais j'ai appris quelque chose.

— Sur Émilie? »

Il posa sa main sur sa bouche avec une agitation fiévreuse, et, les yeux fixés sur moi, il devint d'une pâleur mortelle.

« Cela ne vous donne aucun indice sur l'endroit où elle se trouve, mais enfin elle n'est plus avec lui. »

Il s'assit, sans cesser de me regarder, et entendit dans le plus profond silence tout ce que j'avais à lui dire. Je n'oublierai jamais la dignité de ce grave et patient visage; il m'écoutait, puis, les yeux baissés, il appuyait sa tête sur sa main; il resta tout ce temps immobile sans m'interrompre une seule fois. Il semblait qu'il n'y eût dans tout cela qu'une figure qu'il poursuivait à travers mon récit; il laissait passer à mesure toutes les autres comme des ombres vulgaires dont il ne se souciait point.

Quand j'eus fini, il se cacha la tête un moment entre ses deux mains et garda le silence. Je me tournai du côté de la fenêtre comme pour examiner les pots de fleurs.

« Qu'en pensez-vous, maître Davy ? me demanda-t-il enfin.

— Je crois qu'elle vit, répondis-je.

— Je ne sais pas. Peut-être le premier choc a-t-il été trop rude, et dans l'angoisse de son âme !... cette mer bleue dont elle parlait tant, peut-être n'y pensait-elle depuis si longtemps que parce que ce devait être son tombeau ! »

Il parlait d'une voix basse et émue en marchant dans la chambre.

« Et pourtant, maître Davy, ajouta-t-il, j'étais bien sûr qu'elle vivait : jour et nuit, en y pensant, je savais que je la retrouverais ; cela m'a donné tant de force, tant de confiance, que je ne crois pas m'être trompé. Non, non, Émilie est vivante ! »

Il appuya fermement sa main sur la table, et son visage hâlé prit une expression de résolution indicible.

« Ma nièce Émilie est vivante, monsieur, dit-il d'un ton énergique. Je ne sais ni d'où cela me vient ni comment cela se fait, mais j'entends quelque chose qui me dit qu'elle est vivante ! »

Il avait presque l'air inspiré en disant cela. J'attendis un moment qu'il fût en état de m'écouter ; puis je cherchai à lui suggérer une idée qui m'était venue la veille au soir.

« Mon cher ami, lui dis-je.

— Merci, merci, monsieur, et il serrait mes mains dans les siennes.

— Si elle venait à Londres, ce qui est probable, car elle ne peut espérer de se cacher nulle part aussi facilement que dans cette grande ville ; et que peut-elle faire de mieux que de se cacher aux yeux de tous, si elle ne retourne pas chez vous...

— Elle ne retournera pas chez moi, répondit-il en secouant tristement la tête. Si elle était partie de son plein gré, peut-être y reviendrait-elle, mais pas comme ça, monsieur.

— Si elle venait à Londres, dis-je, il y a, je crois, une

personne qui aurait plus de chance de la découvrir que tout autre au monde. Vous rappelez-vous... écoutez-moi avec fermeté, songez à votre grand but : vous rappelez-vous Marthe ?

— Notre payse ? »

Je n'avais pas besoin de réponse, il suffisait de le regarder.

« Savez-vous qu'elle est à Londres ?

— Je l'ai vue dans les rues, me répondit-il en frissonnant.

— Mais vous ne savez pas, dis-je, qu'Émilie a été pleine de bonté pour elle, avec le concours de Cham, longtemps avant qu'elle ait abandonné votre demeure. Vous ne savez pas, non plus, que le soir où je vous ai rencontré et où nous avons causé dans cette chambre, là-bas, de l'autre côté de la rue, elle écoutait à la porte.

— Maître Davy ? répondit-il avec étonnement. Le soir où il neigeait si fort ?

— Précisément. Je ne l'ai pas revue depuis. Après vous avoir quitté, je l'ai cherchée, mais elle était partie. Je ne voulais pas vous parler d'elle : aujourd'hui même, je ne le fais qu'avec répugnance, mais c'est elle que je voulais vous dire, c'est à elle qu'il faut, je crois, vous adresser. Comprenez-vous ?

— Je ne comprends que trop, monsieur », répondit-il. Nous parlions à voix basse l'un et l'autre.

« Vous dites que vous l'avez vue ? Croyez-vous pouvoir la retrouver ? car, pour moi, je ne pourrais la rencontrer que par hasard.

— Je crois, maître Davy, que je sais où il faut la chercher.

— Il fait nuit. Puisque nous voilà, voulez-vous que nous essayions ce soir de la trouver ? »

Il y consentit et se prépara à m'accompagner. Sans avoir l'air de remarquer ce qu'il faisait, je vis avec quel soin il rangeait la petite chambre ; il prépara une bougie et mit des allumettes sur la table, tint le lit tout prêt, sortit d'un tiroir une robe que je me souvenais d'avoir vu jadis porter à Émilie, la plia soigneusement avec quelques autres vêtements de femme, mit à côté un chapeau et déposa le tout sur une chaise. Du reste, il ne fit pas la moindre allusion à ces préparatifs, et je me tus comme lui. Sans doute il y avait bien longtemps que cette robe attendait, chaque soir, Émilie !

« Autrefois, maître Davy, me dit-il en descendant l'escalier, je regardais cette fille, cette Marthe, comme la boue des souliers de mon Émilie. Que Dieu me pardonne, nous n'en sommes plus là, aujourd'hui ! »

Tout en marchant, je lui parlai de Ham : c'était un moyen de le forcer à causer, et en même temps je désirais savoir des nouvelles de ce pauvre garçon. Il me répéta, presque dans les mêmes termes qu'auparavant, que Ham était toujours de même, « qu'il usait sa vie sans en avoir nul souci, mais qu'il ne se plaignait jamais et qu'il se faisait aimer de tout le monde ».

Je lui demandai s'il savait les dispositions de Ham à l'égard de l'auteur de tant d'infortunes ? N'avait-on pas à craindre quelque chose de ce côté ?

« Qu'arriverait-il, par exemple, si Ham se rencontrait, par hasard, avec Steerforth ?

— Je n'en sais rien, monsieur, répondit-il. J'y ai pensé souvent, et je ne sais qu'en dire. Mais qu'est-ce que ça fait ? »

Je lui rappelai le jour où nous avions parcouru tous trois la grève, le lendemain du départ d'Émilie.

« Vous souvenez-vous, lui dis-je, de la façon dont il regardait la mer et comme il murmurait entre ses dents : « On verra comment tout ça finira ! »

— Certainement, je m'en souviens !

— Que croyez-vous qu'il voulût dire ?

— Maître Davy, répondit-il, je me le suis demandé bien souvent et jamais je n'ai trouvé de réponse satisfaisante. Ce qu'il y a de curieux, c'est qu'en dépit de toute sa douceur, je crois que jamais je n'oserais le lui demander ; jamais il ne m'a dit le plus petit mot qui s'écartât du respect le plus profond, et il n'est guère probable qu'il voulût commencer aujourd'hui ; mais ce n'est pas une eau tranquille que celle où dorment de telles pensées. C'est une eau bien profonde, allez ! je ne peux pas voir ce qu'il y a au fond.

— Vous avez raison, lui dis-je, et c'est ce qui m'inquiète quelquefois.

— Et moi aussi, monsieur Davy, répliqua-t-il. Cela me tourmente encore plus, je vous assure, que ses goûts aventureux, et pourtant tout cela vient de la même source. Je ne puis dire à quelles extrémités il se porterait en pareil cas, mais j'espère que ces deux hommes ne se rencontreront jamais. »

Nous étions arrivés dans la Cité. Nous ne causions plus ; il marchait à côté de moi, absorbé dans une seule pensée, dans une préoccupation constante qui lui aurait fait trouver la solitude au milieu de la foule la plus bruyante. Nous n'étions pas loin du pont de Black-Friars, quand il tourna la tête pour me montrer du regard une femme qui marchait seule de l'autre côté de la rue. Je reconnus aussitôt celle que nous cherchions.

Nous traversâmes la rue, et nous allions l'aborder, quand il me vint à l'esprit qu'elle serait peut-être plus disposée à nous laisser voir sa sympathie pour la malheureuse jeune fille, si nous lui parlions dans un endroit plus paisible, et loin de la foule. Je conseillai donc à mon compagnon de la suivre sans lui parler ; d'ailleurs, sans m'en rendre bien compte, je désirais savoir où elle allait.

Il y consentit, et nous la suivîmes de loin, sans jamais la perdre de vue, mais sans non plus l'approcher de très près ; à chaque instant elle regardait de côté et d'autre. Une fois, elle s'arrêta pour écouter une troupe de musiciens. Nous nous arrêtâmes aussi.

Elle marchait toujours : nous la suivions. Il était évident qu'elle se rendait en un lieu déterminé ; cette circonstance, jointe au soin que je lui voyais prendre de continuer à suivre les rues populeuses, et peut-être une espèce de fascination étrange que m'inspirait cette mystérieuse poursuite, me confirmèrent de plus en plus dans ma résolution de ne point l'aborder. Enfin elle entra dans une rue sombre et triste ; là il n'y avait plus ni monde ni bruit ; je dis à M. Peggotty : « Maintenant, nous pouvons lui parler », et pressant le pas, nous la suivîmes de plus près.

CHAPITRE XVII

Marthe

Nous étions entrés dans le quartier de Westminster. Comme nous avions rencontré Marthe venant dans un sens opposé, nous étions retournés sur nos pas pour la suivre, et c'était près de l'abbaye de Westminster qu'elle avait quitté les rues bruyantes et passagères. Elle marchait si vite, qu'une fois hors de la foule qui traversait le pont en tout sens, nous ne parvînmes à la rejoindre que dans l'étroite ruelle qui longe la rivière près de Millbank. A ce même moment, elle traversa la chaussée, comme pour éviter ceux qui s'attachaient à ses pas, et, sans prendre seulement le temps de regarder derrière elle, elle accéléra encore sa marche.

La rivière m'apparut à travers un sombre passage où étaient remisés quelques chariots, et cette vue me fit changer de dessein. Je touchai le bras de mon compagnon sans dire un mot, et, au lieu de traverser le chemin comme venait de le faire Marthe, nous continuâmes à suivre le même côté de la route, nous cachant le plus possible à l'ombre des maisons, mais toujours tout près d'elle.

Il existait alors, et il existe encore aujourd'hui, au bout de cette ruelle, un petit hangar en ruines, jadis, sans doute, destiné à abriter les mariniers du bac. Il est placé tout juste à l'endroit où la rue cesse, et où la route commence à s'étendre entre la rivière et une rangée de

maisons. Aussitôt qu'elle arriva là et qu'elle aperçut le
fleuve, elle s'arrêta comme si elle avait atteint sa desti-
nation, et puis elle se mit à descendre lentement le long
de la rivière, sans la perdre de vue un seul instant.

J'avais cru d'abord qu'elle se rendait dans quelque
maison; j'avais même vaguement espéré que nous y
trouverions quelque chose qui nous mettrait sur la trace
de celle que nous cherchions. Mais en apercevant l'eau
verdâtre, à travers la ruelle, j'eus un secret instinct
qu'elle n'irait pas plus loin.

Tout ce qui nous entourait était triste, solitaire et
sombre ce soir-là. Il n'y avait ni quai ni maisons sur la
route monotone qui avoisinait la vaste étendue de la
prison. Un étang d'eau saumâtre déposait sa vase aux
pieds de cet immense bâtiment. De mauvaises herbes à
demi pourries couvraient le terrain marécageux. D'un
côté, des maisons en ruines, mal commencées et qui
n'avaient jamais été achevées; de l'autre, un amas de
pièces de fer informes, de roues, de crampons, de
tuyaux, de fourneaux, d'ancres, de cloches à plongeur,
de cabestans et je ne sais combien d'autres objets honteux d'eux-mêmes, qui semblaient vainement chercher
à se cacher sous la poussière et la boue dont ils étaient
recouverts. Sur la rive opposée, la lueur éclatante et le
fracas des usines semblaient prendre à tâche de troubler le repos de la nuit, mais l'épaisse fumée que vomis-
saient leurs cheminées massives ne s'en émouvait pas et
continuait de s'élever en une colonne incessante. Des
trouées et des jetées limoneuses serpentaient entre des
blocs de bois tout recouverts d'une mousse verdâtre,
semblable à une perruque de chiendent, et sur lesquels
on pouvait encore lire des fragments d'affiches de
l'année dernière offrant une récompense à ceux qui
recueilleraient des noyés apportés là par la marée, à travers la vase et la bourbe. On disait que jadis, dans le
temps de la grande peste, on avait creusé là une fosse
pour y jeter les morts, et cette croyance semblait avoir
répandu sur tout le voisinage une fatale influence; il

semblait que la peste eût fini graduellement par se décomposer en cette forme nouvelle, et qu'elle se fût combinée là avec l'écume du fleuve souillée par son contact pour former ce bourbier immonde et gluant.

C'est là que, se croyant sans doute pétrie du même limon et se regardant comme le rebut de la nature réclamé par ce cloaque de pourriture et de corruption, la jeune fille que nous avions suivie dans sa course égarée se tenait au milieu de cette scène nocturne, seule et triste, regardant l'eau.

Quelques barques étaient jetées çà et là sur la vase du rivage; nous pûmes, en les longeant, nous glisser près d'elle sans être vus. Je fis signe à M. Peggotty de rester où il était, et je m'approchai d'elle. Je ne m'avançais pas sans trembler, car, en la voyant terminer si brusquement sa course rapide, en l'observant là, debout, sous l'ombre du pont caverneux, toujours absorbée dans le spectacle de ces ondes mugissantes, je ne pouvais réprimer en moi une secrète épouvante.

Je crois qu'elle se parlait à elle-même. Je la vis ôter son châle et s'envelopper les mains dedans avec l'agitation nerveuse d'une somnambule. Jamais je n'oublierai que, dans toute sa personne, il y avait un trouble sauvage qui me tint dans une transe mortelle de la voir s'engloutir à mon yeux, jusqu'au moment où enfin je sentis que je tenais son bras serré dans ma main.

Au même instant, je criai : « Marthe ! » Elle poussa un cri d'effroi, et chercha à m'échapper; seul, je n'aurais pas eu la force de la retenir, mais un bras plus vigoureux que le mien la saisit; et quand elle leva les yeux, et qu'elle vit qui c'était, elle ne fit plus qu'un seul effort pour se dégager, avant de tomber à nos pieds. Nous la transportâmes hors de l'eau, dans un endroit où il y avait quelques grosses pierres, et nous la fîmes asseoir; elle ne cessait de pleurer et de gémir, la tête cachée dans ses mains.

« Oh! la rivière! répétait-elle avec angoisse. Oh! la rivière !

— Chut! chut! lui dis-je. Calmez-vous. »

Mais elle répétait toujours les mêmes paroles, et s'écriait avec rage : « Oh! la rivière! »

« Elle me ressemble! disait-elle; je lui appartiens. C'est la seule compagnie digne de moi maintenant. Comme moi, elle descend d'un lieu champêtre et paisible, où ses eaux coulaient innocentes; à présent, elle coule, informe et troublée, au milieu des rues sombres, elle s'en va, comme ma vie, vers un immense océan sans cesse agité, et je sens bien qu'il faut que j'aille avec elle! »

Jamais je n'ai entendu une voix ni des paroles aussi pleines de désespoir.

« Je ne peux pas y résister. Je ne peux pas m'empêcher d'y penser sans cesse. Elle me hante nuit et jour. C'est la seule chose au monde à laquelle je convienne, ou qui me convienne. Oh! l'horrible rivière! »

En regardant le visage de mon compagnon, je me dis alors que j'aurais deviné dans ses traits toute l'histoire de sa nièce si je ne l'avais pas sue d'avance. En voyant l'air dont il observait Marthe, sans dire un mot et sans bouger, jamais je n'ai vu, ni en réalité ni en peinture, l'horreur et la compassion mêlées d'une façon plus frappante. Il tremblait comme la feuille et sa main était froide comme le marbre. Son regard m'alarma. « Elle est dans un accès d'égarement, murmurai-je à l'oreille de M. Peggotty. Dans un moment elle parlera différemment. »

Je ne sais ce qu'il voulut me répondre; il remua les lèvres, et crut sans doute m'avoir parlé, mais il n'avait fait autre chose que de me la montrer en étendant la main.

Elle éclatait de nouveau en sanglots, la tête cachée au milieu des pierres, image lamentable de honte et de ruine. Convaincu qu'il fallait lui laisser le temps de se calmer avant de lui adresser la parole, j'arrêtai M. Peggotty qui voulait la relever, et nous attendîmes en silence qu'elle fût devenue plus tranquille.

« Marthe, lui dis-je alors en me penchant pour la relever, car elle semblait vouloir s'éloigner, mais dans sa
faiblesse elle allait retomber à terre ; Marthe, savez-vous
qui est là avec moi ? »

Elle me dit faiblement : « Oui. »

« Savez-vous que nous vous avons suivie bien longtemps, ce soir ? »

Elle secoua la tête ; elle ne regardait ni lui ni moi,
mais elle se tenait humblement penchée, son chapeau
et son châle à la main, tandis que de l'autre elle se pressait convulsivement le front.

« Êtes-vous assez calme, lui dis-je, pour causer avec
moi d'un sujet qui vous intéressait si vivement (Dieu
veuille vous en garder le souvenir !), un soir, par la
neige ? »

Elle recommença à sangloter, et murmura d'une voix
entrecoupée qu'elle me remerciait de ne pas l'avoir alors
chassée de la porte.

« Je ne veux rien dire pour me justifier, reprit-elle au
bout d'un moment ; je suis coupable, je suis perdue. Je
n'ai point d'espoir. Mais dites-*lui*, monsieur, et elle
s'éloignait de M. Peggotty, si vous avez quelque pitié de
moi, dites-lui que ce n'est pas moi qui ai causé son malheur.

— Jamais personne n'en a eu la pensée, repris-je avec
émotion.

— C'est vous, si je ne me trompe, dit-elle d'une voix
tremblante, qui êtes venu dans la cuisine, le soir où elle
a eu pitié de moi, où elle a été si bonne pour moi ; car
elle ne me repoussait pas comme les autres, elle venait à
mon secours. Était-ce vous, monsieur ?

— Oui, répondis-je.

— Il y a longtemps que je serais dans la rivière,
reprit-elle en jetant sur l'eau un terrible regard, si j'avais
eu à me reprocher de lui avoir jamais fait le moindre
tort. Dès la première nuit de cet hiver je me serais rendu
justice, si je ne m'étais pas sentie innocente de ce qu'elle
a fait.

— On ne sait que trop bien la cause de sa fuite, lui dis-je. Nous croyons, nous sommes sûrs que vous en êtes, en effet, entièrement innocente.

— Oh! si je n'avais pas eu un si mauvais cœur, reprit la pauvre fille avec un regret navrant, j'aurais dû changer par ses conseils : elle était si bonne pour moi! Jamais elle ne m'a parlé qu'avec sagesse et douceur. Comment est-il possible de croire que j'eusse envie de la rendre semblable à moi, me connaissant comme je me connais? Moi qui ai perdu tout ce qui pouvait m'attacher à la vie, moi dont le plus grand chagrin a été de penser que, par ma conduite, j'étais séparée d'elle pour toujours! »

M. Peggotty se tenait les yeux baissés, et, la main droite appuyée sur le rebord d'une barque, il porta l'autre devant son visage.

« Et quand j'ai appris de quelqu'un du pays ce qui était arrivé, s'écria Marthe, ma plus grande angoisse a été de me dire qu'on se souviendrait que jadis elle avait été bonne pour moi, et qu'on dirait que je l'avais pervertie. Oh! Dieu sait, bien au contraire, que j'aurais donné ma vie pour lui rendre plutôt son honneur et sa bonne renommée! »

Et la pauvre fille, peu habituée à se contraindre, s'abandonnait à toute l'agonie de sa douleur et de ses remords.

« J'aurais donné ma vie! non, j'aurais fait plus encore, s'écria-t-elle, j'aurais vécu! j'aurais vécu vieille et abandonnée, dans ces rues si misérables! j'aurais erré dans les ténèbres! j'aurais vu le jour se lever sur ces murailles blanchies, je me serais souvenue que jadis ce même soleil brillait dans ma chambre et me réveillait jeune et... Oui, j'aurais fait cela, pour la sauver! »

Elle se laissa retomber au milieu des pierres, et, les saisissant à deux mains dans son angoisse, elle semblait vouloir les broyer. A chaque instant elle changeait de posture : tantôt elle roidissait ses bras amaigris; tantôt elle les tordait devant sa tête pour échapper au peu de jour dont elle avait honte ; tantôt elle penchait son front vers la terre comme s'il était trop lourd pour elle, sous le poids de tant de douloureux souvenirs.

« Que voulez-vous que je devienne ? dit-elle enfin, luttant avec son désespoir. Comment pourrai-je continuer à vivre ainsi, moi qui porte avec moi la malédiction de moi-même, moi qui ne suis qu'une honte vivante pour tout ce qui m'approche ? » Tout à coup elle se tourna vers mon compagnon. « Foulez-moi aux pieds, tuez-moi ! Quand elle était encore votre orgueil, vous auriez cru que je lui faisais du mal en la coudoyant dans la rue. Mais à quoi bon ! vous ne me croirez pas... et pourquoi croiriez-vous une seule des paroles qui sortent de la bouche d'une misérable comme moi ? Vous rougiriez de honte, même en ce moment, si elle échangeait une parole avec moi. Je ne me plains pas. Je ne dis pas que nous soyons semblables, elle et moi, je sais qu'il y a une grande... grande distance entre nous. Je dis seulement, en sentant tout le poids de mon crime et de ma misère, que je lui suis reconnaissante du fond du cœur, et que je l'aime. Oh ! ne croyez pas que je sois devenue incapable d'aimer ! Rejetez-moi comme le monde me rejette ! Tuez-moi, pour me punir de l'avoir recherchée et connue, criminelle comme je suis, mais ne pensez pas cela de moi ! »

Pendant qu'elle lui adressait ses supplications, il la regardait l'âme navrée. Quand elle se tut, il la releva doucement.

« Marthe, dit-il, Dieu me préserve de vous juger ! Dieu m'en préserve, moi plus que tout autre homme au monde ! Vous ne savez pas combien je suis changé. Enfin ! » Il s'arrêta un moment, puis il reprit : « Vous ne comprenez pas pourquoi M. Copperfield et moi nous désirons vous parler. Vous ne savez pas ce que nous voulons. Écoutez-moi ! »

Son influence sur elle fut complète. Elle resta devant lui, sans bouger, comme si elle craignait de rencontrer son regard, mais sa douleur exaltée devint muette.

« Puisque vous avez entendu ce qui s'est passé entre maître Davy et moi, le soir où il neigeait si fort, vous savez que j'ai été (hélas! où n'ai-je pas été?...) chercher bien loin ma chère nièce. Ma chère nièce, répéta-t-il d'un ton ferme, car elle m'est plus chère aujourd'hui, Marthe, qu'elle ne l'a jamais été. »

Elle mit ses mains sur ses yeux, mais elle resta tranquille.

« J'ai entendu dire à Émilie, continua M. Peggotty, que vous étiez restée orpheline toute petite, et que pas un ami n'était venu remplacer vos parents. Peut-être si vous aviez eu un ami, tout rude et tout bourru qu'il pût être, vous auriez fini par l'aimer, peut-être seriez-vous devenue pour lui ce que ma nièce était pour moi. »

Elle tremblait en silence; il l'enveloppa soigneusement de son châle, qu'elle avait laissé tomber.

« Je sais, dit-il, que si elle me revoyait une fois, elle me suivrait au bout du monde, mais aussi qu'elle fuirait au bout du monde pour éviter de me revoir. Elle n'a pas le droit de douter de mon amour, elle n'en doute pas; non, elle n'en doute pas, répéta-t-il avec une calme certitude de la vérité de ses paroles, mais il y a de la honte entre nous, et c'est là ce qui nous sépare! »

Il était évident, à la façon ferme et claire dont il parlait, qu'il avait étudié à fond chaque détail de cette question qui était tout pour lui.

« Nous croyons probable, reprit-il, maître Davy que voici et moi, qu'un jour elle dirigera vers Londres sa pauvre course égarée et solitaire. Nous croyons, maître Davy et moi, et nous tous, que vous êtes aussi innocente que l'enfant qui vient de naître de tout le mal qui lui est arrivé. Vous disiez qu'elle avait été bonne et douce pour vous. Que Dieu la bénisse, je le sais bien! Je sais qu'elle a toujours été bonne pour tout le monde. Vous lui avez de la reconnaissance, et vous l'aimez. Aidez-nous à la retrouver, et que le ciel vous récompense! »

Pour la première fois elle leva rapidement les yeux sur lui, comme si elle n'en pouvait croire ses oreilles.

« Vous voulez vous fier à moi ? demanda-t-elle avec étonnement et à voix basse.

— De tout notre cœur, dit M. Peggotty.

— Vous me permettez de lui parler si je la retrouve ; de lui donner un abri, si j'ai un abri à partager avec elle, et puis de venir, sans le lui dire, vous chercher pour vous amener auprès d'elle ? » demanda-t-elle vivement.

Nous répondîmes au même instant : « Oui ! »

Elle leva les yeux au ciel et déclara solennellement qu'elle se vouait à cette tâche, ardemment et fidèlement ; qu'elle ne l'abandonnerait pas, qu'elle ne s'en laisserait jamais distraire, tant qu'il y aurait une lueur d'espoir. Elle prit le ciel à témoin que, si elle chancelait dans son œuvre, elle consentait à être plus misérable et plus désespérée, si c'était possible, qu'elle ne l'avait été ce soir-là, au bord de cette rivière, et qu'elle renonçait à tout jamais à implorer le secours de Dieu ou des hommes !

Elle parlait à voix basse, sans se tourner de notre côté, comme si elle s'adressait au ciel qui était au-dessus de nous ; puis elle fixait de nouveau les yeux sur l'eau sombre.

Nous crûmes nécessaire de lui dire tout ce que nous savions et je le lui racontai tout au long. Elle écoutait avec une grande attention, en changeant souvent de visage, mais dans toutes ses diverses expressions on lisait le même dessein. Parfois ses yeux se remplissaient de larmes, mais elle les réprimait à l'instant. Il semblait que son exaltation passée eût fait place à un calme profond.

Quand j'eus cessé de parler, elle demanda où elle pourrait venir nous chercher, si l'occasion s'en présentait. Un faible réverbère éclairait la route, j'écrivis nos deux adresses sur une feuille de mon agenda, je la lui remis, elle la cacha dans son sein. Je lui demandai où elle demeurait. Après un moment de silence, elle me dit qu'elle n'habitait pas longtemps le même endroit ; mieux valait peut-être ne pas le savoir.

M. Peggotty me suggéra, à voix basse, une pensée qui déjà m'était venue ; je tirai ma bourse, mais il me fut impossible de lui persuader d'accepter de l'argent, ni d'obtenir d'elle la promesse qu'elle y consentirait plus tard. Je lui représentai que, pour un homme de sa condition, M. Peggotty n'était pas pauvre, et que nous ne pouvions nous résoudre à la voir entreprendre une pareille tâche à l'aide de ses seules ressources. Elle fut inébranlable. M. Peggotty n'eut pas, auprès d'elle, plus de succès que moi ; elle le remercia avec reconnaissance, mais sans changer de résolution.

« Je trouverai de l'ouvrage, dit-elle, j'essayerai.

— Acceptez au moins, en attendant, notre assistance, lui disais-je.

— Je ne peux pas faire pour de l'argent ce que je vous ai promis, répondit-elle ; lors même que je mourrais de faim, je ne pourrais l'accepter. Me donner de l'argent, ce serait me retirer votre confiance, m'enlever le but auquel je veux tendre, me priver de la seule chose au monde qui puisse m'empêcher de me jeter dans cette rivière.

— Au nom du grand Juge, devant lequel nous paraîtrons tous un jour, bannissez cette terrible idée. Nous pouvons tous faire du bien en ce monde, si nous le voulons seulement. »

Elle tremblait, son visage était plus pâle, lorsqu'elle répondit :

« Peut-être avez-vous reçu d'en haut la mission de sauver une misérable créature. Je n'ose le croire, je ne mérite pas cette grâce. Si je parvenais à faire un peu de bien, je pourrais commencer à espérer ; mais jusqu'ici ma conduite n'a été que mauvaise. Pour la première fois, depuis bien longtemps, je désire de vivre pour me dévouer à l'œuvre que vous m'avez donnée à faire. Je n'en sais pas davantage, et je n'en peux rien dire de plus. »

Elle retint ses larmes qui recommençaient à couler, et, avançant vers M. Peggotty sa main tremblante, elle

le toucha comme s'il possédait quelque vertu bienfai-
sante, puis elle s'éloigna sur la route solitaire. Elle avait
été malade ; on le voyait à son maigre et pâle visage, à
ses yeux enfoncés qui révélaient de longues souffrances
et de cruelles privations.

Nous la suivîmes de loin, jusqu'à ce que nous fussions
de retour au milieu des quartiers populeux. J'avais une
confiance si absolue dans ses promesses, que j'insinuai
à M. Peggotty qu'il vaudrait peut-être mieux ne pas aller
plus loin ; elle croirait que nous voulions la surveiller. Il
fut de mon avis, et laissant Marthe suivre sa route, nous
nous dirigeâmes vers Highgate. Il m'accompagna quelque temps encore, et lorsque nous nous séparâmes, en
priant Dieu de bénir ce nouvel effort, il y avait dans sa
voix une tendre compassion bien facile à comprendre.

Il était minuit quand j'arrivai chez moi. J'allais rentrer, et j'écoutais le son des cloches de Saint-Paul qui
venait jusqu'à moi au milieu du bruit des horloges de la
ville, lorsque je remarquai avec surprise que la porte du
cottage de ma tante était ouverte et qu'on apercevait une
faible lueur devant la maison.

Je m'imaginai que ma tante avait repris quelqu'une
de ses terreurs d'autrefois, et qu'elle observait au loin
les progrès d'un incendie imaginaire ; je m'avançai donc
pour lui parler. Quel ne fut pas mon étonnement quand
je vis un homme debout dans son petit jardin !

Il tenait à la main une bouteille et un verre et était
occupé à boire. Je m'arrêtai au milieu des arbres, et, à la
lueur de la lune qui paraissait à travers les nuages, je
reconnus l'homme que j'avais rencontré une fois avec
ma tante dans les rues de la cité, après avoir cru longtemps auparavant que cet être fantastique n'était qu'une
hallucination de plus du pauvre cerveau de M. Dick.

Il mangeait et buvait de bon appétit, et en même
temps il observait curieusement le *cottage*, comme si
c'était la première fois qu'il l'eût vu. Il se baissa pour
poser la bouteille sur le gazon, puis regarda autour de
lui d'un œil inquiet, comme un homme pressé de s'éloigner.

La lumière du corridor s'obscurcit un moment, quand ma tante passa devant. Elle paraissait agitée, et j'entendis qu'elle lui mettait de l'argent dans la main.

« Qu'est-ce que vous voulez que je fasse de cela? demanda-t-il?

— Je ne peux pas vous en donner plus, répondit ma tante.

— Alors je ne m'en vais pas, dit-il; tenez! reprenez ça.

— Méchant homme, reprit ma tante avec une vive émotion, comment pouvez-vous me traiter ainsi? Mais je suis bien bonne de vous le demander. C'est parce que vous connaissez ma faiblesse! Si je voulais me débarrasser à tout jamais de vos visites, je n'aurais qu'à vous abandonner au sort que vous méritez!

— Eh bien! pourquoi ne pas m'abandonner au sort que je mérite?

— Et c'est vous qui me faites cette question! reprit ma tante. Il faut que vous ayez bien peu de cœur. »

Il restait là à faire sonner en rechignant l'argent dans sa main, et à secouer la tête d'un air mécontent; enfin :

« C'est tout ce que vous voulez me donner? dit-il.

— C'est tout ce que je *peux* vous donner, dit ma tante. Vous savez que j'ai fait des pertes, je suis plus pauvre que je n'étais. Je vous l'ai dit. Maintenant que vous avez ce que vous vouliez, pourquoi me faites-vous le chagrin de rester près de moi un instant de plus et de me montrer ce que vous êtes devenu?

— Je suis devenu bien misérable, répondit-il. Je vis comme un hibou.

— Vous m'avez dépouillée de tout ce que je possédais, dit ma tante, vous m'avez, pendant de longues années, endurci le cœur. Vous m'avez traitée de la manière la plus perfide, la plus ingrate, la plus cruelle. Allez, et repentez-vous; n'ajoutez pas de nouveaux torts à tous les torts que vous vous êtes déjà donnés avec moi.

— Voyez-vous! reprit-il. Tout cela est très joli, ma foi! Enfin! puisqu'il faut que je m'en accommode pour le quart d'heure!... »

En dépit de lui-même, il parut honteux des larmes de
ma tante et sortit en tapinois du jardin. Je m'avançai
rapidement, comme si je venais d'arriver, et je le rencontrai qui s'éloignait. Nous nous jetâmes un coup d'œil
peu amical.

« Ma tante, dis-je vivement, voilà donc encore cet
homme qui vient vous faire peur? Laissez-moi lui parler. Qui est-ce?

— Mon enfant! répondit-elle en me prenant le bras,
entrez et ne me parlez pas, de dix minutes d'ici. »

Nous nous assîmes dans son petit salon. Elle s'abrita
derrière son vieil écran vert, qui était vissé au dos d'une
chaise, et, pendant un quart d'heure environ, je la vis
s'essuyer souvent les yeux. Puis elle se leva et vint
s'asseoir à côté de moi.

« Trot, me dit-elle avec calme, c'est mon mari.

— Votre mari, ma tante? je croyais qu'il était mort!

— Il est mort pour moi, répondit ma tante, mais il
vit. »

J'étais muet d'étonnement.

« Betsy Trotwood n'a pas l'air très propre à se laisser
séduire par une tendre passion, dit-elle avec tranquillité; mais il y a eu un temps, Trot, où elle avait mis en
cet homme sa confiance tout entière; un temps, Trot,
où elle l'aimait sincèrement, et où elle n'aurait reculé
devant aucune preuve d'attachement et d'affection. Il
l'en a récompensée en mangeant sa fortune et en lui bri-
sant le cœur. Alors elle a pour toujours enterré toute
espèce de sensibilité, une bonne fois et à tout jamais,
dans un tombeau dont elle a creusé, comblé et aplani la
fosse.

— Ma chère, ma bonne tante!

— J'ai été généreuse envers lui, continua-t-elle, en
posant sa main sur les miennes. Je puis le dire maintenant, Trot, j'ai été généreuse envers lui. Il avait été si
cruel pour moi que j'aurais pu obtenir une séparation
très profitable à mes intérêts : je ne l'ai pas voulu. Il a
dissipé en un clin d'œil tout ce que je lui avais donné, il

est tombé plus bas de jour en jour : je ne sais pas s'il n'a pas épousé une autre femme, c'est devenu un aventurier, un joueur, un fripon. Vous venez de le voir tel qu'il est aujourd'hui, mais c'était un bien bel homme lorsque je l'ai épousé, dit ma tante, dont la voix contenait encore quelque trace de son admiration passée, et, pauvre folle que j'étais, je le croyais l'honneur incarné. »

Elle me serra la main et secoua la tête.

« Il n'est plus rien pour moi maintenant, Trot, il est moins que rien. Mais, plutôt que de le voir punir pour ses fautes (ce qui lui arriverait infailliblement s'il séjournait dans ce pays), je lui donne de temps à autre plus que je ne puis, à condition qu'il s'éloigne. J'étais folle quand je l'ai épousé, et je suis encore si incorrigible que je ne voudrais pas voir maltraiter l'homme sur lequel j'ai pu me faire une fois de si bizarres illusions, car je croyais en lui, Trot, de toute mon âme. »

Ma tante poussa un profond soupir, puis elle lissa soigneusement avec sa main les plis de sa robe.

« Voilà ! mon ami, dit-elle. Maintenant vous savez tout, le commencement, le milieu et la fin. Nous n'en parlerons plus ; et, bien entendu, vous n'en ouvrirez la bouche à personne. C'est l'histoire de mes sottises, Trot, gardons-la pour nous ! »

CHAPITRE XVIII

Événement domestique

Je travaillais activement à mon livre, sans interrompre mes occupations de sténographe, et, quand il parut, il obtint un grand succès. Je ne me laissai point étourdir par les louanges qui retentirent à mes oreilles, et pourtant j'en jouis vivement et je pensai plus de bien encore de mon œuvre, sans nul doute, que tout le monde. J'ai souvent remarqué que ceux qui ont des raisons légitimes d'estimer leur propre talent n'en font pas parade aux yeux des autres pour se recommander à l'estime publique. C'est pour cela que je restais modeste, par respect pour moi-même. Plus on me donnait d'éloges, plus je m'efforçais de les mériter.

Mon intention n'est pas de raconter, dans ce récit complet d'ailleurs de ma vie, l'histoire aussi des romans que j'ai mis au jour. Ils peuvent parler pour eux et je leur en laisserai le soin ; je n'y fais allusion ici en passant que parce qu'ils servent à faire connaître en partie le développement de ma carrière.

J'avais alors quelque raison de croire que la nature, aidée par les circonstances, m'avait destiné à être auteur ; je me livrais avec assurance à ma vocation. Sans cette confiance, j'y aurais certainement renoncé pour donner quelque autre but à mon énergie. J'aurais cherché à découvrir ce que la nature et les circonstances pouvaient réellement faire de moi pour m'y vouer exclusivement.

J'avais si bien réussi depuis quelque temps dans mes essais littéraires, que je crus pouvoir raisonnablement, après un nouveau succès, échapper enfin à l'ennui de ces terribles débats. Un soir donc (quel heureux soir !) j'enterrai bel et bien cette transcription musicale des trombones parlementaires. Depuis ce jour, je n'ai même plus jamais voulu les entendre ; c'est bien assez d'être encore poursuivi, quand je lis le journal, par ce bourdonnement éternel et monotone tout le long de la session, sans autre variation appréciable qu'un peu plus de bavardage, je crois, et partant plus d'ennui.

Au moment dont je parle, il y avait à peu près un an que nous étions mariés. Après diverses expériences, nous avions fini par trouver que ce n'était pas la peine de diriger notre maison. Elle se dirigeait toute seule, pourtant avec l'aide d'un page, dont la principale fonction était de se disputer avec la cuisinière, et, sous ce rapport, c'était un parfait Wittington ; toute la différence, c'est qu'il n'avait pas de chat ni la moindre chance de devenir jamais lord-maire comme lui.

Il vivait, au milieu d'une averse continuelle de casseroles. Sa vie était un combat. On l'entendait crier au secours dans les occasions les plus incommodes, par exemple quand nous avions du monde à dîner ou quelques amis le soir, ou bien il sortait en hurlant de la cuisine, et tombait sous le poids d'une partie de nos ustensiles de ménage, que son ennemie jetait après lui. Nous désirions nous en débarrasser, mais il nous était si attaché qu'il ne voulait pas nous quitter. Il larmoyait sans cesse, et quand il était question de nous séparer de lui, il poussait de telles lamentations que nous étions contraints de le garder. Il n'avait pas de mère, et pour tous parents, il ne possédait qu'une sœur qui s'était embarquée pour l'Amérique le jour où il était entré à notre service; il nous restait donc sur les bras, comme un petit idiot que sa famille est bien obligée d'entretenir. Il sentait très vivement son infortune et s'essuyait constamment les yeux avec la manche de sa veste, quand il n'était pas occupé à se moucher dans un coin de son petit mouchoir, qu'il n'aurait pas voulu pour tout au monde tirer tout entier de sa poche, par économie et par discrétion.

Ce diable de page, que nous avions eu le malheur, dans une heure néfaste, d'engager à notre service, moyennant six livres sterling par an, était pour moi une source continuelle d'anxiété. Je l'observais, je le regardais grandir, car, vous savez, la mauvaise herbe... et je songeais avec angoisse au temps où il aurait de la barbe, puis au temps où il serait chauve. Je ne voyais pas la moindre perspective de me défaire de lui, et, rêvant à l'avenir, je pensais combien il nous gênerait quand il serait vieux.

Je ne m'attendais guère au procédé qu'employa l'infortuné pour me tirer d'embarras. Il vola la montre de Dora, qui naturellement n'était jamais à sa place, comme tout ce qui nous appartenait. Il en fit de l'argent et dépensa le produit (pauvre idiot!) à se promener toujours et sans cesse sur l'impériale de l'omnibus de

Londres à Cambridge. Il allait accomplir son quinzième voyage quand un *policeman* l'arrêta ; on ne trouva plus sur lui que quatre shillings, avec un flageolet d'occasion dont il ne savait pas jouer.

Cette découverte et toutes ses conséquences ne m'auraient pas aussi désagréablement surpris, s'il n'avait pas été repentant. Mais c'est qu'il l'était, au contraire, d'une façon toute particulière... pas en gros, si vous voulez, c'était plutôt en détail. Par exemple, le lendemain du jour où je fus obligé de déposer contre lui, il fit certains aveux concernant un panier de vin, que nous supposions plein, et qui ne contenait plus que des bouteilles vides. Nous espérions que c'était fini cette fois, qu'il s'était déchargé la conscience, et qu'il n'avait plus rien à nous apprendre sur le compte de la cuisinière ; mais, deux ou trois jours après, ne voilà-t-il pas un nouveau remords de conscience qui le prend et le pousse à nous confesser qu'elle avait une petite fille qui venait tous les jours, de grand matin, dérober notre pain, et qu'on l'avait suborné lui-même pour fournir de charbon le laitier. Deux ou trois jours après, les magistrats m'informèrent qu'il avait fait découvrir des aloyaux entiers au milieu des restes de rebut, et des draps dans le panier aux chiffons. Puis, au bout de quelque temps, le voilà reparti dans une direction pénitente toute différente, et il se met à nous dénoncer le garçon du café voisin comme ayant l'intention de faire une descente chez nous. On arrête le garçon. J'étais tellement confus du rôle de victime qu'il me faisait par ces tortures répétées, que je lui aurais donné tout l'argent qu'il m'aurait demandé pour se taire ; ou que j'aurais offert volontiers une somme ronde pour qu'on lui permît de se sauver. Ce qu'il y avait de pis, c'est qu'il n'avait pas la moindre idée du désagrément qu'il me causait, et qu'il croyait, au contraire, me faire une réparation de plus à chaque découverte nouvelle. Dieu me pardonne ! je ne serais pas étonné qu'il s'imaginât multiplier ainsi ses droits à ma reconnaissance.

A la fin je pris le parti de me sauver moi-même, toutes les fois que j'apercevais un émissaire de la police chargé de me transmettre quelque révélation nouvelle, et je vécus, pour ainsi dire, en cachette, jusqu'à ce que ce malheureux garçon fût jugé et condamné à la déportation. Même alors il ne pouvait pas se tenir en repos, et nous écrivait constamment. Il voulut absolument voir Dora avant de s'en aller; Dora se laissa faire; elle y alla, et s'évanouit en voyant la grille de fer de la prison se refermer sur elle. En un mot, je fus malheureux comme les pierres jusqu'au moment de son départ; enfin il partit, et j'appris depuis qu'il était devenu berger « là-bas, dans la campagne » quelque part, je ne sais où. Mes connaissances géographiques sont en défaut.

Tout cela me fit faire de sérieuses réflexions, et me présenta nos erreurs sous un nouvel aspect; je ne pus m'empêcher de le dire à Dora un soir, en dépit de ma tendresse pour elle.

« Mon amour, lui dis-je, il m'est très pénible de penser que la mauvaise administration de nos affaires ne nuit pas à nous seulement (nous en avons pris notre parti), mais qu'elle fait tort à d'autres.

— Voilà bien longtemps que vous n'aviez rien dit, n'allez-vous pas maintenant redevenir grognon! dit Dora.

— Non, vraiment, ma chérie! Laissez-moi vous expliquer ce que je veux dire.

— Je n'ai pas envie de le savoir.

— Mais il faut que vous le sachiez, mon amour. Mettez Jip par terre. »

Dora posa le nez de Jip sur le mien, en disant : « Boh! boh! » pour tâcher de me faire rire; mais voyant qu'elle n'y réussissait pas, elle renvoya le chien dans sa pagode, et s'assit devant moi, les mains jointes, de l'air le plus résigné.

« Le fait est, repris-je, mon enfant, que voilà notre mal qui se gagne; nous le donnons à tout le monde autour de nous! »

J'allais continuer dans ce style figuré, si le visage de Dora ne m'avait pas averti qu'elle s'attendait à me voir lui proposer quelque nouveau mode de vaccine, ou quelque autre remède médical, pour guérir ce mal contagieux dont nous étions atteints. Je me décidai donc à lui dire tout bonnement :

« Non seulement, ma chérie, nous perdons de l'argent et du bien-être, par notre négligence ; non seulement notre caractère en souffre parfois, mais encore nous avons le tort grave de gâter tous ceux qui entrent à notre service, ou qui ont affaire à nous. Je commence à craindre que tout le tort ne soit pas d'un seul côté, et que, si tous ces individus tournent mal, ce ne soit parce que nous ne tournons pas bien non plus nous-mêmes. »

— Oh ! quelle accusation ! s'écria Dora en écarquillant les yeux, comment ! voulez-vous dire que vous m'ayez jamais vue voler des montres en or ? Oh !

— Ma chérie, répondis-je, ne disons pas de bêtises ! Qui est-ce qui vous parle de montres le moins du monde ?

— C'est vous ! reprit Dora, vous le savez bien. Vous avez dit que je n'avais pas bien tourné non plus, et vous m'avez comparée à lui.

— A qui ? demandai-je.

— A notre page ! dit-elle en sanglotant. Oh ! quel méchant homme vous faites, de comparer une femme qui vous aime tendrement à un page qu'on vient de déporter ! Pourquoi ne pas m'avoir dit ce que vous pensiez de moi avant de m'épouser ? Pourquoi ne pas m'avoir prévenue que vous me trouviez plus mauvaise qu'un page qu'on vient de déporter ? Oh ! quelle horrible opinion vous avez de moi, Dieu du ciel !

— Voyons, Dora, mon amour, repris-je en essayant tout doucement de lui ôter le mouchoir qui cachait ses yeux, non seulement ce que vous dites là est ridicule, mais c'est mal. D'abord, ce n'est pas vrai.

— C'est cela. Vous l'avez toujours accusé en effet de dire des mensonges ; et elle pleurait de plus belle, et

voilà que vous dites la même chose de moi. Oh! que
vais-je devenir? Que vais-je devenir?

— Ma chère enfant, repris-je, je vous supplie très
sérieusement d'être un peu raisonnable, et d'écouter ce
que j'ai à vous dire. Ma chère Dora, si nous ne remplis-
sons pas nos devoirs vis-à-vis de ceux qui nous servent,
ils n'apprendront jamais à faire leur devoir envers nous.
J'ai peur que nous ne donnions aux autres des occasions de mal faire. Lors même que ce serait par goût
que nous serions aussi négligents (et cela n'est pas); lors
même que cela nous paraîtrait agréable (et ce n'est pas
du tout le cas), je suis convaincu que nous n'avons pas
le droit d'agir ainsi. Nous corrompons véritablement les
autres. Nous sommes obligés, en conscience, d'y faire
attention. Je ne puis m'empêcher d'y songer, Dora. C'est
une pensée que je ne saurais bannir, et qui me tourmente beaucoup. Voilà tout, ma chérie. Venez ici, et ne
faites pas l'enfant! »

Mais Dora m'empêcha longtemps de lui enlever son
mouchoir. Elle continuait à sangloter, en murmurant
que, puisque j'étais si tourmenté, j'aurais bien mieux
fait de ne pas me marier. Que ne lui avais-je dit, même
la veille de notre mariage, que je serais trop tourmenté
et que j'aimais mieux y renoncer? Puisque je ne pouvais
pas la souffrir, pourquoi ne pas la renvoyer auprès de
ses tantes, à Putney, ou auprès de Julia Mills, dans
l'Inde? Julia serait enchantée de la voir, et elle ne la
comparerait pas à un page déporté; jamais elle ne lui
avait fait pareille injure. En un mot, Dora était si affligée, et son chagrin me faisait tant de peine, que je sentis
qu'il était inutile de répéter mes exhortations, quelque
douceur que je pusse y mettre, et qu'il fallait essayer
d'autre chose.

Mais que pouvais-je faire? tâcher de « former son
esprit? » Voilà de ces phrases usuelles qui promettent;
je résolus de former l'esprit de Dora.

Je me mis immédiatement à l'œuvre. Quand je voyais
Dora faire l'enfant, et que j'aurais eu grande envie de

partager son humeur, j'essayais d'être grave... et je ne
faisais que la déconcerter et moi aussi. Je lui parlais des
sujets qui m'occupaient dans ce temps-là; je lui lisais
Shakespeare, et alors je la fatiguais au dernier point. Je
tâchais de lui insinuer, comme par hasard, quelques
notions utiles, ou quelques opinions sensées, et, dès que
j'avais fini, vite elle se dépêchait de m'échapper, comme
si je l'avais tenue dans un étau. J'avais beau prendre
l'air le plus naturel quand je voulais *former l'esprit* de
ma petite femme, je voyais qu'elle devinait toujours où
je voulais en arriver, et qu'elle en tremblait par avance.
En particulier, il m'était évident qu'elle regardait Shakespeare comme un terrible fâcheux. Décidément elle
ne se formait pas vite.

J'employai Traddles à cette grande entreprise, sans
l'en prévenir, et, toutes les fois qu'il venait nous voir,
j'essayais sur lui mes machines de guerre, pour l'édifica-
tion de Dora, par voie indirecte. J'accablais Traddles
d'une foule d'excellentes maximes; mais toute ma
sagesse n'avait d'autre effet que d'attrister Dora; elle
avait toujours peur que ce ne fût bientôt son tour. Je
jouais le rôle d'un maître d'école, ou d'une souricière,
ou d'une trappe obstinée; j'étais devenu l'araignée de
cette pauvre petite mouche de Dora, toujours prêt à
fondre sur elle du fond de ma toile : je le voyais bien à
son trouble.

Cependant je persévérai pendant des mois, espérant
toujours qu'il viendrait un temps où il s'établirait entre
nous une sympathie parfaite, et où j'aurais enfin
« formé son esprit » à mon entier contentement. A la fin
je crus m'apercevoir qu'en dépit de toute ma résolution,
et quoique je fusse devenu un hérisson, un véritable
porc-épic, je n'y avais rien gagné, et je me dis que peut-
être « l'esprit de Dora était déjà tout formé. »

En y réfléchissant plus mûrement, cela me parut si
vraisemblable que j'abandonnai mon projet, qui était
loin d'avoir répondu à mes espérances, et je résolus de
me contenter à l'avenir d'avoir une femme-enfant, au

lieu de chercher à la changer sans succès. J'étais moi-même las de ma sagesse et de ma raison solitaires ; je souffrais de voir la contrainte habituelle à laquelle j'avais réduit ma chère petite femme. Un beau jour, je lui achetai une jolie paire de boucles d'oreilles avec un collier pour Jip, et je retournai chez moi décidé à rentrer dans ses bonnes grâces.

Dora fut enchantée des petits présents et m'embrassa tendrement, mais il y avait entre nous un nuage, et, quelque léger qu'il fût, je ne voulais absolument pas le laisser subsister : j'avais pris le parti de porter à moi seul tous les petits ennuis de la vie.

Je m'assis sur le canapé, près de ma femme, et je lui mis ses boucles d'oreilles, puis je lui dis que, depuis quelque temps, nous n'étions pas tout à fait aussi bons amis que par le passé, et que c'était ma faute, que je le reconnaissais sincèrement ; et c'était vrai.

« Le fait est, repris-je, ma Dora, que j'ai essayé de devenir raisonnable.

— Et aussi de me rendre raisonnable, dit timidement Dora, n'est-ce pas, David ? »

Je lui fis un signe d'assentiment, tandis qu'elle levait doucement sur moi ses jolis yeux, et je baisai ses lèvres entr'ouvertes.

« C'est bien inutile, dit Dora en secouant la tête et en agitant ses boucles d'oreilles ; vous savez que je suis une pauvre petite femme, et vous avez oublié le nom que je vous avais prié de me donner dès le commencement. Si vous ne pouvez pas vous y résigner, je crois que vous ne m'aimerez jamais. Êtes-vous bien sûr de ne pas penser quelquefois que... peut-être... il aurait mieux valu...

— Mieux valu quoi, ma chérie ? » car elle s'était tue.

« Rien ! dit Dora.

— Rien ? répétai-je. »

Elle jeta ses bras autour de mon cou, en riant, se traitant elle-même comme toujours de petite niaise, et cacha sa tête sur mon épaule, au milieu d'une belle forêt de boucles que j'eus toutes les peines du monde à écarter de son visage pour la regarder en face.

« Vous voulez me demander si je ne crois pas qu'il aurait mieux valu ne rien faire que d'essayer de former l'esprit de ma petite femme ? dis-je en riant moi-même de mon heureuse invention. N'est-ce pas là votre question ? Eh bien ! oui, vraiment, je le crois.

— Comment, c'était donc là ce que vous essayiez ? cria Dora. Oh ! le méchant garçon !

— Mais je n'essayerai plus jamais, dis-je, car je l'aime tendrement telle qu'elle est.

— Pourquoi voudrais-je essayer de changer ce qui m'est si cher depuis longtemps ? Vous ne pouvez jamais vous montrer plus à votre avantage que lorsque vous restez vous-même, ma bonne petite Dora ; nous ne ferons donc plus d'essais téméraires ; reprenons nos anciennes habitudes pour être heureux.

— Pour être heureux ! repartit Dora... Oh oui ! toute la journée. Et vous me promettez de ne pas être fâché si les choses vont quelquefois un peu de travers ?

— Non, non ! dis-je. Nous tâcherons de faire de notre mieux.

— Et vous ne me direz plus que nous gâtons ceux qui nous approchent, dit-elle d'un petit air câlin, n'est-ce pas ? c'est si méchant !

— Non, non, dis-je.

— Mieux vaut encore que je sois stupide que désagréable, n'est-ce pas ? dit Dora.

— Mieux vaut être tout simplement Dora, que si vous étiez n'importe qui en ce monde.

— En ce monde ! Ah ! mon David, c'est un grand pays ! »

Et, secouant gaiement la tête, elle tourna vers moi des yeux ravis, se mit à rire, m'embrassa, et sauta pour attraper Jip, afin de lui essayer son nouveau collier.

Ainsi finit mon dernier essai. J'avais eu tort de tenter de changer Dora ; je ne pouvais supporter ma sagesse solitaire ; je ne pouvais oublier comment jadis elle m'avait demandé de l'appeler ma petite femme-enfant. J'essayerais à l'avenir, me disais-je, d'améliorer le plus

possible les choses, mais sans bruit. Cela même n'était
guère facile ; je risquais toujours de reprendre mon rôle
d'araignée et de me mettre aux aguets au fond de ma
toile.

Et l'ombre d'autrefois ne devait plus descendre entre
nous : ce n'était plus que sur mon cœur qu'elle devait
peser désormais. Vous allez voir comment :

Le sentiment pénible que j'avais conçu jadis se répandit dès lors sur ma vie tout entière, plus profond peut-
être que par le passé, mais aussi vague que jamais,
comme l'accent plaintif d'une musique triste que
j'entendais vibrer au milieu de la nuit. J'aimais tendrement ma femme, et j'étais heureux, mais le bonheur
dont je jouissais n'était pas celui que j'avais rêvé autrefois : il me manquait toujours quelque chose.

Décidé à tenir la promesse que je me suis faite à moi-
même, de faire de ce papier le récit fidèle de ma vie, je
m'examine soigneusement, sincèrement, pour mettre à
nu tous les secrets de mon cœur. Ce qui me manquait,
je le regardais encore, je l'avais toujours regardé comme
un rêve de ma jeune imagination ; un rêve qui ne pouvait se réaliser. Je souffrais, comme le font plus ou
moins tous les hommes, de sentir que c'était une
chimère impossible. Mais, après tout, je ne pouvais
m'empêcher de me dire qu'il aurait mieux valu que ma
femme me vînt plus souvent en aide, qu'elle partageât
toutes mes pensées, au lieu de m'en laisser seul le poids.
Elle aurait pu le faire : elle ne le faisait pas. Voilà ce que
j'étais bien obligé de reconnaître.

J'hésitais donc entre deux conclusions qui ne pouvaient se concilier. Ou bien ce que j'éprouvais était
général, inévitable ; ou bien c'était un fait qui m'était
particulier, et dont on aurait pu m'épargner le chagrin.
Quand je revoyais en esprit ces châteaux en l'air, ces
rêves de ma jeunesse, qui ne pouvaient se réaliser, je
reprochais à l'âge mûr d'être moins riche en bonheur
que l'adolescence ; et alors ces jours de bonheur auprès
d'Agnès, dans sa bonne vieille maison, se dressaient

devant moi comme des spectres du temps passé qui
pourraient ressusciter peut-être dans un autre monde,
mais que je ne pouvais espérer de voir revivre ici-bas.

Parfois une autre pensée me traversait l'esprit : que
serait-il arrivé si Dora et moi nous ne nous étions
jamais connus ? Mais elle était tellement mêlée à toute
ma vie que c'était une idée fugitive qui bientôt s'envolait
loin de moi, comme le fil de la bonne Vierge qui flotte et
disparaît dans les airs.

Je l'aimais toujours. Les sentiments que je dépeins ici
sommeillaient au fond de mon cœur ; j'en avais à peine
conscience. Je ne crois pas qu'ils eussent aucune
influence sur mes paroles ou sur mes actions. Je portais
le poids de tous nos petits soucis, de tous nos projets :
Dora me tenait mes plumes, et nous sentions tous deux
que les choses étaient aussi bien partagées qu'elles pouvaient l'être. Elle m'aimait et elle était fière de moi ; et
quand Agnès lui écrivait que mes anciens amis se
réjouissaient de mes succès, quand elle disait qu'en me
lisant on croyait entendre ma voix, Dora avait des
larmes de joie dans les yeux, et m'appelait son cher, son
illustre, son bon vieux petit mari.

« Le premier mouvement d'un cœur indiscipliné ! »
Ces paroles de mistress Strong me revenaient sans cesse
à l'esprit ; elles m'étaient toujours présentes. La nuit, je
les retrouvais à mon réveil ; dans mes rêves, je les lisais
inscrites sur les murs des maisons. Car maintenant je
savais que mon propre cœur n'avait point connu de discipline lorsqu'il s'était attaché jadis à Dora ; et que, si
aujourd'hui même il était mieux discipliné, je n'aurais
pas éprouvé, après notre mariage, les sentiments dont il
faisait la secrète expérience.

« Il n'y a pas de mariage plus mal assorti que celui où
il n'y a pas de rapports d'idées et de caractère. » Je
n'avais pas oublié non plus ces paroles. J'avais essayé de
façonner Dora à mon caractère, et je n'avais pas réussi.
Il ne me restait plus qu'à me façonner au caractère de
Dora, à partager avec elle ce que je pourrais et à m'en

contenter; à porter le reste sur mes épaules, à moi tout seul, et de m'en contenter encore. C'était là la discipline à laquelle il fallait soumettre mon cœur. Grâce à cette résolution, ma seconde année de mariage fut beaucoup plus heureuse que la première, et, ce qui valait mieux encore, la vie de Dora n'était qu'un rayon de soleil.

Mais, en s'écoulant, cette année avait diminué la force de Dora. J'avais espéré que des mains plus délicates que les miennes viendraient m'aider à modeler son âme, et que le sourire d'un baby ferait de « ma femme-enfant » une femme. Vaine espérance! Le petit esprit qui devait bénir notre ménage tressaillit un moment sur le seuil de sa prison, puis s'envola vers les cieux, sans connaître seulement sa captivité.

« Quand je pourrai recommencer à courir comme autrefois, ma tante, disait Dora, je ferai sortir Jip; il devient trop lourd et trop paresseux.

— Je soupçonne, ma chère, dit ma tante, qui travaillait tranquillement à côté de ma femme, qu'il a une maladie plus grave que la paresse : c'est son âge, Dora.

— Vous croyez qu'il est vieux? dit Dora avec surprise. Oh! comme c'est drôle que Jip soit vieux!

— C'est une maladie à laquelle nous sommes tous exposés, petite, à mesure que nous avançons dans la vie. Je m'en ressens plus qu'autrefois, je vous assure.

— Mais Jip, dit Dora en le regardant d'un air de compassion, quoi! le petit Jip aussi! Pauvre ami!

— Je crois qu'il vivra encore longtemps, Petite-Fleur », dit ma tante en embrassant Dora, qui s'était penchée sur le bord du canapé pour regarder Jip. Le pauvre animal répondait à ses caresses en se tenant sur les pattes de derrière, et en s'efforçant, malgré son asthme, de grimper sur sa maîtresse. « Je ferai doubler sa niche de flanelle cet hiver, et je suis sûre qu'au printemps prochain il sera plus frais que jamais, comme les fleurs. Vilain petit animal! s'écria ma tante, il serait doué d'autant de vies qu'un chat, et sur le point de les perdre toutes, que je crois vraiment qu'il userait son dernier souffle à aboyer contre moi! »

Dora l'avait aidé à grimper sur le canapé, d'où il avait l'air de défier ma tante avec tant de furie qu'il ne voulait pas se tenir en place et ne cessait d'aboyer de côté. Plus ma tante le regardait, et plus il la provoquait, sans doute parce qu'elle avait récemment adopté des lunettes, et que Jip, pour des raisons à lui connues, considérait ce procédé comme une insulte personnelle.

A force de persuasion, Dora était parvenue à le faire coucher près d'elle, et quand il était tranquille, elle caressait doucement ses longues oreilles, en répétant, d'un air pensif : « Toi aussi, mon petit Jip, pauvre chien !

— Il a encore un bon creux, dit gaiement ma tante, et la vivacité de ses antipathies montre bien qu'il n'a rien perdu de sa force. Il a bien des années devant lui, je vous assure. Mais si vous voulez un chien qui coure aussi bien que vous, Petite-Fleur, Jip a trop vécu pour faire ce métier : je vous en donnerai un autre.

— Merci, ma tante, dit faiblement Dora, mais n'en faites rien, je vous prie.

— Non ? dit ma tante en ôtant ses lunettes.

— Je ne veux pas d'autre chien que Jip, dit Dora. Ce serait trop de cruauté. D'ailleurs, je n'aimerai jamais un autre chien comme j'aime Jip ; il ne me connaîtrait pas depuis mon mariage, ce ne serait pas lui qui aboyait jadis quand David arrivait chez nous. J'ai bien peur, ma tante, de ne pas pouvoir aimer un autre chien comme Jip !

— Vous avez bien raison, dit ma tante en caressant la joue de Dora ; vous avez bien raison.

— Vous ne m'en voulez pas ? dit Dora, n'est-ce pas ?

— Mais quelle petite sensitive ! s'écria ma tante en la regardant tendrement. Comment pouvez-vous supposer que je vous en veuille ?

— Oh ! non, je ne le crois pas, répondit Dora ; seulement, je suis un peu fatiguée, c'est ce qui me rend si sotte ; je suis toujours une petite sotte, vous savez, mais cela m'a rendu plus sotte encore de parler de Jip. Il m'a connue pendant toute ma vie, il sait tout ce qui m'est arrivé, n'est-ce pas, Jip? Et je ne veux pas le mettre de côté, parce qu'il est un peu changé, n'est-il pas vrai, Jip? »

Jip se tenait contre sa maîtresse et lui léchait languissamment la main.

« Vous n'êtes pas encore assez vieux pour abandonner votre maîtresse, n'est-ce pas, Jip? dit Dora. Nous nous tiendrons compagnie encore quelque temps. »

Ma jolie petite Dora! Quand elle descendit à table, le dimanche d'après, et qu'elle se montra ravie de revoir Traddles, qui dînait toujours avec nous le dimanche, nous croyions que dans quelques jours elle se remettrait à courir partout, comme par le passé. On nous disait : Attendez encore quelques jours, et puis, quelques jours encore; mais elle ne se mettait ni à courir, ni à marcher. Elle était bien jolie et bien gaie; mais ces petits pieds qui dansaient jadis si joyeusement autour de Jip, restaient faibles et sans mouvement.

Je pris l'habitude de la descendre dans mes bras tous les matins et de la remonter tous les soirs. Elle passait ses bras autour de mon cou et riait tout le long du chemin, comme si c'était une gageure. Jip nous précédait en aboyant et s'arrêtait tout essoufflé sur le palier pour voir si nous arrivions. Ma tante, la meilleure et la plus gaie des gardes-malades, nous suivait, en portant un chargement de châles et d'oreillers. M. Dick n'aurait cédé à personne le droit d'ouvrir la marche, un flambeau à la main. Traddles se tenait souvent au pied de l'escalier, à recevoir tous les messages folâtres dont le chargeait Dora pour la meilleure fille du monde. Nous avions l'air d'une joyeuse procession, et ma femme-enfant était plus joyeuse que personne.

Mais parfois, quand je l'enlevais dans mes bras, et que je la sentais devenir chaque jour moins lourde, un vague sentiment de peine s'emparait de moi; il me semblait que je marchais vers une contrée glaciale qui m'était inconnue, et dont l'idée assombrissait ma vie. Je cherchais à étouffer cette pensée, je me la cachais à moi-même ; mais un soir, après avoir entendu ma tante lui crier : « Bonne nuit, Petite-Fleur », je restai seul assis devant mon bureau, et je pleurai en me disant : « Nom fatal ! si la fleur allait se flétrir sur sa tige, comme font les fleurs ! »

CHAPITRE XIX

Je suis enveloppé dans un mystère

Je reçus un matin par la poste la lettre suivante, datée de Canterbury, et qui m'était adressée aux *Doctors'-Commons* ; j'y lus, non sans surprise, ce qui suit :

« Mon cher monsieur,

« Des circonstances qui n'ont pas dépendu de ma volonté ont depuis longtemps refroidi une intimité qui m'a toujours causé les plus douces émotions. Aujourd'hui encore, lorsqu'il m'est possible, dans les rares instants de loisir que me laisse ma profession, de contempler les scènes du passé, embellies des couleurs brillantes qui décorent le prisme de la mémoire, je les retrouve avec bonheur. Je ne saurais me permettre, mon cher monsieur, maintenant que vos talents vous ont élevé à une si haute distinction, de donner au compagnon de ma jeunesse le nom familier de Copperfield ! Il me suffit de savoir que ce nom auquel j'ai l'honneur de faire allusion restera éternellement entouré d'estime et d'affection dans les archives de notre maison (je veux parler des archives relatives à nos anciens locataires, conservées soigneusement par mistress Micawber).

« Il ne m'appartient pas, à moi qui, par une suite d'erreurs personnelles et une combinaison fortuite d'événements néfastes, me trouve dans la situation d'une barque échouée (s'il m'est permis d'employer cette comparaison nautique), il ne m'appartient pas, dis-je, de vous adresser des compliments ou des félicitations. Je laisse ce plaisir à des mains plus pures et plus capables.

« Si vos importantes occupations (je n'ose l'espérer) vous permettent de parcourir ces caractères imparfaits, vous vous demanderez certainement dans quel but je trace la présente épître. Permettez-moi de vous dire que je comprends toute la justesse de cette demande, et que je vais y faire droit, en vous déclarant d'abord qu'elle n'a pas trait à des affaires pécuniaires.

« Sans faire d'allusion directe au talent que je puis avoir pour lancer la foudre ou pour diriger la flamme vengeresse, n'importe contre qui, je puis me permettre de remarquer en passant que mes plus brillantes visions sont détruites, que ma paix est anéantie et que toutes mes joies sont taries, que mon cœur n'est plus à sa place, et que je ne marche plus la tête levée devant mes concitoyens. La chenille est dans la fleur, la coupe d'amertume déborde, le ver est à l'œuvre, et bientôt il aura rongé sa victime. Le plus tôt sera le mieux. Mais je ne veux pas m'écarter de mon sujet.

« Placé, comme je le suis, dans la plus pénible situation d'esprit, trop malheureux pour que l'influence de mistress Micawber puisse adoucir ma souffrance, bien qu'elle l'exerce en sa triple qualité de femme, d'épouse et de mère, j'ai l'intention de me fuir moi-même pendant quelques instants, et d'employer quarante-huit heures à visiter dans la capitale les lieux qui ont été jadis le théâtre de mon contentement. Parmi ces ports tranquilles où j'ai connu la paix de l'âme, je me dirigerai naturellement vers la prison du Banc du Roi. J'aurai atteint mon but dans cette communication épistolaire en vous annonçant que je serai (D. V.) près du mur extérieur de ce lieu d'emprisonnement pour affaires civiles, après-demain, à sept heures du soir.

« Je n'ose demander à mon ancien ami monsieur

Copperfield, ou à mon ancien ami M. Thomas Traddles,
du Temple, si ce dernier vit encore, de daigner venir m'y
trouver, pour renouer (autant que cela sera possible)
nos relations du bon vieux temps. Je me borne à jeter
aux vents cette indication : à l'heure et au lieu précités,
on pourra trouver les vestiges ruinés de ce qui

    « reste

       « d'une

          « tour écroulée,

            « Wilkins Micawber.

« P.-S. Il est peut-être sage d'ajouter que je n'ai pas
mis mistress Micawber dans ma confidence. »

Je relus plusieurs fois cette lettre. J'avais beau me
rappeler le style pompeux des compositions de
M. Micawber et le goût extraordinaire qu'il avait toujours eu pour écrire des lettres interminables dans
toutes les occasions possibles ou impossibles, il me
semblait qu'il devait y avoir au fond de ce pathos quelque chose d'important. Je posai la lettre pour y réfléchir, puis je la repris pour la lire encore une fois, et
j'étais plongé dans cette nouvelle lecture quand
Traddles entra chez moi.

« Mon cher ami, lui dis-je, je n'ai jamais été plus
charmé de vous voir. Vous venez m'aider de votre jugement réfléchi dans un moment fort opportun. J'ai reçu,
mon cher Traddles, la lettre la plus singulière de
M. Micawber.

— Vraiment ? s'écria Traddles. Allons donc ! Et moi
j'en ai reçu une de mistress Micawber ! »

Là-dessus, Traddles, animé par la marche, et les cheveux hérissés comme s'il venait de voir apparaître un
revenant sous la double influence d'un exercice précipité et d'une émotion vive, me tendit sa lettre et prit la
mienne. Je le regardais lire, et je vis son sourire quand il
arriva à « lancer la foudre, ou diriger la flamme vengeresse. » — « Bon Dieu ! Copperfield », s'écria-t-il. Puis je
m'adonnai à la lecture de la lettre de mistress Micawber.

La voici :

« Je présente tous mes compliments à monsieur Thomas Traddles et, s'il garde quelque souvenir d'une personne qui a jadis eu le bonheur d'être liée avec lui, j'ose lui demander de vouloir bien me consacrer quelques instants. J'assure monsieur Thomas Traddles que je n'abuserais pas de sa bonté, si je n'étais sur le point de perdre la raison.

« Il m'est bien douloureux de dire que c'est la froideur de M. Micawber envers sa femme et ses enfants (lui jadis si tendre !) qui me force à m'adresser aujourd'hui à monsieur Traddles, et à solliciter son appui. Monsieur Traddles ne peut se faire une juste idée du changement qui s'est opéré dans la conduite de M. Micawber, de sa bizarrerie, de sa violence. Cela a toujours été croissant, et c'est devenu maintenant une véritable aberration. Je puis assurer Monsieur Traddles qu'il ne se passe pas un jour sans que j'aie à supporter quelque paroxysme de ce genre. Monsieur Traddles n'aura pas besoin que je m'étende sur ma douleur, quand je lui dirai que j'entends sans cesse M. Micawber affirmer qu'il s'est vendu au diable. Le mystère et le secret sont devenus depuis longtemps son caractère habituel, et remplacent une confiance illimitée. Sur la plus frivole provocation, si, par exemple, je lui fais seulement cette question : « Qu'est-ce que vous voulez pour votre dîner ? » il me déclare qu'il va demander une séparation de corps et de biens. Hier soir, ses enfants lui ayant demandé deux sous pour acheter des pralines au citron, friandise locale, il a tendu un grand couteau aux petits jumeaux.

« Je supplie monsieur Traddles de me pardonner ces détails, qui seuls peuvent lui donner une faible idée de mon horrible situation.

« Puis-je maintenant confier à monsieur Traddles le but de ma lettre ? Me permet-il de m'abandonner à son amitié ? Oh ! oui, je connais son cœur !

« L'œil de l'affection voit clair, surtout chez nous autres femmes. M. Micawber va à Londres. Quoiqu'il ait cherché ce matin à se cacher de moi, tandis qu'il écrivait une adresse pour la petite malle brune qui a connu nos jours de bonheur, le regard d'aigle de l'anxiété conjugale a su lire la dernière syllabe *dres*. Sa voiture descend à la Croix d'Or. Puis-je conjurer M. Traddles de voir mon époux qui s'égare, et de chercher à le ramener? Puis-je demander à M. Traddles de venir en aide à une famille désespérée? Oh! non, ce serait trop d'importunité!

« Si M. Copperfield, dans sa gloire, se souvient encore d'une personne aussi inconnue que moi, M. Traddles voudra-t-il bien lui transmettre mes compliments et mes prières? En tout cas, je le prie de bien vouloir *regarder cette lettre comme expressément particulière, et de n'y faire aucune allusion, sous aucun prétexte, en présence de M. Micawber*. Si M. Traddles daignait jamais me répondre (ce qui me semble extrêmement improbable), une lettre adressée à M. E., poste restante, Canterbury, aura, sous cette adresse, moins de douloureuses conséquences que sous tout autre, pour celle qui a l'honneur d'être, avec le plus profond désespoir,

« Très respectueusement votre amie suppliante,

« EMMA MICAWBER. »

« Que pensez-vous de cette lettre? me dit Traddles en levant les yeux sur moi.

— Et vous, que pensez-vous de l'autre? car il la lisait d'un air d'anxiété.

— Je crois, Copperfield, que ces deux lettres ensemble sont plus significatives que ne le sont en général les épîtres de M. et de mistress Micawber, mais je ne sais pas trop ce qu'elles veulent dire. Je ne doute pas qu'ils ne les aient écrites de la meilleure foi du monde. Pauvre femme! dit-il en regardant la lettre de mistress Micawber, tandis que nous comparions les deux missives; en tout cas, il faut avoir la charité de lui écrire, et de lui dire que nous ne manquerons pas de voir M. Micawber. »

J'y consentis d'autant plus volontiers que je me reprochais d'avoir traité un peu trop légèrement la première lettre de cette pauvre femme. J'y avais réfléchi dans le temps, comme je l'ai déjà dit, mais j'étais préoccupé de mes propres affaires, je connaissais bien les individus, et peu à peu j'avais fini par n'y plus songer. Le souvenir des Micawber me tracassait souvent l'esprit, mais c'était surtout pour me demander quels « engagements pécuniaires » ils étaient en train de contracter à Canterbury, et pour me rappeler avec quel embarras M. Micawber m'avait reçu jadis, quand il était devenu le commis d'Uriah Heep.

J'écrivis une lettre consolante à mistress Micawber, en notre nom collectif, et nous la signâmes tous les deux. Nous sortîmes pour la mettre à la poste, et chemin faisant nous nous livrâmes, Taddles et moi, à une foule de suppositions qu'il est inutile de répéter ici. Nous appelâmes ma tante en conseil, mais le seul résultat positif de notre conférence fut que nous ne manquerions pas de nous trouver au rendez-vous fixé par M. Micawber.

En effet, nous arrivâmes au lieu convenu, un quart d'heure d'avance; M. Micawber y était déjà. Il se tenait debout, les bras croisés, appuyé contre le mur, et il regardait d'un air sentimental les pointes en fer qui le surmontent, comme si c'étaient les branches entrelacées des arbres qui l'avaient abrité durant les jours de sa jeunesse.

Quand nous fûmes près de lui, nous lui trouvâmes l'air plus embarrassé et moins élégant qu'autrefois. Il avait mis de côté ce jour-là son costume noir; il portait son vieux surtout et son pantalon collant, mais non plus avec la même grâce que par le passé. A mesure que nous causions, il retrouvait un peu ses anciennes manières; mais son lorgnon ne pendait plus avec la même aisance, et son col de chemise retombait plus négligemment.

« Messieurs, dit M. Micawber, quand nous eûmes

échangé les premiers saluts, vous êtes vraiment des amis, les amis de l'adversité. Permettez-moi de vous demander quelques détails sur la santé physique de mistress Copperfield *in esse*, et de mistress Traddles *in posse*, en supposant toutefois que M. Traddles ne soit pas encore uni à l'objet de son affection pour partager le bien et le mal du ménage. »

Nous répondîmes, comme il convenait, à sa politesse. Puis il nous montra du doigt la muraille, et il avait déjà commencé son discours par : « Je vous assure, messieurs... » Quand je me permis de m'opposer à ce qu'il nous traitât avec tant de cérémonie, et à lui demander de nous regarder comme de vieux amis, « mon cher Copperfield, reprit-il en me serrant la main, votre cordialité m'accable. En recevant avec tant de bonté ce fragment détruit d'un temple auquel on donnait jadis le nom d'homme, s'il m'est permis de m'exprimer ainsi, vous faites preuve de sentiments qui honorent notre commune nature. J'étais sur le point de remarquer que je revoyais aujourd'hui le lieu paisible où se sont écoulées quelques-unes des plus belles années de mon existence.

— Grâce à mistress Micawber, j'en suis convaincu, répondis-je ; j'espère qu'elle se porte bien ?

— Merci, reprit M. Micawber, dont le visage s'était assombri, elle va comme ci comme ça. Voilà donc, dit M. Micawber en inclinant tristement la tête, voilà donc le Banc ! voilà ce lieu où pour la première fois, pendant de longues années, le douloureux fardeau d'engagements pécuniaires n'a pas été proclamé chaque jour par des voix importunes qui refusaient de me laisser sortir ; où il n'y avait pas à la porte de marteau qui permît aux créanciers de frapper, où on n'exigeait aucun service personnel, et où ceux qui vous détenaient en prison attendaient à la grille. Messieurs, dit M. Micawber, lorsque l'ombre de ces piques de fer qui ornent le sommet des briques venait se réfléchir sur le sable de la Parade, j'ai vu mes enfants s'amuser à suivre avec leurs

pieds le labyrinthe compliqué du parquet en évitant les
points noirs. Il n'y a pas une pierre de ce bâtiment qui
ne me soit familière. Si je ne puis vous dissimuler ma
faiblesse, veuillez m'excuser.

— Nous avons tous fait du chemin en ce monde
depuis ce temps-là, monsieur Micawber, lui dis-je.

— Monsieur Copperfield, me répondit-il avec amertume, lorsque j'habitais cette retraite, je pouvais regarder en face mon prochain, je pouvais l'assommer s'il
venait à m'offenser. Mon prochain et moi, nous ne
sommes plus sur ce glorieux pied d'égalité ! »

M. Micawber s'éloigna d'un air abattu, et prenant le
bras de Traddles d'un côté, tandis que, de l'autre, il
s'appuyait sur le mien, il continua ainsi :

« Il y a sur la voie qui mène à la tombe des bornes
qu'on voudrait n'avoir jamais franchies, si l'on ne sentait qu'un pareil vœu serait impie. Tel est le Banc du Roi
dans ma vie bigarrée !

— Vous êtes bien triste, monsieur Micawber, dit
Traddles.

— Oui, monsieur, repartit M. Micawber.

— J'espère, dit Traddles, que ce n'est pas parce que
vous avez pris du dégoût pour le droit, car je suis avocat, comme vous savez. »

M. Micawber ne répondit pas un mot.

« Comment va notre ami Heep, monsieur Micawber ?
lui dis-je après un moment de silence.

— Mon cher Copperfield, répondit M. Micawber, qui
parut d'abord en proie à une violente émotion, puis
devint tout pâle, si vous appelez *votre* ami celui qui
m'emploie, j'en suis fâché, si vous l'appelez *mon* ami, je
vous réponds par un rire sardonique. Quelque nom que
vous donniez à ce monsieur, je vous demande la permission de vous répondre simplement que, quel que
puisse être son état de santé, il a l'air d'un renard, pour
ne pas dire d'un diable. Vous me permettrez de ne pas
m'étendre davantage, comme individu, sur un sujet qui,
comme homme public, m'a entraîné presque au bord de
l'abîme. »

Je lui exprimai mon regret d'avoir bien innocemment abordé un thème de conversation qui semblait l'émouvoir si vivement.

« Puis-je vous demander, sans courir le risque de commettre la même faute, comment vont mes vieux amis, M. et miss Wickfield ?

— Miss Wickfield, dit M. Micawber, et son visage se colora d'une vive rougeur, miss Wickfield est, ce qu'elle a toujours été, un modèle, un exemple radieux. Mon cher Copperfield, c'est la seule étoile qui brille au milieu d'une profonde nuit. Mon respect pour cette jeune fille, mon admiration de sa vertu, mon dévouement à sa personne... tant de bonté, de tendresse, de fidélité... Emmenez-moi dans un endroit écarté, dit-il enfin, sur mon âme, je ne suis plus maître de moi ! »

Nous le conduisîmes dans une étroite ruelle : il s'appuya contre le mur et tira son mouchoir. Si je le regardais d'un air aussi grave que le faisait Traddles, notre compagnie ne devait pas être propre à lui rendre beaucoup de courage.

« Je suis condamné, dit M. Micawber en sanglotant, mais sans oublier de sangloter avec quelque reste de son élégance passée, je suis condamné, messieurs, à souffrir de tous les bons sentiments que renferme la nature humaine. L'hommage que je viens de rendre à miss Wickfield m'a percé le cœur. Tenez ! laissez-moi, plutôt, errer sur la terre, triste vagabond que je suis. Je vous réponds que les vers ne mettront pas longtemps à régler mon compte. »

Sans répondre à cette invocation, nous attendîmes qu'il eut remis son mouchoir dans sa poche, tiré le col de sa chemise, et sifflé de l'air le plus dégagé pour tromper les passants qui auraient pu remarquer ses larmes. Je lui dis alors, bien décidé à ne pas le perdre de vue, pour ne pas perdre non plus ce que nous voulions savoir, que je serais charmé de le présenter à ma tante, s'il voulait bien nous accompagner jusqu'à Highgate, où nous avions un lit à son service.

« Vous nous ferez un verre de votre excellent punch d'autrefois, monsieur Micawber, lui dis-je, et de plus agréables souvenirs vous feront oublier vos soucis du moment.

— Ou si vous trouvez quelque soulagement à confier à des amis la cause de votre anxiété, monsieur Micawber, nous serons tout prêts à vous écouter, ajouta prudemment Traddles.

— Messieurs, répondit M. Micawber, faites de moi tout ce que vous voudrez! Je suis une paille emportée par l'Océan en furie; je suis ballotté en tout sens par les *éléphants*, je vous demande pardon, c'est par les éléments que j'aurais dû dire. »

Nous nous remîmes en marche, bras dessus bras dessous; nous prîmes bientôt l'omnibus et nous arrivâmes sans encombre à Highgate. J'étais fort embarrassé, je ne savais que faire ni que dire. Traddles ne valait pas mieux. M. Micawber était sombre. De temps à autre il faisait un effort pour se remettre en sifflant quelques fragments de chansonnettes; mais il retombait bientôt dans une profonde mélancolie, et plus il semblait abattu, plus il mettait son chapeau sur l'oreille, plus il tirait son col de chemise jusqu'à ses yeux.

Nous nous rendîmes chez ma tante plutôt que chez moi, parce que Dora était souffrante. Ma tante accueillit M. Micawber avec une gracieuse cordialité. M. Micawber lui baisa la main, se retira dans un coin de la fenêtre, et, sortant son mouchoir de sa poche, se livra une lutte intérieure contre lui-même.

M. Dick était à la maison. Il avait naturellement pitié de tous ceux qui paraissaient mal à leur aise, et il les découvrait si vite qu'il donna bien dix poignées de main à M. Micawber en cinq minutes. Cette affection, à laquelle il ne pouvait s'attendre de la part d'un étranger, toucha tellement M. Micawber, qu'il répétait à chaque instant : « Mon cher monsieur, c'en est trop! » Et M. Dick, encouragé par ses succès, revenait à la charge avec une nouvelle ardeur.

« La bonté de ce monsieur, madame, dit M. Micawber à l'oreille de ma tante, si vous voulez bien me permettre d'emprunter une figure fleurie au vocabulaire de
nos jeux nationaux un peu vulgaires, me passe la
jambe ; une pareille réception est une épreuve bien sensible pour un homme qui lutte, comme je le fais, contre
un tas de troubles et de difficultés.

— Mon ami M. Dick, reprit fièrement ma tante, n'est
pas un homme ordinaire.

— J'en suis convaincu, madame, dit M. Micawber.
Mon cher monsieur, continua-t-il, car M. Dick lui serrait de nouveau les mains, je sens vivement votre bonté !

— Comment allez-vous ? dit M. Dick d'un air affectueux.

— Comme ça, monsieur, répondit en soupirant
M. Micawber.

— Il ne faut pas se laisser abattre, dit M. Dick, bien
au contraire ; tâchez de vous égayer comme vous pourrez. »

Ces paroles amicales émurent vivement M. Micawber, et il serra la main de M. Dick entre les siennes.

« J'ai eu l'avantage de rencontrer quelquefois dans le
panorama si varié de l'existence humaine une oasis sur
mon chemin, mais jamais je n'en ai vu de si verdoyante
ni de si rafraîchissante que celle qui s'offre à ma vue ! »

A un autre moment j'aurais ri de cette image ; mais
nous nous sentions tous gênés et inquiets, et je suivais
avec tant d'anxiété les incertitudes de M. Micawber,
partagé entre le désir manifeste de nous faire une révélation et le contre-désir de ne rien révéler du tout, que
j'en avais véritablement la fièvre. Traddles, assis sur le
bord de sa chaise, les yeux écarquillés et les cheveux
plus droits que jamais, regardait alternativement le
plancher et M. Micawber, sans dire un seul mot. Ma
tante, tout en cherchant avec beaucoup d'adresse à
comprendre son nouvel hôte, gardait plus de présence
d'esprit qu'aucun de nous, car elle causait avec lui et le
forçait à causer, bon gré mal gré.

« Vous êtes un ancien ami de mon neveu, monsieur
Micawber, dit ma tante ; je regrette de ne pas avoir eu le
plaisir de vous connaître plus tôt.

— Madame, dit M. Micawber, j'aurais été heureux de
faire plus tôt votre connaissance. Je n'ai pas toujours
été le misérable naufragé que vous pouvez contempler
en ce moment.

— J'espère que mistress Micawber et toute votre
famille se portent bien, monsieur ? » dit ma tante.

M. Micawber salua. « Ils sont aussi bien, madame,
reprit-il d'un ton désespéré, que peuvent l'être de malheureux proscrits.

— Eh bon Dieu ! monsieur, s'écria ma tante, avec sa
brusquerie habituelle, qu'est-ce que vous nous dites là ?

— L'existence de ma famille, répondit M. Micawber,
ne tient plus qu'à un fil. Celui qui m'emploie... »

Ici M. Micawber s'arrêta, à mon grand déplaisir, et
commença à peler les citrons que j'avais fait placer sur
la table devant lui, avec tous les autres ingrédients dont
il avait besoin pour faire le punch.

« Celui qui vous emploie, disiez-vous... reprit M. Dick
en le poussant doucement du coude.

— Je vous remercie, mon cher monsieur, répondit
M. Micawber, de me rappeler ce que je voulais dire. Eh
bien ! donc, madame, celui qui m'emploie, M. Heep, m'a
fait un jour l'honneur de me dire que, si je ne touchais
pas le traitement attaché aux fonctions que je remplis
auprès de lui, je ne serais probablement qu'un malheureux saltimbanque, et que je parcourrais les cam-
pagnes, faisant métier d'avaler des lames de sabre ou de
dévorer des flammes. Et il n'est que trop probable, en
effet, que mes enfants seront réduits à gagner leur vie, à
faire des contorsions et des tours de force, tandis que
mistress Micawber jouera de l'orgue de Barbarie pour
accompagner ces malheureuses créatures dans leurs
atroces exercices. »

M. Micawber brandit alors son couteau d'un air distrait, mais expressif, comme s'il voulait dire que, heu-

reusement, il ne serait plus là pour voir ça ; puis il se remit à peler ses citrons d'un air navré.

Ma tante le regardait attentivement, le coude appuyé sur son petit guéridon. Malgré ma répugnance à obtenir de lui par surprise les confidences qu'il ne paraissait pas disposé à nous faire, j'allais profiter de l'occasion pour le faire parler ; mais il n'y avait pas moyen : il était trop occupé à mettre l'écorce de citron dans la bouilloire, le sucre dans les mouchettes, l'esprit-de-vin dans la carafe vide, à prendre le chandelier pour en verser de l'eau bouillante, enfin à une foule de procédés les plus étranges. Je voyais que nous touchions à une crise : cela ne tarda pas. Il repoussa loin de lui tous ses matériaux et ses ustensiles, se leva brusquement, tira son mouchoir et fondit en larmes.

« Mon cher Copperfield, me dit-il, tout en s'essuyant les yeux, cette occupation demande plus que tout autre du calme et le respect de soi-même. Je ne suis pas capable de m'en charger. C'est une chose indubitable.

— Monsieur Micawber, lui dis-je, qu'est-ce que vous avez donc ? Parlez, je vous en prie, il n'y a ici que des amis.

— Des amis ! monsieur, répéta M. Micawber ; et le secret qu'il avait contenu jusque-là à grand'peine lui échappa tout à coup ! Grand Dieu, c'est précisément parce que je suis entouré d'amis que vous me voyez dans cet état. Ce que j'ai, et ce qu'il y a, messieurs ? Demandez-moi plutôt ce que je n'ai pas. Il y a de la méchanceté, il y a de la bassesse, il y a de la déception, de la fraude, des complots ; et le nom de cette masse d'atrocités, c'est... HEEP ! »

Ma tante frappa des mains, et nous tressaillîmes tous comme des possédés.

« Non, non, plus de combat, plus de lutte avec moi-même, dit M. Micawber en gesticulant violemment avec son mouchoir et en étendant ses deux bras devant lui de temps en temps, en mesure, comme s'il nageait dans un océan de difficultés surhumaines ; je ne saurais mener

plus longtemps cette vie, je suis trop misérable ; on m'a
enlevé tout ce qui rend l'existence supportable. J'ai été
condamné à l'excommunication du *Tabou* tout le temps
que je suis resté au service de ce scélérat. Rendez-moi
ma femme, rendez-moi mes enfants ; remettez Micawber à la place du malheureux qui marche aujourd'hui
dans mes bottes, et puis dites-moi d'avaler demain un
sabre, et je le ferai ; vous verrez avec quel appétit ! »

Je n'avais jamais vu un homme aussi exalté. Je
m'efforçai de le calmer pour tâcher de tirer de lui quelques paroles plus sensées, mais il montait comme une
soupe au lait sans vouloir seulement écouter un mot.

« Je ne donnerai une poignée de main à personne,
continua-t-il en étouffant un sanglot, et en soufflant
comme un homme qui se noie, jusqu'à ce que j'aie mis
en morceaux ce détestable... serpent de *Heep !* Je
n'accepterai de personne l'hospitalité, jusqu'à ce que
j'aie décidé le mont Vésuve à faire jaillir ses flammes...
sur ce misérable bandit de *Heep !* Je ne pourrai avaler
le... moindre rafraîchissement... sous ce toit... surtout
du punch... avant d'avoir arraché les yeux... à ce voleur,
à ce menteur de *Heep !* Je ne veux voir personne... je ne
veux rien dire... je... ne veux loger nulle part... jusqu'à ce
que j'aie réduit... en une impalpable poussière cet hypocrite transcendant, cet immortel parjure de *Heep !* »

Je commençais à craindre de voir M. Micawber mourir sur place. Il prononçait toutes ces phrases courtes et
saccadées d'une voix suffoquée ; puis, quand il approchait du nom de Heep, il redoublait de vitesse et
d'ardeur, son accent passionné avait quelque chose
d'effrayant ; mais quand il se laissa retomber sur sa
chaise, tout en nage, hors de lui, nous regardant d'un
air égaré, les joues violettes, la respiration gênée, le
front couvert de sueur, il avait tout l'air d'être à la dernière extrémité. Je m'approchai de lui pour venir à son
aide, mais il m'écarta d'un signe de sa main et reprit :

« Non, Copperfield !... Point de communication entre
nous... jusqu'à ce que miss..Wickfield... ait obtenu

réparation... du tort que lui a causé cet adroit coquin de *Heep!* » Je suis sûr qu'il n'aurait pas eu la force de prononcer trois mots s'il n'avait pas senti au bout ce nom odieux qui lui rendait courage... « Qu'un secret inviolable soit gardé!... Pas d'exceptions!... D'aujourd'hui en huit, à l'heure du déjeuner... que tous ceux qui sont ici présents... y compris la tante... et cet excellent monsieur... se trouvent réunis à l'hôtel de Canterbury... Ils y rencontreront mistress Micawber et moi... Nous chanterons en chœur le souvenir des beaux jours enfuis, et... je démasquerai cet épouvantable scélérat de *Heep!* Je n'ai rien de plus à dire... rien de plus à entendre... Je m'élance immédiatement... car la société me pèse... sur les traces de ce traître, de ce scélérat, de ce brigand de HEEP! »

Et après cette dernière répétition du mot magique qui l'avait soutenu jusqu'au bout, après y avoir épuisé tout ce qui lui restait de force, M. Micawber se précipita hors de la maison, nous laissant tous dans un tel état d'excitation, d'attente et d'étonnement, que nous n'étions guère moins haletants, moins essoufflés que lui. Mais, même alors, il ne put résister à sa passion épistolaire, car, tandis que nous étions encore dans le paroxysme de notre excitation, de notre attente et de notre étonnement, on m'apporta le billet suivant, qu'il venait de m'écrire dans un café du voisinage :

« Très secret et confidentiel.
    « Mon cher Monsieur,

« Je vous prie de vouloir bien transmettre à votre excellente tante toutes mes excuses pour l'agitation que j'ai laissé paraître devant elle. L'explosion d'un volcan longtemps comprimé a suivi une lutte intérieure que je ne saurais décrire. Vous la devinerez.

« J'espère vous avoir fait comprendre, cependant, que d'aujourd'hui en huit je compte sur vous, au café de Canterbury, là où jadis nous eûmes l'honneur, mistress Micawber et moi, d'unir nos voix à la vôtre pour répéter les fameux accents du douanier immortel nourri et élevé sur l'autre rive de la Tweed.

« Une fois ce devoir rempli et cet acte de réparation accompli, le seul qui puisse me rendre le courage d'envisager mon prochain en face, je disparaîtrai pour toujours, et je ne demanderai plus qu'à être déposé dans ce lieu d'asile universel

> Où dorment pour toujours dans leur étroit caveau
> Les ancêtres obscurs de cet humble hameau.

avec cette simple inscription :

« WILKINS MICAWBER.

CHAPITRE XX

Le rêve de M. Peggotty se réalise

Cependant, quelques mois s'étaient écoulés depuis qu'avait eu lieu notre entrevue avec Marthe, au bord de la Tamise. Je ne l'avais jamais revue depuis, mais elle avait eu diverses communications avec M. Peggotty. Son zèle avait été en pure perte, et je ne voyais dans ce qu'il me disait rien qui nous mît sur la voie du destin d'Émilie. J'avoue que je commençais à désespérer de la retrouver, et que je croyais chaque jour plus fermement qu'elle était morte.

Pour lui, sa conviction restait la même, autant que je pouvais croire, et son cœur ouvert n'avait rien de caché pour moi. Jamais il ne chancela un moment, jamais il ne fut ébranlé dans sa certitude solennelle de finir par la découvrir. Sa patience était infatigable, et quand parfois je tremblais à l'idée de son désespoir si un jour cette assurance positive recevait un coup funeste, je ne pouvais cependant m'empêcher d'estimer et de respecter tous les jours davantage cette foi si solide, si religieuse, qui prenait sa source dans un cœur pur et élevé.

Il n'était pas de ceux qui s'endorment dans une espérance et dans une confiance oisives. Toute sa vie avait été une vie d'action et d'énergie. Il savait qu'en toutes choses il fallait remplir fidèlement son rôle et ne pas se reposer sur autrui. Je l'ai vu partir la nuit, à pied, pour Yarmouth, dans la crainte qu'on n'oubliât d'allumer le flambeau qui éclairait son bateau. Je l'ai vu, si par hasard il lisait dans un journal quelque chose qui pût se rapporter à Émilie, prendre son bâton de voyage et entreprendre une nouvelle cours de trente ou quarante lieues. Lorsque je lui eus raconté ce que j'avais appris par l'entremise de miss Dartle, il se rendit à Naples par mer. Tous ces voyages étaient très pénibles, car il économisait tant qu'il pouvait pour l'amour d'Émilie. Mais jamais je ne l'entendis se plaindre, jamais je ne l'entendis avouer qu'il fût fatigué ou découragé.

Dora l'avait vu souvent depuis notre mariage et l'aimait beaucoup. Je le vois encore debout près du canapé où elle repose ; il tient son bonnet à la main ; ma femme-enfant lève sur lui ses grands yeux bleus avec une sorte d'étonnement timide. Souvent, le soir, quand il avait à me parler, je l'emmenais fumer sa pipe dans le jardin : nous causions en marchant, et alors je me rappelais se demeure abandonnée et tout ce que j'avais aimé là dans ce vieux bateau qui présentait à mes yeux d'enfant un spectacle si étonnant le soir, quand le feu brûlait gaiement, et que le vent gémissait tout autour de nous.

Un soir, il me dit qu'il avait trouvé Marthe près de sa maison, la veille, et qu'elle lui avait demandé de ne quitter Londres en aucun cas jusqu'à ce qu'elle l'eût revu.

« Elle ne vous a pas dit pourquoi ?

— Je le lui ai demandé, maître Davy, me répondit-il, mais elle parle très peu, et dès que je le lui ai eu promis, elle est repartie.

— Vous a-t-elle dit quand elle reviendrait ?

— Non, maître Davy, reprit-il en se passant la main sur le front d'un air grave. Je le lui ai demandé, mais elle m'a répondu qu'elle ne pouvait pas me le dire. »

J'avais résolu depuis longtemps de ne pas encourager des espérances qui ne tenaient qu'à un fil ; je ne fis donc aucune réflexion ; j'ajoutai seulement que, sans doute, il la reverrait bientôt. Je gardai pour moi toutes mes suppositions, sans attacher du reste aux paroles de Marthe une bien grande importance.

Quinze jours après, je me promenais seul un soir dans le jardin. Je me rappelle parfaitement cette soirée. C'était le lendemain de la visite de M. Micawber. Il avait plu toute la journée, l'air était humide, les feuilles semblaient pesantes sur les branches chargées de pluie, le ciel était encore sombre, mais les oiseaux recommençaient à chanter gaiement. A mesure que le crépuscule augmentait, ils se turent les uns après les autres ; tout était silencieux autour de moi : pas un souffle de vent n'agitait les arbres : je n'entendais que le bruit des gouttes d'eau qui découlaient lentement des rameaux verts pendant que je me promenais de long en large dans le jardin.

Il y avait là, contre notre cottage, un petit abri construit avec du lierre, le long d'un treillage d'où l'on apercevait la route. Je jetais les yeux de ce côté, tout en pensant à une foule de choses, quand je vis quelqu'un qui semblait m'appeler.

« Marthe ! dis-je en m'avançant vers elle.

— Pouvez-vous venir avec moi ? me demanda-t-elle d'une voix émue. J'ai été chez lui, je ne l'ai pas trouvé. J'ai écrit sur un morceau de papier l'endroit où il devait venir nous retrouver, j'ai posé l'adresse sur sa table. On m'a dit qu'il ne tarderait pas à rentrer. J'ai des nouvelles à lui donner. Pouvez-vous venir tout de suite ? »

Je ne lui répondis qu'en ouvrant la grille pour la suivre. Elle me fit un signe de la main, comme pour m'enjoindre la patience et le silence, et se dirigea vers Londres ; à la poussière qui couvrait ses habits, on voyait qu'elle était venue à pied en toute hâte.

Je lui demandai si nous allions à Londres. Elle me fit signe que oui. J'arrêtai une voiture qui passait, et nous y montâmes tous deux. Quand je lui demandai où il fallait aller, elle me répondit : « Du côté de Golden-Square ! et vite ! vite ! » Puis elle s'enfonça dans un coin, en se cachant la figure d'une main tremblante, et en me conjurant de nouveau de garder le silence, comme si elle ne pouvait pas supporter le son d'une voix.

J'étais troublé, je me sentais partagé entre l'espérance et la crainte ; je la regardais pour obtenir quelque explication ; mais évidemment elle voulait rester tranquille, et je n'étais pas disposé non plus à rompre le silence. Nous avancions sans nous dire un mot. Parfois elle regardait à la portière, comme si elle trouvait que nous allions trop lentement, quoique en vérité la voiture eût pris un bon pas, mais elle continuait à se taire.

Nous descendîmes au coin du square qu'elle avait indiqué ; je dis au cocher d'attendre, pensant que peut-être nous aurions encore besoin de lui. Elle me prit le bras et m'entraîna rapidement vers une de ces rues sombres qui jadis servaient de demeure à de nobles familles, mais où maintenant on loue séparément des chambres à un prix peu élevé. Elle entra dans l'une de ces grandes maisons, et, quittant mon bras, elle me fit signe de la suivre sur l'escalier qui servait de nombreux locataires, et versait toute une population d'habitants dans la rue.

La maison était remplie de monde. Tandis que nous montions l'escalier, les portes s'ouvraient sur notre passage ; d'autres personnes nous croisaient à chaque instant. Avant d'entrer, j'avais aperçu des femmes et des enfants qui passaient leur tête à la fenêtre, entre des pots de fleurs ; nous avions probablement excité leur curiosité, car c'étaient eux qui venaient ouvrir leurs portes pour nous voir passer. L'escalier était large et élevé, avec une rampe massive de bois sculpté ; au-dessus des portes on voyait des corniches ornées de fleurs et de fruits ; les fenêtres avaient de grandes embrasures. Mais tous ces restes d'une grandeur déchue étaient en ruines; le temps, l'humidité et la pourriture avaient attaqué le parquet qui tremblait sous nos pas. On avait essayé de faire couler un peu de jeune sang dans ce corps usé par l'âge : en divers endroits les belles sculptures avaient été réparées avec des matériaux plus grossiers, mais c'était comme le mariage d'un vieux noble ruiné avec une pauvre fille du peuple : les deux parties semblaient ne pouvoir se résoudre à cette union mal assortie. On avait bouché plusieurs des fenêtres de l'escalier. Il n'y avait presque plus de vitres à celles qui restaient ouvertes, et, au travers des boiseries vermoulues qui semblaient aspirer le mauvais air sans le renvoyer jamais, je voyais d'autres maisons dans le même état, et je plongeais sur une cour resserrée et obscure qui semblait le tas d'ordures du vieux manoir.

Nous montâmes presque tout en haut de la maison. Deux ou trois fois je crus apercevoir dans l'ombre les plis d'une robe de femme; quelqu'un nous précédait. Nous gravissions le dernier étage quand je vis cette personne s'arrêter devant une porte, puis elle tourna la clef et entra.

« Qu'est-ce que cela veut dire? murmura Marthe. Elle entre dans ma chambre et je ne la connais pas! »

Moi, je la connaissais. A ma grande surprise j'avais vu les traits de miss Dartle.

Je fis comprendre en peu de mots à Marthe que c'était une dame que j'avais vue jadis, et à peine avais-je cessé de parler que nous entendîmes sa voix dans la chambre, mais, placés comme nous l'étions, nous ne pouvions comprendre ce qu'elle disait. Marthe me regarda d'un air étonné, puis elle me fit monter jusqu'au palier de l'étage où elle habitait, et là, poussant une petite porte sans serrure, elle me conduisit dans un galetas vide, à peu près de la grandeur d'une armoire. Il y avait entre ce recoin et sa chambre une porte de communication à demi ouverte. Nous nous plaçâmes tout près. Nous avions marché si vite que je respirais à peine ; elle posa doucement sa main sur mes lèvres. Je pouvais voir un coin d'une pièce assez grande où se trouvait un lit : sur les murs quelques mauvaises lithographies de vaisseaux. Je ne voyais pas miss Dartle, ni la personne à laquelle elle s'adressait. Ma compagne devait les voir encore moins que moi.

Pendant un instant il régna un profond silence. Marthe continuait de tenir une main sur mes lèvres et levait l'autre en se penchant pour écouter.

« Peu m'importe qu'elle ne soit pas ici, dit Rosa Dartle avec hauteur. Je ne la connais pas. C'est vous que je viens voir.

— Moi ? répondit une douce voix. »

Au son de cette voix, mon cœur tressaillit. C'était la voix d'Émilie.

« Oui, répondit miss Dartle, je suis venue pour vous regarder. Comment, vous n'avez pas honte de ce visage qui a fait tant de mal ? »

La haine impitoyable et résolue qui animait sa voix, la froide amertume et la rage contenue de son ton me la rendaient aussi présente que si elle avait été vis-à-vis de moi. Je voyais, sans les voir, ces yeux noirs qui lançaient des éclairs, ce visage défiguré par la colère ; je voyais la cicatrice blanchâtre au travers de ses lèvres trembler et frémir, tandis qu'elle parlait.

« Je suis venue voir, dit-elle, celle qui a tourné la tête à James Steerforth ; la fille qui s'est sauvée avec lui et qui fait jaser tout le monde dans sa ville natale ; l'audacieuse, la rusée, la perfide maîtresse d'un individu comme James Steerforth. Je veux savoir à quoi ressemble une pareille créature ! »

On entendit du bruit, comme si la malheureuse femme qu'elle accablait de ses insultes eût tenté de s'échapper. Miss Dartle lui barra le passage. Puis elle reprit, les dents serrées et en frappant du pied :

« Restez là ! ou je vous démasque devant tous les habitants de cette maison et de cette rue ! Si vous cherchez à me fuir, je vous arrête, dussé-je vous prendre par les cheveux et soulever contre vous les pierres mêmes de la muraille. »

Un murmure d'effroi fut la seule réponse qui arriva jusqu'à moi ; puis il y eut un moment de silence. Je ne savais que faire. Je désirais ardemment mettre un terme à cette entrevue, mais je n'avais pas le droit de me présenter ; c'était à M. Peggotty seul qu'il appartenait de la voir et de la réclamer. Quand donc arriverait-il ?

« Ainsi, dit Rosa Dartle avec un rire de mépris, je la vois enfin ! Je n'aurais jamais cru qu'il se laissât prendre à cette fausse modestie et à ces airs penchés !

— Oh, pour l'amour du ciel, épargnez-moi ! s'écriait Émilie. Qui que vous soyez, vous savez ma triste histoire ; pour l'amour de Dieu, épargnez-moi, si vous voulez qu'on ait pitié de vous !

— Si je veux qu'on ait pitié de moi ! répondit miss Dartle d'un ton féroce, et qu'y a-t-il de commun entre *nous*, je vous prie ?

— Il n'y a que notre sexe, dit Émilie fondant en larmes.

— Et c'est un lien si fort quand il est invoqué par une créature aussi infâme que vous, que, si je pouvais avoir dans le cœur autre chose que du mépris et de la haine pour vous, la colère me ferait oublier que vous êtes une femme. Notre sexe ! Le bel honneur pour notre sexe !

— Je n'ai que trop mérité ce reproche, cria Émilie, mais c'est affreux ! Oh ! madame, chère madame, pensez à tout ce que j'ai souffert et aux circonstances de ma chute ! Oh ! Marthe, revenez ! Oh ! quand retrouverai-je l'abri du foyer domestiques ! »

Miss Dartle se plaça sur une chaise en vue de la porte ; elle tenait ses yeux fixés sur le plancher, comme si Émilie rampait à ses pieds. Je pouvais voir maintenant ses lèvres pincées et ses yeux cruellement attachés sur un seul point, dans l'ivresse de son triomphe.

« Écoutez ce que je vais vous dire, continua-t-elle, et gardez pour vos dupes toute votre ruse. Vous ne me toucherez pas plus par vos larmes que vous ne sauriez me séduire par vos sourires, beauté vénale.

— Oh! ayez pitié de moi! répétait Émilie. Montrez-moi quelque compassion, ou je vais mourir folle!

— Ce ne serait qu'un faible châtiment de vos crimes! dit Rosa Dartle. Savez-vous ce que vous avez fait? Osez-vous invoquer encore ce foyer domestique que vous avez désolé?

— Oh! s'écria Émilie, il ne s'est pas passé un jour ni une nuit sans que j'y aie pensé: et je la vis tomber à genoux, la tête en arrière, son pâle visage levé vers le ciel, les mains jointes avec angoisse, ses longs cheveux flottant sur ses épaules, il ne s'est pas écoulé un seul instant où je ne l'aie revue, cette chère maison, présente devant moi, comme dans les jours qui ne sont plus, quand je l'ai quittée pour toujours! Oh! mon oncle, mon cher oncle, si vous aviez pu savoir quelle douleur me causerait le souvenir poignant de votre tendresse, quand je me suis éloignée de la bonne voie, vous ne m'auriez pas témoigné tant d'amour; vous auriez, une fois au moins, parlé durement à Émilie, cela lui aurait servi de consolation. Mais non, je n'ai pas de consolation en ce monde, ils ont tous été trop bons pour moi! »

Elle tomba le visage contre terre, en s'efforçant de toucher le bas de la robe du tyran femelle qui se tenait immobile devant elle.

Rosa Dartle la regardait froidement; une statue d'airain n'eût pas été plus inflexible. Elle serrait fortement les lèvres comme si elle était forcée de se retenir pour ne pas fouler aux pieds la charmante créature qui était si humblement étendue devant elle; je la voyais distinctement, elle semblait avoir besoin de toute son énergie pour se contenir. Quand donc arriverait-il?

« Voyez un peu la ridicule vanité qu'ont ces vers de terre! dit-elle quand elle eut un peu calmé sa fureur qui l'empêchait de parler. *Votre* maison, *votre* foyer domestique! Et vous vous imaginez que je fais à ces gens-là l'honneur d'y songer ou de croire que vous ayez pu faire à un pareil gîte quelque tort qu'on ne puisse payer largement avec de l'argent? Votre famille! mais vous n'étiez pour elle qu'un objet de négoce, comme tout le reste, quelque chose à vendre et à acheter.

— Oh non! s'écria Émilie. Dites de moi tout ce que vous voudrez; mais ne faites pas retomber ma honte (hélas! elle ne pèse que trop sur eux déjà!) sur des gens qui sont aussi respectables que vous. Si vous êtes vraiment une dame, honorez-les du moins, quand vous n'auriez point pitié de moi.

— Je parle, dit miss Dartle, sans daigner entendre cet appel, et elle retirait sa robe comme si Émilie l'eût souillée en y touchant, je parle de sa demeure *à lui*, celle où j'habite. Voilà, dit-elle avec un rire de dédain, et en regardant la pauvre victime d'un air sarcastique, voilà une belle cause de division entre une mère et un fils! voilà celle qui a mis le désespoir dans une maison où on n'aurait pas voulu d'elle pour laveuse de vaisselle! celle qui y a apporté la colère, les reproches, les récriminations. Vile créature, qu'on a ramassée au bord de l'eau pour s'en amuser pendant une heure, et la repousser après du pied dans la fange où elle est née.

— Non! non! s'écria Émilie, en joignant les mains : la première fois qu'il s'est trouvé sur mon chemin (ah! si Dieu avait permis qu'il ne m'eût rencontrée que le jour où on allait me déposer dans mon tombeau!), j'avais été élevée dans des idées aussi sévères et aussi vertueuses que vous, ou que tout autre femme; j'allais épouser le meilleur des hommes. Si vous vivez près de lui, si vous le connaissez, vous savez peut-être quelle influence il pouvait exercer sur une pauvre fille, faible et vaine comme moi. Je ne me défends pas, mais ce que je sais, et ce qu'il sait bien aussi, du moins ce qu'il saura, à l'heure de sa mort, quand son âme en sera troublée, c'est qu'il a usé de tout son pouvoir pour me tromper, et que moi, je croyais en lui, je me confiais en lui, je l'aimais! »

Rosa Dartle bondit sur sa chaise, recula d'un pas pour la frapper, avec une telle expression de méchanceté et de rage, que j'étais sur le point de me jeter entre elles deux. Le coup, mal dirigé, se perdit dans le vide. Elle resta debout, tremblante de fureur, toute pantelante des pieds à la tête comme une vraie furie; non, je n'avais jamais vu, je ne pourrai jamais revoir de rage pareille.

« *Vous* l'aimez? *vous*? » criait-elle, en serrant le poing, comme si elle eût voulu y tenir une arme pour en frapper l'objet de sa haine.

Je ne pouvais plus voir Émilie. Il n'y eut pas de réponse.

« Et vous me dites cela, *à moi*, ajouta-t-elle, avec cette bouche dépravée? Ah! que je voudrais qu'on fouettât ces gueuses-là! Oui, si cela ne dépendait que de moi, je les ferais fouetter à mort. »

Et elle l'aurait fait, j'en suis sûr. Tant que dura ce regard de Némésis, je n'aurais pas voulu lui confier un instrument de torture. Puis, petit à petit, elle se mit à rire, mais d'un rire saccadé, en montrant du doigt Émilie comme un objet de honte et d'ignominie devant Dieu et devant les hommes.

« Elle l'aime! dit-elle, l'infâme! Et elle voudrait me faire croire qu'il s'est jamais soucié d'elle! Ah! ah! comme c'est menteur ces femmes vénales! »

Sa moquerie dépassait encore sa rage en cruauté; c'était plus atroce que tout : elle ne se déchaînait plus que par moment, et au risque de faire éclater sa poitrine, elle y refoulait sa rage pour mieux torturer sa victime.

« Je suis venue ici, comme je vous disais tout à l'heure, ô pure source d'amour, pour voir à quoi vous pouviez ressembler. J'en étais curieuse. Je suis satisfaite. Je voulais aussi vous conseiller de retourner bien vite chez vous, d'aller vous cacher au milieu de ces excellents parents qui vous attendent et que votre argent consolera du reste. Quand vous aurez tout dépensé, eh bien, vous n'aurez qu'à chercher quelque remplaçant pour croire en lui, vous confier en lui et l'aimer! Je croyais trouver ici un jouet brisé qui avait fait son temps; un bijou de clinquant terni par l'usage et jeté au coin de la borne. Mais puisque, au lieu de cela, je trouve une perle fine, une dame, ma foi! une pauvre innocente qu'on a trompée, avec un cœur encore tout frais, plein d'amour et de vertu, car vraiment vous en avez l'air, et vous jouez bien la comédie, j'ai encore quelque chose à vous dire. Écoutez-moi, et sachez que ce que je vais vous dire je le ferai; vous m'entendez, belle fée? Ce que je dis, je veux le faire. »

Elle ne put réprimer alors sa fureur; mais ce fut l'affaire d'un moment, un simple spasme qui fit place tout de suite à un sourire.

« Allez vous cacher : si ce n'est pas dans votre ancienne demeure, que ce soit ailleurs : cachez-vous bien loin. Allez vivre dans l'obscurité, ou mieux encore, allez mourir dans quelque coin. Je m'étonne que vous n'ayez pas encore trouvé un moyen de calmer ce tendre cœur qui ne veut pas se briser. Il y a pourtant de ces moyens-là : ce n'est pas difficile à trouver, ce me semble. »

Elle s'interrompit un moment, pendant qu'Émilie sanglotait : elle l'écoutait pleurer, comme si c'eût été pour elle une ravissante mélodie.

« Je suis peut-être singulièrement faite, reprit Rosa Dartle; mais je ne peux pas respirer librement dans le même air que vous, je le trouve corrompu. Il faut donc que je le purifie, que je le purge de votre présence. Si vous êtes encore ici demain, votre histoire et votre conduite seront connues de tous ceux qui habitent cette maison. On me dit qu'il y a ici des femmes honnêtes; ce serait dommage qu'elles ne fussent pas mises à même d'apprécier un trésor tel que vous. Si, une fois partie d'ici, vous revenez chercher un refuge dans cette ville, en tout autre qualité que celle de femme perdue (soyez tranquille, pour celle-là, je ne vous empêcherai pas de la prendre), je viendrai vous rendre le même service, partout où vous irez. Et je suis sûre de réussir, avec l'aide d'un certain monsieur qui a prétendu à votre belle main, il n'y a pas bien longtemps. »

Il n'arriverait donc jamais, jamais! Combien de temps fallait-il encore supporter cela? Combien de temps pouvais-je être sûr de me contenir encore?

« O mon Dieu! » s'écriait la malheureuse Émilie, d'un ton qui aurait dû toucher le cœur le plus endurci.

Rosa Dartle souriait toujours.

« Que voulez-vous donc que je fasse!

— Ce que je veux que vous fassiez! reprit Rosa, mais vous pouvez vivre heureuse avec vos souvenirs. Vous pouvez passer votre vie à vous rappeler la tendresse de James Steerforth; il voulait vous faire épouser son domestique, n'est-ce pas? Ou bien vous pouvez songer avec reconnaissance à l'honnête homme qui voulait bien accepter l'offre de son maître. Vous pouvez encore, si toutes ces douces pensées, si le souvenir de vos vertus et de la position honorable qu'elles vous ont acquise, ne suffisent pas à remplir votre cœur, vous pouvez épouser cet excellent homme, et mettre à profit sa condescendance. Si cela n'est pas assez pour vous satisfaire, alors mourez! Il ne manque pas d'allées ou de tas d'ordures qui sont bons pour aller y mourir quand on a de ces chagrins-là. Allez en chercher un, pour vous envoler de là vers le ciel! »

J'entendis marcher. J'en étais bien sûr, c'était lui. Que Dieu soit loué!

Elle s'approcha lentement de la porte, et disparut à mes yeux.

« Mais rappelez-vous! ajouta-t-elle d'une voix lente et dure, que je suis bien décidée, par des raisons à moi connues, et des haines qui me sont personnelles, à vous poursuivre partout, à moins que vous ne vous enfuyiez loin de moi, ou que vous jetiez ce beau petit masque d'innocence que vous voulez prendre. Voilà ce que j'avais à vous dire, et ce que je dis, je veux le faire. »

Les pas se rapprochaient, on venait; on entra, on se précipita dans la chambre.

« Mon oncle! »

Un cri terrible suivit ces paroles. J'attendis un

moment, avant d'entrer, et je le vis tenant dans ses bras sa nièce évanouie. Un instant il contempla son visage ; puis il se baissa pour l'embrasser, oh ! avec quelle tendresse ! et posa doucement un mouchoir sur la tête d'Émilie.

« Maître Davy, dit-il d'une voix basse et tremblante, quand il eut couvert le visage de la jeune femme, je bénis notre Père céleste, mon rêve s'est réalisé. Je lui rends grâces de tout mon cœur pour m'avoir, selon son bon plaisir, ramené mon enfant ! »

Puis il l'enleva dans ses bras, pendant qu'elle restait la face voilée, la tête penchée sur sa poitrine, et serrant contre la sienne les joues pâles et froides de sa nièce chérie, il l'emporta lentement au bas de l'escalier.

CHAPITRE XXI

Préparatifs d'un plus long voyage

Le lendemain matin, de bonne heure, je me promenais dans le jardin avec ma tante (qui ne se promenait plus guère ailleurs, parce qu'elle tenait presque toujours compagnie à ma chère Dora), quand on vint me dire que M. Peggotty désirait me parler. Il entra dans le jardin au moment où j'allais à sa rencontre, et s'avança vers nous tête nue, comme il faisait toujours quand il voyait ma tante, pour laquelle il avait un profond respect. Elle savait tout ce qui s'était passé la veille. Sans dire un mot, elle l'aborda d'un air cordial, lui donna une poignée de main, et lui frappa affectueusement sur le bras. Elle y mit tant d'expression, que toute parole eût été superflue. M. Peggotty l'avait parfaitement comprise.

« Maintenant, Trot, dit ma tante, je vais rentrer, pour voir ce que devient Petite-Fleur, qui va se lever bientôt.

— Ce n'est pas à cause de moi, madame, j'espère ? dit

M. Peggotty. Et pourtant, si mon esprit n'a pas pris ce matin la clef du chant,... il voulait dire la clef des champs,... j'ai bien peur que ce ne soit à cause de moi que vous allez nous quitter?

— Vous avez quelque chose à vous dire, mon bon ami, reprit ma tante; vous serez plus à votre aise sans moi.

— Mais, madame, répondit M. Peggotty, si vous étiez assez bonne pour rester... à moins que mon bavardage ne vous ennuie...

— Vraiment? dit ma tante, d'un ton affectueux et bref à la fois. Alors, je reste. »

Elle prit le bras de M. Peggotty et le conduisit jusqu'à une petite salle de verdure qui se trouvait au fond du jardin; elle s'assit sur un banc, et je me plaçai à côté d'elle. M. Peggotty resta debout, la main appuyée sur la table de bois rustique. Il était immobile, les yeux fixés sur son bonnet, et je ne pouvais m'empêcher d'observer la vigueur de caractère et de résolution que trahissait la contraction de ses mains nerveuses, si bien en harmonie avec son front honnête et loyal, et ses cheveux gris de fer.

« J'ai emporté hier soir ma chère enfant, dit-il en levant les yeux sur nous, dans le logement que j'avais préparé depuis bien longtemps pour la recevoir. Des heures se sont passées avant qu'elle m'ait bien reconnu, et puis elle est venue s'agenouiller à mes pieds, comme pour dire sa prière, après quoi elle m'a raconté tout ce qui lui était arrivé. Vous pouvez croire que mon cœur s'est serré en entendant sa voix larmoyante, cette voix que j'avais entendue si folâtre à la maison, en la voyant humiliée dans la poussière où Notre Sauveur écrivait autrefois, de sa main bénie, des paroles de miséricorde. J'avais le cœur bien navré au milieu de tous ces témoignages de reconnaissance. »

Il passa sa manche sur ses yeux, sans chercher à dissimuler son émotion; puis il reprit d'une voix plus ferme : « Mais cela n'a pas duré longtemps, car je l'avais

retrouvée. Je ne pensai plus qu'à elle, et j'eus bientôt
oublié le reste. Je ne sais même pas pourquoi je vous
parle maintenant de ce moment de tristesse. Je ne
comptais pas vous en dire un mot, il n'y a qu'une
minute, mais cela m'est venu si naturellement, que je
n'ai pas pu m'en empêcher.

— Vous êtes un noble cœur, lui dit ma tante, et un
jour vous en recevrez la récompense. »

Les branches des arbres ombrageaient la figure de
M. Peggotty; il s'inclina d'un air surpris, comme pour la
remercier de ce qu'elle avait si bonne opinion de lui
pour si peu de chose, puis il continua avec un mouvement de colère passagère :

« Quand mon Émilie s'enfuit de la maison où elle
était retenue prisonnière par un serpent à sonnettes que
maître Davy connaît bien (ce qu'il m'a raconté était bien
vrai : que Dieu punisse le traître!); il faisait tout à fait
nuit; les étoiles brillaient dans le ciel. Elle était comme
folle. Elle courait le long de la plage, croyant retrouver
notre vieux bateau, et nous criait, dans son égarement,
de nous cacher le visage, parce qu'elle allait passer. Elle
croyait, dans ses cris de douleur, entendre pleurer une
autre personne, et elle se coupait les pieds en courant
sur les pierres et sur les rochers, mais elle ne s'en apercevait pas plus que si elle avait été elle-même un bloc de
pierre. Plus elle courait, plus elle sentait sa tête devenir
brûlante, et plus elle entendait de bourdonnements
dans ses oreilles. Tout d'un coup, ou du moins elle le
crut ainsi, le jour parut, humide et orageux, et elle se
trouva couchée sur un tas de pierres; une femme lui
parlait dans la langue du pays, et lui demandait ce qui
lui était arrivé. »

Il voyait tout ce qu'il racontait. Cette scène lui était
tellement présente, que, dans son émotion, il décrivait
chaque particularité avec une netteté que je ne saurais
rendre. Aujourd'hui, il me semble avoir assisté moi-
même à tous ces événements, tant les récits de M. Peggotty avaient l'apparence fidèle de la réalité.

« Peu à peu, continua-t-il, Émilie reconnut cette femme pour lui avoir parlé quelque fois sur la plage. Elle avait fait souvent de longues excursions, à pied, ou en bateau, ou en voiture, et elle connaissait tout le pays, le long de la côte. Cette femme venait de se marier et n'avait pas encore d'enfant, mais elle en attendait bientôt un. Dieu veuille permettre que cet enfant soit pour elle un appui, une consolation, un honneur toute sa vie ! Qu'il l'aime et qu'il la respecte dans sa vieillesse, qu'il la serve fidèlement jusqu'à la fin ; qu'il soit pour elle un ange, sur la terre et dans le ciel !

— Ainsi soit-il, dit ma tante.

— Les premières fois, elle avait été un peu intimidée, et quand Émilie parlait aux enfants sur la grève, elle restait à filer, sans s'approcher. Mais Émilie, qui l'avait remarquée, était allée lui parler d'elle-même, et comme la jeune femme aimait beaucoup aussi les enfants, elles furent bientôt bonnes amies ensemble ; si bien que, quand Émilie allait de ce côté, la jeune femme lui donnait toujours des fleurs. C'était elle qui demandait en ce moment à Émilie ce qui lui était arrivé. Émilie le lui dit, et elle... elle l'emmena chez elle. Oui, vraiment, elle l'emmena chez elle, dit M. Peggotty en se couvrant le visage de ses deux mains. »

Il était plus ému de cet acte de bonté, que je ne l'avais jamais vu se laisser émouvoir depuis le jour où sa nièce l'avait quitté. Ma tante et moi, nous ne cherchâmes pas à le distraire.

« C'était une toute petite chaumière, vous comprenez, dit-il bientôt ; mais elle trouva moyen d'y loger Émilie ; son mari était en mer. Elle garda le secret et obtint des voisins (qui n'étaient pas nombreux) la promesse de n'être pas moins discrets. Émilie tomba malade, et ce qui m'étonne bien, peut-être des gens plus savants le comprendraient-ils mieux que moi, c'est qu'elle perdit tout souvenir de la langue du pays ; elle ne se rappelait plus que sa propre langue, et personne ne l'entendait. Elle se souvient, comme d'un rêve, qu'elle était couchée dans cette petite cabane, parlant toujours sa propre langue, et toujours convaincue que le vieux bateau était là tout près, dans la baie ; elle suppliait qu'on vînt nous dire qu'elle allait mourir, et qu'elle nous conjurait de lui envoyer un mot, un seul mot de pardon. Elle se figurait à chaque instant que l'individu dont j'ai déjà parlé l'attendait sous la fenêtre pour l'enlever, ou bien que son séducteur était dans la chambre, et elle criait à la bonne jeune femme de ne pas la laisser prendre ; mais, en même temps, elle savait qu'on ne la comprenait pas, et elle craignait toujours de voir entrer quelqu'un pour l'emmener. Sa tête brûlait comme du feu, des sons étranges remplissaient ses oreilles, elle ne connaissait ni aujourd'hui, ni hier, ni demain, et pourtant tout ce qui s'était passé, ou qui aurait pu se passer dans sa vie, tout ce qui n'avait jamais eu lieu et ne pouvait jamais avoir lieu, lui venait en foule à l'esprit : et au milieu de ce trouble pénible, elle riait et elle chantait ! Je ne sais combien de temps cela dura ; mais au jour elle s'endormit. Au lieu de se retrouver après dix fois plus forte qu'elle n'était, comme pendant sa fièvre, elle se réveilla faible comme un tout petit enfant. »

Ici il s'arrêta : il se sentait soulagé de n'avoir plus à raconter cette terrible maladie. Après un moment de silence, il poursuivit :

« Quand elle se réveilla, il faisait beau, et la mer était si tranquille qu'on n'entendait que le bruit des lames bleues, qui se brisaient tout doucement sur la grève. D'abord elle crut que c'était dimanche et qu'elle était chez nous ; mais les feuilles de vigne qui passaient par la fenêtre, et les collines qu'on voyait à l'horizon lui firent bien voir qu'elle n'était pas chez nous, et qu'elle se trompait. Alors son amie s'approcha de son lit ; et elle comprit que le vieux bateau n'était pas là tout près, à la pointe de la baie, mais qu'il était bien loin : et elle se rappela où elle était, et pourquoi. Alors elle se mit à pleurer sur le sein de cette bonne jeune femme, là où son enfant repose maintenant, j'espère, réjouissant sa vue avec ses jolis petits yeux. »

Il avait beau faire, il ne pouvait parler de l'amie de son Émilie sans fondre en larmes. Il se mit à pleurer de nouveau en murmurant : « Dieu la bénisse !

— Cela fit du bien à Émilie, dit-il avec une émotion que je ne pouvais m'empêcher de partager; quant à ma tante, elle pleurait de tout son cœur. Cela fit du bien à mon Émilie, et elle commença à se remettre. Mais elle avait oublié le langage du pays et elle en était réduite à parler par signes. Peu à peu, cependant, elle se mit à rapprendre le nom des choses usuelles, comme si elle ne l'avait jamais su : mais un soir qu'elle était à sa fenêtre, à voir jouer une petite fille sur la grève, l'enfant lui tendit la main en disant : « Fille de pêcheur, voilà une coquille ! » Il faut que vous sachiez que dans les commencements on l'appelait : « ma jolie dame », comme c'est la coutume du pays, et qu'elle leur avait appris à l'appeler : « Fille de pêcheur. » Tout à coup, l'enfant s'écrie : « Fille de pêcheur, voilà une coquille ! » Émilie l'avait comprise, elle lui répond en fondant en larmes; depuis ce jour, elle a retrouvé la langue du pays !

« Quand Émilie a eu un peu repris ses forces, dit M. Peggotty après un court moment de silence, elle s'est décidée à quitter cette excellente jeune créature et à retourner dans son pays. Le mari était revenu au logis, et ils la menèrent tous deux à Livourne, où elle s'embarqua sur un petit bâtiment de commerce, qui devait la ramener en France. Elle avait un peu d'argent, mais ils ne voulurent rien accepter en retour de tout ce qu'ils avaient fait pour elle. Je crois que j'en suis bien aise, quoiqu'ils fussent si pauvres ! Ce qu'ils ont fait est en dépôt là où les vers ni la rouille ne peuvent rien ronger, et où les larrons n'ont rien à prendre. Maître Davy, ce trésor-là vaut mieux que tous les trésors du monde.

« Émilie arriva en France, et elle se plaça dans un hôtel, pour servir les dames en voyage. Mais voilà qu'un jour arrive ce serpent. Qu'il ne m'approche jamais; je ne sais pas ce que je lui ferais ! Dès qu'elle l'aperçut (il ne l'avait pas vue), son ancienne terreur lui revint, et elle fuit loin de cet homme. Elle vint en Angleterre, et débarqua à Douvres.

« Je ne sais pas bien, dit M. Peggotty, quand est-ce que le courage commença à lui manquer ; mais tout le long du chemin, elle avait pensé à venir nous retrouver. Dès qu'elle fut en Angleterre, elle tourna ses pas vers son ancienne demeure. Mais soit qu'elle craignît qu'on ne lui pardonnât pas, et qu'on ne la montrât partout au doigt ; soit qu'elle eût peur que quelqu'un de nous ne fût mort, elle ne put pas aller plus loin. « Mon oncle, mon oncle, m'a-t-elle dit, ce que je redoutais le plus au monde, c'était de ne pas me sentir digne d'accomplir ce que mon pauvre cœur désirait si passionnément ! Je changeai de route, et pourtant je ne cessais de prier Dieu, pour qu'il me permît de me traîner jusqu'à votre seuil, pendant la nuit, de le baiser, d'y reposer ma tête coupable, pour qu'on m'y retrouvât morte le lendemain matin.

« Elle vint à Londres, dit M. Peggotty d'une voix murmurante, troublée par l'émotion. Elle qui n'avait jamais vu Londres, elle y vint, toute seule, sans un sou, jeune et charmante, comme elle est, vous jugez ! Elle était à peine arrivée que, dans son isolement, elle crut avoir trouvé une amie ; une femme à l'air respectable vint lui offrir de l'ouvrage à l'aiguille, comme elle en faisait jadis, lui proposa un logement pour la nuit, en lui promettant de s'enquérir le lendemain de moi et de tout ce qui l'intéressait. Mon enfant, dit-il avec une reconnaissance si profonde qu'il tremblait de tout son corps, mon enfant était sur le bord de l'abîme, je n'ose ni en parler, ni y songer, quand Marthe, fidèle à sa promesse, est venue la sauver. »

Je ne pus retenir un cri de joie.

« Maître Davy ! dit-il en serrant mon bras dans sa robuste main, c'est vous qui m'avez parlé d'elle ; je vous remercie, monsieur ! Elle a été jusqu'au bout. Elle savait par une amère expérience où il fallait veiller et ce qu'il y

avait à faire. Elle l'a fait, qu'elle soit bénie, et le Seigneur au-dessus de tout! Elle vint, pâle et tremblante,
appeler Émilie pendant son sommeil. Elle lui dit :
« Levez-vous, fuyez un danger pire que la mort, et venez
avec moi! » Ceux à qui appartenait la maison voulaient
l'empêcher; mais ils auraient aussi bien pu tenter
d'arrêter les flots de la mer. « Retirez-vous, leur dit-elle,
je suis un fantôme qui vient l'arracher au sépulcre
ouvert devant elle! » Elle dit à Émilie qu'elle m'avait vu
et qu'elle savait que je lui pardonnais et que je l'aimais.
Elle l'aida précipitamment à s'habiller, puis elle lui prit
le bras et l'emmena toute faible et chancelante. Elle
n'écoutait pas plus ce qu'on lui disait que si elle n'avait
pas eu d'oreilles. Elle passa au travers de tous ces
gens-là en tenant mon enfant, ne songeant qu'à elle, et
elle l'enleva saine et sauve, au milieu de la nuit, du fond
de l'abîme de perdition!

« Elle soigna mon Émilie, continua-t-il, la main
appuyée sur son cœur qui battait trop vite; elle s'épuisa
à la soigner et à courir pour elle de côté et d'autre,
jusqu'au lendemain soir. Puis elle vint me chercher, et
vous aussi, maître Davy. Elle ne dit pas à Émilie où elle
allait, de peur que le courage ne vînt à lui manquer et
qu'elle n'eût l'idée de se dérober à nos yeux. Je ne sais
comment la méchante dame apprit qu'elle était là. Peut-
être l'individu dont je n'ai que trop parlé les avait-il vues
entrer; ou plutôt, peut-être l'avait-il su de cette femme
qui avait voulu la perdre. Mais, qu'importe! ma nièce
est retrouvée.

« Toute la nuit, dit M. Peggotty, nous sommes restés
ensemble, Émilie et moi. Elle ne m'a pas dit
grand'chose, au milieu de ses larmes; j'ai à peine vu le
cher visage de celle qui a grandi sous mon toit. Mais,
toute la nuit j'ai senti ses bras autour de mon cou; sa
tête a reposé sur mon épaule, et nous savons maintenant que nous pouvons avoir confiance l'un dans
l'autre, et pour toujours. »

Il cessa de parler et posa sa main sur la table avec une
énergie capable de dompter un lion.

« Quand j'ai pris autrefois la résolution d'être marraine de votre sœur, Trot, dit ma tante, de Betsy Trotwood, qui, par parenthèse, m'a fait faux bond, je ne peux pas vous dire quel bonheur je m'en étais promis. Mais, après cela, rien au monde n'aurait pu me faire plus de plaisir que d'être marraine de l'enfant de cette bonne jeune femme! »

M. Peggotty fit un signe d'assentiment, mais il n'osa pas prononcer de nouveau le nom de celle dont ma tante faisait l'éloge. Nous gardions tous le silence, absorbés dans nos réflexions (ma tante s'essuyait les yeux, elle pleurait, elle riait, elle se moquait de sa propre faiblesse). Enfin je me hasardai à dire :

« Vous avez pris un parti pour l'avenir, mon bon ami? J'ai à peine besoin de vous le demander?

— Oui, maître Davy, répondit-il, et je l'ai dit à Émilie. Il y a de grands pays, loin d'ici. Notre vie future se passera au-delà des mers!

— Ils vont émigrer ensemble, ma tante; vous l'entendez!

— Oui! dit M. Peggotty avec un sourire plein d'espoir; en Australie, personne n'aura rien à reprocher à mon enfant. Nous recommencerons là une nouvelle vie. »

Je lui demandai s'il savait déjà à quelle époque ils partiraient.

« J'ai été à la douane ce matin, monsieur, me répondit-il, pour prendre des renseignements sur les vaisseaux en partance. Dans six semaines ou deux mois il y en aura un qui mettra à la voile. J'ai été à bord de ce bâtiment : c'est sur celui-là que nous nous embarquerons.

— Tout seuls? demandai-je.

— Oui, maître Davy! répondit-il; ma sœur, voyez-vous; vous aime trop vous et les vôtres; elle ne voit rien de si beau que son pays natal; il ne serait pas juste de la laisser partir. D'ailleurs, maître Davy, elle a à prendre soin de quelqu'un qu'il ne faut pas oublier.

— Pauvre Ham ! » m'écriai-je.

— Ma bonne sœur prend soin de son ménage, voyez-vous, madame, et lui, il a beaucoup d'amitié pour elle, ajouta-t-il pour mettre ma tante bien au courant. Il lui parlera peut-être tout tranquillement, quand il ne pourrait pas ouvrir la bouche à d'autres. Pauvre garçon ! dit M. Peggotty en hochant la tête, il lui reste si peu de chose ! on peut bien au moins lui laisser ce qu'il a.

— Et mistress Gummidge ? demandai-je.

— Ah ! répondit M. Peggotty, d'un air embarrassé, qui ne tarda pas à se dissiper, à mesure qu'il parlait, mistress Gummidge m'a donné bien à penser. Voyez-vous, quand mistress Gummidge se met à broyer du noir, en songeant à l'ancien, elle n'est pas ce qu'on appelle d'une compagnie bien agréable. Entre nous, maître Davy, et vous, madame, quand mistress Gummidge se met à pleurnicher, ceux qui n'ont pas connu l'ancien la trouvent grognon. Moi qui ai connu l'ancien, ajouta-t-il, et qui sais tout ce qu'il valait, je puis la comprendre ; mais ce n'est pas la même chose pour les autres, voyez-vous, c'est tout naturel ! »

Nous fîmes un signe d'approbation.

« Ma sœur, reprit M. Peggotty, pourrait bien, ce n'est pas sûr, mais c'est possible, pourrait bien trouver parfois mistress Gummidge un peu ennuyeuse. Je n'ai donc pas l'intention de laisser mistress Gummidge demeurer chez eux ; je lui trouverai un endroit où elle pourra se tirer d'affaire. Et pour cela, dit M. Peggotty, je compte lui faire une petite pension qui puisse la mettre à son aise. C'est la meilleure des femmes ! Mais, à son âge, on ne peut s'attendre à ce que cette bonne vieille mère, qui est déjà si seule et si triste, aille s'embarquer pour venir vivre dans le désert, au milieu des forêts d'un pays quasi sauvage. Voilà donc ce que je compte faire d'elle. »

Il n'oubliait personne. Il pensait aux besoins et au bonheur de tous, excepté au sien.

« Émilie restera avec moi, continua-t-il, pauvre enfant ! elle a si grand besoin de repos et de calme jusqu'au moment de notre départ! Elle préparera son petit trousseau de voyage, et j'espère qu'une fois près de son vieil oncle qui l'aime tant, malgré la rudesse de ses façons, elle finira par oublier le temps où elle était malheureuse. »

Ma tante confirma cette espérance par un signe de tête, ce qui causa à M. Peggotty une vive satisfaction.

« Il y a encore une chose, maître Davy, dit-il, en remettant la main dans la poche de son gilet, pour en tirer gravement le petit paquet de papiers que j'avais déjà vu, et qu'il déroula sur la table. Voilà ces billets de banque : l'un de cinquante livres sterling, l'autre de dix. Je veux y ajouter l'argent qu'elle a dépensé pour son voyage. Je lui ai demandé combien c'était, sans lui dire pourquoi, et j'ai fait l'addition ; mais je ne suis pas fort en arithmétique. Voulez-vous être assez bon pour voir si c'est juste ? »

Il me tendit un morceau de papier, et ne me quitta pas des yeux, tandis que j'examinais son addition. Elle était parfaitement exacte.

« Merci, monsieur, me dit-il, en resserrant le papier. Si vous n'y voyez pas d'inconvénient, maître Davy, je mettrai cette somme sous enveloppe, avant de m'en aller, à son adresse à *lui*, et le tout dans une autre enveloppe adressée à sa mère ; à qui je dirai seulement ce qu'il en est, et, comme je serai parti, il n'y aura pas moyen de me le renvoyer. »

Je trouvai qu'il avait raison, parfaitement raison.

« J'ai dit qu'il y avait encore une chose, continua-t-il avec un grave sourire, en remettant le petit paquet dans sa poche, mais il y en avait deux. Je ne savais pas bien ce matin si je ne devais pas aller moi-même annoncer à Ham notre grand bonheur. J'ai fini par écrire une lettre que j'ai mise à la poste, pour leur dire à tous ce qui s'était passé ; et demain j'irai décharger mon cœur de ce qui n'a que faire d'y rester, et, probablement, faire mes adieux à Yarmouth !

— Voulez-vous que j'aille avec vous ? lui dis-je, voyant qu'il avait encore quelque chose à me demander.

— Si vous étiez assez bon pour cela, maître Davy, répondit-il, je sais que ça leur ferait du bien de vous voir. »

Ma petite Dora se sentait mieux et montrait un vif désir que j'allasse avec M. Peggotty; je lui promis donc de l'accompagner. Et le lendemain matin nous étions dans la diligence de Yarmouth, pour parcourir une fois encore ce pays que je connaissais si bien.

Tandis que nous traversions la rue qui m'était familière (M. Peggotty avait voulu, à toute force, se charger de porter mon sac de nuit), je jetai un coup d'œil dans la boutique d'Omer et Joram, et j'y aperçus mon vieil ami M. Omer, qui fumait sa pipe. J'aimais mieux ne pas assister à la première entrevue de M. Peggotty avec sa sœur et avec Ham; M. Omer me servit de prétexte pour rester en arrière.

« Comment va M. Omer? il y a bien longtemps que je ne l'ai vu », dis-je en entrant.

Il détourna sa pipe pour mieux me voir, et me reconnut bientôt à sa grande joie.

« Je devrais me lever, monsieur, pour vous remercier de l'honneur que vous me faites, dit-il, mais mes jambes ne sont plus très alertes, et on me roule dans un fauteuil. Du reste, sauf mes jambes, et ma respiration qui est un peu courte, je me porte, grâce à Dieu, aussi bien que possible. »

Je le félicitai de son air de contentement et de ses bonnes dispositions. Je vis alors qu'il avait un fauteuil à roulettes.

« C'est très ingénieux, n'est-ce pas? me demanda-t-il, en suivant la direction de mes yeux, et en passant son bras sur l'acajou pour le polir. C'est léger comme une plume, et sûr comme une diligence. Ma petite Minnie, ma petite fille, vous savez, l'enfant de Minnie, n'a qu'à s'appuyer contre le dossier, et me voilà parti le plus joyeusement du monde! Et puis, savez-vous, c'est une excellente chaise pour y fumer sa pipe. »

Jamais je n'ai vu un aussi bon vieillard que M. Omer,

toujours prêt à voir le beau côté des choses, ou à s'en trouver satisfait. Il avait l'air radieux, comme si son fauteuil, son asthme et ses mauvaises jambes avaient été les diverses branches d'une grande invention destinée à ajouter aux agréments d'une pipe.

« Je vous assure que je reçois beaucoup de monde dans ce fauteuil : beaucoup plus qu'auparavant, reprit M. Omer ; vous seriez surpris de la quantité de gens qui entrent pour faire une petite causette. Vraiment oui ! Et puis, depuis que je me sers de ce fauteuil, le journal contient dix fois plus de nouvelles qu'auparavant. Je lis énormément. Voilà ce qui me réconforte, voyez-vous. Si j'avais perdu les yeux, que serais-je devenu ? Mais mes jambes, qu'est-ce que cela fait ? Elles ne servaient qu'à rendre ma respiration encore plus courte. Et maintenant, si j'ai envie de sortir dans la rue ou sur la plage, je n'ai qu'à appeler Dick, le plus jeune des apprentis de Joram, et me voilà parti, dans mon équipage, comme le lord-maire de Londres. »

Il se pâmait de rire.

« Que le bon Dieu vous bénisse ! dit M. Omer, en reprenant sa pipe ; il faut bien savoir prendre le gras et le maigre dont ce monde est entrelardé. Joram réussit à merveille dans ses affaires.

— Je suis enchanté de cette bonne nouvelle.

— J'en étais bien sûr, dit M. Omer. Et Joram et Minnie sont comme deux tourtereaux ! Qu'est-ce qu'on peut demander de plus ? Qu'est-ce que c'est que des *jambes* au prix de ça ? »

Son souverain mépris pour ses jambes me paraissait une des choses les plus comiques que j'eusse jamais vues.

« Et depuis que je me suis mis à lire, vous vous êtes mis à écrire, vous, monsieur ? dit M. Omer, en m'examinant d'un air d'admiration. Quel charmant ouvrage vous avez fait ! Quels récits intéressants ! Je n'en ai pas sauté une ligne. Et quand à avoir sommeil, oh ! pas le moins du monde ! »

J'exprimai ma satisfaction en riant, mais j'avoue que cette association d'idées me parut significative.

« Je vous donne ma parole d'honneur, monsieur, dit M. Omer, que quand je pose ce livre sur la table et que j'en regarde le dos, trois jolis petits volumes compactes, un, deux, trois, je suis tout fier de penser que j'ai eu jadis l'honneur de connaître votre famille. Il y a bien longtemps de ça, voyons ! C'était à Blunderstone. Il y avait là un joli petit individu couché près de l'autre. Vous-même, vous n'étiez pas bien gros non plus. Ce que c'est ! ce que c'est ! »

Je changeai de sujet de conversation, en parlant d'Émilie. Après avoir assuré M. Omer que je n'avais pas oublié avec quelle bonté et quel intérêt il l'avait toujours traitée, je lui racontai en gros comment son oncle l'avait retrouvée, avec l'aide de Marthe ; j'étais sûr que cela ferait plaisir au vieillard. Il m'écouta avec la plus grande attention, puis il me dit d'un ton ému :

« J'en suis enchanté, monsieur ! Il y a longtemps que je n'avais appris de si bonnes nouvelles. Ah ! mon Dieu, mon Dieu ! Et que va-t-on faire pour cette pauvre Marthe ?

— Vous touchez là une question qui me préoccupe depuis hier, M. Omer, mais sur laquelle je ne puis encore vous donner aucun renseignement. M. Peggotty ne m'en a pas parlé, et je n'ose le questionner. Mais je suis sûr qu'il ne l'a pas oubliée. Il n'oublie jamais les gens qui montrent, comme elle, une bonté désintéressée.

— Parce que, voyez-vous, dit M. Omer, en reprenant sa phrase là où il l'avait laissée, quand on fera quelque chose pour elle, je désire m'y associer. Inscrivez mon nom pour telle somme que vous jugerez convenable, et faites-le-moi savoir. Je n'ai jamais pu croire que cette fille fût aussi vicieuse qu'on le disait, et je suis bien aise de voir que j'avais raison. Ma fille Minnie en sera contente aussi. Les jeunes femmes vous disent souvent des choses qu'elles ne pensent pas, pour vous contrarier. Sa mère était tout comme elle : mais avec tout ça leurs cœurs sont bons et tendres ; si Minnie fait la grosse voix quand elle parle de Marthe, ce n'est que pour le monde. Pourquoi cela ? je n'en sais rien ; mais au fond croyez bien que ce n'est pas sérieux. Elle ferait tout, au contraire, pour lui rendre service en cachette. Ainsi inscrivez mon nom, je vous prie, pour ce que vous croirez convenable, et écrivez-moi une ligne pour me dire où je dois vous adresser mon offrande. Ah ! dit M. Omer, quand on arrive à cette époque de la vie, où les deux extrêmes se touchent, quand on se voit forcé, quelque robuste qu'on soit, de se faire rouler pour la seconde fois dans une espèce de chariot, on est trop heureux de rendre service à quelqu'un. On a soi-même tant besoin des autres ! Je ne parle pas de moi ; seulement, dit M. Omer, parce que, monsieur, je dis que nous descendons tous la colline, quelque âge que nous ayons ; le temps ne reste jamais immobile. Faisons donc du bien aux autres, ne fût-ce que pour nous rendre heureux nous-mêmes. Voilà mon opinion. »

Il secoua la cendre de sa pipe, qu'il posa dans un petit coin du dossier de son fauteuil, adapté à cet usage.

« Voyez le cousin d'Émilie, celui qu'elle devait épouser, dit M. Omer, en se frottant lentement les mains ; un brave garçon comme il n'y en a pas dans tout Yarmouth ! Il vient souvent le soir causer avec moi, ou me faire la lecture une heure de suite. Voilà de la bonté, j'espère ! mais toute sa vie n'est que bonté parfaite.

— Je vais le voir de ce pas, lui dis-je.

— Ah ! vraiment, dit M. Omer ; dites-lui que je me porte bien, et que je lui présente mes respects. Minnie et Joram sont à un bal ; ils seraient aussi heureux que moi de vous voir, s'ils étaient au logis. Minnie ne sort presque jamais, à cause de son père, comme elle dit ; aussi ce soir, je lui avais juré que si elle n'allait pas au bal, je me coucherais à six heures ; et elle est allée au bal avec Joram ! » M. Omer secouait son fauteuil, tout joyeux d'avoir si bien réussi dans sa ruse innocente.

Je lui serrai la main en lui disant bonsoir.

« Encore une demi-minute, monsieur, dit M. Omer;
si vous vous en alliez sans voir mon petit éléphant, vous
perdriez le plus charmant de tous les spectacles. Vous
n'avez jamais vu rien de pareil!... Minnie! »

On entendit une petite voix mélodieuse, qui répondait
de l'étage supérieur : « Me voilà, grand-père! » Et une
jolie petite fille, aux longues boucles blondes, arriva
bientôt en courant.

« Voilà mon petit éléphant, monsieur, me dit
M. Omer, en embrassant l'enfant; pur sang de Siam,
monsieur. Allons, petit éléphant! »

Le petit éléphant ouvrit la porte du salon, qu'on avait
transformé en une chambre à coucher pour M. Omer,
parce qu'il avait de la peine à monter; puis il appuya
son joli front, et laissa tomber ses longs cheveux contre
le dossier de fauteuil de M. Omer.

« Les éléphants vont tête baissée quand ils se dirigent
vers un objet, vous savez, monsieur, me dit M. Omer en
me guignant de l'œil. Petit éléphant! un, deux, trois! »

A ce signal, le petit éléphant fit tourner le fauteuil de
M. Omer, avec une dextérité merveilleuse chez un si
petit animal, et le fit entrer dans le salon, sans l'accrocher à la porte, tandis que M. Omer me regardait avec
une joie indicible, à la vue de cette évolution, comme s'il
était tout glorieux de finir par ce tour de force les succès
de sa vie passée.

Après avoir erré dans la ville, je me rendis à la maison
de Ham. Peggotty y habitait avec lui; elle avait loué sa
propre chaumière au successeur de M. Barkis, qui lui
avait acheté le fond de clientèle, la charrette et le cheval. Je crois que c'était toujours le même coursier paci-
fique que du temps de M. Barkis.

Je les trouvai dans une petite cuisine très bien tenue,
en compagnie de mistress Gummidge, que M. Peggotty
avait amenée du vieux bateau. Je doute qu'un autre eût
pu la décider à abandonner son poste. Il leur avait évidemment tout dit. Peggotty et mistress Gummidge

s'essuyaient les yeux avec leurs tabliers. Ham était sorti pour faire un tour sur la grève. Il rentra bientôt, et parut charmé de me voir ; j'espère que ma visite leur fît du bien. Nous parlâmes, le plus gaiement qu'il nous fut possible, de la fortune qu'allait faire M. Peggotty dans son nouveau pays, et des merveilles qu'il nous décrirait dans ses lettres. Nous ne nommâmes pas Émilie, mais plus d'une fois on fit allusion à elle. Ham avait l'air plus serein que personne.

Mais Peggotty me dit, quand elle m'eut fait monter dans une petite chambre, où le livre aux crocodiles m'attendait sur la table, que Ham était toujours le même ; elle était sûre qu'il avait le cœur brisé (me dit-elle en pleurant) ; mais il était plein de courage et de douceur, et il travaillait avec plus d'activité et d'adresse que tous les constructeurs de barques du port. Parfois, le soir, il rappelait leur vie passée à bord du vieux bateau ; et alors il parlait d'Émilie, quand elle était toute petite ; mais jamais il ne parlait d'elle, devenue femme.

Je crus lire sur le visage du jeune homme qu'il avait envie de causer seul avec moi. Je résolus donc de me trouver sur son chemin le lendemain soir, quand il reviendrait de son travail ; puis je m'endormis. Cette nuit-là, pour la première fois depuis bien longtemps, on éteignit la lumière qui brillait toujours à la fenêtre du vieux bateau, et M. Peggotty se coucha dans son vieux hamac, au son du vent qui gémissait, comme autrefois, autour de lui.

Le lendemain, il s'occupa à disposer sa barque de pêche et tous ses filets ; à emballer et à diriger sur Londres, par le roulage, les effets mobiliers qui pouvaient lui servir dans son ménage ; à donner à mistress Gummidge ce dont il croyait ne pas avoir besoin. Elle ne le quitta pas de tout le jour. J'avais un triste désir de revoir ce lieu où j'avais vécu jadis, avant qu'on l'abandonnât. Je convins donc avec eux, de venir les y retrouver le soir ; mais je m'arrangeai pour voir Ham auparavant.

Comme je savais où il travaillait, il m'était facile de le
trouver en chemin. J'allai l'attendre dans un coin retiré
de la grève, que je savais qu'il devait traverser, et je m'en
revins avec lui, pour qu'il eût le temps de me parler, s'il
en avait vraiment envie. Je ne m'étais pas mépris sur
l'expression de son visage; nous n'avions pas fait vingt
pas qu'il me dit, sans lever les yeux sur moi :

« Maître David, vous l'avez vue ?

— Seulement un instant, pendant qu'elle était évanouie, répondis-je doucement. »

Nous marchâmes un instant en silence, puis il me
dit :

« Est-ce que vous la reverrez, monsieur David ?

— Cela lui serait peut-être trop pénible.

— J'y ai pensé, répondit-il; c'est probable, monsieur,
c'est probable.

— Mais, Ham, lui dis-je doucement, si vous vouliez
que je lui écrivisse quelque chose de votre part, dans le
cas où je ne pourrais pas le lui dire; si vous aviez quelque chose à lui communiquer par mon entremise, je
regarderais cette confidence comme un dépôt sacré.

— J'en suis sûr. Vous êtes bien bon, monsieur, je
vous remercie ! Je crois qu'il y a quelque chose que je
voudrais lui faire dire ou lui faire écrire.

— Qu'est-ce donc ? »

Nous fîmes encore quelques pas, puis il reprit :

« Il ne s'agit pas de dire que je lui pardonne, cela n'en
vaudrait pas la peine; mais c'est que je la prie de me
pardonner de lui avoir presque imposé mon affection.
Souvent je me dis, monsieur, que, si elle ne m'avait pas
promis de m'épouser, elle aurait eu assez de confiance
en moi, en raison de notre amitié, pour venir me dire la
lutte qu'elle souffrait dans son cœur, et s'adresser à mes
conseils; je l'aurais peut-être sauvée. »

Je lui serrai la main.

« Est-ce tout ?

— Il y a encore quelque chose, dit-il; si je peux seulement vous le dire, maître David. »

Nous marchâmes longtemps sans qu'il ouvrît la bouche ; enfin, il parla. Il ne pleurait pas ; quand il s'arrêtait aux endroits où le lecteur verra des points, il se recueillait seulement pour s'expliquer plus clairement :

« Je l'aimais trop... et sa mémoire... m'est trop chère... pour que je puisse chercher à lui faire croire que je suis heureux. Je ne pourrais être heureux... qu'en l'oubliant, et je crains bien de ne pouvoir supporter qu'on lui promette pour moi pareille chose ; mais, si vous, maître David, qui êtes si savant, si vous pouviez trouver quelque chose à lui dire pour lui faire croire que je n'ai pas trop souffert, que je l'aime toujours, et que je la plains ; si vous pouviez lui faire croire que je ne suis pas las de la vie, qu'au contraire, j'espère la voir un jour, sans reproches, là où les méchants cessent de troubler les bons, et ou on trouve le repos de ses peines... Si vous pouviez lui dire quelque chose qui soulageât son chagrin, sans pourtant lui faire croire que je me marierai jamais, ou que jamais une autre me sera de rien, je vous demanderais de bien vouloir le dire... et encore que je prie pour elle... elle qui m'était si chère. »

Je serrai encore vivement la main de Ham entre les miennes, et je lui promis de m'acquitter de mon mieux de sa commission.

« Je vous remercie, monsieur, répondit-il ; vous avez été bien bon de venir me trouver ; vous avez été bien bon aussi d'accompagner mon oncle jusqu'ici, maître Davy ; je comprends bien que je ne le reverrai plus, quoique ma tante doive aller les revoir encore à Londres, et leur dire adieu avant leur départ. J'y suis bien décidé ; nous ne nous le disons pas, mais c'est sûr, et cela vaut mieux. La dernière fois que vous le verrez, au dernier moment, voulez-vous lui dire tous les remercîments, toute la respectueuse affection de l'orphelin pour lequel il a été plus qu'un père ? »

Je le lui promis.

« Merci encore, monsieur, dit-il, en me pressant cordialement la main ; je sais où vous allez. Adieu. »

Il fit un petit signe de la main, comme pour m'expliquer qu'il ne pouvait pas retourner dans ce lieu qu'il avait aimé autrefois, puis s'éloigna. Je le vis tourner les yeux vers une bande de lumière argentée, sur les flots, et passer son chemin en la regardant, jusqu'au moment où il ne fut plus qu'une ombre dans le lointain.

La porte du vieux bateau était ouverte lorsque j'en approchai; je vis qu'il n'y avait plus de meubles, sauf un vieux coffre, sur lequel était assise mistress Gummidge, avec un panier sur les genoux. Elle regardait M. Peggotty, qui avait le coude appuyé sur la cheminée, et semblait examiner les cendres rougeâtres d'un feu à demi éteint; mais il leva la tête d'un air serein, et me dit :

« Ah! vous voilà, maître Davy; vous venez dire adieu à notre vieille maison, comme vous l'aviez promis. C'est un peu nu, n'est-ce pas?

— Vous n'avez pas perdu votre temps, lui dis-je.

— Oh non, monsieur, nous avons bien travaillé; mistress Gummidge a travaillé comme un... je ne sais vraiment pas comme quoi mistress Gummidge n'a pas travaillé », dit M. Peggotty en la regardant, sans avoir pu trouver de comparaison assez flatteuse.

Mistress Gummidge, toujours appuyée sur son panier, ne fit aucune réflexion.

« Voilà le coffre sur lequel vous vous asseyiez jadis à côté d'Émilie, dit M. Peggotty à voix basse; je vais l'emporter avec moi. Et voilà votre ancienne chambre, maître David, elle est aussi nue qu'on peut le désirer. »

Le vent soufflait doucement, avec un gémissement solennel, qui enveloppait cette demeure à demi déserte d'une atmosphère pleine de tristesse. Tout était parti, jusqu'au petit miroir avec son cadre de nacre. Je pensai au temps où, pour la première fois, j'avais couché là, tandis qu'un si grand changement s'accomplissait dans la maison de ma mère. Je pensai à l'enfant aux yeux bleus qui m'avait charmé. Je pensai à Steerforth, et, tout d'un coup, je me sentis saisi d'une folle crainte qu'il ne fût près de là et qu'on ne pût le rencontrer au premier moment.

« Il se passera du temps avant que le bateau soit habité de nouveau, dit tout bas Peggotty. On le regarde ici à présent comme un lieu de malédiction.

— Appartient-il à quelqu'un du pays ? demandai-je.

— A un constructeur de mâts de Yarmouth, dit M. Peggotty. Je compte lui remettre la clef ce soir. »

Nous entrâmes dans l'autre petite chambre, puis nous vînmes retrouver mistress Gummidge, qui était toujours assise sur le coffre. M. Peggotty posa la bougie sur la cheminée, et pria la bonne femme de se lever pour qu'il pût transporter le coffre dehors avant d'éteindre la bougie.

« Daniel, dit mistress Gummidge en quittant tout à coup son panier pour s'attacher au bras de M. Peggotty, mon cher Daniel, voici mes dernières paroles en m'éloignant de cette maison : c'est que je ne veux pas me séparer de vous. Ne pensez pas à me laisser là, Daniel ! Oh ! non, n'en faites rien. »

M. Peggotty, surpris, regarda mistress Gummidge et puis moi, comme s'il sortait d'un songe.

« N'en faites rien, mon bon Daniel, je vous en conjure, cria mistress Gummidge du ton le plus ému. Emmenez-moi avec vous, Daniel, emmenez-moi avec vous, avec Émilie ! Je serai votre servante, votre constante et fidèle servante. S'il y a des esclaves dans le pays où vous allez, je serai votre esclave, et j'en serai bien contente, mais ne m'abandonnez pas, Daniel, je vous en conjure !

— Ma chère amie, dit M. Peggotty en secouant la tête, vous ne savez pas comme le voyage est long et comme la vie sera rude !

— Si, Daniel, je le sais bien ! Je le devine ! s'écria mistress Gummidge. Mais, je vous le répète, voici mes dernières paroles avant notre séparation : c'est que, si vous me laissez là, je veux rentrer dans cette maison pour y mourir. Je sais bêcher, Daniel ; je sais travailler ; je sais ce que c'est que la peine. Je serai bonne et patiente,

Daniel, plus que vous ne croyez. Voulez-vous seulement
essayer ? Je ne toucherai jamais un sou de cette pension, Daniel Peggotty, non ; pas même quand je mourrais de faim ; mais si vous voulez m'emmener, j'irai avec
vous et Émilie jusqu'au bout du monde. Je sais bien ce
que c'est ; je sais que vous croyez que je suis maussade
et grognon ; mais, mon cher ami, ce n'est déjà plus
comme autrefois, je ne suis pas restée toute seule ici
sans gagner quelque chose à penser à tous vos chagrins.
Maître David, parlez-lui pour moi ! Je connais ses habitudes et celles d'Émilie ; je connais aussi leurs chagrins,
je pourrai les consoler quelquefois, et je travaillerai toujours pour eux. Daniel, mon cher Daniel, laissez-moi
aller avec vous ! »

Mistress Gummidge prit sa main et la baisa avec une
émotion et une tendresse reconnaissante qu'il méritait
bien.

Nous transportâmes le coffre hors de la maison, on
éteignit les lumières, on ferma la porte, et on quitta le
vieux bateau, qui resta comme un point noir au milieu
d'un ciel chargé d'orages. Le lendemain, nous retour-
nions à Londres sur l'impériale de la diligence ; mistress
Gummidge était installée avec son panier dans la
rotonde, et elle était bien heureuse.

CHAPITRE XXII

J'assiste à une explosion

Quand nous fûmes arrivés à la veille du jour pour
lequel M. Micawber nous avait donné un si mystérieux
rendez-vous, nous nous consultâmes, ma tante et moi,
pour savoir ce que nous ferions, car ma tante n'avait
nulle envie de quitter Dora. Hélas ! qu'il m'était facile de
monter Dora dans mes bras, maintenant !

Nous étions disposés, en dépit du désir exprimé par

M. Micawber, à décider que ma tante resterait à la maison ; M. Dick et moi, nous nous chargerions de représenter la famille. C'était même une chose convenue, quand Dora vint tout déranger en déclarant que jamais elle ne se pardonnerait à elle-même, et qu'elle ne pardonnerait pas non plus à son méchant petit mari, si ma tante n'allait pas avec nous à Canterbury.

« Je ne vous adresserai pas la parole, dit-elle à ma tante en secouant ses boucles ; je serai désagréable, je ferai aboyer Jip toute la journée contre vous. Si vous n'y allez pas, je dirai que vous êtes une vieille grognon.

— Bah ! bah ! Petite-Fleur, dit ma tante en riant, vous savez bien que vous ne pouvez pas vous passer de moi !

— Mais si, certainement ! dit Dora, vous ne me servez à rien du tout. Vous ne montez jamais me voir dans ma chambre, toute la sainte journée ; vous ne venez jamais vous asseoir près de moi pour me raconter comme quoi mon Dody avait des souliers tout percés, et comment il était couvert de poussière, le pauvre petit homme ! Vous ne faites jamais rien pour me faire plaisir, convenez-en. »

Et Dora s'empressa d'embrasser ma tante en disant : « Non, non, c'est pour rire », comme si elle avait peur que ma tante ne pût croire qu'elle parlait sérieusement.

« Mais, ma tante, reprit-elle d'un ton câlin, écoutez-moi bien : il faut y aller, je vous tourmenterai jusqu'à ce que vous m'ayez dit oui, et je rendrai ce méchant garçon horriblement malheureux s'il ne vous y emmène pas. Je serai insupportable, et Jip aussi ! Je ne veux pas vous laisser un moment de répit, pour vous faire regretter, tout le temps, de n'y être pas allée. Mais d'ailleurs, dit-elle, rejetant en arrière ses longs cheveux et nous regardant, ma tante et moi, d'un air interrogateur, pourquoi n'iriez-vous pas tous deux ? Je ne suis pas si malade, n'est-ce pas ?

— Là ! quelle question ! s'écria ma tante.

— Quelle idée ! lui dis-je.

— Oui ! je sais bien que je suis une petite sotte ! dit

Dora en nous regardant l'un après l'autre, puis elle tendit sa jolie bouche pour nous embrasser. Eh bien, alors,
il faut que vous y alliez tous les deux, ou bien je ne vous
croirai pas, et ça me fera pleurer. »

Je vis sur le visage de ma tante qu'elle commençait à
céder, et Dora s'épanouit en le voyant aussi.

« Vous aurez tant de choses à me raconter, qu'il me
faudra au moins huit jours pour l'entendre et le
comprendre, dit Dora ; car je ne comprendrai pas tout
de suite, si ce sont des affaires, comme c'est bien probable. Et puis, s'il y a des additions à faire, je n'en viendrai pas à bout, et ce méchant garçon aura l'air contrarié tout le temps. Allons, vous irez, n'est-ce pas ? Vous
ne serez absents qu'une nuit, et Jip prendra soin de moi
pendant ce temps-là. David me portera dans ma
chambre avant que vous partiez, et je ne redescendrai
que quand vous serez de retour ; vous porterez aussi à
Agnès une lettre de reproches ; je veux la gronder de
n'être jamais venue nous voir ! »

Nous décidâmes, sans plus de contestations, que
nous partirions tous les deux, et que Dora était une
petite rusée qui s'amusait à faire la malade pour se faire
soigner. Elle était enchantée et de très bonne humeur ;
nous prîmes ce soir-là la malle-poste de Canterbury, ma
tante, M. Dick, Traddles et moi.

Je trouvai une lettre de M. Micawber à l'hôtel où il
nous avait priés de l'attendre et où nous eûmes assez de
peine à nous faire ouvrir au milieu de la nuit ; il m'écrivait qu'il nous viendrait voir le lendemain matin à neuf
heures et demie précises. Après quoi, nous allâmes tout
frissonnants nous coucher, à cette heure incommode,
passant, pour gagner nos lits respectifs, à travers
d'étroits corridors qu'on aurait dits, d'après l'odeur,
confits dans une solution de soupe et de fumier.

Le lendemain matin, de bonne heure, j'errai dans les
rues paisibles de cette antique cité : je me promenai à
l'ombre des vénérables cloîtres et des églises. Les corbeaux planaient toujours sur les tours de la cathédrale,

et les tours elles-mêmes, qui dominent tout le riche pays d'alentour avec ses rivières gracieuses, semblaient fendre l'air du matin, sereines et paisibles, comme si rien ne changeait sur la terre. Et pourtant les cloches, en résonnant à mes oreilles, ne me rappelaient que trop que tout change ici-bas; elles me rappelaient leur propre vieillesse et la jeunesse de ma charmante Dora; elles me racontaient la vie de tous ceux qui avaient passé près d'elles pour aimer, puis pour mourir, tandis que leur son plaintif venait frapper l'armure rouillée du prince Noir dans la cathédrale, pour aller se perdre après dans l'espace, comme un cercle qui se forme, et disparaît sur la surface des eaux.

Je jetai un coup d'œil sur la vieille maison qui faisait le coin de la rue, mais j'en restai éloigné: peut-être, si on m'avait aperçu, aurais-je pu nuire involontairement à la cause que je venais servir. Le soleil du matin dorait de ses rayons le toit et les fenêtres de cette demeure, et mon cœur ressentait quelque chose de la paix qu'il avait connue autrefois.

Je fis un tour aux environs pendant une heure ou deux puis je revins par la grande rue, qui commençait à reprendre de l'activité. Dans une boutique qui s'ouvrait, je vis mon ancien ennemi, le boucher, qui berçait un petit enfant et semblait devenu un membre très paisible de la société.

Nous nous mîmes à déjeuner; l'impatience commençait à nous gagner. Il était près de neuf heures et demie, nous attendions M. Micawber avec une extrême agitation. A la fin, nous laissâmes là le déjeuner; M. Dick seul y avait fait quelque honneur. Ma tante se mit à arpenter la chambre, Traddles s'assit sur le canapé, sous prétexte de lire un journal qu'il étudiait, les yeux au plafond; je me mis à la fenêtre pour avertir les autres, dès que j'apercevrais M. Micawber. Je n'eus pas longtemps à attendre: neuf heures et demie sonnaient lorsque je le vis paraître dans la rue.

« Le voilà! m'écriai-je, et il n'a pas son habit noir! »

Ma tante renoua son chapeau (qu'elle avait gardé pendant tout le temps de son déjeuner) et mit son châle, comme si elle s'apprêtait à quelque événement qui demandât toute son énergie. Traddles boutonna sa redingote d'un air déterminé. M. Dick, ne comprenant rien à ces préparatifs redoutables, mais jugeant nécessaire de les imiter, enfonça son chapeau sur sa tête, de toutes ses forces, puis l'ôta immédiatement pour dire bonjour à M. Micawber.

« Messieurs et madame, dit M. Micawber, bonjour ! Mon cher monsieur, dit-il à M. Dick, qui lui avait donné une vigoureuse poignée de main, vous êtes bien bon.

— Avez-vous déjeuné ? dit M. Dick. Voulez-vous une côtelette ?

— Pour rien au monde, mon cher monsieur ! s'écria M. Micawber en l'empêchant de sonner ; depuis longtemps, monsieur Dixon, l'appétit et moi, nous sommes étrangers l'un à l'autre. »

M. Dixon fut si charmé de son nouveau nom, qu'il donna à M. Micawber une nouvelle poignée de main en riant comme un enfant.

« Dick, lui dit ma tante, attention ! »

M. Dick rougit et se redressa.

« Maintenant, monsieur, dit ma tante à M. Micawber tout en mettant ses gants, nous sommes prêts à partir pour le mont Vésuve ou ailleurs, aussitôt qu'il vous plaira.

— Madame, répondit M. Micawber, j'ai l'espérance, en effet, de vous faire assister bientôt à une éruption. Monsieur Traddles, vous me permettez, n'est-ce pas, de dire que nous avons eu quelques communications, vous et moi ?

— C'est un fait, Copperfield, dit Traddles, que je regardais d'un air surpris. M. Micawber m'a consulté sur ce qu'il comptait faire, et je lui ai donné mon avis aussi bien que j'ai pu.

— A moins que je ne me fasse illusion, monsieur Traddles, continua M. Micawber, ce que j'ai l'intention de découvrir ici est très important ?

— Extrêmement important, dit Traddles.

— Peut-être, dans de telles circonstances, madame et messieurs, dit M. Micawber, me ferez-vous l'honneur de vous laisser diriger par un homme qui, tout indigne qu'il est d'être considéré comme autre chose qu'un frêle esquif échoué sur la grève de la vie humaine, est cependant un homme comme vous ; des erreurs individuelles et une fatale combinaison d'événements l'ont seules fait déchoir de sa position naturelle.

— Nous avons pleine confiance en vous, monsieur Micawber, lui dis-je ; nous ferons tout ce qu'il vous plaira.

— Monsieur Copperfield, repartit M. Micawber, votre confiance n'est pas mal placée pour le moment. Je vous demande de vouloir bien me laisser vous devancer de cinq minutes ; puis soyez assez bons pour venir rendre visite à miss Wickfield, au bureau de MM. Wickfield-et-Heep, où je suis commis salarié. »

Ma tante et moi, nous regardâmes Traddles qui faisait un signe d'approbation.

« Je n'ai plus rien à ajouter », continua M. Micawber.

Puis, à mon grand étonnement, il nous fit un profond salut d'un air très cérémonieux, et disparut. J'avais remarqué qu'il était extrêmement pâle.

Traddles se borna à sourire en hochant la tête, quand je le regardai pour lui demander ce que tout cela signifiait : ses cheveux étaient plus indisciplinés que jamais. Je tirai ma montre pour attendre que le délai de cinq minutes fût expiré. Ma tante, sa montre à la main, faisait de même. Enfin, Traddles lui offrit le bras, et nous sortîmes tous ensemble pour nous rendre à la maison des Wickfield, sans dire un mot tout le long du chemin.

Nous trouvâmes M. Micawber à son bureau du rez-de-chaussée, dans la petite tourelle ; il avait l'air de travailler activement. Sa grande règle était cachée dans son gilet, mais elle passait, à une des extrémités, comme un jabot de nouvelle espèce.

Voyant que c'était à moi de prendre la parole, je dis tout haut :

« Comment allez-vous, monsieur Micawber ?

— Monsieur Copperfield, dit gravement M. Micawber, j'espère que vous vous portez bien ?

— Miss Wickfield est-elle chez elle ?

— M. Wickfield est souffrant et au lit, monsieur, dit-il, il a une fièvre rhumatismale ; mais miss Wickfield sera charmée, j'en suis sûre, de revoir d'anciens amis. Voulez-vous entrer, monsieur ? »

Il nous précéda dans la salle à manger ; c'était là que, pour la première fois, on m'avait reçu dans cette maison ; puis, ouvrant la porte de la pièce qui servait jadis de bureau à M. Wickfield, il annonça d'une voix retentissante :

« Miss Trotwood, monsieur David Copperfield, monsieur Thomas Traddles et monsieur Dixon ! »

Je n'avais pas revu Uriah Heep depuis le jour où je l'avais frappé. Évidemment notre visite l'étonnait presque autant qu'elle nous étonnait nous mêmes. Il ne fronça pas les sourcils, parce qu'il n'en avait pas à froncer, mais il plissa son front de manière à fermer presque complètement ses petits yeux, tandis qu'il portait sa main hideuse à son menton, d'un air de surprise et d'anxiété. Ce ne fut que l'affaire d'un moment : je l'entrevis en le regardant par-dessus l'épaule de ma tante. La minute d'après, il était aussi humble et aussi rampant que jamais.

« Ah vraiment ! dit-il, voilà un plaisir bien inattendu ! C'est une fête sur laquelle je ne comptais guère, tant d'amis à la fois ! Monsieur Copperfield, vous allez bien, j'espère ? et si je peux humblement m'exprimer ainsi, vous êtes toujours bienveillant envers vos anciens amis ? Mistress Copperfield va mieux, j'espère, monsieur ? Nous avons été bien inquiets de sa santé depuis quelque temps, je vous assure. »

Je me souciais fort peu de lui laisser prendre ma main, mais comment faire ?

« Les choses ont bien changé ici, miss Trotwood, depuis le temps où je n'étais qu'un humble commis, et où je tenais votre poney; n'est-ce pas? dit Uriah de son sourire le plus piteux. Mais, moi, je n'ai pas changé, miss Trotwood.

— A vous parler franchement, monsieur, dit ma tante, si cela peut vous être agréable, je vous dirai bien que vous avez tenu tout ce que vous promettiez dans votre jeunesse.

— Merci de votre bonne opinion, miss Trotwood, dit Uriah, avec ses contorsions accoutumées.

— Micawber, voulez-vous avertir miss Agnès et ma mère! Ma mère va être dans tous ses états, en voyant si brillante compagnie! dit Uriah en nous offrant des chaises.

— Vous n'êtes pas occupé, monsieur Heep? dit Traddles, dont les yeux venaient de rencontrer l'œil fauve du renard qui le regardait à la dérobée d'un air interrogateur.

— Non, monsieur Traddles, répondit Uriah en reprenant sa place officielle et en serrant l'une contre l'autre deux mains osseuses, entre deux genoux également osseux : pas autant que je le voudrais. Mais les juris-consultes sont comme les requins ou comme les sang-sues, vous savez : ils ne sont pas aisés à satisfaire! Ce n'est pas que M. Micawber et moi nous n'ayons assez à faire, monsieur, grâce à ce que M. Wickfield ne peut se livrer à aucun travail, pour ainsi dire. Mais c'est pour nous un plaisir aussi bien qu'un devoir, de travailler pour *lui*. Vous n'êtes pas lié avec M. Wickfield, je crois, monsieur Traddles? il me semble que je n'ai eu moi-même l'honneur de vous voir qu'une seule fois?

— Non, je ne suis pas lié avec M. Wickfield, répondit Traddles; sans cela j'aurais peut-être eu l'occasion de vous rendre visite plus tôt. »

Il y avait dans le ton dont Traddles prononça ces mots quelque chose qui inquiéta de nouveau Uriah; il jeta les yeux sur lui d'un air sinistre et soupçonneux. Mais il se remit en voyant le visage ouvert de Traddles, ses manières simples et ses cheveux hérissés, et il continua en sautant sur sa chaise :

« J'en suis fâché, monsieur Traddles, vous l'auriez apprécié comme moi. Ses petits défauts n'auraient fait que vous le rendre plus cher. Mais si vous voulez entendre l'éloge de mon associé, adressez-vous à Copperfield. D'ailleurs, toute la famille de M. Wickfield est un sujet sur lequel son éloquence ne tarit pas. »

Je n'eus pas le temps de décliner le compliment, quand j'aurais été disposé à le faire. Agnès venait d'entrer, suivie de mistress Heep. Elle n'avait pas l'air aussi calme qu'à l'ordinaire ; évidemment elle avait eu à supporter beaucoup d'anxiété et de fatigue. Mais sa cordialité empressée et sa sereine beauté n'en étaient que plus frappantes.

Je vis Uriah l'observer tandis qu'elle nous disait bonjour ; il me rappela la laideur des mauvais génies épiant une bonne fée. Puis je vis M. Micawber faire un signe à Traddles, qui sortit aussitôt.

« Vous n'avez pas besoin de rester ici, Micawber, dit Uriah. »

Mais M. Micawber restait debout devant la porte, une main appuyée sur la règle qu'il avait placée dans son gilet. On voyait bien, à ne pas s'y méprendre, qu'il avait l'œil fixé sur un individu, et que cet individu, c'était son abominable patron.

« Qu'est-ce que vous attendez ? dit Uriah. Micawber, n'avez-vous pas entendu que je vous ai dit de ne pas rester ici ?

— Si, dit M. Micawber, toujours immobile.

— Alors, pourquoi restez-vous ? dit Uriah.

— Parce que... parce que cela me convient, répondit M. Micawber, qui ne pouvait plus se contenir. »

Les joues d'Uriah perdirent toute leur couleur et se couvrirent d'une pâleur mortelle, faiblement illuminée par le rouge de ses paupières. Il regarda attentivement M. Micawber avec une figure toute haletante.

« Vous n'êtes qu'un pauvre sujet, tout le monde le sait bien, dit-il en s'efforçant de sourire, et j'ai peur que vous ne m'obligiez à me débarrasser de vous. Sortez ! je vous parlerai tout à l'heure.

— S'il y a en ce monde un scélérat, dit M. Micawber, en éclatant tout à coup avec une véhémence inouïe, un coquin auquel je n'ai que trop parlé en ma vie, ce gredin-là se nomme... Heep ! »

Uriah recula, comme s'il avait été piqué par un reptile venimeux. Il promena lentement ses regards sur nous, de l'air le plus sombre et le plus méchant ; puis il dit à voix basse :

« Ah ! ah ! c'est un complot ! Vous vous êtes donné rendez-vous ici ; vous voulez vous entendre avec mon commis, Copperfield, à ce qu'il paraît ? Mais prenez garde. Vous ne réussirez pas ; nous nous connaissons, vous et moi : nous ne nous aimons guère. Depuis votre première visite ici, vous avez toujours fait le chien hargneux, vous êtes jaloux de mon élévation, n'est-ce pas ? mais je vous en avertis, pas de complots contre moi : ou les miens vaudront bien les vôtres. Micawber, sortez, j'ai deux mots à vous dire.

— Monsieur Micawber, dis-je, il s'est fait un étrange changement dans ce drôle : il en est venu à dire la vérité sur un point, c'est qu'il se sent relancé. Traitez-le comme il le mérite !

— Vous êtes d'aimables gens, dit Uriah, toujours du même ton, en essuyant, de sa longue main, les gouttes de sueur gluante qui coulaient sur son front, de venir acheter mon commis, l'écume de la société ; un homme tel que vous étiez jadis, Copperfield, avant qu'on vous eût fait la charité ; et de le payer pour me diffamer par des mensonges ! Mistress Trotwood, vous ferez bien d'arrêter tout ça, ou je me charge de faire arrêter votre mari, plutôt qu'il ne vous conviendra. Ce n'est pas pour des prunes que j'ai étudié à fond votre histoire, en homme du métier, ma brave dame ! Miss Wickfield, au nom de l'affection que vous avez pour votre père, ne vous joignez pas à cette bande, si vous ne voulez pas que je le ruine... Et maintenant, Micawber, venez-y ! je vous tiens entre mes griffes. Regardez-y à deux fois, si vous ne voulez pas être écrasé. Je vous recommande de

vous éloigner, tandis qu'il en est encore temps. Mais où
est ma mère ? dit-il, en ayant l'air de remarquer avec
une certaine alarme l'absence de Traddles, et en tirant
brusquement la sonnette. La jolie scène à venir faire
chez les gens !

— Mistress Heep est ici, monsieur, dit Traddles, qui
reparut suivi de la digne mère de ce digne fils. J'ai pris
la liberté de me faire connaître d'elle.

— Et qui êtes-vous, pour vous faire connaître ?
répondit Uriah ; que venez-vous demander ici ?

— Je suis l'ami et l'agent de M. Wickfield, monsieur,
dit Traddles d'un air grave et calme. Et j'ai dans ma
poche ses pleins pouvoirs, pour agir comme procureur
en son nom, quoi qu'il arrive.

— Le vieux baudet aura bu jusqu'à en perdre l'esprit,
dit Uriah, qui devenait toujours de plus en plus affreux
à voir, et on lui aura soutiré cet acte par des moyens
frauduleux !

— Je sais qu'on lui a soutiré quelque chose par des
moyens frauduleux, reprit doucement Traddles ; et vous
le savez aussi bien que moi, monsieur Heep. Nous lais-
serons cette question à traiter à M. Micawber, si vous le
voulez bien.

— Uriah ! dit mistress Heep d'un ton inquiet.

— Taisez-vous, ma mère, répondit-il, moins on parle,
moins on se trompe.

— Mais, mon ami...

— Voulez-vous me faire le plaisir de vous taire, ma
mère, et de me laisser parler ? »

Je savais bien depuis longtemps que sa servilité
n'était qu'une feinte, et qu'il n'y avait en lui que fourberie et fausseté ; mais, jusqu'au jour où il laissa tomber
son masque, je ne m'étais fait aucune idée de l'étendue
de son hypocrisie. J'avais beau le connaître depuis de
longues années, et le détester cordialement, je fus surpris de la rapidité avec laquelle il cessa de mentir,
quand il reconnut que tout mensonge lui serait inutile ;
de la malice, de l'insolence et de la haine qu'il laissa

éclater, de sa joie en songeant, même alors, à tout le
mal qu'il avait fait. Je croyais savoir à quoi m'en tenir
sur son compte, et pourtant ce fut toute une révélation
pour moi, car en même temps qu'il affectait de triompher, il était au désespoir, et ne savait comment se tirer
de ce mauvais pas.

Je ne dis rien du regard qu'il me lança, pendant qu'il
se tenait là debout, à nous lorgner les uns après les
autres, car je n'ignorais pas qu'il me haïssait, et je me
rappelais les marques que ma main avait laissées sur sa
joue. Mais, quand ses yeux se fixèrent sur Agnès, ils
avaient une expression de rage qui me fit frémir : on
voyait qu'il sentait qu'elle lui échappait ; il ne pourrait
satisfaire l'odieuse passion qui lui avait fait espérer de
posséder une femme dont il était incapable d'apprécier
toutes les vertus. Était-il possible qu'Agnès eût été
condamnée à vivre, seulement une heure, dans la compagnie d'un pareil homme !

Il se grattait le menton, puis nous regardait avec
colère, enfin il se tourna de nouveau vers moi et me dit,
d'un ton demi-patelin, demi-insolent :

« Et vous, Copperfield, qui faites tant de fracas de
votre honneur et de tout ce qui s'ensuit, comment
m'expliquerez-vous, monsieur l'honnête homme, que
vous veniez espionner ce qui se passe chez moi, et
suborner mon commis pour qu'il vous contât mes
affaires ? Si c'était *moi*, je n'en serais pas surpris, car je
n'ai pas la prétention d'être un *gentleman* (bien que je
n'aie jamais erré dans les rues, comme vous le faisiez
jadis, à ce que raconte Micawber), mais *vous !* cela ne
vous fait pas peur ? Vous ne songez pas à tout ce que je
pourrai faire, en retour, jusqu'à vous faire poursuivre
pour complot, etc., etc. ? Très bien. Nous verrons ! monsieur... Comment vous appelez-vous ? Vous qui vouliez
faire une question à Micawber, tenez ! le voilà. Pourquoi
donc ne le lui dites-vous pas de parler ? Il sait sa leçon
par cœur, à ce que je puis croire. »

Il s'aperçut que tout ce qu'il disait ne faisait aucun

effet sur nous, et, s'asseyant sur le bord de la table, il mit ses mains dans ses poches, et, les jambes entrelacées, il attendit d'un air résolu la suite des événements.

M. Micawber, que j'avais eu beaucoup de peine à contenir, et qui avait plusieurs fois articulé la première syllabe du mot scélérat! sans que je lui permisse de prononcer le reste, éclata enfin, tira de son sein la grande règle (probablement destinée à lui servir d'arme défensive), et sortit de sa poche un volumineux document sur papier ministre, plié en forme de grandes lettres. Il ouvrit ce paquet d'un air dramatique et le contempla avec admiration, comme s'il était ravi à l'avance de ses talents d'auteur, puis il commença à lire ce qui suit :

« Chère miss Trotwood, Messieurs...

— Que le bon Dieu le bénisse! s'écria ma tante. Il s'agirait d'un recours en grâces pour crime capital, qu'il dépenserait une rame de papier pour écrire sa pétition. »

M. Micawber ne l'avait pas entendue, et continuait :

« En paraissant devant vous pour vous dénoncer le plus abominable coquin qui, selon moi, ait jamais existé, dit-il sans lever les yeux de dessus la lettre, mais en brandissant sa règle, comme si c'était un monstrueux gourdin, dans la direction d'Uriah Heep, je ne viens pas vous demander de songer à moi. Victime, depuis mon enfance, d'embarras pécuniaires dont il m'a été impossible de sortir, j'ai été le jouet des plus tristes circonstances. L'ignominie, la misère, l'affliction et la folie, ont été, collectivement ou successivement, mes compagnes assidues pendant ma douloureuse carrière. »

La satisfaction avec laquelle M. Micawber décrivait tous les malheurs de sa vie ne saurait être égalée que par l'emphase avec laquelle il lisait sa lettre, et l'hommage qu'il rendait lui-même à ce petit chef-d'œuvre, en roulant la tête chaque fois qu'il croyait avoir rencontré une expression suffisamment énergique.

« Un jour, sous le coup de l'ignominie, de la misère, de l'affliction et de la folie combinées, j'entrai dans le bureau de l'association connue sous le nom de Wickfield-et-*Heep*, mais en réalité dirigée par *Heep* tout seul. HEEP, le seul HEEP est le grand ressort de cette machine. HEEP, le seul HEEP est un faussaire et un fripon. »

Uriah devint bleu, de pâle qu'il était; il bondit pour s'emparer de la lettre, et la mettre en morceaux. M. Micawber, avec une dextérité couronnée de succès, lui attrapa les doigts à la volée, avec la règle, et mit sa main droite hors de combat. Uriah laissa tomber son poignet comme si on le lui avait cassé. Le bruit que fit le coup était aussi sec que s'il avait frappé sur un morceau de bois.

« Que le diable vous emporte! dit Uriah en se tordant de douleur, je vous revaudrai ça.

— Approchez seulement, vous, vous Heep, tas d'infamie, s'écria M. Micawber, et si votre tête est une tête d'homme et non de diable, je la mets en pièces. Approchez, approchez! »

Je n'ai jamais rien vu, je crois, de plus risible que cette scène. M. Micawber faisait le moulinet avec sa règle, en criant : « Approchez! approchez! » tandis que Traddles et moi, nous le poussions dans un coin, d'où il faisait des efforts inimaginables pour sortir.

Son ennemi grommelait entre ses dents en frottant sa main meurtrie; il prit son mouchoir pour l'envelopper, puis il se rassit sur sa table, les yeux baissés, d'un air sombre.

Quand M. Micawber se fut un peu calmé, il reprit sa lecture.

« Le traitement qui me décida à entrer au service de... *Heep* (il s'arrêtait toujours avant de prononcer ce nom, pour y mettre plus de vigueur) n'avait été provisoirement fixé qu'à vingt-deux shillings six pences par semaine. Le reste devait être réglé d'après mon travail au bureau, ou plutôt, pour dire la vérité, d'après la bassesse de ma nature, d'après la cupidité de mes désirs, d'après la pauvreté de ma famille, d'après la ressemblance morale, ou plutôt immorale, qui pourrait exister entre moi et... *Heep* ! Ai-je besoin de dire que bientôt je me vis contraint de solliciter de... *Heep* des secours pécuniaires pour venir en aide à mistress Micawber et à notre famille infortunée, qui ne faisait que s'accroître au milieu de nos malheurs ? Ai-je besoin de dire que cette nécessité avait été prévue par... *Heep* ? et que les avances qu'il me faisait étaient garanties par des reconnaissances conformes aux lois de ce pays ? Ai-je besoin d'ajouter que ce fut ainsi que cette araignée perfide m'attira dans la toile qu'elle avait tissée pour ma perte ? »

M. Micawber était tellement fier de ses talents épistolaires, tout en décrivant un si douloureux état de choses, qu'il semblait avoir oublié le chagrin ou l'anxiété que lui avait jadis causé la réalité. Il continuait :

« Ce fut alors que... *Heep* commença à me favoriser d'une certaine dose de confiance qui lui était nécessaire pour que je vinsse en aide à ses plans infernaux. Ce fut alors que, pour me servir du langage de Shakespeare, je commençai à languir, à dépérir, à m'étioler. On me demandait constamment ma coopération pour falsifier des documents et pour tromper un individu que je désignerai sous le nom de M. W... M. W... ignorait tout ; on l'abusait de toutes les manières, sans que ce scélérat de... *Heep* cessât de témoigner au pauvre malheureux une reconnaissance et une amitié sans bornes. C'était déjà assez vilain, mais, comme l'observe le prince de Danemark avec cette hauteur de philosophie qui distingue l'illustre ornement de l'ère d'Élisabeth, « c'est le reste qui est le pis ».

M. Micawber fut si charmé de cette heureuse citation que, sous prétexte de ne plus savoir où il en était de sa lecture, il nous relut ce passage deux fois de suite.

« Je n'ai pas l'intention, reprit-il, de vous donner le détail de toutes les petites fraudes qu'on a pratiquées

contre l'individu désigné sous le nom de M. W..., et auxquelles j'ai prêté un concours tacite; cette lettre ne saurait les contenir, mais je les ai recueillies ailleurs.
Lorsque je cessai de discuter en moi-même la douloureuse alternative où je me trouvais de toucher ou non
mon traitement, de manger ou de mourir de faim, de
vivre ou de ne pas vivre, je résolus de m'appliquer à
découvrir et à exposer tous les crimes commis par...
Heep au détriment de ce malheureux monsieur. Stimulé
par le conseiller silencieux qui veillait au-dedans de ma
conscience et par un conseiller non moins touchant,
que je nommerai brièvement miss W..., je cherchai à
établir, non sans peine, une série d'investigations
secrètes, remontant, si je ne me trompe, à une période
de plus de douze mois. »

Il lut ce passage comme si c'était un acte du parlement, et parut singulièrement charmé de la majesté des
expressions.

« Voici ce dont j'accuse... *Heep* », dit-il en regardant
Uriah, et en plaçant sa règle sous son bras gauche, de
façon à pouvoir la retrouver en cas de besoin.

Nous retenions tous notre respiration, *Heep*, je crois,
plus que personne.

« D'abord, dit M. Micawber, quand les facultés de
M. W... devinrent, par des causes qu'il est inutile de rappeler, troubles et faibles, *Heep* s'étudia à compliquer
toutes les transactions officielles. Plus M. W... était
impropre à s'occuper d'affaires, plus *Heep* voulait le
contraindre à s'en occuper. Dans de tels moments, il fit
signer à M. W... des documents d'une grande importance, pour d'autres qui n'en avaient aucune. Il amena
M. W... à lui donner l'autorisation d'employer une
somme considérable qui lui avait été confiée, préten-
dant qu'on avait à payer des charges très onéreuses déjà
liquidées ou qui même n'avaient jamais existé. Et, en
même temps, il mettait au compte de M. W... l'invention d'une indélicatesse si criante, dont il s'est servi
depuis pour torturer et contraindre M. W... à lui céder
sur tous les points.

— Vous aurez à prouver tout cela, Copperfield! dit Uriah en secouant la tête d'un air menaçant. Patience!

— Monsieur Traddles, demandez à... *Heep* qui est-ce qui a demeuré dans cette maison après lui, dit M. Micawber en s'interrompant dans sa lecture; voulez-vous?

— Un imbécile qui y demeure encore, dit Uriah d'un air dédaigneux.

— Demandez à... *Heep* s'il n'a pas, par hasard, possédé certain livre de mémorandum dans cette maison, dit M. Micawber; voulez-vous? »

Je vis Uriah cesser tout à coup de se gratter le menton.

« Ou bien, demandez-lui, dit M. Micawber, s'il n'en a pas brûlé un dans cette maison. S'il vous dit oui, et qu'il vous demande où sont les cendres de cet agenda, adressez-le à Wilkins Micawber, et il apprendra des choses qui lui seront peu agréables. »

M. Micawber prononça ces paroles d'un ton si triomphant qu'il parvint à alarmer sérieusement la mère, qui s'écria avec la plus vive agitation :

« Uriah! Uriah! Soyez humble et tâchez d'arranger l'affaire, mon enfant!

— Mère, répliqua-t-il, voulez-vous vous taire? Vous avez peur, et vous ne savez ce que vous dites. Humble! répéta-t-il, en me regardant d'un air méchant. Je les ai humiliés il y a déjà longtemps, tout humble que je suis! »

M. Micawber rentra tout doucement son menton dans sa cravate, puis il reprit :

« Secundo. *Heep* a plusieurs fois, à ce que je puis croire et savoir...

— Les belles preuves! murmura Uriah d'un ton de soulagement. Ma mère, restez donc tranquille.

— Nous tâcherons d'en trouver de meilleures pour vous achever, monsieur », répondit M. Micawber.

« Secundo. *Heep* a plusieurs fois, à ce que je puis croire et savoir, fait des faux, en imitant dans divers

papiers, livres et documents, la signature de M. W...,
particulièrement dans une circonstance dont je pourrai
donner la preuve, par exemple, de la manière suivante,
à savoir... »

M. Micawber aimait singulièrement à entasser ainsi
des formules officielles, mais cela ne lui était pas particulier, je dois le dire. C'est plutôt la règle générale. Bien
souvent j'ai pu remarquer que les individus appelés à
prêter serment, par exemple, semblent être dans
l'enchantement quand ils peuvent enfiler des mots iden-
tiques à la suite les uns des autres pour exprimer une
seule idée; ils disent qu'ils détestent, qu'ils haïssent et
qu'ils exècrent, etc., etc. Les anathèmes étaient jadis
conçus d'après le même principe. Nous parlons de la
tyrannie des mots, mais nous aimons bien aussi à les
tyranniser; nous aimons à nous en faire une riche pro-
vision qui puisse nous servir de cortège dans les grandes occasions; il nous semble que cela nous donne de
l'importance, que cela a bonne façon. De même que
dans les jours d'apparat nous ne sommes pas très difficiles sur la qualité des valets qui endossent notre livrée,
pourvu qu'ils la portent bien et qu'ils fassent nombre;
de même nous n'attachons qu'une importance
secondaire au sens ou à l'utilité des mots que nous
employons pourvu qu'ils défilent à la parade. Et, de
même qu'on s'attire des ennemis en affichant trop la
magnificence de ses livrées, ou de même que des
esclaves trop nombreux se révoltent contre leurs
maîtres, de même aussi je pourrais citer un peuple qui
s'est attiré de grands embarras et s'en attirera bien
d'autres pour avoir voulu conserver un répertoire trop
riche de synonymes dans son vocabulaire national.

M. Micawber continua sa lecture en se léchant les
barbes.

« ... Par exemple, de la manière suivante, à savoir :
M. W... était malade, il était fort probable que sa mort
amènerait des découvertes propres à détruire
l'influence de... *Heep* sur la famille W... ce que je puis

affirmer, moi, soussigné, Wilkins Micawber... à moins qu'on ne pût obtenir de sa fille de renoncer par affection filiale à toute investigation du passé; dans cette prévision, le susdit... *Heep* jugea prudent d'avoir un acte tout prêt, comme lui venant de M. W..., établissant que les sommes ci-dessus mentionnées avaient été avancées par... *Heep* à M. W..., pour le sauver du déshonneur. La vérité est que cette somme n'a jamais été avancée par lui. C'est... *Heep* qui a forgé les signatures de ce document; il y a mis le nom de M. W... et, en dessous, une attestation de Wilkins Micawber. J'ai en ma possession, dans son agenda, plusieurs imitations de la signature de M. W... un peu endommagées par les flammes, mais encore lisibles. Jamais de ma vie je n'ai soussigné un pareil acte. J'ai en ma possession le document original. »

Uriah Heep tressaillit, puis il tira de sa poche un trousseau de clefs et ouvrit un tiroir; mais, changeant soudainement de résolution, il se tourna de nouveau vers nous sans y regarder.

« Et j'ai le document... reprit M. Micawber en jetant les yeux tout autour de lui, comme s'il relisait le texte d'un sermon... en ma possession, c'est-à-dire, je l'avais ce matin quand j'ai écrit ceci! mais, depuis, je l'ai remis à M. Traddles.

— C'est parfaitement vrai, dit Traddles.

— Uriah! Uriah! cria sa mère, soyez humble et arrangez-vous avec ces messieurs. Je sais que mon fils sera humble, si vous lui donnez le temps de la réflexion. Monsieur Copperfield, vous savez comme il a toujours été humble! »

Il était curieux de voir la mère rester fidèle à ses vieilles habitudes de ruse, pendant que le fils les repoussait à présent comme inutiles.

« Ma mère, dit-il en mordant avec impatience le mouchoir qui enveloppait sa main, vous feriez mieux de prendre tout de suite un fusil chargé et de tirer sur moi.

— Mais je vous aime, Uriah! s'écria mistress Heep. »

Et certainement elle l'aimait et il avait de l'affection pour elle : quelque étrange que cela puisse paraître, c'était un couple bien assorti. « Je ne peux pas souffrir de vous entendre insulter ces messieurs, vous n'y gagnerez rien. Je l'ai dit tout de suite à monsieur, quand il m'a affirmé, en descendant l'escalier, qu'on savait tout ; j'ai promis que vous seriez humble, et que vous répareriez vos torts. Oh ! voyez comme je suis humble, moi, messieurs, et ne l'écoutez pas.

— Mais, ma mère, dit-il d'un air de fureur en tournant vers moi son doigt long et maigre, voilà Copperfield qui vous aurait volontiers donné cent livres sterling pour en savoir moitié moins que vous n'en avez dit depuis un quart d'heure. C'était à moi qu'il en voulait par-dessus tout, convaincu que j'avais été le principal moteur de cette affaire : je ne cherchai pas à le détromper.

— C'est plus fort que moi, Uriah, cria sa mère. Je ne peux pas vous voir ainsi vous exposer au danger par fierté. Mieux vaut être humble comme vous l'avez toujours été. »

Il resta un moment silencieux à dévorer son mouchoir, puis il me dit avec un grognement sourd :

« Avez-vous encore quelque chose à avancer ? S'il y a autre chose, dites-le. Qu'est-ce que vous attendez ? »

M. Micawber reprit sa lettre ; il était trop heureux de pouvoir reprendre un rôle dont il était tellement satisfait.

« Tertio. Enfin je suis en état de prouver, d'après les livres falsifiés de... *Heep*, et d'après l'agenda authentique de... *Heep*, que pendant nombre d'années... *Heep* s'est servi des faiblesses et des défauts de M. W... pour arriver à ses infâmes desseins. Dans ce but, il a su même employer les vertus, le sentiment d'honneur, l'affection paternelle de l'infortuné M. W... Tout cela sera démontré par moi, grâce au petit carnet, en partie calciné (que je n'ai pas pu comprendre tout d'abord, lorsque mistress Micawber le découvrit accidentellement dans

notre domicile, au fond du coffre destiné à contenir les
cendres consumées sur notre foyer domestique). Pendant des années, M. W... a été trompé et volé de toutes
les façons imaginables par l'avare, le faux, le perfide...
Heep. Le but suprême de... *Heep*, après sa passion pour
le gain, c'était de prendre un empire absolu sur M. et
miss W... (Je ne dis rien de ses vues ultérieures sur
icelle.) Son dernier acte fut, il y a quelques mois, d'amener M. W... à abandonner sa part de l'association et
même à vendre le mobilier de sa maison, à condition
qu'il recevrait exactement et fidèlement de... *Heep* une
rente viagère payable tous les trois mois. Peu à peu, on
a si bien embrouillé toutes les affaires, que l'infortuné
M. W... n'a plus été capable de s'y retrouver. On a établi
de faux états du domaine dont M. W... répond, à une
époque où M. W... s'était lancé dans des spéculations
hasardeuses, et n'avait pas entre les mains la somme
dont il était moralement et légalement responsable. On
a déclaré qu'il avait emprunté de l'argent à un intérêt
fabuleux, tandis que... *Heep* avait frauduleusement
soustrait cet argent à M. W... On a dressé un catalogue
inouï de chicanes inconcevables. Enfin le malheureux
M. W... crut à la banqueroute de sa fortune, de ses espérances terrestres, de son honneur, et ne vit plus de salut
que dans le monstre à forme humaine qui, en se rendant indispensable, avait su perpétrer la ruine de cette
famille infortunée. (M. Micawber aimait beaucoup
l'expression de monstre à figure humaine, qui lui semblait neuve et originale.) Tout ceci, je puis le prouver, et
probablement bien d'autres choses encore ! »

Je murmurai quelques mots à l'oreille d'Agnès qui
pleurait de joie et de tristesse à côté de moi ; il se fit un
mouvement dans la chambre, comme si M. Micawber
avait fini. Mais il reprit du ton le plus grave ! « Je vous
demande pardon », et continua avec un mélange
d'extrême abattement et d'éclatante joie, la lecture de sa
péroraison :

« J'ai fini. Il me reste seulement à établir la vérité de

ces accusations; puis à disparaître, avec une famille prédestinée au malheur, d'un lieu où nous semblons être à charge à tout le monde. Ce sera bientôt un fait accompli. On peut supposer avec quelque raison que notre plus jeune enfant expirera le premier d'inanition, lui qui est le plus frêle de tous; les jumeaux le suivront. Qu'il en soit ainsi! Quant à moi, mon séjour à Canterbury a déjà bien avancé les choses; la prison pour dettes et la misère feront le reste. J'ai la confiance que le résultat heureux d'une enquête longuement et péniblement exécutée, au milieu de travaux incessants et de craintes douloureuses, au lever du soleil comme à son coucher, et pendant l'ombre de la nuit, sous le regard vigilant d'un individu qu'il est superflu d'appeler un démon, et dans l'angoisse que me causait la situation de mes infortunés héritiers, répandra sur mon bûcher funèbre quelques gouttes de miséricorde. Je n'en demande pas davantage. Qu'on me rende seulement justice, et qu'on dise de moi comme de ce noble héros maritime, auquel je n'ai pas la prétention de me comparer, que ce que j'ai fait, je l'ai fait, en dépit d'intérêts égoïstes ou mercenaires,

> Par amour pour la vérité,
> Pour l'Angleterre et la beauté.

« Je suis pour la vie, etc., etc.

« Wilkins Micawber. »

M. Micawber plia sa lettre avec une vive émotion, mais avec une satisfaction non moins vive, et la tendit à ma tante comme un document qu'elle aurait sans doute du plaisir à garder.

Il y avait dans la chambre un coffre-fort en fer : je l'avais déjà remarqué lors de ma première visite. La clef était sur la serrure. Un soupçon soudain sembla s'emparer d'Uriah; il jeta un regard sur M. Micawber, s'élança vers le coffre-fort, et l'ouvrit avec fracas. Il était vide.

« Où sont les livres ? s'écria-t-il, avec une effroyable expression de rage. Un voleur a dérobé mes livres ! »

M. Micawber se donna un petit coup de règle sur les doigts :

« C'est moi : vous m'avez remis la clef comme à l'ordinaire, un peu plus tôt même que de coutume, et j'ai ouvert le coffre.

— Soyez sans inquiétude, dit Traddles. Ils sont en ma possession. J'en prendrai soin, d'après les pouvoirs que j'ai reçus.

— Vous êtes donc un recéleur ? cria Uriah.

— Dans des circonstances comme celles-ci, certainement oui », répondit Traddles.

Quel fut mon étonnement quand je vis ma tante, qui jusque-là avait écouté avec un calme parfait, ne faire qu'un bond vers Uriah Heep et le saisir au collet !

« Vous savez ce qu'il me faut ? dit ma tante.

— Une camisole de force, dit-il.

— Non. Ma fortune ! répondit ma tante. Agnès, ma chère tant que j'ai cru que c'était votre père qui l'avait laissé perdre, je n'ai pas soufflé mot : Trot lui-même n'a pas su que c'était entre les mains de M. Wickfield que je l'avais déposée. Mais, maintenant que je sais que c'est à cet individu de m'en répondre, je veux l'avoir ! Trot, venez la lui reprendre ! »

Je suppose que ma tante croyait sur le moment retrouver sa fortune dans la cravate d'Uriah Heep, car elle la secouait de toutes ses forces. Je m'empressai de les séparer, en assurant ma tante qu'il rendrait jusqu'au dernier sou tout ce qu'il avait acquis indûment. Au bout d'un moment de réflexion, elle se calma et alla se rasseoir, sans paraître le moins du monde déconcertée de ce qu'elle venait de faire (je ne saurais en dire autant de son chapeau).

Pendant le quart d'heure qui venait de s'écouler, mistress Heep s'était épuisée à crier à son fils d'être « humble » ; elle s'était mise à genoux devant chacun de nous successivement, en faisant les promesses les plus

extravagantes. Son fils la fit rasseoir, puis se tenant près
d'elle d'un air sombre, le bras appuyé sur la main de sa
mère, mais sans rudesse, il me dit avec un regard
féroce :

« Que voulez-vous que je fasse ?

— Je m'en vais vous dire ce qu'il faut faire, dit
Traddles.

— Copperfield n'a donc pas de langue ? murmura
Uriah. Je vous donnerais quelque chose de bon cœur, si
vous pouviez m'affirmer, sans mentir, qu'on la lui a
coupée.

— Mon Uriah va se faire humble, s'écria sa mère. Ne
l'écoutez pas, mes bons messieurs !

— Voilà ce qu'il faut faire, dit Traddles. D'abord,
vous allez me remettre, ici même, l'acte par lequel
M. Wickfield vous faisait l'abandon de ses biens.

— Et si je ne l'ai pas ?

— Vous l'avez, dit Traddles, ainsi nous n'avons pas à
faire cette supposition. »

Je ne puis m'empêcher d'avouer que je rendis pour la
première fois justice, en cette occasion, à la sagacité et
au bon sens simple et pratique de mon ancien camarade.

« Ainsi donc, dit Traddles, il faut vous préparer à
rendre gorge, à restituer jusqu'au dernier sou tout ce
que votre rapacité a fait passer entre vos mains. Nous
garderons en notre possession tous les livres et tous les
papiers de l'association ; tous vos livres et tous vos
papiers ; tous les comptes et reçus ; en un mot, tout ce
qui est ici.

— Vraiment ? Je ne suis pas décidé à cela, dit Uriah.
Il faut me donner le temps d'y penser.

— Certainement, répondit Traddles, mais en attendant, et jusqu'à ce que tout soit réglé à notre satisfaction, nous prendrons possession de toutes ces garanties, et nous vous prierons, ou s'il le faut, nous vous
contraindrons de rester dans votre chambre, sans communiquer avec qui que ce soit.

— Je ne le ferai pas, dit Uriah en jurant comme un diable.

— La prison de Maidstone est un lieu de détention plus sûr, reprit Traddles, et bien que la loi puisse tarder à nous faire justice, et nous la fasse peut-être moins complète que vous ne le pourriez, cependant il n'y a pas de doute qu'elle ne *vous* punisse. Vous le savez aussi bien que moi. Copperfield, voulez-vous aller à Guildhall chercher deux policemen ? »

Ici mistress Heep tomba de nouveau à genoux, elle conjura Agnès d'intercéder en leur faveur, elle s'écria qu'il était très humble, qu'elle en était bien sûre, et que s'il ne faisait pas ce que nous voulions, elle le ferait à sa place. Et en effet, elle aurait fait tout ce qu'on aurait voulu, car elle avait presque perdu la tête, tant elle tremblait pour son fils chéri ; quant à lui, à quoi bon se demander ce qu'il aurait pu faire, s'il avait eu un peu plus de hardiesse ; autant vaudrait demander ce que ferait un vil roquet animé de l'audace d'un tigre. C'était un lâche, de la tête aux pieds ; et, en ce moment plus que jamais, il montrait bien la bassesse de sa nature par son air mortifié et son désespoir sombre.

« Attendez ! cria-t-il d'une voix sourde, en essuyant ses joues couvertes de sueur. Ma mère, pas tant de bruit ! Qu'on leur donne ce papier ! Allez le chercher.

— Voulez-vous avoir la bonté de lui prêter votre concours, monsieur Dick ? » dit Traddles.

Tout fier de cette commission dont il comprenait la portée, M. Dick accompagna mistress Heep, comme un chien de berger accompagne un mouton. Mais mistress Heep lui donna peu de peine ; car elle rapporta, non seulement le document demandé, mais même la boîte qui le contenait, où nous trouvâmes un livre de banque, et d'autres papiers qui furent utiles plus tard.

« Bien, dit Traddles en les recevant. Maintenant, monsieur Heep, vous pouvez vous retirer pour réfléchir ; mais dites-vous bien, je vous prie, que vous n'avez qu'une chose à faire, comme je vous l'ai déjà expliqué, et qu'il faut la faire sans délai. »

Uriah traversa la chambre sans lever les yeux, en se passant la main sur le menton, puis s'arrêtant à la porte, il me dit :

« Copperfield, je vous ai toujours détesté. Vous n'avez jamais été qu'un parvenu, et vous avez toujours été contre moi.

— Je vous ai déjà dit, répondis-je, que c'est vous qui avez toujours été contre le monde entier par votre fourberie et votre avidité. Songez désormais que jamais la fourberie et l'avidité ne savent s'arrêter à temps, même dans leur propre intérêt. C'est un fait aussi certain que nous mourrons un jour.

— C'est peut-être un fait aussi incertain que ce qu'on nous enseignait à l'école, dit-il avec un ricanement expressif, à cette même école où j'ai appris à être si humble. De neuf heures à onze heures, on nous disait que le travail était une malédiction; de onze heures à une heure, que c'était un bien, une bénédiction, et que sais-je encore? Vous nous prêchez là des doctrines à peu près aussi conséquentes que ces gens-là. L'humilité vaut mieux que tout cela, c'est un excellent système. Je n'aurais pas sans elle si bien enlacé mon noble associé, je vous en réponds... Micawber, vieil animal, vous me payerez ça ! »

M. Micawber le regarda d'un air de souverain mépris jusqu'à ce qu'il eut quitté la chambre, puis il se tourna vers moi, et me proposa de me donner le plaisir de venir voir la confiance se rétablir entre lui et mistress Micawber. Après quoi, il invita toute la compagnie à contempler une si touchante cérémonie.

« Le voile qui nous a longtemps séparés, mistress Micawber et moi, s'est enfin déchiré, dit M. Micawber; mes enfants et l'auteur de leur existence peuvent maintenant se rapprocher sans rougir les uns des autres. »

Nous lui avions tous beaucoup de reconnaissance, et nous désirions lui en donner un témoignage, autant du moins que nous le permettait le désordre de nos esprits : aussi, aurions-nous tous volontiers accepté son offre, si Agnès n'avait été forcée d'aller retrouver son père, auquel on n'avait encore osé que faire entrevoir une lueur d'espérance; il fallait d'ailleurs que quelqu'un montât la garde auprès d'Uriah. Traddles se consacra à cet emploi où M. Dick devait bientôt venir le relayer; ma tante, M. Dick et moi, nous accompagnâmes M. Micawber. En me séparant si précipitamment de ma chère Agnès, à qui je devais tant, et en songeant au danger dont nous l'avions sauvée peut-être ce jour-là, car qui sait si son courage n'aurait pas succombé dans cette lutte? je me sentais le cœur plein de reconnaissance pour les malheurs de ma jeunesse qui m'avaient amené à connaître M. Micawber.

Sa maison n'était pas loin; la porte du salon donnait sur la rue, il s'y précipita avec sa vivacité habituelle, et nous nous trouvâmes au milieu de sa famille. Il s'élança dans les bras de mistress Micawber en s'écriant : « Emma, mon bonheur et ma vie! » Mistress Micawber poussa un cri perçant et serra M. Micawber sur son cœur. Miss Micawber, qui était occupée à bercer l'innocent étranger dont me parlait mistress Micawber dans sa lettre, fut extrêmement émue. L'étranger sauta de joie. Les jumeaux témoignèrent leur satisfaction par diverses démonstrations incommodes, mais naïves. Maître Micawber, dont l'humeur paraissait aigrie par les déceptions précoces de sa jeunesse, et dont la mine avait conservé quelque chose de morose, céda à de meilleurs sentiments et pleurnicha.

« Emma! dit M. Micawber, le nuage qui voilait mon âme, s'est dissipé. La confiance qui a si longtemps existé entre nous revit à jamais! Salut, pauvreté! s'écriat-il en versant des larmes. Salut, misère bénie! que la faim, les haillons, la tempête, la mendicité soient les bienvenus! Salut! La confiance réciproque nous soutiendra jusqu'à la fin! »

En parlant ainsi, M. Micawber embrassait tous ses enfants les uns après les autres, et faisait asseoir sa femme, poursuivant de ses saluts, avec enthousiasme, la perspective d'une série d'infortunes qui ne me paraissaient pas trop désirables pour sa famille; et les invitant tous à venir chanter en chœur dans les rues de Canterbury, puisque c'était la seule ressource qui leur restât pour vivre.

Mais mistress Micawber venait de s'évanouir, vaincue par tant d'émotions; la première chose à faire, même avant de songer à compléter le chœur en question, c'était de la faire revenir à elle. Ma tante et M. Micawber s'en chargèrent; puis on lui présenta ma tante, et mistress Micawber me reconnut.

« Pardonnez-moi, cher monsieur Copperfield, dit la pauvre femme en me tendant la main, mais je ne suis pas forte, et je n'ai pu résister au bonheur de voir disparaître tant de désaccord entre M. Micawber et moi.

— Sont-ce là tous vos enfants, madame? dit ma tante.

— C'est tout ce que nous en avons pour le moment, répondit mistress Micawber...

— Grand Dieu! ce n'est pas là ce que je veux dire, madame, reprit ma tante. Ce que je vous demande, c'est si tous ces enfants-là sont à vous?

— Madame, répartit M. Micawber, c'est bien le compte exact.

— Et ce grand jeune homme-là, dit ma tante d'un air pensif, qu'est-ce que vous en faites?

— Lorsque je suis venu ici, dit M. Micawber, j'espérais placer Wilkins dans l'Église, ou, pour parler plus correctement, dans le chœur. Mais il n'y a pas de place de ténor vacante dans le vénérable édifice, qui fait à juste titre la gloire de cette cité; et il a... en un mot, il a pris l'habitude de chanter dans des cafés, au lieu de s'exercer dans une enceinte consacrée.

— Mais c'est à bonne intention, dit mistress Micawber avec tendresse.

— Je suis sûr, mon amour, reprit M. Micawber, qu'il a les meilleures intentions du monde; seulement, jusqu'ici, je ne vois pas trop à quoi cela lui sert. »

Ici maître Micawber reprit son air morose et demanda avec quelque aigreur ce qu'on voulait qu'il fît. Croyait-on qu'il pût se faire charpentier de naissance, ou forgeron sans apprentissage ? autant lui demander de voler dans les airs comme un oiseau ! Voulait-on qu'il allât s'établir comme pharmacien dans la rue voisine ? Ou bien pouvait-il se précipiter devant la Cour, aux prochaines assises, pour y prendre la parole comme avocat ? Ou se faire entendre de force à l'Opéra, et emporter les bravos de haute lutte ? Ne voulait-on pas qu'il fût prêt à tout faire, sans qu'on lui eût rien appris ?

Ma tante réfléchit un instant, puis :

« Monsieur Micawber, dit-elle, je suis surprise que vous n'ayez jamais songé à émigrer.

— Madame, répondit M. Micawber, c'était le rêve de ma jeunesse ; c'est encore le trompeur espoir de mon âge mûr » ; et à propos de cela, je suis pleinement convaincu qu'il n'y avait jamais pensé.

« Eh ! dit ma tante, en jetant un regard sur moi, quelle excellente chose ce serait pour vous et pour votre famille, monsieur et mistress Micawber !

— Et des fonds ? madame, des fonds ? s'écria M. Micawber, d'un air sombre.

— C'est là la principale, pour ne pas dire la seule difficulté, mon cher monsieur Copperfield, ajouta sa femme.

— Des fonds ! dit ma tante. Mais vous nous rendez, vous nous avez rendu un grand service, je puis bien le dire, car on sauvera certainement bien des choses de ce désastre ; et que pourrions-nous faire de mieux pour vous, que de vous procurer des fonds pour cet usage ?

— Je ne saurais l'accepter en pur don, dit M. Micawber avec feu, mais si on pouvait m'avancer une somme suffisante, à un intérêt de cinq pour cent, sous ma responsabilité personnelle, je pourrais rembourser petit à petit, à douze, dix-huit, vingt-quatre mois de date, par exemple, pour me laisser le temps d'amasser...

— Si on pouvait ? répondit ma tante. On le peut, et

on le fera, pour peu que cela vous convienne. Pensez-y bien tous deux. David a des amis qui vont partir pour l'Australie : si vous vous décidez à partir aussi, pourquoi ne profiteriez-vous pas du même bâtiment ? Vous pourriez vous rendre service mutuellement. Pensez-y bien, monsieur et mistress Micawber. Prenez du temps et pesez mûrement la chose.

— Je n'ai qu'une question à vous adresser, dit mistress Micawber : le climat est sain, je crois ?

— Le plus beau climat du monde, dit ma tante.

— Parfaitement, reprit mistress Micawber. Alors, voici ce que je vous demande : l'état du pays est-il tel qu'un homme distingué comme M. Micawber, puisse espérer de s'élever dans l'échelle sociale ? Je ne veux pas dire, pour l'instant, qu'il pourrait prétendre à être gouverneur ou à quelque fonction de cette nature, mais trouverait-il un champ assez vaste pour le développement expansif de ses grandes facultés ?

— Il ne saurait y avoir nulle part un plus bel avenir, pour un homme qui a de la conduite et de l'activité, dit ma tante.

— Pour un homme qui a de la conduite et de l'activité, répéta lentement mistress Micawber. Précisément ! Il est évident pour moi que l'Australie est le lieu où M. Micawber trouvera la sphère d'action légitime pour donner carrière à ses grandes qualités.

— Je suis convaincu, ma chère madame, dit M. Micawber, que c'est dans les circonstances actuelles, le pays, le seul pays où je puisse établir ma famille ; quelque chose d'extraordinaire nous est réservé sur ce rivage inconnu. La distance n'est rien, à proprement parler ; et bien qu'il soit convenable de réfléchir à votre généreuse proposition, je vous assure que c'est purement une affaire de forme. »

Jamais je n'oublierai comment, en un instant, il devint l'homme des espérances les plus folles, et se vit emporté déjà sur la roue de la fortune, ni comment mistress Micawber se mit à discourir à l'instant sur les

mœurs du kangourou ? Jamais je ne pourrai penser à
cette rue de Canterbury, un jour de marché, sans me
rappeler en même temps de quel air délibéré il marchait
à nos côtés ; il avait déjà pris les manières rudes, insou-
ciantes et voyageuses d'un colon lointain ; il fallait le
voir examiner en passant les bêtes à cornes, de l'œil
exercé d'un fermier d'Australie.

CHAPITRE XXIII

Encore un regard en arrière

Il faut que je fasse encore ici une pause. O ! ma
femme-enfant, je revois devant moi, sereine et calme,
au milieu de la foule mobile qui agite ma mémoire, une
figure qui me dit, avec son innocente tendresse et sa
naïve beauté : « Arrêtez-vous pour songer à moi ; retour-
nez-vous pour jeter un regard sur la petite fleur qui va
tomber et se flétrir ! »

Je m'arrête. Tout le reste pâlit et s'efface à mes yeux.
Je me retrouve avec Dora, dans notre petite maison. Je
ne sais pas depuis combien de temps elle est malade,
j'ai une si longue habitude de la plaindre, que je ne
compte plus le temps. Il n'est pas bien long peut-être à
le détailler par mois et par jours, mais pour moi qui en
souffre comme elle à tous les moments de la journée,
Dieu ! qu'il paraît long et pénible !

On ne me dit plus : « Il faut encore quelques jours. »
Je commence à craindre en secret de ne plus voir le jour
où ma femme-enfant reprendra sa course au soleil avec
Jip, son vieux camarade.

Chose singulière ! il a vieilli presque subitement ;
peut-être ne trouve-t-il plus, auprès de sa maîtresse,
cette gaieté qui le rendait plus jeune et plus gaillard ; il
se traîne lentement, il voit à peine, il n'a plus de force, et
ma tante regrette le temps où il aboyait à son approche,

au lieu de ramper comme il le fait à présent, jusqu'à elle, sans quitter le lit de Dora, et de lécher doucement la main de son ancienne ennemie, qui est toujours au chevet du lit de ma femme.

Dora est couchée : elle nous sourit avec son charmant visage; jamais elle ne se plaint; jamais elle ne prononce un mot d'impatience. Elle dit que nous sommes tous très bons pour elle, que son cher mari se fatigue à la soigner, que ma tante ne dort plus, qu'elle est toujours, au contraire, près d'elle, bonne, active et vigilante. Quelquefois les deux petites dames qui ressemblent à des oiseaux viennent la voir, et alors nous causons de notre jour de noces et de tout cet heureux temps.

Quel étrange repos dans toute mon existence d'alors, au-dedans comme au dehors! Assis dans cette paisible petite chambre, je vois ma femme-enfant tourner vers moi ses yeux bleus : ses petits doigts s'entrelacent dans les miens. Bien des heures s'écoulent ainsi; mais, dans toutes ces heures uniformes, il y a trois épisodes qui me sont plus présents encore à l'esprit que les autres.

Nous sommes au matin; Dora est toute belle, grâce aux soins de ma tante : elle me montre comme ses cheveux frisent encore sur l'oreille, comme ils sont longs et brillants, et comme elle aime à les laisser flotter à l'aise dans son filet.

« Ce n'est pas que j'en sois fière », dit-elle en me voyant sourire, vilain moqueur, mais c'est parce que vous les trouviez beaux; et parce que, quand j'ai commencé à penser à vous, je me regardais souvent dans la glace, en me demandant si vous ne seriez pas bien aise d'en avoir une mèche. Oh! comme vous faisiez des folies, mon Dody, le jour où je vous en ai donné une !

— C'est le jour où vous étiez en train de copier des fleurs que je vous avais offertes, Dora, et où je vous ai dit combien je vous aimais.

— Ah! mais, moi, je ne vous ai pas dit alors, reprit Dora, comme j'ai pleuré sur ces fleurs, en pensant que vous aviez vraiment l'air de m'aimer! Quand je pourrai courir comme autrefois, David, nous irons revoir les endroits où nous avons fait tant d'enfantillages, n'est-ce pas? Nous reprendrons nos vieilles promenades? et nous n'oublierons pas mon pauvre papa.

— Oui certainement, et nous serons encore bien heureux; mais il faut vous dépêcher de vous guérir, ma chéri!

— Oh! ce ne sera pas long! Je vais déjà beaucoup mieux, sans que ça paraisse. »

Maintenant nous sommes au soir; je suis assis dans le même fauteuil, auprès du même lit, le même doux visage tourné vers moi. Nous avons gardé un moment le silence; elle me sourit. J'ai cessé de transporter chaque jour dans le salon mon léger fardeau. Elle ne quitte plus son lit.

« Dody!

— Ma chère Dora!

— Ne me trouvez pas trop déraisonnable, après ce que vous m'avez appris l'autre jour de l'état de M. Wickfield, si je vous dis que je voudrais voir Agnès? J'ai bien envie de la voir!

— Je vais lui écrire, ma chérie.

— Vraiment?

— A l'instant même.

— Comme vous êtes bon, David! soutenez-moi sur votre bras. En vérité, mon ami, ce n'est pas une fantaisie, un vain caprice. J'ai vraiment besoin de la voir!

— Je conçois cela, et je n'ai qu'à le lui dire; elle viendra tout de suite.

— Vous êtes bien seul quand vous descendez au salon maintenant, murmura-t-elle en jetant ses bras autour de mon cou.

— C'est bien naturel, mon enfant chérie, quand je vois votre place vide!

— Ma place vide! Elle me serre contre son cœur, sans rien dire. Vraiment, je vous manque donc, David? reprend-elle avec un joyeux sourire. Moi qui suis si sotte, si étourdie, si enfant?

— Mon trésor, qui donc me manquerait sur la terre comme vous?

— Oh, mon mari! je suis si contente et si fâchée, pourtant! Elle se serre encore plus contre moi, et m'entoure de ses deux bras. Elle rit, puis elle pleure; enfin elle se calme, elle est heureuse.

« Oui, bien heureuse! dit-elle. Vous enverrez à Agnès toutes mes tendresses, et vous lui direz que j'ai grande envie de la voir. Je n'ai plus d'autre envie.

— Excepté de vous guérir, Dora.

— Oh! David! quelquefois, je me dis... vous savez que j'ai toujours été une petite sotte!... que ce jour là n'arrivera jamais!

— Ne dites pas cela, Dora! Mon amour, ne vous mettez pas de ces idées-là dans la tête.

— Je ne peux pas, David, et je ne le voudrais pas d'ailleurs. Mais cela ne m'empêche pas d'être très heureuse, quoique j'éprouve de la peine à penser que mon cher mari se trouve bien seul, devant la place vide de sa femme-enfant. »

Cette fois, il fait nuit; je suis toujours auprès d'elle. Agnès est arrivée; elle a passé avec nous un jour entier. Nous sommes restés la matinée avec Dora: ma tante, elle et moi. Nous n'avons pas beaucoup causé, mais Dora a eu l'air parfaitement heureux et paisible. Maintenant nous sommes seuls.

Est-il bien vrai que ma femme-enfant va bientôt me quitter! On me l'a dit; hélas! ce n'était pas nouveau pour mes craintes; mais je veux en douter encore. Mon cœur se révolte contre cette pensée. Bien des fois, aujourd'hui, je l'ai quittée pour aller pleurer à l'écart. Je me suis rappelé que Jésus pleura sur cette dernière séparation des vivants et des morts. J'ai repassé dans mon cœur cette histoire pleine de grâce et de miséricorde. J'ai cherché à me soumettre, à prendre courage; mais, je le crains, sans y réussir tout à fait. Non, je ne peux admettre qu'elle touche à sa fin. Je tiens sa main dans les miennes; son cœur repose sur le mien; je vois son amour pour moi tout vivant encore. Je ne puis m'empêcher, me défendre d'une pâle et faible espérance qu'elle me sera conservée.

« Je veux vous parler, David. Je veux vous dire une chose que j'ai souvent pensé à vous dire, depuis quelque temps. Vous voulez bien? ajouta-t-elle avec un doux regard.

— Oui, certainement, mon enfant. Pourquoi ne le voudrais-je pas?

— Ah! c'est que je ne sais pas ce que vous en penserez; peut-être vous l'êtes-vous déjà dit vous-même? peut-être l'avez-vous déjà pensé? David, mon ami, je crois que j'étais trop jeune. »

Je pose ma tête près de la sienne sur l'oreiller; elle plonge ses yeux dans les miens et me parle tout doucement. Petit à petit, à mesure qu'elle avance, je sens, le cœur brisé, qu'elle me parle d'elle-même comme au passé.

« Je crois, mon ami, que j'étais trop jeune. Je ne parle pas seulement de mon âge, j'étais trop jeune d'expérience, de pensées, trop jeune en tout. J'étais une pauvre petite créature. Peut-être eût-il mieux valu que nous ne nous fussions aimés que comme des enfants, pour l'oublier ensuite? Je commence à craindre que je ne fusse pas en état de faire une femme. »

J'essaye d'arrêter mes larmes, et de lui répondre: « Oh! Dora, mon amour, vous ne l'étiez pas moins que moi de faire un mari!

— Je n'en sais rien. Et elle secouait comme jadis ses longues boucles. Peut-être. Mais si j'avais été plus en état de me marier, cela vous aurait peut-être fait du bien aussi. D'ailleurs, vous avez beaucoup d'esprit et moi je n'en ai pas.

— Est-ce que nous n'avons pas été très heureux, ma petite Dora?

— Oh! moi, j'ai été bien heureuse, bien heureuse. Mais, avec le temps, mon cher mari se serait lassé de sa femme-enfant. Elle aurait été de moins en moins sa compagne. Il aurait senti tous les jours davantage ce qui manquait à son bonheur. Elle n'aurait pas fait de progrès. Cela vaut mieux ainsi.

— O Dora, ma bien-aimée, ne me dites pas cela. Chacune de vos paroles a l'air d'un reproche !

— Vous savez bien que non, répond-elle en m'embrassant. O mon ami, vous n'avez jamais mérité cela de moi, et je vous aimais bien trop pour vous faire, sérieusement, le plus petit reproche ; c'était mon seul mérite, sauf celui d'être jolie, du moins vous le trouviez... Êtes-vous bien seul en bas, David ?

— Oh ! oui, bien seul !

— Ne pleurez pas... Mon fauteuil est-il toujours là !

— A son ancienne place.

— Oh ! comme mon pauvre ami pleure ! Chut ! Chut ! Maintenant promettez-moi une chose. Je veux parler à Agnès. Quand vous descendrez, priez Agnès de monter chez moi, et pendant que je causerai avec elle, que personne ne vienne, pas même ma tante. Je veux lui parler à elle seule. Je veux parler à Agnès toute seule ! »

Je lui promets de lui envoyer tout de suite Agnès ; mais je ne peux pas la quitter ; j'ai trop de chagrin.

« Je vous disais que cela valait mieux ainsi ! murmure-t-elle en me serrant dans ses bras. Oh ! David, plus tard vous n'auriez pas pu aimer votre femme-enfant plus que vous ne le faites ; plus tard, elle vous aurait causé tant d'ennuis et de désagréments, que peut-être vous l'auriez moins aimée. J'étais trop jeune et trop enfant, je le sais. Cela vaut bien mieux ainsi ! »

Je vais dans le salon et j'y trouve Agnès ; je la prie de monter. Elle disparaît, et je reste seul avec Jip.

Sa petite niche chinoise est près du feu ; il est couché sur son lit de flanelle ; il cherche à s'endormir en gémissant. La lune brille de sa plus douce clarté. Et mes larmes tombent à flots, et mon triste cœur est plein d'une angoisse rebelle, il lutte douloureusement contre le coup qui le châtie, oh ! oui, bien douloureusement.

Je suis assis au coin du feu, je songe, avec un vague

remords, à tous les sentiments que j'ai nourris en secret depuis mon mariage. Je pense à toutes les petites misères qui se sont passées entre Dora et moi, et je sens combien on a raison de dire que ce sont toutes ces petites misères qui composent la vie. Et je revois toujours devant moi la charmante enfant, telle que je l'ai d'abord connue, embellie par mon jeune amour, comme par le sien, de tous les charmes d'un tel amour. Aurait-il mieux valu, comme elle me le disait, que nous nous fussions aimés comme des enfants, pour nous oublier ensuite ? Cœur rebelle, répondez.

Je ne sais comment le temps se passe ; enfin je suis rappelé à moi par le vieux compagnon de ma petite femme. Il est plus agité, il se traîne hors de sa niche, il me regarde, il regarde la porte, il pleure parce qu'il veut monter.

« Pas ce soir, Jip ! pas ce soir ! » Il se rapproche lentement de moi, il lèche ma main, et lève vers moi ses yeux qui ne voient plus qu'à peine.

« Oh, Jip ! peut-être plus jamais ! » Il se couche à mes pieds, s'étend comme pour dormir, pousse un gémissement plaintif : il est mort.

« Oh ! Agnès ! venez, venez voir ! »

Car Agnès vient de descendre en effet. Son visage est plein de compassion et de douleur, un torrent de larmes s'échappe de ses yeux, elle me regarde sans me dire un mot, sa main me montre le ciel !

« Agnès ? »

C'est fini. Je ne vois plus rien ; mon esprit se trouble, et au même instant, tout s'efface de mon souvenir.

CHAPITRE XXIV

Les opérations de M. Micawber

Ce n'est pas le moment de dépeindre l'état de mon âme sous l'influence de cet horrible événement. J'en vins à croire que l'avenir était fermé pour moi, que j'avais perdu à jamais toute activité et toute énergie, qu'il n'y avait plus pour moi qu'un refuge : le tombeau. Je n'arrivai que par degrés à ce marasme languissant, qui m'aurait peut-être dominé dès les premiers moments, si mon affliction n'avait été troublée d'abord, et augmentée plus tard par des événements que je vais raconter dans la suite de cette histoire. Quoi qu'il en soit, ce qu'il y a de certain, c'est qu'il se passa un certain temps avant que je comprisse toute l'étendue de mon malheur ; je croyais presque que j'avais déjà traversé mes plus douloureuses angoisses, et je trouvais une consolation à méditer sur tout ce qu'il y avait de beau et de pur dans cette histoire touchante qui venait de finir pour toujours.

A présent même, je ne me rappelle pas distinctement l'époque où on me parla de faire un voyage, ni comment nous fûmes amenés à penser que je ne trouverais que dans le changement de lieu et de distractions, la consolation et le repos dont j'avais besoin. Agnès exerçait tant d'influence sur tout ce que nous pensions, sur tout ce que nous disions, sur tout ce que nous faisions, pendant ces jours de deuil, que je crois pouvoir lui attribuer ce projet. Mais cette influence s'exerçait si paisiblement, que je n'en sais pas davantage.

Je commençais à croire que, lorsque j'associais jadis la pensée d'Agnès au vieux vitrail de l'église, c'était par un instinct prophétique de ce qu'elle serait pour moi, à l'heure du grand chagrin qui devait fondre un jour sur ma vie. En effet, à partir du moment que je n'oublierai jamais, où elle m'apparut debout, la main levée vers le ciel, elle fut, pendant ces heures si douloureuses,

comme une sainte dans ma demeure solitaire; lorsque
l'ange de la mort descendit près de Dora, ce fut sur le
sein d'Agnès qu'elle s'endormit, le sourire sur les lèvres;
je ne le sus qu'après, lorsque je fus en état d'entendre
ces tristes détails. Quand je revins à moi, je la vis à mes
côtés, versant des larmes de compassion, et ses paroles
pleines d'espérance et de paix, son doux visage qui semblait descendre d'une région plus pure et plus voisine
du ciel pour se pencher sur moi, vinrent calmer mon
cœur indocile, et adoucir mon désespoir.

Il faut poursuivre mon récit.

Je devais voyager. C'était, à ce qu'il paraît, une résolution arrêtée entre nous dès les premiers moments. La
terre ayant reçu tout ce qui pouvait périr de celle qui
m'avait quittée, il ne me restait plus qu'à attendre ce que
M. Micawber appelait le dernier acte de la pulvérisation
de Heeps, et le départ des émigrants.

Sur la demande de Traddles, qui fut pour moi, pendant mon affliction, le plus tendre et le plus dévoué des
amis, nous retournâmes à Canterbury, ma tante, Agnès
et moi. Nous nous rendîmes tout droit chez M. Micawber qui nous attendait. Depuis l'explosion de notre dernière réunion, Traddles n'avait cessé de partager ses
soins entre la demeure de M. Micawber et celle de
M. Wickfield. Quand la pauvre mistress Micawber me
vit entrer, dans mes vêtements de deuil, elle fut extrêmement émue. Il y avait encore dans ce cœur-là beaucoup de bon, malgré les tracas et les souffrances prolon-
gées qu'elle avait subis depuis tant d'années.

« Eh bien! monsieur et mistress Micawber, dit ma
tante, dès que nous fûmes assis, avez-vous songé à la
proposition d'émigrer que je vous ai faite?

— Ma chère madame, reprit M. Micawber, je ne saurais mieux exprimer la conclusion à laquelle nous
sommes arrivés. Mistress Micawber, votre humble serviteur, et je puis ajouter nos enfants, qu'en empruntant
le langage d'un poëte illustre, et en vous disant avec lui :

Notre barque aborde au rivage,

Et de loin je vois sur les flots
Le navire et ses matelots,
Préparer tout pour le voyage.

— A la bonne heure ! dit ma tante. J'augure bien pour
vous de cette décision qui fait honneur à votre bon sens.

— C'est vous, madame, qui nous faites beaucoup
d'honneur, répondit-il ; puis, consultant son carnet :
Quant à l'assistance pécuniaire qui doit nous mettre à
même de lancer notre frêle canot sur l'océan des entreprises, j'ai pesé de nouveau ce point capital, et je vous
propose l'arrangement suivant, que j'ai libellé, je n'ai
pas besoin de le dire, sur papier timbré, d'après les pres-
criptions des divers actes du Parlement relatifs à cette
sorte de garanties : j'offre le remboursement aux
échéances ci-dessous indiquées, dix-huit mois, deux
ans, et deux ans et demi. J'avais d'abord proposé un an,
dix-huit mois, et deux ans ; mais je craindrais que le
temps ne fût un peu court pour amasser quelque chose.
Nous pourrions, à la première échéance, ne pas avoir
été favorisés dans nos récoltes », et M. Micawber regardait par toute la chambre comme s'il y voyait quelques
centaines d'ares d'une terre bien cultivée, « ou bien il se
pourrait que nous n'eussions pas encore serré nos
grains. On ne trouve pas toujours des bras comme on
veut, je le crains, dans cette partie de nos colonies où
nous devrons désormais lutter contre la fécondité luxu-
riante d'un sol vierge encore.

— Arrangez cela comme il vous plaira, monsieur, dit
ma tante.

— Madame, répliqua-t-il, mistress Micawber et moi,
nous sentons vivement l'extrême bonté de nos amis et
de nos parents. Ce que je désire, c'est d'être parfaitement en règle, et parfaitement exact. Nous allons tourner un nouveau feuillet du livre de la vie, nous allons
essayer d'un ressort inconnu et prendre en main un
levier puissant : je tiens, pour moi, comme pour mon
fils, à ce que ces arrangements soient conclus, comme
cela se doit, d'homme à homme. »

Je ne sais si M. Micawber attachait à cette dernière phrase un sens particulier. Je ne sais si jamais ceux qui l'emploient sont bien sûrs que cela veuille dire quelque chose, mais ce qu'il y a de certain, c'est qu'il aimait beaucoup cette locution, car il répéta, avec une toux expressive : « Comme cela se doit, d'homme à homme. »

« Je propose, dit M. Micawber, des lettres de change ; elles sont en usage dans tout le monde commerçant (c'est aux juifs, je crois, que nous devons en attribuer l'origine, et ils n'ont su que trop y conserver encore une bonne part, depuis ce jour) ; je les propose parce que ce sont des effets négociables. Mais si on préférait tout autre garantie, je serais heureux de me conformer aux vœux énoncés à ce sujet : Comme cela se doit d'homme à homme. »

Ma tante déclara que, quand on était décidé des deux côtés à consentir à tout, il lui semblait qu'il ne pouvait s'élever aucune difficulté. M. Micawber fût de son avis.

« Quant à nos préparatifs intérieurs, madame, reprit M. Micawber avec un sentiment d'orgueil, permettez-moi de vous dire comment nous cherchons à nous rendre propres au sort qui nous sera désormais dévolu. Ma fille aînée se rend tous les matins à cinq heures, dans un établissement voisin, pour y acquérir le talent, si l'on peut ainsi parler, de traire les vaches. Mes plus jeunes enfants étudient, d'aussi près que les circonstances le leur permettent, les mœurs des porcs et des volailles qu'on élève dans les quartiers moins élégants de cette cité : deux fois déjà, on les a rapportés à la maison, pour ainsi dire, écrasés par des charrettes. J'ai moi-même, la semaine passée, donné toute mon attention à l'art de la boulangerie, et mon fils Wilkins s'est consacré à conduire des bestiaux, lorsque les grossiers conducteurs payés pour cet emploi lui ont permis de leur rendre gratis quelques services en ce genre. Je regrette, pour l'honneur de notre espèce, d'être obligé d'ajouter que de telles occasions ne se présentent que rarement ; en général, on lui ordonne, avec des jurements effroyables, de s'éloigner au plus vite.

— Tout cela est à merveille, dit ma tante du ton le plus encourageant. Mistress Micawber n'est pas non plus restée oisive, j'en suis persuadée?

— Chère madame, répondit mistress Micawber, de son air affairé, je dois avouer que je n'ai pas jusqu'ici pris une grande part à des occupations qui aient un rapport direct avec la culture ou l'élevage des bestiaux, bien que je me propose d'y donner toute mon attention lorsque nous serons là-bas. Le temps que j'ai pu dérober à mes devoirs domestiques, je l'ai consacré à une correspondance étendue avec ma famille. Car j'avoue, mon cher monsieur Copperfield, ajouta mistress Micawber, qui s'adressait souvent à moi, probablement parce que jadis elle avait l'habitude de prononcer mon nom au début de ses discours, j'avoue que, selon moi, le temps est venu d'ensevelir le passé dans un éternel oubli ; ma famille doit aujourd'hui donner la main à M. Micawber, M. Micawber doit donner la main à ma famille : il est temps que le lion repose à côté de l'agneau, et que ma famille se réconcilie avec M. Micawber. »

Je déclarai que c'était aussi mon avis.

« C'est du moins sous cet aspect, mon cher monsieur Copperfield, que j'envisage les choses. Quand je demeurais chez nous avec papa et maman, papa avait l'habitude de me demander, toutes les fois qu'on discutait une question dans notre petit cercle : « Que pense mon Emma de cette affaire ? » Peut-être papa me montrait-il plus de déférence que je n'en méritais, mais cependant, il m'est permis naturellement d'avoir mon opinion sur la froideur glaciale qui a toujours régné dans les relations de M. Micawber avec ma famille ; je puis me tromper, mais enfin j'ai mon opinion.

— Certainement. C'est tout naturel, madame, dit ma tante.

— Précisément, continua mistress Micawber. Certainement, je puis me tromper, c'est même très probable, mais mon impression individuelle, c'est que le gouffre qui sépare M. Micawber et ma famille, est venu de ce que ma famille a craint que M. Micawber n'eût besoin d'assistance pécuniaire. Je ne puis m'empêcher de croire qu'il y a des membres de ma famille, ajouta-t-elle avec un air de grande pénétration, qui ont craint de voir M. Micawber leur demander de s'engager personnellement pour lui, en lui prêtant leur nom. Je ne parle pas ici de donner leurs noms pour le baptême de nos enfants ; mais ce qu'ils redoutaient, c'était qu'on ne s'en servît pour des lettres de change, qui auraient ensuite couru le risque d'être négociées à la Banque. »

Le regard sagace avec lequel mistress Micawber nous annonçait cette découverte, comme si personne n'y avait jamais songé, sembla étonner ma tante qui répondit un peu brusquement :

« Eh bien ! madame, à tout prendre, je ne serais pas étonnée que vous eussiez raison.

— M. Micawber est maintenant sur le point de se débarrasser des entraves pécuniaires qui ont si longtemps entravé sa marche : il va prendre un nouvel essor dans un pays où il trouvera une ample carrière pour déployer ses facultés : point extrêmement important à mes yeux ; les facultés de M. Micawber ont besoin d'espace. Il me semble donc que ma famille devrait profiter de cette occasion pour se mettre en avant. Je voudrais que M. Micawber et ma famille se réunissent dans une fête donnée... aux frais de ma famille ; un membre important de ma famille y porterait un toast à la santé et à la prospérité de M. Micawber, et M. Micawber y trouverait l'occasion de leur développer ses vues.

— Ma chère, dit M. Micawber, avec quelque vivacité, je crois devoir déclarer tout de suite que, si j'avais à développer mes vues devant une telle assemblée, elle en serait probablement choquée : mon avis étant qu'en masse votre famille se compose de faquins impertinents, et, en détail, de coquins fieffés.

— Micawber, dit mistress Micawber, en secouant la tête, non ! Vous ne les avez jamais compris, et ils ne vous ont jamais compris, voilà tout. »

M. Micawber toussa légèrement.

« Ils ne vous ont jamais compris, Micawber, dit sa femme. Peut-être en sont-ils incapables. Si cela est, il faut les plaindre, et j'ai compassion de leur infortune.

— Je suis extrêmement fâché, ma chère Emma, dit M. Micawber, d'un ton radouci, de m'être laissé aller à des expressions qu'on peut trouver un peu vives. Tout ce que je veux dire, c'est que je peux quitter cette contrée sans que votre famille se mette en avant pour me favoriser... d'un adieu, en me poussant de l'épaule pour précipiter mon départ ; enfin, j'aime autant m'éloigner d'Angleterre, de mon propre mouvement, que de m'y faire encourager par ces gens-là. Cependant, ma chère, s'ils daignaient répondre à votre communication, ce qui d'après notre expérience à tous deux, me semble on ne peut plus improbable, je serais bien loin d'être un obstacle à vos désirs. »

La chose étant ainsi décidée à l'amiable, M. Micawber offrit le bras à mistress Micawber, et jetant un coup d'œil sur le tas de livres et de papiers placés sur la table, devant Traddles, il déclara qu'ils allaient se retirer pour nous laisser libres ; ce qu'ils firent de l'air le plus cérémonieux.

« Mon cher Copperfield, dit Traddles en s'enfonçant dans son fauteuil, lorsqu'ils furent partis, et en me regardant avec un attendrissement qui rendait ses yeux plus rouges encore qu'à l'ordinaire, et donnait à ses cheveux les attitudes les plus bizarres, je ne vous demande pas pardon de venir vous parler d'affaires : je sais tout l'intérêt que vous prenez à celles-ci, et cela pourra d'ailleurs apporter quelque diversion à votre douleur. Mon cher ami, j'espère que vous n'êtes pas trop fatigué ?

— Je suis tout prêt, lui dis-je après un moment de silence. C'est à ma tante qu'il faut penser d'abord. Vous savez tout le mal qu'elle s'est donné ?

— Sûrement, sûrement, répondit Traddles : qui pourrait l'oublier !

— Mais ce n'est pas tout, repris-je. Depuis quinze

jours, elle a eu de nouveaux chagrins ; elle n'a fait que courir dans Londres tous les jours. Plusieurs fois elle est sortie le matin de bonne heure, pour ne revenir que le soir. Hier encore, Traddles, avec ce voyage en perspective, il était près de minuit quand elle est rentrée. Vous savez combien elle pense aux autres. Elle ne veut pas me dire le sujet de ses peines. »

Ma tante, le front pâle et sillonné de rides profondes, resta immobile à m'écouter. Quelques larmes coulèrent lentement sur ses joues, elle mit sa main dans la mienne.

« Ce n'est rien, Trot, ce n'est rien. C'est fini. Vous le saurez un jour. Maintenant, Agnès, ma chère, occupons-nous de nos affaires.

— Je dois rendre à M. Micawber la justice de dire, reprit Traddles, que bien qu'il n'ait pas su travailler utilement pour son propre compte, il est infatigable quand il s'agit des affaires d'autrui. Je n'ai jamais rien vu de pareil. S'il a toujours eu cette activité dévorante, il doit avoir à mon compte au moins deux cents ans, à l'heure qu'il est. C'est quelque chose d'extraordinaire que l'état dans lequel il se met, que la passion avec laquelle il se plonge, jour et nuit, dans l'examen des papiers et des livres de compte : je ne parle pas de l'immense quantité de lettres qu'il m'a écrites, quoique nous soyons porte à porte : souvent même il m'en passe à travers la table, quand il serait infiniment plus court de nous expliquer de vive voix.

— Des lettres ! s'écrie ma tante. Mais je suis sûre qu'il ne rêve que par lettres !

— Et M. Dick, dit Traddles, lui aussi il a fait merveille ! Aussitôt qu'il a été délivré du soin de veiller sur Uriah Heep, ce qu'il a fait avec un zèle inouï, il s'est dévoué aux intérêts de M. Wickfield, et il nous a véritablement rendu les plus grands services, en nous aidant dans nos recherches, en faisant mille petites commissions pour nous, en nous copiant tout ce dont nous avions besoin.

— Dick est un homme très remarquable, s'écria ma tante, je l'ai toujours dit. Trot, vous le savez !

— Je suis heureux de dire, miss Wickfield, poursuivit Traddles, avec une délicatesse et un sérieux vraiment touchants, que pendant votre absence l'état de M. Wickfield s'est grandement amélioré. Délivré du poids qui l'accablait depuis si longtemps, et des craintes terribles qui l'éprouvaient, ce n'est plus le même homme. Il retrouve même souvent la faculté de concentrer sa mémoire et son attention sur des questions d'affaires, et il nous a aidés à éclaircir plusieurs points épineux sur lesquels nous n'aurions peut-être jamais pu nous former un avis sans son aide. Mais je me hâte d'en venir aux résultats, qui ne seront pas longs à vous faire connaître ; je n'en finirais jamais si je me mettais à vous conter en détail tout ce qui me donne bon espoir pour l'avenir. »

Il était aisé de voir que cet excellent Traddles disait cela pour nous faire prendre courage, et pour permettre à Agnès d'entendre prononcer le nom de son père sans inquiétude ; mais nous n'en fûmes pas moins charmés tous.

« Voyons ! dit Traddles, en classant les papiers qui étaient sur la table. Nous avons examiné l'état de nos fonds, et, après avoir mis en ordre des comptes dont les uns étaient fort embrouillés sans mauvaise intention, et dont les autres étaient embrouillés et falsifiés à dessein, il nous paraît évident que M. Wickfield pourrait aujourd'hui se retirer des affaires, sans rester le moins du monde en déficit.

— Que Dieu soit béni ! dit Agnès, avec une fervente reconnaissance.

— Mais, dit Traddles, il lui resterait si peu de chose pour vivre (car même à supposer qu'il vendît la maison, il ne posséderait plus que quelques centaines de livres sterling), que je crois devoir vous engager à réfléchir, miss Wickfield, s'il ne ferait pas mieux de continuer à gérer les propriétés dont il a été si longtemps chargé.

Ses amis pourraient, vous sentez, l'aider de leurs conseils, maintenant qu'il serait affranchi de tout embarras. Vous-même, miss Wickfield, Copperfield et moi...

— J'y ai pensé, Trotwood, dit Agnès en me regardant, et je crois que cela ne peut pas, que cela ne doit pas être ; même sur les instances d'un ami auquel nous devons tant, et auquel nous sommes si reconnaissants.

— J'aurais tort de faire des instances, reprit Traddles. J'ai cru seulement devoir vous en donner l'idée. N'en parlons plus.

— Je suis heureuse de vous entendre, répondit Agnès avec fermeté, car cela me donne l'espoir, et presque la certitude que nous pensons de même, cher monsieur Traddles, et vous aussi, cher Trotwood. Une fois mon père délivré d'un tel fardeau, que pourrais-je souhaiter ? Rien autre chose que de le voir soulagé d'un travail si pénible, et de pouvoir lui consacrer ma vie, pour lui rendre un peu de l'amour et des soins dont il m'a comblée. Depuis des années, c'est ce que je désire le plus au monde. Rien ne pourrait me rendre plus heureuse que la pensée d'être chargée de notre avenir, si ce n'est le sentiment que mon père ne sera plus accablé par une trop pesante responsabilité.

— Avez-vous songé à ce que vous pourriez faire, Agnès ?

— Souvent, cher Trotwood. Je ne suis pas inquiète. Je suis certaine de réussir. Tout le monde me connaît ici, et l'on me veut du bien, j'en suis sûre. Ne craignez pas pour moi. Nos besoins ne sont pas grands. Si je peux mettre en location notre chère vieille maison, et tenir une école, je serai heureuse de me sentir utile. »

En entendant cette voix ardente, émue, mais paisible, j'avais si présent le souvenir de la vieille et chère maison, autrefois ma demeure solitaire, que je ne pus répondre un seul mot : j'avais le cœur trop plein. Traddles fit semblant de chercher une note parmi ses papiers.

« A présent, miss Trotwood, dit Traddles, nous avons à nous occuper de votre fortune.

— Eh bien! monsieur, répondit ma tante en soupirant; tout ce que je peux vous en dire, c'est que si elle n'existe plus, je saurai en prendre mon parti; et que si elle existe encore, je serai bien aise de la retrouver.

— C'était je crois, originairement, huit mille livres sterling, dans les consolidés? dit Traddles.

— Précisément! répondit ma tante.

— Je ne puis en retrouver que cinq, dit Traddles d'un air perplexe.

— Est-ce cinq mille livres ou cinq livres? dit ma tante avec le plus grand sang-froid.

— Cinq mille livres, repartit Traddles.

— C'était tout ce qu'il y avait, répondit ma tante. J'en avais vendu moi-même trois mille, dont mille pour votre installation, mon cher Trot; j'ai gardé le reste. Quand j'ai perdu ce que je possédais, j'ai cru plus sage de ne pas vous parler de cette dernière somme, et de la tenir en réserve pour parer aux événements. Je voulais voir comment vous supporteriez cette épreuve, Trot; vous l'avez noblement supportée, avec persévérance, avec dignité, avec résignation. Dick a fait de même. Ne me parlez pas, car je me sens les nerfs un peu ébranlés. »

Personne n'aurait pu le deviner à la voir si droite sur sa chaise, les bras croisés; elle était au contraire merveilleusement maîtresse d'elle-même.

« Alors je suis heureux de pouvoir vous dire, s'écrie Traddles d'un air radieux, que nous avons retrouvé tout votre argent.

— Surtout que personne ne m'en félicite, je vous prie, dit ma tante... Et comment cela, monsieur?

— Vous croyiez que M. Wickfield avait mal à propos disposé de cette somme? dit Traddles.

— Certainement, dit ma tante. Aussi je n'ai pas eu de peine à garder le silence. Agnès, ne me dites pas un mot!

— Et le fait est, dit Traddles, que vos fonds avaient été vendus en vertu des pouvoirs que vous lui aviez confiés ; je n'ai pas besoin de vous dire par qui, ni sur quelle signature. Ce misérable osa plus tard affirmer et même prouver, par des chiffres, à M. Wickfield, qu'il avait employé la somme (d'après des instructions générales, disait-il) pour pallier d'autres déficits et d'autres embarras d'affaires. M. Wickfield n'a pris d'autre participation à cette fraude, que d'avoir la malheureuse faiblesse de vous payer plusieurs fois les intérêts d'un capital qu'il savait ne plus exister.

— Et à la fin, il s'en attribua tout le blâme, ajouta ma tante ; il m'écrivit alors une lettre insensée où il s'accusait de vol, et des crimes les plus odieux. Sur quoi je lui fis une visite un matin, je demandai une bougie, je brûlai sa lettre, et je lui dis de me payer un jour, si cela lui était possible, mais en attendant, s'il ne le pouvait pas, de veiller sur ses propres affaires, pour l'amour de sa fille... Si on me parle, je sors de la chambre ! »

Nous restâmes silencieux ; Agnès se cachait la tête dans ses mains.

« Eh bien, mon cher ami, dit ma tante après un moment, vous lui avez donc arraché cet argent ?

— Ma foi ! dit Traddles, M. Micawber l'avait si bien traqué et s'était muni de tant de preuves irrésistibles que l'autre n'a pas pu nous échapper. Ce qu'il y a de plus remarquable, c'est que je crois en vérité que c'est encore plus par haine pour Copperfield que pour satisfaire son extrême avarice, qu'il avait dérobé cet argent. Il me l'a dit tout franchement. Il n'avait qu'un regret, c'était de n'avoir pas dissipé cette somme, pour vexer Copperfield et pour lui faire tort.

— Voyez-vous ! dit ma tante en fronçant les sourcils d'un air pensif, et en jetant un regard sur Agnès. Et qu'est-il devenu ?

— Je n'en sais rien. Il est parti, dit Traddles, avec sa mère, qui ne faisait que crier, supplier, confesser tout. Ils sont partis pour Londres, par la diligence du soir, et je ne sais rien de plus sur son compte, si ce n'est qu'il a montré pour moi en partant la malveillance la plus audacieuse. Il ne m'en voulait pas moins qu'à M. Micawber ; j'ai pris cette déclaration pour un compliment, et je me suis fait un plaisir de le lui dire.

— Croyez-vous qu'il ait quelque argent, Traddles ? lui demandai-je.

— Oh ! oui, j'en suis bien convaincu, répondit-il en secouant la tête d'un air sérieux. Je suis sûr que, d'une façon ou d'une autre, il doit avoir empoché un joli petit magot. Mais je crois, Copperfield, que si vous aviez l'occasion de l'observer plus tard dans le cours de sa destinée, vous verriez que l'argent ne l'empêchera pas de mal tourner. C'est un hypocrite fini ; quoi qu'il fasse, soyez sûr qu'il ne marchera jamais que par des voies tortueuses. C'est le seul plaisir qui le dédommage de la contrainte extérieure qu'il s'impose. Comme il rampe sans cesse à plat ventre pour arriver à quelque petit but particulier, il se fera toujours un monstre de chaque obstacle qu'il rencontrera sur son chemin ; par conséquent il poursuivra de sa haine et de ses soupçons chacun de ceux qui le gêneront dans ses vues, fût-ce le plus innocemment du monde. Alors ses voies deviendront de plus en plus tortueuses, au moindre ombrage qu'il pourra prendre. Il n'y a qu'à voir sa conduite ici pour s'en convaincre.

— C'est un monstre de bassesse comme on n'en voit pas, dit ma tante.

— Je n'en sais trop rien, répliqua Traddles d'un air pensif. Il n'est pas difficile de devenir un monstre de bassesse, quand on veut s'en donner la peine.

— Et M. Micawber ? dit ma tante.

— Ah ! réellement, dit Traddles d'un air réjoui, je ne peux pas m'empêcher de donner encore les plus grands éloges à M. Micawber. Sans sa patience et sa longue persévérance, nous n'aurions fait rien qui vaille. Et il ne faut pas oublier que M. Micawber a bien agi, par pur dévouement : quand on songe à tout ce qu'il aurait pu obtenir d'Uriah Heep, en se faisant payer son silence !

— Vous avez bien raison, lui dis-je.

— Et maintenant que faut-il lui donner? demanda ma tante.

— Oh! avant d'en venir là dit Traddles d'un air un peu déconcerté, j'ai cru devoir, par discrétion, omettre deux points dans l'arrangement fort peu légal (car il ne faut pas se dissimuler qu'il est fort peu légal d'un bout à l'autre) de cette difficile question. Les billets souscrits par M. Micawber au profit d'Uriah, pour les avances qu'il lui faisait...

— Eh bien! il faut les lui rembourser, dit ma tante.

— Oui, mais je ne sais pas quand on voudra s'en servir contre lui, ni où ils sont, reprit Traddles en écarquillant les yeux; et je crains fort que d'ici à son départ, M. Micawber ne soit constamment arrêté ou saisi pour dettes.

— Alors il faudra le mettre constamment en liberté, et faire lever chaque saisie, dit ma tante. A quoi cela monte-t-il en tout?

— Mais, M. Micawber a porté avec beaucoup d'exactitude ces transactions (il appelle ça des transactions) sur son grand-livre, reprit Traddles en souriant, et cela monte à cent trois livres sterling et cinq shillings.

— Voyons, que lui donnerons-nous, cette somme-là comprise? dit ma tante. Agnès, ma chère, nous reparlerons plus tard ensemble de votre part proportionnelle dans ce petit sacrifice... Eh bien! combien dirons-nous? Cinq cents livres?»

Nous prîmes la parole en même temps, sur cet offre, Traddles et moi. Nous insistâmes tous deux pour qu'on ne remît à M. Micawber qu'une petite somme à la fois, et que, sans le lui promettre d'avance, on soldât à mesure ce qu'il devait à Uriah Heep. Nous fûmes d'avis qu'on payât le passage et les frais d'installation de la famille, qu'on leur donnât en outre cent livres sterling, et qu'on eût l'air de prendre au sérieux l'arrangement proposé par M. Micawber pour payer ces avances : il lui serait salutaire de se sentir sous le coup de cette responsabilité. A cela j'ajoutai que je donnerais sur son caractère quelques détails à M. Peggotty, sur qui je savais qu'on pouvait compter. On pourrait aussi confier à M. Peggotty le soin de lui avancer plus tard cent livres sterling en sus de ce qu'il aurait déjà reçu au départ. Je me proposais encore d'intéresser M. Micawber à M. Peggotty, en lui confiant, de l'histoire de ce dernier, ce qu'il me semblerait utile ou convenable de ne lui point cacher, afin de les amener à s'entr'aider mutuellement, dans leur intérêt commun. Nous entrâmes tous chaudement dans ces plans; et je puis dire par avance qu'en effet la plus parfaite bonne volonté et la meilleure harmonie ne tardèrent pas à régner entre les deux parties intéressées.

Voyant que Traddles regardait ma tante d'un air soucieux, je lui rappelai qu'il avait fait allusion à deux questions dont il devait nous parler.

« Votre tante m'excusera et vous aussi, Copperfield, si j'aborde un sujet aussi pénible, dit Traddles en hésitant; mais je crois nécessaire de le rappeler à votre souvenir. Le jour où M. Micawber nous a fait cette mémorable dénonciation, Uriah Heep a proféré des menaces contre le mari de votre tante. »

Ma tante inclina la tête, sans changer de position, avec le même calme apparent.

« Peut-être, continua Traddles, n'était-ce qu'une impertinence en l'air.

— Non, répondit ma tante.

— Il y avait donc... je vous demande bien pardon... une personne portant ce titre...? dit Traddles, et elle était sous sa coupe?

— Oui, mon ami », dit ma tante.

Traddles expliqua, et d'une mine allongée, qu'il n'avait pas pu aborder ce sujet, et que dans l'arrangement qu'il avait fait, il n'en était pas question, non plus que des lettres de créance contre M. Micawber; que nous n'avions plus aucun pouvoir sur Uriah Heep, et que s'il était à même de nous faire du tort, ou de nous jouer un mauvais tour, aux uns ou aux autres, il n'y manquerait certainement pas.

Ma tante gardait le silence; quelques larmes coulaient sur ses joues.

« Vous avez raison, dit-elle. Vous avez bien fait d'en parler.

— Pouvons-nous faire quelque chose, Copperfield ou moi ? demanda doucement Traddles.

— Rien, dit ma tante. Je vous remercie mille fois. Trot, mon cher, ce n'est qu'une vaine menace. Faites rentrer M. et mistress Micawber. Et surtout ne me dites rien ni les uns ni les autres ! » En même temps, elle arrangea les plis de sa robe, et se rassit, toujours droite comme à l'ordinaire, les yeux fixés sur la porte.

« Eh bien, M. et mistress Micawber, dit ma tante en les voyant entrer, nous avons discuté la question de votre émigration, je vous demande bien pardon de vous avoir laissés si longtemps seuls; voici ce que nous vous proposons. »

Puis elle expliqua ce qui avait été convenu, à l'extrême satisfaction de la famille, petits et grands, là présents. M. Micawber en particulier fut tellement enchanté de trouver une si belle occasion de pratiquer ses habitudes de transactions commerciales, en souscrivant des billets, qu'on ne put l'empêcher de courir immédiatement chez le marchand de papier timbré. Mais sa joie reçut tout à coup un rude choc; cinq minutes après, il revint escorté d'un agent du shériff, nous informer en sanglotant que tout était perdu. Comme nous étions préparés à cet événement, et que nous avions prévu la vengeance d'Uriah Heep, nous payâmes aussitôt la somme, et, cinq minutes après, M. Micawber avait repris sa place devant la table, et remplissait les blancs de ses feuilles de papier timbré avec une expression de ravissement, que nulle autre occupation ne pouvait lui donner, si ce n'est celle de faire du punch. Rien que de le voir retoucher ses billets avec un ravissement artistique, et les placer à distance pour mieux en voir l'effet, les regarder du coin de l'œil, et inscrire sur son carnet les dates et les totaux, enfin contempler son œuvre terminée, avec la profonde conviction que c'était de l'or en barre, il ne pouvait y avoir de spectacle plus amusant.

« Et maintenant, monsieur, si vous me permettez de vous le dire, ce que vous avez de mieux à faire, dit ma tante après l'avoir observé un moment en silence, c'est de renoncer pour toujours à cette occupation.

— Madame, répondit M. Micawber, j'ai l'intention d'inscrire ce vœu sur la page vierge de notre nouvel avenir. Mistress Micawber peut vous le dire. J'ai la confiance, ajouta-t-il d'un ton solennel, que mon fils Wilkins n'oubliera jamais qu'il vaudrait mieux pour lui plonger son poing dans les flammes que de manier les serpents qui ont répandu leur venin dans les veines glacées de son malheureux père! » Profondément ému, et transformé en une image du désespoir, M. Micawber contemplait ces serpents invisibles avec un regard rempli d'une sombre haine (quoi qu'à vrai dire, on y retrouvât encore quelques traces de son ancien goût pour ces serpents figurés), puis il plia les feuilles et les mit dans sa poche.

La soirée avait été bien remplie. Nous étions épuisés de chagrin et de fatigue; sans compter que ma tante et moi nous devions retourner à Londres le lendemain. Il fut convenu que les Micawber nous y suivraient, après avoir vendu leur mobilier; que les affaires de M. Wickfield seraient réglées le plus promptement possible, sous la direction de Traddles, et qu'Agnès viendrait ensuite à Londres. Nous passâmes la nuit dans la vieille maison qui, délivrée maintenant de la présence des Heep, semblait purgée d'une pestilence, et je couchai dans mon ancienne chambre, comme un pauvre naufragé qui est revenu au gîte.

Le lendemain nous retournâmes chez ma tante, pour ne pas aller chez moi, et nous étions assis tous deux à côté l'un de l'autre, comme par le passé, avant d'aller nous coucher, quand elle me dit :

« Trot, avez-vous vraiment envie de savoir ce qui me préoccupait dernièrement ?

— Oui certainement, ma tante, aujourd'hui, moins que jamais, je ne voudrais vous voir un chagrin ou une inquiétude dont je n'eusse ma part.

— Vous avez déjà eu assez de chagrins vous-même, mon enfant, dit ma tante avec affection, sans que j'y ajoute encore mes petites misères. Je n'ai pas eu d'autre motif, mon cher Trot, de vous cacher quelque chose.

— Je le sais bien. Mais dites-le-moi maintenant.

— Voulez-vous sortir en voiture avec moi demain matin ? me demanda ma tante.

— Certainement.

— A neuf heures, reprit-elle, je vous dirai tout, mon ami. »

Le lendemain matin, nous montâmes en voiture pour nous rendre à Londres. Nous fîmes un long trajet à travers les rues, avant d'arriver devant un des grands hôpitaux de la capitale. Près du bâtiment, je vis un corbillard très simple. Le cocher reconnut ma tante, elle lui fit signe de la main de se mettre en marche, il obéit, nous le suivîmes.

« Vous comprenez maintenant, Trot, dit ma tante. Il est mort.

— Est-il mort à l'hôpital ?

— Oui. »

Elle était assise, immobile, à côté de moi, mais je voyais de nouveau de grosses larmes couler sur ses joues.

« Il y était déjà venu une fois, reprit ma tante. Il était malade depuis longtemps, c'était une santé détruite. Quand il a su son état, pendant sa dernière maladie, il m'a fait demander. Il était repentant ; très repentant.

— Et je suis sûr que vous y êtes allée ! ma tante.

— Oui. Et j'ai passé depuis bien des heures près de lui.

— Il est mort la veille de notre voyage à Canterbury ? »

Ma tante me fit signe que oui. « Personne ne peut plus lui faire de tort à présent, dit-elle. Vous voyez que c'était une vaine menace. »

Nous arrivâmes au cimetière d'Hornsey. « J'aime mieux qu'il repose ici que dans la ville, dit ma tante. Il était né ici. »

Nous descendîmes de voiture, et nous suivîmes à pied le cercueil jusqu'au coin de terre dont j'ai gardé le souvenir, et où on lut le service des morts. *Tu es poussière et...*

« Il y a trente-six ans, mon ami, que je l'avais épousé, me dit ma tante, lorsque nous remontâmes en voiture. Que Dieu nous pardonne à tous. »

Nous nous rassîmes en silence, et elle resta long-temps sans parler, tenant toujours ma main serrée dans les siennes. Enfin elle fondit tout à coup en larmes, et me dit :

« C'était un très bel homme quand je l'épousai, Trot... Mais grand Dieu, comme il avait changé ! »

Cela ne dura pas longtemps. Ses pleurs la soula-gèrent, elle se calma bientôt, et reprit sa sérénité. « C'est que j'ai les nerfs un peu ébranlés, me disait-elle, sans cela je ne me serais pas ainsi laissée aller à mon émo-tion. Que Dieu nous pardonne à tous ! »

Nous retournâmes chez elle à Highgate, et là nous trouvâmes un petit billet qui était arrivé par le courrier du matin, de la part de M. Micawber.

« Canterbury, vendredi.

« Chère madame, et vous aussi, mon cher Copper-field, le beau pays de promesse qui commençait à poindre à l'horizon est de nouveau enveloppé d'un brouillard impénétrable, et disparaît pour toujours des yeux d'un malheureux naufragé, dont l'arrêt est porté !

« Un autre mandat d'arrêt vient en effet d'être lancé par Heep contre Micawber (dans la haute cour du Banc du roi à Westminster), et le défendeur est la proie du shérif revêtu de l'autorité légale dans ce bailliage.

Voici le jour, voici l'heure cruelle.
Le front de bataille chancelle ;
D'un air superbe Édouard, victorieux,
M'apporte l'esclavage et des fers odieux.

« Une fois retombé dans les fers, mon existence sera de courte durée (les angoisses de l'âme ne sauraient se supporter quand une fois elles ont atteint un certain point ; je sens que j'ai dépassé ces limites). Que Dieu vous bénisse ! Qu'il vous bénisse ! Un jour peut-être, quelque voyageur, visitant par des motifs de curiosité, et aussi, je l'espère, de sympathie, le lieu où l'on renferme les débiteurs dans cette ville, réfléchira longtemps, en lisant gravées sur le mur, avec l'aide d'un clou rouillé,

« Ces obscures initiales :

« W.M.

« P.-S. Je rouvre cette lettre pour vous dire que notre commun ami, M. Thomas Traddles qui ne nous a pas encore quittés, et qui paraît jouir de la meilleure santé, vient de payer mes dettes et d'acquitter tous les frais, au nom de cette noble et honorable miss Trotwood ; ma famille et moi nous sommes au comble du bonheur. »

CHAPITRE XXV

La tempête

J'arrive maintenant à un événement qui a laissé dans mon âme des traces terribles et ineffaçables, à un événement tellement uni à tout ce qui précède cette partie de ma vie que, depuis les premières pages de mon récit, il a toujours grandi à mes yeux, comme une tour gigantesque isolée dans la plaine, projetant son ombre sur les incidents qui ont marqué même les jours de mon enfance.

Pendant les années qui suivirent cet événement, j'en rêvais sans cesse. L'impression en avait été si profonde que, durant le calme des nuits, dans ma chambre paisible, j'entendais encore mugir le tonnerre de sa furie redoutable. Aujourd'hui même il m'arrive de revoir cette scène dans mes rêves, bien qu'à de plus rares intervalles. Elle s'associe dans mon esprit au bruit du vent pendant l'orage, au nom seul du rivage de l'Océan. Je vais essayer de la raconter, telle que je la vois de mes yeux, car ce n'est pas un souvenir, c'est une réalité présente.

Le moment approchait où le navire des émigrants allait mettre à la voile : ma chère vieille bonne vint à Londres ; son cœur se brisa de douleur à notre première entrevue. J'étais constamment avec elle, son frère et les Micawber, qui ne les quittaient guère ; mais je ne revis plus Émilie.

Un soir, j'étais seul avec Peggotty et son frère. Nous en vînmes à parler de Ham. Elle nous raconta avec quelle tendresse il l'avait quittée, toujours calme et courageux. Il ne l'était jamais plus, disait-elle, que quand elle le croyait le plus abattu par le chagrin. L'excellente femme ne se lassait jamais de parler de lui, et nous mettions à entendre ses récits le même intérêt qu'elle mettait à nous les faire.

Nous avions renoncé, ma tante et moi, à nos deux petites maisons de Highgate : moi, pour voyager, et elle pour retourner habiter sa maison de Douvres. Nous avions pris, en attendant, un appartement dans Covent-Garden. Je rentrais chez moi ce soir-là, réfléchissant à ce qui s'était passé entre Ham et moi, lors de ma dernière visite à Yarmouth, et je me demandais si je ne ferais pas mieux d'écrire tout de suite à Émilie, au lieu de remettre une lettre pour elle à son oncle, au moment où je dirais adieu à ce pauvre homme sur le tillac, comme j'en avais d'abord formé le projet. Peut-être voudrait-elle, après avoir lu ma lettre, envoyer par moi quelque message d'adieu à celui qui l'aimait tant. Mieux valait lui en faciliter l'occasion.

Avant de me coucher, je lui écrivis. Je lui dis que j'avais vu Ham, et qu'il m'avait prié de lui dire ce que j'ai déjà raconté plus haut. Je le répétai fidèlement, sans rien ajouter. Lors même que j'en aurais eu le droit, je n'avais nul besoin de rien dire de plus. Ni moi, ni personne, nous n'aurions pu rendre plus touchantes ses paroles simples et vraies. Je donnai l'ordre de porter cette lettre le lendemain matin, en y ajoutant seulement pour M. Peggotty la prière de la remettre à Émilie. Je ne me couchai qu'à la pointe du jour.

J'étais alors plus épuisé que je ne le croyais; je ne m'endormis que lorsque le soleil paraissait déjà à l'horizon, et la fatigue me tint au lit assez tard le lendemain. Je fus réveillé par la présence de ma tante à mon chevet, quoiqu'elle eût gardé le silence. Je sentis dans mon sommeil qu'elle était là, comme cela nous arrive quelquefois.

« Trot, mon ami, dit-elle en me voyant ouvrir les yeux, je ne pouvais pas me décider à vous réveiller. M. Peggotty est ici; faut-il le faire monter? »

Je répondis que oui; il parut bientôt.

« Maître Davy, dit-il quand il m'eut donné une poignée de main, j'ai remis à Émilie votre lettre, et voici le billet qu'elle a écrit après l'avoir lu. Elle vous prie d'en prendre connaissance et, si vous n'y voyez pas d'inconvénient, d'être assez bon pour vous en charger.

— L'avez-vous lu? » lui dis-je.

Il hocha tristement la tête; je l'ouvris et je lus ce qui suit :

« J'ai reçu votre message. Oh! que pourrais-je vous dire pour vous remercier de tant de bonté et d'intérêt?

« J'ai serré votre lettre contre mon cœur. Elle y restera jusqu'au jour de ma mort. Ce sont des épines bien aiguës, mais elles me font du bien. J'ai prié par là-dessus. Oh! oui, j'ai bien prié. Quand je songe à ce que vous êtes, et à ce qu'est mon oncle, je comprends ce que Dieu doit être, et je me sens le courage de crier vers lui.

« Adieu pour toujours, mon ami; adieu pour toujours dans

ce monde. Dans un autre monde, si j'obtiens mon pardon, peut-être me réveillerai-je enfant et pourrai-je venir alors vous retrouver ? Merci, et que Dieu vous bénisse ! Adieu, adieu pour toujours ! »

Voilà tout ce qu'il y avait dans sa lettre, avec la trace de ses larmes.

« Puis-je lui dire que vous n'y voyez pas d'inconvénient, maître Davy, et que vous serez assez bon pour vous en charger ? me demanda M. Peggotty quand j'eus fini ma lecture.

— Certainement, lui dis-je, mais je réfléchissais...

— Oui, maître Davy ?

— J'ai envie de me rendre à Yarmouth. J'ai plus de temps qu'il ne m'en faut pour aller et venir avant le départ du bâtiment. *Il* ne me sort pas de l'esprit, lui et sa solitude ; si je puis lui remettre la lettre d'Émilie et vous charger de dire à votre nièce, à l'heure du départ, qu'il l'a reçue, cela leur fera du bien à tous deux. J'ai accepté solennellement la commission dont il me chargeait, l'excellent homme, je ne saurais m'en acquitter trop complètement. Le voyage n'est rien pour moi. J'ai besoin de mouvement, cela me calmera. Je partirai ce soir. »

Il essaya de me dissuader, mais je vis qu'il était au fond de mon avis, et cela m'aurait confirmé dans mon intention si j'en avais eu besoin. Il alla au bureau de la diligence, sur ma demande, et prit pour moi une place d'impériale. Je partis le soir par cette même route que j'avais traversée jadis, au milieu de tant de vicissitudes diverses.

« Le ciel ne vous paraît-il pas bien étrange ce soir ? dis-je au cocher à notre premier relai. Je ne me souviens pas d'en avoir jamais vu un pareil.

— Ni moi non plus ; je n'ai même jamais rien vu d'approchant, répondit-il. C'est du vent, monsieur. Il y aura des malheurs en mer, j'en ai peur, avant long-temps. »

C'était une confusion de nuages sombres et rapides,

traversés çà et là par des bandes d'une couleur comme celle de la fumée qui s'échappe du bois mouillé : ces nuages s'entassaient en masses énormes, à des profondeurs telles que les plus profonds abîmes de la terre n'en auraient pu donner l'idée, et la lune semblait s'y plonger tête baissée, comme si, dans son épouvante de voir un si grand désordre dans les lois de la nature, elle eût perdu sa route à travers le ciel. Le vent, qui avait soufflé avec violence tout le jour, recommençait avec un bruit formidable. Le ciel se chargeait toujours de plus en plus.

Mais à mesure que la nuit avançait et que les nuages précipitaient leur course, noirs et serrés, sur toute la surface du ciel, le vent redoublait de fureur. Il était tellement violent que les chevaux pouvaient à peine faire un pas. Plusieurs fois, au milieu de l'obscurité de la nuit (nous étions à la fin de septembre, et les nuits étaient déjà longues), le conducteur s'arrêta, sérieusement inquiet pour la sûreté de ses passagers. Des ondées rapides se succédaient, tombant comme des lames d'acier, et nous étions bien aises de nous arrêter chaque fois que nous trouvions quelque mur ou quelque arbre pour nous abriter, car il devenait impossible de continuer à lutter contre l'orage.

Au point du jour, le vent redoubla encore de fureur. J'avais vu à Yarmouth des coups de vent que les marins appelaient des canonnades, mais jamais je n'avais rien vu de pareil, rien même qui y ressemblât. Nous arrivâmes très tard à Norwich, disputant à la tempête chaque pouce de terrain, à partir de quatre lieues de Londres, et nous trouvâmes sur la place du marché une quantité de personnes qui s'étaient levées au milieu de la nuit, et au bruit de la chute des cheminées. On nous dit, pendant que nous changions de chevaux, que de grandes feuilles de tôle avaient été enlevées de la tour de l'église et lancées par le vent dans une rue voisine, qu'elles barraient absolument ; d'autres racontaient que des paysans, venus des villages d'alentour, avaient vu de

grands arbres déracinés dont les branches éparses jon-
chaient les routes et les champs. Et cependant, loin de
s'apaiser, l'orage redoublait toujours de violence.

Nous avançâmes péniblement : nous approchions de
la mer, qui nous envoyait ce vent redoutable. Nous
n'étions pas encore en vue de l'Océan, que déjà des flots
d'écume venaient nous inonder d'une pluie salée. L'eau
montait toujours, couvrant jusqu'à plusieurs milles de
distance le pays plat qui avoisine Yarmouth. Tous les
petits ruisseaux, devenus des torrents, se répandaient
au loin. Lorsque nous aperçûmes la mer, les vagues se
dressaient à l'horizon de l'abîme en furie, comme des
tours et des édifices, sur un rivage éloigné. Quand enfin
nous entrâmes dans la ville, tous les habitants, sur le
seuil de la porte, venaient d'un air inquiet, les cheveux
au vent, voir passer la malle-poste qui avait eu le courage de voyager pendant cette terrible nuit.

Je descendis à la vieille auberge, puis je me dirigeai
vers la mer, en trébuchant le long de la rue, couverte de
sable et d'herbes marines encore tout inondées d'écume
blanchâtre ; à chaque pas j'avais à éviter de recevoir une
tuile sur la tête ou à m'accrocher à quelque passant, au
détour des rues, pour n'être pas entraîné par le vent. En
approchant du rivage, je vis, non seulement les marins,
mais la moitié de la population de la ville, réfugiée derrière des maisons ; on bravait parfois la furie de l'orage
pour contempler la mer, mais on se dépêchait de revenir à l'abri, comme on pouvait, en faisant mille zigzags
pour couper le vent.

J'allai me joindre à ces groupes : on y voyait des
femmes en pleurs ; leurs maris étaient à la pêche du
hareng ou des huîtres ; il n'y avait que trop de raisons de
craindre que leurs barques n'eussent été coulées à fond
avant qu'ils pussent chercher quelque part un refuge.
De vieux marins secouaient la tête et se parlaient à
l'oreille, en regardant la mer, d'abord, puis le ciel ; des
propriétaires de navires se montraient parmi eux, agités
et inquiets ; des enfants, pêle-mêle, dans les groupes,

cherchaient à lire dans les traits des vieux loups de mer ; de vigoureux matelots, troublés et soucieux, se réfugiaient derrière un mur pour diriger vers l'Océan leurs lunettes d'approche, comme s'ils étaient en vedette devant l'ennemi.

Lorsque je pus contempler la mer, en dépit du vent qui m'aveuglait, des pierres et du sable qui volaient de toute part, et des formidables mugissements des flots, je fus tout confondu de ce spectacle. On voyait des murailles d'eau qui s'avançaient en roulant, puis s'écroulaient subitement de toute leur hauteur ; on aurait dit qu'elles allaient engloutir la ville. Les vagues, en se retirant avec un bruit sourd, semblaient creuser sur la grève des caves profondes, comme pour miner le sol. Lorsqu'une lame blanche se brisait avec fracas, avant d'atteindre le rivage, chaque fragment de ce tout redoutable, animé de la même furie, courait, dans sa colère, former un autre monstre pour un assaut nouveau. Les collines se transformaient en vallées, les vallées redevenaient des collines, sur lesquelles s'abattait tout à coup quelque oiseau solitaire ; l'eau bouillonnante venait bondir sur la grève, masse tumultueuse qui changeait sans cesse de forme et de place, pour céder bientôt l'espace à des formes nouvelles ; le rivage idéal qui semblait se dresser à l'horizon montrait et cachait tour à tour ses clochers et ses édifices ; les nuages s'enfuyaient épais et rapides ; on eût cru assister à un soulèvement, à un déchirement suprême de la nature entière.

Je n'avais pas aperçu Ham parmi les marins que ce vent mémorable (car on se le rappelle encore aujourd'hui, comme le plus terrible sinistre qui ait jamais désolé la côte) avait rassemblés sur le rivage ; je me rendis à sa chaumière ; elle était fermée, je frappai en vain. Alors je gagnai par de petits chemins le chantier où il travaillait. J'appris là qu'il était parti pour Lowestoft où on l'avait demandé pour un radoub pressé que lui seul pouvait faire, mais qu'il reviendrait le lendemain matin de bonne heure.

Je retournai à l'hôtel, et, après avoir fait ma toilette de nuit, j'essayai de dormir, mais en vain; il était cinq heures de l'après-midi. Je n'étais pas depuis cinq minutes au coin du feu, dans la salle à manger, quand le garçon entra sous prétexte de mettre tout en ordre, ce qui lui servait d'excuse pour causer. Il me dit que deux bateaux de charbon venaient de sombrer, avec leur équipage, à quelques milles de Yarmouth, et qu'on avait vu d'autres navires bien en peine à la dérive, qui s'efforçaient de s'éloigner du rivage : le danger était imminent.

« Que Dieu ait pitié d'eux, et de tous les pauvres matelots! dit-il; que vont-ils devenir, si nous avons encore une nuit comme la dernière! »

J'étais bien abattu; mon isolement et l'absence de Ham me causaient un malaise insurmontable. J'étais sérieusement affecté, sans bien m'en rendre compte, par les derniers événements, et le vent violent auquel je venais de rester longtemps exposé avait troublé mes idées. Tout me semblait si confus que j'avais perdu le souvenir du temps et de la distance. Je n'aurais pas été surpris, je crois, de rencontrer dans les rues de Yarmouth quelqu'un que je savais devoir être à Londres. Il y avait, sous ce rapport, un vide bizarre dans mon esprit. Et pourtant il ne restait pas oisif, mais il était absorbé dans les pensées tumultueuses que me suggérait naturellement ce lieu, si plein pour moi de souvenirs distincts et vivants.

Dans cet état, les tristes nouvelles que me donnait le garçon sur les navires en détresse s'associèrent, sans aucun effort de ma volonté, à mon anxiété au sujet de Ham. J'étais convaincu qu'il aurait voulu revenir de Lowestoft par mer, et qu'il était perdu. Cette appréhension devint si forte que je résolus de retourner au chantier avant de me mettre à dîner, et de demander au constructeur s'il croyait probable que Ham pût songer à revenir par mer. S'il me donnait la moindre raison de le croire, je partirais pour Lowestoft, et je l'en empêcherais en le ramenant avec moi.

Je commandai mon dîner, et je me rendis au chantier. Il était temps ; le constructeur, une lanterne à la main, en fermait la porte. Il se mit à rire, quand je lui posai cette question, et me dit qu'il n'y avait rien à craindre : jamais un homme dans son bon sens, ni même un fou, ne songerait à s'embarquer par un pareil coup de vent ; Ham Peggotty moins que tout autre, lui qui était né dans le métier.

Je m'en doutais d'avance, et pourtant je n'avais pu résister au besoin de faire cette question, quoique je fusse tout honteux en moi-même de la faire. J'avais repris le chemin de l'hôtel. Le vent semblait encore augmenter de violence, s'il est possible. Ses hurlements, et le fracas des vagues, le claquement des portes et des fenêtres, le gémissement étouffé des cheminées, le balancement apparent de la maison qui m'abritait, et le tumulte de la mer en furie, tout cela était plus effrayant encore que le matin la profonde obscurité venait ajouter à l'ouragan ses terreurs réelles et imaginaires.

Je ne pouvais pas manger, je ne pouvais pas me tenir tranquille, je ne pouvais me fixer à rien : il y avait en moi quelque chose qui répondait à l'orage extérieur, et bouleversait vaguement mes pensées orageuses. Mais au milieu de cette tempête de mon âme, qui s'élevait comme les vagues mugissantes, je retrouvais constamment en première ligne mon inquiétude sur le sort de Ham.

On emporta mon dîner sans que j'y eusse pour ainsi dire touché, et j'essayai de me remonter avec un ou deux verres de vin. Tout était inutile. Je m'assoupis devant le feu sans perdre le sentiment ni du bruit extérieur, ni de l'endroit où j'étais. C'était une horreur indéfinissable qui me poursuivait dans mon sommeil, et lorsque je me réveillai, ou plutôt lorsque je sortis de la léthargie qui me clouait sur ma chaise, je tremblais de tout mon corps, saisi d'une crainte inexplicable.

Je marchai dans la chambre, j'essayai de lire un vieux journal, je prêtai l'oreille au bruit du vent, je regardai les formes bizarres que figurait la flamme du foyer. A la fin, le tic-tac monotone de la pendule contre la muraille m'agaça tellement les nerfs, que je résolus d'aller me coucher.

Je fus bien aise de savoir, par une nuit pareille, que quelques-uns des domestiques de l'hôtel étaient décidés à rester sur pied jusqu'au lendemain matin. Je me couchai horriblement las et la tête lourde ; mais, à peine dans mon lit, ces sensations disparurent comme par enchantement, et je restai parfaitement réveillé, avec la plénitude de mes sens.

Pendant des heures j'écoutai le bruit du vent et de la mer ; tantôt je croyais entendre des cris dans le lointain, tantôt c'était le canon d'alarme qu'on tirait, tantôt des maisons qui s'écroulaient dans la ville. Plusieurs fois je me levai, et je m'approchai de la fenêtre, mais je n'apercevais à travers les vitres que la faible lueur de ma bougie, et ma figure pâle et bouleversée qui s'y réfléchissait au milieu des ténèbres.

A la fin, mon agitation devint telle que je me rhabillai en toute hâte, et je redescendis. Dans la vaste cuisine, où pendaient aux solives de longues rangées d'oignons et de tranches de lard, je vis les gens qui veillaient, groupés ensemble autour d'une table qu'on avait exprès enlevée de devant la grande cheminée pour la placer près de la porte. Une jolie servante qui se bouchait les oreilles avec son tablier, tout en tenant les yeux fixés sur la porte, se mit à crier quand elle m'aperçut, me prenant pour un esprit ; mais les autres eurent plus de courage, et furent charmés que je vinsse leur tenir compagnie. L'un d'eux me demanda si je croyais que les âmes des pauvres matelots qui venaient de périr avec les bateaux de charbon, n'auraient pas, en s'envolant, été éteintes par l'orage.

Je restai là, je crois, deux heures. Une fois, j'ouvris la porte de la cour et je regardai dans la rue solitaire. Le sable, les herbes marines et les flaques d'écume encombrèrent le passage en un moment ; je fus obligé

454   *David Copperfield*

de me faire aider pour parvenir à refermer la porte et la barricader contre le vent.

Il y avait une sombre obscurité dans ma chambre solitaire, quand je finis par y rentrer ; mais j'étais fatigué, et je me recouchai ; bientôt je tombai dans un profond sommeil, comme on tombe, en songe, du haut d'une tour au fond d'un précipice. J'ai le souvenir que pendant longtemps j'entendais le vent dans mon sommeil, bien que mes rêves me transportassent en d'autres lieux et au milieu de scènes bien différentes. A la fin, cependant, tout sentiment de la réalité disparut, et je me vis, avec deux de mes meilleurs amis dont je ne sais pas le nom, au siège d'une ville qu'on canonnait à outrance.

Le bruit du canon était si fort et si continu, que je ne pouvais parvenir à entendre quelque chose que j'avais le plus grand désir de savoir ; enfin, je fis un dernier effort et je me réveillai. Il était grand jour, huit ou neuf heures environ : c'était l'orage que j'entendais et non plus les batteries ; on frappait à ma porte et on m'appelait.

« Qu'y a-t-il ? m'écriai-je.

— Un navire qui s'échoue tout près d'ici. »

Je sautai à bas de mon lit et je demandai quel navire c'était ?

« Un schooner qui vient d'Espagne ou de Portugal avec un chargement de fruits et de vin. Dépêchez-vous, monsieur, si vous voulez le voir ! On dit qu'il va se briser à la côte, au premier moment. »

Le garçon redescendit l'escalier quatre à quatre ; je m'habillai aussi vite que je pus, et je m'élançai dans la rue.

Le monde me précédait en foule ; tous couraient dans la même direction, vers la plage. J'en dépassai bientôt un grand nombre, et j'arrivai en présence de la mer en furie.

Le vent s'était plutôt un peu calmé, mais quel calme ! C'était comme si une demi-douzaine de canons se fussent tus, parmi les centaines de bouches à feu qui résonnaient à mon oreille pendant mon rêve. Quant à la mer, toujours plus agitée, elle avait une apparence bien plus formidable encore que la veille au soir. Elle semblait s'être gonflée de toutes parts ; c'était quelque chose d'effrayant que de voir à quelle hauteur s'élevaient ses vagues immenses qui grimpaient les unes sur les autres pour rouler au rivage et s'y briser avec bruit.

Au premier moment, le rugissement du vent et des flots, la foule et la confusion universelle, joints à la difficulté que j'éprouvais à résister à la tempête, troublèrent tellement mes sens que je ne vis nulle part le navire en danger : je n'apercevais que le sommet des grandes vagues. Un matelot à demi nu, debout à côté de moi, me montra, de son bras tatoué, où l'on voyait l'image d'une flèche, la pointe vers la main, le côté gauche de la plage. Mais alors, grand Dieu ! je ne le vis que trop, ce malheureux navire, et tout près de nous.

Un des mâts était brisé à six ou huit pieds du pont, et gisait, étendu de côté, au milieu d'une masse de voiles et de cordages. A mesure que le bateau était ballotté par le roulis et le tangage qui ne lui laissaient pas un moment de repos, ces ruines embarrassantes battaient le flanc du bâtiment comme pour en crever la carcasse ; on faisait même quelques efforts pour les couper tout à fait et les jeter à la mer, car, lorsque le roulis nous ramenait en vue le tillac, je voyais clairement l'équipage à l'œuvre, la hache à la main. Il y en avait un surtout, avec de longs cheveux bouclés, qui se distinguait des autres par son activité infatigable. Mais en ce moment, un grand cri s'éleva du rivage, dominant le vent et la mer : les vagues avaient balayé le pont, emportant avec elles, dans l'abîme bouillonnant, les hommes, les planches, les cordages, faibles jouets pour sa fureur !

Le second mât restait encore debout, enveloppé de quelques débris de voiles et de cordes à demi détachées qui venaient le frapper en tous sens. Le vaisseau avait déjà touché, à ce que me dit à l'oreille la voix rauque du marin ; il se releva, puis il toucha de nouveau. J'entendis

bientôt la même voix m'annoncer que le bâtiment cra-
quait par le travers, et ce n'était pas difficile à
comprendre; on voyait bien que l'assaut livré au navire
était trop violent pour que l'œuvre de la main des
hommes pût y résister longtemps. Au moment où il me
parlait, un autre cri, un long cri de pitié partit du rivage,
en voyant quatre hommes sortir de l'abîme avec le vaisseau naufragé, s'accrocher au tronçon du mât encore
debout, et, au milieu d'eux, ce personnage aux cheveux
frisés dont on avait admiré tout à l'heure l'énergie.

Il y avait une cloche à bord, et, tandis que le vaisseau
se démenait comme une créature réduite à la folie par
le désespoir, nous montrant tantôt toute l'étendue du
pont dévasté qui regardait la grève, tantôt sa quille qui
se retournait vers nous pour se replonger dans la mer,
la cloche sonnait sans repos le glas funèbre de ces infortunés que le vent portait jusqu'à nous. Le navire s'abîma
de nouveau dans les eaux, puis il reparut : deux des
hommes avaient été engloutis. L'angoisse des témoins
de cette scène déchirante augmentait toujours. Les
hommes gémissaient en joignant les mains; les femmes
criaient et détournaient la tête. On courait çà et là sur la
plage en appelant du secours, là où tout secours était
impossible. Moi-même, je conjurais un groupe de matelots que je connaissais, de ne pas laisser ces deux victimes périr ainsi sous nos yeux.

Ils me répondirent, dans leur agitation (je ne sais
comment, dans un pareil moment, je pus seulement les
comprendre), qu'une heure auparavant on avait essayé,
mais sans succès, de mettre à la mer le canot de sauve-
tage, et que, comme personne n'aurait l'audace de se
jeter à l'eau avec une corde dont l'extrémité resterait sur
le rivage, il n'y avait absolument rien à tenter. Tout à
coup je vis le peuple s'agiter sur la grève, il s'entr'ouvrait
pour laisser passer quelqu'un. C'était Ham qui arrivait
en courant de toutes ses forces.

J'allai à lui; je crois en vérité que c'était pour le conjurer d'aller au secours de ces infortunés. Mais, quelque

ému que je fusse d'un spectacle si nouveau et si terrible,
l'expression de son visage, et son regard dirigé vers la
mer, ce regard que je ne lui avais vu qu'une fois, le jour
de la fuite d'Émilie, réveillèrent en moi le sentiment de
son danger. Je jetai mes bras autour de lui ; je criai à
ceux qui m'entouraient de ne pas l'écouter, que ce serait
un meurtre, qu'il fallait l'empêcher de quitter le rivage.

Un nouveau cri retentit autour de nous ; nous vîmes
la voile cruelle envelopper à coups répétés celui des
deux qu'elle put atteindre et s'élancer triomphant vers
l'homme au courage indomptable qui restait seul au
mât.

En présence d'un tel spectacle, et devant la résolution
calme et désespérée du brave marin accoutumé à exercer tant d'empire sur la plupart des gens qui se pressaient autour de lui, je compris que je ne pouvais rien
contre sa volonté ; autant aurait valu implorer les vents
et les vagues.

« Maître David, me dit-il en me serrant affectueusement les mains, si mon heure est venue, qu'elle vienne ;
si elle n'est pas venue, vous me reverrez. Que le Dieu du
ciel vous bénisse ! qu'il vous bénisse tous, camarades !
Apprêtez tout : je pars ! »

On me repoussa doucement, on me pria de m'écarter ;
puisqu'il voulait y aller, à tort ou à raison ; je ne ferais,
par ma présence, que compromettre les mesures de
sûreté qu'il y avait à prendre, en troublant ceux qui en
étaient chargés. Dans la confusion de mes sentiments et
de mes idées, je ne sais ce que je répondis ou ce qu'on
me répondit, mais je vis qu'on courait sur la grève ; on
détacha les cordes d'un cabestan, plusieurs groupes
s'interposèrent entre lui et moi. Bientôt seulement je le
revis debout, seul, en costume de matelot, une corde à
la main, enroulée autour du poignet, une autre à la
ceinture, pendant que les plus vigoureux se saisissaient
de celle qu'il venait de leur jeter à ses pieds.

Le navire allait se briser ; il n'y avait pas besoin d'être
du métier pour s'en apercevoir. Je vis qu'il allait se

fendre par le milieu, et que la vie de cet homme, abandonné au haut du mât, ne tenait plus qu'à un fil; pourtant il y restait fermement attaché. Il avait un béret de forme singulière, d'un rouge plus éclatant que celui des marins; et, tandis que les faibles planches qui le séparaient de la mort roulaient et craquaient sous ses pieds, tandis que la cloche sonnait d'avance son chant de mort, il nous saluait en agitant son bonnet. Je le vis, en ce moment, et je crus que j'allais devenir fou, en retrouvant dans ce geste le vieux souvenir d'un ami jadis bien cher.

Ham regardait la mer, debout et immobile, avec le silence d'une foule sans haleine derrière lui, et devant lui la tempête, attendant qu'une vague énorme se retirât pour l'emporter. Alors il fit un signe à ceux qui tenaient la corde attachée à sa ceinture, puis s'élança au milieu des flots, et en un moment il commençait contre eux la lutte, s'élevant avec leurs collines, retombant au fond de leurs vallées, perdu sous des monceaux d'écume, puis rejeté sur la grève. On se dépêcha de le retirer.

Il était blessé. Je vis d'où j'étais du sang sur son visage, mais lui, il ne sembla pas s'en apercevoir. Il eut l'air de leur donner à la hâte quelques instructions pour qu'on le laissât plus libre, autant que je pus en juger par un mouvement de son bras, puis il s'élança de nouveau.

Il s'avança vers le navire naufragé, luttant contre les flots, s'élevant avec leurs collines, retombant au fond de leurs vallées, perdu sous les monceaux d'écume, repoussé vers le rivage, puis ramené vers le vaisseau, hardiment et vaillamment. La distance n'était rien, mais la force du vent et de la mer rendait la lutte mortelle. Enfin, il approchait du navire, il en était si près, qu'encore un effort et il allait s'y accrocher, lorsque, voyant une montagne immense, verte, impitoyable, rouler de derrière le vaisseau vers le rivage, il s'y précipita d'un bond puissant; le vaisseau avait disparu!

Je vis sur la mer quelques fragments épars; en courant à l'endroit où on l'attirait sur le rivage, je n'aperçus

plus que de faibles débris, comme si c'étaient seulement
les fragments de quelque misérable futaille. La conster-
nation était peinte sur tous les visages. On tira Ham à
mes pieds... insensible... mort. On le porta dans la maison la plus voisine, et maintenant, personne ne m'empêcha plus de rester près de lui, occupé avec tous les
autres à tenter tout au monde pour le ramener à la vie ;
mais la grande vague l'avait frappé à mort ; son noble
cœur avait pour toujours cessé de battre.

J'étais assis près du lit, longtemps après que tout
espoir avait cessé ; un pêcheur qui m'avait connu jadis,
lorsque Émilie et moi nous étions des enfants, et qui
m'avait revu depuis, vint m'appeler à voix basse.

« Monsieur, me dit-il avec de grosses larmes qui coulaient sur ses joues bronzées, sur ses lèvres tremblantes,
pâles comme la mort ; monsieur, pouvez-vous sortir un
moment ? »

Dans son regard, je retrouvai le souvenir qui m'avait
frappé tout à l'heure. Frappé de terreur, je m'appuyai
sur le bras qu'il m'offrait pour me soutenir.

« Est-ce qu'il y a, lui dis-je, un autre corps sur le
rivage ?

— Oui, me répondit-il.

— Est-ce quelqu'un que je connais ? »

Il ne répondit rien.

Mais il me conduisit sur la grève, et là, où jadis,
enfants tous deux, elle et moi nous cherchions des
coquilles, là où quelques débris du vieux bateau détruit
par l'ouragan de la nuit précédente, étaient épars au
milieu des galets ; parmi les ruines de la demeure qu'il
avait désolée, je le vis couché, la tête appuyée sur son
bras, comme tant de fois jadis je l'avais vu s'endormir
dans le dortoir de Salem-House.

CHAPITRE XXVI

La nouvelle et l'ancienne blessure

Vous n'aviez pas besoin, ô Steerforth, de me dire le jour où je vous vis pour la dernière fois, ce jour que je ne croyais guère celui de nos derniers adieux; non, vous n'aviez pas besoin de me dire « quand vous penserez à moi, que ce soit avec indulgence! » Je l'avais toujours fait; et ce n'est pas à la vue d'un tel spectacle que je pouvais changer.

On apporta une civière, on l'étendit dessus, on le couvrit d'un pavillon, on le porta dans la ville. Tous les hommes qui lui rendaient ce triste devoir l'avaient connu, ils avaient navigué avec lui, ils l'avaient vu joyeux et hardi. Ils le transportèrent, au bruit des vagues, au bruit des cris tumultueux qu'on entendait sur leur passage, jusqu'à la chaumière où l'autre corps était déjà.

Mais, quand ils eurent déposé la civière sur le seuil, ils se regardèrent, puis se tournèrent vers moi, en parlant à voix basse. Je compris pourquoi ils sentaient qu'on ne pouvait les placer côte à côte dans le même lieu de repos.

Nous entrâmes dans la ville, pour le porter à l'hôtel. Aussitôt que je pus recueillir mes pensées, j'envoyai chercher Joram, pour le prier de me procurer une voiture funèbre qui pût l'emporter à Londres cette nuit même. Je savais que moi seul je pouvais m'acquitter de ce soin et remplir le douloureux devoir d'annoncer à sa mère l'affreuse nouvelle, et je voulais remplir avec fidélité ce devoir pénible.

Je choisis la nuit pour mon voyage, afin d'échapper à la curiosité de toute la ville au moment du départ. Mais, bien qu'il fût près de minuit quand je partis de l'hôtel, dans ma chaise de poste, suivi par-derrière de mon précieux dépôt, il y avait beaucoup de monde qui attendait. Tout le long des rues, et même à une certaine distance sur la route, je vis des groupes nombreux; mais enfin je n'aperçus plus que la nuit sombre, la campagne paisible, et les cendres d'une amitié qui avait fait les délices de mon enfance.

Par un beau jour d'automne, à peu près vers midi, lorsque le sol était déjà parfumé de feuilles tombées, tandis que les autres, nombreuses encore, avec leurs teintes nuancées de jaune, de rouge et de violet, toujours suspendues à leurs rameaux, laissaient briller le soleil au travers, j'arrivai à Highgate. J'achevai le dernier mille à pied, songeant en chemin à ce que je devais faire, et laissant derrière moi la voiture qui m'avait suivi toute la nuit, en attendant que je lui fisse donner l'ordre d'avancer.

Lorsque j'arrivai devant la maison, je la revis telle que je l'avais quittée. Tous les stores étaient baissés, pas un signe de vie dans la petite cour pavée, avec sa galerie couverte qui conduisait à une porte depuis longtemps inutile. Le vent s'était apaisé, tout était silencieux et immobile.

Je n'eus pas d'abord le courage de sonner à la porte; et lorsque je m'y décidai, il me sembla que la sonnette même, par son bruit lamentable, devait annoncer le triste message dont j'étais porteur. La petite servante vint m'ouvrir, et me regardant d'un air inquiet, tandis qu'elle me faisait passer devant elle, elle me dit :

« Pardon, monsieur, seriez-vous malade?

— Non, c'est que j'ai été très agité, et je suis fatigué.

— Est-ce qu'il y a quelque chose, monsieur? Monsieur James?

— Chut! lui dis-je. Oui, il est arrivé quelque chose, que j'ai à annoncer à mistress Steerforth. Est-elle chez elle? »

La jeune fille répondit d'un air inquiet que sa maîtresse sortait très rarement à présent, même en voiture; qu'elle gardait la chambre, et ne voyait personne, mais qu'elle me recevrait. Sa maîtresse était dans sa chambre, ajouta-t-elle, et miss Dartle était près d'elle.

« Que voulez-vous que je monte leur dire de votre part ? »

Je lui recommandai de s'observer pour ne pas les effrayer, de remettre seulement ma carte et de dire que j'attendais en bas. Puis je m'arrêtai dans le salon, je pris un fauteuil. Le salon n'avait plus cet air animé qu'il avait autrefois, et les volets étaient à demi fermés. La harpe n'avait pas servi depuis bien longtemps. Le portrait de Steerforth, enfant, était là. A côté, le secrétaire où sa mère serrait les lettres de son fils. Les relisait-elle jamais ? les relirait-elle encore ?

La maison était si calme, que j'entendis dans l'escalier le pas léger de la petite servante. Elle venait me dire que mistress Steerforth était trop malade pour descendre ; mais, que si je voulais l'excuser et prendre la peine de monter, elle serait charmée de me voir. En un instant, je fus près d'elle.

Elle était dans la chambre de Steerforth ; et non pas dans la sienne : je sentais qu'elle l'occupait, en souvenir de lui, et que c'était aussi pour la même raison qu'elle avait laissé là, à leur place accoutumée, une foule d'objets dont elle était entourée, souvenirs vivants des goûts et des talents de son fils. Elle murmura, en me disant bonjour, qu'elle avait quitté sa chambre, parce que, dans son état de santé, elle ne lui était pas commode, et prit un air imposant qui semblait repousser tout soupçon de la vérité.

Rosa Dartle se tenait, comme toujours, auprès de son fauteuil. Du moment où elle fixa sur moi ses yeux noirs, je vis qu'elle comprenait que j'apportais de mauvaises nouvelles. La cicatrice parut au même instant. Elle recula d'un pas, comme pour échapper à l'observation de mistress Steerforth, et m'épia d'un regard perçant et obstiné qui ne me quitta plus.

« Je regrette de voir que vous êtes en deuil, monsieur, me dit mistress Steerforth.

— J'ai eu le malheur de perdre ma femme, lui dis-je.

— Vous êtes bien jeune pour avoir éprouvé un si

grand chagrin, répondit-elle. Je suis fâchée, très fâchée de cette nouvelle. J'espère que le temps vous apportera quelque soulagement.

— J'espère, dis-je en la regardant, que le temps nous apportera à tous quelque soulagement. Chère mistress Steerforth, c'est une espérance qu'il faut toujours nourrir, même au milieu de nos plus douloureuses épreuves. »

La gravité de mes paroles et les larmes qui remplissaient mes yeux l'alarmèrent. Ses idées parurent tout à coup s'arrêter, pour prendre un autre cours.

J'essayai de maîtriser mon émotion, quand je prononçai doucement le nom de son fils, mais ma voix tremblait. Elle se le répéta deux ou trois fois à elle-même à voix basse. Puis, se tournant vers moi, elle me dit, avec un calme affecté :

« Mon fils est malade ?

— Très malade.

— Vous l'avez vu ?

— Je l'ai vu.

— Vous êtes réconciliés ? »

Je ne pouvais pas dire oui, je ne pouvais pas dire non. Elle tourna légèrement la tête vers l'endroit où elle croyait retrouver à ses côtés Rosa Dartle, et je profitai de ce moment pour murmurer à Rosa, du bout des lèvres : « Il est mort. »

Pour que mistress Steerforth n'eût pas l'idée de regarder derrière elle et de lire sur le visage ému de Rosa la vérité qu'elle n'était pas encore préparée à savoir, je me hâtai de rencontrer son regard, car j'avais vu Rosa Dartle lever les mains au ciel avec une expression violente d'horreur et de désespoir, puis elle s'en était voilé la figure avec angoisse.

La belle et noble figure que celle de la mère... Ah ! quelle ressemblance ! quelle ressemblance !... était tournée vers moi avec un regard fixe. Sa main se porta à son front. Je la suppliai d'être calme et de se préparer à entendre ce que j'avais à lui dire ; j'aurais mieux fait de la conjurer de pleurer, car elle était là comme une statue.

« La dernière fois que je suis venu ici, repris-je d'une voix défaillante, miss Dartle m'a dit qu'il naviguait de côté et d'autre. L'avant-dernière nuit a été terrible sur mer. S'il était en mer cette nuit-là, et près d'une côte dangereuse, comme on le dit, et si le vaisseau qu'on a vu était bien celui qui...

— Rosa ! dit mistress Steerforth, venez ici. »

Elle y vint, mais de mauvaise grâce, avec peu de sympathie. Ses yeux étincelaient et lançaient des flammes, elle fit éclater un rire effrayant.

« Enfin, dit-elle, votre orgueil est-il apaisé, femme insensée ? maintenant qu'il vous a donné satisfaction... par sa mort ! Vous m'entendez ? par sa mort ! »

Mistress Steerforth était retombée roide sur son fauteuil : elle n'avait fait entendre qu'un long gémissement en fixant sur elle ses yeux tout grands ouverts.

« Oui ! cria Rosa en se frappant violemment la poitrine, regardez-moi, pleurez et gémissez, et regardez-moi ! Regardez ! dit-elle en touchant du doigt sa cicatrice, regardez le beau chef-d'œuvre de votre fils mort ! »

Le gémissement que poussait de temps en temps la pauvre mère m'allait au cœur. Toujours le même, toujours inarticulé et étouffé, toujours accompagné d'un faible mouvement de tête, mais sans aucune altération dans les traits ; toujours sortant d'une bouche pincée et de dents serrées comme si les mâchoires étaient fermées à clef et la figure gelée par la douleur.

« Vous rappelez-vous le jour où il a fait cela ? continua Rosa. Vous rappelez-vous le jour où, trop fidèle au sang que vous lui avez mis dans les veines, dans un transport d'orgueil, trop caressé par sa mère, il m'a fait cela, il m'a défigurée pour la vie ? Regardez-moi, je mourrai avec l'empreinte de son cruel déplaisir ; et puis pleurez et gémissez sur votre œuvre !

— Miss Dartle, dis-je d'un ton suppliant, au nom du ciel !

— Je veux parler ! dit-elle en me regardant de ses yeux de flamme. Taisez-vous ! Regardez-moi, vous dis-je, orgueilleuse mère d'un fils perfide et orgueilleux ! Pleurez, car vous l'avez nourri ; pleurez, car vous l'avez corrompu : pleurez sur lui pour vous et pour moi. »

Elle serrait convulsivement les mains ; la passion semblait consumer à petit feu cette frêle et chétive créature.

« Quoi ! c'est *vous* qui n'avez pu lui pardonner son esprit volontaire ! s'écria-t-elle, c'est *vous* qui vous êtes offensée de son caractère hautain ; c'est *vous* qui les avez combattus, en cheveux blancs, avec les mêmes armes que vous lui aviez données le jour de sa naissance ! C'est *vous*, qui, après l'avoir dressé dès le berceau pour en faire ce qu'il est devenu, avez voulu étouffer le germe que vous aviez fait croître. Vous voilà bien payée maintenant de la peine que vous vous êtes donnée pendant tant d'années !

— Oh ! miss Dartle, n'êtes-vous pas honteuse ! quelle cruauté !

— Je vous dis, répondit-elle, que je *veux* lui parler. Rien au monde ne saurait m'en empêcher, tant que je resterai ici. Ai-je gardé le silence pendant des années, pour ne rien dire maintenant ? Je l'aimais mieux que vous ne l'avez jamais aimé ! dit-elle en la regardant d'un air féroce. J'aurais pu l'aimer, moi, sans lui demander de retour. Si j'avais été sa femme, j'aurais pu me faire l'esclave de ses caprices, pour un seul mot d'amour, une fois par an. Oui, vraiment, qui le sait mieux que moi ? Mais vous, vous étiez exigeante, orgueilleuse, insensible, égoïste. Mon amour à moi aurait été dévoué... il aurait foulé aux pieds vos misérables rancunes. »

Les yeux ardents de colère, elle en simulait le geste en écrasant du pied le parquet.

« Regardez ! dit-elle, en frappant encore sur sa cicatrice. Quand il fut d'âge à mieux comprendre ce qu'il avait fait, il l'a vu et il s'en est repenti. J'ai pu chanter pour lui faire plaisir, causer avec lui, lui montrer avec quelle ardeur je m'intéressais à tout ce qu'il faisait ; j'ai pu, par ma persévérance, arriver à être assez instruite pour lui plaire, car j'ai cherché à lui plaire et j'y ai réussi. Quand son cœur était encore jeune et fidèle, il m'a aimée ; oui, il m'a aimée. Bien des fois, quand il venait de vous humilier par un mot de mépris, il m'a serrée, moi, contre son cœur ! »

Elle parlait avec une fierté insultante qui tenait de la frénésie, mais aussi avec un souvenir ardent et passionné, d'un amour dont les cendres assoupies laissaient jaillir quelque étincelle d'un feu plus doux.

« J'ai eu l'humiliation après... j'aurais dû m'y attendre, s'il ne m'avait pas fascinée par ses ardeurs d'enfant... j'ai eu l'humiliation de devenir pour lui un jouet, une poupée, bonne à servir de passe-temps à son oisiveté, à prendre et à quitter, pour s'en amuser, suivant l'inconstante humeur du moment. Quand il s'est lassé de moi, je me suis lassée aussi. Quand il n'a plus songé à moi, je n'ai pas cherché à regagner mon pouvoir sur lui ; j'aurais autant pensé à l'épouser, si on l'avait forcé à me prendre pour femme. Nous nous sommes séparés l'un de l'autre sans un mot. Vous l'avez peut-être vu, et vous n'en avez pas été fâchée. Depuis ce jour, je n'ai plus été pour vous deux qu'un meuble insensible, qui n'avait ni yeux, ni oreilles, ni sentiment, ni souvenirs. Ah ! vous pleurez ? Pleurez sur ce que vous avez fait de lui. Ne pleurez pas sur votre amour. Je vous dis qu'il y a eu un temps où je l'aimais mieux que vous ne l'avez jamais aimé ! »

Elle jetait un regard de colère sur cette figure immobile, dont les yeux ne bougeaient pas, et elle ne s'attendrissait pas plus sur les gémissements répétés de la mère, que s'ils sortaient de la bouche d'une statue.

« Miss Dartle, lui dis-je, s'il est possible que vous ayez le cœur assez dur pour ne pas plaindre cette malheureuse mère...

— Et moi, qui me plaindra ? reprit-elle avec amertume. C'est elle qui a semé. Le vent récolte la tempête.

— Et si les défauts de son fils... continuai-je.

— Les défauts! s'écria-t-elle en fondant en larmes passionnées. Qui ose dire du mal de lui? Il valait dix mille fois mieux que les amis auxquels il avait fait l'honneur de les élever jusqu'à lui!

— Personne ne peut l'avoir aimé plus que moi, personne ne lui conserve un plus cher souvenir, répondis-je. Ce que je voulais dire, c'est que, lors même que vous n'auriez pas compassion de sa mère; lors même que les défauts du fils, car vous ne les avez pas ménagés vous-même...

— C'est faux, s'écria-t-elle en arrachant ses cheveux noirs, je l'aimais!

— Lors même, repris-je, que ses défauts ne pourraient, dans un pareil moment, être bannis de votre souvenir, vous devriez du moins regarder cette pauvre femme comme si vous ne l'aviez jamais vue auparavant, et lui porter secours. »

Mistress Steerforth n'avait pas bougé, pas fait un geste. Elle restait immobile, froide, le regard fixe; continuant à gémir de temps en temps, avec un faible mouvement de la tête, mais sans donner autrement signe de vie. Tout d'un coup, miss Dartle s'agenouilla devant elle, et commença à lui desserrer sa robe.

« Soyez maudit! dit-elle, en me regardant avec une expression de rage et de douleur réunies. Maudite soit l'heure où vous êtes jamais venu ici! Malédiction sur vous! sortez. »

Je quittai la chambre, mais je rentrai pour sonner, afin de prévenir les domestiques. Elle tenait dans ses bras, la forme impassible de mistress Steerforth, elle l'embrassait en pleurant, elle l'appelait, elle la pressait sur son sein comme si c'eût été son enfant. Elle redoublait de tendresse pour rappeler la vie dans cet être inanimé. Je ne redoutais plus de les laisser seules; je redescendis sans bruit, et je donnai l'alarme dans la maison, en sortant.

Je revins à une heure plus avancée de l'après-midi;

nous couchâmes le fils sur un lit, dans la chambre de sa mère. On me dit qu'elle était toujours de même ; miss Dartle ne la quittait pas ; les médecins étaient auprès d'elle ; on avait essayé de bien des remèdes, mais elle restait dans le même état, toujours comme une statue, faisant entendre seulement, de temps en temps, un gémissement plaintif.

Je parcourus cette maison funeste ; je fermai tous les volets. Je finis par ceux de la chambre où il reposait. Je soulevai sa main glacée et je la plaçai sur mon cœur ; le monde entier n'était pour moi que mort et silence. Seulement, par intervalles, j'entendais éclater le douloureux gémissement de la mère.

CHAPITRE XXVII

Les émigrants

J'avais encore une chose à faire avant de céder au choc de tant d'émotions. C'était de cacher à ceux qui allaient partir ce qui venait d'arriver, et de les laisser entreprendre leur voyage dans une heureuse ignorance. Pour cela, il n'y avait pas de temps à perdre.

Je pris M. Micawber à part ce soir-là, et je lui confiai le soin d'empêcher cette terrible nouvelle d'arriver jusqu'à M. Peggotty. Il s'en chargea volontiers et me promit d'intercepter tous les journaux, qui, sans cette précaution, pourraient la lui révéler.

« Avant d'arriver jusqu'à lui, monsieur, dit M. Micawber en se frappant la poitrine, il faudra plutôt que cette triste histoire me passe à travers le corps ! »

M. Micawber avait pris, depuis qu'il était question pour lui de s'adapter à un nouvel état de société, des airs de boucanier aventureux, pas encore précisément en révolte avec la loi, mais sur le qui-vive, et le chapeau sur le coin de l'oreille. On aurait pu le prendre pour un enfant du désert, habitué depuis longtemps à vivre loin des confins de la civilisation, et sur le point de retourner dans ses solitudes natales.

Il s'était pourvu, entre autres choses, d'un habillement complet de toile cirée et d'un chapeau de paille, très bas de forme, enduit à l'extérieur de poix ou de goudron. Dans ce costume grossier, un télescope commun de simple matelot sous le bras, tournant à chaque instant vers le ciel un œil de connaisseur, comme s'il s'attendait à du mauvais temps, il avait un air bien plus nautique que M. Peggotty. Il avait, pour ainsi dire, donné le branle-bas dans toute sa famille. Je trouvai mistress Micawber coiffée du chapeau le plus hermétiquement fermé et le plus discret, solidement attaché sous le menton, et revêtue d'un châle qui l'entortillait, comme on m'avait entortillé chez ma tante, le jour où j'allai la voir pour la première fois, c'est-à-dire comme un paquet, avant de se consolider à la taille par un nœud robuste. Miss Micawber, à ce que je pus voir, ne s'était pas non plus oubliée pour parer au mauvais temps, quoiqu'elle n'eût rien de superflu dans sa toilette. Maître Micawber était à peine visible à l'œil nu, dans sa vaste chemise bleue, et sous l'habillement de matelot le plus velu que j'aie jamais vu de ma vie. Quant aux enfants, on les avait emballés, comme des conserves, dans des étuis imperméables. M. Micawber et son fils aîné avaient retroussé leurs manches, pour montrer qu'ils étaient prêts à donner un coup de main n'importe où, à monter sur le pont et à chanter en chœur avec les autres pour lever l'ancre : « yeo, — démarre, — yeo », au premier commandement.

C'est dans cet appareil que nous les trouvâmes tous, le soir, réunis sous l'escalier de bois qu'on appelait alors les *marches de Hungerford* ; ils surveillaient le départ d'une barque qui emmenait une partie de leurs bagages. J'avais annoncé à Traddles le cruel événement qui l'avait douloureusement ému ; mais il sentait comme moi qu'il fallait le tenir secret, et il venait m'aider à leur rendre ce dernier service. Ce fut là que j'emmenai M. Micawber à l'écart, et que j'obtins de lui la promesse en question.

La famille Micawber logeait dans un sale petit cabaret borgne, tout à fait au pied des Marches de Hungerford, et dont les chambres à pans de bois s'avançaient en saillie sur la rivière. La famille des émigrants excitant assez de curiosité dans le quartier, nous fûmes charmés de pouvoir nous réfugier dans leur chambre. C'était justement une de ces chambres en bois sous lesquelles montait la marée. Ma tante et Agnès étaient là, fort occupées à confectionner quelques vêtements supplémentaires pour les enfants. Peggotty les aidait; sa vieille boîte à ouvrage était devant elle, avec son mètre, et ce petit morceau de cire qui avait traversé, sain et sauf, tant d'événements.

J'eus bien du mal à éluder ses questions; bien plus encore d'insinuer tout bas, sans être remarqué, à M. Peggotty, qui venait d'arriver, que j'avais remis la lettre et que tout allait bien. Mais enfin, j'en vins à bout, et les pauvres gens étaient bien heureux. Je ne devais pas avoir l'air très gai, mais j'avais assez souffert personnellement pour que personne ne pût s'en étonner.

« Et quand le vaisseau met-il à la voile, monsieur Micawber ? » demanda ma tante.

M. Micawber jugea nécessaire de préparer par degrés ma tante, ou sa femme, à ce qu'il avait à leur apprendre, et dit que ce serait plus tôt qu'il ne s'y attendait la veille.

« Le bateau vous a prévenus, je suppose ? dit ma tante.

— Oui, madame, répondit-il.

— Eh bien ! dit ma tante, on met à la voile...

— Madame, répondit-il, je suis informé qu'il faut que nous soyons à bord, demain matin, avant sept heures.

— Eh ! dit ma tante, c'est bien prompt. Est-ce un fait certain, monsieur Peggotty ?

— Oui, madame. Le navire descendra la rivière avec la prochaine marée. Si maître Davy et ma sœur viennent à Gravesend avec nous, demain dans l'après-midi, ils nous feront leurs adieux.

— Vous pouvez en être sûr, lui dis-je.

— Jusque-là, et jusqu'au moment où nous serons en mer, reprit M. Micawber en me lançant un regard d'intelligence, M. Peggotty et moi, nous surveillerons ensemble nos malles et nos effets. Emma, mon amour, dit M. Micawber en toussant avec sa majesté ordinaire, pour s'éclaircir la voix, mon ami M. Thomas Traddles a la bonté de me proposer tout bas de vouloir bien lui permettre de commander tous les ingrédients nécessaires à la composition d'une certaine boisson, qui s'associe naturellement dans nos cœurs, au rosbif de la vieille Angleterre; je veux dire... du punch. Dans d'autres circonstances, je n'oserais demander à miss Trotwood et à miss Wickfield... mais...

— Tout ce que je peux vous dire, répondit ma tante, c'est que, pour moi, je boirai à votre santé et à votre succès avec le plus grand plaisir, monsieur Micawber.

— Et moi aussi! dit Agnès, en souriant. »

M. Micawber descendit immédiatement au comptoir, et revint chargé d'une cruche fumante. Je ne pus m'empêcher de remarquer qu'il pelait les citrons avec son couteau poignard, qui avait, comme il convenait au couteau d'un planteur consommé, au moins un pied de long, et qu'il l'essuyait avec quelque ostentation sanguinaire, sur la manche de son habit. Mistress Micawber et les deux aînés de leurs enfants étaient munis aussi de ces formidables instruments; quant aux plus jeunes, on leur avait attaché à chacun, le long du corps, une cuiller de bois pendue à une bonne ficelle. De même aussi, pour prendre un avant-goût de la vie à bord, ou de leur existence future au milieu des forêts, M. Micawber se complut à offrir du punch à mistress Micawber et à sa fille, dans d'horribles petits pots d'étain, au lieu d'employer les verres dont il y avait une pleine tablette sur le buffet; quant à lui, il n'avait jamais été si ravi que de boire dans sa propre pinte d'étain, et de la remettre ensuite bien soigneusement dans sa poche, à la fin de la soirée.

« Nous abandonnons, dit M. Micawber, le luxe de notre ancienne patrie. » Et il semblait y renoncer avec la plus vive satisfaction. « Les citoyens des forêts ne peuvent naturellement pas s'attendre à retrouver là les raffinements de cette terre de liberté. »

Ici, un petit garçon vint dire qu'on demandait en bas M. Micawber.

« J'ai un pressentiment, dit mistress Micawber, en posant sur la table son pot d'étain, que c'est un membre de ma famille !

— S'il en est ainsi, ma chère, fit observer M. Micawber avec la vivacité qui lui était habituelle lorsqu'il abordait ce sujet, comme le membre de votre famille, quel qu'il puisse être, mâle ou femelle, nous a fait attendre fort longtemps, peut-être ce membre voudra-t-il bien attendre aussi que je sois prêt à le recevoir.

— Micawber, dit sa femme à voix basse, dans un moment comme celui-ci...

— Il n'y aurait pas de générosité, dit M. Micawber en se levant, à vouloir se venger de tant d'offenses ! Emma, je sens mes torts.

— Et d'ailleurs, ce n'est pas vous qui en avez souffert, Micawber, c'est ma famille. Si ma famille sent enfin de quel bien elle s'est volontairement privée, si elle veut nous tendre maintenant la main de l'amitié, ne la repoussons pas.

— Ma chère, reprit-il, qu'il en soit ainsi !

— Si ce n'est pas pour eux, Micawber, que ce soit pour moi.

— Emma, répondit-il, je ne saurais résister à un pareil appel.

— Je ne peux pas, même en ce moment, vous promettre de sauter au cou de votre famille ; mais le membre de votre famille, qui m'attend en bas, ne verra point son ardeur refroidie par un accueil glacial. »

M. Micawber disparut et resta quelque temps absent ;

mistress Micawber n'était pas sans quelque appréhension qu'il ne se fût élevé quelque discussion entre lui et le membre de sa famille. Enfin, le même petit garçon reparut, et me présenta un billet écrit au crayon avec l'en-tête officielle : « Heep contre Micawber. »

J'appris par ce document que M. Micawber, se voyant encore arrêté, était tombé dans le plus violent paroxysme de désespoir; il me conjurait de lui envoyer par le garçon son couteau poignard et sa pinte d'étain, qui pourraient lui être utiles dans sa prison, pendant les courts moments qu'il avait encore à vivre. Il me demandait aussi, comme dernière preuve d'amitié, de conduire sa famille à l'hospice de charité de la paroisse, et d'oublier qu'il eût jamais existé une créature de son nom.

Comme de raison, je lui répondis, en m'empressant de descendre pour payer sa dette; je le trouvai assis dans un coin, regardant d'un air sinistre l'agent de police qui s'était saisi de sa personne. Une fois relâché, il m'embrassa avec la plus vive tendresse, et se dépêcha d'inscrire cet item sur son carnet, avec quelques notes, où il eut bien soin, je me le rappelle, de porter un demi-penny que j'avais omis, par inadvertance, dans le total.

Cet important petit carnet lui remémora justement une autre transaction, comme il l'appelait. Quand nous fûmes remontés, il me dit que son absence avait été causée par des circonstances indépendantes de sa volonté; puis il tira de sa poche une grande feuille de papier, soigneusement pliée, et couverte d'une longue addition. Au premier coup-d'œil que je jetai dessus, je me dis que je n'en avais jamais vu d'aussi monstrueuse sur un cahier d'arithmétique. C'était, à ce qu'il paraît, un calcul d'intérêt composé sur ce qu'il appelait « le total principal de quarante et une livres dix shillings onze pence et demi », à des échéances diverses. Après avoir soigneusement examiné ses ressources et comparé les chiffres, il en était venu à établir la somme qui représentait le tout, intérêt et principal, pour deux années quinze mois et quatorze jours, à dater du moment présent. Il en avait souscrit, de sa plus belle main, un billet à ordre qu'il remit à Traddles, avec mille remerciements, pour acquit de sa dette intégrale (comme cela se doit d'homme à homme).

« C'est égal, j'ai toujours le pressentiment, dit mistress Micawber en secouant la tête d'un air pensif, que nous retrouverons ma famille à bord avant notre départ définitif. »

M. Micawber avait évidemment un autre pressentiment sur le même sujet, mais il le renfonça dans son pot d'étain, et avala le tout.

« Si vous avez, durant votre passage, quelque occasion d'écrire en Angleterre, mistress Micawber, dit ma tante ; ne manquez pas de nous donner de vos nouvelles.

— Ma chère miss Trotwood, répondit-elle ; je serai trop heureuse de penser qu'il y a quelqu'un qui tienne à entendre parler de nous ; je ne manquerai pas de vous écrire. M. Copperfield, qui est depuis si longtemps notre ami, n'aura pas, j'espère, d'objection à recevoir, de temps à autre, quelque souvenir d'une personne qui l'a connu avant que les jumeaux eussent conscience de leur propre existence. »

Je répondis que je serais heureux d'avoir de ses nouvelles, toutes les fois qu'elle aurait l'occasion d'écrire.

« Les facilités ne nous manqueront pas, grâce à Dieu, dit M. Micawber ; l'Océan n'est à présent qu'une grande flotte, et nous rencontrerons sûrement plus d'un vaisseau pendant la traversée. C'est une plaisanterie que ce voyage, dit M. Micawber, en prenant son lorgnon ; une vraie plaisanterie. La distance est imaginaire. »

Quand j'y pense, je ne puis m'empêcher de sourire. C'était bien là M. Micawber... Autrefois, lorsqu'il allait de Londres à Canterbury, il en parlait comme d'un voyage au bout du monde ; et maintenant qu'il quittait l'Angleterre pour l'Australie, il semblait qu'il partît pour traverser la Manche.

« Pendant le voyage, j'essayerai, dit M. Micawber, de leur faire prendre patience en leur défilant mon chapelet, et j'ai la confiance que, durant nos longues soirées, on ne sera pas fâché d'entendre les mélodies de mon fils Wilkins, autour du feu. Quand mistress Micawber aura le pied marin, et qu'elle ne se sentira plus mal au cœur (pardon de l'expression), elle leur chantera aussi sa petite chansonnette. Nous verrons, à chaque instant, passer près de nous, des marsouins et des dauphins ; sur le bâbord comme sur le tribord nous découvrirons à tout moment des objets pleins d'intérêt. En un mot, dit M. Micawber, avec son antique élégance, il est probable que nous aurons autour de nous tant de sujets de distraction, que, lorsque nous entendrons crier : « Terre », en haut du grand mât, nous serons on ne peut pas plus étonnés ! »

Là-dessus, il brandit victorieusement son petit pot d'étain, comme s'il avait déjà accompli le voyage, et qu'il vînt de passer un examen de première classe devant les autorités maritimes les plus compétentes.

« Pour moi, ce que j'espère surtout, mon cher monsieur Copperfield, dit mistress Micawber ; c'est qu'un jour nous revivrons dans notre ancienne patrie, en la personne de quelques membres de notre famille. Ne froncez pas le sourcil Micawber ! ce n'est pas à ma propre famille que je veux faire allusion, c'est aux enfants de nos enfants. Quelque vigoureux que puisse être le rejeton transplanté, dit mistress Micawber en secouant la tête, je ne saurais oublier l'arbre d'où il sera sorti ; et lorsque notre race sera parvenue à la grandeur et à la fortune, j'avoue que je serai bien aise de penser que cette fortune viendra refluer dans les coffres de la Grande-Bretagne.

« Ma chère, dit M. Micawber, que la Grande-Bretagne se tire de là comme elle pourra ; je suis forcé de dire qu'elle n'a jamais fait grand'chose pour moi, et que je ne m'inquiète pas beaucoup de ce qu'elle deviendra.

— Micawber, continua mistress Micawber ; vous

avez tort. Quand vous partez, Micawber, pour un pays lointain, ce n'est pas pour affaiblir, c'est pour fortifier le lien qui nous unit à Albion.

— Le lien en question, ma chère amie, reprit M. Micawber, ne m'a pas, je le répète, chargé d'assez d'obligations personnelles, pour que je redoute le moins du monde d'en former d'autres.

— Micawber, repartit mistress Micawber, je vous le répète, vous avez tort; vous ne savez pas vous-même de quoi vous êtes capable, Micawber; c'est là-dessus que je compte pour fortifier, même en vous éloignant de votre patrie, le lien qui vous unit à Albion. »

M. Micawber s'assit dans son fauteuil, les sourcils légèrement froncés; il avait l'air de n'admettre qu'à demi les idées de mistress Micawber, à mesure qu'elle les énonçait, bien qu'il fût profondément pénétré de la perspective qu'elle ouvrait devant lui.

« Mon cher monsieur Copperfield, dit mistress Micawber, je désire que M. Micawber comprenne sa position. Il me paraît extrêmement important, qu'à dater du jour de son embarquement, M. Micawber comprenne sa position. Vous me connaissez assez, mon cher monsieur Copperfield, pour savoir que je n'ai pas la vivacité d'humeur de M. Micawber. Moi, je suis, qu'il me soit permis de le dire, une femme éminemment pratique. Je sais que nous allons entreprendre un long voyage; je sais que nous aurons à supporter bien des difficultés et bien des privations, c'est une vérité trop claire; mais je sais aussi ce qu'est M. Micawber, je sais mieux que lui ce dont il est capable. Voilà pourquoi je regarde comme extrêmement important que M. Micawber comprenne sa position.

— Mon amour, répondit-il; permettez-moi de vous faire observer qu'il m'est impossible de comprendre ma position dans le moment présent.

— Je ne suis pas de cet avis, Micawber, reprit-elle; pas complétement du moins. Mon cher monsieur Copperfield, la situation de M. Micawber n'est pas comme celle de tout le monde; M. Micawber se rend dans un pays éloigné, précisément pour se faire enfin connaître et apprécier pour la première fois de sa vie. Je désire que M. Micawber se place sur la proue de ce vaisseau, et qu'il dise d'une voix assurée : « Je viens conquérir ce pays! Avez-vous des honneurs? avez-vous des richesses? avez-vous des fonctions largement rétribuées? qu'on me les apporte : elles sont à moi! »

M. Micawber nous lança un regard qui voulait dire : Il y a ma foi! beaucoup de bon dans ce qu'elle dit là.

« En un mot, dit mistress Micawber, du ton le plus décisif, je veux que M. Micawber soit le César de sa fortune. Voilà comment j'envisage la véritable position de M. Micawber, mon cher monsieur Copperfield. Je désire qu'à partir du premier jour de ce voyage, M. Micawber se place sur la proue du vaisseau, pour dire : « Assez de retard comme cela, assez de désappointement, assez de gêne; c'était bon dans notre ancienne patrie, mais voici la patrie nouvelle; vous me devez une réparation! apportez-la-moi. »

M. Micawber se croisa les bras d'un air résolu, comme s'il était déjà debout, dominant la figure qui décorait la proue du navire.

« Et s'il comprend sa position, dit mistress Micawber, n'ai-je pas raison de dire que M. Micawber fortifiera le lien qui l'unit à la Grande-Bretagne, bien loin de l'affaiblir? Prétendra-t-on qu'on ne ressentira pas jusques dans la mère patrie, l'influence de l'homme important, dont l'astre se lèvera sur un autre hémisphère? Aurais-je la faiblesse de croire qu'une fois en possession du sceptre de la fortune et du génie en Australie, M. Micawber ne sera rien en Angleterre? Je ne suis qu'une femme, mais je serais indigne de moi-même et de papa, si j'avais à me reprocher cette absurde faiblesse! »

Dans sa profonde conviction qu'il n'y avait rien à répondre à ces arguments, mistress Micawber avait donné à son ton une élévation morale que je ne lui avais jamais connue auparavant.

« C'est pourquoi, dit-elle ; je souhaite d'autant plus que nous puissions revenir habiter un jour le sol natal ; M. Micawber sera peut-être, je ne saurais me dissimuler que cela est très probable, M. Micawber sera un grand nom dans le livre de l'histoire, et ce sera le moment, pour lui, de reparaître glorieux dans le pays qui lui avait donné naissance, et qui n'avait pas su employer ses grandes facultés.

— Mon amour, repartit M. Micawber, il m'est impossible de ne pas être touché de votre affection ; je suis toujours prêt à m'en rapporter à votre bon jugement. Ce qui sera, sera ! Le ciel me préserve de jamais vouloir dérober à ma terre natale la moindre part des richesses qui pourront, un jour, s'accumuler sur nos descendants !

— C'est bien, dit ma tante, en se tournant vers M. Peggotty ; et je bois à votre santé à tous ; que toute sorte de bénédictions et de succès vous accompagnent ! »

M. Peggotty mit par terre les deux enfants qu'il tenait sur ses genoux, et se joignit à M. et à mistress Micawber pour boire, en retour, à notre santé ; puis les Micawber et lui se serrèrent cordialement la main, et en voyant un sourire venir illuminer son visage bronzé, je sentis qu'il saurait bien se tirer d'affaire, établir sa bonne renommée, et se faire aimer partout où il irait.

Les enfants eurent eux-mêmes la permission de tremper leur cuiller de bois dans le pot de M. Micawber, pour s'associer au vœu général ; après quoi ma tante et Agnès se levèrent et prirent congé des émigrants. Ce fut un douloureux moment. Tout le monde pleurait ; les enfants s'accrochaient à la robe d'Agnès, et nous laissâmes le pauvre M. Micawber dans un violent désespoir, pleurant et sanglotant à la lueur d'une seule bougie, dont la simple clarté, vue de la Tamise, devait donner à sa chambre l'apparence d'un pauvre fanal.

Le lendemain matin, j'allai m'assurer qu'ils étaient partis. Ils étaient montés dans la chaloupe à cinq heures du matin. Je compris quel vide laissent de tels adieu, en trouvant à la misérable petite auberge, où je ne les avais vus qu'une seule fois, un air triste et désert, maintenant qu'ils en étaient partis.

Le surlendemain, dans l'après-midi, nous nous rendîmes à Gravesend, ma vieille bonne et moi; nous trouvâmes le vaisseau environné d'une foule de barques, au milieu de la rivière. Le vent était bon, le signal du départ flottait au haut du mât. Je louai immédiatement une barque, et nous pénétrâmes à bord, à travers la confusion étourdissante à laquelle le navire était en proie.

M. Peggotty nous attendait sur le pont. Il me dit que M. Micawber venait d'être arrêté de nouveau (et pour la dernière fois), à la requête de M. Heep, et que, d'après mes instructions, il avait payé le montant de la dette, que je lui rendis aussitôt. Puis il nous fit descendre dans l'entre-pont, et là, se dissipèrent les craintes que j'avais pu concevoir, qu'il ne vînt à savoir ce qui s'était passé à Yarmouth. M. Micawber s'approcha de lui, lui prit le bras d'un air d'amitié et de protection, et me dit à voix basse que, depuis l'avant-veille, il ne l'avait pas quitté.

C'était pour moi un spectacle si étrange, l'obscurité me semblait si grande, et l'espace si resserré, qu'au premier abord, je ne pus me rendre compte de rien; mais peu à peu mes yeux s'habituèrent à ces ténèbres, et je me crus au centre d'un tableau de Van Ostade. On apercevait au milieu des poutres, des agrès, des ralingues du navire, les hamacs, les malles, les caisses, les barils composant le bagage des émigrants; quelques lanternes éclairaient la scène; plus loin, la pâle lueur du jour pénétrait par une écoutille ou une manche à vent. Des groupes divers se pressaient en foule; on faisait de nouveaux amis, on prenait congé des anciens, on parlait, on riait, on pleurait, on mangeait et on buvait; les uns, déjà installés dans les quelques pieds de parquet qui leur étaient assignés, s'occupaient à disposer leurs effets, et plaçaient de petits enfants sur des tabourets ou dans leurs petites chaises; d'autres, ne sachant où se caser, erraient d'un air désolé. Il y avait des enfants qui ne connaissaient encore la vie que depuis huit jours, et des vieillards voûtés qui semblaient ne plus avoir que huit jours à la connaître; des laboureurs qui emportaient avec leurs bottes quelque motte du sol natal, et des forgerons, dont la peau allait donner au nouveau-monde un échantillon de la suie et de la fumée de l'Angleterre; dans l'espace étroit de l'entre-pont, on avait trouvé moyen d'entasser des spécimens de tous les âges et de tous les états.

En jetant autour de moi un coup d'œil, je crus voir, assise à côté d'un des petits Micawber, une femme dont la tournure me rappelait Émilie. Une autre femme se pencha vers elle pour l'embrasser, puis s'éloigna rapidement à travers la foule, me laissant un vague souvenir d'Agnès. Mais au milieu de la confusion universelle, et du désordre de mes pensées, je la perdis bientôt de vue; je ne vis plus qu'une chose, c'est qu'on donnait le signal de quitter le pont à tous ceux qui ne partaient pas; que ma vieille bonne pleurait à côté de moi, et que mistress Gummidge s'occupait activement d'arranger les effets de M. Peggotty, avec l'assistance d'une jeune femme, vêtue de noir, qui me tournait le dos.

« Avez-vous encore quelque chose à me dire, maître Davy? me demanda M. Peggotty; n'auriez-vous pas quelque question à me faire pendant que nous sommes encore là?

« Une seule, lui dis-je. Marthe... »

Il toucha le bras de la jeune femme que j'avais vue près de lui, elle se retourna, c'était Marthe.

« Que Dieu vous bénisse, excellent homme que vous êtes! m'écriai-je; vous l'emmenez avec vous? »

Elle me répondit pour lui, en fondant en larmes. Il me fut impossible de dire un mot, mais je serrai la main de M. Peggotty; et si jamais j'ai estimé et aimé un homme au monde, c'est bien celui-là.

Les étrangers évacuaient le navire. Mon plus pénible

devoir restait encore à accomplir. Je lui dis ce que j'avais été chargé de lui répéter, au moment de son départ, par le noble cœur qui avait cessé de battre. Il en fut profondément ému. Mais, lorsqu'à son tour, il me chargea de ses compliments d'affection et de regret pour celui qui ne pouvait plus les entendre, je fus bien plus ému encore que lui.

Le moment était venu. Je l'embrassai. Je pris le bras de ma vieille bonne tante en pleurs, nous remontâmes sur le pont. Je pris congé de la pauvre mistress Micawber. Elle attendait toujours sa famille d'un air inquiet; et ses dernières paroles furent pour me dire qu'elle n'abandonnerait jamais M. Micawber.

Nous redescendîmes dans notre barque; à une petite distance, nous nous arrêtâmes pour voir le vaisseau prendre son élan. Le soleil se couchait. Le navire flottait entre nous et le ciel rougeâtre: on distinguait le plus mince de ses espars et de ses cordages sur ce fond éclatant. C'était si beau, si triste, et en même temps si encourageant, de voir ce glorieux vaisseau immobile encore sur l'onde doucement agitée, avec tout son équipage, tous ses passagers, rassemblés en foule sur le pont, silencieux et tête nue, que je n'avais jamais rien vu de pareil.

Le silence ne dura qu'un moment. Le vent souleva les voiles, le vaisseau s'ébranla: trois hourrahs retentissants, partis de toutes les barques, et répétés à bord, vinrent d'écho en écho mourir sur le rivage. Le cœur me faillit à ce bruit, à la vue des mouchoirs et des chapeaux qu'on agitait en signe d'adieu, et c'est alors que je la vis.

Oui, je la vis à côté de son oncle, toute tremblante contre son épaule. Il nous montrait à sa nièce, elle nous vit à son tour, et m'envoya de la main un dernier adieu. Allez, pauvre Émilie! belle et frêle plante battue par l'orage! Attachez-vous à lui comme le lierre, avec toute la confiance que vous laisse votre cœur brisé, car il s'est attaché à vous avec toute la force de son puissant amour.

Au milieu des teintes roses du ciel, elle, appuyée sur lui, et lui la soutenant dans ses bras, ils passèrent majestueusement et disparurent. Quand nous tournâmes nos rames vers le rivage, la nuit était tombée sur les collines du Kent... Elle était aussi tombée sur moi, bien ténébreuse.

CHAPITRE XXVIII

Absence

Oh! oui, une nuit bien longue et bien ténébreuse, troublée par tant d'espérances déçues, tant de chers souvenirs, tant d'erreurs passées, tant de chagrins stériles, tant de regrets amers qui venaient la hanter comme des spectres nocturnes.

Je quittai l'Angleterre, sans bien comprendre encore toute la force du coup que j'avais à supporter. Je quittai tous ceux qui m'étaient chers et je m'en allai; je croyais que j'en étais quitte, et que tout était fini comme cela. De même que, sur un champ de bataille, un soldat vient de recevoir une balle mortelle sans savoir seulement qu'il est blessé; de même, laissé seul avec mon cœur indiscipliné, je ne me doutais pas non plus de la profonde blessure contre laquelle il allait avoir à lutter.

Je le compris enfin, mais non point tout d'un coup; ce ne fut que petit à petit et comme brin à brin. Le sentiment de désolation que j'emportais en m'éloignant ne fit que devenir plus vif et plus profond d'heure en heure. Ce n'était d'abord qu'un sentiment vague et pénible de chagrin et d'isolement. Mais il se transforma, par degrés imperceptibles, en un regret sans espoir de tout ce que j'avais perdu, amour, amitié, intérêt : de tout ce que l'amour avait brisé dans mes mains; une première foi, une première affection, le rêve entier de ma vie. Que me restait-il désormais? un vaste désert qui s'étendait autour de moi sans interruption, presque sans horizon.

Si ma douleur était égoïste, je ne m'en rendais pas compte. Je pleurais sur ma femme-enfant, enlevée si jeune, à la fleur de son avenir. Je pleurais sur celui qui aurait pu gagner l'amitié et l'admiration de tous, comme jadis il avait su gagner la mienne. Je pleurais sur le cœur brisé qui avait trouvé le repos dans la mer orageuse; je pleurais sur les débris épars de cette vieille demeure, où j'avais entendu souffler le vent du soir, quand je n'étais encore qu'un enfant.

Je ne voyais aucune issue à cet abîme de tristesse où j'étais tombé. J'errais de lieu en lieu, portant partout mon fardeau avec moi. J'en sentais tout le poids, je pliais sous le faix, et je me disais dans mon cœur que jamais il ne pourrait être allégé.

Dans ces moments de crise et de découragement, je croyais que j'allais mourir. Parfois je me disais que je voulais mourir au moins près des miens, et je revenais sur mes pas, pour être plutôt avec eux. D'autrefois, je continuais mon chemin, j'allais de ville en ville, poursuivant je ne sais quoi devant moi, et voulant laisser derrière moi je ne sais quoi non plus.

Il me serait impossible de retracer une à une toutes les phases douloureuses que j'eus à traverser dans ma détresse. Il y a de ces rêves qu'on ne saurait décrire que d'une manière vague et imparfaite; et quand je prends sur moi de me rappeler cette époque de ma vie, il me semble que c'est un de ces rêves-là qui me reviennent à l'esprit. Je revois, en passant, des villes inconnues, des palais, des cathédrales, des temples, des tableaux, des châteaux et des tombes, des rues fantastiques, tous les vieux monuments de l'histoire et de l'imagination. Mais non, je ne les revois pas, je les rêve, portant toujours partout mon fardeau pénible, et ne reconnaissant qu'à peine les objets qui passent et disparaissent dans cette fantasmagorie de mon esprit. Ne rien voir, ne rien entendre, uniquement absorbé dans le sentiment de ma

douleur, voilà la nuit qui tomba sur mon cœur indiscipliné. Mais sortons-en... comme je finis par en sortir,
Dieu merci !... Il est temps de secouer ce long et triste
rêve, et de quitter les ténèbres pour une nouvelle
aurore.

Pendant plusieurs mois je voyageai ainsi, avec ce
nuage obscur sur l'esprit. Des raisons mystérieuses
semblaient m'empêcher de reprendre le chemin de mon
pays natal, et m'engager à poursuivre mon pèlerinage.
Tantôt je prenais ma course de pays en pays, sans me
reposer, sans m'arrêter nulle part. Tantôt je restais longtemps au même endroit, sans savoir pourquoi. Je
n'avais ni but, ni mobile.

J'étais en Suisse. Je revenais d'Italie, par un des
grands passages à travers les Alpes, où j'errais, avec un
guide, dans les sentiers écartés des montagnes. Si ces
solitudes majestueuses parlaient à mon cœur, je n'en
savais en vérité rien. J'avais trouvé quelque chose de
merveilleux et de sublime dans ces hauteurs prodi-
gieuses, dans ces précipices horribles, dans ces torrents
mugissants, dans ces chaos de neige et de glace, mais
c'était tout ce que j'y avais vu.

Un soir, je descendais, avant le coucher du soleil, au
fond d'une vallée où je devais passer la nuit. A mesure
que je suivais le sentier autour de la montagne d'où je
venais de voir l'astre du jour bien au-dessus de moi, je
crus sentir le goût du beau et l'instinct d'un bonheur
tranquille s'éveiller chez moi, sous la douce influence de
ce spectacle paisible, et ranimer dans mon cœur une
faible lueur de ces émotions depuis longtemps
inconnues. Je me souviens que je m'arrêtai dans ma
marche avec une espèce de chagrin dans l'âme qui ne
ressemblait plus à l'accablement et au désespoir. Je me
souviens que je fus tenté d'espérer qu'il n'était pas
impossible qu'il vînt à s'opérer en moi quelque bienheureux changement.

Je descendis dans la vallée au moment où le soleil du
soir dorait les cimes couvertes de neige qui allaient le

masquer comme d'un nuage éternel. La base de la montagne qui formait la gorge où se trouvait situé le petit village, était d'une riche verdure ; au-dessus de cette joyeuse végétation croissaient de sombres forêts de sapins, qui fendaient ces masses de neige comme un coin, et soutenaient l'avalanche. Plus haut, on voyait des rochers grisâtres, des sentiers raboteux, des glaçons et de petites oasis de pâturage qui allaient se perdre dans la neige dont la cime des monts était couronnée. Çà et là, sur le revers de la montagne, quelques points sur la neige, et chaque point était une maison. Tous ces chalets solitaires, écrasés par la grandeur sublime des cimes gigantesques qui les dominaient, paraissaient trop petits, en comparaison, pour des jouets d'enfant. Il en était de même du village, groupé dans la vallée, avec son pont de bois jeté sur le ruisseau qui tombait en cascade sur les rochers brisés, et courait à grand bruit au milieu des arbres. On entendait au loin, dans le calme du soir, une espèce de chant : c'étaient les voix des bergers, et en voyant un nuage, éclatant des feux du soleil couchant, flotter à mi-côte sur le flanc de la montagne, je croyais presque entendre sortir de son sein les accents de cette musique sereine qui n'appartenait pas à la terre. Tout d'un coup, au milieu de cette grandeur imposante, la voix, la grande voix de la nature me parla ; docile à son influence secrète, je posai sur le gazon ma tête fatiguée, je pleurai comme je n'avais pas pleuré encore depuis la mort de Dora.

J'avais trouvé quelques instants auparavant un paquet de lettres qui m'attendait, et j'étais sorti du village pour les lire pendant qu'on préparait mon souper. D'autres paquets s'étaient égarés, et je n'en avais pas reçu depuis longtemps. Sauf une ligne ou deux, pour dire que j'étais bien et que j'étais arrivé à cet endroit, je n'avais eu ni le courage ni la force d'écrire une seule lettre depuis mon départ.

Le paquet était entre mes mains. Je l'ouvris, et je reconnus l'écriture d'Agnès.

Elle était heureuse, comme elle nous l'avait dit, de se sentir utile. Elle réussissait dans ses efforts, comme elle l'avait espéré. C'était tout ce qu'elle me disait sur son propre compte. Le reste avait rapport à moi.

Elle ne me donnait pas de conseils ; elle ne me parlait pas de mes devoirs ; elle me disait seulement, avec sa ferveur accoutumée, qu'elle avait confiance en moi. Elle savait, disait-elle, qu'avec mon caractère je ne manquerais pas de tirer une leçon salutaire du chagrin même qui m'avait frappé. Elle savait que les épreuves et la douleur ne feraient qu'élever et fortifier mon âme. Elle était sûre que je donnerais à tous mes travaux un but plus noble et plus ferme, après le malheur que j'avais eu à souffrir. Elle qui se réjouissait tant du nom que je m'étais déjà fait, et qui attendait avec tant d'impatience les succès qui devaient l'illustrer encore, elle savait bien que je continuerais à travailler. Elle savait que dans mon cœur, comme dans tous les cœurs vraiment bons et élevés, l'affliction donne de la force et non de la faiblesse. De même que les souffrances de mon enfance avaient contribué à faire de moi ce que j'étais devenu ; de même des malheurs plus grands, en aiguisant mon courage, me rendraient meilleur encore, pour que je pusse transmettre aux autres, dans mes écrits, l'enseignement que j'en avais reçu moi-même. Elle me remettait entre les mains de Dieu, de celui qui avait recueilli dans son repos mon innocent trésor ; elle me répétait qu'elle m'aimait toujours comme une sœur, et que sa pensée me suivait partout, fière de ce que j'avais fait, mais infiniment plus fière encore de ce que j'étais destiné à faire un jour.

Je serrai sa lettre sur mon cœur, je pensai à ce que j'étais une heure auparavant, lorsque j'écoutais les voix qui expiraient dans le lointain : et en voyant les nuages vaporeux du soir prendre une teinte plus sombre, toutes les couleurs nuancées de la vallée s'effacer ; la neige dorée sur la cime des montagnes se confondre avec le ciel pâle de la nuit, je sentis la nuit de mon âme passer et s'évanouir avec ces ombres et ces ténèbres. Il n'y avait pas de nom pour l'amour que j'éprouvais pour elle, plus chère désormais à mon cœur qu'elle ne l'avait jamais été.

Je relus bien des fois sa lettre. Je lui écrivis avant de me coucher. Je lui dis que j'avais eu grand besoin de son aide, que sans elle je ne serais pas, je n'aurais jamais été ce qu'elle croyait, mais qu'elle me donnait l'ambition de l'être, et le courage de l'essayer.

Je l'essayai en effet. Encore trois mois, et il y aurait un an que j'avais été si douloureusement frappé. Je résolus de ne prendre aucune résolution avant l'expiration de ce terme, mais d'essayer seulement de répondre à l'estime d'Agnès. Je passai tout ce temps-là dans la petite vallée où j'étais et dans les environs.

Les trois mois écoulés, je résolus de rester encore quelque temps loin de mon pays; de m'établir pour le moment dans la Suisse, qui m'était devenue chère par le souvenir de cette soirée; de reprendre une plume, de me remettre au travail.

Je me conformai humblement aux conseils d'Agnès; j'interrogeai la nature, qu'on n'interroge jamais en vain; je ne repoussai plus loin de moi les affections humaines. Bientôt j'eus presque autant d'amis dans la vallée, que j'en avais jadis à Yarmouth, et quand je les quittai à l'automne pour aller à Genève, ou que je vins les retrouver au printemps, leurs regrets et leur accueil affectueux m'allaient au cœur, comme s'ils me les adressaient dans la langue de mon pays.

Je travaillais ferme et dur; je commençais de bonne heure et je finissais tard. J'écrivais une nouvelle dont je choisis le sujet en rapport avec mes peines récentes; je l'envoyai à Traddles, qui s'entremit pour la publication, d'une façon très avantageuse à mes intérêts; et le bruit de ma réputation croissante fut porté jusqu'à moi par le flot de voyageurs que je rencontrais sur mon chemin. Après avoir pris un peu de repos et de distraction, je me remis à l'œuvre avec mon ardeur d'autrefois, sur un nouveau sujet d'imagination, qui me plaisait infiniment. A mesure que j'avançais dans l'accomplissement de cette tâche, je m'y attachais de plus en plus, et je mettais toute mon énergie à y réussir. C'était mon troisième essai en ce genre. J'en avais écrit à peu près la moitié, quand je songeai, dans un intervalle de repos, à retourner en Angleterre.

Depuis longtemps, sans nuire à mon travail patient et à mes études incessantes, je m'étais habitué à des exercices robustes. Ma santé, gravement altérée lorsque j'avais quitté l'Angleterre, s'était entièrement rétablie. J'avais beaucoup vu ; j'avais beaucoup voyagé, et j'espère que j'avais appris quelque chose dans mes voyages.

J'ai raconté maintenant tout ce qu'il me paraissait utile de dire sur cette longue absence... Cependant, j'ai fait une réserve. Si je l'ai faite, ce n'est pas que j'eusse l'intention de taire une seule de mes pensées, car, je l'ai déjà dit, ce récit est ma mémoire écrite. J'ai voulu garder pour la fin ce secret enseveli au fond de mon âme. J'y arrive à présent.

Je ne puis sonder assez avant ce secret de mon propre cœur pour pouvoir dire à quel moment je commençai à penser que j'aurais pu jadis faire d'Agnès l'objet de mes premières et de mes plus chères espérances. Je ne puis dire à quelle époque de mon chagrin j'en vins à songer que, dans mon insouciante jeunesse, j'avais rejeté loin de moi le trésor de son amour. Peut-être avais-je recueilli quelque murmure de cette lointaine pensée, chaque fois que j'avais eu le malheur de sentir la perte ou le besoin de ce quelque chose qui ne devait jamais se réaliser et qui manquait à mon bonheur. Mais c'est une pensée que je n'avais voulu accueillir, quand elle s'était présentée, que comme un regret mêlé de reproche pour moi-même, lorsque la mort de Dora me laissa triste et seul dans le monde.

Si, à cette époque, je m'étais trouvé souvent près d'Agnès, peut-être, dans ma faiblesse, eussé-je trahi ce

sentiment intime. Ce fut là la crainte vague qui me
poussa d'abord à rester loin de mon pays. Je n'aurais pu
me résigner à perdre la plus petite part de son affection
de sœur, et, mon secret une fois échappé, j'aurais mis
entre nous deux une barrière jusque-là inconnue.

Je ne pouvais pas oublier que le genre d'affection
qu'elle avait maintenant pour moi était mon œuvre;
que, si jamais elle m'avait aimé d'un autre amour, et
parfois je me disais que cela avait peut-être existé dans
son cœur, je l'avais repoussé. Quand nous n'étions que
des enfants, je m'étais habitué à le regarder comme une
chimère. J'avais donné tout mon amour à une autre
femme; je n'avais pas fait ce que j'aurais pu faire; et si
Agnès était aujourd'hui pour moi ce qu'elle était, une
sœur, et non pas une amante, c'était moi qui l'avais
voulu : son noble cœur avait fait le reste.

Lorsque je commençai à me remettre, à me
reconnaître et à m'observer, je songeai qu'un jour peut-
être, après une longue attente, je pourrais réparer les
fautes du passé; que je pourrais avoir le bonheur indicible de l'épouser. Mais en s'écoulant, le temps emporta
cette lointaine espérance. Si elle m'avait jamais aimé,
elle ne devait m'en être que plus sacrée; n'avait-elle pas
toutes mes confidences? Ne l'avais-je pas mise au courant de toutes mes faiblesses? Ne s'était-elle pas immo-
lée jusqu'à devenir ma sœur et mon amie? Cruel
triomphe sur elle-même! Si au contraire elle ne m'avait
jamais aimé, pouvais-je croire qu'elle m'aimerait à
présent?

Je m'étais toujours senti si faible en comparaison de
sa persévérance et de son courage! maintenant je le
sentais encore davantage. Quoique j'eusse pu être pour
elle, ou elle pour moi, si j'avais été autrefois plus digne
d'elle, ce temps était passé. Je l'avais laissé fuir loin de
moi. J'avais mérité de la perdre.

Je souffris beaucoup dans cette lutte; mon cœur était
plein de tristesse et de remords, et pourtant je sentais
que l'honneur et le devoir m'obligeaient à ne pas venir

faire offrande à cette personne si chère, de mes espérances évanouies, moi qui, par un caprice frivole, étais allé en porter l'hommage ailleurs, quand elles étaient dans toute leur fraîcheur de jeunesse. Je ne cherchais pas à me cacher que je l'aimais, que je lui étais dévoué pour la vie, mais je me répétais qu'il était trop tard, à présent, pour rien changer à la nature de nos relations convenues.

J'avais souvent réfléchi à ce que me disait ma Dora quand elle me parlait, à ses derniers moments, de ce qui nous serait arrivé dans notre ménage, si nous avions eu de plus longs jours à passer ensemble; j'avais compris que bien souvent les choses qui ne nous arrivent pas ont sur nous autant d'effet en réalité que celles qui s'accomplissent. Cet avenir dont elle s'effrayait pour moi, c'était maintenant une réalité que le destin m'avait envoyée pour me punir, comme elle l'aurait fait tôt ou tard, même auprès d'elle, si la mort ne nous avait pas séparés auparavant. J'essayai de songer à tous les heureux effets qu'aurait pu exercer sur moi l'influence d'Agnès, pour devenir plus courageux, moins égoïste, plus attentif à veiller sur mes défauts et à corriger mes erreurs. Et c'est ainsi qu'à force de penser à ce qui aurait pu être, j'arrivai à la conviction sincère que cela ne serait jamais.

Voilà quel était le sable mouvant de mes pensées; voilà dans quel accès de perplexités et de doutes je passai les trois ans qui s'écoulèrent depuis mon départ, jusqu'au jour où je repris le chemin de ma patrie. Oui, il y avait trois ans que le vaisseau, chargé d'émigrants, avait mis à la voile; et c'était trois ans après qu'au même endroit, à la même heure, au coucher du soleil, j'étais debout sur le pont du paquebot qui me ramenait en Angleterre, les yeux fixés sur l'onde aux teintes roses, où j'avais vu réfléchir l'image de ce vaisseau.

Trois ans! c'est bien long dans son ensemble, quoique ce soit bien court en détail! Et mon pays m'était bien cher, et Agnès aussi!... Mais elle n'était pas à moi...

jamais elle ne serait à moi... Cela aurait pu être autrefois, mais c'était passé !...

CHAPITRE XXIX

Retour

Je débarquai à Londres par une froide soirée
d'automne. Il faisait sombre et il pleuvait; en une
minute, je vis plus de brouillard et de boue que je n'en
avais vu pendant toute une année. J'allai à pied de la
douane à Charing-Cross sans trouver de voiture.
Quoiqu'on aime toujours à revoir d'anciennes connaissances, en retrouvant sur mon chemin les toits en saillie
et les gouttières engorgées comme autrefois, je ne pouvais pas m'empêcher de regretter que mes vieilles
connaissances ne fussent pas un peu plus propres.

J'ai souvent remarqué, et je suppose que tout le
monde en a fait autant, qu'au moment où l'on quitte un
lieu qui vous est familier, il semble que votre départ y
donne le signal d'une foule de changements à vue. En
regardant par la portière de la voiture, et en remarquant
qu'une vieille maison de Fish-Street, qui depuis plus
d'un siècle n'avait certainement jamais vu ni maçon, ni
peintre, ni menuisier, avait été jetée par terre en mon
absence, qu'une rue voisine, célèbre pour son insalu-
brité et ses incommodités de tout genre que leur anti-
quité avait rendues respectables, se trouvait assainie et
élargie, je m'attendais presque à trouver que la cathédrale de Saint-Paul allait me paraître plus vieille encore
qu'autrefois.

Je savais qu'il s'était opéré des changements dans la
situation de plusieurs de mes amis. Ma tante était
depuis longtemps retournée à Douvres, et Traddles
avait commencé à se faire une petite clientèle peu de
temps après mon départ. Il occupait à présent un petit

appartement dans Grays'inn, et dans une de ses dernières lettres, il me disait qu'il n'était pas sans quelque
espoir d'être prochainement uni à la meilleure fille du
monde.

On m'attendait chez moi pour Noël, mais on ne se
doutait pas que je dusse venir sitôt. J'avais pressé à dessein mon arrivée, afin d'avoir le plaisir de leur faire une
surprise. Et pourtant j'avais l'injustice de sentir un frisson glacé, comme si j'étais désappointé de ne voir personne venir au-devant de moi et de rouler tout seul en
silence à travers les rues assombries par le brouillard.

Cependant, les boutiques et leurs gais étalages me
remirent un peu; et lorsque j'arrivai à la porte du café
de Grays'inn, j'avais repris de l'entrain. Au premier
moment, cela me rappela cette époque de ma vie, bien
différente pourtant, où j'étais descendu à la Croix d'Or,
et les changements survenus depuis ce temps-là. C'était
bien naturel.

« Savez-vous où demeure M. Traddles ? » demandai-je au garçon en me chauffant à la cheminée du café.

« Holborn-Court, monsieur, n° 2.

— M. Traddles commence à être connu parmi les
avocats, n'est-il pas vrai ?

— C'est probable, monsieur, mais je n'en sais rien. »

Le garçon, qui était entre deux âges et assez maigre,
se tourna vers un garçon d'un ordre supérieur, presque
une autorité, un vieux serviteur robuste, puissant, avec
un double menton, une culotte courte et des bas noirs ;
il se leva de la place qu'il occupait au bout de la salle
dans une espèce de banc de sacristain, où il était en
compagnie d'une boîte de menue monnaie, d'un alma-
nach des adresses, d'une liste des gens de loi et de quelques autres livres ou papiers.

« M. Traddles ? dit le garçon maigre, n° 2, dans la
cour. »

Le vieillard majestueux lui fit signe de la main qu'il
pouvait s'en aller et se tourna gravement vers moi.

« Je demandais, lui dis-je, si M. Traddles, qui

demeure au n° 2, dans la cour, ne commence pas à se faire un nom parmi les avocats?

— Je n'ai jamais entendu prononcer ce nom-là, dit le garçon, d'une riche voix de basse-taille. »

Je me sentis tout humilié pour Traddles.

« C'est sans doute un tout jeune homme? dit l'imposant vieillard en fixant sur moi un regard sévère. Combien y a-t-il qu'il plaide à la cour?

— Pas plus de trois ans », répondis-je.

On ne devait pas s'attendre qu'un garçon qui m'avait tout l'air de résider dans le même coin du même café depuis quarante ans, s'arrêtât plus longtemps à un sujet aussi insignifiant. Il me demanda ce que je voulais pour mon dîner.

Je sentis que j'étais revenu en Angleterre, et réellement Traddles me fit de la peine. Il n'avait pas de chance. Je demandai timidement un peu de poisson et un biftek, et je me tins debout devant le feu, à méditer sur l'obscurité de mon pauvre ami.

Tout en suivant des yeux le garçon en chef, qui allait et venait, je ne pouvais m'empêcher de me dire que le jardin où j'étais épanouie une fleur si prospère était pourtant d'une nature bien ingrate pour la produire. Tout y avait un air si roide, si antique, si cérémonieux, si solennel! Je regardai, autour de la chambre, le parquet couvert de sable, probablement comme au temps où le garçon en chef était encore un petit garçon, si jamais il l'avait été, ce qui me paraissait très invraisemblable: les tables luisantes, où je voyais mon image réfléchie jusqu'au fin fond de l'antique acajou; les lampes bien frottées, qui n'avaient pas une seule tache; les bons rideaux verts, avec leurs bâtons de cuivre poli, fermant bien soigneusement chaque compartiment séparé; les deux grands feux de charbon bien allumés; les carafes rangées dans le plus bel ordre, et remplies jusqu'au goulot, pour montrer qu'à la cave elles n'étaient pas embarrassées de trouver des tonneaux entiers de vieux vin de Porto première qualité. Et je me

disais, en voyant tout cela, qu'en Angleterre la renommée, aussi bien qu'une place honorable au barreau,
n'étaient pas faciles à prendre d'assaut. Je montai dans
ma chambre pour changer, car mes vêtements étaient
trempés ; et cette vaste pièce toute boisée (elle donnait
sur l'arcade qui conduisait à Grays'inn), et ce lit paisible
dans son immensité, flanqué de ses quatre piliers, à
côté duquel se pavanait, dans sa gravité indomptable,
une commode massive, semblaient de concert prophéti-
ser un pauvre avenir à Traddles, comme à tous les
jeunes audacieux qui voulaient aller trop vite. Je descendis me mettre à table, et tout, dans cet établissement, depuis l'ordre solennel du service jusqu'au silence
qui y régnait... faute de convives, car la cour était
encore en vacances, tout semblait condamner avec éloquence la folle présomption de Traddles, et lui prédire
qu'il en avait encore pour une vingtaine d'années avant
de gagner sa vie dans son état.

Je n'avais rien vu de semblable à l'étranger, depuis
mon départ, et toutes mes espérances pour mon ami
s'évanouirent. Le garçon en chef m'avait abandonné,
pour se vouer au service d'un vieux monsieur revêtu de
longues guêtres, auquel on servit un flacon particulier
de Porto qui sembla sortir de lui-même du fond de la
cave, car il n'en avait même pas demandé. Le second
garçon me dit à l'oreille que ce vieux gentleman était un
homme d'affaires retiré qui demeurait dans le square ;
qu'il avait une grande fortune qui passerait probablement après lui à la fille de sa blanchisseuse ; on disait
aussi qu'il avait dans son bureau un service complet
d'argenterie tout terni faute d'usage, quoique de
mémoire d'homme on n'eût jamais vu chez lui qu'une
cuiller et une fourchette dépareillées. Pour le coup, je
regardai décidément Traddles comme perdu, et ne
conservai plus pour lui la moindre espérance. Comme
cela ne m'empêchait pas de désirer avec impatience de
voir ce brave garçon, je dépêchai mon dîner, de manière
à ne pas me faire honneur dans l'estime du chef de la

valetaille, et je me dépêchai de sortir par la porte de derrière. J'arrivai bientôt au nº 2 dans la cour, et je lus une inscription destinée à informer qui de droit, que M. Traddles occupait un appartement au dernier étage. Je montai l'escalier, un vieil escalier délabré, faiblement éclairé, à chaque palier, par un quinquet fumeux dont la mèche, couronnée de champignons, se mourait tout doucement dans sa petite cage de verre crasseux.

Tout en trébuchant contre les marches, je crus entendre des éclats de rire : ce n'était pas un rire de procureur ou d'avocat, ni même celui d'un clerc d'avocat ou de procureur, mais de deux ou trois jeunes filles en gaieté. Mais en m'arrêtant pour prêter l'oreille, j'eus le malheur de mettre le pied dans un trou où l'honorable société de Gray's-inn avait oublié de faire remettre une planche ; je fis du bruit en tombant, et quand je me relevai, les rires avaient cessé.

Je grimpai lentement, et avec plus de précaution, le reste de l'escalier ; mon cœur battait bien fort quand j'arrivai à la porte extérieure où on lisait le nom de M. Traddles : elle était ouverte. Je frappai, on entendit un grand tumulte à l'intérieur, mais ce fut tout. Je frappai encore.

Un petit bonhomme à l'air éveillé, moitié commis et moitié domestique, se présenta, tout hors d'haleine, mais en me regardant effrontément, comme pour me défier d'en apporter la preuve légale.

« M. Traddles est-il chez lui ?

— Oui, monsieur, mais il est occupé.

— Je désire le voir. »

Après m'avoir examiné encore un moment, le petit espiègle se décida à me laisser entrer, et, ouvrant la porte toute grande, il me conduisit d'abord dans un vestibule en miniature, puis dans un petit salon où je me trouvai en présence de mon vieil ami (également hors d'haleine) assis devant une table, le nez sur des papiers.

« Bon Dieu ! s'écria Traddles en levant les yeux vers moi : c'est Copperfield ! Et il se jeta dans mes bras, où je le tins longtemps enlacé.

— Tout va bien, mon cher Traddles ?

— Tout va bien, mon cher, mon bon Copperfield, et je n'ai que de bonnes nouvelles à vous donner. »

Nous pleurions de joie tous les deux.

« Mon cher ami, dit Traddles qui, dans sa satisfaction, s'ébouriffait les cheveux, quoique ce fût bien peu nécessaire, mon cher Copperfield, mon excellent ami, que j'avais perdu depuis si longtemps et que je retrouve enfin, comme je suis content de vous voir ! Comme vous êtes bruni ! Comme je suis content ! Ma parole d'honneur, mon bien-aimé Copperfield, je n'ai jamais été si joyeux ! non, jamais. »

De mon côté, je ne pouvais pas non plus exprimer mon émotion. J'étais hors d'état de dire un mot.

« Mon cher ami ! dit Traddles. Et vous êtes devenu si fameux ! Mon illustre Copperfield ! Bon Dieu ! mais d'où venez-vous, quand êtes-vous arrivé ? Qu'est-ce que vous étiez devenu ? »

Sans attendre une réponse à toutes ses questions, Traddles qui m'avait installé dans un grand fauteuil, près du feu, s'occupait d'une main à remuer vigoureusement les charbons, tandis que de l'autre il me tirait par ma cravate, la prenant sans doute pour ma redingote. Puis, sans prendre le temps de déposer les pincettes, il me serrait à grands bras, et je le serrais à grands bras, et nous riions tous deux, et nous nous essuyions les yeux : puis nous rasseyant, nous nous donnions des masses de poignées de main éternelles par-devant la cheminée.

« Quand on pense, dit Traddles, que vous étiez si près de votre retour, et que vous n'avez pas assisté à la cérémonie !

— Quelle cérémonie ? mon cher Traddles.

— Comment ! s'écria Traddles, en ouvrant les yeux comme autrefois. Vous n'avez donc pas reçu ma dernière lettre ?

— Certainement non, s'il y était question d'une cérémonie.

— Mais, mon cher Copperfield, dit Traddles, en pas-

sant ses doigts dans ses cheveux, pour les redresser sur
sa tête avant de rabattre ses mains sur mes genoux, je
suis marié !

— Marié ! lui dis-je, en poussant un cri de joie.

— Eh ! oui, Dieu merci ! dit Traddles, par le révérend
Horace, avec Sophie, en Devonshire. Mais, mon cher
ami, elle est là, derrière le rideau de la fenêtre. Regardez ! »

Et, à ma grande surprise, la meilleure fille du monde
sortit, riant et rougissant à la fois, de sa cachette.
Jamais vous n'avez vu mariée plus gaie, plus aimable,
plus honnête, plus heureuse, plus charmante, et je ne
pus m'empêcher de le lui dire sur-le-champ. Je
l'embrassai, en ma qualité de vieille connaissance, et je
leur souhaitai du fond du cœur toute sorte de prospéri-
tés.

« Mais, quelle délicieuse réunion ! dit Traddles.
Comme vous êtes bruni, mon cher Copperfield ! mon
Dieu ! mon Dieu ! que je suis donc heureux !

— Et moi ! lui dis-je.

— Et moi donc ! dit Sophie, riant et rougissant de
plus belle.

— Nous sommes tous aussi heureux que possible, dit
Traddles. Jusqu'à ces demoiselles qui sont heureuses !
Mais, à propos, je les oubliais !

— Vous les oubliiez ? dis-je.

— Oui, ces demoiselles, dit Traddles, les sœurs de
Sophie. Elles demeurent avec nous. Elles sont venues
voir Londres. Le fait est que... est-ce vous qui êtes
tombé dans l'escalier, Copperfield ?

— Oui, vraiment, lui répondis-je en riant.

— Eh bien, quand vous êtes tombé dans l'escalier,
j'étais à batifoler avec elles. Le fait est que nous jouions
à cache-cache. Mais comme cela ne paraîtrait pas
convenable à Westminster-Hall, et qu'il faut respecter le
décorum de sa profession, devant les clients, elles ont
bien vite décampé. Et maintenant, je suis sûr qu'elles
nous écoutent, dit Traddles, en jetant un coup d'œil du
côté de la porte de l'autre chambre.

— Je suis fâché, lui dis-je, en riant de nouveau, d'avoir été la cause d'une pareille débandade.

— Sur ma parole, reprit Traddles d'un ton ravi, vous ne diriez pas ça si vous les aviez vues se sauver, quand elles vous ont entendu frapper, et revenir au galop ramasser leurs peignes qu'elles avaient laissé tomber, et disparaître de nouveau, comme de petites folles. Mon amour, voulez-vous les appeler ? »

Sophie sortit en courant, et nous entendîmes rire aux éclats dans la pièce voisine.

« Quelle agréable musique, n'est-ce pas, mon cher Copperfield ? dit Traddles. C'est charmant à entendre ; il faut ça pour égayer ce vieil appartement. Pour un malheureux garçon qui a vécu seul toute sa vie, c'est délicieux, c'est charmant. Pauvres filles ! elles ont tant perdu en perdant Sophie !... car c'est bien, je vous assure, Copperfield, la meilleure fille ! Aussi, je suis charmé de les voir s'amuser. La société des jeunes filles est quelque chose de délicieux, Copperfield. Ce n'est pas précisément conforme au décorum de ma profession ; mais c'est égal, c'est délicieux. »

Je remarquai qu'il me disait tout cela avec un peu d'embarras : je compris que par bonté de cœur, il craignait de me faire de la peine, en me dépeignant trop vivement les joies du mariage, et je me hâtai de le rassurer en disant comme lui, avec une vivacité d'expression qui parut le charmer.

« Mais à dire vrai, reprit-il, nos arrangements domestiques, d'un bout à l'autre, ne sont pas trop d'accord avec ma profession, mon cher Copperfield. Même, le séjour de Sophie ici, ce n'est pas trop conforme au décorum de la profession, mais nous n'avons pas d'autre logement. Nous nous sommes embarqués sur un radeau, et nous sommes décidés à ne pas faire les difficiles. D'ailleurs Sophie est une si bonne ménagère ! Vous serez surpris de voir comme elle a casé ces demoiselles. C'est à peine si je le comprends moi-même.

— Combien donc en avez-vous ici ? demandai-je.

— L'aînée, la Beauté, est ici, me dit Traddles, à voix basse ; Caroline et Sarah aussi, vous savez, celle que je vous disais qui a quelque chose à l'épine dorsale : elle va infiniment mieux. Et puis après cela, les deux plus jeunes, que Sophie a élevées, sont aussi avec nous. Et Louisa donc, elle est ici !

— En vérité ! m'écriai-je.

— Oui, dit Traddles. Eh bien ! l'appartement n'a que trois chambres, mais Sophie a arrangé tout cela d'une façon vraiment merveilleuse, et elles sont toutes casées aussi commodément que possible. Trois dans cette chambre, dit Traddles, en m'indiquant une porte, et deux dans celle-là. »

Je ne pus m'empêcher de regarder autour de moi, pour chercher où pouvaient se loger M. et mistress Traddles. Traddles me comprit.

« Ma foi ! dit-il, comme je vous disais tout à l'heure, nous ne sommes pas difficiles ; la semaine dernière, nous avons improvisé un lit ici, sur le plancher. Mais il y a une petite chambre au-dessous du toit... une jolie petite chambre... quand une fois on y est arrivé. Sophie y a collé elle-même du papier pour me faire une surprise ; et c'est notre chambre à présent. C'est un charmant petit trou. On a de là une si belle vue !

« Et enfin, vous voilà marié, mon cher Traddles. Que je suis content !

— Merci, mon cher Copperfield, dit Traddles, en me donnant encore une poignée de main. Oui, je suis aussi heureux qu'on peut l'être. Voyez-vous votre vieille connaissance ! me dit-il en me montrant d'un air de triomphe le vase à fleurs, et voilà le guéridon à dessus de marbre. Tout notre mobilier est simple et commode. Quant à l'argenterie, mon Dieu ! nous n'avons pas même une petite cuiller !

— Eh bien ! vous en gagnerez, dis-je gaiement.

— C'est cela, répondit Traddles, on les gagnera. Nous avons comme de raison des espèces de petites cuillers pour remuer notre thé : mais c'est du métal anglais.

— L'argenterie n'en sera que plus brillante le jour où vous en aurez, lui dis-je.

— C'est justement ce que nous disons, s'écria Traddles. Voyez-vous, mon cher Copperfield, et il reprit de nouveau son ton confidentiel, quand j'ai eu plaidé dans le procès de *Doe dem Gipes contre Wigzell*, où j'ai bien réussi, je suis allé en Devonshire, pour avoir une conversation sérieuse avec le révérend Horace. J'ai appuyé sur ce fait que Sophie qui est, je vous assure, Copperfield, la meilleure fille du monde...

— J'en suis certain, dis-je.

— Ah! vous avez bien raison, reprit Traddles. Mais je m'éloigne, ce me semble, de mon sujet. Je crois que je vous parlais du révérend Horace?

— Vous me disiez que vous aviez appuyé sur le fait...

— Ah! oui... sur le fait que nous étions fiancés depuis longtemps, Sophie et moi, et que Sophie, avec la permission de ses parents ne demandait pas mieux que de m'épouser... continua Traddles avec son franc et honnête sourire d'autrefois... sur le pied actuel, c'est-à-dire avec le métal anglais. J'ai donc proposé au révérend Horace de consentir à notre union. C'est un excellent pasteur, Copperfield, on devrait en faire un évêque, ou au moins lui donner de quoi vivre à son aise; je lui demandai de consentir à nous unir si je pouvais seulement me voir à la tête de deux cent cinquante livres sterling dans l'année, avec l'espérance, pour l'année prochaine, de me faire encore quelque chose de plus, et de me meubler en sus un petit appartement. Comme vous voyez, je pris la liberté de lui représenter que nous avions attendu bien longtemps, et que d'aussi bons parents ne pouvaient pas s'opposer à l'établissement de leur fille, uniquement parce qu'elle leur était extrêmement utile, à la maison... Vous comprenez?

— Certainement, ce ne serait pas juste.

— Je suis bien aise que vous soyez de mon avis, Copperfield, reprit Traddles, parce que, sans faire le moindre reproche au révérend Horace, je crois que les

pères, les frères, etc., sont souvent égoïstes en pareil
cas. Je lui ai fait aussi remarquer que je ne désirais rien
tant au monde que d'être utile aussi à la famille, et que
si je faisais mon chemin, et que, par malheur, il lui arri-
vât quelque chose... je parle du révérend Horace...

— Je vous comprends.

— Ou à mistress Crewler, je serais trop heureux de
servir de père à leurs filles. Il m'a répondu d'une façon
admirable et très flatteuse pour moi, en me promettant
d'obtenir le consentement de mistress Crewler. On a eu
bien de la peine avec elle. Ça lui montait des jambes à la
poitrine, et puis à la tête...

— Qu'est-ce qui lui montait comme ça ? demandai-je.

— Son chagrin, reprit Traddles d'un air sérieux. Tous
ses sentiments font de même. Comme je vous l'ai déjà
dit une fois, c'est une femme supérieure, mais elle a
perdu l'usage de ses membres. Quand quelque chose la
tracasse, ça la prend tout de suite par les jambes ; mais
dans cette occasion, c'est monté à la poitrine, et puis à
la tête, enfin cela lui est monté partout, de manière à
compromettre le système entier de la manière la plus
alarmante. Cependant, on est parvenu à la remettre à
force de soins et d'attentions, et il y a eu hier six
semaines que nous nous sommes mariés. Vous ne sauriez vous faire une idée, Copperfield, de tous les
reproches que je me suis adressés en voyant la famille
entière pleurer et se trouver mal dans tous les coins de
la maison ! Mistress Crewler n'a pas pu se résoudre à
me voir avant notre départ ; elle ne pouvait pas me pardonner de lui enlever son enfant, mais au fond c'est une
si bonne femme ! elle s'y résigne maintenant. J'ai reçu
d'elle, ce matin même, une charmante lettre.

— En un mot, mon cher ami, lui dis-je, vous êtes
aussi heureux que vous méritez de l'être.

— Oh ! comme vous me flattez ! dit Traddles en riant.
Mais le fait est que mon sort est digne d'envie. Je travaille beaucoup, et je lis du droit toute la journée. Je
suis sur pied tous les jours dès cinq heures du matin, et

je n'y pense seulement pas. Pendant la journée, je cache
ces demoiselles à tous les yeux, et le soir, nous nous
amusons tant et plus. Je vous assure que je suis désolé
de les voir partir mardi, la veille de la Saint-Michel...
Mais les voilà! dit Traddles, coupant court à ses confidences pour me dire d'un ton de voix plus élevé : Monsieur   Copperfield,   miss Crewler,   miss Sarah,
miss Louisa, Margaret et Lucy! »

C'était un vrai bouquet de roses : elles étaient si
fraîches et si bien portantes, et toutes jolies; miss Caroline était très belle, mais il y avait dans le brillant regard
de Sophie une expression si tendre, si gaie, si sereine,
que j'étais sûr que mon ami ne s'était pas trompé dans
son choix. Nous nous établîmes tous près du feu, tandis
que le petit espiègle qui s'était probablement essoufflé à
tirer des cartons les papiers pour les étaler sur la table,
s'empressait maintenant de les enlever pour les remplacer par le thé; puis il se retira en fermant la porte de
toutes ses forces. Mistress Traddles, toujours tranquille
et gaie, se mit à faire le thé et à surveiller les rôties qui
grillaient dans un coin devant le feu.

Tout en se livrant à cette occupation, elle me dit
qu'elle avait vu Agnès. « Tom l'avait menée dans le Kent
pour leur voyage de noce, elle avait vu ma tante, qui se
portait très bien, ainsi qu'Agnès, et on n'avait parlé que
de moi. Tom n'avait pas cessé de penser à moi, disait-
elle, tout le temps de mon absence. » Tom était son
autorité en toutes matières; Tom était évidemment
l'idole de sa vie, et il n'y avait pas de danger qu'il y eût
une secousse capable d'ébranler cette idole-là sur son
piédestal; elle y avait trop de confiance; elle lui avait, de
tout son cœur, prêté foi et hommage quand même.

La déférence que Traddles et elle témoignaient à la
Beauté, me plaisait beaucoup. Je ne sais pas si je trouvais cela bien raisonnable, mais c'était encore un trait
délicieux de leur caractère, en harmonie avec le reste. Je
suis sûr que si Traddles se prenait parfois à regretter de
n'avoir pu encore se procurer les petites cuillers

d'argent, c'était seulement quand il passait une tasse de
thé à la Beauté. Si sa douce petite femme était capable
de se glorifier de quelque chose au monde, je suis
convaincu que c'était uniquement d'être la sœur de la
Beauté. Je remarquai que les caprices de cette jeune
personne étaient envisagés par Traddles et sa femme
comme un titre légitime qu'elle tenait naturellement de
ses avantages physiques. Si elle était née la reine de la
ruche, et qu'ils fussent nés les abeilles ouvrières, je suis
sûr qu'ils n'auraient pas reconnu avec plus de plaisir la
supériorité de son rang.

Mais c'était surtout leur abnégation qui me charmait.
Rien ne pouvait mieux faire leur éloge que l'orgueil avec
lequel tous deux parlaient de leurs sœurs, et leur parfaite soumission à toutes les fantaisies de ces demoiselles. A chaque instant, on appelait Traddles pour le
prier d'apporter ceci ou d'emporter cela : de monter une
chose ou d'en descendre une autre, ou d'en aller chercher une troisième. Quant à Sophie, les autres ne pouvaient rien faire sans elle. Une des sœurs était décoiffée,
et Sophie était la seule qui pût remettre ses cheveux en
ordre. Quelqu'une avait oublié un air, et il n'y avait que
Sophie qui pût la remettre sur la voie. On cherchait le
nom d'un village du Devonshire, et il n'y avait que
Sophie qui pût le savoir. S'il fallait écrire aux parents,
on comptait sur Sophie pour trouver le temps d'écrire le
matin avant le déjeuner. Quand l'une d'elles lâchait une
maille dans son tricot, Sophie était en réquisition pour
réparer l'erreur. C'étaient elles qui étaient maîtresses du
logis ; Sophie et Traddles n'étaient-là que pour les servir. Je ne sais combien d'enfants Sophie avait pu soigner dans son temps, mais je crois qu'il n'y a jamais eu
chanson d'enfant, en anglais, qu'elle ne sût sur le bout
du doigt, et elle en chantait à la douzaine, l'une après
l'autre, de la petite voix la plus claire du monde, au
commandement de ses sœurs, qui voulaient avoir chacune la leur, sans oublier la Beauté, qui ne restait pas
en arrière ; j'étais vraiment enchanté. Avec tout cela, au

milieu de toutes leurs exigences, les sœurs avaient toutes le plus grand respect et la plus grande tendresse pour Sophie et son mari. Quand je me retirai, Traddles voulut m'accompagner jusqu'à l'hôtel, et je crois que jamais je n'avais vu une tête, surtout une tête surmontée d'une chevelure si obstinée, rouler entre tant de mains pour recevoir pareille averse de baisers. Bref, c'était une scène à laquelle je ne pus m'empêcher de penser avec plaisir longtemps après avoir dit bonsoir à Traddles. Je ne crois pas que la vue d'un millier de roses épanouies dans une mansarde du vieux bâtiment de Gray's-inn eût jamais pu l'égayer autant. L'idée seule de toutes ces jeunes filles du Devonshire cachées au milieu de tous ces vieux jurisconsultes et dans ces graves études de procureurs, occupées à faire griller des rôties et à chanter tout le jour parmi les parchemins poudreux, la ficelle rouge, les vieux pains à cacheter, les bouteilles d'encre, le papier timbré, les baux et procès-verbaux, les assignations et les comptes de frais et fournitures; c'était pour moi un rêve aussi amusant et aussi fantastique que si j'avais vu la fabuleuse famille du Sultan inscrite sur le tableau des avocats, avec l'oiseau qui parle, l'arbre qui chante et le fleuve qui roule des paillettes d'or, installés dans Gray's-inn-Hall. Ce qu'il y a de sûr, c'est que lorsque j'eus quitté Traddles, et que je me retrouvai dans mon café, je ne songeais plus le moins du monde à plaindre mon vieux camarade. Je commençai à croire à ses succès futurs, en dépit de tous les garçons en chef du Royaume-Uni.

Assis au coin du feu, pour penser à lui à loisir, je tombai bientôt de ces réflexions consolantes et de ces douces images dans la contemplation vague du charbon flamboyant, dont les transformations capricieuses me représentaient fidèlement les vicissitudes qui avaient troublé ma vie. Depuis que j'avais quitté l'Angleterre, trois ans auparavant, je n'avais pas revu un feu de charbon, mais, que de fois, en observant les bûches qui tombaient en cendre blanchâtre, pour se mêler à la légère poussière du foyer, j'avais cru voir avec leur braise consumée s'évanouir mes espérances éteintes à tout jamais !

Maintenant, je me sentais capable de songer au passé gravement, mais sans amertume ; je pouvais contempler l'avenir avec courage. Je n'avais plus, à vrai dire, de foyer domestique. Je m'étais fait une sœur de celle à laquelle, peut-être, j'aurais pu inspirer un sentiment plus tendre. Un jour elle se marierait, d'autres auraient des droits sur son cœur, sans qu'elle sût jamais, en prenant de nouveaux liens, l'amour qui avait grandi dans mon âme. Il était juste que je payasse la peine de ma passion étourdie. Je récoltais ce que j'avais semé.

Je pensais à tout cela, et je me demandais si mon cœur était vraiment capable de supporter cette épreuve, si je pourrais me contenter auprès d'elle d'occuper la place qu'elle avait su se contenter d'occuper auprès de moi, quand tout à coup j'aperçus sous mes yeux une figure qui semblait sortir tout exprès du feu que je contemplais, pour raviver mes plus anciens souvenirs.

Le petit docteur Chillip, dont les bons offices m'avaient rendu le service que l'on a vu dans le premier chapitre de ce récit, était assis à l'autre coin de la salle, lisant son journal. Il avait bien un peu souffert du progrès des ans, mais c'était un petit homme si doux, si calme, si paisible, qu'il n'y paraissait guère ; je me figurai qu'il n'avait pas dû changer depuis le jour où il était établi dans notre petit salon à attendre ma naissance.

M. Chillip avait quitté Blunderstone depuis cinq ou six ans, et je ne l'avais jamais revu depuis. Il était là à lire tout tranquillement son journal, la tête penchée d'un côté et un verre de vin chaud près de lui. Il y avait dans toute sa personne quelque chose de si conciliant, qu'il avait l'air de faire ses excuses au journal de prendre la liberté de le lire.

Je m'approchai de l'endroit où il était assis en lui disant :

« Comment cela va-t-il, monsieur Chillip ? »

Il parut fort troublé de cette interpellation inattendue
de la part d'un étranger, et répondit lentement, selon
son habitude :

« Je vous remercie, monsieur ; vous êtes bien bon.
Merci, monsieur ; et vous, j'espère que vous allez bien ?

— Vous ne vous souvenez pas de moi ?

— Mais, monsieur, reprit M. Chillip en souriant de
l'air le plus doux et en secouant la tête, j'ai quelque idée
que j'ai vu votre figure quelque part, monsieur, mais je
ne peux pas mettre la main sur votre nom, en vérité.

— Et cependant, vous m'avez connu longtemps avant
que je me connusse moi-même, répondis-je.

— Vraiment, monsieur ? dit M. Chillip. Est-ce qu'il se
pourrait que j'eusse eu l'honneur de présider à...

— Justement.

— Vraiment ? s'écria M. Chillip. Vous avez probablement pas mal changé depuis lors, monsieur ?

— Probablement.

— Alors, monsieur, continua M. Chillip, j'espère que
vous m'excuserez si je suis forcé de vous prier de me
dire votre nom ? »

En entendant mon nom, il fut très ému. Il me serra la
main, ce qui était pour lui un procédé violent, vu qu'en
général il vous glissait timidement, à deux pouces environ de sa hanche, un doigt ou deux, et paraissait tout
décontenancé lorsque quelqu'un lui faisait l'amitié de
les serrer un peu fort. Même en ce moment, il fourra,
bien vite, après, sa main dans la poche de sa redingote
et parut tout rassuré de l'avoir mise en lieu de sûreté.

« En vérité ! monsieur, dit M. Chillip après m'avoir
examiné la tête toujours penchée du même côté. Quoi !
c'est monsieur Copperfield ? Eh bien, monsieur, je crois
que je vous aurais reconnu, si j'avais pris la liberté de
vous regarder de plus près. Vous ressemblez beaucoup
à votre pauvre père, monsieur.

— Je n'ai jamais eu le bonheur de voir mon père, lui
répondis-je.

— C'est vrai, monsieur, dit M. Chillip du ton le plus

doux. Et c'est un grand malheur sous tous les rapports.
Nous n'ignorons pas votre renommée dans ce petit coin
du monde, monsieur, ajouta M. Chillip en secouant de
nouveau tout doucement sa petite tête. Vous devez
avoir là, monsieur (en se tapant sur le front), une
grande excitation en jeu ; je suis sûr que vous trouvez ce
genre d'occupation bien fatigant, n'est-ce pas ?

— Où demeurez-vous, maintenant ? lui dis-je en
m'asseyant près de lui.

— Je me suis établi à quelques milles de Bury-Saint-
Edmunds, dit M. Chillip. Mistress Chillip a hérité d'une
petite terre dans les environs, d'après le testament de
son père ; je m'y suis installé, et j'y fais assez bien mes
affaires, comme vous serez bien aise de l'apprendre. Ma
fille est une grande personne, monsieur, dit M. Chillip
en secouant de nouveau sa petite tête ; sa mère a été
obligée de défaire deux plis de sa robe la semaine dernière. Ce que c'est ! comme le temps passe ! »

Comme le petit homme portait à ses lèvres son verre
vide, en faisant cette réflexion, je lui proposai de le faire
remplir et d'en demander un pour moi, afin de lui tenir
compagnie.

« C'est plus que je n'ai l'habitude d'en prendre, monsieur reprit-il avec sa lenteur accoutumée, mais je ne
puis me refuser le plaisir de votre conversation. Il me
semble que ce n'est qu'hier que j'ai eu l'honneur de vous
soigner pendant votre rougeole. Vous vous en êtes parfaitement tiré, monsieur. »

Je le remerciai de ce compliment, et je demandai
deux verres de bichof, qu'on nous apporta bientôt.

« Quel excès ! dit M. Chillip ; mais comment résister à
une fortune si extraordinaire ? Vous n'avez pas d'enfant,
monsieur ? »

Je secouai la tête.

« Je savais que vous aviez fait une perte, il y a quelque
temps, monsieur, dit M. Chillip. Je l'ai appris de la sœur
de votre beau-père : un caractère bien décidé, monsieur !

— Mais oui, fièrement décidé, répondis-je. Où l'avez-
vous vue, monsieur Chillip?

— Ne savez-vous pas, monsieur, reprit M. Chillip
avec son plus affable sourire, que votre beau-père est
redevenu mon proche voisin?

— Je n'en savais rien.

— Mais oui vraiment, monsieur. Il a épousé une
jeune personne de ce pays, qui avait une jolie petite fortune, la pauvre femme! Mais votre tête? monsieur. Ne
trouvez-vous pas que votre genre de travail doit vous
fatiguer beaucoup le cerveau? reprit-il en me regardant
d'un air d'admiration. »

Je ne répondis pas à cette question, et j'en revins aux
Murdstone.

« Je savais qu'il s'était remarié. Est-ce que vous êtes le
médecin de la maison?

— Pas régulièrement. Mais ils m'ont fait appeler
quelquefois, répondit-il. La bosse de la fermeté est terriblement développée chez M. Murdstone et chez sa
sœur, monsieur! »

Je répondis par un regard si expressif que M. Chillip,
grâce à cet encouragement et au bichof tout ensemble,
imprima à sa tête deux ou trois mouvements saccadés
et répéta d'un air pensif :

« Ah! mon Dieu! ce temps-là est déjà bien loin de
nous, monsieur Copperfield!

— Le frère et la sœur continuent leur manière de
vivre? lui dis-je.

— Ah! monsieur, répondit M. Chillip, un médecin va
beaucoup dans l'intérieur des familles, il ne doit, par
conséquent, avoir des yeux ou des oreilles que pour ce
qui concerne sa profession; mais pourtant, je dois le
dire, monsieur, ils sont très sévères pour cette vie,
comme pour l'autre.

— Oh! l'autre saura bien se passer de leur concours,
j'aime à le croire, répondis-je; mais que font-ils de celle-
ci? »

M. Chillip secoua la tête, remua son bichof, et en but
une petite gorgée.

« C'était une charmante femme, monsieur! dit-il d'un ton de compassion.

— La nouvelle mistress Murdstone?

— Charmante, monsieur, dit M. Chillip, aussi aimable que possible! L'opinion de mistress Chillip, c'est qu'on lui a changé le caractère depuis son mariage, et qu'elle est à peu près folle de chagrin. Les dames, continua-t-il d'un rire craintif, les dames ont l'esprit d'observation, monsieur.

— Je suppose qu'ils ont voulu la soumettre et la rompre à leur détestable humeur. Que Dieu lui vienne en aide! Et elle s'est donc laissé faire?

— Mais, monsieur, il y a eu d'abord de violentes querelles, je puis vous l'assurer, dit M. Chillip, mais maintenant ce n'est plus que l'ombre d'elle-même. Oserais-je, monsieur, vous dire en confidence que, depuis que la sœur s'en est mêlée, ils ont réduit à eux deux la pauvre femme à un état voisin de l'imbécillité? »

Je lui dis que je n'avais pas de peine à le croire.

« Je n'hésite pas à dire, continua M. Chillip, prenant une nouvelle gorgée de bichof pour se donner du courage, de vous à moi, monsieur, que sa mère en est morte. Leur tyrannie, leur humeur sombre, leurs persécutions ont rendu mistress Murdstone presque imbécile. Avant son mariage, monsieur, c'était une jeune femme qui avait beaucoup d'entrain; ils l'ont abrutie avec leur austérité sinistre. Ils la suivent partout, plutôt comme des gardiens d'aliénés, que comme mari et belle-sœur. C'est ce que me disait mistress Chillip, pas plus tard que la semaine dernière. Et je vous assure, monsieur, que les dames ont l'esprit d'observation : mistress Chillip surtout.

— Et a-t-il toujours la prétention de donner à cette humeur lugubre, le nom... cela me coûte à dire... le nom de religion?

— Patience, monsieur; n'anticipons pas, dit M. Chillip, dont les paupières enluminées attestaient l'effet du stimulant inaccoutumé où il puisait tant de

hardiesse. Une des remarques les plus frappantes de
mistress Chillip, une remarque qui m'a électrisé,
continua-t-il de son ton le plus lent, c'est que M. Murdstone met sa propre image sur un piédestal, et qu'il
appelle ça la nature divine. Quand mistress Chillip m'a
fait cette remarque, monsieur, j'ai manqué d'en tomber
à la renverse : il ne s'en fallait pas de cela ! Oh ! oui ! les
dames ont l'esprit d'observation, monsieur.

— D'observation intuitive ! lui dis-je, à sa grande
satisfaction.

— Je suis bien heureux, monsieur, de vous voir cor-
roborer mon opinion, reprit-il. Il ne m'arrive pas
souvent, je vous assure, de me hasarder à en exprimer
une en ce qui ne touche point à ma profession.
M. Murdstone fait parfois des discours en public, et on
dit... en un mot, monsieur, j'ai entendu dire à mistress
Chillip, que plus il vient de tyranniser sa femme avec
méchanceté, plus il se montre féroce dans sa doctrine
religieuse.

— Je crois que mistress Chillip a parfaitement raison.

— Mistress Chillip va jusqu'à dire, continua le plus
doux des hommes, encouragé par mon assentiment,
que ce qu'ils appellent faussement leur religion n'est
qu'un prétexte pour se livrer hardiment à toute leur
mauvaise humeur et à leur arrogance. Et savez-vous,
monsieur, continua-t-il en penchant doucement sa tête
d'un côté, que je ne trouve dans le Nouveau Testament
rien qui puisse autoriser M. et miss Murdstone à une
pareille rigueur ?

— Ni moi non plus.

— En attendant, monsieur, dit M. Chillip, ils se font
détester, et comme ils ne se gênent pas pour condamner
au feu éternel, de leur autorité privée, quiconque les
déteste, nous avons horriblement de damnés dans notre
voisinage ! Cependant, comme le dit mistress Chillip,
monsieur, ils en sont bien punis eux-mêmes et à toute
heure : ils subissent le supplice de Prométhée, mon-

sieur; ils se dévorent le cœur, et, comme il ne vaut rien, ça ne doit pas être régalant. Mais maintenant, monsieur, parlons un peu de votre cerveau, si vous voulez bien me permettre d'y revenir. Ne l'exposez-vous pas souvent à un peu trop d'excitation, monsieur? »

Dans l'état d'excitation où M. Chillip avait mis son propre cerveau par ses libations répétées, je n'eus pas beaucoup de peine à ramener son attention de ce sujet à ses propres affaires, dont il me parla, pendant une demi-heure, avec loquacité, me donnant à entendre, entre autres détails intimes, que, s'il était en ce moment même au café de Gray's-inn, c'était pour déposer, devant une commission d'enquête, sur l'état d'un malade dont le cerveau s'était dérangé par suite de l'abus des liquides.

« Et je vous assure, monsieur, que dans ces occasions-là, je suis extrêmement agité. Je ne pourrais pas supporter d'être tracassé. Il n'en faudrait pas davantage pour me mettre hors des gonds. Savez-vous qu'il m'a fallu du temps pour me remettre des manières de cette dame si farouche, la nuit où vous êtes né, monsieur Copperfield? »

Je lui dis que je partais justement le lendemain matin pour aller voir ma tante, ce terrible dragon dont il avait eu si grand'peur; que, s'il la connaissait mieux, il saurait que c'était la plus affectueuse et la meilleure des femmes. La seule supposition qu'il pût jamais la revoir parut le terrifier. Il répondit, avec un pâle sourire : « Vraiment, monsieur? vraiment? » et demanda presque immédiatement un bougeoir pour aller se coucher, comme s'il ne se sentait pas en sûreté partout ailleurs. Il ne chancelait pas précisément en montant l'escalier, mais je crois que son pouls, généralement si calme, devait avoir ce soir-là deux ou trois pulsations de plus encore à la minute que le jour où ma tante, dans le paroxysme de son désappointement, lui avait jeté son chapeau à la tête.

A minuit, j'allai aussi me coucher, extrêmement fatigué; le lendemain je pris la diligence de Douvres.

J'arrivai sain et sauf dans le vieux salon de ma tante
où je tombai comme la foudre pendant qu'elle prenait le
thé (à propos elle s'était mise à porter des lunettes), et je
fus reçu à bras ouverts, avec des larmes de joie par elle,
par M. Dick, et par ma chère vieille Peggotty, maintenant femme de charge dans la maison. Lorsque nous
pûmes causer un peu tranquillement, je racontai à ma
tante mon entrevue avec M. Chillip, et la terreur qu'elle
lui inspirait encore aujourd'hui, ce qui la divertit extrêmement. Peggotty et elle se mirent à en dire long sur le
second mari de ma mère, et « cet assassin femelle qu'il
appelle sa sœur », car je crois qu'il n'y a au monde ni
arrêt de parlement, ni pénalité judiciaire qui eût pu
décider ma tante à donner à cette femme un nom de
baptême, ou de famille, ou de n'importe quoi.

CHAPITRE XXX

Agnès

Nous causâmes en tête-à-tête, ma tante et moi, fort
avant dans la nuit. Elle me raconta que les émigrants
n'envoyaient pas en Angleterre une seule lettre qui ne
respirât l'espérance et le contentement, que M. Micawber avait déjà fait passer plusieurs fois de petites
sommes d'argent pour faire honneur à ses échéances
pécuniaires, comme cela se devait d'homme à homme ;
que Jeannette, qui était rentrée au service de ma tante
lors de son retour à Douvres, avait fini par renoncer à
son antipathie contre le sexe masculin en épousant un
riche tavernier, et que ma tante avait apposé son sceau
à ce grand principe en aidant et assistant la mariée ;
qu'elle avait même honoré la cérémonie de sa présence.
Voilà quelques-uns des points sur lesquels roula notre
conversation ; au reste, elle m'en avait déjà entretenu
dans ses lettres avec plus ou moins de détails. M. Dick

ne fut pas non plus oublié. Ma tante me dit qu'il
s'occupait à copier tout ce qui lui tombait sous la main,
et que, par ce semblant de travail, il était parvenu à
maintenir le roi Charles Ier à une distance respectueuse ;
qu'elle était bien heureuse de le voir libre et satisfait, au
lieu de languir dans un état de contrainte monotone, et
qu'enfin (conclusion qui n'était pas nouvelle !) il n'y
avait qu'elle qui eût jamais su toute ce qu'il valait.

« Et maintenant, Trot, me dit-elle en me caressant la
main, tandis que nous étions assis près du feu, suivant
notre ancienne habitude, quand est-ce que vous allez à
Canterbury ?

— Je vais me procurer un cheval, et j'irai demain
matin, ma tante, à moins que vous ne vouliez venir avec
moi ?

— Non ! me dit ma tante de son ton bref, je compte
rester où je suis.

— En ce cas, lui répondis-je, j'irai à cheval. Je
n'aurais pas traversé aujourd'hui Canterbury sans
m'arrêter, si c'eût été pour aller voir tout autre personne
que vous. »

Elle en était charmée au fond, mais elle me répondit :
« Bah, Trot, mes vieux os auraient bien pu attendre
encore jusqu'à demain. » Et elle passa encore sa main
sur la mienne, tandis que je regardais le feu en rêvant.

Oui, en rêvant ! car je ne pouvais me sentir si près
d'Agnès sans éprouver, dans toute leur vivacité, les
regrets qui m'avaient si longtemps préoccupé. Peut-être
étaient-ils adoucis par la pensée que cette leçon m'était
bien due pour ne pas l'avoir prévenue dans le temps où
j'avais tout l'avenir devant moi ; mais ce n'en étaient pas
moins des regrets. J'entendais encore la voix de ma
tante me répéter ce qu'aujourd'hui je pouvais mieux
comprendre : « Oh ! Trot, aveugle, aveugle, aveugle ! »

Nous gardâmes le silence pendant quelques minutes.
Quand je levai les yeux, je vis qu'elle m'observait attentivement. Peut-être avait-elle suivi le fil de mes pensées,
moins difficile à suivre à présent que lorsque mon
esprit s'obstinait dans son aveuglement.

« Vous trouverez son père avec des cheveux blancs, dit ma tante, mais il est bien mieux sous tout autre rapport : c'est un homme renouvelé. Il n'applique plus aujourd'hui sa pauvre petite mesure, étroite et bornée, à toutes les joies, à tous les chagrins de la vie humaine. Croyez-moi, mon enfant, il faut que tous les sentiments se soient bien rapetissés chez un homme pour qu'on puisse les mesurer à cette aune.

— Oui vraiment, lui répondis-je.

— Quant à elle, vous la trouverez, continua ma tante, aussi belle, aussi bonne, aussi tendre, aussi désintéressée que par le passé. Si je connaissais un plus bel éloge, Trot, je ne craindrais pas de le lui donner. »

Il n'y avait point en effet de plus bel éloge pour elle, ni de plus amer reproche pour moi ! Oh ! par quelle fatalité m'étais-je ainsi égaré !

« Si elle instruit les jeunes filles qui l'entourent à lui ressembler, dit ma tante, et ses yeux se remplirent de larmes, Dieu sait que ce sera une vie employée ! Heureuse d'être utile, comme elle le disait un jour ! Comment pourrait-elle être autrement ?

— Agnès a-t-elle rencontré un... Je pensais tout haut, plutôt que je ne parlais.

— Un... qui ? quoi ? dit vivement ma tante.

— Un homme qui l'aime ?

— A la douzaine ! s'écria ma tante avec une sorte d'orgueil indigné. Elle aurait pu se marier vingt fois, mon cher ami, depuis que vous êtes parti.

— Certainement ! dis-je, certainement. Mais a-t-elle trouvé un homme digne d'elle ? car Agnès ne saurait en aimer un autre. »

Ma tante resta silencieuse un instant, le menton appuyé sur sa main. Puis levant lentement les yeux :

« Je soupçonne, dit-elle, qu'elle a de l'attachement pour quelqu'un, Trot.

— Et elle est payée de retour ? lui dis-je.

— Trot, reprit gravement ma tante, je ne puis vous le dire. Je n'ai même pas le droit de vous affirmer ce que je viens de vous dire-là. Elle ne me l'a jamais confié, je ne fais que le soupçonner. »

Elle me regardait d'un air, si inquiet (je la voyais même trembler) que je sentis alors, plus que jamais, qu'elle avait pénétré au fond de ma pensée. Je fis un appel à toutes les résolutions que j'avais formées, pendant tant de jours et tant de nuits de lutte contre mon propre cœur.

« Si cela était, dis-je, et j'espère que cela est...

— Je ne dis pas que cela soit, dit brusquement ma tante. Il ne faut pas vous en fier à mes soupçons. Il faut au contraire les tenir secrets. Ce n'est peut-être qu'une idée. Je n'ai pas le droit d'en rien dire.

— Si cela était, répétai-je, Agnès me le dirait un jour. Une sœur à laquelle j'ai montré tant de confiance, ma tante, ne me refusera pas la sienne. »

Ma tante détourna les yeux aussi lentement qu'elle les avait portés sur moi, et les cacha dans ses mains d'un air pensif. Peu à peu elle mit son autre main sur mon épaule, et nous restâmes ainsi près l'un de l'autre, songeant au passé, sans échanger une seule parole, jusqu'au moment de nous retirer.

Je partis le lendemain matin de bonne heure pour le lieu où j'avais passé le temps bien reculé de mes études. Je ne puis dire que je fusse heureux de penser que c'était une victoire que je remportais sur moi-même, ni même de la perspective de revoir bientôt son visage bien-aimé.

J'eus bientôt en effet parcouru cette route que je connaissais si bien, et traversé ces rues paisibles où chaque pierre m'était aussi familière qu'un livre de classe à un écolier. Je me rendis à pied jusqu'à la vieille maison, puis je m'éloignai : j'avais le cœur trop plein pour me décider à entrer. Je revins, et je vis en passant la fenêtre basse de la petite tourelle où Uriah Heep, puis M. Micawber, travaillaient naguère : c'était maintenant un petit salon ; il n'y avait plus de bureau. Du reste, la vieille maison avait le même aspect propre et soigné

que lorsque je l'avais vue pour la première fois. Je priai
la petite servante qui vint m'ouvrir de dire à miss Wickfield qu'un monsieur demandait à la voir, de la part
d'un ami qui était en voyage sur le continent : elle me fit
monter par le vieil escalier (m'avertissant de prendre
garde aux marches que je connaissais mieux qu'elle) :
j'entrai dans le salon; rien n'y était changé. Les livres
que nous lisions ensemble, Agnès et moi, étaient à la
même place; je revis, sur le même coin de la table, le
pupitre où tant de fois j'avais travaillé. Tous les petits
changements que les Heep avaient introduits de nouveau dans la maison, avaient été changés à leur tour.
Chaque chose était dans le même état que dans ce
temps de bonheur qui n'était plus.

Je me mis contre une fenêtre, je regardai les maisons
de l'autre côté de la rue, me rappelant combien de fois
je les avais examinées les jours de pluie, quand j'étais
venu m'établir à Canterbury; toutes les suppositions
que je m'amusais à faire sur les gens qui se montraient
aux fenêtres, la curiosité que je mettais à les suivre
montant et descendant les escaliers, tandis que les
femmes faisaient retentir les clic-clac de leurs patins sur
le trottoir, et que la pluie maussade fouettait le pavé, ou
débordait là-bas des égouts voisins sur la chaussée. Je
me souvenais que je plaignais de tout mon cœur les piétons que je voyais arriver le soir à la brune tout trempés, et traînant la jambe avec leurs paquets sur le dos
au bout d'un bâton. Tous ces souvenirs étaient encore si
frais dans ma mémoire, que je sentais une odeur de
terre humide, de feuilles et de ronces mouillées,
jusqu'au souffle du vent qui m'avait dépité moi-même
pendant mon pénible voyage.

Le bruit de la petite porte qui s'ouvrait dans la boise-
rie me fit tressaillir, je me retournai. Son beau et calme
regard rencontra le mien. Elle s'arrêta et mit sa main
sur son cœur; je la saisis dans mes bras.

« Agnès! mon amie! j'ai eu tort d'arriver ainsi à
l'improviste.

« — Non, non! Je suis si contente de vous voir, Trot-wood!

— Chère Agnès, c'est moi qui suis heureux de vous retrouver encore! »

Je la pressai sur mon cœur, et pendant un moment nous gardâmes tous deux le silence. Puis nous nous assîmes à côté l'un de l'autre, et je vis sur ce visage angélique l'expression de joie et d'affection dont je rêvais, le jour et la nuit, depuis des années.

Elle était si naïve, elle était si belle, elle était si bonne, je lui devais tant, je l'aimais tant, que je ne pouvais exprimer ce que je sentais. J'essayai de la bénir, j'essayai de la remercier, j'essayai de lui dire (comme je l'avais souvent fait dans mes lettres) toute l'influence qu'elle avait sur moi, mais non : mes efforts étaient vains. Ma joie et mon amour restaient muets.

Avec sa douce tranquillité, elle calma mon agitation; elle me ramena au souvenir du moment de notre sépa-ration; elle me parla d'Émilie, qu'elle avait été voir en secret plusieurs fois; elle me parla d'une manière tou-chante du tombeau de Dora. Avec l'instinct toujours juste que lui donnait son noble cœur, elle toucha si dou-cement et si délicatement les cordes douloureuses de ma mémoire que pas une d'elles ne manqua de répondre à son appel harmonieux, et moi, je prêtais l'oreille à cette triste et lointaine mélodie, sans souffrir des souvenirs qu'elle éveillait dans mon âme. Et com-ment en aurais-je pu souffrir, lorsque le sien les domi-nait tous et planait comme les ailes de mon bon ange sur ma vie!

« Et vous, Agnès? dis-je enfin. Parlez-moi de vous. Vous ne m'avez encore presque rien dit de ce que vous faites.

— Et qu'aurais-je à vous dire? reprit-elle avec son radieux sourire. Mon père est bien. Vous nous retrou-vez ici tranquilles dans notre vieille maison qui nous a été rendue; nos inquiétudes sont dissipées; vous savez cela, chez Trotwood, et alors vous savez tout.

« — Tout, Agnès ? »

Elle me regarda, non sans un peu d'étonnement et d'émotion.

« Il n'y a rien de plus, ma sœur ? » lui dis-je.

Elle pâlit, puis rougit, et pâlit de nouveau. Elle sourit avec une calme tristesse, à ce que je crus voir, et secoua la tête.

J'avais cherché à la mettre sur le sujet dont m'avait parlé ma tante ; car quelque douloureuse que dût être pour moi cette confidence, je voulais y soumettre mon cœur et remplir mon devoir vis-à-vis d'Agnès. Mais je vis qu'elle se troublait, et je n'insistai pas.

« Vous avez beaucoup à faire, chère Agnès ?

— Avec mes élèves ? » dit-elle en relevant la tête ; elle avait repris sa sérénité habituelle.

« Oui. C'est bien pénible, n'est-ce pas ?

— La peine en est si douce, reprit-elle, que je serais presque ingrate de lui donner ce nom.

— Rien de ce qui est bien ne vous semble difficile », répliquai-je.

Elle pâlit de nouveau, et, de nouveau, comme elle baissait la tête, je revis ce triste sourire.

« Vous allez attendre pour voir mon père, dit-elle gaiement, et vous passerez la journée avec nous. Peut-être même voudrez-vous bien coucher dans votre ancienne chambre ? Elle porte toujours votre nom. »

Cela m'était impossible, j'avais promis à ma tante de revenir le soir, mais je serais heureux, lui dis-je, de passer la journée avec eux.

« J'ai quelque chose à faire pour le moment, dit Agnès, mais voilà vos anciens livres, Trotwood, et notre ancienne musique.

— Je revois même les anciennes fleurs, dis-je en regardant autour de moi ; ou du moins les espèces que vous aimiez autrefois.

— J'ai trouvé du plaisir, reprit Agnès en souriant, à conserver tout ici pendant votre absence, dans le même état que lorsque nous étions des enfants. Nous étions si heureux alors !

— Oh! oui, Dieu m'en est témoin!

— Et tout ce qui me rappelait mon frère, dit Agnès en tournant vers moi ses yeux affectueux, m'a tenu douce compagnie. Jusqu'à cette miniature de panier, dit-elle en me montrant celui qui pendait à sa ceinture, tout plein de clefs, il me semble, quand je l'entends résonner, qu'il me chante un air de notre jeunesse. »

Elle sourit et sortit par la porte qu'elle avait ouverte en entrant.

C'était à moi à conserver avec un soin religieux cette affection de sœur. C'était tout ce qui me restait, et c'était un trésor. Si une fois j'ébranlais cette sainte confiance en voulant la dénaturer, elle était perdue à tout jamais et ne saurait renaître. Je pris la ferme résolution de n'en point courir le risque. Plus je l'aimais, plus j'étais intéressé à ne point m'oublier un moment.

Je me promenai dans les rues, je revis mon ancien ennemi le boucher, aujourd'hui devenu constable, avec le bâton, signe honorable de son autorité, pendu dans sa boutique : j'allai voir l'endroit où je l'avais combattu ; et là je méditai sur miss Shepherd, et sur l'aînée des miss Jorkins, et sur toutes mes frivoles passions, amours ou haines de cette époque. Rien ne semblait avoir survécu qu'Agnès, mon étoile toujours plus brillante et plus élevée dans le ciel.

Quand je revins, M. Wickfield était rentré ; il avait loué à deux milles environ de la ville un jardin où il allait travailler presque tous les jours. Je le trouvai tel que ma tante me l'avait décrit. Nous dînâmes en compagnie de cinq ou six petites filles ; il avait l'air de n'être plus que l'ombre du beau portrait qu'on voyait sur la muraille.

La tranquillité et la paix qui régnaient jadis dans cette paisible demeure, et dont j'avais gardé un si profond souvenir, y étaient revenues. Quand le dîner fut terminé, M. Wickfield ne prenant plus le vin du dessert, et moi refusant d'en prendre comme lui, nous remontâmes tous. Agnès et ses petites élèves se mirent à chanter, à jouer et à travailler ensemble. Après le thé les enfants nous quittèrent, et nous restâmes tous trois ensemble, à causer du passé.

« J'y trouve bien des sources de regret, de profond regret et de remords, Trotwood, dit M. Wickfield, en secouant sa tête blanchie; vous ne le savez que trop. Mais avec tout cela je serais bien fâché d'en effacer le souvenir, lors même que ce serait en mon pouvoir. »

Je pouvais aisément le croire : Agnès était à côté de lui !

« J'anéantirais en même temps, continua-t-il, celui de la patience, du dévouement, de la fidélité, de l'amour de mon enfant, et cela, je ne veux pas l'oublier, non, pas même pour parvenir à m'oublier moi-même.

— Je vous comprends, monsieur, lui dis-je doucement. Je la vénère. J'y ai toujours pensé... toujours, avec vénération.

— Mais personne ne sait, pas même vous, reprit-il, tout ce qu'elle a fait, tout ce qu'elle a supporté, tout ce qu'elle a souffert. Mon Agnès ! »

Elle avait mis sa main sur le bras de son père comme pour l'arrêter, et elle était pâle, bien pâle !

« Allons ! allons ! » dit-il, avec un soupir, en repoussant évidemment le souvenir d'un chagrin que sa fille avait eu à supporter, qu'elle supportait peut-être même encore (je pensai à ce que m'avait dit ma tante), « Trotwood, je ne vous ai jamais parlé de sa mère. Quelqu'un vous en a-t-il parlé ?

— Non, monsieur.

— Il n'y a pas beaucoup à en dire... bien qu'elle ait eu beaucoup à souffrir. Elle m'a épousé contre la volonté de son père, qui l'a reniée. Elle l'a supplié de lui pardonner, avant la naissance de mon Agnès. C'était un homme très dur, et la mère était morte depuis longtemps. Il a rejeté sa prière. Il lui a brisé le cœur. »

Agnès s'appuya sur l'épaule de son père et lui passa doucement les bras autour du cou.

« C'était un cœur doux et tendre, dit-il, il l'a brisé. Je

savais combien c'était une nature frêle et délicate. Nul
ne le pouvait savoir aussi bien que moi. Elle m'aimait
beaucoup, mais elle n'a jamais été heureuse. Elle a toujours souffert en secret de ce coup douloureux, et quand
son père la repoussa pour la dernière fois, elle était
faible et malade... elle languit, puis elle mourut. Elle me
laissa Agnès qui n'avait que quinze jours encore, et les
cheveux gris que vous vous rappelez m'avoir vus déjà la
première fois que vous êtes venu ici. »

Il embrassa sa fille.

« Mon amour pour mon enfant était un amour plein
de tristesse, car mon âme tout entière était malade.
Mais à quoi bon vous parler de moi ? C'est de sa mère et
d'elle que je voulais vous parler, Trotwood. Je n'ai pas
besoin de vous dire ce que j'ai été ni ce que je suis
encore, vous le devinerez bien ; je le sais. Quant à Agnès,
je n'ai que faire aussi de vous dire ce qu'elle est ; mais
j'ai toujours retrouvé en elle quelque chose de l'histoire
de sa pauvre mère ; et c'est pour cela que je vous en
parle ce soir, à présent que nous sommes de nouveau
réunis, après de si grands changements. J'ai fini. »

Il baissa la tête, elle pencha vers lui son visage d'ange,
qui prit, avec ses caresses filiales, un caractère plus
pathétique encore après ce récit. Une scène si touchante
était bien faite pour fixer d'une façon toute particulière
dans ma mémoire le souvenir de cette soirée, la première de notre réunion.

Agnès se leva, et, s'approchant doucement de son
piano, elle se mit à jouer quelques-uns des anciens airs
que nous avions si souvent écoutés au même endroit.

« Avez-vous le projet de voyager encore ? » me
demanda Agnès, tandis que j'étais debout à côté d'elle.

— Qu'en pense ma sœur ?

— J'espère que non.

— Alors, je n'en ai plus le projet, Agnès.

— Puisque vous me consultez, Trotwood, je vous
dirai que mon avis est que vous n'en devez rien faire,
reprit-elle doucement. Votre réputation croissante et

vos succès vous encouragent à continuer; et lors même que je pourrais me passer de mon frère, continua-t-elle en fixant ses yeux sur moi, peut-être le temps, plus exigeant, réclame-t-il de vous une vie plus active.

— Ce que je suis, c'est votre œuvre, Agnès; c'est à vous d'en juger.

— Mon œuvre, Trotwood?

— Oui, Agnès, mon amie! lui dis-je en me penchant vers elle, j'ai voulu vous dire, aujourd'hui, en vous revoyant, quelque chose qui n'a pas cessé d'être dans mon cœur depuis la mort de Dora. Vous rappelez-vous que vous êtes venue me trouver dans notre petit salon, et que vous m'avez montré le ciel, Agnès?

— Oh, Trotwood! reprit-elle, les yeux pleins de larmes. Elle était si aimante, si naïve, si jeune! Pourrais-je jamais l'oublier?

— Telle que vous m'êtes apparue alors, ma sœur, telle vous avez toujours été pour moi. Je me le suis dit bien des fois depuis ce jour. Vous m'avez toujours montré le ciel, Agnès; vous m'avez toujours conduit vers un but meilleur; vous m'avez toujours guidé vers un monde plus élevé. »

Elle secoua la tête en silence; à travers ses larmes, je revis encore le doux et triste sourire.

« Et je vous en suis si reconnaissant, Agnès, si obligé éternellement, que je n'ai pas de nom pour l'affection que je vous porte. Je veux que vous sachiez, et pourtant je ne sais comment vous le dire, que toute ma vie je croirai en vous, et me laisserai guider par vous, comme je l'ai fait au milieu des ténèbres qui ont fui loin de moi. Quoi qu'il arrive, quelques nouveaux liens que vous puissiez former, quelques changements qui puissent survenir entre nous, je vous suivrai toujours des yeux, je croirai en vous et je vous aimerai comme je le fais aujourd'hui, et comme je l'ai toujours fait. Vous serez, comme vous l'avez toujours été, ma consolation et mon appui. Jusqu'au jour de ma mort, ma sœur chérie, je vous verrai toujours devant moi, me montrant le ciel! »

Elle mit sa main sur la mienne et me dit qu'elle était fière de moi, et de ce que je lui disais, mais que je la louais beaucoup plus qu'elle ne le méritait. Puis elle continua à jouer doucement, mais sans me quitter des yeux.

« Savez-vous, Agnès, que ce que j'ai appris ce soir de votre père répond merveilleusement au sentiment que vous m'avez inspiré quand je vous ai d'abord connue, quand je n'étais encore qu'un petit écolier assis à vos côtés.

— Vous saviez que je n'avais pas de mère, répondit-elle avec un sourire, et cela vous disposait à m'aimer un peu.

— Plus que cela, Agnès. Je sentais, presque autant que si j'avais su cette histoire, qu'il y avait, dans l'atmosphère qui nous environnait quelque chose de doux et de tendre, que je ne pouvais m'expliquer ; quelque chose qui, chez une autre, aurait pu tenir de la tristesse (et maintenant je sais que j'avais raison), mais qui n'en avait pas chez vous le caractère. »

Elle jouait doucement quelques notes, et elle me regardait toujours.

« Vous ne riez pas de l'idée que je caressais alors ; ces folles idées, Agnès ?

— Non !

— Et si je vous disais que, même alors, je comprenais que vous pourriez aimer fidèlement, en dépit de tout découragement, aimer jusqu'à votre dernière heure, ne ririez-vous pas au moins de ce rêve ?

— Oh non ! oh non ! »

Un instant son visage prit une expression de tristesse qui me fit tressaillir, mais, l'instant d'après, elle se remettait à jouer doucement, en me regardant avec son beau et calme sourire.

Tandis que je retournais le soir à Londres, poursuivi par le vent comme par un souvenir inflexible, je pensais à elle, je craignais qu'elle ne fût pas heureuse. Moi, je n'étais pas heureux, mais j'avais réussi jusqu'alors à

mettre fidèlement un sceau sur le passé ; et, en songeant
à elle, tandis qu'elle me montrait le ciel, je songeais à
cette demeure éternelle où je pourrais un jour l'aimer,
d'un amour inconnu à la terre, et lui dire la lutte que je
m'étais livrée dans mon cœur, lorsque je l'aimais ici-
bas.

CHAPITRE XXXI

On me montre deux intéressants pénitents

Provisoirement..., dans tous les cas, jusqu'à ce que
mon livre fût achevé, c'est-à-dire pendant quelques
mois encore... j'élus domicile à Douvres, chez ma tante ;
et là, assis à la fenêtre d'où j'avais contemplé la lune
réfléchie dans les eaux de la mer, la première fois que
j'étais venu chercher un abri sous ce toit, je poursuivis
tranquillement ma tâche.

Fidèle à mon projet de ne faire allusion à mes travaux
que lorsqu'ils viennent par hasard se mêler à l'histoire
de ma vie, je ne dirai point les espérances, les joies, les
anxiétés et les triomphes de ma vie d'écrivain. J'ai déjà
dit que je me vouais à mon travail avec toute l'ardeur de
mon âme, que j'y mettais tout ce que j'avais d'énergie. Si
mes livres ont quelque valeur, qu'ai-je besoin de rien
ajouter ? Sinon, mon travail ne valant pas grand'chose,
le reste n'a d'intérêt pour personne.

Parfois, j'allais à Londres, pour me perdre dans ce
vivant tourbillon du monde, ou pour consulter Traddles
sur quelque affaire. Pendant mon absence, il avait gou-
verné ma fortune avec un jugement des plus solides ; et,
grâce à lui, elle était dans l'état le plus prospère, comme
ma renommée croissante commençait à m'attirer une
foule de lettres de gens que je ne connaissais pas, lettres
souvent fort insignifiantes, auxquelles je ne savais que
répondre, je convins avec Traddles de faire peindre

mon nom sur sa porte; là, les facteurs infatigables venaient apporter des monceaux de lettres à mon adresse, et, de temps à autre, je m'y plongeais à corps perdu, comme un ministre de l'Intérieur, sauf les appointements.

Dans ma correspondance, je trouvais parfois égarée une offre obligeante de quelqu'un des nombreux individus qui erraient dans la cour des *Doctors'-Commons* : on me proposait de pratiquer sous mon nom (si je voulais seulement me charger d'acheter la charge de procureur), et de me donner tant pour cent sur les bénéfices. Mais je déclinai toutes ces offres, sachant bien qu'il n'y avait que déjà trop de ces courtiers marrons en exercice, et persuadé que la cour des Commons était déjà bien assez mauvaise comme cela, sans que j'allasse contribuer à la rendre pire encore.

Les sœurs de Sophie étaient retournées en Devonshire, lorsque mon nom vint éclore sur la porte de Traddles, et c'était le petit espiègle qui répondait tout le jour, sans seulement avoir l'air de connaître Sophie, confinée dans une chambre de derrière, d'où elle avait l'agrément de pouvoir, en levant les yeux de dessus son ouvrage, avoir une échappée de vue sur un petit bout de jardin enfumé, y compris une pompe.

Mais je la retrouvais toujours là, charmante et douce ménagère, fredonnant ses chansons du Devonshire quand elle n'entendait pas monter quelques pas inconnus, et fixant par ses chants mélodieux le petit page sur son siège, dans son antichambre officielle.

Je ne comprenais pas, au premier abord, pourquoi je trouvais si souvent Sophie occupée à écrire sur un grand livre; ni pourquoi, dès qu'elle m'apercevait, elle s'empressait de le fourrer dans le tiroir de sa table. Mais le secret me fut bientôt dévoilé. Un jour, Traddles (qui venait de rentrer par une pluie battante) sortit un papier de son pupitre et me demanda ce que je pensais de cette écriture.

« Oh, non, Tom! s'écria Sophie, qui faisait chauffer les pantoufles de son mari.

— Pourquoi pas, ma chère, reprit Tom d'un air ravi. Que dites-vous de cette écriture, Copperfield?

— Elle est magnifique; c'est tout à fait l'écriture légale des affaires. Je n'ai jamais vu, je crois, une main plus ferme.

— Ça n'a pas l'air d'une écriture de femme, n'est-ce pas? dit Traddles.

— De femme! répétai-je. Pourquoi pas d'un moulin à vent? »

Traddles, ravi de ma méprise, éclata de rire, et m'apprit que c'était l'écriture de Sophie; que Sophie avait déclaré qu'il lui fallait bientôt un copiste, et qu'elle voulait remplir cet office; qu'elle avait attrapé ce genre d'écriture à force d'étudier un modèle; et qu'elle transcrivait maintenant je ne sais combien de pages in-folio à l'heure. Sophie était toute confuse de ce qu'on me disait là. « Quand Tom sera juge, disait-elle, il n'ira pas le crier comme cela sur les toits. » Mais Tom n'était pas de cet avis; il déclarait au contraire qu'il en serait toujours également fier, quelles que fussent les circonstances.

« Quelle excellente et charmante femme vous avez, mon cher Traddles! lui dis-je, lorsqu'elle fut sortie en riant.

— Mon cher Copperfield, reprit Traddles, c'est sans exception la meilleure fille du monde. Si vous saviez comme elle gouverne tout ici, avec quelle exactitude, quelle habileté, quelle économie, quel ordre, quelle bonne humeur elle vous mène tout cela!

— En vérité, vous avez bien raison de faire son éloge, repris-je. Vous êtes un heureux mortel. Je vous crois faits tous deux pour vous communiquer l'un à l'autre le bonheur que chacun de vous porte en soi-même.

— Il est certain que nous sommes les plus heureux du monde, reprit Traddles; c'est une chose que je ne peux pas nier. Tenez! Copperfield, quand je la vois se lever à la lumière pour mettre tout en ordre, aller faire son marché sans jamais s'inquiéter du temps, avant même que les clercs soient arrivés dans le bureau ; me composer je ne sais comment les meilleurs petits dîners, avec les éléments les plus ordinaires ; me faire des puddings et des pâtés, remettre chaque chose à sa place, toujours propre et soignée sur sa personne ; m'attendre le soir si tard que je puisse rentrer, toujours de bonne humeur, toujours prête à m'encourager, et tout cela pour me faire plaisir : non vraiment, là, il m'arrive quelquefois de ne pas y croire, Copperfield ! »

Il contemplait avec tendresse jusqu'aux pantoufles qu'elle lui avait fait chauffer, tout en mettant ses pieds dedans et les étendant sur les chenêts d'un air de satisfaction.

« Je ne peux pas le croire, répétait-il. Et si vous saviez que de plaisirs nous avons ! Ils ne sont pas chers, mais ils sont admirables. Quand nous sommes chez nous le soir, et que nous fermons notre porte, après avoir tiré ces rideaux..., qu'elle a faits... où pourrions-nous être mieux ? Quand il fait beau, et que nous allons nous promener le soir, les rues nous fournissent mille jouissances. Nous nous mettons à regarder les étalages des bijoutiers, et je montre à Sophie lequel de ces serpents aux yeux de diamants, couchés sur du satin blanc, je lui donnerais si j'en avais le moyen ; et Sophie me montre laquelle de ces belles montres d'or à cylindre, avec mouvement à échappement horizontal, elle m'achèterait si elle en avait le moyen : puis nous choisissons les cuillers et les fourchettes les couteaux à beurre, les truelles à poisson ou les pinces à sucre qui nous plairaient le plus, si nous avions le moyen : et vraiment, nous nous en allons aussi contents que si nous les avions achetés ! Une autre fois, nous allons flâner dans les squares ou dans les belles rues ; nous voyons une maison à louer, alors nous la considérons en nous demandant si cela nous conviendra quand je serai fait juge. Puis nous prenons tous nos arrangements : cette chambre-là sera pour nous, telle autre pour l'une de nos sœurs, etc., etc., jusqu'à ce que nous ayons décidé si véritablement l'hôtel peut ou non nous convenir. Quelquefois aussi nous allons, en payant moitié place, au parterre de quelque théâtre, dont le fumet seul, à mon avis, n'est pas cher pour le prix, et nous nous amusons comme des rois. Sophie d'abord croit tout ce qu'elle entend sur la scène, et moi aussi. En rentrant, nous achetons de temps en temps un petit morceau de quelque chose chez le charcutier, ou un petit homard chez le marchand de poisson, et nous revenons chez nous faire un magnifique souper tout en causant de ce que nous venons de voir. Eh bien! Copperfield, n'est-il pas vrai que si j'étais lord chancelier, nous ne pourrions jamais faire ça?

— Quoi que vous deveniez, mon cher Traddles, pensai-je en moi-même, vous ne ferez jamais rien que de bon et d'aimable. A propos, lui dis-je tout haut, je suppose que vous ne dessinez plus jamais de squelettes?

— Mais réellement, répondit Traddles en riant et en rougissant, je n'oserais jamais l'affirmer, mon cher Copperfield. Car l'autre jour j'étais au banc du roi, une plume à la main; il m'a pris fantaisie de voir si j'avais conservé mon talent d'autrefois. Et j'ai bien peur qu'il n'y ait un squelette... en perruque... sur le rebord du pupitre. »

Quand nous eûmes bien ri de tout notre cœur, Traddles se mit à dire, de son ton d'indulgence : « Ce vieux Creakle!

— J'ai reçu une lettre de ce vieux... scélérat, lui dis-je », car jamais je ne m'étais senti moins disposé à lui pardonner l'habitude qu'il avait prise de battre Tradles comme plâtre, qu'en voyant Traddles si disposé à lui pardonner pour lui-même.

— De Creakle le maître de pension? s'écria Traddles. Oh! non, ce n'est pas possible.

— Parmi les personnes qu'attire vers moi ma renommée naissante, lui dis-je en jetant un coup d'œil sur mes lettres, et qui font la découverte qu'elles m'ont toujours été très attachées, se trouve le susdit Creakle. Il n'est plus maître de pension à présent, Traddles. Il est retiré. C'est un magistrat du comté de Middlesex. »

Je jouissais d'avance de la surprise de Traddles, mais point du tout, il n'en montra aucune.

« Et comment peut-il se faire, à votre avis, qu'il soit devenu magistrat du Middlesex ? continuai-je.

— Oh! mon cher ami, répondit Traddles, c'est une question à laquelle il serait bien difficile de répondre. Peut-être a-t-il voté pour quelqu'un ou prêté de l'argent à quelqu'un, ou acheté quelque chose à quelqu'un, ou rendu service à quelqu'un, qui connaissait quelqu'un, qui a obtenu du lieutenant du comté qu'on le mît dans la commission ?

— En tout cas, il en est, de la commission, lui dis-je. Et il n'écrit qu'il sera heureux de me faire voir, en pleine vigueur, le seul vrai système de discipline pour les prisons ; le seul moyen infaillible d'obtenir des repentirs solides et durables, c'est-à-dire, comme vous savez, le système cellulaire. Qu'en pensez-vous ?

— Du système ? me demanda Traddles, d'un air grave.

— Non. Mais croyez-vous que je doive accepter son offre, et lui annoncer que vous y viendrez avec moi ?

— Je n'y ai pas d'objection, dit Traddles.

— Alors, je vais lui écrire pour le prévenir. Vous rappelez-vous (pour ne rien dire de la façon dont on nous traitait), que ce même Creakle avait mis son fils à la porte de chez lui, et vous souvenez-vous de la vie qu'il faisait mener à sa femme et à sa fille ?

— Parfaitement, dit Traddles.

— Eh bien, si vous lisez sa lettre, vous verrez que c'est le plus tendre des hommes pour les condamnés chargés de tous les crimes. Seulement je ne suis pas bien sûr que cette tendresse de cœur s'étende aussi à quelque autre classe de créatures humaines. »

Traddles haussa les épaules, mais sans paraître le moins du monde surpris. Je ne l'étais pas moi-même, j'avais déjà vu trop souvent de semblables parodies en

action. Nous fixâmes le jour de notre visite, et j'écrivis le
soir même à M. Creakle.

Au jour marqué, je crois que c'était le lendemain,
mais peu importe, nous nous rendîmes, Traddles et
moi, à la prison où M. Creakle exerçait son autorité.
C'était un immense bâtiment qui avait dû coûter fort
cher à construire. Comme nous approchions de la
porte, je ne pus m'empêcher de songer au tollé général
qu'aurait excité dans le pays le pauvre innocent qui
aurait proposé de dépenser la moitié de la somme pour
construire une école industrielle en faveur des jeunes
gens, ou un asile en faveur des vieillards dignes d'intérêt.

On nous fit entrer dans un bureau qui aurait pu servir
de rez-de-chaussée à la tour de Babel, tant il était solidement construit. Là nous fûmes présentés à notre
ancien maître de pension, au milieu d'un groupe qui se
composait de deux ou trois de ces infatigables magistrats, ses collègues, et de quelques visiteurs venus à leur
suite. Il me reçut comme un homme qui m'avait formé
l'esprit et le cœur, et qui m'avait toujours aimé tendrement. Quand je lui présentai Traddles, M. Creakle
déclara, mais avec moins d'emphase, qu'il avait également été le guide, le maître et l'ami de Traddles. Notre
vénérable pédagogue avait beaucoup vieilli, mais ce
n'était pas à son avantage. Son visage était toujours
aussi méchant; ses yeux aussi petits et un peu plus
enfoncés encore. Ses rares cheveux gras et gris, avec lesquels je me le représentais toujours, avaient presque
absolument disparu, et les grosses veines qui se dessinaient sur son crâne chauve n'étaient pas faites pour le
rendre plus agréable à voir.

Après avoir causé un moment avec ces messieurs,
dont la conversation aurait pu faire croire qu'il n'y avait
dans ce monde rien d'aussi important que le suprême
bien-être des prisonniers, ni rien à faire sur la terre en
dehors des grilles d'une prison, nous commençâmes
notre inspection. C'était justement l'heure du dîner :

nous allâmes d'abord dans la grande cuisine, où l'on préparait le dîner de chaque prisonnier (qu'on allait lui passer par sa cellule), avec la régularité et la précision d'une horloge. Je dis tout bas à Traddles que je trouvais un contraste bien frappant entre ces repas si abondants et si soignés et les dîners, je ne dis pas des pauvres, mais des soldats, des marins, des paysans, de la masse honnête et laborieuse de la nation, dont il n'y avait pas un sur cinq cents qui dînât aussi bien de moitié. J'appris que le *Système* exigeait une forte nourriture, et, en un mot, pour en finir avec le *Système*, je découvris que, sur ce point comme sur tous les autres, le *Système* levait tous les doutes, et tranchait toutes les difficultés. Personne ne paraissait avoir la moindre idée qu'il y eût un autre système que le *Système*, qui valût la peine d'en parler.

Tandis que nous traversions un magnifique corridor, je demandai à M. Creakle et à ses amis quels étaient les avantages principaux de ce tout-puissant, de cet incomparable système. J'appris que c'était l'isolement complet des prisonniers, grâce auquel un homme ne pouvait savoir quoi que ce fût de celui qui était enfermé à côté de lui, et se trouvait là réduit à un état d'âme salutaire qui l'amenait enfin à la repentance et à une contrition sincère.

Lorsque nous eûmes visité quelques individus dans leurs cellules et traversé les couloirs sur lesquels donnaient ces cellules; quand on nous eut expliqué la manière de se rendre à la chapelle, et ainsi de suite, je fus frappé de l'idée qu'il était extrêmement probable que les prisonniers en savaient plus long qu'on ne croyait sur le compte les uns des autres, et qu'ils avaient évidemment trouvé quelque bon petit moyen de correspondre ensemble. Ceci a été prouvé depuis, je crois, mais, sachant bien qu'un tel soupçon serait repoussé comme un abominable blasphème contre le Système, j'attendis, pour examiner de plus près les traces de cette pénitence tant vantée.

Mais ici, je fus encore assailli par de grands doutes. Je trouvai que la pénitence était à peu près taillée sur un patron uniforme, comme les habits et les gilets de confection qu'on voit aux étalages des tailleurs. Je trouvai qu'on faisait de grandes professions de foi, fort semblables quant au fond et même quant à la forme, ce qui me parut très louche. Je trouvai une quantité de renards occupés à dire beaucoup de mal des raisins suspendus à des treilles inaccessibles ; mais, de tous ces renards, il n'y en avait pas un seul à qui j'eusse confié une grappe à la portée de ses griffes. Surtout je trouvai que ceux qui parlaient le plus étaient ceux qui excitaient le plus d'intérêt, et que leur amour-propre, leur vanité, le besoin qu'ils avaient de faire de l'effet et de tromper les gens, tous sentiments suffisamment démontrés par leurs antécédents, les portaient à faire de longues professions de foi dans lesquelles ils se complaisaient fort.

Cependant j'entendis si souvent parler, durant le cours de notre visite, d'un certain numéro Vingt-sept qui était en odeur de sainteté, que je résolus de suspendre mon jugement jusqu'à ce que j'eusse vu Vingt-sept. Vingt-huit faisait le pendant, c'était aussi, me dit-on, un astre fort éclatant, mais, par malheur pour lui, son mérite était légèrement éclipsé par le lustre extraordinaire de Vingt-sept. A force d'entendre parler de Vingt-sept, des pieuses exhortations qu'il adressait à tous ceux qui l'entouraient, des belles lettres qu'il écrivait constamment à sa mère, qu'il s'inquiétait de voir dans la mauvaise voie, je devins très impatient de me trouver en face de ce phénomène.

J'eus à maîtriser quelque temps mon impatience, parce qu'on réservait Vingt-sept pour le bouquet. A la fin, pourtant, nous arrivâmes à la porte de sa cellule, et, là, M. Creakle, appliquant son œil à un petit trou dans le mur, nous apprit, avec la plus vive admiration, qu'il était en train de lire un livre de cantiques.

Immédiatement il se précipita tant de têtes à la fois pour voir numéro Vingt-sept lire son livre de cantiques, que le petit trou se trouva bloqué en moins de rien par une profondeur de six ou sept têtes. Pour remédier à cet inconvénient, et pour nous donner l'occasion de causer avec Vingt-sept dans toute sa pureté, M. Creakle donna l'ordre d'ouvrir la porte de la cellule et d'inviter Vingt-sept à venir dans le corridor. On exécuta ses instructions, et quel ne fut pas l'étonnement de Traddles et le mien! Cet illustre converti, ce fameux numéro Vingt-sept, c'était Uriah Heep!

Il nous reconnut immédiatement et nous dit, en sortant de sa cellule avec ses contorsions d'autrefois :

« Comment vous portez-vous, monsieur Copperfield? Comment vous portez-vous, monsieur Traddles? »

Cette reconnaissance causa parmi l'assistance une admiration générale que je ne pus m'expliquer qu'en supposant que chacun était émerveillé de voir qu'il ne fût pas fier le moins du monde et qu'il nous fît l'honneur de vouloir bien nous reconnaître.

« Eh bien, Vingt-sept, dit M. Creakle en l'admirant d'un air sentimental, comment vous trouvez-vous aujourd'hui?

— Je suis bien humble, monsieur, répondit Uriah Heep.

— Vous l'êtes toujours, Vingt-sept », dit M. Creakle.

Ici un autre monsieur lui demanda, de l'air d'un profond intérêt :

« Vous sentez-vous vraiment tout à fait bien?

— Oui, monsieur, merci, dit Uriah Heep en regardant du côté de son interlocuteur, beaucoup mieux ici que je n'ai jamais été nulle part. Je reconnais maintenant mes folies, monsieur. C'est là ce qui fait que je me sens si bien de mon nouvel état. »

Plusieurs des assistants étaient profondément touchés. L'un d'entre eux, s'avançant vers lui, lui demanda, avec une extrême sensibilité, comment il trouvait le bœuf?

« Merci, monsieur, répondit Uriah Heep en regardant du côté d'où venait cette nouvelle question; il était plus

dur hier que je ne l'aurais souhaité, mais mon devoir est
de m'y résigner. J'ai fait des sottises, messieurs, dit
Uriah en regardant autour de lui avec un sourire bénin,
et je dois en supporter les conséquences sans me
plaindre. »

Il s'éleva un murmure combiné où venaient se mêler,
d'une part la satisfaction de voir à Vingt-sept un état
d'âme si céleste, et de l'autre un sentiment d'indignation
contre le fournisseur pour lui avoir donné quelque sujet
de plainte (M. Creakle en prit note immédiatement).
Cependant, Vingt-sept restait debout au milieu de nous,
comme s'il sentait bien qu'il représentait là la pièce
curieuse d'un muséum des plus intéressants. Pour nous
porter, à nous autres néophytes, le coup de grâce et
nous éblouir, séance tenante, en redoublant à nos yeux
ces éclatantes merveilles, on donna l'ordre de nous
amener aussi Vingt-huit.

J'avais déjà été tellement étonné, que je n'éprouvai
qu'une sorte de surprise résignée quand je vis s'avancer
M. Littimer lisant un bon livre.

« Vingt-huit, dit un monsieur à lunettes qui n'avait
pas encore parlé, la semaine passée, vous vous êtes
plaint du chocolat, mon ami. A-t-il été meilleur cette
semaine ?

— Merci, monsieur, dit M. Littimer, il était mieux
fait. Si j'osais faire une observation, monsieur, je crois
que le lait qu'on y mêle n'est pas parfaitement pur ; mais
je sais, monsieur, qu'on falsifie beaucoup le lait à
Londres, et que c'est un article qu'il est difficile de se
procurer naturel. »

Je crus remarquer que le monsieur en lunettes faisait
concurrence avec son Vingt-huit au Vingt-sept de
M. Creakle, car chacun d'eux se chargeait de faire valoir
son protégé tour à tour.

« Dans quel état d'âme êtes-vous, Vingt-huit ? dit
l'interrogateur en lunettes.

— Je vous remercie, monsieur, répondit M. Littimer ;
je reconnais mes folies, monsieur ; je suis bien peiné

quand je songe aux péchés de mes anciens compagnons, monsieur, mais j'espère qu'ils obtiendront leur
pardon.

— Vous vous trouvez heureux? continua le même
monsieur d'un ton d'encouragement.

— Je vous suis bien obligé, monsieur, reprit M. Littimer; parfaitement.

— Y a-t-il quelque chose qui vous préoccupe?
Dites-le franchement, Vingt-huit.

— Monsieur, dit M. Littimer sans lever la tête, si mes
yeux ne m'ont pas trompé, il y a ici un monsieur qui m'a
connu autrefois. Il peut être utile à ce monsieur de
savoir que j'attribue toutes mes folies passées à ce que
j'ai mené une vie frivole au service des jeunes gens, et
que je me suis laissé entraîner par eux à des faiblesses
auxquelles je n'ai pas eu la force de résister. J'espère
que ce monsieur, qui est jeune, voudra bien profiter de
cet avertissement, monsieur, et ne pas s'offenser de la
liberté que je prends; c'est pour son bien. Je reconnais
toutes mes folies passées; j'espère qu'il se repentira de
même de toutes les fautes et des péchés dont il a pris sa
part. »

J'observai que plusieurs messieurs se couvraient les
yeux de la main comme s'ils venaient d'entrer dans une
église.

« Cela vous fait honneur, Vingt-huit : je n'attendais
pas moins de vous... Avez-vous encore quelques mots à
dire?

— Monsieur, reprit M. Littimer en levant légèrement,
non pas les yeux, mais les sourcils seulement, il y avait
une jeune femme d'une mauvaise conduite que j'ai
essayé, mais en vain, de sauver. Je prie ce monsieur, si
cela lui est possible, d'informer cette jeune femme, de
ma part, que je lui pardonne ses torts envers moi, et que
je l'invite à la repentance. J'espère qu'il aura cette bonté.

— Je ne doute pas, Vingt-huit, continua son interlocuteur, que le monsieur auquel vous faites allusion ne
sente très vivement, comme nous le faisons tous, ce que

vous venez de dire d'une façon si touchante. Nous ne voulons pas vous retenir plus longtemps.

— Je vous remercie, monsieur, dit M. Littimer. Messieurs, je vous souhaite le bonjour; j'espère que vous en viendrez aussi, vous et vos familles, à reconnaître vos péchés et à vous amender. »

Là-dessus Vingt-huit se retira après avoir lancé un regard d'intelligence à Uriah. On voyait bien qu'ils n'étaient pas inconnus l'un à l'autre et qu'ils avaient trouvé moyen de s'entendre. Quand on ferma sur lui la porte de sa cellule, on entendait chuchoter de tout côté dans le groupe que c'était là un prisonnier bien respectable, un cas magnifique.

« Maintenant, Vingt-sept, dit M. Creakle rentrant en scène avec son champion, y a-t-il quelque chose qu'on puisse faire pour vous? Vous n'avez qu'à dire.

— Je vous demande humblement, monsieur, reprit Uriah en secouant sa tête haineuse, l'autorisation d'écrire encore à ma mère.

— Elle vous sera certainement accordée, dit M. Creakle.

— Merci, monsieur! Je suis bien inquiet de ma mère. Je crains qu'elle ne soit pas en sûreté. »

Quelqu'un eut l'imprudence de demander quel danger elle courait; mais un « Chut! » scandalisé fut la réponse générale.

« Je crains qu'elle ne soit pas en sûreté pour l'éternité, monsieur, répondit Uriah en se tordant vers la voix; je voudrais savoir ma mère dans l'état où je suis. Jamais je ne serais arrivé à cet état d'âme si je n'étais pas venu ici. Je voudrais que ma mère fût ici. Quel bonheur ce serait pour chacun qu'on pût amener ici tout le monde. »

Ce sentiment fut reçu avec une satisfaction sans limites, une satisfaction telle que ces messieurs n'avaient, je crois, encore rien vu de pareil.

« Avant de venir ici, dit Uriah en nous jetant un regard de côté, comme s'il eût souhaité de pouvoir empoisonner d'un coup d'œil le monde extérieur auquel nous appartenions ; avant de venir ici, je commettais des fautes ; mais, je puis maintenant le reconnaître, il y a bien du péché dans le monde ; il y a bien du péché chez ma mère. D'ailleurs, il n'y a que péché partout, excepté ici.

— Vous êtes tout à fait changé, dit M. Creakle.

— Oh ciel ! certainement, monsieur, cria ce converti de la plus belle espérance.

— Vous ne retomberiez pas, si on vous mettait en liberté ? demanda une autre personne.

— Oh ciel ! non, monsieur.

— Bien ! dit M. Creakle, tout ceci est très satisfaisant. Vous vous êtes adressé à M. Copperfield, Vingt-sept, avez-vous quelque chose de plus à lui dire ?

— Vous m'avez connu longtemps avant mon entrée ici, et mon grand changement, monsieur Copperfield, dit Uriah en me regardant de telle manière que jamais je n'avais vu, même sur son visage, un plus atroce regard... Vous m'avez connu dans le temps où, malgré toutes mes fautes, j'étais humble avec les orgueilleux, et doux avec les violents ; vous avez été violent envers moi une fois, monsieur Copperfield ; vous m'avez donné un soufflet, vous savez ! »

Tableau de commisération générale. On me lance des regards indignés.

« Mais je vous pardonne, monsieur Copperfield, dit Uriah faisant de sa clémence le sujet d'un parallèle odieux, impie, que je croirais blasphémer de répéter. Je pardonne à tout le monde. Ce n'est pas à moi de conserver la moindre rancune contre qui que ce soit. Je vous pardonne de bon cœur, et j'espère qu'à l'avenir vous dompterez mieux vos passions. J'espère que M. Wickfield et miss Wickfield se repentiront, ainsi que toute cette clique de pécheurs. Vous avez été visité par l'affliction, et j'espère que cela vous profitera, mais il vous aurait été encore plus profitable de venir ici. M. Wickfield aurait mieux fait de venir ici, et miss Wickfield aussi. Ce que je puis vous souhaiter de mieux, monsieur

Copperfield, ainsi qu'à vous tous, messieurs, c'est d'être arrêtés et conduits ici. Quand je songe à mes folies passées et à mon état présent, je sens combien cela vous serait avantageux. Je plains tous ceux qui ne sont pas amenés ici. »

Il se glissa dans sa cellule au milieu d'un chœur d'approbation ; Traddles et moi, nous nous sentîmes tout soulagés quand il fut sous les verrous.

Une conséquence remarquable de tout ce beau repentir, c'est qu'il me donna l'envie de demander ce qu'avaient fait ces deux hommes pour être mis en prison. C'était évidemment le dernier aveu sur lequel ils fussent disposés à s'étendre. Je m'adressai à un des deux gardiens qui, d'après l'expression de leur visage, avaient bien l'air de savoir à quoi s'en tenir sur toute cette comédie.

« Savez-vous, leur dis-je, tandis que nous suivions le corridor, quelle a été la dernière erreur du numéro vingt-sept. »

On me répondit que c'était un cas de banque.

« Une fraude sur la banque d'Angleterre ? demandai-je.

— Oui, monsieur. Un cas de fraude, de faux et de complot, car il n'était pas seul ; c'était lui qui menait la bande. Il s'agissait d'une grosse somme. On les a condamnés à la déportation perpétuelle. Vingt-sept était le plus rusé de la troupe, il avait su se tenir presque complètement dans l'ombre. Pourtant il n'a pu y réussir tout à fait. La banque n'a pu que lui mettre un grain de sel sur la queue... et ce n'était pas facile.

— Savez-vous le crime de Vingt-huit ?

— Vingt-huit, reprit le gardien, en parlant à voix basse, et par-dessus l'épaule, sans retourner la tête, comme s'il craignait que Creakle et consorts ne l'entendissent parler avec cette coupable irrévérence sur le compte de ces créatures immaculées, Vingt-huit (également condamné à la déportation) est entré au service d'un jeune maître à qui, la veille de son départ pour l'étranger, il a volé deux cent cinquante livres sterling tant en argent qu'en valeurs. Ce qui me rappelle tout particulièrement son affaire, c'est qu'il a été arrêté par une naine.

— Par qui?

— Par une toute petite femme dont j'ai oublié le nom.

— Ce n'est pas Mowcher?

— Précisément. Il avait échappé à toutes les poursuites, il partait pour l'Amérique avec une perruque et des favoris blonds, jamais vous n'avez vu pareil déguisement, quand cette petite femme, qui se trouvait à Southampton, le rencontra dans la rue, le reconnut de son œil perçant, courut se jeter entre ses jambes pour le faire tomber et le tint ferme, comme la mort.

— Excellente miss Mowcher! m'écriai-je.

— C'était bien le cas de le dire, si vous l'aviez vue comme moi, debout sur une chaise, au banc des témoins, le jour du jugement. Quand elle l'avait arrêté, il lui avait fait une grande balafre à la figure, et l'avait maltraitée de la façon la plus brutale, mais elle ne l'a lâché que quand elle l'a vu sous les verrous. Et même elle le tenait si obstinément, que les agents de police ont été obligés de les emmener ensemble. Il n'y avait rien de plus drôle que sa déposition; elle a reçu des compliments de toute la Cour, et on l'a ramenée chez elle en triomphe. Elle a dit devant le tribunal que, le connaissant comme elle le connaissait, elle l'aurait arrêté tout de même, quand elle aurait été manchotte, et qu'il eût été fort comme Samson. Et, en conscience, je crois qu'elle l'aurait fait comme elle le disait. »

C'était aussi mon opinion, et j'en estimais davantage miss Mowcher.

Nous avions vu tout ce qu'il y avait à voir. En vain nous aurions essayé de faire comprendre à un homme comme le vénérable M. Creakle, que Vingt-sept et Vingt-huit étaient des gens de caractère qui n'avaient nullement changé, qu'ils étaient ce qu'ils avaient toujours été : de vils hypocrites faits tout exprès pour cette espèce de confession publique : qu'ils savaient aussi bien que nous, que tout cela était coté à la bourse de la philanthropie et qu'on leur en tiendrait compte aussitôt qu'ils allaient être loin de leur patrie ; en un mot, que ce n'était d'un bout à l'autre qu'un calcul infâme, une imposture exécrable. Nous laissâmes là le *Système* et ses adhérents, et nous reprîmes le chemin de la maison, encore tout abasourdis de ce que nous venions de voir.

« Traddles, dis-je à mon ami, quand on a enfourché un mauvais dada, il vaut peut-être mieux en effet le surmener comme cela, pour le crever plus vite.

— Dieu vous entende ! » me répondit-il.

CHAPITRE XXXII

Une étoile brille sur mon chemin

Nous étions arrivés à Noël ; il y avait plus de deux mois que j'étais de retour. J'avais vu souvent Agnès. Quelque plaisir que j'éprouvasse à m'entendre louer par la grande voix du public, voix puissante pour m'encourager à redoubler d'efforts, le plus petit mot d'éloge sorti de la bouche d'Agnès valait pour moi mille fois plus que tout le reste.

J'allais à Canterbury au moins une fois par semaine, souvent davantage, passer la soirée avec elle. Je revenais la nuit, à cheval, car j'étais alors retombé dans mon humeur mélancolique... surtout quand je la quittais... et j'étais bien aise de prendre un exercice forcé pour échapper aux souvenirs du passé qui me poursuivaient dans de pénibles veilles, ou dans des rêves plus pénibles encore. Je passais donc à cheval la plus grande partie de mes longues et tristes nuits, évoquant, le long du chemin, les douloureux regrets qui m'avaient occupé pendant ma longue absence.

Ou plutôt j'écoutais l'écho de ces regrets, que j'entendais dans le lointain. C'était moi qui les avais, de moi-même, exilés si loin de moi ; je n'avais plus qu'à accepter le rôle inévitable que je m'étais fait à moi-même. Quand je lisais à Agnès les pages que je venais d'écrire, quand je la voyais m'écouter si attentivement, se mettre à rire ou fondre en larmes ; quand sa voix affectueuse se mêlait avec tant d'intérêt au monde idéal où je vivais, je songeais à ce qu'aurait pu être ma vie ; mais j'y songeais, comme jadis, après avoir épousé Dora, j'avais songé trop tard à ce que j'aurais voulu que fût ma femme.

Mes devoirs envers Agnès, qui m'aimait d'une tendresse que je ne devais point songer à troubler ; sans me rendre coupable envers elle d'un égoïsme misérable, impuissant d'ailleurs à réparer le mal ; l'assurance où j'étais, après mûre réflexion, qu'ayant volontairement gâté moi-même ma destinée, et obtenu le genre d'attachement que mon cœur impétueux lui avait demandé, je n'avais pas le droit de murmurer, et que je n'avais plus qu'à souffrir : voilà tout ce qui occupait mon âme et ma pensée ; mais je l'aimais, et je trouvais quelque consolation à me dire qu'un jour viendrait peut-être où je pourrais l'avouer sans remords, un jour bien éloigné où je pourrais lui dire : « Agnès, voilà où j'en étais quand je suis revenu près de vous ; et maintenant je suis vieux, et je n'ai jamais aimé depuis ! » Pour elle, elle ne montrait aucun changement dans ses sentiments ni dans ses manières : ce qu'elle avait toujours été pour moi, elle l'était encore ; rien de moins, rien de plus.

Entre ma tante et moi, ce sujet semblait être banni de nos conversations, non que nous eussions un parti pris de l'éviter ; mais, par une espèce d'engagement tacite, nous y songions chacun de notre côté, sans formuler en commun nos pensées. Quand, suivant notre ancienne habitude, nous étions assis le soir au coin du feu, nous restions absorbés dans ces rêveries, mais tout naturellement, comme si nous en eussions parlé sans réserve. Et cependant nous gardions le silence. Je crois qu'elle avait lu dans mon cœur, et qu'elle comprenait à merveille pourquoi je me condamnais à me taire.

Noël était proche, et Agnès ne m'avait rien dit : je commençai à craindre qu'elle n'eût compris l'état de mon âme, et qu'elle ne gardât son secret, de peur de me faire de la peine. Si cela était, mon sacrifice était inutile, je n'avais pas rempli le plus simple de mes devoirs envers elle ; je faisais chaque jour ce que j'avais résolu d'éviter. Je me décidai à trancher la difficulté ; s'il existait entre nous une telle barrière, il fallait la briser d'une main énergique.

C'était par un jour d'hiver, froid et sombre ! que de raisons j'ai de me le rappeler ! Il était tombé, quelques heures auparavant, une neige qui, sans être épaisse, s'était gelée sur le sol qu'elle recouvrait. Sur la mer, je voyais à travers les vitres de ma fenêtre le vent du nord souffler avec violence. Je venais de penser aux rafales qui devaient balayer en ce moment les solitudes neigeuses de la Suisse, et ses montagnes inaccessibles aux humains dans cette saison, et je me demandais ce qu'il y avait de plus solitaire, de ces régions isolées, ou de cet océan désert.

« Vous sortez à cheval aujourd'hui, Trot ? dit ma tante en entr'ouvrant ma porte.

— Oui, lui dis-je, je pars pour Canterbury. C'est un beau jour pour monter à cheval.

— Je souhaite que votre cheval soit de cet avis, dit ma tante, mais pour le moment il est là devant la porte, l'oreille basse et la tête penchée comme s'il aimait mieux son écurie. »

Ma tante, par parenthèse, permettait à mon cheval de traverser la pelouse réservée, mais sans se relâcher de sa sévérité pour les ânes.

« Il va bientôt se ragaillardir, n'ayez pas peur.

— En tout cas, la promenade fera du bien à son maître, dit ma tante, en regardant les papiers entassés sur ma table. Ah ! mon enfant, vous passez à cela bien des heures. Jamais je ne me serais doutée, quand je lisais un livre autrefois, qu'il eût coûté tant de peine, tant de peine à l'auteur.

Il n'en coûte guère moins au lecteur, quelquefois, répondis-je. Quant à l'auteur, son travail n'est pas pour lui sans charme, ma tante.

— Ah! oui, dit ma tante, l'ambition, l'amour de la gloire, la sympathie, et bien d'autres choses encore, je suppose? Eh bien! bon voyage!

— Savez-vous quelque chose de plus, lui dis-je d'un air calme, tandis qu'elle s'asseyait dans mon fauteuil, après m'avoir donné une petite tape sur l'épaule,... savez-vous quelque chose de plus sur cet attachement d'Agnès dont vous m'aviez parlé? »

Elle me regarda fixement, avant de me répondre :

« Je crois que oui, Trot.

— Et votre première impression se confirme-t-elle?

— Je crois que oui, Trot. »

Elle me regardait en face, avec une sorte de doute, de compassion, et de défiance d'elle-même, en voyant que je m'étudiais de mon mieux à lui montrer un visage d'une gaieté parfaite.

« Et ce qui est bien plus fort, Trot,... dit ma tante.

— Eh bien!

— C'est que je crois qu'Agnès va se marier.

— Que Dieu la bénisse! lui dis-je gaiement.

— Oui, que Dieu la bénisse! dit ma tante, et son mari aussi! »

Je me joignis à ce vœu, en lui disant adieu, et, descendant rapidement l'escalier, je me mis en selle et je partis. « Raison de plus, me dis-je en moi-même, pour hâter l'explication. »

Comme je me rappelle ce voyage triste et froid! Les parcelles de glace, balayées par le vent, à la surface des prés, venaient frapper mon visage, les sabots de mon cheval battaient la mesure sur le sol durci; la neige, emportée par la brise, tourbillonnait sur les carrières blanchâtres; les chevaux fumants s'arrêtaient au haut des collines pour souffler, avec leurs chariots chargés de foin, et secouaient leurs grelots harmonieux; les coteaux et les plaines qu'on voyait au bas de la montagne se dessinaient sur l'horizon noirâtre, comme des lignes immenses tracées à la craie sur une ardoise gigantesque.

Je trouvai Agnès seule. Ses petites élèves étaient retournées dans leurs familles; elle lisait au coin du feu. Elle posa son livre en me voyant entrer, et m'accueillant avec sa cordialité accoutumée, elle prit son ouvrage, et s'établit dans une des fenêtres cintrées de sa vieille maison.

Je m'assis près d'elle et nous nous mîmes à parler de ce que je faisais, du temps qu'il me fallait encore pour finir mon ouvrage, du travail que j'avais fait depuis ma dernière visite. Agnès était très gaie; et elle me prédit en riant que bientôt je deviendrais trop fameux pour qu'on osât me parler sur de pareils sujets.

« Aussi vous voyez que je me dépêche d'user du présent, me dit-elle, et que je ne vous épargne pas les questions, tandis que cela m'est encore permis. »

Je regardais ce beau visage, penché sur son ouvrage; elle leva les yeux, et vit que je la regardais.

« Vous avez l'air préoccupé aujourd'hui, Trotwood!

— Agnès, vous dirai-je pourquoi? Je suis venu pour vous le dire. »

Elle posa son ouvrage, comme elle avait coutume de le faire quand nous discutions sérieusement quelque point, et me donna toute son attention.

« Ma chère Agnès, doutez-vous de ma sincérité avec vous?

— Non! répondit-elle avec un regard étonné.

— Doutez-vous que je sois dans l'avenir ce que j'ai toujours été pour vous?

— Non, répondit-elle comme la première fois.

— Vous rappelez-vous ce que j'ai essayé de vous dire, lors de mon retour, chère Agnès, de la dette de reconnaissance que j'ai contractée envers vous, et de l'ardeur d'affection que je vous porte?

— Je me le rappelle très bien, dit-elle doucement.

— Vous avez un secret, dis-je. Agnès, permettez-moi de le partager. »

Elle baissa les yeux : elle tremblait.

« Je ne pouvais toujours pas ignorer, Agnès, quand je ne l'aurais pas appris déjà par d'autres que par vous (n'est-ce pas étrange ?) qu'il y a quelqu'un à qui vous avez donné le trésor de votre amour. Ne me cachez pas ce qui touche de si près à votre bonheur. Si vous avez confiance en moi (et vous me le dites, et je vous crois), traitez-moi en ami, en frère, dans cette occasion surtout ! »

Elle me jeta un regard suppliant et presque de reproche ; puis, se levant, elle traversa rapidement la chambre comme si elle ne savait où aller, et, cachant sa tête dans ses mains, elle fondit en larmes.

Ses larmes m'émurent jusqu'au fond de l'âme, et cependant elles éveillèrent en moi quelque chose qui ranimait mon courage. Sans que je susse pourquoi, elles s'alliaient dans mon esprit au doux et triste sourire qui était resté gravé dans ma mémoire, et me causaient une émotion d'espérance plutôt que de tristesse.

» Agnès ! ma sœur ! mon amie ! qu'ai-je fait ?

— Laissez-moi sortir, Trotwood. Je ne suis pas bien. Je suis hors de moi ; je vous parlerai... une autre fois. Je vous écrirai. Pas maintenant, je vous en prie, je vous en supplie ! »

Je cherchai à me rappeler ce qu'elle m'avait dit le soir où nous avions causé, sur la nature de son affection qui n'avait pas besoin de retour. Il me sembla que je venais de traverser tout un monde en un moment.

« Agnès, je ne puis supporter de vous voir ainsi, et surtout par ma faute. Ma chère enfant, vous que j'aime plus que tout au monde, si vous êtes malheureuse, laissez-moi partager votre chagrin. Si vous avez besoin d'aide ou de conseil, laissez-moi essayer de vous venir en aide. Si vous avez un poids sur le cœur, laissez-moi essayer de vous en adoucir la peine. Pour qui donc est-ce que je supporte la vie, Agnès, si ce n'est pour vous!

— Oh! épargnez-moi!... Je suis hors de moi!... Une autre fois! » Je ne pus distinguer que ces paroles entre-coupées.

Était-ce une erreur? mon amour-propre m'entraî-nait-il malgré moi? Ou bien, était-il vrai que j'avais droit d'espérer, de rêver que j'entrevoyais un bonheur auquel je n'avais pas seulement osé penser?

« Il faut que je vous parle. Je ne puis vous laisser ainsi. Pour l'amour de Dieu, Agnès, ne nous abusons pas l'un l'autre après tant d'années, après tout ce qui s'est passé! Je veux vous parler ouvertement. Si vous avez l'idée que je doive être jaloux de ce bonheur que vous pouvez donner; que je ne saurai me résigner à vous voir aux mains d'un plus cher protecteur, choisi par vous; que je ne pourrai pas, dans mon isolement, voir d'un œil satisfait votre bonheur, bannissez cette pensée : vous ne me rendez pas justice. Je n'ai pas tant souffert pour rien. Vous n'avez pas perdu vos leçons. Il n'y a pas le moindre alliage d'égoïsme dans la pureté de mes sentiments pour vous. »

Elle était redevenue calme. Au bout d'un moment, elle tourna vers moi son visage pâle encore, et me dit d'une voix basse, entrecoupée par l'émotion, mais très distincte.

« Je dois à votre amitié pour moi, Trotwood, de vous déclarer que vous vous trompez. Je ne puis vous en dire davantage. Si j'ai parfois eu besoin d'appui et de conseil, ils ne m'ont pas fait défaut. Si quelquefois j'ai été malheureuse, mon chagrin s'est dissipé. Si j'ai eu à porter un fardeau, il a été rendu plus léger. Si j'ai un secret, il n'est pas nouveau... et ce n'est pas ce que vous supposez. Je ne puis ni le révéler, ni le faire partager à personne. Voilà longtemps qu'il est à moi seule, et c'est moi seule qui dois le garder.

— Agnès! attendez! Encore un moment! »

Elle s'éloignait, mais je la retins. Je passai mon bras

autour de sa taille. « Si quelquefois j'ai été malheureuse!... Mon secret n'est pas nouveau! » Des pensées et des espérances inconnues venaient d'assaillir mon âme : un nouveau jour venait d'illuminer ma vie.

« Mon Agnès! vous que je respecte et que j'honore, vous que j'aime si tendrement! Quand je suis venu ici aujourd'hui, je croyais que rien ne pourrait m'arracher un pareil aveu. Je croyais qu'il demeurerait enseveli au fond de mon cœur, jusqu'aux jours de notre vieillesse. Mais, Agnès, si j'entrevois en ce moment l'espoir qu'un jour peut-être il me sera permis de vous donner un autre nom, un nom mille fois plus doux que celui de sœur!... »

Elle pleurait, mais ce n'étaient plus les mêmes larmes : j'y voyais briller mon espoir.

« Agnès! vous qui avez toujours été mon guide et mon plus cher appui! Si vous aviez pensé un peu plus à vous-même, et un peu moins à moi, lorsque nous grandissions ici ensemble, je crois que mon imagination vagabonde ne se serait jamais laissé entraîner loin de vous. Mais vous étiez tellement au-dessus de moi, vous m'étiez si nécessaire dans mes chagrins ou dans mes joies d'enfant, que j'ai pris l'habitude de me confier en vous, de m'appuyer sur vous en toute chose, et cette habitude est devenue chez moi une seconde nature qui a usurpé la place de mes premiers sentiments, du bonheur de vous aimer comme je vous aime. »

Elle pleurait toujours, mais ce n'étaient plus des larmes de tristesse; c'étaient des larmes de joie! Et je la tenais dans mes bras comme je ne l'avais jamais fait, comme je n'avais jamais rêvé de le faire!

« Quand j'aimais Dora, Agnès, vous savez si je l'ai tendrement aimée.

— Oui! s'écria-t-elle vivement. Et je suis heureuse de le savoir!

— Quand je l'aimais, même alors mon amour aurait été incomplet sans votre sympathie. Je l'avais, et alors il ne me manquait plus rien. Quand je l'ai perdue, Agnès, qu'aurais-je été sans vous? »

Et je la serrais encore dans mes bras, plus près de mon cœur : sa tête tremblante reposait sur mon épaule ; ses yeux si doux cherchaient les miens, brillant de joie à travers ses larmes !

« Quand je suis parti, mon Agnès, je vous aimais. Absent, je n'ai cessé de vous aimer toujours... De retour ici, je vous aime ! »

Alors j'essayai de lui raconter la lutte que j'avais eu à soutenir en moi-même et la conclusion à laquelle j'étais arrivé. J'essayai de lui révéler toute mon âme. J'essayai de lui faire comprendre comment j'avais cherché à la mieux connaître et à mieux me connaître moi-même ; comment je m'étais résigné à ce que j'avais cru découvrir, et comment ce jour-là même j'étais venu la trouver, fidèle à ma résolution. Si elle m'aimait assez (lui disais-je) pour m'épouser, je savais bien que ce n'était pas à cause de mes mérites personnels : je n'en avais d'autre que de l'avoir fidèlement aimée, et d'avoir beaucoup souffert ; c'était là ce qui m'avait décidé à lui tout avouer. « Et en ce moment, ô mon Agnès ! je vis briller dans tes yeux l'âme de ma femme-enfant ; elle me disait : "C'est bien !" et je retrouvai, en toi, le plus précieux souvenir de la fleur qui s'était flétrie dans tout son éclat !

— Je suis si heureuse, Trotwood ! j'ai le cœur si plein ! mais il faut que je vous dise une chose.

— Quoi donc, ma bien-aimée ? »

Elle posa doucement ses mains sur mes épaules, et me regarda longtemps.

« Savez-vous ce que c'est ?

— Je n'ose pas y songer. Dites-le-moi, mon Agnès.

— Je vous ai aimé toute ma vie ! »

Oh ! que nous étions heureux, mon Dieu ! que nous étions heureux ! Nous ne pleurions pas sur nos épreuves passées ! (les siennes dépassaient bien les miennes !) Non, ce n'était pas sur ces épreuves d'autrefois, la source de notre joie d'aujourd'hui, que nous versions des pleurs : nous pleurions du bonheur de nous voir ainsi l'un à l'autre... pour ne jamais nous séparer.

Nous allâmes nous promener ensemble dans les champs, par cette soirée d'hiver : la nature semblait partager la joie paisible qui remplissait notre âme. Les étoiles brillaient au-dessus de nous, et, les yeux fixés sur le ciel, nous bénissions Dieu de nous avoir dirigés vers le port tranquille.

Debout ensemble à la fenêtre ouverte, nous contemplâmes la lune qui paraissait au milieu des étoiles : Agnès levait vers elle ses yeux si calmes, et moi je suivais son regard. Un long espace semblait s'entr'ouvrir devant moi, et j'apercevais dans le lointain, sur cette route laborieuse, un pauvre petit garçon déguenillé, seul et abandonné, qui ne se doutait guère qu'un jour il sentirait battre un autre cœur, surtout celui-là, contre le sien, et pourrait dire : « Il est à moi. »

L'heure du dîner approchait quand nous parûmes chez ma tante le lendemain. Peggotty me dit qu'elle était dans mon cabinet : elle mettait son orgueil à le tenir en ordre, tout prêt à me recevoir. Nous la trouvâmes lisant avec ses lunettes, au coin du feu.

« Bon Dieu ! me dit ma tante en nous voyant entrer, qu'est-ce que vous m'amenez là à la maison ?

— C'est Agnès », lui dis-je.

Nous étions convenus de commencer par être très discrets. Ma tante fut extrêmement désappointée. Quand j'avais dit : « C'est Agnès », elle m'avait lancé un regard plein d'espoir ; mais, voyant que j'étais aussi calme que de coutume, elle ôta ses lunettes de désespoir, et s'en frotta vigoureusement le bout du nez.

Néanmoins, elle accueillit Agnès de grand cœur, et bientôt nous descendîmes pour dîner. Deux ou trois fois, ma tante mit ses lunettes pour me regarder, mais elle les ôtait aussitôt, d'un air désappointé, et s'en frottait le nez. Le tout au grand déplaisir de M Dick, qui savait que c'était mauvais signe.

« A propos, ma tante, lui dis-je après dîner, j'ai parlé à Agnès de ce que vous m'aviez dit.

–– Alors, Trot, dit ma tante en devenant très rouge,

vous avez eu grand tort, et vous auriez dû tenir mieux
votre promesse.

— Vous ne m'en voudrez pas, ma tante, j'espère,
quand vous saurez qu'Agnès n'a pas d'attachement qui
la rende malheureuse.

— Quelle absurdité ! » dit ma tante.

En la voyant très vexée, je crus qu'il valait mieux en
finir. Je pris la main d'Agnès, et nous vînmes tous deux
nous agenouiller auprès de son fauteuil. Elle nous
regarda, joignit les mains, et, pour la première et la dernière fois de sa vie, elle eut une attaque de nerfs.

Peggotty accourut. Dès que ma tante fut remise, elle
se jeta à son cou, l'appela une vieille folle et l'embrassa
à grands bras. Après quoi elle embrassa M Dick (qui
s'en trouva très honoré, mais encore plus surpris) ; puis
elle leur expliqua tout. Et nous nous livrâmes tous à la
joie.

Je n'ai jamais pu découvrir si, dans sa dernière
conversation avec moi, ma tante s'était permis une
fraude pieuse, ou si elle s'était trompée sur l'état de mon
âme. Tout ce qu'elle avait dit, me répéta-t-elle, c'est
qu'Agnès allait se marier, et maintenant je savais mieux
que personne si ce n'était pas vrai.

Notre mariage eut lieu quinze jours après. Traddles et
Sophie, le docteur et mistress Strong furent seuls invités à notre paisible union. Nous les quittâmes le cœur
plein de joie, pour monter tous deux en voiture. Je
tenais dans mes bras celle qui avait été pour moi la
source de toutes les nobles émotions que j'avais pu res-
sentir, le centre de mon âme, le cercle de ma vie, ma...
ma femme ! et mon amour pour elle était bâti sur le roc !

« Mon mari bien-aimé, dit Agnès, maintenant que je
puis vous donner ce nom, j'ai encore quelque chose à
vous dire.

— Dites-le-moi, mon amour.

— C'est un souvenir de la nuit où Dora est morte.
Vous savez, elle vous avait prié d'aller me chercher ?

— Oui.

— Elle m'a dit qu'elle me laissait quelque chose. Savez-vous ce que c'était ? »

Je croyais le deviner. Je serrai plus près de mon cœur la femme qui m'aimait depuis si longtemps.

« Elle me dit qu'elle me faisait une dernière prière et qu'elle me laissait un dernier devoir à remplir.

— Eh bien ?

— Elle m'a demandé de venir un jour prendre la place qu'elle laissait vide. »

Et Agnès mit sa tête sur mon sein : elle pleura et je pleurai avec elle, quoique nous fussions bien heureux.

CHAPITRE XXXIII

Un visiteur

Je touche au terme du récit que j'ai voulu faire ; mais il y a encore un incident sur lequel mon souvenir s'arrête souvent avec plaisir, et sans lequel un des fils de ma toile resterait emmêlé.

Ma renommée et ma fortune avaient grandi, mon bonheur domestique était parfait, j'étais marié depuis dix ans. Par une soirée de printemps, nous étions assis au coin du feu, dans notre maison de Londres, Agnès et moi. Trois de nos enfants jouaient dans la chambre, quand on vint me dire qu'un étranger voulait me parler.

On lui avait demandé s'il venait pour affaire, et il avait répondu que non : il venait pour avoir le plaisir de me voir, et il arrivait d'un long voyage. Mon domestique disait que c'était un homme d'âge qui avait l'air d'un fermier.

Cette nouvelle produisit une certaine émotion ; elle avait quelque chose de mystérieux qui rappelait aux enfants le commencement d'une histoire favorite que leur mère se plaisait à leur raconter, et où l'on voyait arriver ainsi déguisée sous son manteau, une méchante

vieille fée qui détestait tout le monde. L'un de nos petits
garçons cacha sa tête dans les genoux de sa maman
pour être à l'abri de tout danger, et la petite Agnès
(l'aînée de nos enfants), assit sa poupée sur une chaise,
pour figurer à sa place, et courut derrière les rideaux de
la fenêtre d'où elle laissait passer la forêt de boucles
dorées de sa petite tête blonde, curieuse de voir ce qui
allait se passer.

« Faites entrer ! » dis-je.

Nous vîmes bientôt apparaître et s'arrêter dans
l'ombre, sur le seuil de la porte, un vieillard vert et
robuste, avec des cheveux gris. La petite Agnès, attirée
par son air avenant, avait couru à sa rencontre pour le
faire entrer, et je n'avais pas encore bien reconnu ses
traits, quand ma femme, se levant tout à coup, s'écria
d'une voix émue que c'était M Peggotty.

C'était M. Peggotty ! Il était vieux à présent, mais de
ces vieillesses vermeilles, vives et vigoureuses. Quand
notre première émotion fut calmée et qu'il fut établi,
avec les enfants sur ses genoux, devant le feu, dont la
flamme illuminait sa face, il me parut aussi fort et aussi
robuste, je dirai même aussi beau, pour son âge, que
jamais.

« Maître Davy ! » dit-il. Et comme ce nom d'autrefois,
prononcé du même temps qu'autrefois, réjouissait mon
oreille ! « Maître Davy, c'est un beau jour que celui où je
vous revois, avec votre excellente femme !

— Oui, mon vieil ami, c'est vraiment un beau jour !
m'écriai-je.

— Et ces jolis enfants ! dit M. Peggotty. Les belles
petites fleurs que cela fait ! Maître Davy, vous n'étiez
pas plus grand que le plus petit de ces trois enfants-là,
quand je vous ai vu pour la première fois. Émilie était
de la même taille, et notre pauvre garçon n'était qu'un
petit garçon !

— J'ai changé plus que vous depuis ce temps-là, lui
dis-je. Mais laissons tous ces bambins aller se coucher,
et comme il ne peut pas y avoir en Angleterre d'autre

gîte pour vous ce soir que celui-ci, dites-moi où je puis envoyer chercher vos bagages ? est-ce toujours le vieux sac noir qui a tant voyagé ? Et puis, tout en buvant un verre de grog de Yarmouth, nous causerons de tout ce qui s'est passé depuis dix ans.

— Êtes-vous seul ? dit Agnès.

— Oui, madame, dit-il en lui baisant la main, je suis tout seul. »

Il s'assit entre nous : nous ne savions comment lui témoigner notre joie, et en écoutant cette voix qui m'était si familière, j'étais tenté de croire qu'il en était encore au temps où il poursuivait son long voyage à la recherche de sa nièce chérie.

« Il y a une fameuse pièce d'eau à traverser, dit-il, pour rester seulement quelques semaines. Mais l'eau me connaît (surtout quand elle est salée) et les amis sont les amis ; aussi, nous voilà réunis. Tiens ! ça rime, dit M Peggotty surpris de cette découverte ; mais, ma parole ! c'est sans le vouloir.

— Est-ce que vous comptez refaire bientôt tous ces milliers de lieues-là ? demanda Agnès.

— Oui, madame, répondit-il, je l'ai promis à Émilie avant de partir. Voyez-vous, je ne rajeunis pas à mesure que je prends des années, et si je n'étais pas venu ce coup-ci, il est probable que je ne l'aurais jamais fait. Mais j'avais trop grande envie de vous voir, maître Davy et vous, dans votre heureux ménage, avant de devenir trop vieux. »

Il nous regardait comme s'il ne pouvait pas rassasier ses yeux. Agnès écarta gaiement les longues mèches de ses cheveux gris sur son front, pour qu'il pût nous voir mieux à son aise.

« Et maintenant, racontez-nous, lui dis-je, tout ce qui vous est arrivé.

— Ça ne sera pas long, maître Davy. Nous n'avons pas fait fortune, mais nous avons prospéré tout de même. Nous avons bien travaillé pour y arriver : nous avons mené d'abord une vie un peu dure, mais nous

avons prospéré tout de même. Nous avons fait de l'élève
de moutons, nous avons fait de la culture, nous avons
fait un peu de tout, et nous avons, ma foi! fini par être
aussi bien que nous pouvions espérer de l'être. Dieu
nous a toujours protégés, dit-il en inclinant respectueusement la tête, et nous n'avons fait que réussir:
c'est-à-dire, à la longue, pas du premier coup: si ce
n'était ˋhier, c'était aujourd'hui; si ce n'était pas
aujourd'hui, c'était demain.

— Et Émilie? dîmes-nous à la fois, Agnès et moi.

— Émilie, madame, n'a jamais, depuis notre départ,
fait sa prière du soir en allant se coucher, là-bas, dans
les bois où nous étions établis, de l'autre côté du soleil,
sans que je l'aie entendue murmurer votre nom. Quand
vous l'avez eu quittée et que nous avons eu perdu de vue
maître Davy, ce fameux soir qui nous a vus partir, elle a
été d'abord très abattue, et je suis sûr et certain que, si
elle avait su alors ce que maître Davy avait eu la pru-
dence et la bonté de nous cacher, elle n'aurait pas pu
résister à ce coup-là. Mais il y avait à bord des pauvres
gens qui étaient malades, et elle s'est occupée à les soigner; il y avait des enfants, et elle les a soignés aussi : ça
l'a distraite; en faisant du bien autour d'elle, elle s'en est
fait à elle-même.

— Quand est-ce qu'elle a appris le malheur? lui
demandai-je.

— Je le lui ai caché, après que je l'ai su moi-même,
dit M Peggotty. Nous vivions dans un lieu solitaire,
mais au milieu des plus beaux arbres et des roses qui
montaient jusque sur notre toit. Un jour, tandis que je
travaillais aux champs, il est venu un voyageur anglais
de notre Norfolk ou de notre Suffolk (je ne sais plus
trop lequel des deux); et comme de raison, nous l'avons
fait entrer, pour lui donner à boire et à manger; nous
l'avons fait entrer, pour lui donner à boire et à manger;
nous l'avons reçu de notre mieux. C'est ce que nous faisons tous dans la colonie. Il avait sur lui un vieux journal, où se trouvait le récit de la tempête. C'est comme ça

qu'elle l'a appris. Quand je suis rentré le soir, j'ai vu
qu'elle le savait. »

Il baissa la voix à ces mots, et sa figure reprit cette
expression de gravité que je ne lui avais que trop
connue.

« Cela l'a-t-il beaucoup changée ?

— Oui, pendant longtemps, dit-il, peut-être même
jusqu'à ce jour. Mais je crois que la solitude lui a fait du
bien. Elle a eu beaucoup à faire à la ferme ; il lui a fallu
soigner la volaille et le reste ; elle a eu du mal, ça lui a
fait du bien. Je ne sais, dit-il d'un air pensif, si vous
reconnaîtriez à présent notre Émilie, maître Davy !

— Elle est donc bien changée ?

— Je n'en sais rien. Je la vois tous les jours, je ne
peux pas savoir ; mais il y a des moments où je trouve
qu'elle est bien mince, dit M Peggotty en regardant le
feu, un peu vieillie, un peu languissante, triste, avec ses
yeux bleus ; l'air délicat, une jolie petite tête un peu penchée, une voix tranquille... presque timide. Voilà mon
Émilie ! »

Nous l'observions en silence, tandis qu'il regardait
toujours le feu d'un air pensif.

« Les uns croient, dit-il, qu'elle a mal placé son affection ; d'autres, que son mariage a été rompu par la mort.
Personne ne sait ce qu'il en est. Elle aurait pu se marier,
ce ne sont pas les occasions qui ont manqué ; mais elle
m'a dit : "Non, mon oncle, c'est fini pour toujours."
Avec moi, elle est toujours gaie ; mais elle est réservée
quand il y a des étrangers ; elle aime à aller au loin pour
donner une leçon à un enfant, ou pour soigner un
malade, ou pour faire quelque cadeau à une jeune fille
qui va se marier, car elle a fait bien des mariages, mais
sans vouloir jamais assister à une noce. Elle aime tendrement son oncle, elle est patiente ; tout le monde
l'aime, jeunes et vieux. Tous ceux qui souffrent viennent
la trouver. Voilà mon Émilie ! »

Il passa sa main sur les yeux, et avec un soupir à demi
réprimé, il releva la tête.

« Marthe est-elle encore avec vous ? demandai-je.

— Marthe s'est mariée dès la seconde année, maître Davy. Un jeune homme, un jeune laboureur, qui passait devant notre maison en se rendant au marché avec les denrées de son maître... le voyage est de cinq cents milles pour aller et revenir... lui a offert de l'épouser (les femmes sont très rares de ce côté-là), pour aller ensuite s'établir à leur compte dans les grands bois. Elle m'a demandé de raconter à cet homme son histoire, sans rien cacher. Je l'ai fait ; ils se sont mariés, et ils vivent à quatre cents milles de toute voix humaine. Ils n'en entendent pas d'autre que la leur, et celle des petits oiseaux.

— Et mistress Gummidge ? » demandai-je.

Il faut croire que nous avions touché là une corde sensible, car M. Peggotty éclata de rire, et se frotta les mains tout le long des jambes, de haut en bas, comme il faisait jadis quand il était de joyeuse humeur, sur le vieux bateau.

« Vous me croirez si vous voulez, dit-il ; mais figurez-vous qu'elle a trouvé un épouseur. Si le cuisinier d'un navire, qui s'est fait colon là-bas, M. Davy, n'a pas demandé mistress Gummidge en mariage, je veux être pendu ! Je ne peux pas dire mieux ! »

Jamais je n'avais vu Agnès rire de si bon cœur. L'enthousiasme subit de Peggotty l'amusait tellement, qu'elle ne pouvait se tenir ; plus elle riait et plus elle me faisait rire, plus l'enthousiasme de M. Peggotty allait croissant et plus il se frottait les jambes.

« Et qu'est-ce que mistress Gummidge a dit de ça ? demandai-je, quand j'eus repris un peu de sang-froid.

— Eh bien ! dit M. Peggotty, au lieu de lui répondre : « Merci bien, je vous suis très obligée ; mais je ne veux pas changer de condition à l'âge que j'ai », mistress Gummidge a saisi un baquet plein d'eau qui était à côté d'elle, et elle le lui a vidé sur la tête. Le malheureux cuisinier en était submergé. Il s'est mis à crier au secours de toutes ses forces ; si bien que j'ai été obligé d'aller à la rescousse. »

Là-dessus, M. Peggotty d'éclater de rire, et nous de lui faire compagnie.

« Mais je dois vous dire une chose, pour rendre justice à cette excellente créature, reprit-il en s'essuyant les yeux, qu'il avait pleins de larmes à force de rire. Elle nous a tenu tout ce qu'elle nous avait promis, et elle a fait mieux. C'est bien maintenant la plus obligeante, la plus fidèle, la plus honnête femme qui ait jamais existé, maître Davy. Elle ne s'est pas plainte une seule minute d'être seule et abandonnée, pas même lorsque nous nous sommes trouvés bien en peine, en face de la colonie, comme de nouveaux débarqués. Et quant à l'ancien, elle n'y a plus pensé, je vous assure, depuis son départ d'Angleterre.

— A présent, lui dis-je, parlons de M. Micawber. Vous savez qu'il a payé tout ce qu'il devait ici, jusqu'au billet de Traddles ? Vous vous le rappelez, ma chère Agnès ? par conséquent nous devons supposer qu'il réussit dans ses entreprises. Mais donnez-nous de ses dernières nouvelles. »

M. Peggotty mit en souriant la main à la poche de son gilet, et en tira un paquet de papier bien plié d'où il sortit, avec le plus grand soin, un petit journal qui avait une drôle de mine.

« Il faut vous dire, maître Davy, ajouta-t-il, que nous avons quitté les grands bois, et que nous vivons maintenant près du port de Middlebay, où il y a ce que nous appelons une ville.

— Est-ce que M. Micawber était avec vous dans les grands bois ?

— Je crois bien, dit M. Peggotty ; et il s'y est mis de bon cœur. Jamais vous n'avez rien vu de pareil. Je le vois encore, avec sa tête chauve, maître Davy, tellement inondée de sueur sous un soleil ardent, que j'ai cru qu'elle allait se fondre en eau. Et maintenant il est magistrat.

— Magistrat ? » dis-je.

M. Peggotty mit le doigt sur un paragraphe du journal, où je lus l'extrait suivant du *Times* de Middlebay :

« Le dîner solennel offert à notre éminent colon et concitoyen *Wilkins Micawber*, magistrat du district de Middlebay, a eu lieu hier dans la grande salle de l'hôtel, où il y avait une foule à étouffer. On estime qu'il n'y avait pas moins de quarante-sept personnes à table, sans compter tous ceux qui encombraient le corridor et l'escalier. La société la plus charmante, la plus élégante et la plus exclusive de Middlebay s'y était donné rendez-vous, pour venir rendre hommage à cet homme si remarquable, si estimé et si populaire. Le docteur Mell (de l'école normale de Salem-House, port Middlebay), présidait le banquet ; à sa droite était assis notre hôte illustre. Lorsqu'on a eu enlevé la nappe, et exécuté d'une manière admirable notre chant national de *Non Nobis*, dans lequel nous avons particulièrement distingué la voix métallique du célèbre amateur *Wilkins Micawber junior*, on a porté, selon l'usage, les toasts patriotiques de tout fidèle Américain, aux acclamations de l'assemblée. Dans un discours plein de sentiment, le docteur Mell a proposé la santé de notre hôte illustre, l'ornement de notre ville. « Puisse-t-il ne jamais nous quitter, que pour grandir encore, et puisse son succès parmi nous être tel, qu'il lui soit impossible de s'élever plus haut ! » Rien ne saurait décrire l'enthousiasme avec lequel ce toast a été accueilli. Les applaudissements montaient, montaient toujours, roulant avec impétuosité comme les vagues de l'Océan. A la fin on fit silence, et *Wilkins Micawber* se leva pour faire entendre ses remercîments. Nous n'essayerons pas, vu l'état encore relativement imparfait des ressources intellectuelles de notre établissement, de suivre notre éloquent concitoyen dans la volubilité des périodes de sa réponse, ornée des fleurs les plus élégantes. Qu'il nous suffise de dire que c'était un chef-d'œuvre d'éloquence, et que les larmes ont rempli les yeux de tous les assistants, lorsque, remontant au début de son heureuse carrière, il a conjuré les jeunes gens qui se trouvaient dans son auditoire de ne jamais se laisser entraîner à contracter des engagements pécuniaires qu'il leur serait impossible de remplir. On a encore porté des toasts au *docteur Mell*; *à mistress Micawber*, qui a remercié par un gracieux salut de la grande porte, où une voie lactée de jeunes beautés étaient montées sur des chaises, pour admirer et pour embellir à la fois cet émouvant spectacle; *à mistress Ridger Begs* (ci-devant miss Micawber); *à mistress Mell*; *à Wilkins Micawber junior* (qui a fait pâmer de rire toute l'assemblée en demandant la permission d'exprimer sa reconnaissance par une chanson, plutôt que par un discours); *à la famille de M. Micawber* (bien connue, il est inutile de le faire remarquer, dans la mère patrie), etc., etc. A la fin de la séance, les tables ont disparu, comme par enchantement, pour faire place aux danseurs. Parmi les disciples de Terpsichore, qui n'ont cessé leurs ébats que lorsque le soleil est venu leur rappeler le moment du départ, on remarquait en particulier Wilkins Micawber junior et la charmante miss Héléna, quatrième fille du docteur Mell. »

Je retrouvai là avec plaisir le nom du docteur Mell; j'étais charmé de découvrir dans cette brillante situation M. Mell, mon ancien maître d'études, le pauvre souffre-douleur de notre magistrat du Middlesex, quand M. Peggotty m'indiqua une autre page du même journal, où je lus :

À DAVID COPPERFIELD, L'ÉMINENT AUTEUR.

« Mon cher monsieur,

« Des années se sont écoulées depuis qu'il m'a été donné de contempler chaque jour, *de visu*, des traits maintenant familiers à l'imagination d'une portion considérable du monde civilisé.

« Mais, mon cher monsieur, bien que je sois privé (par un concours de circonstances qui ne dépendent pas de moi) de la société de l'ami et du compagnon de ma jeunesse, je n'ai pas cessé de le suivre de la pensée dans l'essor rapide qu'il a pris au haut des airs. Rien n'a pu m'empêcher, non, pas même l'Océan

Qui nous sépare en mugissant, (Burns.)

de prendre ma part des régals intellectuels qu'il nous a prodigués.

Je ne puis donc laisser partir d'ici un homme que nous estimons et que nous respectons tous deux, mon cher monsieur, sans saisir cette occasion publique de vous remercier en mon nom et, je ne crains pas de le dire, au nom de tous les habitants de Port-Middlebay, au plaisir desquels vous contribuez si puissamment.

« Courage, mon cher monsieur ! vous n'êtes pas inconnu ici, votre talent y est apprécié. Quoique relégués dans une contrée lointaine, il ne faut pas croire pour cela que nous soyons, comme le disent nos détracteurs, ni *indifférents*, ni *mélancoliques*, ni (je puis le dire) des *lourdauds*. Courage, mon cher monsieur ! continuez ce vol d'aigle ! Les habitants du Port-Middlebay vous suivront à travers la nue avec délices, avec plaisir, avec instruction !

« Et parmi les yeux qui s'élèveront vers vous de cette région du globe, vous trouverez toujours, tant qu'il jouira de la vie et de la lumière,

« L'œil qui appartient à

« WILKINS MICAWBER, *magistrat.* »

En parcourant les autres colonnes du journal, je découvris que M. Micawber était un de ses correspondants les plus actifs et les plus estimés. Il y avait de lui une autre lettre relative à la construction d'un pont. Il y avait aussi l'annonce d'une nouvelle édition de la collection de ses chefs-d'œuvre épistolaires en un joli volume, *considérablement augmentée*, et je crus reconnaître que l'article en tête des colonnes du journal, en premier Paris, était également de sa main.

Nous parlâmes souvent de M. Micawber, le soir, avec M. Peggotty, tant qu'il resta à Londres. Il demeura chez nous tout le temps de son séjour, qui ne dura pas plus d'un mois. Sa sœur et ma tante vinrent à Londres, pour le voir. Agnès et moi, nous allâmes lui dire adieu à bord du navire, quand il s'embarqua ; nous ne lui dirons plus adieu sur la terre.

Mais, avant de quitter l'Angleterre, il alla avec moi à Yarmouth, pour voir une pierre que j'avais fait placer dans le cimetière, en souvenir de Ham. Tandis que, sur sa demande, je copiais pour lui la courte inscription qui y était gravée, je le vis se baisser et prendre sur la tombe un peu de terre avec une touffe de gazon.

« C'est pour Émilie, me dit-il en le mettant contre son cœur. Je le lui ai promis, maître Davy. »

CHAPITRE XXXIV

Un dernier regard en arrière

Et maintenant, voilà mon histoire finie. Pour la dernière fois, je reporte mes regards en arrière avant de clore ces pages.

Je me vois, avec Agnès à mes côtés, continuant notre voyage sur la route de la vie. Je vois autour de nous nos enfants et nos amis, et j'entends, parfois, le long du chemin, le bruit de bien des voix qui me sont chères.

Quels sont les visages qui appellent plus particulièrement mon intérêt dans cette foule dont je recueille les voix ? Tenez ! les voici qui viennent au-devant de moi pour répondre à ma question !

Voici d'abord ma tante avec des lunettes d'un numéro plus fort ; elle a plus de quatre-vingts ans, la bonne vieille ; mais elle est toujours droite comme un jonc, et, par un beau froid, elle fait encore ses deux lieues à pied tout d'une traite.

Près d'elle, toujours près d'elle, voici Peggotty ma chère vieille bonne : elle aussi porte des lunettes ; le soir elle se met tout près de la lampe, l'aiguille en main, mais elle ne prend jamais son ouvrage sans poser sur la table son petit bout de cire, son mètre domicilié dans la petite maisonnette, et sa boîte à ouvrage, dont le couvercle représente la cathédrale de Saint-Paul.

Les joues et les bras de Peggotty, jadis si durs et si rouges que je ne comprenais pas, dans mon enfance, comment les oiseaux ne venaient pas le becqueter plutôt que des pommes sont maintenant tout ratatinés ; et ses yeux, qui obscurcissaient de leur éclat tous les traits de son visage dans leur voisinage, se sont un peu ternis (bien qu'ils brillent encore) ; mais son index raboteux, que je comparais jadis dans mon esprit à une rape à muscade, est toujours le même, et quand je vois mon dernier enfant s'y accrocher en chancelant pour arriver de ma tante jusqu'à elle, je me rappelle notre petit salon de Blunderstone et le temps où je pouvais à peine marcher moi-même. Ma tante est enfin consolée de son désappointement passé : elle est marraine d'une véritable Betsy Trotwood en chair et en os, et Dora (celle qui vient après) prétend que grand'tante la gâte.

Il y a quelque chose de bien gros dans la poche de Peggotty, ce ne peut être que le livre des crocodiles ; il est dans un assez triste état, plusieurs feuilles ont été déchirées et rattachées avec une épingle, mais Peggotty le montre encore aux enfants comme une précieuse relique. Rien ne m'amuse comme de revoir, à la seconde génération, mon visage d'enfant, relevant vers moi ses yeux émerveillés par les histoires de crocodiles. Cela me rappelle ma vieille connaissance Brooks de Sheffield.

Au milieu de mes garçons, par ce beau jour d'été, je vois un vieillard qui fait des cerfs-volants, et qui les suit du regard dans les airs avec une joie qu'on ne saurait exprimer. Il m'accueille d'un air ravi, et commence, avec une foule de petits signes d'intelligence :

« Trotwood, vous serez bien aise d'apprendre que, quand je n'aurai rien de mieux à faire, j'achèverai le Mémoire, et que votre tante est la femme la plus remarquable du monde, monsieur ! »

Quelle est cette femme qui marche, courbée, en s'appuyant sur une canne? Je reconnais sur son visage les traces d'une beauté fière qui n'est plus, quoiqu'elle cherche à lutter encore contre l'affaiblissement de son intelligence grondeuse, imbécile, égarée? Elle est dans un jardin; près d'elle se tient une femme rude, sombre, flétrie, avec une cicatrice à la lèvre. Écoutons ce qu'elles se disent.

« Rose, j'ai oublié le nom de ce monsieur. »

Rose se penche vers elle et lui annonce M. Copperfield.

« Je suis bien aise de vous voir, monsieur. Je suis fâchée de remarquer que vous êtes en deuil. J'espère que le temps vous apportera quelque soulagement! »

La personne qui l'accompagne la gronde de ses distractions :

« Il n'est pas du tout en deuil; regardez plutôt », et elle essaye de la tirer de ses rêveries.

« Vous avez vu mon fils, monsieur, dit la vieille dame. Êtes-vous réconciliés? »

Puis, me regardant fixement, elle porte, en gémissant, la main à son front. Tout à coup elle s'écrie, d'une voix terrible : « Rosa, venez ici. Il est mort! » Et Rosa, à genoux devant elle, lui prodigue tour à tour ses caresses et ses reproches; ou bien elle s'écrie dans son amertume : « Je l'aimais plus que vous ne l'avez jamais aimé »; ou bien elle s'efforce de l'endormir sur son sein, comme un enfant malade. C'est ainsi que je les quitte; c'est ainsi que je les retrouve toujours; c'est ainsi que, d'année en année, leur vie s'écoule.

Mais voici un vaisseau qui revient des Indes. Quelle est cette dame anglaise, mariée à un vieux Crésus écossais, à l'air rechigné et aux oreilles pendantes? Serait-ce par hasard Julia Mills?

Oui, vraiment, c'est Julia Mills, toujours pimpante et pie-grièche, et voilà son nègre qui lui apporte des lettres et des cartes sur un plateau de vermeil; voilà une mulâtresse vêtue de blanc, avec un mouchoir rouge noué autour de la tête, pour lui servir son *tiffin*[1] dans son cabinet de toilette. Mais Julia n'écrit plus son journal, elle ne chante plus le Glas funèbre de l'Affection ; elle ne fait que se quereller sans cesse avec le vieux Crésus écossais, une espèce d'ours jaune, au cuir tanné. Julia est plongée dans l'or jusqu'au cou : jamais elle ne parle, jamais elle ne rêve d'autre chose. Je l'aimais mieux dans le désert de Sahara.

Ou plutôt le voici, le désert de Sahara ! Car Julia a beau avoir une belle maison, une société choisie, et donner tous les jours de magnifiques dîners, je ne vois pas près d'elle de rejeton verdoyant, pas la plus petite pousse qui promette un jour des fleurs ou des fruits. Je ne vois que ce qu'elle appelle *sa société* : M. Jack Maldon, du haut de sa grandeur, tournant en ridicule la main qui l'y a élevé, et me parlant du docteur comme d'une antiquaille bien amusante. Ah ! Julia, si la société ne se compose pour vous que de messieurs et de dames aussi futiles, si le principe sur lequel elle repose est, avant tout, une indifférence avouée pour tout ce qui peut avancer ou retarder le progrès de l'humanité, nous aurions aussi bien fait, je crois, de nous perdre dans le désert de Sahara ; au moins nous aurions pu trouver moyen d'en sortir.

Mais le voilà, ce bon docteur, notre excellent ami ; il travaille à son Dictionnaire (il en est à la lettre D) ; qu'il est heureux entre sa femme et ses livres ! Et voilà aussi le vieux troupier : mais il en a bien rabattu et il est loin d'avoir conservé son influence d'autrefois.

Voici aussi un homme bien affairé, qui travaille au Temple dans son cabinet, ses cheveux (du moins ce qui lui en reste) sont plus récalcitrants que jamais, grâce à la friction constante qu'exerce sur sa tête sa perruque d'avocat : c'est mon bon vieil ami Traddles. Il a sa table couverte de piles de papiers, et je lui dis en regardant autour de moi :

---

1. Nom que l'on donne dans l'Inde aux seconds déjeûners.

« Si Sophie était encore votre copiste, Traddles, elle aurait terriblement de besogne !

— Oui, certainement, mon cher Copperfield ! Mais quel bon temps que celui que nous avons passé à Holborn-Court ! N'est-il pas vrai ?

— Quand elle vous disait qu'un jour vous deviendriez juge, quoique ce ne fût pas tout à fait là le bruit public en ville !

— En tout cas, dit Traddles, si jamais cela m'arrive...

— Vous savez bien que cela ne tardera pas.

— Eh bien, mon cher Copperfield, quand je serai juge, je trahirai le secret de Sophie, comme je le lui ai promis alors. »

Nous sortons bras dessus bras dessous. Je vais dîner chez Traddles en famille. C'est l'anniversaire de Sophie et chemin faisant, Traddles ne me parle que de son bonheur présent et passé.

« Je suis venu à bout, mon cher Copperfield, d'accomplir tout ce que j'avais le plus à cœur. D'abord le révérend Horace est maintenant recteur d'une cure qui lui vaut par an quatre cent cinquante livres sterling. Après cela, nos deux fils reçoivent une excellente éducation et se distinguent dans leurs études par leur travail et leurs succès. Et puis nous avons marié avantageusement trois des sœurs de Sophie ; il y en a encore trois qui vivent avec nous ; quant aux trois autres, elles tiennent la maison du révérend Horace, depuis la mort de miss Crewler ; et elles sont toutes heureuses comme des reines.

— Excepté... dis-je.

— Excepté la Beauté, dit Traddles, oui. C'est bien malheureux qu'elle ait épousé un si mauvais sujet. Il avait un certain éclat qui l'a séduite. Mais après tout, maintenant qu'elle est chez nous, et que nous sommes débarrassés de lui, j'espère bien que nous allons lui faire reprendre courage. »

Traddles habite une de ces maisons peut-être dont Sophie et lui examinaient jadis la place, et distribuaient

en espérance le logement intérieur, dans leurs promenades du soir. C'est une grande maison, mais Traddles
serre ses papiers dans son cabinet de toilette, avec ses
bottes ; Sophie et lui logent dans les mansardes, pour
laisser les plus jolies chambres à la Beauté et aux autres
sœurs. Il n'y a pas une chambre de réserve dans la maison, car je ne sais comment cela se fait, mais il a toujours, pour une raison ou pour une autre, une infinité
de « petites sœurs » à loger. Nous ne mettons pas le pied
dans une pièce qu'elles ne se précipitent en foule vers la
porte, et ne viennent étouffer, pour ainsi dire, Traddles
dans leurs embrassements. La pauvre Beauté est ici à
perpétuité : elle reste veuve avec une petite fille. En
l'honneur de l'anniversaire de Sophie, nous avons à
dîner les trois sœurs mariées, avec leurs trois maris,
plus le frère d'un des maris, le cousin d'un autre mari,
et la sœur d'un troisième mari, qui me paraît sur le
point d'épouser le cousin. Au haut bout de la grande
table est assis Traddles, le patriarche, toujours bon et
simple comme autrefois. En face de lui, Sophie le
regarde d'un air radieux, à travers la table, chargée d'un
service qui brille assez pour qu'on ne s'y trompe pas : ce
n'est pas du métal anglais.

Et maintenant, au moment de finir ma tâche, j'ai
peine à m'arracher à mes souvenirs, mais il le faut ;
toutes ces figures s'effacent et disparaissent. Pourtant il
y en a une, une seule, qui brille au-dessus de moi
comme une lueur céleste, qui illumine tous les autres
objets à mes yeux, et les domine tous. Celle-là, elle me
reste.

Je tourne la tête et je la vois à côté de moi, dans sa
beauté sereine. Ma lampe va s'éteindre, j'ai travaillé si
tard cette nuit ; mais la chère image, sans laquelle je ne
serais rien, me tient fidèlement compagnie.

O Agnès, ô mon âme, puisse cette image, toujours
présente, être ainsi près de moi quand je serai arrivé, à
mon tour, au terme de ma vie ! Puissé-je, quand la réalité s'évanouira à mes yeux, comme ses ombres vapo-

reuses dont mon imagination se sépare volontairement en ce moment, te retrouver encore près de moi, le doigt levé pour me montrer le ciel !

FIN

TABLE DES MATIÈRES

CONTENUES DANS LE SECOND VOLUME

DISTRIBUTION

ALLEMAGNE
BUCHVERTRIEB O. LIESENBERG
Grossherzog-Friedrich Strasse 56
D-77694 Kehl/Rhein

ASIE CENTRALE
KAZAKHKITAP
Pr. Gagarina, 83
480009 Almaty
Kazakhstan

BULGARIE et BALKANS
COLIBRI
40 Solunska Street
1000 Sofia
Bulgarie

OPEN WORLD
125 Bd Tzaringradsko Chaussée
Bloc 5
1113 Sofia
Bulgarie

CANADA
EDILIVRE INC.
DIFFUSION SOUSSAN
5740 Ferrier
Mont-Royal, QC H4P 1M7

ESPAGNE
PROLIBRO, S.A.
Cl Sierra de Gata, 7
Pol. Ind. San Fernando II
28831 San Fernando de Henares

RIBERA LIBRERIA
PG. Martiartu
48480 Arrigorriaga
Vizcaya

ETATS-UNIS
DISTRIBOOKS Inc.
8220 N. Christiana Ave.
Skokie, Illinois 60076-1195
tel. (847) 676 15 96
fax (847) 676 11 95

GRANDE-BRETAGNE
SANDPIPER BOOKS LTD
22 a Langroyd Road
London SW17 7PL

ITALIE
MAGIS BOOKS
Via Raffaello 31/C 6
42100 Reggio Emilia

LIBAN
SORED
Rue Mar Maroun
BP 166210
Beyrouth

LITUANIE et ETATS BALTES
KNYGU CENTRAS
Antakalnio str. 40
2055 Vilnius
LITUANIE

MAROC
LIBRAIRIE DES ECOLES
12 av. Hassan II
Casablanca

POLOGNE
NOWELA
Ul. Towarowa 39/43
61896 Poznan

TOP MARK CENTRE
Ul. Urbanistow 1/51
02397 Warszawa

PORTUGAL
CENTRALIVROS
Av. Marechal Gomes
Da Costa, 27-1
1900 Lisboa

ROUMANIE
NEXT
Piata Romana 1
Sector 1
Bucarest

RUSSIE
LCM
P.O. Box 63
117607 Moscou
fax : (095) 127 33 77

PRINTEX
Moscou
tel/fax : (095) 252 02 82

TCHEQUE (REPUBLIQUE)
MEGA BOOKS
Rostovska 4
10100 Prague 10

ZAIRE
LIBRAIRIE DES CLASSIQUES
Complexe scolaire Mgr Kode
BP 6050 Kin Vi
Kinshasa/Matonge

FRANCE
Exclusivité réservée
à la chaîne MAXI-LIVRES
Liste des magasins : MINITEL
« 3615 Maxi-Livres »

IMPRIMÉ EN FRANCE PAR BRODARD ET TAUPIN
Usine de La Flèche (Sarthe), le 12-06-1996
B/BK 014/96 – Dépôt légal, juillet 1996